동아시아의 일본어잡지 유통과 식민지문학

본서는 2014년 정부(교육인적자원부)의 재원으로 한국연구재단의 지원을 받아 수행된 연구 (KRF-2007-362-A00019)이다.

일본학총서 28
식민지 일본어 문학·문화시리즈 24

# 동아시아의 일본어잡지 유통과 식민지문학

跨境 日本語文學·文化 硏究會
정병호 편저

역락

# 머리말

1

본서 『동아시아의 일본어잡지 유통과 식민지문학』은 20세기 전반기 동아시아 역사의 결정적 변수였던 제국일본의 출현, 그리고 이와 더불어 일본 내는 물론 동아시아 각 지역에 등장한 일본어잡지의 간행과 유통, 나아가 이들 잡지의 유통과 밀접하게 관련되어 있었던 식민지문학의 제반 문제를 여러 나라의 연구자들과 함께 검토한 책이다. 이 책은 한국, 중국, 일본, 타이완, 미국 등에서 주로 일본문학이나 식민지문학을 전공하는 연구자 19명이 각자가 전공하는 <식민지문학>을 동아시아 지역에 유통되었던 일본어잡지를 통해 탐구한 글을 한데 묶은 것이다.

본서가 탄생하기까지는 몇 단계의 도정이 있었다. 먼저 <동아시아와 동시대 일본어문학 포럼>(東アジアと同時代日本語文學フォーラム)의 개최와 국제 학술지 『과경 / 일본어문학연구(跨境 / 日本語文學硏究)』(Border Crossings ; The Journal of Japanese-Language Literature Studies) 발간이 이에 해당한다. <동아시아와 동시대 일본어문학 포럼>은 2011년과 2012년의 준비과정을 거쳐 한국 고려대학교와 중국 베이징사범대학(北京師範大學), 타이완 푸런대학(輔仁大學), 일본 나고야대학(名古屋大學), 규슈대학(九州大學), 에히메대학(愛媛大學)의 일본문학 연구자들이 주체가 되어 결성한 것이다. 아울러, 박사학위 취득자 및 대학원생 패널도 별도로 두어 학문후속세대를 공동으로 육성한다는 취지를 공유하고 있다. 본 포럼은 동아시아 각국을 순회하며 학술

심포지엄을 개최해, 그 성과를 한국어·중국어·일본어로 각각 번역하여 각국에서 공동 출판하기로 했다. 이를 통해 학술성과가 대내외적으로 확산될 것으로 기대된다. 본 포럼의 취지를 간단히 소개하자면 다음과 같다.

> <동아시아와 동시대 일본어문학 포럼>은 동아시아라는 시좌를 가지고 한국·중국·타이완·일본·미국의 일본연구자가 모여 각국에 있어서 일본근대문학 체험의 특수성 및 역사성을 상호 비교하고 연구의 지평을 넓혀, 일본근대문학을 동아시아의 관점에서 재구축하려는 기획이다. 동아시아 지역은 일본의 제국화가 초래한 역사상의 경험도 있어서 문학뿐 아니라 정치, 경제, 역사, 문화 등의 분야에서 서로 밀접한 교섭관계를 가지고 있다. 근년 일국중심의 국문학 연구나 정전(正典)을 중심으로 한 종래의 문학연구를 지양하고자 하는 논의가 활발하게 행해지고 있는 것도 이러한 현상을 반영하고 있다. 동아시아에서 각국의 경계를 횡단하는 일본근대문학 연구는 과거의 동질화된 동아시아 개념을 해체하고 열린 연대로서 동아시아의 소통을 촉진할 것이 요청되고 있다.(고려대 일본연구센터 홈페이지 http://www.kujc.kr/ 내 취지문)

이러한 취지를 갖는 <동아시아와 동시대 일본어문학 포럼>을 제안한 계기는 본서의 주제인 <식민지문학> 연구와도 밀접한 관련을 가지고 있다. 한국이나 일본에서 행해진 <식민지문학> 연구 혹은 <이중언어문학> 연구는 본래 근대국민국가 관념의 장치로 기능했던 <국문학>이라는 틀을 월경(越境)하며 또 다른 한편에서는 정전(Canon)으로 기능했던 대작가/대작품 중심의 문학주의를 극복하고자 한 노력의 산물이자 이러한 연구방법론의 개척분야라 할 수 있다. 그런데 <식민지문학> 연구가 이러한 문제의식을 충분히 극복했는가라고 묻는다면 반드시 그렇다고 답하기는 어렵다. 즉, 이 연구 분야의 출발지점에는 <국문학>이라는 연구의 틀과 일국 중심주의를 뛰어넘으려는 문제 설정이 있음에도 불구하고 여전히 자국 문학을 연구하는 한 방편으로, 아니면 자국의 주류문학에 누락된 부분을 보충하는 형태로 이루어지고 있음을 부정할 수 없다. 나아가 이는 자국의 문학을 구성할 때 정전의 제도화를 통해 연구 대상을 위계화하는 기존 주류문학사의 폐쇄성을 답습할 우려조차 있다.

이러한 연구 경향을 극복하고자 동아시아 일본근대문학 연구자들에게 <동아시아와 동시대 일본어문학 포럼>의 결성을 제안하고 제1회 창립대회를 고려대학교에서 개최한 것이다. 본서의 타이틀은 창립대회의 테마이기도 하다. 창립대회에서는 동아시아의 일본근대문학 전공자들이 일제강점기에 각국을 횡단하며 유통된 일본어잡지를 전면적으로 검토하여 이들 잡지와 <식민지문학>의 다양한 문제를 논의의 선상에 두고 열띤 토론을 전개하였다.

한편, 이 포럼의 개최 이후, 고려대 일본연구센터 내 <식민지 일본어 문학·문화 연구회>는 <동아시아와 동시대 일본어문학 포럼>과 공동으로 이상의 문제의식을 동아시아뿐만 아니라 전 세계 타 지역으로 확산하고 실천하기 위해, 2014년 6월에 국제학술지 『과경 / 일본어문학연구』를 창간하기에 이르렀다. 이 학술지는 한국, 중국, 일본, 타이완 등의 동아시아 지역뿐만

『과경 / 일본어문학연구』 창간호

아니라, 미국, 프랑스, 독일 등 서구의 일본문학 연구자들이 참여하여 발행한 국제학술지이다. 이 학술지는 <에세이-과경의 말>, <특집논문>, <일반논문>, <연구자료>, <포럼 참관기> 등으로 구성되어 있다. 창간호의 간행사에서 본 잡지의 간행취지를 다음과 같이 밝히고 있다.

> 문학 연구 세계에서도 분단(分斷)은 오랫동안 방치되어 왔다. 일본어로 써진 문학을 연구하는 연구자들은 다양한 국가와 지역에 널리 거주하고 있으며, 그 사용 언어도 복수이다. 하지만 다양한 연구자들이 공유할 수 있는 플랫폼은 의외로 아직 없다.
>
> 우리는 분단의 긴장감이 지배하는 한편, 인적 이동이 점점 더 활발해지고 있는 동아시아 지역을 거점으로 지금 일본어문학 연구를 위한 새로운 국제학술지『과경(跨境) / 일본어문학연구』를 창간하는 바이다. <과(跨)-경(境)> —— 경계(境界)에 걸치다. 걸친다는 것은 단순히 넘는 것과는 다르다. 분할선을 넘으면서, 동시에 그 양쪽에 발판을 둔다는 뉘앙스로 사용된다. 넘어가는 것이 아니라, 걸쳐서 잇는 것. 각각의 국지성이나 입장을 무시하는 일 없이, 그곳에 하나의 발판을 두면서 다양한 <경계(境)> 너머로 다른 발을 내딛는 것.
>
> 걸치는 것은 어쩌면 넘는 것보다 어려울지도 모른다. 하지만 이제 그런 시도가 필요할 때다. 분단을 단숨에 해소하는 방책은 없을 것이다. 다양한 사람들을 모두 포괄하는 장도 만들 수 없을 것이다. 그럼에도 불구하고 참을성 있게 경계에 걸쳐서 계속해서 이어주는 것이 중요하다고 우리는 믿는다.『과경 / 일본어문학연구』가 서로 다른 입장, 서로 다른 생각을 갖는 사람들의 해후와 대화의 장이 되기를 바란다.(『과경 / 일본어문학연구』편집위원회「창간사」,『跨境 / 日本語文學研究』創刊号, 2014.6, pp.6-7)

여기서 말하는 '분단'이란 우리 세계에 존재하는 '다양한 분할선'이나 '경계'를 의미한다. 문학의 측면에서 말한다면 '국가-국어-국민문화'에 기반한 국문학으로서의 '일본문학'이 좋은 예가 될 것이며, 오랫동안

'정전'의 틀 속에서 여타 문학현상을 주변화한 '순문학' 개념도 이러한 틀 속에 위치한 경계라 할 수 있을 것이다. 뿐만 아니라 '일본문학'을 연구하면서 그동안 일국(一國)이나 일민족 중심적인 사고, 그리고 특정한 장르나 남성/여성과 같은 특정한 사상(事象) 중심적 분할 역시 분단이 만들어 낸 경계라 할 수 있다. 이에 대한 비판적 시각과 이를 극복하기 위한 방법적 고민이 바로 이 학술지의 출발점이라 할 수 있다.

<과경>이라는 개념은 기존의 학술계에서 널리 사용된 <월경(越境)>과 유사성을 가지고 있지만, 이와는 또 다른 방향성을 지향하고 있다. 이는 엄밀히 말해 근대가 만들어 온 다양한 영역의 경계를 뛰어넘음과 동시에 분단된 또는 분할된 현재의 입장, 나아가 각각의 '국지성'을 인정하면서 그것을 극복하고자 하는 입장이다. 그렇기 때문에 현재적 입장을 무조건 뛰어넘어야 한다는 강박의식을 지양하면서도 이를 극복하고자 하는 대화 공간을 설정하여 함께 만나는 데에 <과경>이 지향하는 중심 취지가 놓여있다. 물론 이러한 <跨−境>을 키워드로 간행된 이 학술지가 앞에서 지적한 일본문학 연구나 본서의 테마인 식민지문학 연구의 문제점과 현상을 극복하리라는 보장은 없다. 그러나 적어도 일본문학 연구를 수행하고 있는 세계 각국의 각 지역의 특수성과 역사성을 인정하면서, 또한 그곳으로부터 경계 너머에도 한 발을 딛고 자신의 고유성을 뛰어넘어 타자−타지역과 해후하여 대화하려는 자세, 이곳에 일본문학연구의 새로운 영역과 대상, 그리고 방법이 있을 것이라 기대하고 있다.(이상은 2014년 8월, 한국일본학회의 『일본학보』 제100호 기획논문으로 쓴 졸고, 「<일본문학> 연구에서 <일본어문학> 연구로−식민지 일본어문학 연구를 통해 본 일본현대문학 연구의 지향점−」의 일부를 가져와 첨삭한 것임을 밝혀 둔다.)

본서 『동아시아의 일본어잡지 유통과 식민지문학』은 이상과 같은 문

제의식에 기초하여 여러 동아시아 일본문학 연구자와 함께 토론하고 고민하는 과정에서 기획된 책이며, 이러한 의미에서 국제공동기획물이라 해도 과언은 아니라 생각한다. 그래서 20세기 초반 동아시아 역사의 결정적 변수였던 제국일본의 출현, 그리고 이와 더불어 일본 내는 물론 동아시아 각 지역에 등장한 일본어잡지의 간행과 유통, 나아가 이들 잡지의 유통과 밀접하게 관련되어 있었던 식민지문학을, 개별국가나 일국 문학 영역을 존중하면서도 이를 넘나들며 동일한 무대 위에 올려놓고 동아시아 식민지문학에 관한 공동의 논의 구조를 만들어간다는 목표, 이것이 바로 본서 기획의 출발지점이자 본 연구그룹이 지향하는 종착지점이다.

2

『동아시아의 일본어잡지 유통과 식민지문학』은 이러한 문제의식을 담아내기 위해 한국, 중국, 일본, 타이완, 미국 등 이 분야의 주요 연구자들을 망라하여 필자진을 구성하였다. 본서는 <문학으로 보는 근대 동아시아의 일본어잡지 유통>, <월경하는 동아시아문예의 제 양상>, <동아시아 식민지 일본어문학의 쟁점>, <일본어잡지와 동아시아 식민지문학>이라는 4부로 구성하여 각각의 부에 4-5편 이상의 논문을 수록하여 19장 체재로 구성하였다.

제1부 제1장은 한반도에서 가장 오랫동안 발행되었던 일본어 종합잡지 『조선급만주(朝鮮及滿州)』의 문예란을 대상으로 하여 1920년대 식민지 일본어 문학의 특징을 그 이전 시기(1900-1910년대)와 비교하면서 분석한 것이다. 1920년대 일본어 문학은 20세기 초나 1940년대 태평양 전쟁기

와는 달리, 식민자와 피식민자의 민족적 차별이나 차이, 나아가 일본의 전쟁찬미라는 방향성보다는 이를 뛰어 넘는 다양한 가능성을 가지고 있었으며 이는 당시 다이쇼(大正) 데모크라시의 영향과 한반도의 문화통치와 유무형의 관계를 가지고 있었다고 할 수 있다. 일본의 이민문학과 출판문화에 대해 다년간 연구하며 일본근대문학 연구에 새로운 담론을 제시하고 있는 일본 나고야 대학의 히비 요시타카(日比嘉高) 교수가 쓴 제2장은 당시 식민지 조선에서 일본어서적을 취급하는 소매서점의 역사를 '유통'이라는 관점에서 추적하고 있다. 일제강점기에 조선의 일본어서점은 당시의 정책 변화에 따라 명멸과 발전을 거듭하였다. 서점을 단순한 책의 판매장소가 아니라 여러 언어, 복수 민족의 접촉 영역으로서 간주하며 일본제국주의가 서점의 역사에 미친 영향에 대해 밝히고 있다.

　아쿠타가와 류노스케(芥川龍之介)와 구 만주지역 일본어문학 연구자인 일본 소조(崇城)대학 쉔 위엔차오(單援朝) 교수가 쓴 제3장은 1942년 관제 민영잡지로 출발하여 1945년까지 상업문예잡지로 '만주국'에서 간행된 『예문(芸文)』의 성립과 변천을 종합적으로 검토한 글이다. 만주문화를 알려주는 귀중한 자료인 『예문』이 '문화종합잡지'에서 '순예문종합잡지'로 변천한 과정을 살펴봄으로써 당시 국가권력에 따른 문화통제체제와 그에 대한 저항을 한눈에 조망하고 있다. 타이완의 식민지 일본어문학 전공자인 푸런(輔仁)대학의 요코지 게이코(橫路啓子) 교수가 쓴 제4장은 잡지 『타이완청년(臺灣青年)』의 네트워크에 대해 여러 각도에서 검토하고 있다. 『타이완청년』에 사상적으로 다양한 사람들이 모이게 된 계기로 메이지(明治) 대학교, 기독교인 네트워크, 그리고 타이완인 네트워크를 만드는 다카사고(高砂) 기숙사라는 세 가지 요소를 제시하며 그들이 어떻게 결합하여 잡지를 만들기에 이르렀는지 자세히 고찰하고 있다. 한편, 한반도에서 간행된 일본전통시가 연구자인 고려대학교 일본연구센터 엄인경(嚴仁卿) 교수가 집필한 제5장은 일제강점기 한반도 각지에서 간행된 단카(短歌), 하이쿠(俳句), 센류(川柳) 전문잡지의 통시적 전개 양상을 밝힌 연구이다. 양과 규모 면에서 '한반도 일본어문학'의 주류였음에도 불구하고 지금까지 고찰의 대상이 되지 못했던 일본 전통시가 장르의 한반도 문단 지형도를 제시하고, 당시 일본과 한반도 그리고 '만주' 지역을 잇는 거대한 네트워크의 형성과 이들 전문잡지의 역할을 규명하였다.

한국의 대표적 '이중언어문학'전공자인 서울대 윤대석(尹大石) 교수가 쓴 제2부 제1장은 경성제국대학의 학생 문예를 통해 재조일본인이라는 의식이 어떻게 생겨났는지를 밝히며 그 속에서 재조일본인 문학의 기원을 찾고 있다. 재조일본인은 조선의 현실에 주목해 '반도(半島)' 일본인 문학을 세우고자 했는데, 윤대석 교수는 일본 본토와의 관계성뿐만 아니라 식민지 조선과 자신 사이에서 차별성과 연대성을 적절히 조절해가며 재조일본인이라는 자의식이 구체화되는 과정을 논증하고 있다. 일본 근대문학 및 타이완 황민문학을 전공하는 국립정치대학 타이완문학연구소의 우 페이전(吳佩珍) 교수가 쓴 제2장은 일본의 타이완 식민지기 연구에 있어서 주류를 차지해 온 '승자' 사관을 버리고 지금까지 비주류로 취급되어 온 메이지기 도호쿠 제번의 '패자' 사관에 서서 기타시라카와노미야 요시히사(北白川宮能久) 친왕이 메이지 유신사에서 차지하는 위상을 검증하는 작업을 수행하고 있다. 우 페이전 교수는 모리 오가이(森鷗外)의 『요시히사 친왕 사적』의 친왕상을 검토하면서 타이완 정벌 도중 병사한 기타시라카와노미야가 좌막(佐幕)의 패자이자 타이완의 진수신(鎭守神)이라는 중층적 이미지를 갖고 있음을 밝히고 있다.

동아시아의 모더니즘과 아방가르드 문학을 오랫동안 연구해온 규슈(九

州대학 나미가타 쓰요시(波潟剛) 교수가 쓴 제3장은 잡지 『조광(朝光)』에 게재된 두 편의 글을 다룬다. 「모던 심청전」(1935.11-36.6) 속의 삽화와 에피소드에 등장했던 조세핀 베이커가 이효석의 수필 「C항의 일척(C港の 一齣)」(1936.8)에서 다시 언급되고 있음에 주목했다. 흥미로운 점은 이효석이 당시 식민지 조선에 온 적이 없는 그녀의 공연을 보러간 이야기를 이 글에 쓰고 있는 것이다. 필자는 이 문제의 배경에 '반도(半島)의 무희' 최승희(崔承喜)의 존재가 매개체로서 관여하고 있었을 가능성을 제시하고 있다. 이러한 문제를 통해 1930년대 조선에서 모더니즘이 어떻게 수용되고 번역되었는가에 대해 고찰하고 있다. 동아시아 역사연구 전문가인 미국 소카대학(Soka University)의 황동연(黃東淵) 교수가 쓴 제4장은 민족이나 국가를 단위로 하는 배타적 민족주의의 편파성을 바꿀 수 있는 기제로 '권역(圈域)' 시각에 기초한 '동부아시아'라는 개념을 제언하며 동부아시아 급진주의자들의 지적 활동을 통해 초국가적 상호영향을 살피고 있다. 이러한 초국가주의를 통한 국민국가의 새로운 과거 만들기는 특권화된 일국사관을 벗어나 과거의 지역 내 갈등을 풀고 새로운 지역관을 만들어줄 것으로 전망하고 있다.

아쿠타가와 류노스케 전문가로 최근 『경성일보(京城日報)』의 식민지문학 연구를 하고 있는 고려대 일본연구센터 김효순(金孝順) 교수가 쓴 제3부 제1장은 식민지 조선의 미디어 특히 『경성일보』의 아쿠타가와 관련 기사를 분석하여, 식민 종주국인 일본의 문학·문화현상이 제국의 확대에 따라 식민지 문단과 사회에 그 영향력을 확대해 가는 양상을 분석한 글이다. 김효순은 이 글에서, 아쿠타가와의 자살을 계기로 식민지 조선에서 모방자살이 유행했고 아쿠타가와 문학 붐이 일었으며, 당시 문학적 토대 형성기에 있었던 박태원, 이상과 같은 모더니스트 작가들에게 미친 영향을 분석하고 있다. 중일 비교문학 및 번역문학 전문가인 중국 베이징사범대학의 왕 즈송(王志松) 교수가 집필한 제2장은 만주국에서 간행된 일본어잡지 『만주낭만(滿洲浪曼)』에 게재된 오우치 다카오(大內隆雄)의 번역 작품을 연구대상으로 하여 작품 선택 및 번역 방법을 고찰하고 이를 통해 『만주낭만』 및 만주문학에 대한 오우치 다카오의 입장을 규명하고 있다.

타이완 식민지 일본어문학 전문가인 타이완 둥우(東吳)대학의 린 쉐싱(林雪星) 교수가 쓴 제3장은 「정 일가(鄭一家)」(『타이완시보(台湾時報)』, 1941.09)와 「시계초(時計草)」(『타이완문학(台湾文學)』, 1942.02)를 중심으로 하여, 식민지 타이완에서 '황민화운동(皇民化運動)'이 전개되고 있던 당시 타이완에서 활약한 일본인 작가 사카구치 레이코(坂口零子)가 그의 소설에서 타이완 및 타이완인을 어떻게 표상하고 있었는지를 고찰한 글이다. '황민화'를 풍자적으로 묘사하고는 있지만, 결국 피지배자를 지배자의 시선으로 보고 있는 식민지 본국 작가의 피식민지에 대한 인식이 문제점으로 지적되고 있다. 일본 내 한일비교문화론의 대표적 연구자이자 근대 일본의 조선 인식 관련 연구자인 에히메(愛媛)대학의 나카네 다카유키(中根隆行) 교수가 쓴 제4장은 조선 하이쿠란 무엇인가에 대한 의문에서 시작한다. 재조일본인이 창작한 하이쿠는 조선의 풍물에 계절감을 가탁하는 것에서부터 시작되어 향토색, 즉 조선색을 더하며 그 독자성을 가동하기에 이른다. 그러나 '조선 하이쿠란 무엇인가?'에 대해 규정하는 것은 불가능하다. 조선 하이쿠에 있어 향토색이란 규정할 수 없는 매직 워드(magic word)로써 기능하고 있음을 제시하고 있다. 일본 나고야(名古屋)대학 대학원에서 만주문학을 전공하고 있는 주란(祝然)이 쓴 제5장은 태평양전쟁기 만주문예의 정황을 잘 보여주었던 잡지 『북창(北窗)』을 대상으로, 특히 전쟁 찬미적 성격을 가졌던 '헌납소설'의 특징에 대해 검토하였다. 즉 '헌납소설'이 국책에 대한 무관심이나 아이러니 등을 보여준다는 점에서 전쟁 말기 만주문예의 복잡한 성격을 잘 드러내고 있다고 밝히고 있다.

한반도 식민지 일본어문학 전문가인 고려대 일본연구센터의 김계자(金季杍) 연구교수가 쓴 제4부 제1장은 일제강점기에 조선에서 발간된 일본어잡지에 조선인의 창작이 게재되기 시작하는 1920년대 일본어문학장에 주목해, 조선인이 일본인과 상호 침투, 각축하면서 나타나는 서사 및 담론을 『조선공론』과 『조선급만주』를 중심으로 고찰하고 있다. 이를 통해, 1920년대에 식민 당지(當地)에 거주하는 재조일본인과 조선인이 보이는 식민지적 일상의 혼종적 측면을 규명하고 있다. 중일 비교문학 및 일본문학을 전공하는 베이징사범대학의 린 타오(林濤) 교수는 제2장을 통해 잡지 『만주낭만(滿州浪漫)』 창간호에 게재되었던 요코타 후미코(橫田文子)의 「백일의 서(白日の序)」를 고찰하고 있다. 쇼와(昭和) 초기라는 시대 배경과 작가의 좌익 문학 활동을 작품의 모티브와 결부시켜 생각할 때, 이 작품이 동성애로 상징되는 시대의 '불안과 초조', 그리고 주인공의 복수에 담긴 체제에 대한 반역의 정열을 서정적으로 그려내고 있음을 규명하고 있다.

구 만주국 식민지문학 전문가인 중국 둥베이(東北)사범대학의 류 춘잉(劉春英) 교수가 쓴 제3장은 일본 점령기에 중국 동북지방에서 나온 일본어잡지에 관해 고찰한 논문이다. '만주'의 일본 문학은 다롄(大連)에서 시작되어 선양(瀋陽), 창춘(長春), 하얼빈(哈爾濱) 등의 철도선을 따라 대도시로 확장되었다. 그리고 '만주'로 건너 온 유명한 일본인 작가에 의해 급속하게 수많은 일본어문학 잡지가 간행되었다. 이들 작품은 식민주의 '종주국'의 문화 속성을 보여주고 있기 때문에 현대인들이 생각해 보아야 할 의미 있는 언설 공간이라 할 수 있다. 일본통치기 타이완의 일본어 문학을 연구하는 일본 도요하시(豊橋)기술과학대학의 이즈미 쓰카사(和泉司) 교수가 쓴 제4장은 1930년대 타이완 문학계에서 활약한 니가키 고이치(新垣宏一)의 작품을 소개하고 있다. 니가키는 재타이완 2세로, 당시 타이완 사회와 문화에 대한 풍부한 지식과 애정이 작품 속에 드러나 있지만 권력과 일체화된 제국주의의 그림자에 대해서는 설명하지 않은 한계를 가지고 있다고 평가하고 있다. 일본 나고야대학 대학원에서 만주아동문화에 대해 연구하고 있는 웨이 천(魏晨)이 쓴 제5장은 만주 아동문학의 토대를 세운 이시모리 노부오(石森延男)를 소개하고 있다. 이시모리는 만철사원회 기관지 『협화(協和)』의 아동문화담당자로서 초기 반전, 반군국주의적 성향의 작품을 발표했으나, 이후 만주현지의 향토문예를 지향하면서 만주를 전쟁과는 상관없는 이향(異鄕)으로 묘사해 군국주의교육에 대한 반발과 만주지배에 대한 긍정이라는 모순을 노출했다고 평가하고 있다.

3

이상에서 소개하였듯이 『동아시아의 일본어잡지 유통과 식민지문학』은 20세기 전반기 제국일본의 출현과 동아시아 각 지역에 대한 식민지 확장, 그리고 이들 지역에서 일본인 사회에 의해 간행된 일본어잡지와 유통 경로, 그리고 그 속에 들어 있는 식민지문학의 다양한 양상에 관한 대략의 지도를 제시하고 있다고 자부하는 바이다. 작년 고려대 일본연구센터에서 개최한 <동아시아와 동시대 일본어문학 포럼> 제1회 학술심포지엄에서 진지한 학술발표와 토론을 함께 하고 이 책의 간행을 위해 기꺼이 옥고를 주신 18분의 집필자들은 각 나라에서 이 분야의 연구를 선도하고 있는 최고의 연구자임을 자신 있게 말할 수 있다. 포럼의 각 지역 대표인 중국의 왕 즈송 교수님, 일본의 히비 요시타카 교수님, 타이완의 요코지 게이코 교수님을 비롯하여 필자 모든 분께 본 연구회를 대표해 깊은 감사의 말씀을 드리는 바이다. 그리고 본서가 출판되는 과정에서 외국인 필자의 경우 일본어로 논문을 집필하였고, 이들 논문은 모두 해당분야 연구자들이 번역을 해주었다. 번역을 담당해 주신 선생님들께도 이 지면을 빌려 감사의 말씀을 전하고자 한다.

고려대 일본연구센터에서는 2007년부터 10년간 국가 프로젝트인 HK(Humanities Korea)사업을 진행하면서 2009년도 상반기에 핵심연구분야(Agenda) 중 하나로 <식민지 일본어 문학·문화 연구회>를 조직하였다. 즉 개화기에서 일제강점기에 이르기까지 통시적, 종합적 차원의 식민지 일본어문학·문화에 대한 연구의 필요성을 절감하고 <식민지 일본어문학·문화 연구회>를 공식적으로 출범하여 해당분야의 연구 및 번역 작업을 수행하고 있다. 대부분 일본근현대 문학·문화 또는 한일 비교문학 연구자로 구성된 본 연구회는 그 동안 『완역 일본어잡지 『조선』 문예란 1-4』(도서출판 문/제이앤씨, 2010.3-2013.4), 『식민지 일본어문학론』(공역, 도서출판 문, 2010.9), 『제국의 이동과 식민지 조선의 일본인들』(도서출판 문, 2010.10), 『제국일본의 이동과 동아시아 식민지문학』(도서출판 문, 2011.11), 『동아시아 문학의 실상과 허상』(보고사, 2013.4), 『재조일본인과 식민지 조선의 문화 1』(역락, 2014.5) 등 다수의 연구서와 번역서를 간행하였다. 본 연구회는 국제학술지 『과경 / 일본어문학연구』의 간행과 더불어 2014년도 9월부터 <과경 일본어문학·문화 연구회>로 개칭하여 한반도의 일본어문학 연구를 중심으로 하면서도 일국중심주의와 문학주의를 뛰어넘어 국제적 공동연구를 지향하고자 한다.

　<과경 일본어문학・문화 연구회>의 공동 멤버이자 일본연구센터 소장인 유재진 교수님, 일본연구센터의 김효순 교수님, 엄인경 교수님, 그리고 이 책을 정리하고 편집하는 데 함께 고생해 주신 김계자 선생님을 비롯하여 이 연구서가 나오기까지 수많은 연구회에 빠짐없이 참가하며 학문적 격론을 나누어 주신 본 연구회 멤버 선생님들께도 감사의 말씀을 드린다. 특히 본 연구회가 출범하고 나서 얼마 지나지 않은 2009년도에 잠시 건강문제로 몇 개월 학교를 떠나 있다 돌아왔을 때 연구의 버팀목이자 교재가 되어 주었던 식민지 관련 자료들을 폭넓게 만나고 접하였던 것은 크나큰 행운이었다.

　마지막으로 이 책의 출판을 기꺼이 맡아주신 도서출판 역락의 관계자 및 이소희 대리님께도 감사의 말씀을 드리는 바이다.

2014.10

과경 일본어문학・문화 연구회

정병호

# 차 례

# 제2부 월경하는 동아시아문예의 제 양상 / 157

# 제3부 동아시아 식민지 일본어문학의 쟁점 / 265

# 제4부 일본어잡지와 동아시아의 식민지문학 / 393

제1부

# 문학으로 보는
# 근대 동아시아의
# 일본어잡지 유통

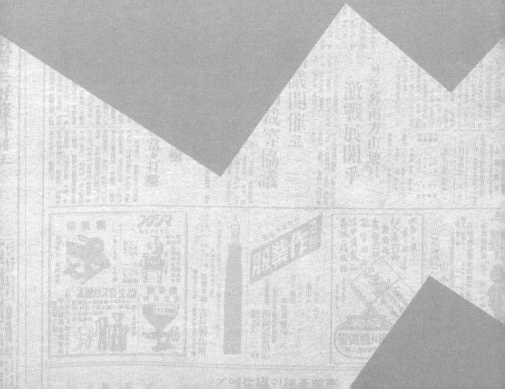

‖정 병 호‖

# 1920년대 전반기 일본어잡지 『조선급만주(朝鮮及滿州)』의 문예란 연구

### 일본어잡지 속 재조(在朝)일본인 문학의 변용을 중심으로

## 1. 들어가며

1920년대 한반도의 식민지 일본어 문학은 1900초년대에서 1945년까지 이어진 시간적 틀 속에서 단지 통시적 개념뿐만 아니라, <일본어 문학> 그 자체의 성격에 있어서 중간적인 성격이 매우 강한 시기였다. 주로 재조(在朝)일본인들을 중심으로 일본어 문학이 창작되어 오다 조선인 일본어 문학이 등장하는 시기이며, '내지' 일본의 문예잡지에 조선인 작가의 작품이 연이어 발표되던 시기였다. 그리고 일본어잡지를 중심으로 하여 간행되던 일본어 문학이 경성제국대학의 개교와 더불어 이제 본격적으로 인텔리 문학이 개시되던 시점이기도 하다.

위에서 말한 내용을 좀 더 구체적으로 살펴보면 1920년대 일본 프롤레타리아 문학운동이 본격화되고 일본의 프롤레타리아 문학 관련 잡지[1])

에 김용제, 이북만, 백철, 임화, 이정식, 김희명 등이 문학작품이나 평론
을 게재하고 있다는 사실2)과 정지용 등이 일본의 『근대풍경(近代風景)』에
일본어 시를 발표하게 된다.3) 그리고 1925년 경성제대예과 학생들의 동
인지인 『청량(淸凉)』이 창간되어 유진오, 이효석, 최재서, 김태준, 조용만
등 한국인 학생과 일본인 학생들이 한반도에서 일본어 작품을 발표하게
된다.4) 1920년대 한반도 관련 일본어 문학의 이러한 전개는 1930년대
이후 일본 내의 신문·잡지 등 주류 미디어에서 조선문학과 관련된 특
집란을 내면서 조선문학을 일본어로 소개했던 사실보다 빠르며 일본 내
조선인 작가의 데뷔라던가 한반도 내 조선인 작가의 일본어 글쓰기라는
측면에서도 1930년대를 예견하는 선구적 현상이라고 할 수 있다. 따라
서 이 시기 한반도 <일본어 문학>의 특징은 1910년대와 마찬가지로
잡지나 신문의 '문예'란을 중심으로 일본어 문학이 전개되었지만 일본
어 교육의 영향으로 한국인 작가의 작품이나 평론이 실리게 되며 프롤
레타리아 문학에서 볼 수 있듯이 조선문학자들과 일본문학자들이 본격
적으로 교류를 하여 1930년대 일본어 문학의 새로운 전환을 준비하였
다는 의미를 가지고 있다.5)

---

1) 최근에 번역된 『일본 프로문학지의 식민지 조선인 자료 선집』(김계자, 이민희 공역, 도
   서출판 문, 2012)을 보면 『씨 뿌리는 사람들(種蒔〈人)』, 『전위(前衛)』, 『전진(進め)』『문예
   전선(文芸戦線)』, 『문예투쟁(文芸闘争)』, 『전기(戦旗)』 등 거의 주요 프로 문학잡지에 '재일
   조선인 작품을 비롯해 조선에서 투고한 글'('책을 내며')이 실려 있음을 확인할 수 있다.
2) 이한창 「해방 전 재일조선인 사회주의자들의 문학활동 : 1920년대 일본 프로문학 잡지
   에 발표된 작품을 중심으로」(韓國日語日文學會 『日語日文學研究』 제49집 2권, 2004.5),
   pp.349-373.
   이한창 「재일동포 문인들과 일본문인들과의 연대적 문학활동-일본문단 진출과 문단
   활동을 중심으로」(한국일본어문학회 『일본어문학』 제24집, 2005.3), pp.281-307.
3) 박경수 「정지용의 일어시 연구」(『비교문화연구』 제11권, 2000) 참조.
4) 신미삼 「『청량(淸凉)』 소재 이중어 소설 연구」(한민족어문학회 『한민족어문학』 제53집,
   2008.12), pp.100-101 참조.

더구나 1920년대는 한반도 일본어 문학에서 가장 긴 역사와 '내지' 일본의 문단과도 네트워킹을 가지고 조선 내 각 지역의 문학결사를 만들며 대량의 문학적 활동을 보였던 단카(短歌), 하이쿠(俳句), 센류(川柳) 등 일본전통시가 장르가 본격적으로 '단카, 하이쿠, 전문 문학잡지와 더불어 각각의 가집, 구집도 활발하게 간행'[6]했던 시기였다. 이런 의미에서는 적어도 전통시가 장르로 한정된다고 하더라도 조선에서 확고한 일본어 문단이 만들어지고 제한된 범주 내에서 조선인 작가의 일본어 창작이 보이는 시기라고 규정할 수 있다.

그럼에도 불구하고 1900-20년에 걸친 일제강점기 초기와 1930년 이후의 식민지 일본어 문학에 비해 두 시기의 교량적 역할을 수행했던 1920년대 <일본어 문학>에 대한 연구는 그다지 활발하게 이루어지지 못하였다. 이 시기 일본어 문학에 대한 연구는 앞에서 예를 든 '내지' 일본 잡지에 실린 조선인 작가를 분석한 이한창의 연구,[7] 엄인경의 연구 외에 대표적인 연구로는 '1920년대 초반' '문예란의 확대와 세분화를 통하여 '조선문단'의 오리지널리티를 강조한 『조선공론』의 변화'[8]를

---

5) 정병호 「한반도 식민지 <일본어 문학>의 연구와 과제」(한국일본학회 『일본학보』 제85집, 2010.11), pp.112-113 참조.

6) 정병호·엄인경 「한반도에서 간행된 일본전통시가 문헌의 조사연구-단카(短歌)·하이쿠(俳句) 관련 일본어 문학잡지 및 작품집을 중심으로-」(한국일본학회 『일본학보』 제94집, 2013.2), p.108.
한편, '한반도 간행 센류 관련 문헌'도 '주로 1920년대에 들어가서야 본격적으로 출판된다'(엄인경 「한반도에서 간행된 일본 고전시가 센류(川柳) 문헌 조사연구」(『동아인문학』 제24집, 동아인문학회, 2013.4), p.209.

7) 이한창의 연구와 궤를 같이 하는 연구로서 1920년대 초기 일본문단에서 활동한 정연규를 고찰한 김태욱(「정연규의 삶과 문학-1920년대 중반까지의 활동을 중심으로-」<한국일본어문학회 『일본어문학』 제27집, 2005.12>, pp.195-214)의 연구가 있다.

8) 조은애 「1920년대 초반 『조선공론』 문예란의 재편과 식민의 '조선문단' 구상」(한국일본사상사학회 『日本思想』 제19호, 2010.12), p.238.

고찰한 조은애의 연구 등이 있다. 위에서 제시한 이러한 연구는 각각 1920년대 초『조선공론』잡지 문예란의 변화양상이 가지는 의미와 전통운문장르의 전개양상을 충분히 제시하고는 있지만, 실제 1920년대 <일본어 문학>, 특히 재조일본인들이 창작한 문학의 특징과 방향성에 대한 논의가 충분히 이루어졌다고 할 수는 없다.

따라서 본 연구는 한반도에서 전개된 식민지 일본어 문학의 전모와 통시적 변화를 분명히 파악하기 위해 일제강점기 최장기 간행되었으며 나아가 재조일본인 일본어 문학의 가장 큰 거점이기도 하였던『조선급만주(朝鮮及滿州)』의 문예란, 특히 그곳에 게재된 소설작품의 특징을 고찰하기로 한다. 따라서 먼저 재조일본인 잡지인『조선공론(朝鮮公論)』이 비슷한 시기에 제시한 '조선문단' 형성이라는 주장과 문예란의 변화양상에 기초하여 해당 논의에 대한『조선급만주』의 연관성을 알아보고, 1920년대 이 잡지에 게재된 일본어 소설의 특징과 방향성을 고찰하며, 특히 다이쇼(大正) 데모크라시의 분위기 속에서 당시 한반도 일본어 문학의 변모 양상을 파악한다. 이를 통해 재조일본인 일본어 문학의 전체상과 그 통시적 흐름을 파악하며, 1900-1920년과 1930년대 이후 재조일본인 문학의 특징과 1920년대의 일본어 문학의 방향성을 비교 고찰하여 그 차이를 분명히 하도록 한다.


## 2. 1920년대『조선공론(朝鮮公論)』의 '조선문단' 논의와 『조선급만주』의 문예담론

『조선급만주』와 더불어 한반도에서 종합잡지로서 가장 오랫동안 존속한 거대잡지인 『조선공론(朝鮮公論)』도 '공론문단(公論文壇)', '창작(創作)', '반도문예(半島文藝)', '문예(文藝)'라는 섹션을 설치하여 일제강점기 재조일본인들 문예창작의 중심적 역할을 수행하였다. 특히 '공론문단'은 다시 '공론시단(公論詩壇)', '공론가단(公論歌壇)', '공론하이단(公論俳壇)', '공론류단(公論柳壇)'으로 세분화되는 경우도 있어서 각 장르별로 일본어 문학을 적극 게재하였다.

그런데 1921년 11월호를 보면 마쓰모토 데루카(松本輝華)라는 사람이 「조선문단의 사람들(朝鮮文壇の人々)」이라는 제하에 다음과 같은 글을 싣는다.

> 조선문단의 사람들은 극단에서 극단으로 달리고 있는 것이다.
> 상당히 솜씨가 있는 미래작가가 있다고 생각하면 유치한 소년의 무리도 있다. 물론 본고도 그런 심산으로 쓴 것이기 때문에 불만스런 사람이 있다면 참아 주었으면 한다.
> 그런데 태어난 지 얼마 지나지 않은 유아인 반도의 문예는 물론 중앙문단 등에 생각이 미칠 만큼 촌스럽지만 초기 사람들은 그래도 매우 진지하고 열심이었던 것은 사실이다.[9]

이 글은 '1기의 사람들 그 외(一期の人々其他)', '가단의 사람들 그 외(歌壇の人々其他)', '하이단의 사람들(俳壇の人々)', '류단의 사람들 그 외(柳壇の人々其他)'라는 서브타이틀을 배치하여 비교적 빠른 시기부터 한반도에서 활약하였던 일본어 문학 작가 중심으로 한반도의 이른바 '조선문단'을 다양한 장르에 걸쳐 회고, 정리하고 있다. 이와 같이 마치 한반도의 일본어 소문학사라고도 할 수 있는 이 글과 더불어 『조선공론』에서 비록 오랜 기간 지속되지는 못하였지만 1920년 6월에 기존의 '공론문단'과 더

---

9) 松本輝華 「朝鮮文壇の人々」(『朝鮮公論』 第9卷 第11号, 1921.11), p.133.

불어 '반도문예'란을 새롭게 설치하여 문예란 구성의 새로운 변화를 시도하게 된다.

이러한 변화에 대해 조은애는 일본어(=국어) 문학을 기준으로 하여 분류된 '내지' 일본의 '중앙문단'과 한반도의 '조선문단'이라는 구분 속에는 한반도의 '조선어 문단의 존재가 은폐되어' 있기는 하지만, 이 글은 '식민지 일본어 문학사를 다이나믹하게 구성하고자 하는 노력'이라고 지적하고 있다. 그리고 이와 더불어 '이렇게 스스로 문단을 구성하려는 재조일본인들의 욕망을 식민지 조선에서 산출된 일본어 미디어들의 초기 형성 단계에서부터 엿볼 수 있다는 것은 중요한 사실'10)이라는 평가도 동시에 내리면서 이 글을 '중앙문단'과 구별되는 '조선문단' 구축을 향한 욕망이 내재되어 있음을 지적하고 있다.

그런데 재조일본인들이 스스로의 '문단을 구성하고자 하'여 일종의 '일본어 문학사'를 정리, 회고한 글은 정확하게 말하면『조선공론』의 이 기사가 최초는 아니다. '내지'의 '중앙문단'과 변별되는 '조선문단'('식민지문단')을 형성하고자 한 논의는 보다 엄밀하게 구분하자면 두 가지의 측면에서 논의되었다고 할 수 있다. 하나는 위의 글이 제시하는 바와 같이 일종의 한반도 내 '일본어문학사' 구축의 시도이며, 또 다른 하나는 '내지'의 일본문학과 구별되기 위한 식민지 문단의 내용적, 정서적 내질과 관련되는 문제이다. 위의『조선공론』의 문제의식을 이렇게 두 가지로 구분할 수 있다면 이와 관련된 논의와 문제의식은 이미 1910년대『조선급만주』문학담론의 주요한 특징 중 하나였으며 좀 더 시기를

---

10) 조은애, 앞의 글(「1920년대 초반『조선공론』문예란의 재편과 식민의 '조선문단' 구상」), p.236.
한편 문예란의 변화에 대해서는 '신진작가를 독자적으로 발굴하고자 한『조선공론』의 미디어 기획과도 상응'(p.240)하고 있다는 평가를 내리고 있다.

거슬러 올라간다면 1900초년대부터 존재하였다고 볼 수 있다. 예를 들면, '그 때부터 6, 7년이 지난 오늘날까지 경성의 문학적 운동을 미덥지 못한 자신의 기억을 더듬어 간단하게 표면적으로 써 보려고 생각한다'[11]로 시작하는 난바 히데오(難波英夫)의 「경성과 문학적 운동(京城と文學的運動)」이라는 평론이 그 대표적인 글이다. 이 글은 한반도 일본어 문학을 모든 장르에 걸쳐 그 흐름을 개관하고 있는데, 각 장르의 작가들은 물론 일본어 신문과 잡지의 문예란에서 문학잡지의 발간 동향, 문학회의 내용에 이르기까지 다양한 관점에서 경성 일본어 문단을 회고, 정리하고 있다.[12]

그런데 흥미로운 사실은 '조선문단' 의식, 또는 조선 내의 일본어 문학사를 구성하고자 하는 의식을 보여주는 이러한 글들과 더불어 1910년대에는 '내지' 일본문학과는 다른, 식민지 조선의 풍토와 생활에 뿌리를 둔 문학의 탄생을 강렬히 희망하고 있었다. 예를 들면 '실제 이 반도에서 탄생한 심혹(深酷)한 비통한 문예가 있었으면 한다'[13]는 취지의 글이나,

　　특히 대만이라든가 가라후토(樺太)라든가 내지는 조선과 같은 신영토에
　　제재를 취하게 된다면 매우 재미있는 것이 만들어질 것이라고 생각한다.
　　이 문예와 신영토라는 문제는 작가에게도 또한 그 토지의 사람들에게도
　　아주 흥미가 있는 문제라고 생각한다. 나는 사회적 흥미 중심의 작품과
　　신영토를 무대로 한 작품을 금후의 작자에게 기대하며 그 출현을 간절히

---

11) 英夫 「京城と文學的運動」(제117호, 1917.3), p.103.
12) 한편 이외에도 경성 내 조루리(淨瑠璃)계의 역사와 현재를 정리한 「京城の淨瑠璃界」(草野ひばり), 제136호, 1918.10)나 경성 내 하이쿠의 문단사를 비교적 상세히 논하고 있는 「義朗氏と其俳句」(在龍山 橘緣居主人, 제130호, 1918.4)도 한반도 내 일본어 문학을 정리하려는 욕망이 투영된 글들이다.
13) 草葉生 「雪ふる夕—朝鮮文芸の一夕談」(제78호, 1914.1), p.126.

희망하는 자이다.[14]

라는 글이 이러한 욕망을 잘 보여주고 있다. 이 글은 최근 '내지' 일본
문단의 주요한 경향을 비판하면서 식민지 '신영토'에 뿌리를 내린, 그리
고 식민지에서 제재를 취한 작품의 창작을 강하게 희망하고 있는 글이
다. 한편 '내지' 중앙문단과 준별되며 조선 현지의 풍물과 그 특징을 잘
반영한 조선에서 만들어진 문학의 탄생을 희망하는 글들은 이미 1900
초년대부터 보이는 현상이다. 예를 들면 '작금의 조선'은 '일본문학에
이채를 띠게 만드는 품제(品題)이지 않은 것은 없'[15]다고 주장하는 논리
나 '한국의 시제'는 '현대일본문학을 위해 부여받은 하늘의 은혜로서 시
인, 문사(文士)들이 분발하여 부기(賦記)해야 할 사업'[16]이라고 주장하는
평론들이 이에 해당한다.

이런 의미에서 본다면 위에서 논한 『조선공론』의 「조선문단의 사람
들」에 보이는 문제의식은 늦어도 1910년대 『조선급만주』 문학담론의
주요 특징이자 시도 중 하나였다고 할 수 있다.[17] 이러한 문제의식이
두 잡지에서 시간적 차이를 보이는 것은 『조선급만주』의 개명전 잡지인
『조선(朝鮮)』(1908년 창간)과 『조선공론』(1913년 창간) 창간의 시간적 간격에
기인하는 바도 있을 것이라 생각되지만,[18] 1920년대에 이르기까지 재조

---

14) 文學士 生田長江「文芸と新領土」(제70호, 1913.5), p.13.
15) 美人之助「朝鮮に於ける日本文學」(『朝鮮之實業』第10号, 1906.3), p.24.
16) 高濱天我「韓國の詩題」(『朝鮮之實業』第9号, 1906.2), pp.7-8.
17) 정병호「1910년대 한반도 내 일본어잡지의 간행과 <일본어 문학> 연구-『조선 및 만
주』(朝鮮及滿州)의 「문예」 관련기사를 중심으로」(한국일본학회『일본학보』 제87집, 2011.
5) 참조.
18)『조선공론』의 1921년 11월호에는「朝鮮文壇の人々」이라는 글 외에도 '경성 인화(印畵)
계', '경성 화단(畵壇)', '경성 키네마(キネマ)계', '경성 비와(琵琶)계', '필름 팬(フィルム・
ファン)', '조선 운동계' 등 다양한 예술과 오락 및 스포츠계 분야의 역사와 현황을 개

일본인의 문학에서 '조선문단' 구축이라는 강렬한 방향성이 있었음을 알 수 있다. 1920년대까지 소설분야에서 뚜렷한 식민지의 조선문단을 형성하지는 못하였지만, 단카, 하이쿠, 센류 등 일본전통시가 분야에서 1920년대 이후 '내지' 일본과 조선, 그리고 조선 내에서도 다양한 지역에서 문학 네트워킹이 이루어지고 식민지 문단을 형성해 갔던 점을 상기하면 이러한 시도가 결코 무의미하지는 않았다고 할 수 있다.

이러한 의미에서 1920년대에 들어와 『조선공론』이 광범위하게 식민지 조선의 다양한 문예 및 오락 집단의 성립과 형성, 그리고 그 역사를 재현하고자 하는 시도, 나아가 종래의 '공론문단'과 구별되는 '반도문예'란의 설정은 하나의 획기적인 시도였다고 할 수 있을 것이다. 그러나 이는 『조선공론』의 '반도문예'란이 그렇게 오래 지속되지 못한 사실로부터도 알 수 있듯이 이는 당시 일본어 문학계의 전체적인 담론으로 확장되지 못하였다. 이 당시 최대의 문예란을 구축하고 있었던 『조선급만주』는 오히려 식민지 문단에 관한 관심보다는 오히려 작품의 테마와 공간성이라는 측면에서 1900초년대와 1910년대와 구별되는 현저한 특징

---

관하고 있다. 그런데 1910년대 『조선급만주』에서도 요쿄쿠(謠曲), 하이쿠, 회화, 문학, 서도, 자기(磁器), 음악계, 단카(短歌) 등 문화예술계의 역사와 현황에 관한 수많은 기사가 1910년대 초부터, 특히 1910년대 후반에 집중적으로 쓰여졌다. 「京城の謠曲界」(제55호, 1912.7.15), 羽水生「京城の冬 趣味と京城人」(제66호, 1913.1), 坂崎青丘「朝鮮短歌會の席上より」(제104호, 1916.3), 琵琶法師「京城の琵琶界」(제130호, 1918.4), 夢酒舍主人「京城の興業界」, △△生「京城謠曲界の大天狗小天狗」(제104호, 1916.3), 匪之助「京城音樂界の昨今(琴と尺八)」(제78호, 1914.2), 半可通生「京城音樂界の昨今(二)」(제80호, 1914.3), 凸凹子「朝鮮美術協會 (제一回展覽會を觀る」(제87호, 1914.10), 黑田鹿水「琵琶に關する管見」(제93호, 1915.4), ビワ法師「琵琶界のぞ記」(제149호, 1919.11), ビワ法師「頃日の京城琵琶界」(144호, 1919.6), 木の葉天狗「京城淨瑠璃界近況」(제144호, 1919.6), ビワ法師「本年の筑前琵琶界」(제139호, 1919.1), 草野ひばり「京城の箏曲界」(제135호, 1918.9), 「京城の謠曲界」(제130호, 1918.4), 森の字「京城の素人義太夫」(제115호, 1917.1) 등이 이에 해당한다. 따라서 잡지의 창간 시기가 다소 차이가 있는 측면에서 생각한다면 이러한 시간적 간극이 있었던 것으로 생각할 수 있다.

들이 나타난다. 1920년대『조선급만주』의 이러한 새로운 방향성은 다음 장에서 자세히 고찰하도록 한다.


## 3. 1900-20년『조선급만주』문예란과 1920년대의 문학적 변용

1920년대『조선급만주』에 나타난 일본어 문학의 새로운 변화를 고찰하기에 앞서 그 이전 시기 재조일본인 문학의 특징은 무엇이었을까? 1900년대와 1910년대 일본어 종합잡지『조선(朝鮮)』(1908-11)과 이 잡지를 계승한『조선급만주』의 문예란, 또는 일본어 문학 담론에서 가장 큰 차이점은 이미 별도의 논문으로 분석한 바가 있지만 이를 크게 정리하면 다음과 같다.

먼저 1900년대 일본어 문학을 둘러싼 담론은 주로 조선인 사회와는 준별되는 재조일본인 사회의 우월적인 자기 아이덴티티의 확보와 재조일본인들의 도덕적 타락과 폐풍을 계몽하기 위한 역할을 중심으로 논의되었다. 나아가 조선의 고유한 문학이 존재하지 않는다고 주장하면서 그렇기 때문에 조선에 일본어 문학을 이식해야 한다는 식민지주의적 논리가 상당히 주요한 논리로 작동하고 있었다.[19] 이에 비하여 1910년대『조선급만주』에서는 이미 앞에서 살펴본 대로 '중앙문단'과 구별되는 '조선문단' 형성이라는 욕망에 기초하여 식민지 조선을 구체적으로 형상화하는 현지 재조일본인들을 소재로 한 작품이 만들어져야 한다고 주

---

19) 정병호「근대초기 한국 내 일본어 문학의 형성과 문예란의 제국주의-『朝鮮』(1908-11)』
　　『朝鮮(滿韓)之實業』(1905-14)의 문예란과 그 역할을 중심으로」(중앙대 외국학연구소『외국학연구』제14집, 2010.6) 참조.

장하였다. 『조선급만주』의 문예란에도 이러한 인식을 반영하여 식민지 조선을 배경으로 한 다수의 소설작품이 창작되었다. 그리고 조선을 배경으로 한 이들 작품들은 당시 활발하게 논의되었던 타락하고 부정한 재조일본인상을 테마로 한 경우가 극히 많았다.20)

그런데 위에서 말하는 타락하고 부정한 재조일본인상이란 퇴폐, 기풍 문란, 음욕, 몰인정, 배신, 황금만능주의, 부정21) 등의 이미지였는데, 이러한 이미지는 1900년대부터 남녀 관계, 특히 유곽의 예기(藝妓)나 음식점의 여성 접대부와 맺은 남녀관계가 내포하는 부정적 이미지와 결부되어 있는 경우가 적지 않았다. 또한 1920년대 『조선급만주』에 게재된 소설도 긍정적이든 부정적이든 상당수는 이러한 남녀의 문제를 전경화하고 있다는 의미에서 1910년대 소설의 테마와 그 맥을 같이하고 있다고 할 수 있다.

① 기독교에서 매춘부로서 멸시당하고 있는 그녀도, 나 자신도 그 후에 아무런 변함없는 죄인이라고 생각했다. 서로 알지 못하는 두 사람이 만나고 헤어진다. 그리고 잊혀져 간다. 그곳에 그 어떤 연애도 없으며 집착도 없다.22)

② "이제 괜찮겠지." 동아리의 간사가 말했다. "이야기는 간신히 가경에 들었지만 거기부터 다음은 다음 회로 계속 부탁하지, 야마다군의 일이니까 이대로 무위로 끝나지는 않았겠지." (중략) "관계가 맺어졌어?" 한 사람이 야마다에게 물었다.23)

③ 여행을 나와도 나와 아가타는 변함없이 술을 마시고 싸움만 하고

20) 정병호 「1910년대 한반도 내 일본어잡지의 간행과 <일본어 문학> 연구-『조선 및 만주』(朝鮮及滿州)의 「문예」 관련기사를 중심으로」(『일본학보』 제87집, 2011.5), p.164 참고.
21) 위의 논문. p.161.
22) 村上曉谷 「破戒」(제158호, 1920.8), p.70.
23) 西海 「隣室の女」(제165호, 1921.6), p.77.

있었던 것이다. 그렇지만 그 아가타는 다롄의 러시아 사원에서 살
고 있을 때! 갑자기 행방을 알 수 없게 되어 버린 것이다. 그렇지만
내 첫사랑 여자로서 아가타는 영원히 내 혼을 뺏어 버린 것이다.[24]

소설 ①은 6월 어느 날 신문기자인 소노다(園田)가 온천장에서 요시코
(芳子)라는 여성의 매력에 이성이 마비되어 양심과는 달리 여성과 맺은
육체적 관계를 자책하는 소설이다. 인용문 ②는 경성 혼마치(本町) 카페
의 모임에서 경성마이니치(京城每日)신문 기자인 야마다(山田)가 지방 신문
사 편집장으로 근무하였을 때 그 지역 도지사 후처였던 이웃집 여인과
있었던 이야기를 말하는 형식의 작품이다. 인용문 ③은 「유랑정화 달을
등지고 달리는 남녀(流浪情話 月を背負ふて走る男女)」라는 제목의 소설인데 주
인공 오모리(大森)가 러시아 연해주 지역에서 하얼빈으로 돌아와 기병대
령의 미망인으로 폴란드 출생인 아가타와 맺은 첫사랑을 경성 교외의
야마노이(山の井)의 저택에 모인 사람들에게 자신의 과거를 술회하는 소
설이다.

이 세 소설은 모두 남녀 관계의 부정적 혹은 긍정적 양상을 술회하고
있다는 측면에서 1910년대의 소설 테마와 그렇게까지 큰 차이를 보이
지는 않는다. 그러나 일본 '내지'인지 조선인지 알 수 없지만 순간적인
육체적 관계를 자책하는 소설 ①과 조선의 한 지방에서 있었던 다소 불
륜을 내포한 소설 ②와는 달리, 소설 ③은 공간이동 또는 등장인물이라
는 측면에서 앞의 두 소설과는 상당한 차이를 보여주고 있다. 일단, 짧
은 소설이기는 하지만 작품의 무대로서 러시아의 각지, 하얼빈, 다롄,
경성 등 광활한 지역이 무대로 등장하고 있고, 폴란드 출생의 여주인공이

---

24) 篠崎潮二「流浪情話 月を背負ふて走る男女」(제170호, 1923.10), p.101.

등장하고 있다는 사실에서 알 수 있듯이 다양한 인종이 등장하고 있다.

그렇다고 한다면 「유랑정화 달을 등지고 달리는 남녀」처럼 기존의 무대를 뛰어넘어 광활한 공간이 등장하고 다양한 인종의 인물이 등장하는 이유는 어디에 있는 것일까? 그 이유는 제1차 세계대전과 러시아 혁명 이후 영국, 미국, 일본 등 연합국의 이른바 '시베리아 출병'이라는 역사적 사건이 그 배경에 있다. 위의 소설의 경우도 1919년 시베리아, 연해주, 하얼빈을 주요무대로 하고 있으며 주인공 오모리는 '술고래이자 뱃성쟁이지만 매우 아름다운 여성'(p.95)인 아가타를 피해 한때 '세메요노프(セメ/フ) 의용군'으로 들어간 사정도 이러한 시대적 움직임을 잘 보여주고 있다.

그런데 1920년대 『조선급만주』에 게재된 소설에는 이러한 유형의 작품이 상당수 존재한다. 예를 들면, 일본인 주인공과 시베리아 코사크인 여성인 아드리나와 2년간 시베리아를 표백(漂白)하면서 동거하고 그녀와의 이별을 그린 「코사크의 딸(哥薩克の娘)」도 이러한 광활한 공간이동을 보여주는 대표적인 소설이다. 이 소설에서 편모슬하에서 자라 세상에 적개심을 가진 주인공이 25세 때 고향을 버리고 남중국, 만주, 몽고, 시베리아, 서러시아(歐露) 등으로 방황하는 과정에서 술과 여자에 탐닉하며 향락에 빠지게 된다. 그러던 중 러시아 중남부의 도시 옴스크(Omsk)에서 가난한 코사크인 여성과 서로 위로하며 의지하게 되는데, 여기서 코사크 노병의 딸인 아드리나를 통해 러시아혁명과 제1차 세계대전, 그리고 일본의 시베리아 출병 등이 작품전개의 주요축으로 배치되어 있다. 두 사람은 시베리아에 출병한 일본의 세력권의 변화와 더불어 점차 동부로 이동을 하다가 결국 '동부 시베리아도 다시 과격파군의 독수(毒手)'[25]에 떨어지려고 할 때 주인공은 이 위험지역을 피해 다시 만날 것을 기약하

면서 조선으로 향하게 된다. 이러한 소설은 일본의 시베리아 출병시에 '블라디보스톡에서 화물열차로 이루쿠츠크에 옮겨져 온 수비대의 일부가 브라츠코의 아군을 원호하기 위해 맹렬한 강행군을 계속하'[26]는 병사의 모습을 그린 소설 「한 병졸의 죽음(一兵卒の死)」도 같은 맥락의 소설이라 할 수 있다.

비록 일본의 러시아 출병이나 제1차 세계대전을 대상으로 하지 않는다 하더라도 1920년대 『조선급만주』에 실린 소설은 광활한 공간 이동을 스토리 전개의 중심축에 두는 경우가 적지 않다. 가장 대표적인 예로서는, 20년전 어느 육군중장과 예기(藝妓)인 후처 사이에서 태어난 산코(三孝)가 곡예사단의 일원이 되어 만주, '상하이, 싱가포르, 홍콩', '자바'[27]에까지 전전하다 조선공진회가 열릴 무렵 조선 경성에서 게이샤(芸者)가 되었다는 이야기가 이에 해당한다. 그렇다면 이렇게 광활한 공간적 무대, 그것도 등장인물들이 만주, 러시아, 시베리아, 남양, 조선, '내지' 일본 등의 공간 이동을 활사(活寫)한 작품이 다수 등장하는 이유는 어디에 있는 것일까?

① 이루쿠츠크의 거리는 순연한 일본의 세력범위에 들어와 있고, 거리 여기저기에서는 이상한 일본 음식점이 즐비하고 그리운 샤미센(三味線) 소리가 끊임없이 밤의 길거리에 울러 퍼졌다.[28]

② 그 옛날은 이국(異國)의 하나로 꼽힌 조선 땅에도 그것이 제국의 일 영역이 됨과 더불어 야마토(大和) 섬나라 국민의 맑은 마음의 표상인 사쿠라꽃도 점차 옮겨 심어져 13도 각각의 봄을 채색하는 꽃의

---

25) 京城 森漱波 「哥薩克の娘」(제154호, 1920.4), p.107.
26) 森漱波 「創作 一兵卒の死」(제157호, 1920.7), p.63.
27) 紅谷曉之助 「落籍情話 芸者から女へ」(제177호, 1922.8), p.97.
28) 京城 森漱波 「哥薩克の娘」, p.107.

명소가 지금은 적지 않다.29)

그 이유는 위의 작품 내 서술로부터 알 수 있듯이 제1차 세계대전과
그 이후 러시아혁명과 더불어 시작된 일본의 시베리아 출병 등, 일본제
국의 이도쿄로, 또는 침략 경로를 따라 그 공간의 확장성과 이동의 궤
를 같이하고 있음은 두말할 여지가 없다. 이는 1940년대 전쟁소설이나
국책문학에서 볼 수 있는 작품무대의 확장과 등장인물의 공간이동과 맥
을 같이하는 부분이라 할 수 있다.

그런데, 『조선급만주』의 소설을 중심으로 고찰한다면 작품의 이러한
경향은 1910년대 후반부터 당시 현실에서 일어나고 있었던 역사적 사
건을 작품의 주요 배경으로 전경화하고 있었던 점과 결코 무관하지 않
을 것이다. 도쿄 유학생 독립선언과 조선의 3·1독립운동이라는 시대적
배경이 등장하는 「소설 꽃이 필지 말지(小說 咲くか咲かぬか)」,30) 그 다음으
로 '중앙정계의 책사로서 이름'이 있고 '실업계에도 상당한 지반과 세력
을 가지고 있는 야마카미(山上)씨가 돌연 도선(渡鮮)'31)하는 이야기로 시작
하여 당시 조선의 역사, 한일관계를 전면적으로 그리고 있는 「소설보다
진기한 모사업가의 로망스(小說より奇なる某事業家ローマンス)」라는 소설이 그 대
표적인 사례라 할 수 있다.

1920년 3월호에는 강우규 의사가 남대문역(현 서울역)에서 조선총독부
3대 총독으로 부임하던 사이토 마코토(齋藤實) 일행 마차에 폭탄을 투하
한 '폭탄사건'32)과 이로 인한 30여명이 사상한 사건을 그린 「동료T의

29) 仁田原みどり「逝く春の夕」(제174호, 1922.5), p.84.
30) 東京 松美佐雄「小說 咲くか咲かぬか」(제150호, 1919.12) 참조.
31) 靜波小史「小說より奇なる某事業家ローマンス」(제148호, 1919.10), p.139.
32) 山口皐天「僚友Tの死」(제153호, 1920.3), p.91.

죽음(僚友Tの死)」이란 소설이 1919년의 이러한 소설의 흐름을 이어받아 당시 역사적인 사건을 소설의 제재로 적극적으로 받아들이고 있다. 이 작품은 신문사 특파원으로서 경쟁사 신문사 동료기자의 죽음을 그리고 있는데, 이 소설의 앞뒤에는 강우규 의사의 폭탄투하 의거를 맹비난하는 관련기사가 배치되어 있다.

이상에서 본 바와 같이 1919년 이후 1920년대 『조선급만주』 문예란, 특히 소설들은 그 이전의 주로 '내지' 일본과 조선, 나아가 만주의 공간적 이동이라는 범주와는 달리, 3·1 독립운동, 강의규 의사 폭탄투하 의거, 제1차 세계대전, 일본의 시베리아 출병이라는 당시의 역사적 사건을 전면적으로 반영하였다. 그리고 이러한 제국일본의 확장경로를 따라 작품의 무대도 등장인물의 유형도 확대 또는 다양화해 갔다. 이러한 공간성이 바로 그 이전 시기의 소설유형과 구분되는 1920년대 일본어 소설의 가장 큰 특징이라 할 수 있다.

## 4. 1920년대 『조선급만주』 문예란 속 계급의식의 투영

그런데, 1920년대에 들어와 『조선급만주』 '문예란'에 실린 소설을 당시 시대적 사상과 관련해 생각해 볼 때 다음과 같은 소설이 시대사상을 가장 잘 반영하고 있다고 할 수 있다.

그놈은 위선자입니다. 관리들에게 아첨하여 교묘하게 자기광고를 하고 싶어 하지만 그에게는 소작인에 대한 진정한 사랑은 없어요. 우리들 소작인을 구러시아의 농노나 노예처럼 생각하고 있는 시대착오자입니다. 나는 이제 그런 놈 밑에서 일할 수 없어요.[33]

이 소설은 작품의 내레이터가 언론계에 있는 친구인 후지타(藤田)에게 들은 이야기를 그리고 있다. 위 인용문은 지주인 스기노(杉野)가 홍수로 자기가 운영하는 농장이 황폐화해지자 피해를 입지 않은 다른 부락의 소작료를 인상하려는 움직임에 반발한 소작인의 아들 곤타(權太)의 인식을 보여주는 곳이다. 여기서 곤타는 소작인과 지주의 관계, 특히 소작인을 '구 러시아의 농노나 노예'처럼 생각하는 스기노에 대한 반발이 선명하게 드러나 있다. 나아가 곤타가 후지타의 소개를 받고 들어간 '유력한 언론기관의 한 지방' 기사를 담당하였는데 그가 발신하는 기사를 보면, '그의 필치에는 프롤레타리아 기분이 농후하고 그 지역 부호의 횡포며 사회사업에 냉담한 것 등도 공격한 기사가 때때로 쓰여'졌다. 그런데 이러한 급진적 기사내용으로 인해 곤타는 '경찰에서도 검사국에서도 그의 최근의 언동을 위험시하여 주의인물로 되'(p.18)어 있었으며 그러한 이유로 인해 사소한 일을 계기로 결국 경찰의 구금을 당하게 된다.

이 소설은 적어도 두 가지 측면에서 기존의 『조선급만주』 소설과 다른 특징을 내포하고 있다. 하나는 지주와 소작인의 계급적 관계, 나아가 악덕 지주에 대한 고발의식이 분명히 드러나 있으며 이러한 이야기를 전하는 후지타도 곤타에 대해 동정적 인식을 드러내며 그의 취업을 위해 노력하고 있다는 점이다. 다른 하나는 지주 스기노가 홍수로 인해 입은 피해를 다른 소작인들에게 전가하려고 하는 사실에 대해 마을 사람 모두가 분개하였는데, 곤타는 조선인 '김승환(金承煥)'과 더불어 3명의 대표자가 항의 방문을 하였다는 점이다. 따라서 이 작품은 일본인/조선인이라는 민족적 차이보다는 지주/소작인이라는 계급적 대립구도가 선

---

33) 山口病臯天「小作人の子」(197号, 1924.4), p.17.

명하게 드러나 있는 작품이라 할 수 있다.

식민지 조선에서 간행된 일본어잡지 문예란에 계급의식과 지주계급에
대한 비판의식이 드러나는 이러한 소설이 등장하고 있다는 사실은 어느
의미에서는 식민지 일본어 문학이 비록 제한된 조건이라고 하더라도 일
본의 사회적 풍조, 나아가 '내지' 일본의 문학적 움직임에 대한 동시대
적 반응이라고도 할 수 있다. 일본에서 제1차 세계대전 이후 다이쇼(大
正)기 데모크라시의 분위기 속에서 '쌀소동, 노동쟁의, 보통선거운동'이
라는 사회적 소동과 운동이 나타나고 이를 통해 '무산계급 또는 제4계
급'34)이라는 계급의식이 현저해졌다. 이러한 사회적 움직임에 토대하여
다이쇼노동문학(大正勞働文學)의 등장 이후 본격적으로 계급의식과 계급문
학을 주장하는 흐름이 『씨 뿌리는 사람(種蒔く人)』(1921), 『문예전선(文芸戰線)』
(1923)이라는 프롤레타리아 계열 잡지를 통해 본격화되었던 시기였다.

그런데 이러한 풍의 일본어 문학은 단지 「소작인의 아들(小作人の子)」이
라는 한 작품으로 그치는 것은 아니었다. 예를 들면 1922년 2월 「어느
실업가의 죽음(或る實業家の死)」과 동년 2, 3월의 「대사업가인가 악마인가(大
事業家か惡魔乎)(1)(2)」라는 번역 작품도 이러한 경향을 잘 보여주는 작품이
라 할 수 있다.

> ① 그가 내지에서 경성으로 온 것은 벌써 14,5년 전의 일이었다. (중략)
> 영어 회화를 조금 할 수 있었기 때문에 구미인과 제휴하여 광산을
> 하기도 하였다. 그러는 중 조선인을 학대하여 광산에서 단물을 빨
> 아먹은 것이 재계에 있어서 그의 바탕을 만들었던 것이다.35)
> ② 재벌은 공동으로 이 잡지사를 파산시키기 위해 수단을 가리지 않았

---

34) 林淑美 「文學と社會運動」(『岩波講座 日本文學史』, 岩波書店, 1996), p.102.
35) 山岳草 「或る實業家の死」(제171호, 1922.2), p.99.

다. 어느 경우는 은행과 제휴하여 금융을 두절시키거나 잡지사의
주주를 유혹하거나 그 외 자본가적인 수단을 가지고 마침내 잡지사
를 쓰러뜨려 버렸다. 정의의 나라라고 자칭하는 미국에도 이러한
사례가 있다. 자본가의 발흥은 군국주의 독일보다 우려해야 할 것
이다.36)

인용문 ①은 경성 서북지역에 사는 도시샤(同志社)대학 출신의 기독교
신자인 '경성실업계의 일인'인 주인공이 호색한으로서 가정부를 범하다
그녀의 남동생의 협박과 폭력을 받고 입원해 죽게 된 경위를 그린 소설
이다. 그는 결국 목사에게 자신의 죄악을 고백하였지만 자신의 전처나
주위 사람에게 그 어떤 도움을 받지 못하고 외롭게 이 세상을 등지게
된다. 그는 주변 사람이나 사원들에게는 평판이 좋지 못하였지만 이를
잘 속이고 성공의 가도를 달린 부정적 평가의 실업가이다. 그런데 여기
서 주목을 끄는 점은 그가 경성에서 실업가로 비약하는 데 그 토대를
만들어 준 것이 바로 광산개발에 참여하면서 조선인을 학대하여 착취했
다고 하는 구절이다. 이 대목은 앞의 소설과 마찬가지로 노동자를 착취
하는 실업가에 대한 통렬한 비판의식에는 일본인/조선인이라는 민족적
차이가 소거되어 있다는 사실이다.

인용문 ②는 '악덕 자본가와 맹렬한 싸움을 한' 미국의 한 잡지의 내
용을 번역한 작품에 서문 형태로 쓴 문장이다. 이 작품은 철도회사 사
장의 악덕과 횡령 등 자본가의 탐욕을 고발한 내용인데 여기에서는 '자
본가와 재벌'의 부도덕에 대한 극명한 부정적 인식이 강조되고 있다. 단
지, 내용은 철도회사 사장을 그린 것이지만 이 잡지를 쓰러뜨리기 위해
갖가지 수단을 동원하는 자본가의 일방적 행위가 전면에 나와 있고 이

---

36) 東京 萬二千峯學人譯 「大事業家か惡魔乎(1)」(제171호, 1922.2), p.103.

를 '군국주의 독일'과 비교하는 데 이 작품의 번역의도가 분명해 보인다.

이상의 내용은 다이쇼기 데모크라시의 분위기 속에서 당시 커다란 움직임을 보였던 노동문제와 계급적 대립의 문제를 적극적으로 작품화했다[37]고 할 수 있다. 이러한 사회적 사상과 연동하듯이 여기서는 부덕한 자본가나 지주 계급에 대한 폭로가 작품의 중심이지 민족적 차이는 그다지 문제가 되지 않는다. 조선인이든 일본인이든 단지 민족적 차이일 뿐이지 그들은 계급적 관점 앞에서는 하등 차이가 없는 존재들이었던 것이다. 이러한 사상의 한 단면인지, 식민지 조선의 일본어 문학에서는 '일본' 그 자체에 대한 비판적 관점과 경멸조차도 등장하게 된다.

이러한 시각은 유복한 상인인 아버지가 가정부를 겁탈하여 낳은 주인공이 양자로 보내져 양부모로부터 갖은 학대와 고통을 받고 범죄의 길에 들어선 어느 수인의 이야기를 그린 「어느 수인의 정화(或囚人の情話)」에서도 잘 드러나고 있다. 그 수인은 신문기자에게 보낸 편지 속에서 러시아의 상황, 나아가 사회주의 리얼리즘 작가인 막심 고리키 문학에 등장하는 부랑자와 자신의 처지를 비교하고 있다. 그러면서 '슬프게도 일본의 생활'이 '그다지 대범하지 않은 이 섬나라의 작고 보잘 것 없음'으로 인해 '이 작은 피조물을 상처 입히고 채찍을 가해 학대할 뿐이며 한 사람이라도 따뜻한 구세주는 있지 않'다고 인식하며 이를 '불쌍히 여겨야 할 일본의 병근'이라고 판단하고 있다. 나아가 '일본인들은 붉은 수인의 죄악만 비난하고 금속제 사슬에 플라티나로 만든 시계를 자랑하고 있는 놈들의 마음에 자리 잡고 있는 추악한 생각을 알지 못하는 것'[38]

---

37) 실제 이 잡지에 자본가와 노동문제와 관련한 기사는 1920년대 중반부터 활발하게 보이나 「낙적정화 게이샤에서 여자로(落籍情話 芸者から女へ)」(紅谷暁之助, 1922.8)라는 작품에서는 작품 내에 '최근 노동문제' 즉 '노자(勞資) 쟁의'(p.99)의 모습이 생생하게 그려져 있다.

이라며 자신의 환경과 부자들의 죄악을 상대비교하고 있다. 이 작품에
서는 환경이 낳은 불우한 경우를 이해하거나 동정하지 못하는 일본사회
에 대한 비판과 더불어 막심 고리키를 통해 빈부라는 신분의 차이를 노
골적으로 드러내고 있다. 적어도 러시아의 혁명문학자라 할 수 있는 막
심 고리키 사상에 공명하고 있음을 드러내는 대목이기도 하다.

한편, 당시 계급적 관계에 입각하여 은연중에 자본가나 지주를 비판
하려고 하는 위의 작품들과 다른 형태이기는 하지만, 1920년대 전반기
작품들 중에서는「창작 한 병졸의 죽음(創作 一兵卒の死)」과 같이 전쟁에
대한 염전(厭戰)의식이 극명하게 드러나는 작품도 존재한다. 일본의 시베
리아 출병을 그린 이 작품은 아군을 지원하기 위해 블라디보스톡에서
시베리아로 강행군하는 모습을 그리고 있는데 여기서는 행진하는 병사
의 반이 독감에 걸리는 비참한 상황, 쓰러진 병사를 그래도 버리고 행
진하는 비정함이 작품의 주조가 되고 있다. 주인공은 일찍이 남편을 여
의고 두 아들을 의지하여 살아 왔으나 4년 전 그의 형도 죽고 자신의
시베리아 출병을 슬퍼하는 어머니와 고향을 회상하며 고통스럽게 죽어
가는 모습을 그리고 있다. 이 소설은 1940년대 전쟁소설과 마찬가지로
전쟁 속에서 어머니와 고향이라는 모티브를 그리고는 있지만 전쟁을 고
무하거나 전쟁 참여를 국가의식 함양과 연결 짓지 않으며 궁극적으로는
전쟁의 비참함을 강조하는 염전소설이라 할 수 있다. '적어도 한마디로
좋았다. 뉘우친 내 말을 어머니에게 들려주고 싶었다'[39]고 생각하는 주
인공의 소망 속에는 전쟁의 의미나 국가는 존재하지 않았다.

재조일본인들에 의한 식민지 일본어 문학의 출발조건은 기본적으로

---

38) 三田鄕花「或囚人の情話」(제198호, 1924.5), pp.102-103.
39) 森漱波「創作 一兵卒の死」(제157호, 1920.7), p.65.

조선인 사회와 구별되는 우월적인 자기 아이덴티티를 구축하고자 했던 의도와 밀접하게 관련되어 있다. 그러나 1920년대 다이쇼기 데모크라시의 분위기 속에 일본사회를 상대화 내지 비판하고 동시대 계급사상의 분위기를 내포하는 소설이 다수 창작되었다는 점은 지금까지 일본어 문학의 내용과 견주어 볼 때, 완전히 새로운 방향성을 제시한 것이라 할 수 있다.

## 5. 결론

이상에서 고찰하였듯이 1920년대 『조선급만주』의 문예란, 특히 그곳에 게재된 소설을 중심으로 보면, 1920년대 식민지 일본어 문학의 특징을 다음과 같이 정리할 수 있을 것이다.

첫째, 1910년대까지 주로 '내지' 일본과 조선, 아니면 만주를 주요무대로 전개되던 소설의 공간적 배경과는 달리, 3·1 독립운동, 강의규 의사의 조선총독부 총독일행에 대한 폭탄투하 의거, 제1차 세계대전, 일본의 시베리아 출병이라는 당시의 역사적 사건을 곧바로 반영하여 작품의 공간이 러시아 각지, 시베리아, 남양 등으로 확대하였으며 등장인물의 유형도 다양화해 갔다는 점이다. 둘째, 이러한 역사적 사건의 전경화와 더불어 1920년대 일본어 소설에는 다이쇼 데모크라시의 분위기 속에서 새롭게 싹튼 노동쟁의 문제, 또는 계급의식, 나아가 프롤레타리아 문학의 문제의식이 작품에 투영되고 있어서, 비록 계급의식에 기초한 프롤레타리아문학은 아니라고 하더라도 이러한 관점의 영향 내지 공명을 보여주는 작품이 다수 보인다는 점이다.

특히 전자의 경우 전쟁이라는 테마를 그리고 있다고 하더라도 이는 1940년대와 같은 전쟁찬미를 통한 국가의식의 함양이라는 방향으로 전개되지는 않고 오히려 이러한 전쟁 속에서 드러나는 비극을 초점화하여 염전의식을 보이는 경우가 많았다. 한편 후자의 경우는 식민지 종주국의 식민자와 피식민자, 즉 일본인과 조선인이라는 민족적 차이나 차별보다는 자본가(지주)/노동자(소작인)이라는 계급적 차이나 대립이 강조되는 경우가 적지 않았다.

사실 재조일본인들의 식민지 일본어 문학은 1900초년대에서 일본에 의한 한국의 강제병합으로 이어지는 시기에는 기본적으로 일본 식민지주의의 내면화와 합리화, 그리고 조선이나 조선인을 부정적으로 타자화함으로써 우월적인 자기 아이덴티티를 구축하고자 한 의도와 밀접하게 연관을 가지고 있었다. 그러나 이상에서 고찰하였듯이 1920년대 위와 같은 유형의 소설들은 이러한 구도를 뛰어넘는다는 점에서 그 이전의 일본어 문학과는 상당히 이질적이며 일본어 문학의 새로운 단면을 보이는 작품이라 하지 않을 수 없다. 또한 이들 문학은 1931년 만주사변이나 1937년 중일전쟁으로 이어지는 분위기 속에서 창작된 1930년대 일본어 문학과도 그 성격을 달리하고 있다. 특히 1919년 전국적인 3·1독립운동을 경험한 조선총독부가 기존의 '무단통치'에서 '문화통치'로 전환하면서 새롭게 형성된 식민지 정책 속에서 재조일본인 문학에 관한 폭넓은 변화의 가능성에 주목할 필요가 있을 것이다. 이러한 측면에서 한반도 식민지 일본어문학의 전체상을 분명히 한다는 의미에서도 당시 변화된 정치적·시대적 문화조류를 적극 고려하면서 『조선급만주』의 문예란뿐만 아니라 당시 수많은 일본어 신문, 잡지 속에 게재된 재조일본인 문학에 대한 충분하고 면밀한 연구가 요청된다고 하겠다.

‖ 히비 요시타카(日比嘉高) ‖

# 한반도에서의 일본어 서점의 전개

전전(戰前) 외지(外地)의 서적유통 1

## 1. '외지' 서점 연구의 가치

나는 전쟁 전 '외지'에서 전개되어 왔던, 일본어 서적을 취급하는 소매 서점에 관심을 가지고 조사에 몰두하고 있다. 소매 서점, 즉 거리에 가게를 두고 책이나 잡지를 늘어놓고 고객에게 그것을 판매하는 서점이다. '외지'에서 일본어를 다루는 소매 서점을 이 글에서는 '일본어 서점'이라고 부르기로 한다.

'책방'에 대해서는 지금까지의 문학 연구와 출판 연구에서 물론 관심을 가져왔다. 그러나 이 경우 '책방'은 대부분 출판사이다. 출판사에 관심을 갖게 되는 이유는 이해하기 쉽다. 책이 거기에서 만들어져 사회로 나가는 출발점이기 때문이다. 반면 소매 서점은 그 말단이다. 『책은 흐른다(本は流れる)』라는 시미즈 분키치(淸水文吉)의 저작이 있는데,[1] 이 비유

---

1) 시미즈 분키치 『책은 흐른다―출판유통기구의 성립사』(도쿄 : 일본편집스쿨출판부, 1991.

를 빌자면 연구자들은 책 흐름의 상류에는 관심을 가져 왔지만, 하류 또는 하구에는 관심을 갖지 않았다.

그러나 소매 서점은 재미있다. 그 재미, 중요성을 여기에서는 <만남> <유통> <집장(集藏)>이라는 세 가지 점에서 설명해 보겠다. 소매 서점은 거리에 위치한 말단이기 때문에 사람들이 책을 접하는 창구가 되고, 책을 구하는 사람들의 만남의 장소가 된다. 특히 외지에서 <만남>의 장으로서의 일본어 서점의 역할은 중층적이다. 그것은 일본 민족과 외지의 제민족, 내지 거주자와 외지 거주자가 다양한 조합으로 만나는 장소이며, 그들이 다양한 입장에서 일본어 책과 대화를 시작하는 장소이다.

예를 들어 상하이의 우치야마(內山)서점의 예는 유명하다. 우치야마 간조(內山完造)가 경영하는 우치야마서점은 일본인뿐만 아니라 루쉰(魯迅)과 궈 모러(郭沫若), 또는 창조사의 회원인 중국의 문학가와 젊은 정치 운동가들도 모이는 장소이며, 전시하의 일본인, 중국인의 만남과 대화의 장이었다.[2]

또한 미국의 시애틀에 20세기 초부터 존재했던 산린도(三輪堂)이라는 서점에는, 시애틀에 사는 문학을 좋아하는 일본계 이민자들이 모였다. 그들은 산린도에 책을 사러, 혹은 서서 읽으러 올 뿐만 아니라, 모인 동료끼리 토론하고 상담을 했다. 산린도는 시애틀에서 일본계 이민 문학의 요람 중 하나였다.[3] 이러한 여러 의미와 형태를 갖춘 서점이라는 공

---

12).

2) 우치야마서점에 대하여는, 예를 들어 오타 나오키(太田尙樹)『전설의 일중(日中)문화살롱 상하이 우치야마서점』(도쿄 : 平凡社, 2009.9), 참조.

3) 산린도에 대하여는, 다케우치 고타로(竹內幸次郎)『미국 서북부 일본 이민사』(시애틀 : 대북일보사, 1929.7, p.589), 이토 가즈오(伊藤一男)『속 북미백년벚꽃』(도쿄 : 북미백년벚꽃 실행위원회, 1972.4, p.101) 참조.

간에 대해, 나는 메리 루이즈 프랫(Mary Louise Pratt)의 <접촉 영역 contact zone>이라는 개념을 사용하여 설명한 적이 있다.4)

두 번째는 <유통>이다. 소매 서점을 생각할 때, 나는 그것을 책의 유통의 문제와 함께 생각한다. 사람들이 얻는 책은 도대체 어디에서 어떻게 해서 온 것인가, 하는 것이다. 책의 유통이 흥미로운 것은 그것이 국경도 넘으며 국가 간의 확산을 갖는다는 점에 있다. 원래 내가 이 소매서점의 문제에 관심을 갖게 된 것은 미국 샌프란시스코의 일본인 거리에 있는 서점을 접한 것이 처음이었다.5) 왜 이 정도 양의 책이 이 정도의 빈도로 20세기 초부터 바다를 건넜는가. 그 문제를 생각했을 때, 책의 흐름을 통한 미일간의 사람과 물건과 정보의 흐름, 그리고 그것을 지원하는 물질적인 기반의 중요성을 깨달았다. 그리고 그러한 사람, 물건, 정보를 유통시키는 사회적인 구조는 모두 일본과 미국 사이에만 퍼져 있는 것은 아니라는 점도 알게 되었다. 요컨대, 책은 도쿄와 오사카 등에서 많이 만들어졌지만, 현대의 대량 복제 상품으로서의 그것은 일본 각 지방으로 옮아간 것은 말할 것도 없고, 하와이에도 샌프란시스코에도 밴쿠버에도 서울에도 타이페이에도 샹하이에도 다롄에도 사할린에도 상파울루에도 싱가포르에도 옮겨진 것이다. 소매 서점을 생각하는 문제는 이러한 초국가적인 책의 유통과 뗄 수 없고 분리해서는 안 된다.

세 번째는 <집장>이다. 서점의 기능은 책을 받거나, 보내는 것만이 아니다. 문자를 기록한 물체로서의 책의 중요한 기능 중 하나가 시간적인 지속성이다. 유통이 공간을 초월하는 책의 역할을 담당하는 것이라

---

4) 히비 요시타카 「외지서점과 지식의 행방—제2차대전 이전 조합사·서점사에서 생각한다」(『일본문학』제62권 제1호, 2013.1)
5) 히비 요시타카 『재패니즈·미국 —이민문학·출판문화·수용소—』(도쿄 : 신요사, 2014. 2), 특히 제4장 제5장 참조.

고 하면, 집장은 시간을 초월하는 책의 역할을 맡는 것이다. 서점에는
재고가 있다. 책을 모으고, 분류하고 전시하여 손님과의 만남을 준비한
다. 다양한 상품이 고객을 부르고, 고객을 선택하고, 책과 사람과의 만
남의 환경을 만들고, 책을 매개로 한 사람과 사람과의 만남을 준비한다.

　이번에는 이러한 서점의 모든 기능을 논하는 것은 어렵기 때문에 한
반도의 소매 서점의 역사와 도서잡지 중개 방식을 들어, <유통> 역사
의 일단을 추적해 보자.


## 2. 제국의 도서유통과 한반도

　제2차 세계대전 이전의 근대 일본의 서적 유통은 메이지(明治)에서 다
이쇼(大正) 중반까지, 출판사와 소매 서점의 직접 거래(중간에 도시나 지역의
대규모 소매 서점의 중개가 들어갈 수도 있다)에서 출발하여, 대형 중개회사의
성장과 독점의 확대, 그리고 국가에 의한 관리 통제 체제로, 라고 하는
흐름을 밟는다. 특히 잡지는 1910년대에는 대형 중개에 의한 독점 체제
가 완성되고, 도쿄도(東京堂)와 호쿠류칸(北隆館)과 같은 대형 중개를 거치
지 않고는 판매 자체가 불가능하게 되었다.[6] 이에 비해 서적은 같은 대
형 중개를 정점으로 하는 유통 조직이 확립되기는 하였지만, 중소의 중
개업자가 살아남아 복잡한 유통 회로를 갖기에 이른다.[7]

---

6) 『현대출판업대감』(도쿄 : 현대출판업대감 간행회, 1935.8)에 수록된 「일본 잡지 협회사」
　참조.
7) 근대 일본의 서적 유통에 대해서는, 예를 들어 하시모토 모토메(橋本求) 『일본출판판매
　사』(도쿄 : 고단샤, 1964.1), 시미즈 분키치, 앞의 책(『책은 흐른다』), 시바노 교코(柴野京
　子) 『책장과 평대 —출판 유통이라는 미디어—』(도쿄 : 고분도, 2009.8) 참조.

1920년 5월에 전국서적상조합연합회가 성립되어, 동업자끼리의 지나친 경쟁을 막는 것 등을 목적으로 하는 소매서점의 조직화가 진행된다. 이에 따라 한반도에서도 1921년에 조선서적상조합이 만들어진다. 이 체제가 확립된 이후, 조합원이 아닌 사람에 의한 국내발간 신간서적과 잡지의 판매가 어려워지고 유통 체제가 견고해져 간다.

[표 1]은 한반도에 존재한 일본어 소매서점이 실제로 어떠한 도매업자들과 거래했는지를 일람한 것이다. 자료는 고토 긴주(後藤金壽) 편집 『전국서적상총람』(신문지신문(新聞之新聞)사 발행, 1935년 9월)을 이용했다. 또한 이 자료에 대해서는 조선 및 그 이외의 외지 조합의 거래에 대해 분석한 별고가 있다.8) [표 1]에 게재한 서점은 『전국서적상총람』에서 거래처에 대해 회답을 한 서점만을 대상으로 한 것이며 전부를 망라한 것은 아니다. 하지만 일부분이기는 해도 1935년 시점에서의 서적 유통의 폭주 양상을 잘 보여준다.

| | 国定教科書 | 中等教科書 | 新聞 | 古書 | 北隆館 | 東京堂 | 東海堂 | 大阪屋号 | 三省堂 | 日韓書房 | 博文館 | 文展堂 | 目黒 | 三宅 | 学習社 | 受験研究社 | 日本出版社 | 南江堂 | 金原商店 | 大坪書店 | 林平 | 服部 | 駸々堂 | 田中宋栄堂 | 巌松堂 | 柳原書店 | 大阪宝文館 | 松谷啓明堂 | 盛文館 | 菊竹金文堂 | 「その他」の記述あり |
|---|---|---|---|---|---|---|---|---|---|---|---|---|---|---|---|---|---|---|---|---|---|---|---|---|---|---|---|---|---|---|---|
| 至誠堂 | | | | ○ | | ○ | | ○ | | ○ | | | | | | | | | | | | | | | | | | | | | |
| 北光館 | ○ | ○ | | | | ○ | | | | ○ | | | | | | | | | | | | | | | | | 京城出張所 | | ○ | | |
| 大橋書店 | | ○ | | | | ○ | | | | | | | | | | | | | | | | | | | | | 大阪/九州 | | | | |
| 博進堂 | ○ | ○ | | | | | ○ | | | | | | | | | | | | | ○ | ○ | ○ | | | | | | | | ○ | |
| 文祥堂書店 | ○ | | | | | | 東京 | 大阪支店 | | | | | | | | | | | | | | | | | | ○ | | | | | |
| 大邱玉村書店 | ○ | ○ | 大毎 | | | ○ | | | | | | | | | | | | | | | | | | | | | | | | | |
| 以文堂 | ○ | ○ | | | | | | ○ | | ○ | | | | | | | | | | | | | | | | | | | | | |

8) 히비 요시타카 「서점 자료에서 읽는 외지의 독자-『전국서적상총람』(1935)을 이용하여 -」(『예술 수용자의 연구-관자, 청중, 관객, 독자의 감상행동-』보고서, 일본학술진흥회), pp.54-60).

| | | 国定教科書 | 中等教科書 | 新聞 | 古書 | 北隆館 | 東京堂 | 東海堂 | 大阪屋号 | 三省堂 | 日韓書房 | 博文館 | 文展堂 | 目黒 | 三宅 | 学習社 | 受験研究社 | 日本出版社 | 南江堂 | 金原商店 | 大坪書店 | 林平 | 服部 | 駸々堂 | 田中宋栄堂 | 巌松堂 | 柳原書店 | 大阪宝文館 | 松谷啓明堂 | 盛文館 | 菊竹金文堂 |
|---|---|---|---|---|---|---|---|---|---|---|---|---|---|---|---|---|---|---|---|---|---|---|---|---|---|---|---|---|---|---|---|
| 京城 | 日韓書房 | | | | | | ○ | | | | | | | | | | ○ | ○ | ○ | | | | | ○ | ○ | ○ | ○ | ○ | ○ | ○ | |
| 咸鏡北 | 会寧博文館 | ○ | ○ | | | | | | | | | | | | | | | | | | | | | | | | | | | | |
| 京城 | 開闢社 | | | | | | | | | | | | | | | | | | | | | | | | | | | | | | |
| 釜山 | 呉竹堂 | | | | | ○ | | | | | | | | | | | | | | | | | | | | | | | | | |
| 京城 | 金剛堂書店 | | | | ○ | | | | | | | | | | | | | | | | | | | | | | | | | | |
| 釜山 | 広文堂 | ○ | | | | | ○ | | | ○ | ○ | | | | | | | | ○ | | | | | ○ | | | | | | | |
| 羅南 | 田原書店 | | | | | | ○ | | 東京 | | | | | | | | | | | | | | | | | | | | | | |
| 元山 | 大谷屋書籍 | ○ | ○ | | | | | | 東京, 京城 | | | | | | | | | | | | | | | | | | | | | | |
| 京城 | 大阪屋号書店 | ○ | ○ | | | | ○ | ○ | 東京 | | | | | | | | | | | | | | | | | | | | | | |
| 平壌 | 中村書店 | ○ | | | | | ○ | | | | | | | | | | | | | ○ | | | | | | | | | | | ○ |
| 釜山 | 三宅琢造書店 | | ○ | | | | ○ | | | | | | | | ○ | ○ | | | | ○ | | | | | | | | | | | |
| 新義 | 武藤文具店 | | | | | | ○ | | | | | | | | | | | | | ○ | | | | | ○ | | | | | | |
| 京城 | 文光堂 | | ○ | | ○ | | | | | | | | | | | | | | | | | | | | | | | | | | |
| 釜山 | 博文堂 | | | | | | | | | | | | | | | | | | | | | | | | | | | | | | |
| 京城 | 丁字屋書店 | | | | ○ | | | | | | | | | | | | | | | | | | | | | | | | | | |
| 京城 | 東光堂書店 | ○ | ○ | | | | ○ | | 東京 京城 | | | | | | | | | | | | | | | | | | | | | | |
| 平壌 | 文鮮堂 | ○ | ○ | | | | ○ | ○ | 東京 | ○ | ○ | ○ | | ○ | | | | | | | | | | | | | | ○ | | ○ | |
| 平安北 | 齋藤商店 | | ○ | | | | | | | | | | | | | | | | | | | | | | | | | | | | |

[표 1] 조선 반도의 서점과 그 거래처

　　서점과 거래 수가 많은 중개업자를 차례대로 들어보면, 먼저 도쿄도의 압도적인 존재감이 눈에 띈다. 도쿄도는 원래 중개업자였고, 그것도 가장 큰 손이었다. 거래처를 응답한 서점의 절반 이상이 도쿄도와의 거래가 있었다고 답하고 있다. 다음에 오는 것이, 오사카야고(大阪屋号)서점이다. 오사카야고서점은 외지 중개의 대표 주자로 꼽히고 있지만 이 자료에서 본다면 거래처 수에서는 도쿄도에는 미치지 않았다는 것을 알 수 있다. 그리고 한반도에는 오사카야고서점의 지점 및 도매부가 경성에 있었다. 조선의 서점 중 2곳은 도쿄 본점과 경성 지점 모두 응답했다.

다음에 이어지는 것이 산세이도(三省堂), 오쓰보(大坪)서점, 야나기하라(柳原)서점, 세이분칸(盛文館)으로, 각각 4~5채의 거래처를 꼽을 수 있다. 흥미로운 것은 삼성당과 같은 도쿄의 대형(단, 오사카 지점을 답하는 서점도 있다)외에 사가(佐賀)의 오쓰보서점, 오사카의 야나기하라서점, 오사카의 세이분칸 등 서일본 대형업체 이름이 잇달아 올라와 있는 것이다. 이유는 물론 지리적 이점이다. 책은 부피를 갖는다. 책의 송료를 누가 어떻게 부담할지는 원격지의 서점에 있어서는 항상 골칫거리였다. 한반도에 가까운 중개업소가 더 싼 가격으로 실어 나른 것은 당연하다.


## 3. 도서배급사 〈선배(鮮配)〉 설립 소동

1938년 여름 무렵, 만주국에서 일원적인 서적 배급 회사가 설립된다는 소문이 나돌기 시작하는데,9) 이어 조선에서도 같은 배급사 설립 움직임이 일어난다. 일본업계지 『출판통신』 기사를 추적한 바, 처음에 보도된 것은 1939년 4월 10일로, 조선 총독부의 미쓰하시(三橋) 경무국장 명의로 도쿄출판협회, 일본잡지협회, 대형 중계상에 대하여 공문서로 협력 참여 의뢰가 도착했다는 보도였다(동지, p.1). 이 기사에 소개된 '취지문'은 그 설치 목적이 내선 일체관의 철저, 일본 정신의 양해, 조선 문화의 계발, 조선의 황국화로 되어 있는데, '시국하 검열의 통제상 필요'

---

9) '만주국에 자본금 200만엔의 메이저 배급사를 신설'(『출판통신』 1938.8.5.), p.4.

와 '조선 내에 배급하는 서적 잡지의 일원적 통제'에 있다고 한다. '일원적 통제'는 구체적으로는 '조선 총독부 기관지 경성일보사를 중심으로 도쿄출판협회, 기존에 일본잡지협회와 조선 내에서 거래를 가진 서적잡지 중개서점 등을 규합하여, 이에 조선서적 통제회사를 조직하여 일체의 중간 영업의 개재를 폐'한다는 것이었다(같은 페이지). 총독부에서는 후루카와(古川) 도서과장이 직접 담당자가 되어 교섭에 임하고, 경성일보 도쿄지사가 개재하는 동시에 국내 업자와 중개에는 하쿠분칸(博文館) 사장 오하시 신이치(大橋進一)가 맡았다.

몇 차례의 회견의 보도 중에서, 총독부 당국에서는 '배급 회사를 만드는 최대의 취지는 검열의 철저, 정가 판매의 실행, 이 두 가지'[10]에 있다는 것이 분명하지만, 그에 따라 예상되는 유통 판매 기구의 대변혁은, 기존 업자의 거센 반발을 불렀다. '조선의 황국화'라는 제목에 드러내놓고 반대는 보이지 않고, '검열의 철저'에 대해서도 그다지 큰 저항은 나오지 않았지만, 기득권익에 관련된 부분— 경성신보 판매점의 소매 참가나, 중개업자의 권익 수탈, 외지의 송료사정을 무시한 정가 판매 목표 등— 에 관하여는, 국내의 중개업자들 그리고 조선의 현지 소매 조합의 저항이 강경하였다.[11]

양사의 합의가 마무리되지 않은 채 교착 상태에 빠진 뒤, 조선 총독부에서는 강경한 수단이 나온다. '현지 업자는 총독부의 관헌근립회(官憲筋立會) 하에 찬성서명을 할 것'. 1939년 8월 28일 조합 총회에서 설립

---

10) '古川과장과 전 중개상 회견'(『출판통신』 1939.5.25)에서의 후루카와 발언.

11) 예를 들어 '현지업계의 반대 기세 준동 만선(滿鮮)양배급사안 구체화하면 맹렬한 반대', 오사카야고서점 조선도매 부지배인 시마다 소이치(島田宗一) "정지! 삼고하라"(모두 『출판통신』 1939.4.20.). 또 '조선조합의 진정단을 맞은 도매업연합의 반대 고조' (『출판통신』 1939.5.5.), '선배 문제 각각의 입장과 태도'(『출판통신』 1939.5.15.), '후루카와 과장과 전 중개상 회견'(『출판통신』 1939.5.25.) 등

찬성 의결을 실행한다.12) 그 뒤 실행 위원회가 열렸다는 보도가 있고, 그 위원 이름도 알려져 있으나,13) 국내 업체의 협력을 얻지 못한 때문인지 사태는 정지된다. 그해 연말 12월 25일 만주국에서는 만주서적배급주식회사가 만들어진다.14)

다음 움직임은 일본 국내에서도 배급회사 설립계획이 진행되기 시작한 1940년 11월이었다. 총독부로부터 척무성(拓務省)을 통해 선배의 창립에 대해 국내 배급회사 창립위원회에 신청이 진행되었지만, 국내에 배급사가 생기는 것에 대해 '같은 일본인이 조선에 별개의 배급 회사를 만드는 일이 중복이므로 쓸모없다, 만약 필요하다면 지점 또는 출장소를 놓는 것보다 못하다'고 하여 기각된다.15) 결국 이대로 1941년 5월에는 일배(日配) 즉, 일본서적배급 주식회사가 세워져, 한반도의 서적유통도 이 국책 배급회사의 관리 하에 들어가게 된다. 한반도에 일배의 지점이 생긴 것은 1942년 2월 11일, 장소는 오사카야고서점 경성도매부 뒤16)로, 지점장은 전 중개업체인 동해당(東海棠) 출신으로 전 화중인서국(華中印書局) 상무 이사였던 스즈키 다사부로(鈴木多三郎),17) 지점 차장에는 '총독부 경무 국장의 추천에 의해'18) 경성일보사 논설위원이었던 후지이 안세이(藤井安正)가 되었다.

---

12) '지역정복에 성공 선배안 서서히 기능'(『출판통신』 1939.9.10).
13) '선배 실행위원회 열림'(『출판통신』 1939.9.25).
14) 만배(滿配)에 대해서는 와타나베 다카히로(渡辺隆宏)에서 다음 논고가 있다. 「『주변』의 "출판유통―만주 서적배급주식회사 설립에의 과정, 오사카야고서점 기타―」(미디어사 연구 2010.3),『만배문제―1939년 만주서적배급 주식회사 설립을 놓고―』(미디어사 연구 2011.2),『만주서적배급 주식회사 설립일과 그 전후』(미디어사 연구 2012.2).
15) '선배 문제 다시 대두, 결국 조선에 배급지점 설치하는가'(『출판통신』 1939.11.22).
16) '일배 조선지점 개설'(『출판동맹신문』 1941.12.3.).
17) '일배 조선지점 개설 지점장으로 참여 스즈키씨 임명'(『출판동맹신문』 1941.10.28.).
18) '조선지점 개업'(『출판동맹신문』, 1942.2.17.).

## 4. 한반도에서의 서점 수의 변천

지금부터는 당시 한반도의 서점사를 정리하고자 한다. 서점의 수부터 개관해 보자. 1907년 11월 발행한 『전국서적상명부(도쿄 서적상조합 사무소)』에 게재된 외지의 서점은 사할린이 1곳, 타이완이 12곳, 청나라가 26곳, 미국(밴쿠버, 하와이를 포함)이 32곳이고 조선(표기는 "한국"으로 되어 있다)이 22곳이다.

한반도의 내역을 자세히 살펴보면 경성이 4곳이다. 한일책방(모리야마 요시오(森山美夫)), 세이분도세이분도(주인이름 없음)의 이름이 보인다. 경성왕궁 앞에 있었다는 이 세이분도가 오사카의 세이분도와 관계가 있었는지는 아직 확인이 되고 있지 않다. 인천항에 2곳, 부산항에는 하쿠분도(요시다 이치지로(吉田市次郎))를 포함 2곳, 진남포구에 3곳, 함흥부 북도에 2곳, 목포에 2곳, 대구에 2곳 등이다. 모두 일본인 또는, 일본 이름을 건 주인이며 상호와 이름이 같다.

『다이쇼 13년 1월 현재 전국 서적상 조합원 명부』(전국서적상조합연합회, 1924년 3월)에 의하면 한반도의 조합원 수는 99이다. 지역별로 보면, 경성 24개, 평양 8개, 부산 4개, 대구 4개 등이고, 1907년부터 계속 운영해온 것은 일한서방(경성, 기시모토 간지로(岸本貫次郎)), 하쿠분도(부산, 요시다 이치지로)뿐이다. 1924년의 명단에서 흥미로운 것은 지역적으로 서점의 분포가 넓어지고 있다는 점, 국내 서점의 지점이 생기고 있다는 점, 그리고 조선인 서점주가 가입하고 있다는 점이다. 지점으로는 예를 들어, 오사카야고서점(경성, 나이토 사다이치로(內藤定一郎)), 간쇼도(巖松堂) 경성점(아라이 다케노스케(新井武之輔)), 간쇼도 인천점(고모부치 몬시치(菰淵紋七)) 등이 있다. 조선인의 서점을 살펴보면 광명서원(평양, 김찬두), 동양서원(경성, 김상

익)을 포함한 33의 인명, 명칭이 있다.(참고로 같은 명단의 타이완에는 고넨도(浩然堂, 타이난)의 황신(黃欣), 슈분도(周文堂, 타이페이)의 저우 퍼우(周否) 2명이 기재되어 있다.) 지역별로 보면 경성이 8곳, 이어서 평양 5곳, 황해도 3곳, 함경남도 3채 등이 많다.

경성의 조합원인 일본인 16개 점포, 조선인 8개 점포를 지도상으로 전개해 보면, 역시 당시 경성 시가지가 가지고 있던 성격대로 일본인 서점과 조선인 서점이 명확히 나누어지는 경향이 있다는 사실을 확인할 수 있다.(그림 1) 그러나 이것은 두 개의 민족이 <서점>이라는 공간을 두고 교차하지 않았다는 것을 의미하지는 않는다. 이것은 나중에 재론하겠다.

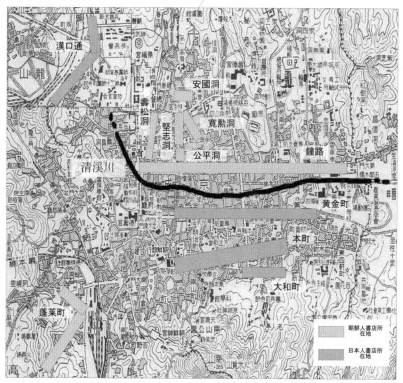

[그림 1] 1920-1930년대경의 경성 중심부의 서점밀집지역

다음은 1938년 3월 간행한 『전국 서적업 조합원 명부』(전국 서적업 연합회 편집·발행)를 보자. 게재된 '조선 서적상 조합원'은 모두 358명, 이름에서 조선인이라고 추정되는 조합원들은 그 중 104명이다. 조합원 29%는 조선인이었던 셈이다. 경성편에 기재된 것은 78곳, 그 중 조선인 주인은 이문당의 윤종진(尹鍾眞), 동광당(東光堂)서점의 이창래(李晶來) 등 23명(29%)이다. 점포 소재지로 보는 주거지 구분은 여전히 뿌리 깊어서, 약간의 예외—예를 들어 간쇼도 경성점은 종로에 있고, 안창덕(安昌德)의 문명당(文明堂)서점은 혼마치(本町)에 있다—를 제외하고 일본인 서점은 혼마치, 고가네초(黃金町), 야마토초(大和町) 등에 있고, 조선인 서점은 종로, 관훈동, 안국동, 견지동 등에 있었다.

이문당(以文堂)과 그 주인 한경석(韓慶錫)에 대해서는 1935년 소개가 『전국서적상총람』에 있다.

> 주식회사 이문당/한경석/(주)경성부 관훈동 130
> […]씨는 메이지 32(1899)년 8월 21일 경기도 김포군에서 출생, 소학교를 거쳐 경성사립 휘문의숙(徽文義塾) 졸업(현재 휘문고보) 후에 경성 YMCA에서 영어 전수, 쇼와 4(1929)년 현업에 입문하여 이문당은 다이쇼 5~6(1916~7)년경에 창립하고 동 14년 현재 주인이 대표자가 되어 현재에 이른다. 경성역에서 3km지점에 있는 조선식 2층의 웅장한 점포로써 도쿄도, 산세이도, 일한서방, 오사카야고와 빈번한 거래를 행하여 신간서적, 잡지, 문방구를 하루 사백 여명에 이르는 손님을 맞고 상점 판매[…]
> (조선 pp.5-6)

일본어 서적의 거래처가 명시된 반면 조선어의 그것에 대해서는 언급이 없다. 조선어 책을 어떻게 다루고 있었는지에 대해서는, 앞으로의 조사를 기다릴 수밖에 없다.

## 5. 소매 서점과 그 조합의 약사(略史) 1
   ─조합 이전과 모리야마 요시오(森山美夫)의 일한서방(日韓書房)

다음은 한반도의 소매 서점과 그 조합의 역사를 따라가 보자. 소매 서점의 역사를 생각하는 적절한 자료로써 서적상조합의 자료가 있다. 조합원 수의 데이터에서 서점의 수를 파악할 수 있고, 조합사가 적혀 있으면 그 지역의 서점의 내력을 알 수 있다. 한반도의 소매서점 조합은 조선서적잡지상조합이다. 전술한『전국서적상총람』에는 관계자가 쓴 것으로 보이는 조합의 소개가 있으므로, 우선은 이것으로 개략을 정리한다.

기사는 조합 이전의 상황부터 이야기하고 있다. 1906년에 '부산에 요시다 하쿠분도가 창설되어 내지인 서점의 개척이 이루어졌다'는 것. 그 후 경성에 일한서방, 우쓰보야, 대구에 옥촌서점, 평양에 문선당 등이 생겼다는 것, '조선 3대 서점 중 하나인 오사카야고서점'이 1914년에 창립된 것, '더욱 오래 된 메이지 25(1892)년 회령에는 고이케 오쿠키치(小池奧吉)씨에 의해 회령 하쿠분칸이 창설됐지만, 지리적 관계상 앞선 서점만큼 경영상태가 좋지는 않았다'(조선 p.6)고 적혀 있다. 그리고 조선 3대 서점은 일한서방, 하쿠분도, 오사카야고서점이라고 생각된다.

이 지역을 개척한 일한서방[19]의 초기에 대해서는 1913년에 쓰인 주인 모리야마 요시오의 글이 있다. 좀 길어지지만 당시 경성의 독서사정을 말해주는 귀중한 자료이기 때문에 모리야마의 이야기를 따라가 보자

---

19) 일한서방에 대해서는, 서적 판매와 출판에 대해 분석한 다음 논문이 있다. 신승모「조선의 일본인경영 서점에 관한 시론─일한서방의 사례를 중심으로─」(『일어일문학연구』제79집, 2011).

내가 조선에 들어온 것은 메이 지 39(1906)년 9월이었다. 그 때 이 경성에 서점이라고는 겨우 두 곳 밖에 없었다. 이것도 실은 이름뿐 으로 극히 미미한 것이어서, 재경 내지인의 희망을 채울만한 신간 서적은 거의 없고 지금의 헌책방 보다 조금 나은 수준이고, 더구나 책의 값을 보자면, 정가에 우편 요 금을 부가하니까 너무 비싼 가격 이었던 것이다. 나는 여기서 서점 무리에 끼어들었다. 물론 책은 정 가대로 받았고, 우편요금 부가 등 은 하지 않았다.20)

[그림 2] 일한서방의 외관 [조선] 1908년 4월 게재 광고에서

같은 글에서 모리야마는, 창업 당시의 조선인 수요는 '일어 학교 교 과서 정도'로 거의 서점과는 교섭이 없었던 반면, 일본인은 '무료하게 괴로움이나 쓸쓸함을 토로하지는 않았지만, 오락시설 따위는 전혀 없었 기 때문'에 가게는 '우리 내국인에게 큰 환영을 받았다'고 하며, 하루의 매출액이 '700엔 정도'가 된 적도 있었다고 회고한다. 그 후 교통 기관 이 발달하고 국내 이주자가 늘었지만 경제계의 정체도 있어서 '개업 당 시와 같은 호황은 없고 평범한 경영상태였다' 다만 조선인의 일본어 연 구열이 높아지고 초등학교 교과서, 수학, 물리학, 법률서 등의 수업도 점차 늘어나면서 '요즘엔 조선인이 우리들의 좋은 단골이 되기에 이르

20) 모리야마 요시오『조선의 출판 및 독서계』(조선 1913.4), p.166.

렀다'고 한다. 일본인은 '대개 도쿄 주변과 차이가 없다'지만, 식민지의
재정이나 지리, 역사, 어학에 대한 책이 잘 팔리는 경향이 있다.

잡지류의 판매상황은 매우 좋고, 부인이나 아이들의 읽을거리의 매출
세가 좋다. 다만 보통 서점의 단골은 학생인데, 경성에는 중학생 이상의
학생이 없고, 또 젊은 관리와 회사원도 독서에는 흥미가 없었기 때문에,
'경성의 서점은 번창하다는 말도 뻔한 이야기다.'라고 모리야마는 말한다.

한편 모리야마에 의하면 이 때 경성에서는 '국내 신문도 이틀이면 볼
수 있다'는 유통 상황답게, 새로운 출판물에 대해서도 신속히 들여오고
싶다는 기사가 났다[21]고 한다.

일한서방은 그 후, 오사카야고서점과 함께 경성 2대 서점의 하나가
되었다. 1935년 시점의 『전국서적상총람』의 소개는 다음과 같다. '일한
서방은 한일합병 전 도쿄 모리야마 도분칸(森山同文館)주인의 동생 모리야
마 요시오에 의해 창업되고, 다이쇼 3(1914)년 기존의 경영방식을 오사
카의 세이분칸에 물려주었으며 고·기시모토 에이시치(岸本榮七)씨가 가게
업무를 맡은 후, 그가 타계한 쇼와 7(1932)년 11월에는 조직을 자본금 6
만5천엔의 합자 회사로 바꾸고 도쿠리키 신타로(德力新太郞)씨를 지배인
자리에 앉혀 기시모토 씨가 동점(同店)의 대표 사원이 되어, 조선에서 중
등 교과서, 문부성 교과서, 총독부 교과서 판매에 독자적 기반을 쌓고
경영해 왔다. 동점은 혼마치 거리에서의 제일 오래된 건축으로 순수 일
본건축 점포이다'(조선 pp.6-7).

---

21) 이상 森山 『조선의 출판 및 독서계』(pp.166-167).

## 6. 소매서점과 그 조합의 약사 2
### ─국정교과서 배급과 유력 소매서점의 성장

다른 글을 통해 말한 적이 있지만 외지만이 아니라, 일본 지방에서 유력 서점의 성장은 소학교 국정 교과서 배급이나, 중학교 등의 교과서 판매 청부와는 뗄 수 없다.[22] 특히 중앙에서 지방의 말단 판매소로의 중간도매상이 되는 '특약판매소'의 역할을 맡는 것은, 이윤의 관점에서도 서점의 레벨 관점에서도 중요했다.

조선의 국정교과서 배급의 역사에 대해서는 부산 하쿠분도 주인, 요시다 이치지로에 의한 「조선에서의 국정교과서 특약판매제도 회고록」이라는 흥미로운 자료가 있다. 원래 소책자로 배포된 것 같지만, 『출판동맹신문』 1940년 4월 17일 기사 '조선 국정 판매제의 창시'에 소개가 있다. 이를 참고하여 한반도에서의 교과서 배급과 서점 역사의 출발점을 보기로 한다.

요시다의 하쿠분도는 1906년 4월 부산에서 개업했다. '당시 한국의 일본인 소학교는 경성을 시작으로 부산, 인천, 원산, 목포 기타를 통해 20개교 내외로 학생 수가 만 명에 모자라며, 남부 조선의 대도시 대구에도 아직 설치되지 않았고, 부산 소학교에서 사용하는 교과서는 포목상 우메다(梅田) 모씨가 학교의 의뢰를 받아 고향의 서점에서 받아 온 것에 약간의 송료를 더해 판매'하고 있었다. 요시다는 지역 소학교 교장으로부터 교과서의 입수가 불편하다는 이야기를 듣고 또 조선총감부 설치 이후 소학교 수가 늘어난 점도 고려하여 여기서 사업 기회를 찾아냈다.

---

22) 앞의 책히비 요시타카 앞의 글(「외지 서점과 능력의 향배」).

일본에서 교과서 배급을 하던 공동 판매소의 사주 오하시 신타로(大橋新太郎, 하쿠분칸)에게 조선에서의 교과서 배급의 청부를 타진한다. 당초에는 특별한 계약을 맺고, 주문을 받고 송부하는 보통 거래에서 시작됐지만, 1910년 한일 합방을 계기로 요시다는 특약판매소가 되기 위한 노력을 활발히 한다. 공동 판매소로 상세한 보고서를 제출하고 조선의 각 학무 담당 당국과도 절충을 시작한다. 요시다의 노력은 주효해 그가 제안한 '경성, 부산 2구역안(案)'으로 배급계획이 진행된다. 경성 측의 특약점 후 보는 모 잡화점과 일한서방 모리야마 요시오였지만, 요시다는 업태를 보고 일한서방을 추천했다고 한다. 최종적으로는 1912년 1월부터 요시 다의 하쿠분도 담당을 '경상남북, 전라남북, 강원, 함경남북의 7도(道)로 하고 다른 6도를 일한서방의 담당으로 하는 특약판매 계약을 맺기에 이 르렀다'고 하는 것이 자료가 말하는 경위이다.

이 국정 교과서 배급에 대해서는 『전국서적상총람』에도 기사가 있다. 1935년의 모습이 기술되어 있으므로 소개한다. '현재는 남북 두 조선으로 나뉘어 남쪽은 요시다서점이 담당하여 경상남북, 전라남북, 충청남북 및 강원도의 일부에 공급하고 연액 3만 5천엔이라고 전하고 있다. 북쪽 은 경성부 국정교과서 특약판매소에서 사무국을 일한서방에 두고 경기, 강원 일부, 평안남북, 함경남북, 황해의 7도에 일한서방, 오사카야고가 7 대 3의 비율로 배급하고 있다. 즉 출자금 1만엔 중 일한서방이 7천엔, 오 사카야고가 3천엔이라는 비율이고, 이익 배당은 3부(分)이다'(p.8). 북부 지 역에서는 일한서방에 오사카야고서점이 참여하고 있는 것을 알 수 있다.

# 7. 소매 서점과 그 조합의 약사 3
## ─ 조선서적잡지상조합의 설립에서 종전까지

조선서적잡지상조합이 생긴 것은 1921년 5월, 할인 경쟁에 의한 서점의 피폐를 막기 위해 전국서적상조합연합회의 '결성을 권유받아'[23] 설립됐다. 1928년 10월 대구의 오하시(大橋)서점이 교과서의 할인 판매로 조합 규약을 위반한 혐의를 시작으로 게다가 이곳에서는 잡지판매 방법에서도 규약 위반이 있었다고 여겨져 조합 내에서 분쟁을 일으켰다. 이것이 발단이 되어 조선의 서적업소매조합은 서적, 잡지 두 조합으로 분열되었다.

『전국서적상총람』에서 조선조합의 기술에는 1935년 당시의 서점의 개황이 나타나 있다.

조선 업계의 현세를 주요 도시로 놓고 보면 경성에서는 영업 실적이 현저한 오사카야고와 오랜 경력의 일한서방을 양웅으로 하여, 우치도쿠(內德)씨, 도쿠리키(德力)씨가 함께 업계에 군림, 이어서 마쓰노(松野)씨의 금성당, 한경석씨의 이문당은 쟁쟁한 책방, 헌책방에는 군서당(群書堂), 문광당(文光堂), 지성당(至誠堂), 금강당(金剛堂) 등이 저명하고, 양서의 마루젠(丸善), 견실한 개벽사(開闢社) 등의 이름이 있고, 평양에서는 협판문선당(脇坂文鮮堂)군을 빼면, 다음으로 나카무라서점(中村書店), 오카다분쇼도(岡田文祥堂)가 그 뒤를 잇고, 대구에서는 옥촌(玉村), 오하시, 박신당(博信堂) 삼자가 맞서고, 부산에서는 하쿠분칸을 최고로 치고 오죽당(吳竹堂), 미야케 로쿠조(三宅碌造) 본점의 비약을 주목하고, 그 밖에 청진에 나카야(中屋)서점, 나남에 오자키홋코칸(大崎北光館), 다하라(田原)서점, 원산에 히가시(東)서점, 오타니(大谷)서점서적부, 대전에 스즈키서점, 마산에 후쿠야

---

23) 『전국 서적상 총람』(조선), p.6.

(福屋), 신의주에 분메이도 등이 유명하다.(p.19)

유력한 조합원을 중심으로 한 기술로 보면 될 것이다.

이후 종전에 이르는 일본 국내도 포함한 업계의 전개를 대강 살펴보겠다. 소매조합도 연루된 중요한 전기로서 <선배(鮮配)>라고 하는 서적배급회사 설립소동이 있었는데 이에 대해서는 이미 언급했다. 일본이 전시 체제에 들어갈 때 출판, 중개, 용지배급, 소매라는 출판계의 네 가지 측면이 각각 일본출판문화협회, 일본출판배급주식회사, 양지공판주식회사, 서적잡지 소매상업조합이라는 국가가 주도하는 전시 체제로 변모해 간다.

서적잡지 소매상업조합이 각지에서 결성되기 시작한 것은 1942년경부터이다.[24] 최종적으로는 1944년 일배(日配)는 다시 일본출판배급통제주식회사가 되고, 각 도도부현(都道府縣)의 서적잡지 소매상업조합은 출판물 소매통제조합으로 된다.(앞의 책『일배시대사』) 국방경제의 계획적 수행을 맡기 위한 통제강화 조치이며, 이것이 전전(戰前)기 출판체제의 종착점이었다.

## 8. 마침─ 〈접촉 영역 contact zone〉으로서의 서점

마지막으로 한반도에서의 소매 서점의 문제를 <접촉 영역>이라는 관점에서 다시 정리해보자.

---

24) 시미즈 분키치 『자료연표 일배(日配)시대사─현대 출판 유통의 원점─』(도쿄 : 출판뉴스사, 1980.10), 특히 연표 참조.

서점이라는 공간은 단순한 책의 판매 장소가 아니다. 원래 경성의 서점 입지가 말해주듯이, 그게 어디에 있느냐는 것 자체가 민족에 따라 분류되는 도시의 주거 양상이나 자본의 많고 적음의 영향을 받지 않을 수 없다. 개개 서점 영업은 서점 주인의 재량에 물론 맡겨져 있었지만, 구입은 중개의 유통망 방식에 규정돼 있었고, 경우에 따라서는 계열점의 방침이 확실히 존재하기도 했다. 가격과 판매 방법에 관한 중요한 점은, 조합이라는 조직을 통해 일본 국내 업계단체의 방침에 따른다는 것이다. 서점사를 조사하니 거리의 작은 서점이 얼마나 권력적인 그물망 속에 존재했는지가 보였다. 그 그물망은 제국 일본이 전시 체제에 들어가면서 점차 국책적인 색채가 강해졌다.

서점에 관련된 사람들은 민족적 갈등과 업계 내의 흥정, 국책에 따른 지도, 이윤의 추구, 오락의 즐거움, 지식욕 등 다양한 요인에 의해 그 행동을 복잡하게 규정하고 있다고 할 것이다. 예를 들어 한반도의 일본어 서점의 주인에는 일본인과 조선인이 있었지만, 그들이 판 잡지가 비록 동일한 것이라 하더라도 그 의미는 같지 않을 것이다. 일본인이 혼마치에서 『개조(改造)』를 사는 것과, 조선인이 종로에서 『개조』를 사는 것은 역시 의미가 달랐으며, 판매하던 점주가 일본인이었는지 조선인이었는지, 응대한 점원이 일본인이었는지 조선인이었는지도 결코 무의미한 세부사항이 아니다.

서점은 책을 만나는 장소이며, 사람을 만나는 장소이다. 서점이라는 공간이 어떤 성격의 공간이었는지, 그리고 거기에서 어떤 필연적/우발적인 해후가 있었는지 그것을 생각하는 것이 서점 연구의 재미이다. 이 문제는 보다 구체적으로 개별의 서점, 개별 출판물, 개별 서점주, 고객=독자의 경우에 따라서 앞으로 연구되지 않으면 안 된다.

　이 때 내가 중요하다고 생각하는 것은, 일본어의 공간 저편으로 확산되고 있던 조선어의 공간이고, 거기에서 살아간 사람들의 경험이다. 어학과 전문 영역의 문제를 비롯한 능력의 제약이 있고, 내 연구는 어떻게든 일본어를 중심으로 한 일본인의 시점에서 이루어진 것이다. 그것은 경성이라고 하는 장소로 말하자면 혼마치, 야마토초, 고가네초를 중심으로 생각해 버린다는 말이다. 아마 이는 한국에서의 출판문화 연구에 대해서도 정도의 차이는 있을망정 마찬가지일 것이다. 종로나 관훈동을 기점으로 보는 세계만으로는, 제2차 세계 대전 이전의 서울의 서점 문화는 말할 수 없다.

　더 말하자면 일본어와 조선어의 공간만으로는 부족할 것이다. 책은 쉽게 국경을 넘어서 그리고 거기에 머무르며 오래도록 주위에 영향을 준다. 경성제국대학 법학부의 오쿠히라 다케히코(奧平武彦)가 쓴 「경성의 서사」라는 글이 있다.[25] 오쿠히라는 이 글에서 네 종류의 서적에 대해 언급하고 있다. 조선의 고전서적, 일본어의 신간서적, 양서, 그리고 현대의 고서이다. 후자 세 개에 대해 소개하고, 이 글을 맺기로 한다.

　　대학이 생기고부터 매장에 학술서가 진열됐다는 것을 들은 적도 있다. 신간 서사라고 하면 일단 오사카야고와 일한서방. 아마 이 두 가게의 구매부가 태만하였던지, 아직도 신간 서적은 특별히 주문해서 넘겨받지 않으면 안 될 경우가 많다. 정가의 6할을 우편 요금으로 부가하고 있다가, 국내처럼 정가 판매가 된 것이 얼마 전 일이다. 새 시대의 문화 건설에는 신간서점도 환전출장소도 여전히 활약해야 한다. 헌 책방이라면 혼마치 거리에 8~9채, 그러나 아세아협회 조선지부 잡지를 비롯하여 경성에서

25)　제국대학신문사편, 『문화와　대학—법학　수상(隨想)—』(도쿄 : 제국대학신문사출판부, 1935.6).

간행된 양서 등은 한 권도 여기에서 발견할 수 없다.(p.210)

오쿠히라는 계속해서 1927년 봄 무렵 조선의 세관국에서 오래 근무한 마크레비, 브라운의 장서가 '홍수처럼 쏟아졌던' 일을 회상한다. '모리슨의 영화사전을 비롯하여 매드허스트, 애트킨스 등의 동양관계서와 그의 교양의 단면을 보여 주는 페이타의 르네상스, 테니슨과 브라우닝의 시집(모두 초판본) 등. 겨우 사모아서 633권만이 대학 도서관으로 들어갔다'(p.211). 그리고 마지막으로 현대 경성의 고서점의 모습을 묘사한다.

> 종로 이북에 조선인의 헌 책방이 십여 채 정도 있다. 여기도 일찍이는 동양관계 또는 구교관계 양서에 재미있는 것이 있었지만, 요즘은 공산주의 팜플렛 종류가 어느 서가에도 빽빽하게 놓여 있다. 조선의 청년 제군의 사상을 묻는 사람에게는 조선의 헌 책방을 한 번 돌아보기를 권유하고 있다. 신구 문화가 경성에서는 소용돌이 치고 조류의 행방을 찾기는 어렵지만, 서적의 작용 역할이 여기에서는 어디보다도 클 것이다.(p.211)

제국의 서점론은 여러 언어, 복수 민족의 접촉 영역으로써 다루지 않으면 안 된다. 오쿠히라가 1930년대의 경성에서 보고 취한 듯이, '책의 작용 역할'은 국경이나 언어를 초월해 기능한다. 그리고 서점은 책의 기능의 장 그 자체이다.

🟡 번역 : 강원주

|| 쉔 위엔차오(單援朝) ||

# 잡지 『예문(芸文)』의 성립과 변천에 대하여

'문화종합잡지(文化綜合雜誌)'에서 '순예문종합잡지(純芸文綜合雜誌)'로

## 1. 들어가며

『예문』은 1942년 1월 만주국(滿洲國) 신징(新京)에서 '문화종합잡지'로 창간되어 1943년 10월까지 총계 23권이 간행되었다. 이후, 권호수와 발행처를 고쳐 1944년 1월 '순예문종합잡지'로 재출발하여, 1945년 5월까지 총계 16권이 간행되었다. 서술의 편의 상, 전자를 『예문』, 후자를 제2기 『예문』으로 부르겠다. 이처럼 두 개의 얼굴을 가진 『예문』은 '성숙기'의 만주문화를 알려주는 귀중한 자료로서 일찍부터 연구자들의 주목을 받아왔다. 니시하라 가즈미(西原和海), 오카다 히데키(岡田英樹), 니시다 마사루(西田勝) 세 명은 『식민지 문화연구(植民地文化研究)』 제3호(후지출판(不二出版), 2004.07) 지상에서 「두 개의 『예문』」이라는 제목의 좌담회를 개최하여 『예문』의 창간과 변신에 대하여 깊이 있게 논의하였다. 이어진 『식민지 문화연구』 제4호부터 6호까지는 다니모토 스미코(谷本澄子)에 의

하여 『예문』의 상세한 항목이 연재되어 있어 잡지의 대강의 모습을 엿볼 수 있다. 더욱이 유마니서방(ゆまに書房)은 2007년 7월부터 『예문』전권과 『예문』의 후속잡지에 해당하는 『만주공론(滿洲公論)』을 복간·간행하여, 일반 독자들도 그 전모를 알 수 있게 되었다. 뿐만 아니라 각 권말에 붙은 「총설(總說)」, 「해설(解說)」에서 각호의 특색과 함께 잡지의 변천도 부분적으로 밝히고 있다. 이렇게 되면, 『예문』의 간행사(刊行史)와 전체상을 종합적으로 해명하는 것이 현실적 과제가 된다. 이에 이 글은 선행연구를 바탕으로 『예문』의 성립과 변천을 종합적으로 밝히고자 한다.

## 2. 『예문』이 성립, 창간되기까지

『예문』의 창간을 둘러싸고 뤼 위안밍(呂元明) 씨는 복각판 『예문』(게이분사판(芸文社版)) 창간호 권말의 「총설」에서 무토 도미오(武藤富男), 와다 히데키치(和田日出吉), 야마다 세이자부로(山田淸三郞), 오하라 가쓰미(小原克巳)의 이름을 거론하면서, 네 명은 '『예문』을 창간시킨 삼총사가 아니라, 사총사라고 할 수 있을 것이다'[1]라며, 『예문』은 '만주예문연맹의 기관지는 아니라 해도, 그러한 입지는 기관지와 아무런 차이가 없다'고 위치 지웠다. 위의 좌담회에서도 창간 배경과 관련하여 「예문지도요강(芸文指導要綱)」이 거론되었는데, 『예문』의 탄생과 무토 도미오 및 「예문지도요강」 간의 관계를 명확하게 언급한 이는 리우 젠후위(劉建輝)[2]씨와 뤼 위안밍(呂元

---

1) 呂元明「總說 雜誌『芸文』の前後」『藝文』第1卷 〈藝文社版〉康德9年1月号(創刊号), ゆまに書房, 2007), pp.6-7.
2) 劉建輝 「第一卷 解說」, 『藝文』 第1卷 〈藝文社版〉康德9年1月号(創刊号), ゆまに書房, 2007), pp.31-32.

明) 씨다. 리우 젠후이 씨도 예의 「해설」에서 야마다 세이자부로를 『예문』을 '낳은 부모' 중 한 사람으로 지목하였다. 이들의 해설은 『예문』의 성립을 해명하는 데 있어서는 한걸음 나아갔지만, 해설의 한계성 탓에 사실관계가 완전히 분명해졌다고는 할 수 없다. 이하, 창간의 경위를 되짚어보자.

여기서는 우선 창간의 배경에 '제2차 고노에 내각(近衛內閣 : 1940~41년)'이 일본 국내에서 추진한 '신체제운동(新体制運動)', 즉 대정익찬회(大政翼贊會)나 산업보국회(産業報國會) 등으로 상징되는 전체주의적 국민통합운동'3)이 있으며, 만주국에서는 삭제만주(削除滿州) 보급을 담당하는 포석으로서 '준전시체제'에 버금가는 '정부행정기구의 개혁', '홍보처의 대확충'4)이 있었다는 사실을 염두에 두자. 후자에 대하여 홍보처장 격인 무토 도미오는 전후 『나와 만주국(私と滿洲國)』(문예춘추(文藝春秋), 1988.09)에서 다음과 같이 논한 바 있다.

　쇼와(昭和)5년(1930)경, 만주국 임의단체 중 '문화회(文話會)'라는 작가단체가 있었다. 문예에 관한 아마추어와 프로 모두가 속해 있으며, 정부의 민생부(民生部)가 뒤를 봐주었다. 그러나 쇼와16년(1941) 1월 1일에 시행된 정부행정기구 개혁으로 위 단체의 편의를 도모하는 것은 홍보처의 일이 되었다.
　홍보처장으로서 나한테는 문예가만으로는 부족하다. 예술, 음악, 영화, 문학, 연기, 사진 등의 분야에 속한 사람들을 그 또한 아마추어와 전문가 구별 없이 모두 편의를 봐주자. 그렇게 하여 만주국을 아름답고 즐거운 곳으로 만들려고 생각하였다.

---

3) 위의 글, p.31.
4) 衛藤瀋吉校註・滿州國政府編 『滿洲建國十年史』 明治百年史叢書第91卷(瀧川政次郎解題, 原書房, 1969).

　　　　　　　　　　　　　(중략)

　　그래서 나는 앞에서 말한 행위(문예를 포함한 다양한 분야를 포괄하는
　　행위-번역자)를 예문으로 총칭하고, 예문의 발흥(勃興)을 도모하기 위하
　　여 예문지도정책에 기초(起草)하여 무부(武部) 총무처장에 제시하여 승인
　　을 받아, 관동군(關東軍) 제4과의 양해도 얻어 이것을 발표하기로 하였다.
　　　　　　　　　　　　　　　　　　　　　　　　　　　(방점 작자)


　　다소 긴 인용이지만, 이를 통하여 '예문'이라는 말이 의미하는 바와
'만주국'의 문화사를 논하는 데 빼놓을 수 없는 「예문지도요강」의 성립
경위가 분명해졌다. '예문'은 무토 도미오의 야망을 담은 말로서, 잡지
『예문』의 원점(原點) 또한 여기서 살펴보아야 할 것이다. '예문'의 유래에
대하여 무토는, 그것은 '당시 일본에서도 만주에서도 사용되지 않았다.
당시 예능(藝能)이라는 말은 쓰였지만, 너무 범위가 좁아서 널리 포함시
키려는 마음으로, 신어(新語)를 만들었다기보다는 기존의 사어(死語)를 살
린 셈이다. 「예문의 꽃 흐드러지게 피고, 사모의 물결 끓어오르네(芸文の
花咲き亂れ, 思いの潮沸きめぐる)」라는 일고(一高)의 요가(療歌)가 있어 그 말을 만
주국으로 가져온 셈이다'(상동)라고 밝혔다. 이윽고 그가 만든 이 '신어'
로 명명(命名)된 잡지『만주예문(滿洲藝文)』과 '예문협회(藝文協會)'는 「예문지
도요강」과 같이 등장한다. 「예문지도요강」이 무토 자신의 손으로 만들
어졌다는 사실은 위에서 살펴본 바와 같으나, 다른 두 가지 사항 또한
「예문지도요강」을 실행하기 위한 요소로서 그 자신이 구상하고 명명했
다고 보아도 무방하다.

　　1941(康德8)년 3월 23일, 만주예문대회는 신징중앙로에 있는 강덕(康德)
회관에서 홍보처 주최 하에 개최되었다. 이 대회에서 「예문지도요강」이
발표된 것 이외에도, 대회를 거행한 성과로 무토는 '대회에 참가한 자가

각각의 분야에서 단체를 결성해야 한다는 제안을 내었으며, 문화회는 해산하여 예문협회를 만들게 되었고, 종합잡지 『만주문예』의 발행이 결정되었다'(상동)고 논하였다. 이 '예문협회'는 이후 만주예문연맹, 『만주예문』은 『예문』이 되어 현실화되었다. 이에 관한 결정은 참가자가 협의한 결과라고 전해지지만, 사실은 홍보처의 의향(계획)에 따른 것에 불과하며, 이후 대체로 계획대로 일이 진행되었다.

동년 7월 27일, 만주문예협회창립대회가 홍보처에 의하여 소집되어 무토 일행이 의장이 된 만주문예가협회를 성립시켰다. 위원장에는 만주신문사의 야마다 세이자부로, 위원에는 오우치 다카오(大內隆雄), 미야카와 야스시(宮川靖), 우메모토 스테조(楳本捨三), 쓰쓰이 슌스케(筒井俊介), 헨미 유키치(逸見猶吉), 미야이 이치로(宮井一郎), 구딩(古丁), 줴칭(爵青) 등 11명이 임명되었다. 108명(회우(會友) 포함)의 회원수는 문화회의 3분의 1에도 못 미친다. 이를 전후로 7월 5일에는 만주극단협회, 8월 10일에는 만주악단협회, 8월 17일에는 만주미술가협회, 12월 7일에는 만주서도가협회, 동월 21일에는 만주사진가협회 등의 단체가 연이어 결성되었다. 단체결성의 러시는 해가 바뀐 이후에도 계속되었는데, 이들 단체를 통제하는 만주예문연맹(이하, 예문연맹으로 줄임)은 동년 8월 25일에 설립되어, 전후로 결성된 여러 단체는 그 솔하(率下)에 놓이게 되었다. 이는 계획 중인 '예문협회'에 해당하는 것으로 만주문예가협회(이하, 문예가협회로 줄임)가 중심을 담당하였다.

분야별 단체와 이들을 통제하는 예문연맹을 결성시킨다는 발상은, 일찍이 프롤레타리아문학 작자로 활약한 야마다 세이자부로에 의한 것이었다. 야마다는 전후 『전향기—폭풍시대(轉向記—嵐の時代)』(이론사(理論社), 1957~1958)에서 '나는 프롤레타리아 문학운동의 경험을 이용하는 것을 잊지

않았다. 예를 들어 문학, 연극, 음악, 미술과 독립한 각각의 단체를 이어
주는 만주예문연맹의 결성 등도, 나프(NAPF)시대의 경험에서 배운 내 제
언이 바탕이 된 것이다'라고 쓴 바와 같이, 야마다는 문예가협회 위원장
이 된 것만이 아니라, 문화단체의 재편에도 역할이 컸다. '예문협회'가
'예문동맹'으로 명칭이 바뀐 것 또한 그의 아이디어였을 것이다. 그런
점에서 야마다는 무토 도미오와 함께 예문동맹의 창시자라 해도 좋을
것이다.

홍보처는 문화조직의 일원화를 도모하여 문화회에 해산을 촉구했지
만, 문화회 사무국장인 요시노 하루오(吉野治夫)나 하시모토 하치고로(橋本
八五郞)를 중심으로 일부 작가는 강하게 반발하였다. 반대 이유는 여러
가지가 있지만, '문화의 중앙집권은 예문활동의 독점에 지나지 않으며,
오늘날 집권자의 의향이라는 소문이 있는데, 사실이라면 매우 어리석은
생각이라고밖에 할 수 없다'5)는 비판의 소리가 있었던 것은 사실이다.
때문에 문화회는 중앙본부를 해산하기는 했지만, 적어도 1941년 연말까
지는 각지에서 활동을 계속하였다.

1941년 만주국의 문화계에 있어서 이러한 일련의 사건은 모두 「예문
지도요강」과 관련되어 있다. 요컨대 문화회의 해산도 '문예협회'의 설립
도, 나아가 『만주예문』의 발행 또한 홍보처에 의한 '만주국'문화의 지도
방침과 선전전략에 따라 결정된 것이며, 그러한 방침과 전략을 구체적
으로 제시한 것이 「예문지도요강」이다. 「예문지도요강」의 핵심은 국가
권력에 따른 문화통제, 일본정신과 일본문화의 이식에 덧붙여 문학, 문
화와 정치의 결합이라는 점이다. 이러한 「예문지도요강」의 이념을 몸체

---

5) 吉野治夫 「滿州文芸聯盟に望む――中央集權主義の反省」(『滿州日日新聞』, 1942.2.6.).

로 하여 예문연맹이라는 문화통제단체를 만들어『예문』을 발행하게 된
것이다. '정부의 예문지도요강에 기초하여 탄생한『예문』'6)은 당시 문
화인(1937년부터 1945년까지 일본의 침략에 항거한 항일전쟁 전후 문화 사업에 종사
한 사람—번역자)들이 일반적으로 갖고 있던 인식이다.

무토 도미오는 당시를 회상하면서 홍보처에 의한 예문 관리는 '이 나
라에 르네상스시대를 초래'하기 위하여,「예문지도요강」은 '예문의 발흥
을 도모하기 위한' 것으로 논하고 있는데, 이러한 발언을 당시의 언설
공간으로 돌려보면, 본래 목적은『만주건국10년사(滿洲建國十年史)』에 '강
덕8(1941쇼와)년 1월, 홍보신체제 확립의 제일착으로 홍보주무관서(弘報主
務官署) 자격으로 홍보처의 대대적인 확충을 시행하였다. 홍보매체기관의
재편성을 실시하여 국방국가체제에 즉시 응하고 치열한 사상전에 대응
하도록 되었다'7)는 말에서 알 수 있듯이, 홍보처에 의한 예문관리는 '국
방국가체제에 즉시 응하고 치열한 사상전에 대응하기' 위함이었다. 결
과적으로 '선전체제를 국가관리로 전환'8)하고, 정부가 문화통제에 개입
하기 시작한 것이다. '홍보매체기관의 재편성'은 물론이거니와 '종합잡
지『만주예문』 발행' 또한 포함되어 있다.

'종합잡지'를 만들려는 움직임은 민간에서도 있었지만,『예문』은 분
명 홍보처의 기획에 의한 관제(官制)잡지이다. 단,『예문』의 발행을 맡은
곳은 신징에 있는 예문사(藝文社)로 오하라 가쓰미(小原克已)가『예문』 간행
을 위하여 만든 민간 출판사이다. 따라서 엄밀하게 말하면『예문』은 관
제민영 잡지가 된다. 오하라 가쓰미는 1932년에 신경에서 창간된『모던

6) 富田壽「滿州文學槪觀」(『芸文』 1卷3号, 芸文社, 1942), p.67.
7) 각주 4)와 같음.
8) 武藤富男『私と滿州國』(『文藝春秋』, 1988), p.333.

만주(モダン滿洲)』라는 오락잡지를 간행하였다. 「문예란(文藝欄)」을 둔 『모던 만주』는 이후 『만주(滿洲)』로 이름을 바꾸었다. 뤼 위안밍 씨가 지적한 바와 같이9) 『만주』 제10권 제5호, 강덕8년 5월호의 판권장과 『예문』 제1권 제1호, 강덕9년 1월호(창간호)의 판권장을 대조해 보면, 모두 오하라 가쓰미가 '발행인'으로 되어 있다. 이외에도 발행처의 주소도 완전히 같아 양쪽 모두 '신징 청명가 218(新京淸明街二一八)'로 되어 있다.

오하라가 『예문』의 발행을 맡은 경위는 명확하지 않으나, 니시하라 가즈미(西原和海)씨는 예의 좌담회에서 다음과 같이 반론을 제기하였다. 당시 홍보처는 잡지정리 차원에서 『월간만주(月刊滿洲)』와 『모던만주』라는 두 개의 대표적인 대중오락잡지 중 어느 한쪽을 무너뜨릴 생각이었다. 『월간만주』를 경영하고 있는 조지마 후나레이(城島舟祀)는 관동군과 잘 알고 지내던 터라, 결국 『모던만주』(『만주』)가 정리대상이 되었다. 대신에 오하라에게 『예문』을 맡긴 것10)이 아닌가 하는 것이 니시하라의 생각인데 타당한 일견이다. 단, 『예문』은 흥밋거리 위주의 가벼운 것이 아니므로 잡지경영자, 편집자로서의 그의 경험과 인맥을 홍보처가 높이 산 것 또한 이유라고 할 수 있을 것이다.

창간호부터 『예문』 경영에 참가한 인물로 오하라 가쓰키를 무토 도미오와 함께 창시자라 불러도 좋지만, 모두 홍보처의 방침에 따라 시행되었다는 점을 고려하면, 낳은 부모보다는 키운 부모로 생각하는 쪽이 타당할 것이다. 본래 예문연맹의 설립과 『예문』 발행이 동시에 계획된 것으로 예문연맹의 야마다 세이자부로 일행도 발행비준에 관여한 것 같지만, 그럼에도 불구하고 결국에는 예문연맹의 기관지로서가 아니라 '문

---

9) 각주 1)과 같음, pp.8-9.
10) 西原和海 「二つの『芸文』」(『植民地文化研究』 第3号 2004), p.8.

화종합잡지'로서 예문사가 발행하게 된 것이다.

관제민영잡지로서 『예문』의 자금출처는 문제적이다. 자금 문제는 예의 좌담회에서도 거론되었는데, 정부로부터 나왔다는 분명한 증거가 없는 탓에 확실한 결론이 나오지 않았다. 단, 이상과 같이 『예문』 탄생의 경위를 거슬러 올라가면, 무토 도미오와 홍보처가 무관하지 않은 듯하다. 무토 도미오는 만주예문대회에서 「예문지도요강」을 낭독한 후, '나는 예문부흥을 위하여 필요한 자금은, 홍보처 예산으로 지출해야 함을 약속했다'(『나와 만주국』)고 회상하였다. 구체적으로 『예문』에 지출한다고는 밝히고 있지 않았지만, 당일 '예문부흥'의 사업으로 발표된 것은 '예문협회'의 설립과 『만주예문』의 발행뿐이다. 전자의 지원에 관해서는 야마다 세이자부로의 '문예가협회가 다른 예문단체와 공동으로 약간의 정부보조금을 받고 있다'[11]는 증언에서 뒷받침된다. 때문에 『예문』의 자금 일부가 '홍보처의 예산으로 지출'된 사실은 충분히 생각해 볼 수 있다.

그때까지 『선무월보(宣撫月報)』(홍보처), 『만주청년(滿州靑年)』(문교부), 『민생(民生)』(민생부), 『협화운동(協和運動)』(협화회)처럼 각 관청이 발행한 선전지(宣傳誌) 같은 잡지가 있었지만, 각각 관청의 세력 범위로 인한 각 잡지의 한계를 극복한 '문화종합잡지'는 없었다. 만주국 최초의 '문화종합잡지'를 성공시키기 위해서는 민간 인재와 출판사를 활용할 수밖에 없었다는 견해가 홍보처에 있었을 것이다. 결국 『예문』이 문예연맹의 기관지로서 발족하지 못한 사정도 이로 인한 듯하다. 그러나 뚜껑을 열어보면, 『예문』이 지향한 '문화'는 터무니없이 전개되는 양상을 보인다. 국가정치에

---

11) 山田淸三郎「滿州文芸家協會を顧る」(『滿州日日新聞』, 1942.4.10.).

서 사회생활에 이르기까지 전부 문화로 이야기 되는 것이다. 물론 배후
에는 선전체제의 일원화에 따라 탄생한 정치, 경제, 문화의 선전을 한
몸에 모은 대홍보처의 존재가 있었다. 확충된 이후『예문』은, 홍보처의
사명과 무토 도미오의 야망을 실어 발족한 것이다.


## 3. 『예문』에서 제2기 『예문』으로

1942년 1월 1일에 창간된『예문』창간호의「편집후기(編輯後記)」한가
운데에 '하정(賀正) 오하라 가쓰키, 미야가와 야스시, 이시카와 기요시(石
河潔), 아오 이(奧一), 이마이 이치로(今井一郎), 요시지마 기타로(吉島喜太郎),
아이하라 겐센(相原憲詮), 나카무라 이사무(中村勇) 외 사원일동'이라고 쓰여
있다. 오하라 가쓰키 이하의 면면은 창간호를 가동케 한 편집 스태프다.
미야가와 야스시는 창간호의 '편집인'인 미야카와 세이고로(宮川靖五郎)와
동일 인물로, 문예가협회 위원인 그는 협회 및 예문연맹의 대표로 가담
했다고 보아도 무방하다. 이사카와 기요시는 '편집부차장'으로 좌담회
사회나 취재 등에서 활약하였다. 이마이 이치로는 펑텐(奉天)에 거주한
화가로 주로 미술 방면 편집을 담당하였다. 아오 이는 작가인 동시에
잡지『고량(高粱)』을 주재하였는데, 이후 국민화보사(國民畫報社)의 발행인
을 역임하는 등 베테랑 잡지 경영자이자 편집자이다.

창간호의 지면구성은 리우 젠 후이 씨가 지적한 바와 같이[12] 긴 준비
기간을 거쳐 완성된 만큼 시국적 내용과 예문적 내용이 균형을 잘 잡아

---

12) 주2)와 같음. pp.33-35.

배치되어 있으며, '종합성'과 '현지성'에 대한 배려도 충분하다고 할 수 있다. 구체적으로 전자는 만주국의 고급관료격인 호시코 도시오(星子敏雄)의 권두논문을 비롯한 각계 관계자의 평론에, 소특집「자체익찬운동(自體翼贊運動)의 전개」와 좌담회「석탄증식전사에게 묻다」(별지)로 시작하여 야마다 세이자부로의「만주문학계의 전망과 과제」, 요시노 하루오의「『문화의 반성』서」, 바이코프의「일본작가의 인상」등의 논문과 수필이 실렸다. 이어 기타무라 겐지로(北村謙次郎)의「동북(東北)」, 하세가와 슌(長谷川濬)의「성운(星雲)」, 히나타 노부오(日向伸夫)의「겨울밤이야기(冬夜譚)」, 산딩(山丁)의「염기성지대(城性地帶)」등의 소설은 후자를 구성한다. 문예가협회는 이 부분의 편집에 관여했다고 여겨진다. 백인계 러시아인 작가 바이코프와 '만주작가'인 산딩의 작품을 등장시킨 편집진의 균형감이 인상적이지만 처음 몇 호로 그쳤다.

단,「편집후기」의 '본고의 초안을 한창 잡고 있을 즈음, 라디오에서는 일본이 미국과 영국을 향하여 선전포고했음을 알리는 보도가 나왔다'라는 글에서 알 수 있듯이,『예문』의 발족은 '대동아전쟁' 발발(勃發)과 거의 동시에 이루어졌으므로 전쟁의 영향은 바로 지면에 나타난다. 호를 거듭함에 따라 시국에 맞추도록 강요받고, 예문적 내용과 시국적 내용의 밸런스가 점차 무너져, 전쟁 관련 시국적 기사와 논문만이 눈에 띄게 되었다. 전쟁의 영향은 잡지경영의 이념에도 나타난다.『예문』은 '『국력으로서의 문화』를 구축한다'(창간호「편집후기」)를 목표로 하지만, 제2기『예문』은 '결전(決戰)의 힘이 될 수 있는 예문의 창조'(창간호「편집실」)를 지향하고 있어 여유가 없어졌음이 역력히 보인다. 이러한 목표설정은 당연 잡지의 성격에도 영향을 미친다.

창간호의 지면구성과 시국적 내용에서『예문』의 잠재적 성격이 파악

된다. 예를 들어 소특집 「자체익찬운동의 전개」에서 말하는 '익찬'과 좌
담회 「석탄증식전사에게 묻다」에서 말하는 '증산'은, 모두 만주국을 일
본의 병참(兵站)으로 삼는 국책에 기초한 정부의 중요한 과제로서, 종래
각각의 담당관청 선전지에서 거론되던 것이 『예문』에서는 하나의 지면
에 문화 영역으로 다루어져 있다. 요컨대 프로파간다에 문화의 옷을 입
힌 것이다. 창간호뿐만 아니라, 각호의 좌담회를 들어도 마찬가지라 할
수 있다. 좌담회 참가자는 정부관사(官史), 협화회간부, 관동군장교, 국책
회사 대표, 대학교수, 문화인 등과 정부관계자가 많았으며, 테마 또한
'건국', '국민편성', '제2기 건설과 청년의 지향', '만주의 농촌', '개척
촌'처럼 대부분이 국책 내지는 정부의 방침정책에 관련된 것이다. 내용
은 차치하고라도, 이것만 보아도 『예문』은 실질적으로 정부홍보지의 역
할을 완수했다고 할 수 있다. 단, 모든 것이 문화라는 이름 하에서 이야
기되고 있는 것이 특징이다.

창조와 보급보다는 시국대응과 선전홍보에 힘을 쏟아온 『예문』의 성
격은 일찍이 동시대 비평계에서 문제시되었다. 예를 들어 1943년 3월
24일자 『만주일일신문(滿洲日日新聞)』 지상에 '예문의 내용이 조금도 예문
적이지 않다고 진작부터 문제가 되어왔다'('독창성을 찾아서-예문(3월호)평')
는 비평이 나온다. 오카다 히데키씨는 이러한 비평을 포함하여 '주변자
료'를 들어 '예문사판 『예문』은, 문학자가 기대한 내용이 되지 못했다'[13]
고 지적하였다. 주로 작품게재나 작가육성 문제에 집중한 문학자들의
불만은 제2기 『예문』 창간으로 이어지는 복선이 된다.

1943년 8월 14일, 문예가협회는 홍보처의 지시에 따라 위원회를 열

---

13) 岡田英樹 「二つの『芸文』」(『植民地文化研究』 第3号 2004), p.7.

어 문예가협회에서는 미야가와 세이고로, 야마다 세이자부로, 오우치 다카오, 다케우치 마사이치(竹內正一), 구딩(古丁), 줴칭(爵靑), 우메모토 스테조일행이, 홍보처에서는 쑤 정신(蘇正心)과 기쿠치 기요시(菊池潔) 양 사무관이 참가하였다. 협의 결과, 예문연맹의 기관지 『만주예문통신(滿州芸文通信)』을 폐간하고 대신에 『예문』과 『예문지(藝文誌)』를 기관지 자격으로 창간하도록 결정하였다. 중국어 『예문지』 창간은 앞서 결정된 듯하다. 동년 10월, 예문동맹은 각각 『예문』 제2권 제9호와 『만주예문통신』 10월호지상에 다음과 같은 통지를 실었다.

　　『예문통신』은 본 호로 종간됩니다. 가까운 시일 내에 새롭게 발족하는
　　『예문』(일문) 및 『예문지』(만문(滿文))는 모두 본 연맹의 기관지로서, 정부
　　의 예문에 대한 깊은 관심과 이해 아래 공간(公刊)되는 것입니다. 두 잡지
　　각각 '예문가의 절차탁마(切磋琢磨), 예문의 보급, 후진의 유액지도(誘掖指
　　導)'의 사명을 받아, 예문작품의 발표 및 일반예문 사항의 게재지로 만주
　　국 유일의 순예문종합잡지적 성격으로 발행됩니다.

　우선, 중국어 『예문지』의 창간에 주목하고 싶다. 본래 『예문지』는 구딩(古丁), 이 츠(疑遲), 와이 원(外文)들이 1937년 3월 『월간만주』의 사주(社主) 격인 조지마 후나레이의 자금 원조를 받아 창간한 잡지 『명명(明明)』의 후신(後身)으로 나온 것이다. 종합지로 출발한 『명명』은 6호부터 순문예의 월간지가 되어 동인(同人) 이외에 '만주계 작가'의 작품도 많이 게재하여 '만주계 작가'가 활약하는 무대 가운데 하나가 되었다. 1938년 9월에 『명명』이 정간(停刊)된 후, 구딩(古丁) 일행은 예문지사무회(藝文誌事務會)를 조직하여 다음해 6월에 문예잡지 『예문지』를 창간하였다. 이는 '부정기 예문지'로 발족하여 제1집과 제2집이 발행된 이후, 1940년 6월

발행된 제3집으로 정간되었다. 『예문지』를 발행함과 동시에 예문지사무회는 출판활동도 적극적으로 행하여 '예문지별집(別輯)'으로서 장편소설집 『소설가(小說家)』, '독서인연총(讀書人連叢)'으로서 『독서인(讀書人)』, 『문학인(文學人)』, 『평론인(評論人)』을 간행하였다. 여기에 집결된 '만주인 작가'들은 '예문지파(派)'로 불리는 문학그룹을 결성하여 만주국의 중국어문학사에 커다란 족적을 남겼다.

1940년에 들어와 『문선(文選)』, 『학예(學藝)』, 『작풍(作風)』 등 중국어문예지도 연이어 정간하여 수많은 '만주인 작가'는 작품발표의 장을 잃었다. 이러한 상황 속에서 『예문』의 존재를 의식한 일부 '만주인 작가'로부터 '만주어문학지'의 발행을 요구하는 목소리가 높아지기 시작하여 구딩을 중심으로 '만문문학잡지편집기획위원회(滿文文學雜誌編輯企畵委員會)'가 조직되어 그때까지 서로 논적(論敵)이었던 작가들도 힘을 모아 이 기획을 추진하였다. '만주인 작가'들의 요망은 마침내 예문연맹의 기관지로 창간되는 형태로 결실을 맺었다.

잡지명은 휴면 중인 『예문지』를 사용하게 되었다. 월간문예지 『예문지』는 예고대로 1943년 11월 '예문서방(藝文書房)발행'으로 창간되었다. '만주인 작가'들은 이로써 작품발표의 장을 하나 획득하게 되지만, 이는 동시에 그들의 문학 활동이 지금 이상으로 예문연맹과 홍보처의 지도 아래에 놓이게 되는 것을 의미하기도 한다. 한편, 예문연맹과 그 배후에 있는 홍보처의 목표는, 한마디로 예문연맹의 기관지 강화와 '만주인 작가'를 둘러싼 익찬(翼贊)체제의 구축이라고 할 수 있다. 일미개전(日米開戰 : 태평양전쟁) 이후, '만주계 작가'의 대표 격인 구딩의 작품에 전쟁협력의 기색이 보인다는 지적이 있는데,[14] 『예문지』의 창간과 무관하지 않을 것이다. 요컨대 구딩을 비롯한 일부 '만주계 작가'에서 전쟁과 국책의 소용돌이 속으로 빨려 들어간 부분이 있다고 여겨진다. 그런 점에서 홍보처와 예문연맹의 목적은 이루어졌다고 할 수 있다.

기관지 창간의 예고를 단순하게 받아들이면, 예문연맹은 기관지의 충실화를 추구하는 회원의 목소리에 부응하여 일본어 정보지처럼『만주문예통신』을 폐간하고 작품발표의 장으로『예문』과『예문지』를 새롭게 창간한 것이다. 그러나 위에서 살펴본 바와 같이, 제2기『예문』이『예문』으로부터 잡지명을 양도받은 형태로 창간되었다는 사실이 분명치 않다. 뿐만 아니라, '순예문종합잡지'도 후자의 '문화종합잡지'를 의식한 것인데 차이가 있다면 후자가 표지에 이름을 내걸고 있다면, 전자는 이름을 내걸지 않은 것에 있다. 당시『예문』이 만주국의 '유일한 종합잡지'로서 간행 중이었다는 사실을 고려하면, 위와 같은 형태로 기관지를 창간하는 것은 이례적이라고밖에 할 수 없다. 특히 잡지명 변경은 예문연맹 단독으로 결정될 사항이 아니었다. 그 배후에서 조종할만한 존재는 홍보처밖에 없는데, 그렇다면 과연 잡지매체의 재편에 착수한 홍보처가 노린 것은 무엇인가.

먼저 예문가동원과 관계가 없지 않을 것이다. 홍보처에게 있어서 장기전을 준비하여 예문가를 전쟁협력에 동원하는 것은 중대한 과제이며, 문화단체의 재편도『예문』발행도 이를 위한 포석이었다. 당시 상태로서는 예문연맹에는 회원의 작품발표의 장이 되는 기관지가 없었고, 또한 오카다씨가 지적한 바와 같이 문학자가『예문』에 불만을 갖고 있었다. 예를 들면 제2기『예문』창간호의 「편집실」에 '구(舊)『예문』은『만주공론』으로 개제(改題)하여 종합잡지로서의 명실(名實)을 분명히 했지만,

---

14) 梅定娥 「古丁と『大東亞戦争』」(『日本研究』32集, 2006), p.136.

본지는 구『예문』의 부활이 아니라 새롭게 발행된 것이다'라고 적혀있다. 인용의 전반부를 되짚어보면, '구『예문』은 '종합잡지'로서 '명실'이 맞지 않았다고도 이해할 수 있다. 여기서 야유하는 듯한 기색을 감지한 것은 비단 나만이 아닐 것이다. 문예가동원에 관계된 문학자들의 불만은, 홍보처에 의한 잡지매체 재편이 계기가 되었다고 생각해 볼 수 있다.

그래서 제2기『예문』창간호의 「창간사(創刊の辭)」에 '본지의 사명이 어디에 있는지는 두말할 필요도 없다. '예예'하며 예문보국(藝文報國)의 신념을 관철시켜 위대한 대동아문화흥륭(大東亞文化興隆)을 위하여 일체를 온전히 바칠 뿐이다'라는 글이 있으며, 나아가 권말의 「집필실」에 '결전 아래 예문보국의 사명은 정말로 막중하다'거나, '예문보국의 진수는, 실로 결전의 힘이 될 수 있는 예문의 창조에 의하여 맛볼 수 있다' 등의 글이 있는 것에서 알 수 있듯이 '예문보국'이라는 말이 눈에 띈다. 이 말은 슬로건으로서 두말할 필요도 없이 예문가동원을 위하여 내걸린 것인데, 제2기『예문』의 성립에도 관련되어 있다. 예문가동원에 의하여 익찬체제 구축을 도모하는 홍보처는, 예문가동원에 직결되는 예문연맹의 기관지 강화에 주력하기 시작한 것이다. 문제는 기관지의 잡지명이다. '예문보국'은 동시에 제2기『예문』의 입각점(立脚點)이 되기도 하여, 예문연맹은 이것을 대의명분으로 예문사로부터 '예문'이라는 잡지명을 돌려받은 것이 아닌가 싶다.

제2기『예문』2월호에 관동군보도부장 하세가와 우이치(長谷川宇一)의 「전쟁과 예문(戰爭と芸文)」이라는 글이 게재되어 있다. 이것은 표제 문제에 대한 관동군의 견해와 예문가동원에 관한 방침을 전달하는 것으로, 여기서 하세가와는 '나아가 만주에 있어서 예문가의 구체적 역할에 대하여 오직 한 가지 말씀드리고 싶은 것은, 예문이 직장을 넘어 민족을 넘

어 횡(橫)으로 인심을 잇는 힘이 있으므로, 민족협화의 만주, 특히 모두
가 증산, 증산하고 다른 데를 둘러볼 여유가 없는 지금의 정황에서는
훌륭한 예문으로 개인과 개인, 민족과 민족의 유대(紐帶)를 강화해 주었
으면 하는 것입니다'라고 설파한다. 예문에 '민족을 넘어 횡으로 인심을
잇는 힘이 있기' 때문에, 이로써 '개인과 개인, 민족과 민족의 유대를
강화해주었으면 한다'는 주문은, 이른바 '예문보국'의 주석(註釋)으로 읽
을 수도 있다. 즉, 예문가가 '민족협화' 정신에 의한 인심(人心)문제 해결
에 몰두하는 형태로 전쟁에 협력하는 것은 '예문보국'이 된다는 것이다.

뿐만 아니라, 하세가와는 「6. 제군에게 바란다(六, 諸君に期待す)」에서 '제
군의 일은 작품 하나하나가 일생에 한번 오는 기회의 결전이어서, 제군
의 작품이 제군에게는 가령 그 하나의 작품을 끝낸 직후 죽음을 맞이할
지라도, 이로써 미국과 영국을 쳐부수지 않으면 안 되는 전력상의 유품
(遺品)이 될 것이라는 사실을 믿어 의심치 않는다'고 설득하였다. 이는 궁
극적으로는 '예문보국'의 주석이 된다. 그의 '기대'에 부응하듯 야마다
세이자부로를 비롯한 편집부는, 2월호에 다시 니시무라 신이치로(西村眞一
郞)의 「결전과 문학의 역할(決戰と文學の役目)」, 하라 겐이치로(原健一郞)의 「영
화의 역할과 기술(映畵の役割と技術)」, 후지야마 가즈오(藤山一雄)의 「사상전과
미술(思想戰と美術)」, 히지카타 빈(土方敏)의 「전쟁 단카에 대하여(戰爭短歌につい
て)」를 게재하였다. 문예뿐만 아니라, 미술, 영화, 사진 분야까지 결전에
있어서 예문가의 역할과 결의를 분명히 밝히려 한 것이다. 그러한 가운
데 '대동아전쟁의 성격이 사상전, 문화전이다'라는 니시무라의 인식은,
제2기『예문』의 역할을 대변하는 것으로도 보인다. '예문보국'이라는 슬
로건에 휘둘린 작가들은『예문』을 무대로 '민족협화', '건국정신'을 찬양
하는 소설이나 '결전'이 관계된 시국대응 작품을 많이 썼다.

한편에서는 『예문』을 간행하는 예문사도 『예문』 9월호 지상에 「『예문』 개제에 대하여(『芸文』改題について)」라는 제목으로 공지를 게재하였다.

만주국에 있어서 유일한 종합잡지로서 본지 창간 이래 호를 거듭하기를 벌써 22권. 대동아결전 하에서도 다행스럽게 강호(江湖)의 지원(支援)과 질정(叱正) 아래 본지 본래의 사명달성에 매진을 기하여 오늘날에 이르렀다. 그러나 내외 정세의 요청은 더욱 본 지를 한발 앞선 비약과 전진을 결의하도록 만드는 동시에, 명실상부하게 실로 만주국을 대표하는 종합잡지다운 내용품격을 갖춰 결전단계에 대응할 수 있게 스스로의 책무를 통감한다. 이러한 중대한 새로운 발족을 맞이하는 가을에 즈음하여, 본지는 종래의 잡지명 『예문』 개제를 지금 단행하게 되었다.

'개제' 선언과 함께 '신제호(新題号)'의 공모를 발표하여, 그 아래 「본지 신제호 공모(本誌新題号公募)」라는 제목으로 공모조건 또한 개시(開示)하였다. 나아가 10월호 지상에는 위의 공지와 거의 같은 내용의 공지를 같은 제명으로 게재하여 재차 '제호의 응모'를 호소하였다. 예문사가 잡지 '개제'를 결단하게 된 것은 홍보처의 지도에 따른 것에 불과하다. 잡지명의 조정(調整) ― 기존의 잡지에서 잡지명을 채택하여 새롭게 창간된 잡지에 사용하는 것이 가능한 곳은 홍보처밖에 없었다. 결과적으로 오하라 가쓰키의 예문사는 '예문'이라는 잡지명과 회사명을 잃었지만, 『예문』은 두 개의 잡지가 되어 번식해가게 된 것이다.

이는 예문사가 『예문』을 『만주공론』으로 이름을 바꾸어 발행을 계속했기 때문이다. 바꾸어 말하면 『예문』은 『만주공론』이 되어 '새롭게 발족'한 것이다. '새로운 발족'에 따라 회사명도 만주공론사로 개명하였다. 이러한 사정으로 '새롭게 발족'한 『만주공론』은 창간호가 없이 『예문』의 통호(通號)를 그대로 사용하여 표지에 붉게 '예문개제(藝文改題)'라고 적었다. 『예문』과의 혈연관계를 강조하는 것은 잡지명 변경으로 인한 독자의 유실을 막기 위함이기도 하지만, '만주국을 대표하는 종합잡지' 운운하는 발언에 잡지명을 빼앗긴 회한과 함께 제2기 『예문』을 향한 라이벌 의식도 읽어낼 수 있다. 반대로 『예문』과의 차이를 명확히 보여주기 위해서인지 제2기 『예문』은 판권장에 통호를 명기하지 않았다.

예문가동원 과제를 떠맡고 있는 홍보처는, 예문연맹의 기관지 강화에 따라 대응하는 한편, 전쟁수행을 위한 여론 만들기와 홍보선전으로 시사(時事)와 정치·경제를 중심으로 하는 종합잡지도 필요하다는 비판으로 인하여, 『예문』을 그대로 예문연맹의 손에 넘기지 않고, 『만주공론』으로 이름을 바꾸어 발행하는 형태로 존속시켰을 것이다. 『만주공론』은 이후 계속 선전홍보에 강한 잡지로서 전쟁에 적극적으로 익찬해가지만, 종국에는 제2기 『예문』에도 변화가 발생하였다.


## 4. 만주문예춘추사(滿洲文藝春秋社)와 제2기 『예문』

변화가 생긴 것은 1944년 7월호부터이다. 예문연맹의 기관지로 새롭게 발행된 제2기 『예문』의 편집위원에는 야마다 세이자부로(위원장), 미야가와 야스시, 야기하시 유지로(八木橋雄次郎), 쓰쓰이 슌이치(筒井俊一), 우메모토 스테조, 아오키 미노루(青木實), 다케우치 마사이치, 하세가와 슌, 구딩 등의 이름이 보이는데, 이윽고 이들 편집진이 쇄신을 이룬 것이다. 5월호 「편집실」에는 '잡지경영은 7월호부터 만주문예춘추사에 위촉하게 되었다'라는 예고를 내었다. 잡지 편집에 대해서는 '종래대로 편집위원회의 손에 의하여 진행된다'며 새로운 편집위원회의 멤버 또한 공표하

였다. 쇄신 이후 편집위회는 나가이 다쓰오(永井龍男), 야마다 세이자부로,
하세가와 슌, 우메모토 스테조, 쓰쓰이 슌스케, 다케우치 마사이치, 아오
키 미노루의 7명으로 구성되었다. 미야가와 야스시, 야기하시 유지로,
구딩 3명이 제외된 대신에 만주문예춘추사로부터 나가이 다쓰오가 새로
이 가담하였다. 또한 이케지마 신페이(池島信平)는 실무담당 편집위원회
간사로, 구와바라 히로시(桑原宏)는 편집부원으로 멤버에 가담하였는데,
전자는 만주문예춘추사 사장이고, 후자는 만주출신 화가이다. 미쓰이 미
쓰오(三井實雄)는 문예연맹 사무국장으로서 편집위원회 위원장과 편집부
장으로 취임하였다. 7월호 판권장에서 야마다 세이자부로는 종래대로
'편집인'이 되었지만, 편집위원회의 실권은 『문예춘추(文藝春秋)』의 편집
장이었던 나가이 다쓰오와 그의 조수인 이케지마 신페이의 손으로 옮겨
갔다고 보아도 무방하다. 5월호 「편집실」에 '강력한 편집위원회를 구성
함과 동시에 편집진을 강화하겠다'는 글이 실렸다는 사실이 이러한 사
정을 시사하고 있다.

경영주체의 변경에 따라 7월호부터 발행처는 예문연맹에서 만주문예
춘추사로 옮겨졌으며, 표지에 '만주예문연맹기관지', '발행 만주문예춘
추사'라고 명기되었다. 뿐만 아니라, 지면에도 변화가 있었다. 우선 평
론 대신에 창작이 권두를 장식하게 되었다. 게다가 7월호 권두에 게재
된 창작은 '100장'을 웃도는 장편소설이었다. 지금까지 없었던 일로, 여
기서 창작을 중시하는 편집방침을 알아챌 수 있다. 7월호 「편집후기」에
'새롭게 단장된 『예문』' 운운하는데, '새롭게 단장'하다 할 때 '새롭다'
는 위에서 살펴본 바와 같이 시도 또한 의미하는 바일 터이다. 그리고
제2기 『예문』 창간호의 「창간사」와 「편집후기」에 걸린 '예문보국'이라
는 슬로건은 지면 위에서 모습을 감추고, 대신에 「편집후기」에 '투쟁하

는 잡지(戰ふ雜誌)'와 '결전예문(決戰芸文)'이라는 말이 사용되었다. 후자가 "결전예문'이라는 말이, 오늘날 전쟁국면과 마찬가지로 속도의 동향을 파악하지 않으면 안 된다'고 말한 것에서 알 수 있듯이, 내외 정세에 맞춰서 사용한 말이라는 인상이 강하다. 뿐만 아니라 7월호에 「만주문학에서 결여된 것(滿州文學に欠けたもの)」이라는 제목 아래 7명의 집필진이 각각 자신의 의견을 논하는 기획도 실려 있는데, 그 가운데 '탁상공론적 협화소설이나 저속한 현지보고식 소설에는 이제 질렸다'(헨미 유키치), '보도수기, 직장보고, 역사소설 이외에 (중략) 순문학 범위를 벗어난 적이 없는―「동아(東亞)를 빼앗아 일어난 문학」이 대륙에서 생겨났으면 한다'(오모리 시로(大森志朗))에서처럼 노골적인 선전으로 치닫는 국책문학 종류에 직·간접적으로 반감을 나타내는 의견 또한 드물게 보인다. 7월호는 이렇게 종래의 제2기『예문』과 상당히 다른 얼굴로 등장한 것이다.

이러한 변화는 물론 만주문예춘추사와 무관하지 않다. 문예춘추사의 만주진출에 대하여 뤼 위안밍 씨가 지적한 바와 같이,[15] 다음과 같은 사정이 있었다. 1944년경이 되자 일본 국내에서는 출판계를 둘러싼 환경이 한층 엄격해졌다. 그래서 출판업계는 일부 업무를 만주국으로 전이할 것을 고려하기 시작했으며, 출판산업의 발전을 바라는 홍보처는 이를 뒤에서 강하게 받쳐주었다. 요컨대 양쪽의 의도가 일치한 것이다. 기타무라 겐지로는 전후에 당시의 일을 회고하면서 다음과 같이 남겼다.

때마침 만주일일신문사(滿洲日日新聞社)의 이사인 고토 가즈오(後藤和夫) 씨가 상경 중이었는데, 씨는 일전에 샹하이(上海)에 있었을 때, 문예춘추

---

15) 呂元明 「『藝文』と滿州藝文聯盟及び滿州藝文協會――『藝文』創刊号, 2月号の解說を兼ねて――」 (『藝文』 第1卷 <文藝春秋社版> 康德1年1月号(創刊号), 同年2月号(第1卷第2号), ゆまに書房, 2010), pp.24-25.

의 나가이 다쓰오 씨 일행과 친해진 연고로 강력히 문예춘추사의 만주진
출을 추진하였다. 문춘사로서도 한번 생각해 볼만한 문제라 여겨, 재빨리
중역회의를 열었으나, 그 자리에서 고토의 안에 적극적으로 찬성을 표한
이는 기쿠치 간(菊池寬)의 사위되는 후지사와 간지(藤澤閑二) 씨밖에 없었
으며 의외로 별로 내켜하지 않았다. 사장이 기쿠치 씨라는데 어쨌든 출판
계의 장래는 암담한데다 '이젠 무언가 새로운 방법을 취해야 한다'는 위
기감이 다수를 움직이게 했는지, 일단 현지시찰을 겸하여 미리 타진하기
를 감행하게 되었다. 18년에 우선 후지사와씨가 단신으로 현지시찰 여행
을 떠났다. (주 : 동년 봄을 일이라고 생각된다. 필자는 오랜 친구인 그와
함께 아직 추위가 가시지 않은 시내를 돌아보며 평강리(平康里) 안내역할
을 한 기억이 있다) 그가 돌아오자 바로 나가이 다쓰오씨가 만주를 방문
하였으며, 이어서 지바 겐조(千葉源藏)씨, 이케지마 신페이씨가 내만(來滿)
했다. 당시 나가이 다쓰오는 『문예춘추』의 편집장이었다.16)

  신징에서 고고(呱呱)의 소리를 올린 만주문예춘추사 사장은 기쿠치 간
이 겸임이었는데, 나가이 다쓰오는 전무이사 자격으로 실제로 회사를
좌지우지하였으며, 지바 겐조와 이케지마 신페이는 각각 업무부장과 편
집부장을 역임하였다. 발족 당초에는 그저 도서출판이 목적이었던 듯하
나, 『예문』의 경영을 맡고나서부터는 본격적으로 잡지경영을 진척시켰다.
  7월호 권두를 장식한 오비 주조(小尾十三)의 「걸레선생(雜巾先生)」을, 편집
부가 '지면이 제한되어 있는 오늘날, 100장이라는 매수는 상당히 부담
이었다'는 사실을 알면서도 '과감히 이러한 상식을 타파'하고 일거에 게
재한 것이다. 장편 게재는 연재는 전례가 있지만, 1회로 완결하는 경우
는 처음 있는 일이었다. '상식을 타파'한다는 것은 종래의 편집방침과의
결별을 의미하는 것이기도 한데, 그렇게까지 무리하게 게재를 단행한

---

16) 北村謙次郎 『北辺慕情記』(大學書房, 1960), pp.228-229.

것은, 지면구성의 혁신을 도모하기 위함만은 아닐 것이다. 일찍이 오비 주조에게는 원산(元山)상업학교 교사시절의 회상을 그린 「등반(登攀)」이라 는 소설이 있다. 1944년 2월 친구의 권유로 『국민문학(國民文學)』에 실은 이 소설은, 야기 요시노리(八木義德)의 「리우 꽝푸(劉廣福)」와 함께 쇼와19 년(1944) 상반기에 아쿠타가와상(芥川賞)을 수상하였다. 7월호 「편집후기」 는 그를 '신인(新人)'이라 소개하며 수상에 대해서는 일절 언급하고 있지 않지만, 편집부가 '100매'를 웃도는 '신인'의 소설에 지면을 할애한 것 은 역시 아쿠타가와상 수상과 무관하지 않을 터이다. 요컨대 7월호 편 집 단계에서 수상할 것이라는 소문은 이미 편집부에 전해졌을 것이다. <'신인'의 장편+아쿠타가와상 수상>은 충분한 화제성을 가졌던 것이다.

「등반」은 동년 12월 『문예춘추』에 실렸다. 이를 「기념물(形見)」, 「나니 와부시(浪花節)」 등의 소설과 함께 수록한 단행본 『걸레선생』이, 다음해 2 월 만주문예춘추사에서 출판되었다. 이러한 일련의 일은, '신인'이라는 라벨, 작품게재의 타이밍, 나아가 잡지게재에서 단행본으로의 흐름을 함 께 고려하면, '상식을 타파'하여 「걸레선생」을 일거에 게재한 배후에 상 업적 타산이 있을 것이라 말할 수 있다. 단행본의 도서명이 아쿠타가와 상 수상작인 「등반」이 아니라, 『걸레선생』이라는 점도 계산적이라 할만 하다. 만주문예춘추사는 제2기 『예문』에 신인발굴이나 1회 완결의 장편 을 싣는 등 민간출판사의 경영수법을 도입하였다. 뿐만 아니라, 7월호부 터 기무라 소주(木村莊十)나 모리 소이치(森莊已池)같은 나오키상(直木賞)을 수 상한 작가도 『예문』에 기고하게 된 것에서 알 수 있듯이, 문예춘추사의 인맥을 활용하여 작가층의 확대를 도모하였다. 이로써 제2기 『예문』은 기관지의 색채를 다소나마 지우고 상업문예잡지로 한발 크게 나아간 것 이다.

1945년에 들어 예문연맹은 바로 제2기 『예문』 경영에서 완전히 손을 떼게 되었다. 1945년 신년호 판권장에서 '발행인'은 여전히 '만주예문연맹'이었지만, 2월호부터 '편집인'은 가나자와 가쿠타로(金澤覺太郞), 발행인은 '나가이 다쓰오'로 바뀌었다. 이렇게 된 것은 예문연맹 자체가 해산된 것에서도 기인한다. 정부의 자금원조를 받아온 예문연맹은, 전황(戰況)악화에 따른 정부의 재정난으로 운영이 한층 어려워졌다. 그래서 홍보처의 알선으로 만주영화협회와 만주전신전화회사가 절반씩 출자하여 예문회관을 포함한 예문연맹의 각 사업을 인수하게 되었다. 1944년 11월, 예문연맹 대신에 만주예문협회(滿洲藝文協會)가 설립되고 만주영화협회 이사장인 아마카스 마사히코(甘粕正彦)가 회장으로, 만주전신전화회사 대표 자격으로 신징중앙방송국 부국장인 가나자와 가쿠타로가 사무국장에 취임하였다. 새롭게 생긴 만주예문협회는 연맹제를 폐지하고, 문예국, 연극국, 예술국, 음악국, 영화국을 마련하여 예문연맹 산하의 각 협회를 흡수하였으며, 기관지 등의 잡지출판사업 또한 재검토하였다. 『예문지』는 정간하게 되었으며, 『예문』은 경영을 만주문예춘추사에 맡겨 편집과 자금 면에서 협력하게 되었다. 그러는 와중에 아마카스는 『예문』의 용지확보에 분주한 상황에 처하기도 하였다.

만주문예춘추사의 손으로 넘어간 제2기 『예문』의 편집진에게도 변화가 있었다. 1944년 가을, 문예춘추사로부터 신경으로 파견된 고자이 노보루(香西昇), 시키바 슌조(式場俊三), 도쿠다 마사히코(德田雅彦) 등은 이후 병으로 일본으로 돌아간 나가이 다쓰오와 이케지마 신페이를 대신하여 만주문예춘추사의 업무를 마지막까지 지탱하였다. 만주문예춘추사의 『예문』은 상업문예잡지로서 1945년 5월호까지 총 4호가 간행되었다. 편집면에서 창작 중시의 방침이 답습되었지만, 지면구성에 보이는 변화는,

우선 병대(兵隊)소설 같은 직접적으로 전쟁을 다루는 작품이 모습을 감추고, 대신에 '내지(內地)'에서 보내온 기고와 재만(在滿)작가에 의한 장편이 늘었다. 3월호, 4월호에 게재된 야마다 세이자부로의 「소마의 아가씨(杣の娘)」와 다케우치 마사이치의 「달력(日ごよみ)」은 모두 100매를 넘는 장편으로, 1회 완결의 장편 게재가 「걸레선생」 이후 나오고 있다. 이러한 변화의 배경에 무엇이 있었는가.

1944년 12월호부터 권말의 「편집후기」가 없어지고, 대신에 스기야마 로쿠로(杉山綠郞)의 「예문서평(藝文書評)」이 마련되었다. 이런 일 자체가 하나의 변화였다. 스기야마는 1945년 3월호 「예문서평」에서 만주국의 '예문서(藝文書)' '압축' 현상을 지적하면서 충칭(重慶)의 '예문서' 출판 상황과 비교하며 '예문서'의 필요성을 역설하였다. 또한 '문예신간서가 최근에 거의 서점에 나타나지 않는다'는 첫머리로 시작하는 4월호 「예문서평」에서는 '사상전, 문화전 하지만, 대게의 경우 '전(戰)'을 갖다 붙인 것만으로도 실천이 된다며 아무 때나 '전'자를 갖다 쓰는 것도 역시 오늘날의 폐풍(弊風)이다'라는 발언도 보이고, 문화통제 아래 출판 관리체제나 문단에 만연한 '결전예문(決戰藝文)'에 대한 불만이 지면에 드러나기도 한다. 장편 두 작품의 게재는 필시 이러한 당시 상황과 무관하지 않을 것이다. 요컨대 두 작품은 예문서를 출판할 수 없게 되었기 때문에 잡지게재로 돌렸을 가능성이 높은 것이다. 물론 반대가 될 가능성 또한 있다. 출판 관리체제가 오히려 『예문』의 '순예문종합잡지'로의 회귀를 촉진한 요인이 되었다는 사실은 역설적이다. 본래 만주문예춘추사에 의한 예문서의 출판은 사활이 달린 문제이며, 그것이 불가능한 상황 속에서 「예문서평」이라는 칼럼을 마련한 것은 아이러니로 볼 수밖에 없다. 편집자들은 이러한 형태로 있는 힘껏 저항을 시도했던 것이다.

나아가 스기야마는 5월호 「예문서평」에서 '예문서의 출판'은 '국민의 정신적 오락을 어떻게 처리할 것인가 하는 목소리'와 '문학에 의한 전쟁의지의 통일(統一), 고양(高揚)'이라는 '훌륭한 대의명분'으로써 '사회적 비호 아래 출판계의 거센 파도는 간신히 빠져나올 수 있었지만', '문예서가 여전히 국민에게 가장 지지받아 온 원인은, 아이러니하게도 이러한 비호와 명분에서 초월한 모습에 있다'면서 문학의 본질로 회귀하는 지향점을 숨기지 않았다. 마지막 호[17]인 5월호는 「창작특집(創作特輯)」을 꾸며 쓰쓰이 슌이치, 아오키 미노루, 오비 주조의 소설과 야기하시 유지로, 후나미즈 기요시(船水淸), 오노사와 로쿠로(大野澤綠郎), 시라토리 후미코(白鳥富美子)의 시, 사미조 사미(三溝沙美)의 하이쿠(俳句), 쓰키지 후지코(築地藤子)의 단카(短歌), 야마다 세이자부로, 하세가와 슌, 간 다다유키(管忠行)의 문학비평 글이 게재되었다. 집필진은 '창작'으로 제2기 『예문』의 마지막을 장식한 것이다. 작품의 내용은 차치하고 단순히 지면구성으로 보아도 5월호는 '순예문종합잡지'의 이름에 상응하는 것이라고 할 수 있다.

---

17) 기타무라 겐지로의 『북변모정기(北辺慕情記)』에는 '이 『예문(芸文)』은, 분명 1923년 3월까지 나왔다고 고마쓰 마사모리(小松正衛) 씨가 나에게 말했다'고 적혀있는데, 5월호 이후의 간행은 확인되지 않고 만주국에서는 쇼와20년(1945) 이후 간행이 불가능하다. 단, 만주에서 귀환한 고자이 노보루, 시키바 슌조는 쇼와서방(昭和書房)에서 『문예독물(文藝讀物)』을 간행하여 쇼와23년(1948) 10월 쇼와서방 아래에 히비야출판사(日比谷出版社)를 설립한 후에도 동지의 간행을 계속하였다. 이 『문예독물』이 기타무라가 말하는 '이 『예문』'의 연장에 해당하는지 모른다. 분명 『예문』의 편집 스태프가 낸 잡지로서 『예문』의 DNA를 갖고 있다고 할 수 있다. 그렇다고는 하나 『문예독물』은 쇼와23년(1948)년 1월에 창간되어 쇼와25년(1950)까지 계속 간행되었기 때문에, 시간적으로 '1923년 3월까지'설에 맞지 않는다. 기타무라의 기억이 틀리지 않는다면, 고마쓰의 발언은 『예문』 연구에 하나의 문제를 남긴다. 덧붙여서 문예춘추사의 『올 요미모노(オール讀物)』는 전시 중에 적성어배척운동(敵性語排斥運動)에 따라 일시적으로 『문예독물』로 이름을 바꾸었다. 고마쓰 마사모리는 지바 겐조(千葉藏源)의 후임으로 만주문예춘추사의 영업부장을 역임한 인물이다. 히비야출판사는 후에 동직추방처분에서 풀린 나가이 다쓰오를 사장으로 맞았으며, 오비 주조도 이에 가담하였지만 1950년경에 도산하였다.

## 5. 맺으며

이상에서 고찰한 바를 정리하면 『예문』의 성립과 변천에 대하여 다음과 같이 논할 수 있다. 1941년 봄부터 연말에 걸쳐서 확충된 후의 홍보처는 '국방국가체제에 즉시 응하고, 치열한 사상전에 대응하기' 위하여 「예문지도요강」을 제정·공포함과 동시에 문화단체의 재편과 『예문』의 발행을 계획·실행하였다. 국가권력에 따른 문화통제 산물이라고도 할 수 있는 『예문』은, 관제잡지로서 기획 단계에서부터 홍보처의 관리지도 아래 놓이게 되었지만, 잡지의 편집과 발행을 담당한 것은 예문사라는 민간 출판사이다. 따라서 『예문』은 관제민영잡지에 다름 아니다. '대동아전쟁'의 발발과 거의 동시에 '만주문화종합잡지'로서 창간된 『예문』은, 지면에 전시 색채가 더해감에 따라 문화종합지이기보다는 '문화'라는 이름 아래 선전홍보지의 역할을 완수한 것이다.

『예문』은 1943년 돌연 막을 내리게 되었다. 홍보처의 지도하에 예문연맹은 기관지 『만주예문통신』을 폐간하고 새롭게 중국어 『예문지』와 『예문』을 기관지로 창간하였다. '예문'이라는 잡지명은 예문사에서 양도받은 것이며, 이를 잃은 예문사는 『예문』을 『만주공론』으로 이름을 고쳐 발행을 계속하였다. 그러한 배경에는 예문자동원이 결부된 공방전(攻防戰)이 있었는데, 모두 홍보처의 관리지도하에 놓였던 잡지로 전시체제에 대응한 매체기관의 재편으로 신문과 잡지 대다수가 폐간으로 내몰리게 되었다. 그러한 가운데 『예문지』는 1944년 10월, 『만주공론』은 1945년 3월, 제2기 『예문』은 동년 5월까지 발행되었다.

예문가 동원을 배경으로 발족한 제2기 『예문』은, '예문가의 절차탁마, 예문의 보급, 후진의 유액지도'를 '사명'으로 하면서도, '예문보국'

이라는 슬로건 아래 '결전'과 관련된 시국대응 작품을 많이 게재하여 스스로 내건 '순예문종합잡지'와는 먼 존재였다고 말하지 않을 수 없다. 예문연맹은 1944년 7월호부터 만주문예춘추사에 경영을 위촉하였으며, 이후 점차로 잡지의 경영에서 멀어져 1945년에 들어와서부터는 완전히 손을 떼었다.

경영주체의 교체에 따른 기관지에서 상업문예잡지로 변신한 『예문』은 본격적으로 '순예문종합잡지'를 목표로 나아가게 되었다. 편집부는 창작 중시의 편집방침으로 기울어 신인발굴이나 장편을 포함한 문예작품의 게재에 힘을 쏟았다. 이러한 변화는 물론 내외정세의 변화와 무관하지 않았지만, 문화통제에 대한 저항이 잡지 내부에 있었다는 사실 또한 놓쳐서는 안 된다. 1945년에 들어와 패색이 짙어진 가운데 문학다운 문학을 추구하는 목소리가 지상에 나타나, 「창작특집」이 마련된 5월호에 이르러 드디어 '순예문종합잡지'의 이름에 걸맞게 되었다. 마지막 호에서야 비로소 원점에 섰다는 사실은 상당히 아이러니하지만, 만주국의 문화사를 논함에 있어서 빼놓을 수 없는 『예문』이 이러한 형태로 막을 내렸다는 사실은 결코 난센스가 아니라고 생각한다.

❂ 번역 : 이민희

‖ 요코지 게이코(横路啓子) ‖

# 잡지 『타이완청년(台湾青年)』
### 중층적 네트워크의 성립

## 1. 시작하며

1919년 덴 겐지로(田健治郎)가 타이완 총독이 된 것은 식민지 타이완, 특히 한민족계 타이완인(당시는 본도인(本島人)이라고 불렀는데, 본론에서는 이하 타이완인이라고 한다)의 지식층에 큰 영향을 끼쳤다. 그때까지는 육군 출신의 무관이 타이완 총독으로 부임했지만, 다이쇼(大正) 데모크라시의 흐름을 타고 조선에서 일어난 3·1독립운동의 영향을 받아 총독관제가 개혁되면서 1919년 8월 무관 전임 제한이 해제된다. 이로 인해 문관으로서는 처음으로 덴 겐지로가 타이완총독에 취임한 것이다.

이를 전후하여 타이완, 특히 타이완인을 중심으로 한 사회운동이 갑자기 활기를 띠는 것은 우연이 아니다. 그 중심적 움직임이 1920년 7월 도쿄에서 창간된 잡지 『타이완청년(台湾青年)』과 이듬해 1월부터 시작되는 타이완회의 설치 청원운동의 두 가지로, 원래 이 두 가지 흐름을 만들어 낸 멤버가 같은 해인 1921년 11월 정식으로 타이완문화협회를 발족시킨다. 나중에 '타이완회의 설치 청원운동이 외교전이라면, 『타이완청년』은 선전전이었다'[1]고 지적되었듯이, 『타이완청년』은 당시 타이완인이 강하게 요구했던 타이완회의 설치운동, 더 나아가서는 타이완 총독부와 일본제국에 저항하기 위한 이론적인 뒷받침을 하는, 타이완인에 의한 첫 잡지였다. 『타이완청년』은 도쿄의 타이완인 유학생을 중심으로 도쿄에서 발행되었던 월간지로, 타이완인의 손에 의한 첫 근대사상에 관한 잡지이며, 실로 '타이완인 스스로에 의해 근대 저널리즘의 탄생을 알리는 잡지'[2]였던 것이다.

그 창간은 1920년 7월, 1922년 2월까지 발행되다가 그 후에는 『타이완(台湾)』으로 제목이 바뀐다. 개제(改題)된 이 시기에는 증여부수만 500부를 웃돌았다고 한다. 그리고 1923년부터는 '타이완인의 유일한 목소리'로 칭해지는 『타이완민보(台湾民報)』로 바뀌고, 1928년에 타이완 도내에서 발행을 허가받은 후, 다시 일간지 『타이완신민보(台湾新民報)』로 발전해 간다. 이것이 타이완문화협회 멤버를 중심으로 발행된 『타이완청년』에서부터 시작되는 매체 ― 타이완 지식인의 항일적인 매체 ― 의 흐름이다.

타이완인 지식인에 의한 『타이완청년』에서부터 시작되는 일련의 잡지, 신문의 중요성은 타이완 근대사 연구에 의해 이미 인정받은 사실이며, 특히 타이완의 내부적인 근대성 수용을 고찰하는 데 있어서 역사적

---

1) 예 롱중(葉榮鐘) 『일거하 타이완정치사회운동사(日據下台灣政治社會運動史)(下)』(台中晨星出版有限公司, 2000), p.327.
2) 와카바야시 마사히로(若林正丈) 「타이완의회 설치 청원운동(台湾議會設置請願運動)」, 고토 겐이치(後藤乾一) 편 『근대일본과 식민지6 저항과 굴종(近代日本と植民地6抵抗と屈從)』(도쿄(東京) : 이와나미 서점(岩波書店), 2005), p.3.

인 자료로서 갖는 가치는 굳건하다. 하지만 그건 어디까지나『타이완청년』을 자료로 이용한 것이며,『타이완청년』이라는 잡지 그 자체의 위상이나 영향, 성립에 대해서는 아직 연구해야 할 여지가 남아 있다고 할 수 있다. 특히 필자가 흥미를 갖고 있는 부분은 이 잡지에 관련된 사람들이 어떤 네트워크 안에 있었는가 하는 점이다. 잡지가 실물로 등장하기 위해서는 많은 사람들이 관여하게 되고, 그것이 유기적으로 얽힘으로써 형태를 이루어 가게 된다. 본론에서는 어떤 경위로『타이완청년』에 사람들이 모이게 되었는지, 어떤 네트워크가 있었는지를 밝히고자 한다.3)

## 2.『타이완청년』의 창간과 그 사상적 특징

### 2-1. 창간까지의 흐름

타이완은 1895년에 시모노세키(下關) 조약에 의해 일본에 할양되었지만, 타이완인 스스로에 의해 근대적 미디어인『타이완청년』이 창간되기까지는 25년의 시간이 걸렸다. 이는 조선의 청년이 한일병합이 이루어진 1910년부터 1912년 사이에 도쿄에서『아세아공론(亞細亞公論)』을 발행했던 것과 비교하면4) 상당히 늦었다고 해야 한다. 이 시간차는 일본제

---

3) 또 이 글에서는『타이완청년』(도쿄 : 타이완청년잡지사(台湾青年雜誌社), 1920.7-1922.2)의 복각판(타이페이(台北) : 동방문화서국(東方文化書局), 1974)을 사용했다.
4) 같은 시기, 이미 도쿄에서는『아세아공론(亞細亞公論)』외에『배움의 빛(學之光)』『대중시보(大衆時報)』『전진(前進)』『적련(赤連)』『형설(螢雪)』『흑도(黑濤)』『후토이센징(太い鮮人)』등 조선지식인에 의한 잡지가 있었다고 한다(고토 겐이치「해제(解題)」, 고토 겐이치외 편『아세아공론, 대동공론(亞細亞公論・大東公論)』(도쿄 : 류케이쇼샤(龍溪書舍)), 2008.12),

국에 편입된 시기나 타이완총독부의 자세, 타이완이 가진 민족의 복잡함 등으로 인해 생겨난 것이며, 또 한편으로 타이완인이 근대사상을 수용할 때 갖는 인식의 차이를 낳는 한 원인이 되기도 했다.

전술했듯이, 1919년에 타이완총독이 무관에서 문관으로 바뀐 것은 타이완 도내에 근대사상이 유입되기 위한 한 요인이 되었다. 이는 1918년에 발족된 입헌정우회(立憲政友會)에 의한 본격적 정당 정치에서부터 타이완총독의 위치가 준(準)정당화됨으로써 일본의 다이쇼 데모크라시의 기운이 타이완에도 들어오기 쉬워졌기 때문이라고 하고 있다.[5] 물론 그 이전에도 일본의 그러한 기운은 타이완에 유입되어 있었고, 예를 들어 이타가키 다이스케(板垣退助), 린 시안탕(林獻堂) 등에 의한 타이완동화회(台湾同化會) 발족(1914년) 등, 봉건적인 지주 계급에 의한 타이완인의 대우를 개선하는 요구가 이루어지고 있기는 했다. 하지만 1919년의 변화는 보다 전반적인 것이었다.

이로 인해 타이완에 전해진 것이 민족자결을 시초로 한 민족주의적인 사상이다. 제1차 세계대전 후, 1918년에 미국의 윌슨 대통령에 의해 이루어진 민족자결 주장은 서양 여러 나라의 여러 식민지에 독립의 기운을 불러일으켰다. 이는 원래 유럽의 식민지를 대상으로 한 것에 불과했지만, 마치 에드워드 사이드의 '이동하는 이론'의 실례 중 하나처럼 그 후 아시아에도 큰 영향을 미쳐, 조선에서는 3·1운동을, 중국에서는 5·4운동을 일으킨다. 단, 타이완으로 사상이 유입된 것은 우선 도쿄에서 유학중이었던 타이완인 학생이 중국이나 조선의 이런 움직임에 충격을 받은 것이 계기가 되었다고 하고 있다.[6] 보다 정확하게 말하면, 지식

---

p.10.
5) 와카바야시 마사히로, 앞의 글(「타이완의회설치청원운동」), p.4.

으로서의 사상이 아니라 실천으로 뒷받침되는 이론으로서의 사상이 받아들여진 곳은 타이완 도내가 아니라 도쿄였던 것이다. 만일 이 표현이 옳다고 하면, 다이쇼 데모크라시가 타이완 총독부의 변화에 의해 비교적 직접적으로 타이완에 전해진 것과 달리, 민족자결이나 민족주의 같은 사상은 일본 식민지하의 조선이나 같은 시기의 중국에서 도쿄를 경유한 '이중 번역'을 거쳐 타이완에 전해진 셈이다.

타이완인이 일본 유학을 떠나기 시작하는 것은 1902년의 일로, 그 후 타이완 도내의 교육체제가 좀처럼 정비되지 않는 현실도 더해져[7] 유학생 수는 계속 증가한다. 1915년에는 300명 남짓이었는데, 1922년에는 2,400명 남짓으로 급격하게 늘어나고,[8] 이는 사상을 수용하고 스스로에게 맞도록 고쳐가기에는 충분한 숫자였다. 이런 이들 가운데서 조선인 유학생이나 중국 대륙의 유학생과 제휴를 강화하려는 움직임을 볼 수 있다. 『타이완청년』의 중심적인 인물인 차이 페이후오(蔡培火)(1889-1983)나 린 쳉루(林呈祿)(1886-1968) 등은 『아세아공론』의 주간인 조선인 유태경(柳泰慶)과도 친분이 있어 『아세아공론』에도 투고했고, 차이 페이후오는

---

6) 타이완총독부 경무국(台湾總督府警務局) 편 『타이완총독부경찰연혁지(台湾總督府警察沿革誌) 제2편 영대이후의 치안상황(領台以後の治安狀況)(중권) 타이완사회운동사(台湾社會運動史)』(타이페이 : 타이완총독부, 1939.7, 복각판 : 타이페이 : 남천서국(南天書局), 1995.6).

7) 타이완에는 고등교육기관으로 1898년에는 이미 타이완 총독부 의학교가 있었지만, 소위 대학이 창설되는 것은 1928년 타이페이 제국대학까지 기다려야 했다.

8) 앞의 책 (『연혁지』), p.23. 또 이 급격한 증가에는 1922년 3년에 타이완 총독 덴 겐지로가 발포한 '타이완 신교육령(台湾新教育令)'이 크게 관련되어 있다고 하고 있다. '일대공학(日台共學)'을 내건 이 교육령은 '국어를 상용하는 자'와 '하지 않는 자'로 나누어 입학할 수 있는 학교를 구별한 것이다. 일견 평등해 보이는 이 법령은 사실 일본어를 모국어로 하지 않는 타이완인이 타이완 도내에서 진학하는 것을 저지하는 법령이었다. 이 때문에 이 교육령 실시 1년째인 1922년은 일본으로 유학을 가는 이가 급증했다. 란 보저우(藍博洲) 『일거시기타이완학생운동(日據時期台湾學生運動)』(타이페이 : 시보(時報), 1993) p.85.

아세아공론사의 이사로도 촉탁되었다. 또, 차이 페이후오는 정태옥(鄭泰玉)이 주재하는 『청년조선(青年朝鮮)』에도 원고를 투고했다고 한다.9)

타이완인 유학생과 중국대륙에서 온 유학생의 제휴도 강화되어 간다. 그렇지만 이쪽에서 중심이 된 것은 유학생이 아니라 이미 중국대륙에서 장사를 하고 있었던 타이완인 차이 후이루(蔡惠如)(1881-1929)였다. 1919년 말에는 먼저 대륙 측의 마 보유안(馬伯援), 우 유롱(吳有容), 류 무린(劉木琳), 타이완 측의 린 쳉루, 펑 후아잉(彭華英), 차이 후이루 등에 의해 '성응회(聲応會)'를 발족시켰다. 이 모임은 특별한 활동 없이 소멸되었지만, 이와 거의 같은 시기에 타이완 봉건지주 계급의 대표적인 인물인 린 시안탕나 차이 후이루가 중심이 되어 '계발회(啓發會)'라는 단체를 도쿄에서 발족시킨다. 이 또한 금세 해산되고, 이듬해 1월에 '신민회(新民會)'로 재조직된다. 이 신민회가 타이완회의 설치 청원운동과 잡지 『타이완청년』의 발행을 수행한 단체이다. 즉, 잡지 『타이완청년』의 발행 모체가 되는 단체는 일본 제국의 수도 도쿄에서, 조선 및 중국대륙 유학생과의 교제를 통해 탄생한 것이다. 그 발족 자체가 구미에서 민족주의가 일본을 거쳐 동아시아 각지에 침투해 가는 가운데 나타나는 움직임이었다.

신민회 발족의 경위에 대해서는 시에 춘무(謝春木)의 『타이완인의 요구(台湾人の要求)』10)에 자세히 나와 있다. 도쿄 시부야(澁谷)에 있는 차이 후이루의 집에서 초대 회장으로 차이 후이루가 추거되는데, 차이 후이루 자신은 이를 사양하고 린 시안탕을 추천했다고 한다. 이리하여 신민회 회장에는 린 시안탕, 부회장에는 차이 후이루가 취임하고, 간사에 후앙 청

---

9) 위의 책(『연혁지』), p.24.
10) 시에 춘무 『타이완인의 요구』(타이페이시 : 타이완신민보사(台湾新民報社), 1931년 1월) 주로 pp.4-15.

총(黃呈聰), 차이 스구(蔡式穀), 보통 회원에는 유학생이 이름을 올리는 형태가 된다. 이때 멤버들의 대부분은 『타이완청년』이나 그 후 타이완에서 발족되는 타이완문화협회 멤버와 거의 겹치기 때문에, 신민회 회원 일람을 아래와 같이 올려 두고자 한다.

[표 1] 발족시 신민회 회원 일람[11]
회장 林獻堂  부회장 蔡惠如   간사 黃呈聰 蔡式穀
명예회원 陳懷澄 連雅堂
보통회원 林呈祿 羅萬俥

    (明大) 蔡先於 彭華英 陳全永 李烏棕 林濟川 林石樹
           林朝廷 郭國基 顔春風 呂靈石 吳清水 陳添印
           黃成王 鄭松筠 陳福全 莊垂勝
    (早大) 王敏 川 黃 周 林仲輝 呂盤石 施至善 王金海
           林仲樹 吳火爐
    (中大) 蘇維梁 吳境庭
    (商大) 吳三連 蔡珍曜 陳崑樹
    (帝大) 劉明朝 林樊龍
    (專修) 林伯殳 柯文質 蔡敦曜
    (慶大) 陳 炘 王江漢
    (其他) 林資彬 李若曜 蔡炳曜 莊以若 洪元煌 黃元洪
           蔡培火 石煥長 陳天一 謝春木 楊淮命

이 멤버들로부터 알 수 있는 것은 이 시기 타이완의 사회운동이 스폰서 역할을 하는 봉건적 지주계급인 간부와 실동(實働) 부대인 유학생이라는 두 개의 층으로 이루어져 있다는 사실이다. 이 이층 구조는 그 후 타이완의 독자적인 사회운동의 기본적인 형태가 된다. 신민회로부터 발전

---

11) 앞의 책(『연혁지』), p.27.

하여 타이완 도내에서 1922년에 발족한 타이완문화협회는 그 후 10년 가까운 시간 동안 근대적 사상을 내건 항일사회운동의 핵심이 되어 간다. 신민회나 그 이후 타이완문화협회의 구조는, 다양한 사상이 본래 갖고 있는 콘텍스트에 관계없이 1920년대 전후 타이완에 한꺼번에 유입되면서 수용자 각자의 사회적인 신분과 받아온 교육에 따라 취사선택되어 가는 양상을 근원적으로 내포하고 있었다. 1927년 타이완문화협회는 좌경화가 진행되면서 분열하는데, 그것은 필연적인 흐름이었던 것이다.

신민회의 방침으로는 다음의 세 가지가 거론되고 있다.

1. 타이완인의 행복을 증진하기 위해 타이완통치의 개혁운동을 이행할 것.
2. 오인(吾人)의 주장을 널리 선언하고 도민을 계발하고 동지를 획득하기 위해 기관잡지를 간행할 것.
3. 지나인 동지와 연락을 꾀할 것.12)

신민회는 계발회가 갖는 타이완 도민의 계몽적인 의미를 가지면서, 이제 막 중화민국이 건국된 중국과 제휴를 모색할 것을 지향하고 있었다. 실제로 신민회의 중심이 된 차이 후이루는 타이완인 유학생에게 중국인 학생과의 교류나 중국어(당시는 민국어(民國語)라고 칭했다) 학습을 권하곤 했다.13) 하지만 이는 반대로 말하면, 당시 타이완이 얼마나 중국 본토와 분리된 상태에 있었는지를 보여주고 있다고 할 수 있다. 그들은 '배운다'는 것에 의해 본래 그들의 뿌리였을 한(漢)문화를 알게 되는 것

---

12) 위의 책(『연혁지』), p.27.
13) 예 룽중 『일거하타이완정치사회운동사』(상)(台中) : 晨星, 2000), p.104.

이다.

신민회 발족회에서 잡지 발행이 결의된다. 그리고 훗날 '학생과, 학생이 아닌 지도적 위치의 간부를 동일단체로 포괄하는 것은 행동상 부적절함을 초래한다는 논의가 대두되어',[14] 신민회 학생들만이 별도로 타이완 청년회라는 단체를 발족시킨다. 이리하여 신민회 하부조직인 타이완 청년회가 『타이완청년』의 간행을 개시하는 것이다.

## 2-2. 사상의 견본시(見本市)

그럼 『타이완청년』은 어떤 잡지였던 것일까.

『타이완청년』의 특징으로 우선 전반은 '화문지부(和文之部)', 후반은 '한문지부(漢文之部)'라는 일본어와 한어로 된 2부로 나뉘어 있다는 점을 들 수 있다. 일본인에 의한 글은 매호 2-4편이 게재되고, 그 원고의 대부분은 '한문'으로 번역되어 일본어를 이해할 수 없는 타이완인에게도 전달되도록 되어 있다.[15] 『타이완청년』에서 논의되고 있는 글을 테마별로 나누면 다음의 [표 2]와 같다.[16]

---

14) 앞의 책(『연혁지』), p.28.
15) 또 한문으로 번역하는 자에 대해서는 창간호에 번역가의 이름을 찾아볼 수 있는 것이 몇 편 있을 뿐, 그 후는 번역자가 기록되어 있지 않다.
16) 또 각각의 장르는 편의적으로 나눈 것으로, 다른 분류 방식도 있을 것이고, 하나의 글에 많은 의제가 담겨 있는 경우도 있다. 『타이완청년』의 대체적인 경향을 알기 위한 분류로 이해해 주기 바란다.

| 내용 | 기사수 | 비율 |
|---|---|---|
| 타이완사회전반, 타이완의회, 육삼법(六三法), 자치, 동화, 재대내지인(在台內地人) | 95 | 25.9% |
| 수필 에세이 감상, 타이완 청년들을 향한 격려 | 82 | 22.4% |
| 세계정세, 세계의 역사, 구미 사회에 대해 | 42 | 11.4% |
| 교육문제 | 30 | 8.1% |
| 대일(台日)관계, 일화(日華)친선 | 13 | 3.5% |
| 중국, 한민족, 중국고전, 현대중국 | 13 | 3.5% |
| 법률관련 | 12 | 3.2% |
| 결혼, 공혼(共婚), 남녀관계전반, 연애 | 9 | 2.4% |
| 보도기록 | 8 | 2.1% |
| 문화, 타이완문화, 일본문화, 세계문화비교 | 8 | 2.1% |
| 사회주의관련 | 6 | 1.6% |
| 부인문제 | 5 | 1.3% |
| 문학 | 5 | 1.3% |
| 과학 | 5 | 1.3% |
| 부인 교육문제 | 3 | 0.8% |
| 민주주의관련 | 2 | 0.5% |
| 기타(종교, 한시, 유학생으로서의 의견, 일본사회) | 28 | 7.6% |
| 합계 | 366 | 99% |

[표 2] 『타이완청년』 장르별 기사수 통계(권두사(卷頭辭), 제재(題字), 사진은 포함하지 않는다)

잡지 전체로 보면 당연하게도 타이완 사회에 대한 글이 가장 많다. 타이완의 내지 연장주의나 동화정책에 대한 의문, 그것을 근저에 둔 정치, 법률, 교육 등의 문제가 논의되고 있는 형태이다.

일본인의 글을 한어로 번역한 것 중에는 이 잡지를 위해 기고된 것 이외에 『해방(解放)』이나 『태양(太陽)』 등에 게재된 글을 전재(轉載)한 것도 있다.17) 이 잡지를 위해 다시 쓰였다고 여겨지는 것으로는 타이완 청년

17) 지 쉬횡(紀旭峰) 『다이쇼기 타이완인의 「일본유학」 연구(大正期台湾人の「日本留學」研究)』

에 대한 희망이나 타이완의 식민지 정책, 그 역사 등이 대부분을 차지하고 있고, 세계나 서구에 관한 글(국제연맹, 평화운동, 구미동향 등)도 많다.

한편 타이완인의 투고는 다양한 주제를 다루고 있는데, 타이완 사회에 관한 의제(동화정책이나 내지 연장주의, 지방자치, 재대 내지인에 대한 의견 등), 그밖에 타이완의 교육 문제(의무교육, 고등교육기관의 설치, 여성의 교육 문제), 부인 문제(인신매매, 연애, 결혼, 교육), 중국에 관한 논의(중국 고전의 해석, 현대 중국에 관한 보고), 문학관계, 과학, 의료 위생, 기타 에세이 등을 들 수 있다. 사상적으로는 데모크라시나 사회주의, 대(大)중화주의, 타이완 민족주의 등 결코 일률적이지 않아, 사상의 백화점을 보는 듯한 인상을 준다.


## 3. 만남의 장으로서의 대학·교회·기숙사

『타이완청년』이 타이완 봉건층이 제공하는 자금 흐름을 기초로 하면서도, 그 의식이 동아시아 지(知)의 중심이었던 도쿄의 조선, 중국 등 유학생 네트워크 속에 놓여 있어 사상적으로 일치되지 않았던 것 —타이완에 있어 근대적인 사상이라는 것 이외—은 위에서 서술한 대로이다. 그럼 사상적으로 다양한 사람들이 어떻게 『타이완청년』에 모인 것일까. 아래에서는 사상과 방법론을 취득하는 장으로서의 대학, 교회를 중심으로 하는 기독교인 네트워크, 그리고 타이완인 네트워크를 만드는 다카사고(高砂) 기숙사라는 세 가지 요소로부터 각각 중심적인 인물과 그 사상을 들어 네트워크의 형성에 대해 생각해 보고자 한다.

---

(도쿄 : 류케이쇼샤, 2012.8), p.231.

### 3-1. 유학생 만남의 장으로서의 대학 – 메이지(明治) 대학교를 중심으로

앞에서 거론한 [표 1]에서도 알 수 있듯이, 『타이완청년』의 발행모체였던 신민회 멤버의 대부분은 도쿄에 있는 대학교 유학생이 중심이었다. 그중에서도 메이지 대학교로 유학을 온 학생들의 숫자가 많은 점이 눈에 띈다. 또 『타이완청년』에는 메이지 대학교 교원이었던 이즈미 아키라(泉哲)도 투고하는 등, 유학생뿐만 아니라 교원도 잡지에 관여하고 있었다. 또 이미 지적되어 있듯이,[18] 타이완에서 일어난 일련의 농민 운동 ― 가령 이림(二林)사건 등 ― 에 관여했던 일본인 변호사로는 후세 다쓰지(布施辰治), 후루야 사다오(古屋貞雄) 등 메이지 대학교 출신이 눈에 띈다. 이처럼 식민지 타이완에 있어서 근대사상을 수용하는 데 메이지 대학교가 큰 역할을 했다고 해도 좋을 것이다.

지 쉬훵(紀旭峰)은 1913년까지 도쿄로 유학을 온 중국, 조선, 타이완 학생의 유학처를 비교하여 타이완인 유학생의 특징으로, '①타이완인 유학생 숫자가 극히 적었던 것, ②타이완인의 진학처가 법학 전문부에 집중되어 있었던 것'[19]을 들고 있다. 당시 타이완인은 고급관료가 되는 것이 매우 어려웠기 때문에, 타이완인에게 출세란 의사나 변호사가 되는 것, 또는 장사로 성공하는 것이었다. 이로 인해 그 유학처로는 사립 대학교 전문부 의과나 법과, 정치 경제학과가 다수를 차지하고 있다. 관립이 아니라 사립에 타이완인 유학생이 집중되었던 원인으로 지 쉬훵은 이 학과들이 졸업 후 취직에 유리했던 것, 그리고 전문부 입학 기준이 학부보다 낮게 설정되어 있었다는 두 가지를 들고 있다.[20]

---

18) 지 쉬훵 『다이쇼기 타이완인의 「일본유학」 연구』(도쿄 : 류케이쇼샤, 2012.8) p.119.
19) 위의 책(『다이쇼기 타이완인의 「일본유학」 연구』), p.123.
20) 위의 책(『다이쇼기 타이완인의 「일본유학」 연구』), pp.95-96.

이 때문에 메이지 대학교로 유학 온 학생들이 많았던 것은 비단 타이완뿐만이 아니다. 아시아 여러 나라에서 도쿄로 유학을 온 학생들의 단결을 내걸고 조선인 유태경이 주재가 되어 발행되었던 『아세아공론』에는 일본 전국의 조선인 유학생을 대상으로 대학별, 그리고 출신지별로 통계를 낸 「유일본조선학생통계표(留日本朝鮮學生統計表)」가 있다.[21] 이 중 도쿄에 있는 대학교 유학생은 2,039명, 그 1할을 넘는 226명이 메이지 대학교 유학생으로, 최다를 차지하고 있다.[22] 조선인이 재학 중이었던 도쿄의 대학교가 80교를 웃도는 것을 볼 때, 메이지 대학교로 유학 온 조선인 학생이 얼마나 많았는지 알 수 있다.

메이지 대학교의 전신인 메이지 법률학교는 1881년 1월 17일에 '인문(人文)의 개명(開明), 국운의 진보를 꾀하기 위해 법리를 강구하고 그 진제(眞諦)를 확장하는 것'을 목적으로 창립되었다. 그리고 1903년 8월 전문학교령에 의해 메이지 대학교로 개칭하고, 이듬해에는 법학부, 정학부 (1912년 정치경제학과로 개칭되어 법과로 편입), 문학부(1905-1906), 상학부가 설치되어 각 학부에 대학부와 전문부가 있고, 또 대학부에는 1년 반짜리 예과가 설치되었다. 대학령에 의한 대학으로 허가된 것은 1920년의 일이다.[23] 위에서 서술했듯이, 타이완이나 조선에서 온 유학생이 많이 있었던 것은 비교적 입학하기 쉬운 전문부였다. 그러나 대부분의 과목이 법학부와 상학부의 합병강의였고, 또 대학부, 전문부, 예과 등도 합병된 것이었다고 한다.[24] 즉, 전공이나 소속부문에 관계없이, 그 때 메이지

---

21) 『아세아공론』 10월호(도쿄아세아공론사(東京亞細亞公論社), 1922.10.1), pp.24-35.
22) 이후에는 니혼(日本) 대학교 115명, 주오(中央) 대학교 92명, 도요(東洋) 대학교 42명으로 이어진다. 또 이 숫자는 남녀 합계이다.
23) 미야자키 시게키(宮崎繁樹) 「메이지 대학교와 국제법(明治大學と國際法)」,(『메이지 대학교 사회과학연구소 기요(明治大學社會科學研究所紀要)』 35-2, 1997.3), pp.155-166.

대학교에 재학 중이었던 학생은 같은 강의를 듣고, 그 지식이나 사상 등을 포함한 지적 정보를 공유하는 것이 가능했다고 할 수 있다.

하지만 지식, 사상의 공유는 교실 안에서만 이루어진 것이 아니다. 이는 메이지 대학교뿐만 아니라 당시 대부분의 대학교에서는 학생들로만 구성된 변론회 등이 빈번하게 이루어졌다. 이는 원래 자유민권운동을 통해 변론회나 연설회가 전국으로 보급되면서 많은 대학에서 웅변부나 웅변회가 발족된 결과이다. 일본에서 최초로 연설회가 열린 것은 1874년(메이지7) 6월에 열린 미타(三田) 연설회라고 하는데, '스피치'를 '연설'이라고 번역한 후쿠자와 유키치(福澤諭吉)가 서양의 스피치를 흉내 내어 시작한 것이라고 한다.25) 일본의 대학교에서 웅변부나 웅변회가 발족된 것은 와세다(早稻田) 대학교의 1902년(메이지35) 12월 31일이 최초이고, 이를 뒤이은 것이 메이지 대학교로, 그 발족은 이듬해인 1903년(메이지36) 10월이었다.26) 그 후 웅변회는 1908년(메이지41)에 회칙이 만들어지면서 보다 조직화되었다. 주요 활동은 월 2회의 월례회, 지방 유설(遊說), 연 1회의 의국회(擬國會)라는 토론회였다. 그때 학생들은 연설이나 변론의 힘을 길렀던 것이다.

또 메이지 대학교는 당시 여러 대학교 중에서도 특히 자유롭고 개방적인 교풍을 갖고 있었다. 메이지 말에서 다이쇼 초기에 걸쳐 일본은 데모크라시나 사회주의 같은 세계의 사상적인 흐름에 놓이게 된다. 그런 흐름 속에서, 예를 들어 1910년 대역(大逆)사건 후에는 사회주의자에

---

24) 와타나베 다카키(渡辺隆喜) 「다이쇼 데모크라시기의 학생생활(大正デモクラシー期の學生生活)」(『대학사기요(大學史紀要)』7, 2002.11) p.15.

25) 위의 글(「다이쇼 데모크라시기의 학생생활」), p.24.

26) 메이지 대학교 100년사 편찬위원회(明治大學百年史編纂委員會) 『메이지 대학교 100년사(明治大學百年史)』 도쿄 : 메이지 대학교, 1992.10) pp.578-586.

대한 탄압이 강해지고, '사회' '사회개량'이라는 말을 사용하는 것이 이미 '불령(不逞)사상'으로 간주되어, 각 대학에서는 사회학 강좌의 폐지나 휴강 등이 연이어 발생하고 있었다. 그러나 메이지 대학교는 '신사상의 요람'으로, 학생이 사회주의나 생디칼리즘 등을 연구할 자유가 있었던 것이다.[27] 『타이완청년』의 편집 멤버 중 한 사람이었던 펭 후아잉은 메이지 대학교 정치경제과 소속으로 사회주의의 영향을 강하게 받은 사람 중 한 명이다. 1921년(다이쇼10) 메이지 대학교 재학 중이었던 펭 후아잉은 사카이 도시히코(堺利彦)와 야마카와 히토시(山川均), 다카쓰 마사미치(高津正道)와 같은 사람들과 알게 되면서 강연회나 연구회의 선전 같은 활동도 적극적으로 하고 있었는데, 펭의 이러한 활동의 기점 중 하나가 되었던 것이 메이지 대학교, 혹은 대학교라는 장이었다고 생각해도 좋을 것이다.

지식, 사상과 같은 지적 정보, 그리고 그것을 민중에게 전파하기 위한 수단인 연설, 변론과 같은 스킬 등, 대학교에서 배운 것들은 타이완에서 실천하게 된다. 1921년 10월 타이완문화협회 발족 후, 타이완 민중 계몽활동의 하나로 타이완 각지에서 강연회가 열렸다.[28] 이는 바로 메이지 대학교 웅변회의 월례회나 지방 유설 등의 활동을 배운 결과가 아닐까. 타이완 각지에서 열린 강연회는 타이완문화협회 발족 당시 실시횟수는 그다지 많지 않고, 실시 지역도 주요 도시에 한정되어 있었는데, 1923년 5월에 유학생이 타이완 전도를 순회하고 강연회를 했을 때는 큰 반향을 얻었다. 강연은 일본어와 타이완어로 실시되었는데, 특히 타

---

27) 앞의 글(「다이쇼 데모크라시기의 학생생활」), p.15.
28) 기타 활동으로는 회보 발행, 독보사(讀報社)(신문잡지열람소) 설치, 각종 강습회 등이 있었다. 강습회는 일주일에서 한 달 정도의 간격을 두고 회원을 대상으로 하여 집중적으로 강의를 하는 것.

이완어로 할 때 대중이 많았고, 반향도 컸다. 이런 모습은 『타이완청년』이 개제되어 월간지가 된 『타이완(台湾)』에 게재된 '도쿄 유학생의 문화연설단 귀대(東京留學生の文化演說団歸台)',29) '하계 유학생 문화강연회에 대해(夏季留學生文化講演會に就て)',30) '문화강연일기(文化講演日記)'31) 등의 수기에 생생하게 묘사되어 있다. 유학생에게 대학교는 사상을 배우고, 또 그것을 전달하는 방법을 배우는 장으로 존재했던 것이다.

## 3-2. 기독교를 중심으로 한 일본인 공동체

앞에서 서술했듯이 『타이완청년』에 기고했던 일본인의 공통점으로 기독교인이라는 점을 들 수 있다. 이 기독교를 매개체로 한 네트워크는 타이완인과 일본의 정치관계자, 그리고 대학관계자를 결부시키는 계기이기도 했다.

『타이완청년』에 글을 기고한 일본인은 36명에 이르는데,32) 이 중 절

---

29) 『타이완(台湾)』(제4년 제7호, 1923.7), pp.95-96.
30) 『타이완』 p.101.
31) 『타이완』(제4년 제8호, 1923.8), pp.89-97.
32) 구체적으로는 아네사키 마사하루(姉崎正治), 아베 이소오(安部磯雄), 이시다 신타로(石田新太郎), 이즈미 아키라(泉哲), 이소베 요케이(磯部曄卿), 우에무라 마사히사(植村正久), 우치가사키 사쿠사부로(內ヶ崎作三郎), 에기 다스쿠(江木翼), 에바라 소로쿠(江原素六), 에비나 단조(海老名彈正), 오하시 쇼지(大橋正次), 가리야 다닌지로(쪠屋他人次郎), 가와카미 이사무(川上勇), 기타자와 신지로(北澤新次郎), 기노시타 도모사부로(木下友三郎), 고토 아사타로(後藤朝太郎), 고라이 긴조(五來欣造), 사카타니 요시로(阪谷芳郎), 산토 야스(山東泰), 시마다 사부로(島田三郎), 시모무라 히로시(下村宏), 다가와 다이키치로(田川大吉郎), 도모에다 다카히코(友枝高彦), 나가이 류타로(永井柳太郎), 나카지마 교쿠고(中島玉吾), 나가세 쇼(長瀨生), 나가타 히데지로(永田秀次郎), 히라누마 요시로(平沼淑郎), 후지타 이쓰오(藤田逸男), 후나오 에이타로(船尾榮太郎), 호아시 리이치로(帆足理一郎), 모토다 사쿠노신(元田作之進), 야마모토 소타로(山本曾太郎), 야마모토 다다오키(山本忠興), 요시노 사쿠조(吉野作造), 와다 이사부로(和田猪三郎)이다.

반 이상인 20명이 기독교인, 혹은 기독교와 깊은 관계를 갖고 있다. 이 20명이란 아네사키 마사하루(姉崎正治), 아베 이소오(安部磯雄), 이즈미 아키라(泉哲), 우에무라 마사히사(植村正久), 우치가사키 사쿠사부로(內ヶ崎作三郎), 에바라 소로쿠(江原素六), 에비나 단조(海老名彈正), 가와카미 이사무(川上勇), 기타자와 신지로(北澤新次郎), 고라이 긴조(五來欣造), 사카타니 요시로(阪谷芳郎), 다가와 다이키치로(田川大吉郎), 나가이 류타로(永井柳太郎), 후지타 이쓰오(藤田逸男), 후나오 에이타로(船尾榮太郎), 호아시 리이치로(帆足理一郎), 모토다 사쿠노신(元田作之進), 야마모토 다다오키(山本忠興), 요시노 사쿠조(吉野作造)이다.[33] 그리고 이들을 이어주는 핵심 인물로 먼저 거론하고 싶은 이가 우에무라 마사히사(1858-1925)이다. 우에무라는 메이지 다이쇼기의 대표적인 프로테스턴트의 한 사람으로, 목사로서 식민지 타이완에도 전도활동을 적극적으로 수행했다. 우에무라의 기독교 입신에 대해서는 메이지 초기 입신자가 공통적으로 갖는 특징인 '사족계급, 특히 좌막파(佐幕派)로 간주된 번 출신자들이 대부분을 차지하고 있는 것'을 이야기할 수 있는데, 막신(幕臣)인 하타모토(旗本)가에서 태어난 우에무라도 그 중 한 사람이었다.[34] 우에무라는 일가가 다 같이 이주한 요코하마(橫浜)에서 영어를 배우기 시작, 여기서부터 기독교와 인연을 맺게 된다. 미국인 선교사 발라의 사숙(私塾)과 선교사 브라운의 사숙을 거쳐 15세에 정식으로 세례를 받는다. 목사 자격을 얻은 것은 21세인 1879년 10월로, 이듬해

---

33) 이 20명 중 대일본평화협회 임원인 사카타니 요시로, 가와카미 이사무에 대해서는 대일본평화협회 그 자체가 기독교와 깊은 인연을 가진 모임이긴 했지만, 그들 자신의 신앙에 대해서는 확인할 수 없었다. 후나오 에이타로도 기독교인지 아닌지는 알 수 없지만, 우에무라 마사히사와 면식이 있었다. 이에 대해서는 각주 33을 참조
34) 사카이 요(坂井洋) 『우에무라 마사히사와 타이완―사상 및 행동을 중심으로(植村正久と台湾―思想及び行動を中心に)』(단지앙(淡江) 대학교 일본연구소 석사논문, 2006.6), p.13.

1월에는 시타야(下谷) 일치교회에 목사로 취임, 그리고 1901년에는 이치반초(一番町) 교회에 목사로 취임한다. 그 이치반초 교회는 1906년에 후지미초(富士見町) 교회로 개칭된다. 우에무라는 평생 이 교회에서 목사로 일했으며, 차이 페이후오가 세례를 받은 이 후지미 교회가 다른 기독교인과 알게 되는 장이 되어 가는 것이다.

한편 [표 3]에서 볼 수 있는 일본인 기고자 중, 예를 들어 와세다 대학교 교수였던 고라이 긴조, 와세다 대학교 이공과 과장인 야마모토 다다오키는 직접 우에무라의 지도를 받은 자였고, 중의원 의원이었던 시마다 사부로(島田三郞)는 요코하마에 문을 연 사숙 신학교 브라운숙에서 공부했으며, 우에무라 마사히사와는 동문이다. 후나오 에이타로는 기독교인이었는지 아닌지는 알 수 없지만, 우에무라와는 면식이 있었다.[35] 또 와세다 대학교 웅변회 소속으로 훗날 대일본육영회 창립자가 되는 나가이 류타로는 당시 중의원이었는데, 그 아내는 우에무라 마사히사가 중핵의 한 사람이었던 일본기독교회의 목사 미우라 도루(三浦徹)의 장녀이다.

그리고 또 한 사람의 중요 인물로 들고 싶은 이가 사카타니 요시로(1863-1941)이다. 『타이완청년』에 기고한 일본인 중에는 대학교 교원과 정치가가 매우 많은데, 이 연결고리를 만든 것이 사카타니, 그리고 그가 부회장을 맡았던 대일본평화협회가 아닐까 생각되기 때문이다. 대일본평화협회는 기독교적 이념을 근간으로 했던 모임이다. 선행연구에 따르

---

35) 고다 로한(幸田露伴) 일가는 아버지대부터 인연이 있어, 로한이 홋카이도(北海道) 요이치(余市)에 부임중 가족 전원이 우에무라에게 세례를 받는 등 가족 전체가 교류했다. 또 후나오 에이타로는 로한과 지극히 친한 친구였던 것을 그 일기를 통해 읽을 수 있다. 『고다로항전집(幸田露伴全集)』 제38권(이와나미 서점, 1979). 로한이 고다마 야요(兒玉八代)와 재혼했을 때는 그 중매인을 후나오가, 결혼식 사회를 우에무라가 맡았다.

면,36) 대일본평화협회는 1906년 3월 14일 도쿄 간다(神田)의 YMCA에서 재일 외국인 선교사를 중심으로 하는 모임에 의해, 널리 일본인을 결집한 모임을 만드는 것이 논의되어 발족된 모임이다. 사카타니 요시로가 이 모임에 가입한 것은 1911년 7월의 일이었다. 같은 해말부터 사카타니는 평화협회 개혁을 지향하여 활동, 1912년 2월에 정식으로 같은 회 부회장이 되었다. 이 모임은 원래 재일 미국인 평화협회 멤버와 일본인 기독교인을 중심으로 한 조직이었지만, 사카타니의 개혁에 의해 정재계 멤버도 가입하여, 기독교인, 아카데미즘, 정계라는 '세 가지 인맥을 가진 조직'37)이 되었다고 한다. 이 대일본평화협회 관계자로 『타이완청년』에 기고하고 있는 사람으로는 가와카미 이사무도 있다.38) 역시 『타이완청년』 창간호에 글을 기고한 나가타 히데지로(永田秀次郎)도 사카타니와 빈번히 서간을 주고받은 것을 볼 때, 사카타니를 통해 『타이완청년』과 관계를 갖고 있었던 게 아닐까 생각된다.

또, 예를 들어 창간호에서 '타이완인을 위한 타이완'이라는 주장을 반복하고 있는 메이지 대학교 교수였던 아키라 이즈미는 홋카이도(北海道)에서 태어나 삿포로(札幌)농업학교를 중퇴하고 도미, 로스앤젤레스 대학교, 스탠포드 대학교, 콜롬비아 대학교에서 공부했으며, 평생 경건한 크리스찬이었다.39) 아베 이소오는 후쿠오카(福岡) 출신으로, 미국, 영국, 독

---

36) 사카구치 미쓰히로(坂口滿宏) 「국제협조형 평화운동-『대일본평화협회』 활동과 그 사적 위치-(國際協調型平和運動-『大日本平和協會』の活動とその史的位置-)」, 『기독교사회문제연구(キリスト教社會問題研究)』 33 도시샤(同志社) 대학교 인문과학연구소 기독교사회문제연구회, 1985.3), pp.115-142.

37) 위의 글「국제협조형 평화운동-『대일본평화협회』 활동과 그 사적 위치-」, p.124.

38) 가와카미 이사무는 '대일본평화협회간사'라는 직함으로 「세계 평화운동의 경과(世界に於ける平和運動の経過)」(2-1, 1921.1), 「국제연맹(國際聯盟)」(2-2, 1921.2) 등의 글을 발표했다.

39) 이즈미 기미코(泉貴美子) 『이즈미 세이치와 함께(泉靖一と共に)』(도쿄 : 후요쇼보(芙蓉書房), 1972).

일 등지에서 유학한 기독교 사회주의자로 알려져 있다.[40] 『타이완청년』
발행 당시, 중의원 의원이었던 다가와 다이키치로는 1896년부터 1897
년까지 타이완의 『타이완신보(台湾新報)』에서 주필을 맡아 훗날 타이완 의
회 설치에도 활발한 활동을 한 인물인데, 역시 기독교인이었다.

그리고 우에무라 마사히사나 사카타니 요시로와 같은 기독교인 네트
워크와 타이완인을 이어준 중심적인 인물이 차이 페이후오이다.[41] 예를
들어 다이쇼 데모크라시 중심인물 중 한 사람인 요시노 사쿠조가 『타이
완청년』에 기고하는 계기는 차이 페이후오와 만나게 되면서인데, 이는
이미 우에무라를 통한 것이었다.[42] 차이 페이후오는 1889년에 타이완
서부의 윤화현(雲化縣)에서 태어나 공학교(公學校)에서 타이완총독부 타이
페이(台北) 국어학교 사범부로 진학, 1910년에 졸업 후 타이난(台南)에서
일본어 교사가 되었다. 1914년에 이타가키 다이스케가 타이완을 방문했
을 때 린 시안탕과 알게 되고, 여기서부터 일본 유학의 길이 열린다. 차
이 페이후오가 우에무라 마사히사와 알게 된 것은 그가 일본유학중인
1917년이었다.

도쿄 후지미초 교회는 차이 페이후오가 일본에서 활동했던 지역에 가
깝고, 지리적 조건이 유리했다. 차이 페이후오의 이념은 『타이완청년』의
잡지 만들기에 짙게 반영되어 있다. 『타이완청년』의 표지에는 매호 로

---

40) 아베 쓰네히사(阿部恒久) 「아베 이소오(阿部磯雄)」 『일본대백과전집(日本大百科全書)』(도
쿄 : 쇼가쿠칸(小學館)).
http://100.yahoo.co.jp/detail/%E5%AE%89%E9%83%A8%E7%A3%AF%E9%9B%84/(2013
년 9월 2일 열람)
41) 이하 차이 페이후오의 경력에 대해서는 주로 장 한유(張漢裕) 주편 『차이 페이후오 전
집(蔡培火全集)1』(타이페이 : 우산리안 타이완 사료 기금회(吳三連台湾史料基金會), 2000.
12)을 참조했다.
42) 앞의 책(『다이쇼기 타이완인의 「일본유학」 연구』), p.294.

마자로 'THE TAI OAN CHHENG LIAN'이라고 쓰여 있는데, 이는 차이가 로마자 타이완어 추진자였던 것과 결코 무관하지 않을 것이다. 그리고 기독교를 통한 일본인과의 네트워크가 『타이완청년』에서 크게 활용되었던 것이다. 혹은 『타이완청년』이 기독교적인, 더 말하면 서양적인 사상을 직접 수용한 자들의 공통 인식을 토대로 가졌다고도 할 수 있을 것이다. 원래 중화문화권 지식인은, 예를 들어 중국의 『신청년(新靑年)』이 보여주듯이, 근대화 과정에서 사회에 대한 강한 사명감을 갖고 있어 국가나 국어, 민족 아이덴티티 형성에 큰 역할을 하고 있다. 『타이완청년』은 그런 중화문화권에 있는 지식인으로서의 사명감에 더해 기독교적인 계몽주의가 기조가 된 것도 지적해 두고자 한다.

### 3-3. 만남의 장으로서의 다카사고 기숙사

대학이라는 장, 그리고 교회를 중심으로 한 기독교인 네트워크, 이들을 타이완인에 강하게 결부시키는 장이 된 것이 타이완인 유학생을 위한 기숙사 '다카사고 기숙사'이다. 다카사고 기숙사와 타이완인 유학생의 관계에 대해서는 이미 지 쉬훵에 의한 뛰어난 선행연구가 있으므로,[43] 여기서는 그것을 참고로 하면서 이 기숙사가 『타이완청년』이라는 잡지에 있어 세 개의 중요한 장이 되어 네트워크를 형성했던 점을 지적해 두고자 한다.

다카사고 기숙사는 일본의 타이완인 유학생을 감독, 감시하기 위해 타이완총독부가 1912년(다이쇼원년)에 동양협회 전문학교(현(現) 다쿠쇼쿠(拓

---

43) 위의 책(『다이쇼기 타이완인의 「일본유학」 연구』), 다카사고 기숙사에 대해서는 주로 제3장(p.126-146)에 자세히 나와 있다.

殖) 대학교) 부지 안(고이시카와구(小石川區) 묘가다니(茗荷谷町) 32)에 건설된 기숙사이다. 『타이완교육연혁지』에 따르면, 메이지말 이후 일본에 유학 온 타이완 학생들이 증가함에 따라 감시감독의 필요성이 있다고 생각했던 타이완총독부는 휴직 중이던 국어학교 교수 이시다 신타로(石田新太郞)를 유학생 감독으로 앉히고, 1907년(메이지40) 5월 31일, 유학생 단체인 다카사고 청년회를 발족시켰다. 도쿄의 유학생에 관해서는 타이완 총독부가 지명한 감독이 동양협회 및 동양학교와 연락을 취하고, 지방 학생은 지방장관과 제휴할 것을 내걸고 있다.[44] 이렇게 다카사고 기숙사는 도쿄의 타이완인 유학생을 일괄적으로 관리하기 위한 기숙사였다. 1915년 건설 당시의 신문기사에 따르면, 자습실, 사무실, 식당, 욕실, 사환실, 침실 등이 있고, 침실은 일본식 방으로 10인실, 식사는 타이완요리가 제공되며 학비는 8엔으로, 당시 도쿄의 일반적인 하숙의 약 반액 정도였다고 한다.[45] 고이시카와의 편리한 교통, 그리고 무엇보다 기숙사비가 싸다는 점 때문에 감시가 심할 관영 기숙사라고 해도 다카사고 기숙사 입실 희망자는 결코 적지 않았다.

이렇게 도쿄의 각 대학교를 다니는 유학생이 여기로 모이고, 또 일본을 찾은―타이완문화협회의 중심적인 인물의 한 사람이었던 린 시안탕이나 이미 사회인이 된 차이 페이후오 등을 포함한―타이완인도 여기에 들렸다. 요시노 사쿠조가 우치가사키 사쿠사부로와 함께 다카사고 기숙사를 방문하여 연설한 적도 있었다.[46] 즉, 다카사고 기숙사는 도쿄

44) 가토 슌조(加藤春城) 『타이완교육연혁지(台湾教育沿革誌)』(타이페이 : 사단법인 타이완교육회(社団法人台湾教育會), 1939.12), pp.72-75.
45) 훵 레이훵(風雷坊) 「타이완학생기숙사(台湾學生寄宿舍)」(『타이완일일신보(台湾日日新報)』 1912.11.29., 일간), 2면.
46) 지 쉬훵 『다이쇼기 타이완인의 「일본유학」 연구』(도쿄 : 류케이쇼샤, 2012.8), p.294.

의 각 대학교에 흩어져 있던 타이완인 유학생이 모이고, 타이완에서 일본으로 향했던 타이완인, 그리고 기독교인 네트워크를 중심으로 한 일본인과의 연결고리를 만들어 주는 장이 되었던 것이다.

다카사고 기숙사는 1921년 7월 말일 이후 1차 폐쇄된다. 이 폐쇄에 대해서는 다양한 소문이 나돌았는데, 기숙사 대표자가 유학생 감독인 나가타 히데지로에게 이유를 확인하니, 앞으로 기숙사 경영을 총독부에서 동양협회 경영사업으로 변경할 것, 기숙사 학생의 자격을 중학교 재학자 이하로 제한할 것, 고토 아사타로(後藤朝太郎) 기숙사장 이하 기숙사 관계자를 총교체할 것 등을 들었다고 한다.[47] 이 일시폐쇄 시기는 바로 『타이완청년』 발행으로부터 1년, 또 타이완문화협회 발족으로부터 8개월 정도 지났을 무렵이었다. 타이완총독부 측은 학생의 사상 문제에 대해서는 직접 언급하고 있지 않지만, 타이완인의 근대사상 수용에 대한 경계는 있었을 것이다. 그 점은 『타이완청년』이 도쿄에서 발행되어 타이완으로 운송될 때, 운송된 후의 경과 등을 통해 드러나게 된다.

## 4. 더블 스탠다드에 노출되는 『타이완청년』
   – 맺음말을 대신하여

이 잡지가 타이완으로 옮겨간 후 커다란 반향을 불러일으킨 것은 당시의 에세이나 당국의 반응을 통해 파악할 수 있다. 시에 춘무(謝春木)는 『타이완청년』의 발간이 '각 방면에 이상(異常)한 센세이션을 일으키고 도

---

47) 「철필여적(鐵筆余瀝)」(『타이완청년』3-2, 1921.8), p.58.

민에게 대단한 환영과 자극을 준 것과 동시에, 중국 남양(南洋) 등 해외
에 이주해 있는 타이완 교포에게 큰 영향을 주었'고 타이페이의 중등학
교 이상의 학생에게 큰 충격을 주어, 시에 본인이 재적해 있던 타이페
이 사범학교에서는 각 실에 『타이완청년』이 배포되어 이를 돌려 읽었다
고 하고 있다.48) 또 그 영향에 비례하여 '관헌의 압박이 1호가 나올 때
마다 가중되기'49) 시작한다. 타이완 도내에서 발행되던 신문 『타이완일
일신보』에도 1920년 8월에 『타이완청년』의 창간에 관한 기사를 볼 수
있고,50) 또 창간 후 4개월이 지난 같은 해 12월에는 당시의 타이완총독
덴 겐지로가 『타이완청년』에 대해 「본도에 백해무익」하다고 비판하는
기사가 신문에 게재되는 것이다.51) 이중에서 덴 겐지로는 동지(同誌)의
논조가 '과격하게 흘러 공론에 그치기 쉽고, 타이완 당국의 시설에 대해
서도 막연하게 논평의 붓을 잡아 시정의 근본방침을 논의하는 등, 그
목적을 그르치고 있으며, 자기가 앞으로 더 면학(勉學) 연찬(研鑽)해야 할
학생의 신분임을 잊고 공연히 공론을 즐기는 풍이 있으니, 이것을 타이
완에 있는 청년에게 읽히는 일은 백해무익'하다고 하고 있다. 그 비판은
학생들이 타이완에 전하려고 한 사상에 대한 것이기도 했다.

　덴 겐지로의 이 담화 이후 타이완총독부의 감시는 더욱 심해져 갔다.
복자(伏字), 삭제 등도 늘어나 제2권 제3호 등, 잡지 그 자체가 발매금지
되는 일도 있었다. 또 『타이완』으로 개제되기 전 『타이완청년』 마지막
호인 제4권 제2호(1922년 2월 15일 발행)에서는 세 개의 글이 게재가 금지

---

48) 시에 춘무 『타이완인의 요구』(타이페이 : 타이완신민보사, 1931), pp.9-10.
49) 위의 책(『타이완인의 요구』), pp.9-10.
50) 「신간소개 타이완청년(창간호)」,(『타이완일일신보(台湾日日新報)』 1920.8.1, 일간), 3면.
51) 「유학생 기관지 「타이완청년」은 본도에 백해무익(留學生の機關紙「台湾青年」は本島に百害
　　あつて一利無し)」,(『타이완일일신보』 1921.12.8. 일간), 7면.

되었는데,[52] 이를 통해서도 타이완총독부가 신경을 곤두세우고 있었던 것을 알 수 있다.

타이완에서 잡지 검열은 1900년(메이지33) 1월에 시행된 타이완신문지조례, 그리고 1917년(다이쇼6) 12월에 시행된 타이완신문지령에 의해 이루어져 왔다. 『타이완청년』의 검열도 이 타이완신문령에 의한 것으로, 선행연구에 따르면 타이완에서 시행되었던 이 법률들은 일본의 신문지법에 비해 '훨씬 엄격한 것이었다'[53]고 한다.

앞에서도 썼듯이 이 잡지는 창간 때부터 정간(停刊)될 때까지 전반은 '화문지부(和文之部)', 후반은 '한문지부(漢文之部)'라는 2부 구성으로 되어 있어, 일본인의 글 대부분이 한어로 번역되어 '한문지부'에 게재됨으로써 일본어를 이해할 수 없는 타이완인도 이해할 수 있도록 되어 있다. 즉, 도쿄에서 발행했지만 기본적으로는 타이완인을 위해 발행된 잡지였던 것이다. 타이완신문령에는 이와 같이 타이완 본도 이외의 곳에서 발행하는 잡지매체에 대해 규정한 것이 있다.

제16조 타이완 총독은 본도 외에서 발행하는 신문지에 주로 본도 이외의 곳에서 발매 분포되는 것을 목적으로 한다고 인정되는 것은 이를 고지한다.
타이완 총독은 단속상 필요하다고 인정될 때는 전항의 규정에 의해 허가를 받는 중개인의 중개에 관련된 것, 이입 또는 유입을 금지할 수 있다.[54]

---

52) 게재금지가 된 것은 우 산리안(吳三連) 「술전매에 대한 사견(酒專賣に對する私見)」, 장 핀산(張聘三) 「언론자유의 비판(言論自由の批判)」, 쳉 쉬에링(鄭雪嶺) 「유학생 대우 개선을 요구한다(留學生待遇の改善を求む)」의 세 편.
53) 가와하라 이사오(河原功) 『농락당한 타이완문학 검열과 저항의 계보(翻弄された台湾文學 檢閱と抵抗の系譜)』(도쿄 : 겐분(研文)출판, 2009.6), p.233.
54) 스즈키 세이치로(鈴木清一郎) 『타이완출판관계법령석의(台湾出版關係法令釋義)』(타이페이 :

이는 『타이완청년』 이전부터 도쿄에서 발행된 타이완 지역을 대상으로 하는 잡지 — 예를 들어 『신타이완(新台湾)』, 『타이완팟쿠(台湾バック)』, 『타이완경제신보(台湾経済新報)』, 『콜로니(コロニ一)』 등55) — 가 있었기 때문이다. 이런 잡지는 상술한 타이완신문령 제16조의 규정에 의해 타이완 도내에 중개인을 설치할 필요가 있었고, 또 발행판매하기 전에 모든 기관에 납본해야 했다. 도내에서 발행한 경우는 '총독부에 2부, 소할청 및 지방법원과 검찰국 등등 각 1부씩'56) 납본을 해야 했는데, 발행 전 납본은 설사 도쿄에서 발행하는 잡지라 해도 마찬가지였다. 차이 페이후오의 글에 따르면,57) 먼저 일본국내에서 중개소에 잡지를 보내 일본 내무성에서 검열을 받고 통과한 후, 이 잡지를 다시 타이완 쪽에 납본하고 검열을 받아야 했다. 차이 페이후오는 『타이완청년』의 경우, 일본 내무성에서 검열을 받고 타이완에서도 검열을 받았던 것에 대해 서술하고 있다. 그리고 1921년 9월 15일에 발행된 제1권 제3호 이후, 일본 내무성에서 검열을 통과해도 타이완에서는 '그 전부를 불가하다고 판단하여 발매금지'되었다고 한다. 이 때문에 그 후에는 타이완에서 발행에 문제가 없도록 도쿄 타이완 총독부 출장소 담당자와 협의하여, 일단 이 출장소에서 검열을 받고 권고나 주의를 받은 후에 타이완으로 송본했다고 하고 있다. 그러나 실제로는 타이완으로 보낸 후, 역시 검열을 통해 삭

---

제, 복자와 같은 지도가 이루어지고 있다. 일본내무성의 검열, 또 도쿄 타이완 총독부 출장소의 검열, 타이완 도내의 검열, 이렇게 각 단계의 검열에 노출되어 있었던 것이다.

『타이완청년』의 수난은 이게 다가 아니다. 잡지를 판매하려면 타이완 총독부가 설정한 중개인의 인감 날인이 필요했다. 『타이완청년』의 중개소 및 중개인은 '타이페이주(台北州) 타이페이시(台北市) 멍시아(艋舺) 다추어 커우가(大厝口街) 43번호'의 '쉬 칭시앙(徐慶祥)씨'이고, 그 설치는 창간호부터 2개월이 지나고 나서의 일이었다.[58] 이로 인해 『타이완청년』은 당초 중개인의 날인 없이 판매되고 있었다고 하여 이 잡지를 소유한 독자에게까지 경찰의 손이 미쳤다.[59]

타이완 총독부의 이런 움직임은 『타이완청년』의 모체인 신민회 멤버를 중심으로 하여 1921년 10월에 도내에서 타이완문화협회가 발족한 것과도 관련되어 있을 것이다. '타이완문화의 발달을 조장'하는 것을 목적으로 하여 발족한 이 협회는 타이완 도내 항일 운동의 중심적인 존재임과 동시에, 일본을 통해 민주사회주의나 공산주의, 무정부주의, 마르크스주의 같은 사상을 수용하고 실천하는 단체이기도 했다.

그 기관지격인 『타이완청년』은 당시 동아시아의 지적 네트워크의 중심적인 장이었던 도쿄에서 발행되게 된다. 이 잡지는 타이완 도내에 타이완 지식인의 각성을 알리는 것이며, 또한 단순히 민족주의뿐만 아니라 많은 사상의 맹아를 가져온 것이기도 했다. 신민회에서 타이완문화협회로 발전하고, 또 거기에 수반하여 발행된 잡지 『타이완청년』은 일

58) 「사고(社告)」(『타이완청년』1-3, 1920.9.15), 페이지 없음.
59) 「타이완당국 및 내지 지식인사에게 호소한다(台湾当局並に內台知識人士に訴ふ)」(『타이완청년』1-3, 1920.9.15), 페이지 없음.

본제국의 여러 식민지 중에서도 일찍이 제국에 편입되었지만 그로 인해
사상의 유입이 늦었던 타이완이 단숨에 근대화해 가는 양상을 보여준다
고 할 수 있다.

❂ 번역 : 채숙향

‖ 엄 인 경 ‖

# 한반도의 일본 전통시가 잡지의 유통과 일본어 문학의 영역

단카(短歌)·하이쿠(俳句)·센류(川柳) 잡지의 통시적 전개

## 1. 들어가며

한반도의 '일본어 문학'이라고 하면, 지금까지 한국 학계에서는 한국 인 작가에 의한 일본어 문학을 대상으로 '친일문학', '이중언어문학'이 라는 관점에서 주로 연구되어 왔다. 재조선일본인(이하, 재조일본인)에 의 한 일본어 문학도 최근 20년 정도 '외지 문학', '식민지 일본어 문학'이 라는 틀에서 연구되고 있다.[1] 그러나 지금까지 이 분야의 연구는 대표 적 작가나 소설이라는 메이저 장르에 중점이 놓였고, '식민지 일본어 문 학'은 그 전모가 다 밝혀졌다고는 아직 말하기 어렵다.

재조일본인의 생활이나 정서를 드러낸 문학·문화에 관한 문헌[2]을

---

1) 神谷忠孝·木村一信編 『<外地>日本語文學論』(世界思想社, 2007).
2) 조선의 개항으로부터 1945년에 이르기까지 재조일본인들이 한반도에서 간행한 일본어 문헌은 현시점에서 15,000여건의 현존본이 확인되고 있다. 고려대학교 일본연구센터 토 대연구사업단 『한반도·만주의 일본어문헌(1868-1945) 목록집(전13권)』(도서출판 문,

살펴보면, 한반도의 '일본어 문학'은 하이쿠(俳句)나 단카(短歌), 센류(川柳) 등의 일본 전통적인 단시(短詩) 장르가 가장 활발하게, 그리고 지속적으로 대량 창작되었던 것을 알 수 있다.3) 이러한 일본 단시형 전통시가 장르를 집중적으로 살펴보면 1900년대 초기라는 비교적 이른 시기부터 한반도 각지에서 문학결사나 조직을 기반으로 한 다양한 형태의 문학적 활동을 보인 것을 알 수 있다.4) 그리고 1920년대에는 수많은 단카, 하이쿠, 센류 작품집이나 문학 전문잡지가 잇따라 창간되는 등, 1940년대 의 『국민문학(國民文學)』을 제외하면 식민지 조선에서 활약하던 문인들에 의한 식민지 일본어 문단은, 이 단시형 장르 전문잡지에 의해 명맥이 유지되었던 것이 확인된다. 이러한 흐름은 재조일본인에 의한 독자적 문단은 없었다거나, 혹은 그들의 문학 활동이 미미한 것이었다는 종래 의 견해5)와는 배치된다.

이하 이 글에서는 식민지 조선에서 양·규모 면에서 큰 흐름을 이루

---

2011).

3) 엄인경 「20세기초 재조일본인의 문학결사와 일본 전통운문작품 연구-일본어잡지 『조선지실업(朝鮮之實業)』(1905~07)의 <문원(文苑)>을 중심으로-」(『日本語文學』 第55輯, 일본어문학회, 2011).

4) 관련된 선행연구로서는 허석 「明治時代 韓國移住 日本人의 文學結社와 그 特性에 關한 調査研究」(『일본어문학』 3호, 한국일본어문학회, 1997), 나카네 다카유키(中根隆行) 「조선 시가(朝鮮詠)의 하이쿠 권역(俳域)」(『日本研究』 第16輯, 고려대학교 일본학연구센터, 2011), 엄인경 위의 글(「20세기초 재조일본인의 문학결사와 일본 전통운문작품 연구-일본어 잡지 『조선지실업(朝鮮之實業)』(1905~07)의 <문원(文苑)>을 중심으로-」), 「식민지 조선의 일본 고전시가 장르와 조선인 작가-단카(短歌)·하이쿠(俳句)·센류(川柳)를 중심으로-」(『民族文化論叢』 53輯, 嶺南大學校民族文化研究所 2013) 등이 있다.

5) 한국의 '식민지 문학' 연구를 대표하는 윤대석도 '조선 문인협회가 창립되기 전까지 식민지 조선에서 일본인의 문학 활동은 상당히 미미했다', '1939년까지는 조선에 거주하는 일본인에게는 독자적인 문단이 존재하지 않았을 뿐만 아니라, 근대적 의미에서의 문학활동 자체가 존재하지 않았다', '조선에서의 문학 활동과 일본에서의 문학 활동은 완전히 분리되어 있었다'고 말한다. 윤대석 「1940년대 전반기의 조선 거주 일본인 작가의 의식구조에 관한 연구」(『현대소설연구』 17집, 한국현대소설학회, 2002), pp.185-186.

었던 한반도 간행된 일본 전통시가 장르의 전문잡지가, 식민지 문단에
서 어떠한 동향을 보이고, 어떠한 역할을 했는지, 또한 한반도 내, 혹은
'내지' 일본문단과 어떠한 관련을 하고 있었는지, 그리고 이 잡지나 장
르는 어떠한 의미를 지니고 있는지 등을 통시적으로 고찰하고자 한다.
이를 통해 한반도에서 영위된 '일본어 문학'의 전체상을 규명함과 동시
에 '식민지 일본어 문학', '식민지 일본어 문학자'의 전체상으로 연결
짓고자 한다.

## 2. 한반도의 일본 전통시가 전문 잡지

이 글에서는 일제강점기 한반도에서 간행된 일본 단시형 장르의 전문
잡지 현존본을 고찰의 대상으로 삼는다. 한반도에서 일본의 고전시가
장르가 문단을 형성하여 본격적으로 가집(歌集)이나 구집(句集)과 같은 단
행본 혹은 전문잡지를 간행하기 이전에는, 주로 일본어잡지나 신문 등
의 미디어 내 문예란(文芸欄)에 단카나 하이쿠, 센류가 발표되었다. 예를
들면 『한국교통회지(韓國交通會誌)』(韓國交通會, 경성, 1902~03, 전5권), 『한반도
(韓半島)』(韓半島社, 경성, 1903~06, 전5권), 『조선평론(朝鮮評論)』(朝鮮評論社, 부산,
1904, 전2호), 『조선지실업(朝鮮之實業)』(朝鮮實業協會, 부산, 1905~07, 전30호), 『만
한지실업(滿韓之實業)』(滿韓實業協會, 부산/경성, 1908~14, 31~100호), 『조선(朝鮮)』
(日韓書房/朝鮮雜誌社, 1908~11, 전46호), 『조선과 만주(朝鮮及滿州)』(朝鮮及滿州社,
경성, 1912~41, 47~398호), 『조선공론(朝鮮公論)』(朝鮮公論社, 경성, 1913~44, 전
380호)과 같은 종합 잡지류나 『경성일보(京城日報)』, 『조선신보(朝鮮新報)』 등
의 일간지에는 문예란이 거의 상설되어 있었으며, 문예란이 정확히 없

는 경우라도 단카나 하이쿠는 계속 게재되었다.

이처럼 문학결사나 주요 미디어를 기본으로 한 소규모 활동은 이윽고 1920년대 초기부터 경성을 중심으로 한 한반도 각지의 장르별 전문잡지 발행으로 이어졌다. 아래 표에서 볼 수 있는 것처럼 일제강점기 한반도에서 간행된 것 중에 타이틀이 확인된 단카잡지, 하이쿠잡지, 센류잡지는 30종 이상 존재했고, 이 중 현존본이 남아 있는 것은 10종 이상이다. 이러한 활동의 흔적이 남아 있음에도 불구하고 일본 전통시가 전문잡지 및 유파, 그 활동의 내용과 주의주장 등에 관해서는 지금까지 세밀하게 연구되지 못하였다.

| 일제강점기 한반도의 단카잡지(7種) |
|---|
| 『포토나무(ポトナム)』(1922년 창간), 『진인(眞人)』(1923년 창간), 『히사키(久木)』(1928년 창간?~1932년), 『시라기누(新羅野)』(1929년 2월 창간~1934년 1월[5주년 기념 가집], 『가림(歌林)』(1934년), 『아침(朝)』(1940년), 『국민시가(國民詩歌)』(1941년 9월 창간~1942년 11월) |
| **일제강점기 한반도의 하이쿠잡지(17種)** |
| 경성 『황죠(黃鳥)』, 『장고(長鼓)』, 『오치쓰보(落壺)』(1926년 창간~1935년 12월[제208호]), 『아오쓰보(青壺)』, 『풀씨(草の實)』, 『관(冠)』, 『직박구리(鵯)』(1925~6년경), 『장승(長栍)』, 『미즈키누타(水砧)』(1941년 7월~1942년?, 조선하이쿠작가협회) |
| 신의주 『압록강(アリナレ)』, 평양 『유한(有閑)』, 대구 『가쓰기(かつぎ)』, 부산 『까치(鵲)』, 원산 『산포도(山葡萄)』, 대전 『호남음사구집(湖南吟社句集)』, 광주 『딸기(いちご)』, 목포 『가리타고(カリタゴ)』 |
| **일제강점기 한반도의 센류잡지(8種)** |
| 경성(인천) 『센류기누타(川柳砧)』(1916년 창간?, 1926년 10주년기념호, 1927년 1월[54호]확인), 『남대문(南大門)』(1920년 10월~1921년 12월[8호로 종간]), 『신선로(神仙爐)』(1922년 9월[5호로 휴간]), 『계림센류(鷄林川柳)』(1922년 10월~12월[3호로 종간], 『메야나기(芽やなぎ)』(1923년 4월~1924년 3월[9호로 종간]), 『센류삼매(川柳三昧)』(1927년 4월 창간~1930년 12월[46호]확인) |
| 평양 『센류쓰즈미(川柳鼓)』(1925년 6월 창간~1929년 4월[46호로 종간]) |
| 겸이포 『하나카쓰라(華かつら)』(1929년 5월 이후) |

이 표에 드러나듯이 1920년대 초부터 단카, 하이쿠, 센류 문학결사는

장르별 문단을 형성하면서 전문잡지를 본격적으로 간행하기 시작했던 것을 알 수 있다. 그리고 이러한 단카잡지, 하이쿠잡지, 센류잡지를 발행했던 문학결사나 구성원들은 1920년대부터 1940년대 전반까지 걸쳐 가집 22권, 하이쿠집 13권, 센류구집 2권[6] 이상을 한반도에서 간행했거나 혹은 그 책들과 긴밀히 관련을 가졌던 것도 확실하다.

이하에서는 통시적 전개를 염두에 두면서 한반도에서 간행된 단카잡지, 하이쿠잡지, 센류잡지의 특징 등에 관하여 검토하고자 한다.


## 3. 한반도 단카 잡지의 성장

1920년 이전의 한반도 가단(歌壇, 단카 문단)에는 단카잡지나 단카계의 지도자격 가인(歌人)이 아직 크게 두각을 드러내지 않았고, 신문이나 종합잡지의 문예란에 발표되는 모집 작품에는 무명 재조일본인이나 '내지' 일본인들의 작품이 주를 이루었다. 그러던 중 1920년대 초반 무렵 『미즈가메(水甕)』[7]에서 활동한 호소이 교타이(細井魚袋)[8]나 고이즈미 도조(小泉苳三)[9]와 같은 30대의 젊은 유력 가인들이 조선으로 건너와 한반도

---

6) 정병호・엄인경 「한반도에서 간행된 일본 전통시가 문헌의 조사연구-단카(短歌)・하이쿠(俳句) 관련 일본어 문학잡지 및 작품집을 중심으로-」(『日本學報』 94輯, 韓國日本學會, 2013), 엄인경 「한반도에서 간행된 일본 고전시가 센류(川柳)문헌의 조사연구」(『東亞人文學』 24輯, 東亞人文學會, 2013) 등의 조사연구가 있다.

7) 1914년 4월, 오노에 사이슈 주재로 창간된 단카잡지. 온화하고 이지적인 가풍을 특징으로 하며 수많은 동인들에 의해 지지되었으며 2013년에는 창설 100주년을 맞았다. 『미즈가메(水甕)』 웹사이트 http://members3.jcom.home.ne.jp/mizugame100/

8) 호소이 교타이(細井魚袋, 1889~1962) 본명은 고노스케(子之助). 지바현(千葉縣) 출신. 『미즈가메(水甕)』 시절에 오노에 사이슈에게 사사하였고, 1921~1924년에 경성에서 『진인』을 발행하였으며 일본으로 귀국한 후에도 이 잡지에 진력하였다. 大島史洋外編 『現代短歌大事典』(三省堂 2000), p.535.

가단은 활기를 띠기 시작한다.

1921년에 조선으로 건너온 호소이 교타이가 이치야마 모리오(市山盛雄)와 의기투합하여 1923년 7월에 경성에서 창간한 것이 단카잡지 『진인(眞人)』이다. '진인'은 호소이에 의해 지어진 잡지명이며, 그는 '한반도 가단의 개척자'10)로 일컬어졌다. 종전 후에도 『진인』은 도쿄(東京)에서 계속 간행되었으며, '외지'의 경성에서 창간된 『진인』은 '내지' 일본의 단카잡지가 되어 1962년 8월 통권 389호로 종간할 때까지 수많은 '진인사(眞人社)' 동인들에 의해 유지된 장수 잡지였다. 같은 해 11월 호소이 교타이가 타계하고 진인사 동인이던 가타야마 에미코(片山惠美子) 등이 1964년에 단카잡지 『채광(彩光)』을 간행하여 오늘날에 이르고 있다.

[그림 1]은 『진인』 창간 10주년(1933년) 기념호에 실린 '반도가단 계통도'11)이다. 여기에는 『시라기누(新羅野)』, 『히사키(久木)』라는 계통도 보이며 1930년대 초기 한반도에 이미 네 계통의 단카잡지가 단카 창작의 주요한 무대로서 성립되어 있던 것을 알 수 있다.

9) 고이즈미 도조(小泉苳三, 1894~1956). 요코하마(横浜) 출신으로 1914년부터 『미즈가메』 동인이 되었고 1922년 잡지 『포토나무(ポトナム)』를 창간했다. 현실적인 신서정주의의 단카를 주창함과 동시에 근대 단카의 연구자로서도 활동하였고, 리쓰메이칸대학(立命館大學)과 베이징사범대학(北京師範大學)의 교수를 겸하였다. 大島史洋外編, 앞의 책(『現代短歌大事典』), pp.225-226.

10) 이치야마 모리오(市山盛雄, 1897~?). 야마구치현(山口縣) 출신. 노다장유(野田醬油, 지금의 깃코만(キッコーマン)) 조선출장소 소장, 인천 공장장을 역임하였으며(井村一夫 「眞人歌人抄錄―市山盛雄氏―」 『眞人』 第九卷第一号, 眞人社, 1933, p.23), 1973년까지 집필활동이 확인된다. 이치야마가 단카 창작을 시작한 것은 1922년 입원했을 때로, 그 직후에 『옅은 그림자(淡き影)』라는 개인 가집을 출판했다. 그밖에도 『회향의 꽃(茴香の花)』, 『한향(韓鄕)』 등의 가집이 있었는데, 특히 『한향』에 관해서는 그 비평이 『진인』 제9권 제11호의 특집으로 기획될 만큼 반향이 컸다. 「조선 민요의 연구(朝鮮民謠の研究)」, 「조선의 자연(朝鮮の自然)」, 「전국 가단 일람표 제작(全國歌壇一覽表の作製)」 등의 특집을 기획편집하였고, 「조선 가요의 전개(朝鮮歌謠の展開)」나 「단카 조선지방색어 해주(短歌朝鮮地方色語解註)」 등을 연재하여 조선의 대표가인으로서 활약했다.

11) 相川熊雄 「半島歌壇と眞人の展望」(『眞人』 第10卷第7号 1932), p.13.

'기후, 풍토, 민속 등에서 내지와 완전히 취향을 달리하는 반도의 자연이, 진정으로 예술화되고 내지에 소개되는 일은 거의 볼 수조차 없었'던 1920년대 전반의 한반도 가단에 '단카전문연구잡지(短歌專門硏究誌)'로서 '조선 가단을 대표'[12]하는 것이 바로 『진인』의 초기 사명이었다. 그후 『진인』의 영향력은 한반도 전역에 확대되고 경성 외에도 원산, 인천, 함흥, 평양, 진남포, 대구, 부산, 마산 등에 지사가 설립되었으며, 또한 '내지' 일본에는 도쿄 외에도 고치(高知), 후쿠오카(福岡), 오사카(大阪), 오카야

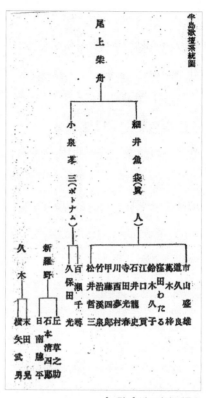

[그림 1] 반도가단 계통도

마(岡山), 나가노(長野), 교토(京都), 구마모토(熊本)에 지사가 생겼다.

　로댕의 조각을 표지 그림으로 넣은 『진인』의 창간호(유감스럽게 창간호의 현존본은 확인되지 않는다)는 한반도는 물론 일본 '중앙' 문단에도 큰 반향을 불러일으켰다.[13] 1923년 관동대지진(關東大震災)으로 도쿄의 인쇄계가 타격을 받았던 시기에 조선에서 발행된 『진인』은 내용과 인쇄 두 측면에서 '중앙' 문단을 놀라게 할 정도의 내실을 갖추고 있었던 것으로

---

12)　御園紫雲「眞人の使命」(『眞人』第2卷第1号　1924), pp.22-24.
13)　相川熊雄, 앞의 글(「半島歌壇と眞人の展望」), pp.15-17.

보인다. 이러한 점은 『진인』 동인들에게 '반도에 있어서 와카의 신경지를 개척'하고 '이를 중앙에 소개할 책무'를 자부하며 '계림반도를 개척'14)하려는 사명으로 자각되고 있었다.

『진인』 창간에 가장 큰 공로자 이하의 세 사람은 모두 조선 가단의 중추적 역할을 담당한 인물이었다. 우선 오노에 사이슈(尾上柴舟)15)는 『경성일보(京城日報)』 가단의 선자 역을 맡고 있었으며, '조선에 뼈를 묻을지언정 반도 가단을 진흥시키지 못한다면 떠나지 않겠다'16)고까지 결의를 보인 호소이는 『조선신문(朝鮮新聞)』, 『조선공론(朝鮮公論)』, 『부산일보(釜山日報)』, 『원산매일신문(元山每日新聞)』 가단의 선자였다. 선자는 수많은 모집 단카 중에서 지상에 게재되는 제한된 단카를 선별하는 사람이므로 해당 문단의 최고 권위자로 인정되는 사람이 맡을 수 있는 것이었다. 『진인』 출판에 가장 힘을 쏟은 대들보로 평가받은17) 이치야마 역시 『조선신문(朝鮮新聞)』, 『조만(朝滿)』, 『금융조합(金融組合)』 가단의 선자를 담당하고 있었다. 즉 『진인』은 주요 매체의 단카 선자들에 의해 창간된 단카잡지라는 점에서 조선가단을 대표하는 장이었다고 해도 과언이 아닐 것이다.

또한 『진인』은 동인의 단카 창작과 신(新)회원 육성을 중시하였다. [그림 2]18)는 1923년 7월 창간으로부터 10년간 『진인』 잡지의 페이지 수

---

14) 田村積山「眞人が鷄林半島を開拓したる足跡」(『眞人』第2卷第1号 1924), pp.25-28.

15) 오노에 사이슈(尾上柴舟, 1876~1957). 본명은 하치로(八朗), 오카야마현(岡山縣) 출신. 도쿄제국대학 국문학과 졸업. 「아사카샤(あさ香社)」에 참가하여 1900년대 초부터 낭만파 잡지 『명성(明星)』에 대항하는 서경가를 주창하였고, 1910년 「단카멸망 사론(短歌滅亡私論)」이라는 가론이 반향을 불러일으켰다. 낭만성보다는 일상성, 현실성을 중시하는 사색적 가풍으로 이행하여 『고요한 밤(靜夜)』, 『낮 긴 봄날(永日)』 등 많은 가집과 시집을 간행하는 한편, 고전과 가학(歌學)에도 연구성과가 많다. 大島史洋外編, 앞의 책(『現代短歌大事典』), pp.119~120.

16) 相川熊雄, 앞의 글(「半島歌壇と眞人の展望」), p.16.

17) 井村一夫, 앞의 글(「眞人歌人抄錄—市山盛雄氏一」), pp.22-23.

18) 中園與一郎「眞人拾卷勢一覽表」(『眞人』第10卷第7号 1932), pp.124~127.

와 단카 수, 가인과 일인당 평균 단카 수, 표지 그림 ─『진인』 전반기
표지 그림에는 아사카와 노리타카(淺川伯敎)19)의 백자 그림이 많다 ─ 과
편집자 등을 정리한 것이다.

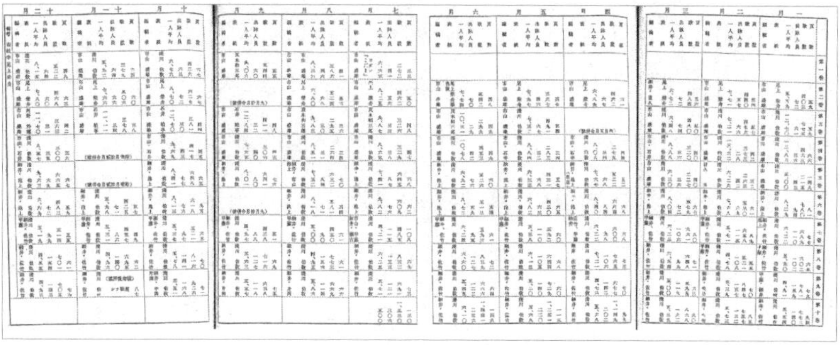

[그림 2] 『진인』 창간부터 10년간의 통계

여기에서는 창간 당시 33쪽에 불과했던 잡지가 100쪽을 초과하고, 가
인수도 50명 정도였던 것이 300명에 이르렀으며, 단카 수도 300수 정도
에서 시작하여 1,500수까지 증가하는 등, 창간 후 10년 동안 대형 단카
잡지로 성장한 『진인』의 과정을 볼 수 있다.

단카 잡지의 편집자에 관해서 살펴보면, 당초 5년간은 이치야마 모리
오가 담당했지만 1928년부터는 호소이와 사타케 히데오(佐竹秀夫)로 바뀌
었다. 이것은 『진인』 간행이 경성진인사에서 도쿄진인사로 그 중심축이
옮겨졌음을 의미한다. 1930년대에 들어서도 『진인』은 여전히 풍부한 내
용과 많은 동인을 유지하고 있었으나, 이윽고 이치야마도 도쿄로 전근

---

19) 아사카와 노리타카(淺川伯敎, 1884~1964). 조각가이자 미술가, '조선 자기의 신(朝鮮磁
器の神樣)'이라 일컬어진 도자기 연구가이다. 1924년에 동생인 아사카와 다쿠미(淺川
巧), 야나기 무네요시(柳宗悅)와 함께 조선민속미술관을 설립하고 1920년대부터 1940년
대까지 한반도에서 간행된 문학 잡지의 표지그림을 많이 그렸다.

을 가게 되고『진인』의 중핵이던 두 사람이 모두 도쿄를 기반으로 하게
되면서 발행과 인쇄 등의 모든 업무가 도쿄로 이전되어 간다.

이 변화로『진인』초창기부터 주요 선자 중 한 명으로 활약하면서 단
카 창작뿐 아니라 가론(歌論)이나 문예연구와 관련된 글을 쓰던 미치히사
료(道久良)가「조선의 노래(朝鮮の歌)」20)라는 글과 더불어 한반도 가단에서
창작된 단카를 도쿄진인사로 보내는 형태를 취하게 되었다. 그리고
1940년대 이후 전쟁이 격화되면서 잡지의 볼륨도 급감함에 따라『진
인』상에서 한반도 가단의 자취는 옅어진다. 이렇게『진인』이 '내지'의
단카잡지로 변모한 것과 맞물려, 이후 미치히사는 경성에서 단카잡지
『아침(朝)』(1940년의 한 호밖에 현존본이 확인되지 않는다)과 이후『국민시가(國
民詩歌)』(1941년 9월 창간)를 주재하게 된다.

한편『포토나무(ポトナム)』—'포토나무'는 백양(白楊)을 의미하는 한국어
'버드나무'에서 왔다—는 1922년 고이즈미 도조(小泉苳三)와 모모세 지히
로(百瀬千尋)에 의해 경성에서 창간되었고, 2012년에『포토나무』90주년
1000호 기념호가 간행되는 등 지금까지도 도쿄에서 간행되는 단카잡지
이다. 아직 경성에서의 창간 사정에 대해서는 연구의 여지가 남아 있지
만, 우선『포토나무』와『진인』의 공통점으로서『미즈가메』를 주재한 오
노에 사이슈의 영향을 크게 받았다는 점, 그리고 1920년대 한반도 가단
의 주역이었다는 점, 또한 '내지' 일본으로 진출하여 유력 단카잡지로서
성장했다는 점 등을 들 수 있다.

그런데 1930년대에는 앞서 [그림 1]의 계통도에는 드러나지 않은 계

---

20) 미치히사는 조선을 사랑하고 조선에 뼈를 묻을 각오가 되어서야 비로소 조선의 맛을
담아낸 단카가 태어난다고 주장했다. 1930년대 후반부터 1940년대에 걸친 한반도 가단
의 책임자적 입장을 천명하고 있다. 道久良「朝鮮の歌」(『眞人』第15卷第2号 1939), pp.31-
33.

통으로서 1934년에 조선신단카협회(朝鮮新短歌協會)의 기관지인 『가림(歌林)』 이라는 이채로운 단카잡지가 경성에 등장한다.[21] 조선신단카협회는 그 「선언(宣言)」에서 '동양 예술의 전통을 올바로 계승'하고 '신단카를 수립' 할 것을 천명하고 있는데, 이 유파는 1927년 일본에서 신단카협회가 설 립되어 자유율 구어(口語)단카를 주창했던 모더니즘 단카와 프롤레타리아 단카를 포함한 신흥단카운동과의 관련[22]이 있을 것으로 짐작된다. 『가 림』에 게재된 단카는 외재율(外在律) 자체에 상당히 파격이 인정되고, 사 어화(死語化)된 고어를 배격하며, 현대 구어를 사용해야 한다는 당위성을 강력히 표명하고 있다.[23] 20명 정도의 동인 외에도 김정록(金正祿)이라는 조선인 가인을 포함한 22명의 신인 작품들이 열거되어 있어 무시할 수 없는 세력을 형성했던 것으로 보인다. 『가림』에 단카를 실은 가인들의 이름은 『진인』에서 볼 수 없는 점으로 미루어 조선신단카협회는 한반도 에서 독자적인 길을 걸었던 단카 계열이었던 듯하다.

이상 당시의 단카잡지 현존본을 통해 1920년부터 1930년에 걸친 한 반도의 단카계 동향을 추적해 보았다. 여기에서 우선 1920년대 초기에 탄생한 '반도 가단'이 일본의 '중앙 가단'과의 연계를 유지하면서 세력 을 확대하고, 점차 '내지' 일본이 유력 단카 잡지로 성장해가는 상황을 파악할 수 있다. 그리고 1930년대 전반에는 『진인』, 『포토나무』, 『히 사키』, 『시라기누』 네 유파가 각각 단카잡지를 간행하며 경합했고, 또 한 이와는 따로 구어자유율을 실천한 신단카 조직의 특이한 단카잡지

21) 표지의 「선언(宣言)」에 '『가림(歌林)』 결성, 진지한 정진의 반년을 보냈다'라고 기록되 어 있으며 또한 「작품검토(作品檢討)」(pp.18~19)에 『가림』2, 3, 4집이라는 기술이 보인 다. 小西善三編 『歌林』第2卷第1号(朝鮮新短歌協會 1934).
22) 大島史洋外編, 앞의 책『現代短歌大事典』, p.228, p.320, p.321, p.323 참조.
23) 岩下靑史 「短歌用語の問題」, 앞의 책(『歌林』第2卷第1号), pp.8-10.

『가림』도 존재하는 등, 상당한 다채로움을 갖추고 있었던 것도 확인할 수 있었다. 또한 이 단카잡지에는 한반도 단카잡지를 주도한 가인들에 의해 대량의 가집들이 한반도에서 출판된 것도 그 배경이나 계기 등이 잘 반영되어 있다. 따라서 『진인』을 비롯한 한반도에서 간행된 단카잡지에 관한 종합적인 연구는, 한반도에서 영위된 단카와 한반도 가단의 실태파악은 물론이려니와, '반도'와 '내지' 가단의 연계 '반도'와 '내지' 근대문학론과 고전 및 와카(和歌)의 의미 등 '일본어 문학'을 관통하는 연구가 될 것이다.

## 4. 센류와 조선민속학의 접점

20세기에 들어 일본 근대 센류는 사카이 구라키(阪井久良伎)[24]와 이노우에 겐카보(井上劍花坊)[25]에 의해 중흥을 이루었고, 취미와 오락성에서 발전, 변화하여 신(新)센류로서 다시 태어났다. 메이지(明治) 시대의 센류 유행은 1910년 이후가 되면서 즉시 '외지'로도 파급되었고, 대중성과 풍

---

24) 사카이 구라키(阪井久良伎, 1869~1945). 센류 혁신운동을 편 센류 작가로 10개 이상의 필명으로 활동하며 한시, 와카(和歌), 수필 창작에도 노력했다. 신문 『일본(日本)』의 센류단(川柳壇) 선자(選者)를 역임하고 1910년대까지 『사자머리(獅子頭)』, 『센류문학(川柳文學)』 등의 센류잡지를 주재하고 센류연구가와 신인작가를 배출했다. 東野大八著, 田辺聖子監修 編 『川柳の群像─明治・大正・昭和の川柳作家一○○人─』(集英社, 2004), pp.169-171.

25) 이노우에 겐카보(井上劍花坊, 1870~1934). 야마구치현(山口縣) 출생. 본명은 고이치(幸一)이며 겐카보 외에도 류손지 대화상(柳樽寺大和尚), 슈켄(秋劍) 등의 별호가 있었다. 겐카보는 신문 『일본』에 센류란(欄)을 마련하고 류손지 센류회를 결성하여 1905년에 기관지 『센류(川柳)』를 탄생시킨 류손지파의 수장이었다. 메이지 시대에 골계와 낙관주의, 유머러스한 작풍을 통해 일본 센류계에서 눈부신 활약을 보인 인물이다. 東野大八著, 田辺聖子監修・編, 앞의 책(『川柳の群像─明治・大正・昭和の川柳作家一○○人』), pp.45-48.

자성을 골자로 한 센류는 1920년대에 이르기까지 '식민지 기풍과 센류 풍'이 '활기 있는 인간미에 합치되고 곧바로 영합할 수 있'[26]는 특성 때 문에 식민지 조선에서도 크게 향수되었다. 그러나 단카와 하이쿠 분야 의 연구가 일정 정도 진행되었던 것에 비해, 조선에서 창작된 센류에 관한 논고는 문헌조사 연구,[27] 1920년 이전의 식민지 문학의 혼종성이 지적되는 정도[28]에 그치고 있다.

이윽고 1920년대는 한반도 각지에서도 센류 음사(吟社)가 결성되어 센 류가 왕성히 창작・향수된 시기이다. 그러나 센류를 전문으로 하는 잡 지의 속간은 지난한 일이었던 듯, '3호잡지(三号雜誌, 3호 발간으로 종간된다 는 뜻)'라는 불명예스러운 명칭이 사용되고 있다. 실제로 1920년 10월에 창간된 『남대문(南大門)』부터 『신선로(神仙爐)』, 『계림센류(鷄林川柳)』, 1924 년 3월에 폐간된 『메야나기(芽やなぎ)』까지 한반도 센류잡지의 수명은 대 단히 짧았다.[29] 경인 지역뿐 아니라 1925년 6월에 평양에서 간행된 센 류잡지 『센류쓰즈미(川柳鼓)』에도 '반도의 센류잡지 수명이 짧다'[30]는 지 적이 보이는 점에서, 이것이 1920년대 중반까지의 한반도 전역의 센류 계가 처한 현실이었다고 하겠다.

---

26) 柳建寺土左衛門『朝鮮川柳』(川柳柳建寺 1922),「はしがき」페이지.
27) 엄인경, 앞의 글(「한반도에서 간행된 일본 고전시가 센류(川柳) 문헌의 조사연구」), 앞 의 글(「식민지 조선의 일본 고전시가 장르와 조선인 작가-단카(短歌)・하이쿠(俳句)・ 센류(川柳)를 중심으로-」) 등.
28) 川村湊「植民地と川柳①朝鮮川柳の巻」(『川柳學』 2005), pp.58-62. 이 논고는 앞 주에서 거 론한 1922년 간행된 단행본 『조선센류(朝鮮川柳)』만을 대상으로 한 것이다.
29) 橫山巷頭子「南無山房雜筆」(『川柳三昧』第13号 1928). 이하 『센류삼매(川柳三昧)』의 인용은 정병호・엄인경 공편 『한반도 간행 일본 전통시가 자료집』 제37~40권 [川柳雜誌篇](도 서출판 이회, 2013)에 따른다. 제37권, pp.197-200.
30) 大島壽明「『鼓』に望む」(『川柳鼓』創刊号 つゞみ川柳社 1925), p.5. 참고로 『센류삼매』 제26 호의 후기에 따르면 『센류쓰즈미』는 1929년 4월에 46호를 끝으로 폐간되었다고 한다 (『한반도 간행 일본 전통시가 자료집』 제38권, p.399).

이러한 상황을 돌아본다면 1927년 4월 경성에서 창간되고 1930년 12월(통권 제46호)까지 확인할 수 있는『센류삼매(川柳三昧)』는 한반도의 대표적 센류잡지라 할 수 있다. 이 잡지는 '내지'의 센류단에서도 주목을 받고 '내지에서 간행되는 여러 센류지를 능가'[31]했다고 자평할 정도였다. 월간 센류 연구잡지를 표방한『센류삼매』는 발행주체가 경성의 남산음사(南山吟社)라는 단체이고, 편집겸 발행인은 요코야마 고토시(橫山巷頭子),[32] 표지 그림은 아사카와 노리타카가 담당했다. 창간 당시 발행부수는 200부였는데, 1년만에 400부로 증쇄되었고, 또 창간호는 17페이지였던 것이 2년만에 50페이지를 넘는 잡지가 된 것[33]으로도『센류삼매』가 성장한 규모를 알 수 있다.

『센류삼매』의「잡영(雜詠)」,「제영(題詠)」의 센류 출품자들은 경인지역, 북서선(北西鮮), 만주 지역, 일본 전역에 걸쳐 있어서, '내지'와 '반도', '대륙'의 센류가 인적으로 연계되어 있음을 뒷받침한다. 또한『센류삼매』의 독후감이『조선과 만주(朝鮮及滿州)』의 샤쿠오 도호(釋尾東邦),『조선신문(朝鮮新聞)』의 마쓰모토 데루카(松本輝華),『진인』의 이치야마 모리오 등에게서 기고되어 있는 점에서, 재조일본인 지식층에게 널리 읽혔던 사실 및 당시의 잡지계와 신문계의 횡단적 교유관계도 잘 드러난다.「예회(例會)」안내도 상세하며 한반도 전역의 다양한 센류 구회(句會) 존재와

---

31) 橫山巷頭子, 앞의 글(「南無山房雜筆」), p.197.

32) 『센류삼매』이전에『남대문(南大門)』에서『메야나기(芽やなぎ)』에 이르기까지의 경인지역에서 간행되던 센류잡지에 계속 관여하고 편집경험을 쌓았으며(橫山巷頭子「三昧編輯余談」『川柳三昧』第36号『한반도 간행 일본 전통시가 자료집』제39권, p.430), 조선의 종합 대중잡지『조선공론(朝鮮公論)』센류 문단의 편집자였던 점에서 당시의 센류편집자로서는 일인자였던 것으로 보인다.

33) 각각의 근거는 三昧堂「さんまい雜記」(『川柳三昧』第11号,『한반도 간행 일본 전통시가 자료집』제37권), p.125, 矢田冷刀「二ヶ年を振返る」(『川柳三昧』第25号,『한반도 간행 일본 전통시가 자료집』제38권), p.316이다.

그 활동이 기록되어 있다. 또한 「센류잡지 단편(柳誌片々)」에서는 '내지' 와 '대륙'에서 발행되는 센류잡지[34] 각호가 소개되어 있어, 『센류삼매』 가 일본이나 만주 지역 센류문단과도 관계를 가지며 식민지 조선의 센 류문단을 대표하는 잡지가 되고자 했던 의지를 엿볼 수 있다.

재미있는 점은 『센류삼매』에 모인 센류에는 쇼와(昭和)시대 초기의 시 대상을 반영하는 모더니즘이나 불황, 실업 등의 소재[35]가 담겨 있고, 사 회 현실의 분위기가 실감나게 전해진다는 측면이다. 그러나 이를 뒤집 어보면 식민지 조선 현지의 생활이나 풍토, 풍속 등 이른바 '조선색'을 드러내는 측면은 미약한 편이라 할 수 있다.[36] 이는 센류라는 장르가 단카나 하이쿠에 비해 보다 대중성이 강한 점, 그리고 전통에 대한 집 착이 약했던 점에서 도리어 '내지'와 '조선'을 구분하려는 의식이 엷었 던 것을 드러내는 것이 아닐까?

어쨌든 이러한 상황 속에서 조선어를 외래어로서 표기하고, 조선이나 조선인의 풍광을 드러내며 잡지 내에서 이채를 발한 것이 남산음사의

---

34) 『센류삼매』에서 다루고 있는 '내지'의 센류잡지는 오사카의 『반가사(番傘)』, 『센류잡지 (川柳雜誌)』, 도쿄의 『센류키야리(川柳きやり)』, 『센류인(川柳人)』, 『센류스즈메(川柳すずめ)』 등 12종에 이르며 이 중에 『반가사』, 『센류키야리』, 『센류인』은 현재도 간행중이다.

35) '하이칼라'는 물론이고 '모보(모던 보이의 줄임말)', '모가(모던 걸의 줄임말)'의 빈출, '실업'을 주제로 하는 '망치 소리를 멍하니 듣고 있는 실업자(ハンマーの音を聞いている 失業者)', '실업자라고 아내에게는 마음 굳게 말하고(失業者妻には心强く云ひ)'(『川柳三昧』 第39号, 『한반도 간행 일본 전통시가 자료집』 제40권), p.130 등의 센류가 실려 재조일 본인이 체험한 쇼와(昭和)의 불황을 표현하고 있다.

36) 『조선신문(朝鮮新聞)』에 게재된 마쓰모토 데루카(松本輝華)의 말 중에 '역시 로컬 컬러 가 있으면 합니다(失張り)ローカルカラーは欲しいものです)'(『川柳三昧』第10号, 『한반도 간행 일본 전통시가 자료집』 제37권), p.61, 혹은 '거기에 로컬컬러가 나오는 것은 너무 당 연한 소산이어야 한다. 그렇지 않고서는 조선의 센류는 결국 발달하지 못한다(そこに ローカルカラーの出るは当然過ぎる所産でなくてはならぬ、デなくては朝鮮の川柳は遂に發達しない)(竹 馬居主人「五月号等から」, 『川柳三昧』第27号, 『한반도 간행 일본 전통시가 자료집』 제38 권), p.437는 등의 자성의 의견이 있었다.

월례회(月例會)였던 것으로 보인다. 남산음사 동인들의 월례회의 겸제(兼題)37)는 '토시(吐手)', '주머니(囊巾, チユモニ一)', '갓(笠子, カツ)', '나막신(木鞋, ナマクシン)', '김치(沈菜, キムチ)', '신선로(神仙爐)', '인삼(人參)', '안방(內房)', '토막(土幕)', '방립(喪笠, パンニツプ)', '아이고(哀号)', '어머니(オモニ一)', '엿장사(飴賣, ヨツチヤンサ一)', '물장사(水商人, ムルチヤンサア)', '바가지(パカチ)', '빈대(南京蟲, ピンデ)', '장구(長鼓)' 등 조선의 의식주나 관혼상제, 즉 식민지 조선 독특의 생활상에 관한 것이었다. 예를 들면,

- 김치 맛에도 익숙해져서 출장 괴롭지 않네(キミチにもなれて出張苦にならず)
- 탁주에 이미 익고 아무렇지도 않은 김치맛(マツカリ(濁酒)に馴れてキミチを事とせず)
- 삼년의 상이 너무 길기도 하다 두꺼운 상립(三年の喪が長すぎる太い笠)
- 부모 모시는 효심 머리에 써서 보이는 방립(孝心を頭に見せてパンニツツ)
- 아리랑 노래 부르는 입에서는 김치의 냄새(アララン(唄)の口からキミチ匂ふなり)
- 빈대로부터 내쫓기는 것처럼 집을 옮기네(ピンデから追はれる樣に家を越し)
- 고무신하고 나란하다 팔리지 않는 나막신(ゴム靴とならべて賣れぬナムクシン)
- 너무도 지쳐 토막에 돌아가는 지게꾼 무리(草臥れて土幕へ歸るチゲの群れ)
- 내지의 말도 섞어하는 엿장수 아첨도 잘해(內地語も混ぜて飴賣の世辭に長け)
- 나도 모르게 아이고라는 소리 나온 일본어(うつかりと哀号が出る日本語)

와 같은 것으로 이것은 식민지의 문화적·언어적 혼종성을 보이고 있으며, 당시 식민지 문학의 일반적 현상과 궤를 같이 한다. 한정된 동인들

---

37) 구회(句會)나 가회(歌會)가 열리기 전에 미리 제시되는 제목을 의미하는 말.

간에 읊어진 작은 코너라고는 하지만, 적극적으로 조선적인 것을 읊는 겸제가 제시된 점은 주목할 만하다.

그러나 이 코너는 36호를 끝으로, 이후에는 '조선색'이 느껴지지 않는 것으로 변모해간다. 즉 37호 이후에는 『센류삼매』의 센류에서 '조선색'은 후퇴하게 되는 것이다. 여기에서 부상하는 것이 조선민속학에 정통했다고 이야기되는 이마무라 도모(今村鞆) — 호는 라엔(螺炎) — 의 존재인데, 이마무라의 월례회 활동이 현저히 줄어듦에 따라 『센류삼매』의 조선적 제재는 사라져가는 상관관계가 보인다.

이마무라 라엔은 남산음사의 주요 동인38)이며, 또한 센류가 조선의 시정(市井)문학인 것처럼 조선의 생활과 민속을 관찰하여 제시하는 역할을 담당한 최대의 공로자이다. 그는 경찰관료 출신으로 조선의 민속을 연구한 학자로 일컬어졌다. 특히 지금까지는 그가 1914년에 저술한 『조선풍속집(朝鮮風俗集)』에 기초한 조선관과 민속관, 식민통치와의 관계에 대해 주로 논의되었던 인물이다.39) 그러나 이마무라가 식민지 조선에서 하이쿠40)나 센류와 같은 문학 방면에서 실작과 논평에 종사했다는 사실

---

38) 와다 덴민시(和田天民子), 이마무라 라엔(今村螺炎), 구보타 덴난(久保田天南), 데라다 신 텐시(寺田沈澱子), 요코야마 고토시(橫山巷頭子), 쓰무라 효지로(津邨瓢二樓), 다카노 쇼토 (高野宵燈), 아라키 스이치쿠(荒木吹竹), 마루야마 다이산시(丸山對山子), 신도 난시(進藤南 史), 가와라자키 미고(川原崎美郷), 하시모토 곤야(橋本言也) 등의 주요 동인이다. 은행업, 방송, 회화, 교육, 리요(俚謠, 일본 전통 속가) 등의 각 분야와 센류를 연계한 재조일본 인의 면면이라고 할 수 있다.
39) 이마무라에 관한 주요 연구는, 김혜숙 「이마무라 도모(今村鞆)의 조선 풍속 연구와 재 조일본인」(『한국민족운동사연구』 48輯, 2006), 주영하 「이마무로 도모(今村鞆)의 『조선 풍속집(朝鮮風俗集)』 연구」(『제국일본이 그린 조선민속』, 한국학중앙연구원, 2006), 남 근우 『「조선민속학」과 식민주의』(동국대학교출판부, 2008), 홍양희 「이마무라 도모의 『조선풍속집(朝鮮風俗集)』과 조선사회 인식−가족과 관련된 풍속을 중심으로」(『한국학 논집』 45輯, 2009) 등이 있다.
40) 戸田雨瓢編 『朝鮮俳句一万集』(朝鮮俳句同好會, 1926). 이 구집에서 이마무라의 활약이 눈에 띈다.

은 거의 이야기된 바 없다. 더욱이 그가 남산음사의 주요 멤버로서 전개한 문필활동에 관해서는 전혀 주목받은 적이 없다. '조선 사정통(朝鮮事情通)'으로 '유머 풍부한 좌담의 능숙함은 역시 에로틱 방면에 관한 학리적 고찰가'[41]였다고 평가되는 것처럼, 이마무라는 조선 민속과 풍속에 대한 뛰어난 해설자로 부각된다.

  이렇게 센류와 조선민속학은 이마무라를 매개로 하여 밀접한 관련을 갖게 되는데, 이 점은 『역사민속 조선만담(歷史民俗朝鮮漫談)』(이하, 『조선만담』)이라는 그의 저서에 기인한다. 500쪽을 넘는 이 저작은 『센류삼매』가 간행되던 1928년 남산음사 출판부로부터 발행되었는데, 1930년에는 제2판까지 대대적으로 선전되었으며, 그 반향은 상당히 컸던 것을 알 수 있다. 『조선만담』은 조선의 민속적 특이성을 역사적으로 고증하거나 기담을 소개하는 등 113개 항목으로 이루어졌으며, 1920년대 말 시점에서 그로 하여금 조선민속학의 확고한 대가가 되게끔 한 것인데, 그 소재나 기담 등은 『센류삼매』에서 편 그의 문학 활동과 직결되는 것이었다. 그것을 가장 상징적으로 드러내는 것이 『조선만담』의 「조선정조센류(朝鮮情調川柳)」[42]이며, 『센류삼매』에서 읊어진 조선의 풍물 그 자체였다. 그 일부를 소개하면 [그림 3]과 같다.

---

41) 宵燈子「同人片影」(『川柳三昧』第26号, 『한반도 간행 일본 전통시가 자료집』제38권), p.384.
42) 今村鞆『歷史民俗朝鮮漫談』(南山吟社 1928), pp.503-504.

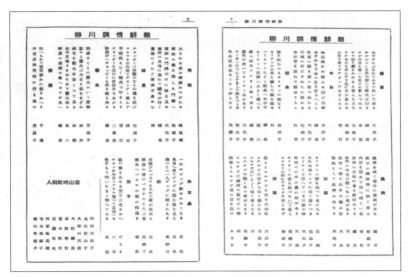

[그림 3] 『조선만담』의 「조선정조센류」

이상 한반도의 최대 유력 센류잡지 『센류삼매』를 살펴보았는데, 이
센류잡지를 대상으로 함으로써 지금까지 단면적으로 해석되거나 이해되
던 재조일본인의 심층적 인물연구, 식민지기의 한반도 언어상황, 조선의
대중적 문화와 민속, 문학 장르 간의 교섭에 관한 연구 가능성이 열렸
다고도 할 수 있다. 다시 말해 '외지' 조선에서 유력 동인에 의해 발행
된 『센류삼매』의 분석은 생생한 조선의 현실과 식민자의 관찰적 시선을
파악할 수 있는 최적의 '식민지 일본어 문학' 연구이며, 또한 재조일본
인이 한반도에서 영위한 문학 활동이나 문학관을 파악하는 기초가 될
것이다.[43] 따라서 센류의 재검토는 물론이고 지금까지 메이저한 장르나

---

43) 이상의 내용은 엄인경 「식민지 조선의 센류(川柳)와 민속학―잡지 『센류삼매(川柳三昧)』
(1928-1930)와 이마무라 도모(今村鞆)의 문필활동―」(『日本語文學』第63輯 日本語文學會,
2013)에 상세하다.

작가에 편중되어 있던 '식민지 일본어 문학' 연구의 지평을 확대하고 균형 잡힌 시좌를 갖게 될 것으로 전망한다.

## 5. 한반도 하이쿠 문단의 정립(鼎立)

마지막으로 한반도의 하이쿠잡지 상황을 분석해 보기로 한다. 1920년대 전반에는 경성에서 『황조(黃鳥)』라는 하이쿠잡지가 발간된 — 후에 『장고(長鼓)』로 개제(改題) — 것에서 보듯, 한반도에서는 '호토토기스(ホトトギス)' 계열의 하이쿠와 하이쿠잡지가 먼저 등장하였다. 한반도의 하이쿠 전성기라 할 수 있는 것은 1930년대이며, 호토토기스 파만 보더라도 경성의 『장고』가 다시 『아오쓰보(青壺)』로 바뀌고, 『풀씨(草の實)』나 『관(冠)』 등도 창간되었다. 경성뿐 아니라 신의주에서는 『압록강(アリナレ)』, 평양에서는 『유한(有閑)』, 부산에서는 『까치(鵲)』, 대전에서는 『호남음사구집(湖南吟社句集)』, 광주에서는 『딸기(いちご)』, 목포에서는 『가리타고(カリタゴ)』, 대구에서는 『가쓰기(かつぎ)』 등 전국적으로 발행되던 호토토기스 계열의 하이쿠 잡지는 10종을 넘었던 것으로 보인다. 여기에 원산에서는 호토토기스 파의 하이쿠를 배격한 신흥하이쿠 계열의 하이쿠잡지 『산포도(山葡萄)』, 또 다른 계열인 샤쿠나게(石楠) 파의 『장승(長栍)』이 있어서, 한반도의 하이쿠 문단은 실로 정립(鼎立) 상태였다. 이하 『풀씨』, 『산포도』, 『장승』의 현존본을 토대로 각 파의 1930년대의 움직임을 검토해 보기로 한다.

『풀씨』는 1930년대에 한반도 호토토기스 계열 하이쿠를 이끈 하이쿠잡지로, 현존본은 1933년 10월호부터 1940년 8월호까지 확인된다. 발행처는 풀씨음사(草の實吟社)이며 경성의 요시오카(吉岡)인쇄소에서 인쇄, 편집 겸 발행인은 요코이 도키하루(橫井時春)라 되어 있다. 당시 경성의 호토토기스 파를 리드한 구스메 도코시(楠目橙黃子)44)가 풀씨음사의 「잡영(雜詠)」을 선(選)하고, 선평을 게재하였다. 그가 타계한(1940년 5월) 후에는 성대한 추도특집호가 편성되었고, 음사의 「잡영」은 요코이 가난(橫井迦南＝요코이 도키하루)이 담당, 편집 겸 발행인은 기쿠치 다케오(菊池武夫)로 변경되었고 판매소도 일한서방(日韓書房)이 되었다. 이미 1933년 10월호가 통권 제100호였으므로, 역산하면 1920년대 전반에는 창간되었던 것으로 추찰된다. 마지막 간행된 1940년 8월호가 통권 제181호이므로 한반도에서 간행된 하이쿠잡지 중에서는 최장수였다 해도 틀리지 않을 것이다.

그런데 여기에서 주목해야 할 점은 한반도 하이쿠 문단이 호토토기스 파 일색이 아니라, 하이쿠의 혁신을 실천한 신흥하이쿠 계열도 활발한 활동을 보였다는 사실이다. 특히 무계(無季) 하이쿠를 실천한 원산의 『산포도』45)는 '외지'의 신흥하이쿠잡지 중에서는 가장 충실한 것이었다. 호토토기스 파와의 격한 대립 및 신흥하이쿠에 대한 탄압에도 불구하고 주재자인 에구치 한에이로(江口帆影郞)46)가 하이쿠잡지 발간에 들인 노력

---

44) 구스메 도코시(楠目橙黃子, 1889~1940). 고치현(高知縣) 출신. 본명은 쇼스케(省介). 다카하마 교시(高浜虛子)에게 사사하고 교시로부터 큰 신뢰를 얻었다, 하자마쿠미(間組)의 대표이사이며 『경성일보(京城日報)』하이쿠 문단의 선자를 역임했다. 稻畑汀子他編 『現代俳句大事典』(三省堂 2008), p.201. 그러나 그가 『풀씨(草の實)』를 주재하고 조선의 호토토기스 파를 리드한 것은 잘 알려져 있지 않다.

45) 1926년 12월 창간. 1941년 8월 종간. 강원도 장전(長箭)에서 에구치 한에이로(江口帆影郞)가 주재하여 창간했다. 후에 명실 공히 한에이로의 주재지가 되었다, '내지' 이외의 신흥하이쿠잡지로서는 가장 충실한 것으로 이야기된다. 1941년 신흥하이쿠 탄압사건이 일어나기에 이르러 폐간되었으며 통권호는 미상이다. 安住敦他編 『現代俳句大辭典』(明治書院 1980), p.547.

46) 에구치 한에이로(江口帆影郞, 1890~1952) 오카야마(岡山) 출신. 북한 지역에서 과수원을 운영했다. 당초에는 다카하마 교시에게 사사했지만, 1925년 무렵부터 신흥하이쿠

은 여간 아닌 것이었다.

관견(管見)에 따르면 하이쿠잡지로서의 『산포도』는 1937년 2월에 간행된 통권 123호만이 확인된다. 이에 따르면 한에이로를 비롯하여 8명 정도의 주요한 하이쿠작가가 주도하고 24명 정도의 고정회원의 투구(投句), 조선인 작가 5명을 포함하는 120명을 넘는 전회원의 하이쿠 작품이 게재되어 있어, 상당한 세가 형성되어 있었음을 알 수 있다. 또한 신인 하이쿠 작가가 서로의 하이쿠를 철저히 비판할 수 있도록 「신인 상호비판(新人相互批判)」이라는 코너도 마련되어 있다. 무엇보다 구어(口語)하이쿠나 무계(無季)하이쿠, 올림픽이나 크리스마스와 같은 소재를 읊은 점에서 신흥하이쿠의 양상을 잘 파악할 수 있다.

「신흥하이쿠 비판(新興俳壇批判)」이라는 좌담 난(欄)에서는 도쿄의 신흥하이쿠작가들의 이론에 기초한 하이쿠잡지 전반에 대한 검토도 이루어졌다. 여기에서는 『교다이 하이쿠(京大俳句)』를 비롯한 다양한 신흥하이쿠잡지가 하나하나 세밀하게 분석되고 있으며, 또한 '중앙'의 잡지 『호토토기스』도 검토하여 '호토토기스의 구는 우리와 다른 세계의 인간들이 20년쯤 뒤쳐져 따라오는 사람들이라고 해야 할까?'[47]라는 식의 신랄한 비판을 하고 있다. 또한 『산포도』에 관해서는 '도쿄의 투고가들을 늘려 조선색 외에 중앙의 공기를 주입하고 싶다. 이것은 조선과 도쿄를 서로 연계하여 상호를 계발하기 위해 도움이 될 것이다'라고 한 것처럼 조선을 대표하는 신흥하이쿠잡지로서의 자부를 읽을 수 있다. 참고로 작품

---

운동에 참가하여 『산포도』를 주재했다. 종전 후에는 사세호(佐世保)에 정착하여 하이쿠 창작 활동을 지속하지만, 실생활에서는 상당한 어려움을 겪었다. 安住敦他編, 앞의 책(『現代俳句大辭典』), p.67.

47) 그리고 호토토기스에서 가장 새롭다고 일컬어진 구사타오(草田男)의 하이쿠에 대해서도 일동이 크게 비웃는다.

투구는 북선(北鮮)에서 많이 이루어지기는 하나 한반도 전역에 걸치며, 일본의 신흥하이쿠파 작가들도 적잖이 확인된다.

같은 1930년대에는 호토토기스 계열과 신흥하이쿠 계열 외에도 샤쿠나게 계열까지 두각을 드러낸다. 호토토기스와 신흥하이쿠의 중간적 입장을 견지하며 독자 노선으로 상당한 인적 기반을 구축하고 있던 샤쿠나게 파가 '조선색 농후한 하이쿠'를 주창하고 1935년 1월에 경성에서 『장승』을 창간하게 된다.

『장승』은 1940년 12월까지 간행된 하이쿠잡지로 조선샤쿠나게연맹(朝鮮石楠連盟)의 기관지였으며 발행자는 니시무라 쇼고(西村省吾)이다. '장승'은 조선의 풍토색을 가장 짙게 드러내는 특이한 예술품이며, 이정표로서의 의미를 가지는 상징물이다. 샤쿠나게연맹의 맹주 우스다 아로(臼田亞浪)[48]는 이러한 성격을 살려 『장승』이라고 명명하고 창간호에 장승의 표지 그림[49]도 그렸다. 일본의 『샤쿠나게(石楠)』는 우스다 아로 주재에 의해 1915년 3월에 창간된 하이쿠잡지이며, 현실에서 오는 진정한 생명을 추구하고 계어(季語)와 17음의 시형을 긍정하는 샤쿠나게 하이쿠는 호토토기스 파, 신경향 하이쿠 모두와 다른 특색을 띤다.[50] 1928년에 아로가 조선을 순회한 것을 계기로, 조선에서도 샤쿠나게의 영향력이 서

---

48) 우스다 아로(臼田亞浪, 1879~1951). 나가노현(長野縣) 출신으로 요사노 뎃칸(与謝野鐵幹)과 다카하마 교시(高浜虛子)로부터 하이쿠를 배웠다. 『샤쿠나게(石楠)』를 주재하고 종횡으로 일본 하이단을 비판하면서 호토토기스파와 신경향파의 중간적 역할을 담당했다. 稻畑汀子他編, 앞의 책(『現代俳句大事典』) pp.77~78. 또한 우스다 아로는 조선총독부 경무국 내의 소방협회에서 활동한 「조선소방 하이쿠 문단(朝鮮消防俳壇)」과 「국방 하이쿠 문단(國防俳壇)」의 선자도 겸한 것을 확인할 수 있다.

49) 참고로 표지 그림은 1936년부터 해마다 화가가 달라졌다. 이는 중일전쟁이 격화됨에 따라 물자절약이라는 국책과 아로의 권고에 의해 일본 『샤쿠나게』의 표지그림이 남은 경우 그것을 한반도 쪽에 양보한 경위와 통하는 것으로 보인다. 安田翠甫 「編輯回顧抄錄」(『長椎』第6卷第8号, 朝鮮石楠連盟, 1940), p.18.

50) 稻畑汀子他編, 앞의 책(『現代俳句大事典』), pp.276-277.

서히 커져 1931년에는 조선샤쿠나게연맹이 조직되고 점점 한반도 하이쿠 문단에서 상당한 세력을 가지게 되었다. 이윽고 『샤쿠나게』 20주년51)에 맞추어 조선샤쿠나게연맹 창립기념 하이쿠대회가 개최되었는데, 약 70명의 출석과 그 외에도 각지로부터 20명의 투구가 이루어지는 등 성황을 이루었다고 한다.

『장승』 창간호의 권두언 「철저하라, 초절아에(徹底せよ, 超絶我に)」에서 아로는 하이쿠 문단의 분규를 개탄하는 한편, 『장승』 탄생에 감개를 표현하면서 '진정(まこと)'을 중시할 것을 조선 샤쿠나게 계열에 바라고 있다. 이렇게 조선샤쿠나게연맹은 '순정 하이쿠'를 표방한 『샤쿠나게』와 아로의 강력한 영향 하에서 '조선 풍물 자연의 진실경(眞實境)과 향토색, 지방색을 개척'52)한다는 사명감을 기본으로 성립한 것이라 할 수 있다. 더욱이 '조선의 하이쿠와 내지의 하이쿠를 동일 궤도를 밟게 하려는 것은 무리'이며, '특성을 신장시키는 것이 조선 하이쿠의 성장'이자 '내지와의 유일하며 참된 연계'53)라고 하였다. 이것은 『장승』 내의 두 「잡영」 란에도 반영되며 특히 제2잡영에서는 가능한 한 조선색을 드러내는 구를 선별하고자 의도54)하고, 1930년대 중반의 지방색, 향토색에 관한 시대적 관심과 샤쿠나게 파의 예술적 하이쿠라는 지향점을 합치시키려 한 의도55)가 부각된다.

『장승』을 이끈 조선샤쿠나게연맹의 통제(統制)라는 수장 역할은 니시

51) 실제로 「샤쿠나게 20주년 기념대회(石楠二十周年記念大會)」에 관한 기록이 『長柱』第1卷第6号(1935)에 상술되어 있다.
52) 西村公鳳, 「鶴丘漫筆」(『長柱』創刊号 1935), pp.28-29.
53) 大野林火 「風土的特質その他」(『長柱』第3卷第1号 1937), pp.22-24.
54) 「編輯後記」, 앞의 책(『長柱』創刊号), p.44.
55) 福島小蕾 「いはゆる鄕土色」(『長柱』第1卷第3号 1935), pp.2-4.

무라 고호(西村公鳳)56)가 맡았다. 그는 조선흥농사(朝鮮興農社) 간부57)이자
『조선일일신문(朝鮮日々新聞)』의 신년 모집 하이쿠 선자를 역임하는 등,
1930년대 중후반 한반도 하이쿠 문단에 상당한 영향력을 끼쳤다고 보
인다. 또한 회보에 해당하는 「둘러앉기(まどゐ)」코너에서는 조선샤쿠나게
연맹 산하의 많은 구회와 거기에서 읊어진 창작하이쿠도 열거되어 있다.
이 코너를 통해 경성샤쿠나게회, 이화동(梨花洞)샤쿠나게회, 와카바(若葉)샤
쿠나게회, 경성고공(高工)샤쿠나게회, 경성치전(京城齒專)샤쿠나게회, 부산샤
쿠나게회, 장진강(長津江)샤쿠나게회, 경전(京電)샤쿠나게회, 경성부인샤쿠
나게회, 진해(鎭海)샤쿠나게회, 신막(新幕)샤쿠나게회, 하기천(下岐川)샤쿠나게
회, 겸이포(兼二浦)샤쿠나게회, 창원(晶苑)샤쿠나게회, 감천(甘泉)샤쿠나게회
등 한반도 내에서의 샤쿠나게 계열의 세력권과 활동을 추찰할 수 있다.

이상 1930년대 중반에 초점을 맞추어 한반도의 하이쿠 문단을 고찰
했다. 1930년대 식민지 조선의 하이쿠 문단은 한반도 전역의 많은 하이
쿠 작가에 의해 지지받고, 또한 각 지역별 하이쿠잡지도 간행되었으며,
양적으로는 전통 하이쿠를 고수한 강력한 호토토기스 파가 주도하였다
고 할 수 있다. 그러나 하이쿠 이론의 대립, 사상적 탄압, 경제적 곤경
등의 악조건 속에서도 원산에서 15년간이나 지속적으로 발간된 신흥하
이쿠의 대표잡지 『산포도』의 존재와 그 내용은 대단히 흥미롭다. 여기
에 중간파로서의 샤쿠나게파에 의한 조선색 풍부한 『장승』도 더해져 한
반도 전역에서 활약상을 보인 것을 고려하면, 한반도 하이쿠 문단은 정
립 상태 속에서 하이쿠 이론과 작품으로 서로 경합하였다고 할 수 있다.

---

56) 니시무라 고호(西村公鳳, 1895～1989). 본명은 쇼고(省吾). 이시카와현(石川縣) 출신, 종전
　　후에는 가나자와(金沢)로 돌아가 하이쿠 창작활동에 힘썼다. 稻畑汀子他編, 앞의 책(『現
　　代俳句大事典』), pp.408-409.
57) 豊田康『韓國の俳人 李桃丘子』(J＆C 2007), p.49.

세 파의 주의와 내용, 지향은 각각 차이가 있었지만『풀씨』,『산포도』,
『장승』과 같은 충실한 하이쿠잡지를 무대로 하여 각각 '내지'의 하이쿠
문단 유파와 연계해 있던 점, 그리고 조선색을 전면에 내세워 한반도 하
이쿠 문단의 대표를 자처하고 있었던 점에서 공통항을 지적할 수 있다.

## 6. 맺으며

중일전쟁 개시 후의 본격적인 전쟁기에 돌입하여, 한반도에서도 문예
잡지의 발행이나 문학 활동은 물자부족과 동원체제의 영향을 받게 되었
다. 총독부 당국의 지시에 따라 1941년에는 모든 잡지는 어쩔 수 없이
폐간당한다.

그리고 한 장르마다 한 잡지만 발행을 허가받는 방향으로 일이 진행
되자 가장 먼저 움직인 것은 삼파전 양상을 보이던 하이쿠 문단이었다.
다카하마 교시(高浜虛子)의 경성 방문에 의해 호토토기스 파를 중심으로
급거 조선하이쿠작가협회(朝鮮俳句作家協會)가 결성되고, 직전까지 각축을
벌이던 유파와 하이쿠 작가들(합계 약 600명)은『미즈키누타(水砧)』라는 조
선 유일의 하이쿠 잡지로 통합되었다.『미즈키누타』는 1941년 7월에 창
간되고 창간호부터 1941년 12월호까지 여섯 호가 일단 한국 내에서 확
인된다. 호토토기스 파가 주도한 점에서『풀씨』,『관』출신의 하이쿠 작
가들이 주역이었는데, 각 파의 지분에 따라 지면을 할당하고, 투구할 때
선자를 지명할 수 있는 제도를 채택함으로써 유파간의 갈등을 절충하려
했다.

이『미즈키누타』는 시국에 대응한 조선의 하이쿠 작가들의 총결집이

면서, 동시에 신체제하에서도 '조선 하이쿠'라는 성격을 명확히 하려는
방향성과, 일본에 비해 통합된 협회와 기관지의 존재라는 특이성을 전
면에 내세웠다. 창간호의 「협회의 설립과 조선 향토 하이쿠(協會の設立と朝
鮮鄕土俳句)」58)에서 보듯 여행자가 아니라 조선 땅에 오랫동안 뿌리내리
고 생활한 재조일본인밖에 할 수 없는 조선 향토 하이쿠의 확립—물론
그 내실에 대해서는 비판도 있지만—을 주창했다.

하이쿠 문단보다 조금 늦은 것이 단카 문단이다. 『미즈키누타』의 창
간으로부터 2개월 후, 즉 1941년 9월, 단카는 시와 장르 통합을 이루고
국민시가연맹(國民詩歌連盟)을 탄생시켰으며, 기관지 『국민시가(國民詩歌)』를
창간했다. 『국민시가』 창간호의 「편집후기」에는 '고도의 국방국가 체제
완수에 공헌하기 위해 국민총력의 추진을 지향하는 건전한 국민시가의
수립에 노력'하는 것을 목적으로 하여 '조선의 유일한 시가잡지로서 발
행을 허가받'았다고 명기되어 있다. 또한 '내지' 일본에서 만들어진 단
카 가단의 통일체인 대일본가인회(大日本歌人會)가 종래의 결사조직에 여
전히 중점을 둔 것에 비해, 조선의 국민시가연맹은 기존의 모든 결사가
해산되고 재결성된 것으로, 결사의 대변자적 관계를 떠나 '공정'한 문학
행위를 원격의 땅(=조선)에서 '내지'를 향해 발신59)한다는 '반도 문학'의
긍지가 드러나 있다. 『국민시가』는 '반도 시가단의 최고 지도기관'이며
'시가단 유일의 공기(公器)'60)를 천명하고 있다. 즉 『국민시가』는 식민지
한반도에서 간행된 마지막 일본어 시가 전문잡지였던 셈이다.61)

58) 西村公鳳 「協會の設立と朝鮮鄕土俳句」(『水砧』第1卷第1号 朝鮮俳句作家協會, 1941).
59) 道久良 「時評」(『國民詩歌』10月号·12月号, 國民詩歌發行所, 1941.10·12), 각각 pp.43-48,
    pp.42-47.
60) 美島梨雨 「半島詩歌壇の確立」, 위의 책(『國民詩歌』10月号), pp.62-63.
61) 『국민시가(國民詩歌)』는 1941년 9월의 창간호, 10월호, 12월호(11월은 미간행), 1942년

센류 분야에 관해서는 보자면『센류삼매』1930년 12월호 이후의 잡지상황이 파악되지 않기 때문에 1930년대부터 1940년대 초기까지 한반도에 센류잡지가 있었는지 없었는지는 확실하게 파악되지 않는다. 다만, 1940년 쓰무라 효지로(津邨瓢次樓)에 의한『조선하이시선(朝鮮俳詩選)』이라는 센류 구집이 존재하는 점에서, 센류로부터 하이시(俳詩)라는 명칭의 변화를 기도한 시대적 흐름을 포착할 수 있는 정도이다. 그러나 1943년 4월에 조선문인보국회(朝鮮文人報國會)가 결성되었을 때 다섯 구성 단체에는 조선센류협회도 포함되어 있으므로, 일제말기까지 한반도의 문인들을 다섯으로 구분하는 분야에 센류가 한 몫을 차지하는 그룹으로 자리매김했다는 것을 알 수 있다. 그 대표격으로 명단에 오른 데라다 고류시(寺田五柳子)와 하시모토 곤야(橋本言也)가『센류삼매』이후부터 조선센류협회까지 조선 센류 문단에서 활동을 유지했던 것으로 보인다.

위에서 언급한 것처럼 1943년 4월 17일, 조선문인보국회가 결성되고 임원이 정해졌다. 이튿날『경성일보』에는 [그림 4]와 같이 조선문인보국회의 임원들이 소개되어 있다.

---

8월호(제2권 제8호), 11월호(제2권제10호)가 확인되며, 1942년 3월에는 국민시가연맹(國民詩歌連盟)의 첫 번째 작품집이 3월 특집호로서『국민시가집(國民詩歌集)』으로 간행되었다. 현존본은 이상 여섯 호라고 할 수 있지만, 1944년 4월에 6월호 편집에 관한 시(詩)부회가 있으며 5월호 비판과 7월 특집결정 등이 논의되었으며, 1944년까지 속간된 것으로 추측할 수 있다. 임종국『친일문학론』(민족문제연구소, 2013).『국민시가』의 단카에 관한 연구는 엄인경「일제 말기 한반도에서 창작된 단카(短歌) 연구―『국민시가(國民詩歌)』(1941~42)를 대상으로―」(『日本學報』第97輯, 韓國日本學會, 2013)에 상세하다.

[그림 4] 조선문인보국회 임원들의 명단

이 중 회장인 야나베 에이사부로(矢鍋永三郎)와 이사장 가라시마 다케시
(辛島驍), 경성제국대학 교수이자 시인인 사토 기요시(佐藤淸)는 물론, 최재
서, 가야마 미쓰로(香山光郞=이광수), 유진오, 유치진, 마키 히로시(牧洋=이
석훈) 등 조선출신의 작가에 관해서는 지금까지 한국문학 연구에서 조사
나 분석이 이루어졌다. 그러나 그들 이외의 문인에 관해서는 거의 언급
되지 않았으며, 그 대다수는 지금까지 연구에서 소외된 한반도 단카 문
단, 하이쿠 문단, 센류 문단 관계자였다. 즉 조선문인보국회에 관해서는
임종국의 『친일문학론』 이후 논의되어 왔지만, 그 주요부를 구성하며
또한 반수 이상을 차지하고 있던 단카부, 하이쿠부, 센류부에 관해서는
1940년대 이전의 한반도 문단과 연계시켜 논해지지 못했다. 한반도 '일
본어 문학'의 마지막을 담당하던 이들 문인들이 이미 1920년대부터 한
반도의 각 문단 대표로서 조선 문단의 담당자로서의 사명을 가지고 전
문잡지를 발간하고, 식민지 말기에 이른 것임에도 불구하고 말이다.

이상으로 이 글에서는 1920년대부터 단카, 하이쿠, 센류라는 일본의
전통시가 장르에서 한반도 문단이 존재하고, 전문잡지에 의해 각 장르
의 문학 활동이 어떻게 전개되었는지를 통시적으로 밝혀 보았다. 동인
이나 단체를 근거로 한 단카잡지, 하이쿠잡지, 센류잡지에 의해 '내지'
와 '반도', 경성과 한반도 각 지방을 잇는 거대한 문단이 형성되어 있었

으며, 이를 일본어 문학 잡지가 매개하고 있었던 사실이 분명해졌다. 다시 말해 이러한 일본 전통시가 장르에서는 '한반도 식민지 일본어 문단'이 명확히 형성되어 있었다고 할 수 있다. 더욱이 그 영향권은 한반도에 머무는 것이 아니라 일본의 '중앙' 문단은 물론이고, 구(舊) 만주 지역 등의 '대륙', 타이완이나 '남양(南洋)' 등과 연계되는 거대한 네트워크를 형성하고 있었을 개연성도 매우 높아졌다. 향후 동아시아의 단카 문단, 하이쿠 문단, 센류 문단의 네트워크와 그 실상을 추적하는 것을 과제로 삼기로 하며 글을 맺기로 한다.

# 제2부

# 월경하는
# 동아시아문예의
# 제 양상

‖윤 대 석‖

# 경성제국대학의 학생 문예와 재조일본인 작가

## 1. 지방 문학에서 '신'지방 문학으로

1939년 10월의 조선문인협회의 성립과 1941년 11월의 『국민문학(國民文學)』 창간을 통해 조선 문인과 재조일본인 문인은, '내선일체'라는 기치 아래 '조선 문학' 혹은 '반도 문학'이라는 범주로 함께 묶이게 된다. 그 전까지 조선인에 의한 조선 문학은 조선어로 하는 것으로서 일본 문학이나 여타 국가나 언어의 명칭을 앞세운 민족 문학과 어깨를 나란히 하는, 그 상위 개념으로는 오직 세계 문학만이 있는 고유한 문학을 의미했다. 그러나 재조일본인에 의한 '반도 문학'은 일본어로 된, 일본 문학의 한 지방 문학이면서도 동시에 식민지라는 점에서 다른 지방과는 성격이 조금 다른 식민지 지방 문학이었다. 공유하는 것은 지역뿐인 이 두 문학이 30년대 말에 하나의 범주로 묶이게 되면서 '조선 문학' 혹은 '반도 문학'을 새롭게 정의할 필요에 봉착하게 되었다. '국민 문학'의 일환으로서의 '조선 문학'이 그것인데, 그때 '국민 문학'의 성격이라든지, '국민 문학'과 '조선 문학'의 관계는 조선인과 일본인에 의해 각기 다르게 이야기되었다.

조선 문인에게 '국민 문학'이란 무엇이고, 또 그것과 '조선 문학'의 관계는 어떠한가는 다음의 최재서의 말에서 뚜렷이 드러난다.

> 장래의 일본문화를 생각할 때 획일적인 것으로 만들 것인가. 아니면 많은, 즉 다양한 변화성이 있는 문화를 포용하는 어떤 통일 원리에 의해서, 다시 말해 일본 정신에 의해서 다양한 그들 문화를 통합함으로써 일본 문화를 만들어 나갈 것인가. (이는―인용자) 결국 문화정책적인 문제로까지 전개될 것이라 생각하는데…….1)

'국민 문학'이란 곧 '일본 문학'이라고 할 수 있지만, 최재서에 의하면 그것은 현재 존재하는 형태의 민족 문학으로서의 일본 문학이 아니라, 재출발하는 '조선 문학'이나 여타 동아시아의 고유한 문학을 모두 포괄하는 것으로 그 또한 재출발하는 '일본 문학'인 것이다. 그때 현재 존재하는 일본 문학은 조선 문학과 똑같이 하나의 지역을 대표하는 지방 문학, 민족 문학에 불과하기에 그 일본 문학마저 포괄하는 새로운 '일본 문학'이 '국민 문학'으로서 구상되어야 한다는 것이다. 그렇다면 여기서 '조선 문학'은 '일본 문학', 즉 '국민 문학'의 지방 문학이기는 하지만, 그 이전의 지방 문학과는 성격이 다른 '신지방' 문학이 되는 것이다. 이에 대해 재조일본인 문인들은 "단적으로 말하면 특수성이나 로컬컬러, 독자성이라는 말이 있지만, 일본 문학의 일익으로서가 아니라 솔직히 말해 조선은 조선에만 틀어박힌다고 할까, 조선만을 깊이 파고

---

1) 座談會, 「朝鮮文壇の再出發を語る」, 『國民文學』, 1941.11 ; 문경연 외 역, 『좌담회로 읽는 <국민문학>』, 소명출판, 2010, p.40.

들어간다는 분위기가 있었던 것 같다"[2](데라다 아키라)든가, "오늘날 조선
적인 것을 일본 문학에 특별히 추가하려는 의식을 강조할 필요는 없다
고 생각한다. 그런 점을 강조하는 데는 뭔가 과오가 있다고 본다."[3](가라
시마 다케시)라고 하며 일본 문학의 재출발을 거부하고 '조선 문학'을 민
족 문학인 일본 문학의 지방 문학으로 편입시키는 것을 과제로 삼았다.

  '국민 문학'이나 '일본 문학'이라는 동일한 기치를 내걸고 그 일환인
'조선 문학'의 동일한 주체로서 자기를 규정함에도 불구하고, 조선 문인
과 재조일본인 문인은 이처럼 같은 자리에서 다른 꿈을 꾸고 있었던 것
이다. 그러나 '조선'이나 '조선 문학'과 '일본' 및 '일본 문학'의 관계에
대해 조선인 문인과 재조일본인 문인은 비슷한 감정을 공유하고 있었는
데, 그것은 일본의 여타 지방 혹은 지방 문학과, '조선' 혹은 '조선 문
학'은 다르다는 것이었다.

  국민적이라는 점에서 말하면, 규슈나 홋카이도와 다른 특수한 지위에
  있는 조선에서 오랫동안 살아왔다는 마음, 이것은 국민의식을 통해서 더
  욱 강해지는 것은 아닐까요.[4](스기모토 나가오)

  조선 문학을 논하는 경우, 그것을 규슈 문학이나 홋카이도 문학과 비
  교하는 사람이 많다. 물론 일본의 지방 문학으로 파악한 것이겠지만, 그
  렇다고 틀렸다 말할 수는 없다. 그러나 양자는 결코 동렬에 나란히 놓을
  성질의 것은 아니다. 조선 문학은 규슈 문학이나 도호쿠 문학이나 아니면
  타이완 문학 등이 가지고 있는 지방적 특이성 이상의 것을 갖고 있다.[5]

---

2) 위의 책, p.34.
3) 위의 책, p.36.
4) 座談會 「詩壇の根本問題」, 『國民文學』, 1943.2. ; 위의 책, p.381.
5) 崔載瑞, 『轉換期の朝鮮文學』, 京城 : 人文社, 1943 ; 노상래 역, 영남대출판부, 2006, pp.71-
   72.

같은 일본, 일본 문학이지만, '내지', '내지 문학'과 자신들, 그리고 자신들의 문학은 다르다는 공통된 의식은, 앞에서도 보았듯이 두 부류의 문인들의 사고 사이에 존재하는 질적인 차이가 여전히 문제가 되지만, 1940년대 조선에서의 '국민 문학'을 지탱하는 암묵적인 토대 가운데 하나였다고 할 수 있다.

재조일본인에게 이것은 소위 '재조일본인 의식'으로 드러나는데, 이는 '내지' 일본인과 조선인을 그때그때 타자로 상정함으로써 가능했다고 말할 수 있다. 조선인과도 다르고, 또 그러면서도 '내지' 일본인과도 다르다는 이러한 '재조일본인 의식'은 저절로 생겨나는 것이 아니라, 또한 '내지'로부터 소외됨으로써 생겨나는 것이 아니라, 거꾸로 '내지'로부터 조선에 관심이 집중될 때 '조선'을 대표/재현(represent)하는 존재로 자신을 자리매김하면서 생겨난다. 그렇기 때문에 온전한 형태의 '재조일본인 의식'은 '내선일체' 운동이나 대륙병참기지 정책 등으로 조선에 대한 관심이 높아지는 1930년대 말을 전후한 시점에 그 모양이 갖추어진다고 할 수 있다.

이 글은 문학의 장에서 이러한 '재조일본인 의식'이 어떻게 생겨나고 또 어떠한 모습을 가지고 있었나를 살펴보려는 것이다. 경성제대 학생 문예를 중심으로 하는 것은 일본인과 조선인의 공학인 경성제대가 지식과 문학의 측면에서 '내선일체'의 장을 선취하고 있었다는 판단 때문이다.

## 2. 교양주의와 식민주의

『청량(淸凉)』(1925~1941)은 경성제국대학 예과 학우회(學友會)의 잡지이다. 학우회6)는 요즘의 학생회와 비슷하지만, 통상 회원인 학생 외에 교수를 포함한 직원이 특별 회원이 되고, 또한 졸업생도 찬조 회원이 되는 등 예과의 구성원들을 모두 포괄하는 단체였다. 회장은 예과 부장이 맡고, 각종 임원, 즉 부회장, 이사, 각부 부장 등을 교수가 맡는 등, 교수의 통제가 다소 강한 조직이었다고 할 수 있다. 그러나 학우회를 통한 학생 활동이 다소 자유로웠던 것은 "학생들의 호연지기를 길러준다고 학교에서 학생들을 치켜세우고 학생들의 언동을 대범하게 대"7)했다는 말에서도 알 수 있다. 그 가운데 문예부가 편집을 담당하는 『청량』은 교수의 글이 항상 실리기는 하지만, 학생들의 글이 주를 이루는 학생들이 편집한 학생들의 잡지였다. 실린 글은 연구 논문은 물론, 시, 소설, 희곡, 번역과 같은 근대 문예를 표방한 것에서, 한시, 단가 등의 일본 전근대적 시가에 이르기까지 다양했다.

창간 당시 『청량』의 분위기를 지배한 것은, 당시 경성제대 예과를 지배하고 있던 교양주의였다고 할 수 있다. 교양주의를 어떻게 정의하는가는 견해가 분분하지만, 경성제대 예과를 지배하고 있던 교양주의는 일본의 구제 고등학교의 그것, 즉 "철학, 역사, 문학 등 인문학의 독서를 중심으로 한 인격의 완성을 지향하는 태도"8)와 다르지 않았다. 고전 지향, 서구어 지향, 현실·실천과의 유리 등은 동아시아 교양주의의 특

---

6) 「京城帝國大學豫科學友會規則」, 『京城帝國大學豫科一覽』, 1924.
7) 유진오, 「편편야화(片片夜話)」, 『동아일보』, 1974.3.20.
8) 竹內洋, 『敎養主義の沒落』, 東京 : 中公新書, 2003, p.40.

징이라고 할 수 있는데, 이는 『청량』 창간호에서도 두드러지게 드러난다.

창간호 속표지에는 표어 격으로 내세운 횔덜린의 시 「하이페리온 (Hyperion)」 중 '인간들의 갈채(Menschenbeifall)'가 독일어로 실려 있는데, 그것을 번역하면 "아, 대중이 원하는 것은 시장 바닥에서나 쓸모 있는 것이요,/하인은 권력자만을 흠모하는구나./고귀한 신생(新生)을 믿는 자는 스스로 신적인 자들뿐이로구나"라는 뜻이다. 2호에는 프랑스 철학자 장 브뤼에르(Jean de la Bruyere)의 『성격론』에서 따온 "인생이 비참하다면 참고 견디겠다. 만일 행복하다면 잃을 것을 두려워하겠다. 어차피 같은 것이지만."이라는 경구를 싣고 있다. 철학과 3회 졸업생인 쓰다 가타시(津田剛)은 "당시 경성제대는 전 교관이 봉임 전에 각자 3년간의 유럽 유학을 하고 착임하는 것으로 되어 있어 전학교가 아직 유럽 물이 빠지지 않은 채 강의를 하는 아주 특이한 상태였다. 세계의 새로운 경향은 그대로 생생한 형태로 강단에 도입되어, 일본에서 가장 새로운 학풍에 휩싸인 대학이었다."[9]라고 하고 있는데, 서구어와 서구 문학, 서구 철학에 대한 지향은 경성제대 예과를 조선의 다른 고등 교육기관, 나아가 조선 사회와 구별시켜주는 지표였다. 예과 영어 교수인 고다마 뇨세쓰(兒玉如雪)의 영시 번역도 이 연장선상에 놓여 있는 것이었다.

일본인, 그리고 『청량』 전체가 대체로 고전, 서구 지향을 보여주고 있고 있음에 반해, 조선인 학생들은 전체적으로는 마찬가지 기조를 유지하면서도 조선을 그 속에 기입하고자 했다는 점에서 일본인 학생들과 달랐다. 특히 유진오는 1호에서는 영시 번역과 더불어 시조를 번역·소개하고, 2호에서는 자신의 문예론을 펼치는 가운데 조선의 한시를 주장

---

9) 津田剛, 「有限と無限との間」, 『哲學論叢』, 1972.1, p.4. ; 永島弘紀, 『戰時期朝鮮における新體制と京城帝國大學』, ゆまに書房, 2011, p.109 재인용.

의 근거로 들기도 했다. 시조 부흥운동으로 대표되는, 시조에 대한 재평가와 그것의 갱신은 '국민 문학론' 등의 형태로 당시 조선 문화계에서 주장되던 것이었다. 서구 고전과 일본 고전 일색이었던 『청량』에 유진오는 조선 고전을 기입함으로써 조선 사회에 대한 관심을 촉구하고 있었던 것이다. 이러한 조선인 학생들의 노력은 학우회와 별도로 문우회(文友會)를 조직하고, 『청량』과 별도로 조선어 잡지 『문우(文友)』(1926~1929)를 발간하는 것으로 이어진다. 『문우』의 기본 이념은 다음과 같이 표현되었다.

> 잠시도 놀지 말고 곡괭이를 손에 들고, 문명의 고총(故塚)을 파내야 할 것이다. 그래서 선조의 해골이 되든지 무엇이 되든지 힘 있게 파야 한다. 그러는 동시에 '너의 것'을 사랑하여라, 그리고 또 '너의 것'의 근심을 물으라. 그런 연후에 참 문우(問憂) 회원이다. 물을 문 자, 근심 우 자.[10]

류기춘은 '문우(文友)'의 의미는 '문우(問憂)'에 있다는 것, 즉 조선의 것, 조선의 근심을 묻는 것에 그 의미가 있음을 주장하고 있는데, 이에 반해 『청량』이 표상하는 조선은 다음과 같은 것이었다.

> 반도로부터 출현하는 학문과 문화의 신천지. (중략) 처녀지를 개척한다!, 얼마나 용기 있는 말인가. (중략) 내일은 온다! 손에 쥐어진 것은 가래와 곡괭이. 스스로 길을 개척하고 후생을 위해 곡괭이질을 한다. 반도의 문화(文華), 이 처녀지에 첫 번째 가래질을 하는 젊은이의 여행![11]

'처녀지'로서의 반도 혹은 조선에서 문화를 꽃피우는 것에 대한 사명

10) 류기춘, 「文友」, 『文友』, 1927.11, p.1.
11) 『청량』, 1925.12, p.194.

감을 표출한 이 글은 재조일본인이 식민지 조선을 대하는 기본적인 태도를 잘 보여준다. 조선을 자연이나 풍경으로 소비하고 사물화하는 것, 조선인이나 조선인이 낳은 문화조차, 진지하게 대면해야 할 타자가 아니라, 개척해야할 대상으로 설정하는 것이 바로 그것이다. 이때 재조일본인 의식이란 황량한 자연을 일구는 개척자로서의 자의식을 의미하는데, 이러한 점은, 경성제국대학 동창회지『감벽 저 멀리(紺碧遙かに)』를 보건대, 일본의 패전 이후에도 커다란 변화가 없었다고 할 수 있다.

그러나 1930년대에 들어서면서 조금은 변화가 엿보인다고 할 수 있는데,『청량』에서 조선 관련 글들이 늘어나기 시작한다는 것에서 그 징조를 볼 수 있다. 경성제대 설립 이래 조선 관련 연구가 진척됨으로 해서 생겨나는 각종 연구 논문들이나 조선 각지의 여행기가 주류를 이루고 있지만,「조선 신문학 발달 소사」(구자균, 1932.3)처럼 조선의 현실을 알리는 글이나「KEIJO」(粕谷逸史, 1932.3)와 같은, 표현주의 풍으로 경성의 사람들과 풍경을 읊은 시도 눈에 띈다. 그 가운데에는 문예부원이었던 잇시키 다케시(一色豪)라는 다소 예외적인 재조일본인의 존재가 있었다.


## 3.『청량』과 잇시키


잇시키에 관한 정보는 그다지 많지 않다. 시코쿠(四國)의 마쓰야마(松山) 출신으로서 1931년 경성제대 예과의 문과B에 입학, 1933년 본과 문학과(국어국문학 전공)에 진학하였고, 1937년 졸업하자마자 의주농업학교 국어 교사로 갔다가 1939년 평양 제2중학으로 옮겼으며, 일본이 패전한 후에는 마쓰야마로 돌아가 마쓰야마 중학 등의 교사로 일했다는 것이

지금까지 그에 대해 밝혀진 전부이다. 덧붙여 말하자면 잇시키는 1935
년에 창간되어 1939년까지 지속된 『성대문학(城大文學)』의 동인이자, 1~5
호까지의 발간인이었다. 잇시키가 이처럼 경성제대 학생 문예에서 중요
한 위치를 점하고 있었던 것은 여타 동인들의 증언을 통해서도 드러난
다. 동인이었던 이치세(一瀨格)는 1935년 5월 카페 낙랑(樂浪)에서 열린 성
대문학 발회 간담회에서 회의 시작 인사 겸 잡지 창간의 기운(機運)에 대
한 이야기를 잇시키가 했다고 기억하고 있다. 또한 마찬가지로 동인이
었던 다나카 마사미(田中正美)는 나중에 조선에서 작가로 성장한 미야자키
세이타로(宮崎清太郎)를 끌어들인 것도 잇시키와 자신이었다고 증언하고
있다. 이를 통해 잇시키가 『성대문학』, 나아가 경성제대 학생 문예에서
차지하는 위상을 대강 짐작할 수 있을 것이다.

　잇시키의 학생 문예 활동은 『성대문학』에서 비로소 시작된 것이 아니
라, 『청량』에서부터였다. 그는 자신의 예과 재학 시절 내내, 그동안 4권
이 발간된 『청량』의 편집을 담당하는 문예부원이었다. 사실상 『성대문
학』은 『청량』에서 활동하던 학생들이 본과로 진학하면서 만든 잡지였다
고 할 수 있는데, 잇시키의 『청량』이나 『성대문학』에서의 활동은 습작
에 지나지 않았다. 습작이라고는 하지만 여기에는 재조일본인 문학의
원형이 들어 있다고 할 수 있는데, 그것은 대개 고전적인 시가(단가, 하이
쿠, 한시) 위주인 재조일본인 문학과의 비교로도 쉽게 알 수 있다. 재조일
본인 문학이란, 사토 기요시 그룹을 제외하면, 조선인과의 연합에 의해
1939년 처음으로 반도 문단에 등장함으로써 가능하게 된 것이라면, 그
이전의 재조일본인 문학이란 그러한 본격적인 활동을 준비하는 습작에
불과한 것이기 때문이다.

　잇시키가 『청량』에 맨 처음 쓴 것은 콩트 「청주 '혁명'(清酒'革命')」(1932.3)

이었다. 배경은 세토나이카이(瀨戶內海)에 접한, 시코쿠 어느 항구이고, 주인공은 청주 회사 사장인 쓰쿠다 도요타로(佃豊太郎)이다. 도쿄에 유학 간 머리 좋은 아들이 사회주의 운동에 빠진 이후부터는 '붉은 것'을 극히 싫어하게 된 쓰쿠다의 회사에서 만드는 청주 이름은, 아이러니하게도, 한자를 좋아하는 정장(町長)이 붙여준 '혁명(革命)'이다. 그런 그는, 풍작 때문에 쌀값이 폭락하면서, 폭락 이전에 비싼 쌀로 만든 '혁명'이 팔리지 않아 골머리를 썩는다. 그는 그로 인한 울분 때문에 쓰러지고 도쿄에서 돌아와 어민조합을 조직한 그의 아들이 지도하는 어민 봉기의 소리가 만가(挽歌)처럼 들리는 가운데 숨을 거두는데, 그의 유서에는 "내 장례식에 붉은 가사(袈裟)를 착용하는 것은 사양한다."라고 적혀 있었다. 지방 소부르주아 계급의 몰락을 그린 이 콩트는 자칫하면 '혁명'이라는 말이 남발되는 세태를 풍자한 것으로도 읽힐 수 있기에 잘 고안된 서사라고는 볼 수 없다. 그러나 풍자의 방식을 통해 구 계급의 몰락과 새로운 계급과 사회 운동의 등장을 그려낸 것이라 볼 수 있다. 이처럼 잇시키의 글은 대체로 사회주의에 대한 공감을 그린 것이었다.

그 다음호(1932.9)에 잇시키는 「문학에서의 리얼리즘에 대해(文學に於ける リアリズムに就いて)」라는 평론을 실었는데, 이 글은 "어떻게 부르주아 리얼리즘이 그 역사적 제약성에 의해 뛰어넘어야 할 한계를 지니는가, 나아가 왜 진정한 의미의 리얼리즘이 프롤레타리아 리얼리즘이 아니고서는 성립할 수 없는가를 밝히는" 것을 그 목적으로 삼았다. 그러나 대개는 사회주의 리얼리즘 이론가들의 글들을 늘어놓는 것에 지나지 않아, 유물론적 리얼리즘에 대한 학습장이라는 느낌을 준다. 사회주의나 리얼리즘에 대한 학생 수준의 파악이 대단한 것일 리가 없다. 그러나 주목할 점은, 그럼에도 불구하고 그러한 이론에 대한 관심이 조선 현실에 대한

관심으로 이어진다는 사실이다. 그것을 보여주는 것은 한 편의 보고문학과 한 편의 시이다.

같은 호에 실린 「장충단 풍경(奬忠壇風景)」은 조선인들에 대한 관찰을 스케치풍으로 기술한 것인데, 여기에 등장하는 인물은 이토 히로부미(伊藤博文)를 기리는 절인 박문사(博文寺)의 공사를 담당하는 인부들, 그리고 활을 쏘며 한가로운 하루를 보내는 유한계급의 인물과 기생들이다. 이들을 화자인 '나'가 관찰하는 것이 이 수필(?)의 전부라 할 수 있다. 십장과 임금을 협상하고 있던 인부들 옆으로 병사들이 지나간다. 그때 인부들은 "이 병사들이 만주에서 중국인을 몇 만 명이나 죽였다는 거지." "살인 인부인가"라고 말한다. 전쟁에 대한 조선인 인부들의 부정적인 인식을 통해 만주 사변, 상하이 사변 등에 대한 화자의 인식을 간접적으로 보여주지만, 이것 또한 학생의 치기를 넘어서지 못한다. 그러나 동시에 조선인 인부들은 "병사들이 아침밥은 먹고 다닐까."라고 말하며 병사들과 하층 계급으로서의 연대 의식을 느낀다. 이러한 조선인 인부들에 대한 관찰은 자연스럽게 화자의 다음과 같은 인식으로 이어진다. "다다다다…… 일대의 정적 가운데 시끄러운 기관총 소리, 용산에서 남산을 넘어오는 것일 터이다. 그것은 간질병을 앓는 아이가 식전에 밥그릇을 두드리는 것 같다. 인류가 사는 세계에서 저 소리를 몰아낼 수는 없는 것일까." 반전 혹은 혐전 의식을 드러내는 것 자체는, 그것만으로도 다소 저항적 의미를 가질 수 있겠지만, 그다지 중요하지 않고, 그러한 의식들이 하층 계급의 연대 의식으로 이어질 수 있다는 점이 더욱 중요하다. 그 하층 계급은 민족을 넘어선 것이라는 점에서 잇시키의 이 수필은 의미를 가진다. 조선인 인부의 일본인 하급 병사들에 대한 연민과는 반대로, 화자는 활터에서 기생들과 한가로이 활을 쏘는 조선의 유한계급에 대해서는 비판적인 시선을 거두지 않는다. 결국 "유유자적하는 지주 귀족들, 뜨거운 태양 아래서 땀과 돌조각으로 범벅이 된 인부들. 두 개의 산이 현대 조선의 축도를 그리고 있다."라고 하며 조선을 계급의 시각에서 그려낸다. 조선을 한 무더기의 단일한 객체로 바라보지 않고, 계급을 통해 분절화하며, 그렇게 분절된 계급이 민족을 넘어 연대한다는 것, 이러한 시선은 나프를 비롯한 프롤레타리아 문학의 그것이어서 특별한 것은 없다. 그러나 그것이 식민지에 살고 있는 재조일본인의 것이라는 점에서 어떤 의미를 부여할 수 있을 것이다.

보고 문학인 이 글에서 또 주목되는 것은 조선 하층계급과의 연대감과 더불어 그들을 그려내기 위한 언어 사용이다. "집에 가면 있다(チビカモイッタ)"와 같이 조선 인부들의 대화에 조선어를 루비로 표시하는 방식이 그것이다. 잇시키가 조선어를 구사할 수 있었는지는 의문이지만, 조선어를 통해 조선과 조선인을 재현하려 했다는 점은 평가할 만한 것이라 할 수 있다. 이러한 조선과 조선인 재현에서 언어의 문제에 주목한 것은 다음과 같은 인용문에서도 드러난다.

> 쾅쾅. 그 때마다 커다란 바위가 쑥쑥 움직인다.
> 장혁주 씨의 「아귀도(餓鬼道)」라는 소설에는 발파 음을 쿵덕쿵덕이라고 형용하고 있다. 아무래도 그렇게는 들리지 않는다.(p.65)

박광현은 재조일본인 문학을 이야기하는 가운데 장혁주의 수상(受賞)이 재조일본인에게 큰 영향을 미쳤다고 했는데,[12] 그 점이 여기서 드러나고 있다. 장혁주의 수상은 식민지 현실을 그려낸 것도 충분히 훌륭한

---

12) 朴光賢, 「朝鮮文人協會と'內地人半島作家'」, 『現代小說研究』 43, 2010, p.88.

문학이 될 수 있음을 보여준 사건이었다. 식민지에서 생활하면서 문학
가를 지향하는 재조일본인에게 이만큼 고무적인 일은 없었을 것이다.
그러나 장혁주에 대한 재조일본인의 태도는 미묘한 것이었는데, 그것은
경쟁과 연대를 모두 포함한 것이었다. 위 인용문에서는 일본어 구사의
문제이긴 하지만, 경쟁심이 두드러지는데, 다음 호(1933.3)에 실린 「이촌
(離村)」이라는 시는 장혁주와의 연대감을 드러내고 있다. 전문을 인용하
면 다음과 같다.

> 무너진 토담에 민들레꽃이 피고
> 엷은 봄볕은 서리를 녹인다.
>
> 땅에 누운 내 가슴에
> 지나가는 생각은 무언가?
>
> 유리(流離)하는 사람들의 잊을 수 없는 얼굴
> 사람들의 지금 생활 상태
>
> 아직 싹도 보이지 않던 일 년 전
> 고향을 버린 몇 집의 마을 사람
>
> 바가지(バカチ)와 남루를 등에 지고
> 백의의 표류자는 이별을 아쉬워했다.
>
> "팔자(パルチャ)가 좋으면 다시 만나자."
> "오랑캐 놈들(ホーインノム)을 조심해라.(チョシム・ヘラ)"
>
> 이것도 최근의 일
> 세 젊은이가 타국으로 갔다.

바다(バ夕)를 건너야 한다고 한다.
XX란 도대체 어떤 곳인가.


"돈을 벌면 보낼게."
"왜놈(ウェインノム)들을 조심해라.(チョシム・ヘラ)"


사람들은 쫓겨가고 고향은 황폐해
무너진 토담에 봄은 다시 오지만,


누가 그들의 땅을 X했는가.
누가 고향의 산하에서 쫓아냈는가.


땅에 배를 댄 내 가슴에
솟구쳐 오는 천만의 생각.


봄볕에 따뜻해지는 내 볼에
차갑게 흐르는 무량의 눈물.


　　— 이것은 장혁주 씨의 소설 「쫓겨가는 사람들(追われる人々)」에서 제재
를 취한 것입니다.


『개조(改造)』(1932.10)에 실린 장혁주의 소설 「쫓겨가는 사람들」은 조선
농민이 중농에서 소작인으로 몰락하여 비참한 생활 끝에 소작료를 물지
못해 간도로 떠나는 것을 그린 작품이다. 이 소설에 대한 감상문을 시
로 쓴 것이 위에서 인용한 글이라고 할 수 있는데, 여기서는 독자인
'나'와 텍스트인 장혁주 소설의 상호작용에 의해 발생한, 화자인 '나'가
가지는 조선인 농민의 참상에 대한 연민이 잘 드러나고 있다. 이러한
연민이나 공감이란 실제의 조선 현실에서는 일어나지 않는 것이고 오히

려 텍스트를 통해서만 발생하는 것이라 할 수 있다. 그러니까 텍스트를 통해서만 조선 현실에 접근하는 재조일본인의 조선 인식이 가진 한계를 잘 드러내는 시라 할 수 있다. 그러나 그 한계를 돌파하려는 시도도 동시에 이루어지고 있다. 그것은 재조일본인의 감각을 통해 텍스트를 보충하는 것으로 드러난다.

장혁주의 「쫓겨가는 사람들」 원문에는 왜인(倭人)이라는 글자가 '入人(ウェイン)'으로 표기 되어 있다. 남부진에 따르면 이것은 검열의 흔적일 가능성이 많다고 하는데,13) 원문에서 볼 수 있는 많은 복자들이 그러한 사실을 뒷받침하고 있다. 그러나 잇시키는, 위의 시에서 볼 수 있듯이, 그러한 일종의 복자를 "왜놈(ウェインノム)"이라는 형태로 살려놓고 있는데, 이것은 재조일본인으로서의 그의 생활 감각에 의한 것이다. 원문에서는 결락된 식민자에 대한 적대감을 조선 현실에 대한 재조일본인의 특유한 관찰을 통해서 보충할 수 있었던 것이다. 물론 문제는 그 왜인(倭人)으로부터 자신은 벗어난 예외적인 자리에 서 있는 것으로 착각하는 데 있다. 그러나 거꾸로 제삼의 장소에 안전하게 존재한다는 그러한 착각이 식민지 하층계급에 대한 공감이나 연대감을 불러일으킨 것도 사실이다. 그 매개는 사회주의라는 사상이기도 했지만, 또한 재조일본인으로서의 자각이기도 했다.

---

13) 南富鎭・白川豊 編, 『張赫宙日本語作品選』, 東京 : 勉誠出版, 2003, p.316.

## 4. 『성대문학』과 잇시키

『청량』에서 활동하던 문학청년들이 학부로 진학해서 만든 잡지가 『성대문학』(1935~1939?)이다. 이 잡지는 현재 2권(36.2), 3권(36.5), 4권(36.7), 5권(36.11), 7권(1939.7)이 남아있다. 2권에 동인의 이름이 나열되어 있는데 이에 따르면 사사키 노부토라(佐々木信虎), 하라 다쓰오(原達夫), 다나카 마사미(田中正美), 오노 히사시데(小野久繁), 와타나베 마나부(渡部學), 다케모리 마사히사(竹森正久), 이즈미 세이치(泉靖一), 오영진, 이석곤 등으로 되어 있다. 동인과 글을 투고하는 비동인 사이에 큰 차이는 없었던 듯한데, 즉 동인 사이의 결속력은 크지 않았던 듯한데, 그것은 각기 동인에 대해 다른 기억을 가지고 있는 것으로부터 추측할 수 있다. 그것은 비슷한 문학관을 가진다든가, 혹은 이데올로기를 가진다든가 하는 일이 없었고, 작품 경향도 다양했던 것에서도 추측할 수 있다. 다만 동인들의 기억에서 일치하는 점은 다음과 같은 것이다.

> 다만 말하지 않고 쓰지 않아도 모두의 마음속에 있었던 것은, 당시 경성의 문학 활동은 시인들이 주체였으므로 그에 비견할 만한 소설면의 강화였다고 생각합니다.14)

시인들이 주체였다는 말은 사토 기요시와 경성제대 영문학 전공을 중심으로 한 시단을 염두에 둔 것인데, 이들에게도 문학이란 바로 근대문학, 즉 시와 소설을 의미했다. 동인들의 스승이자 선배인 사토 기요시 그룹에 견줄 만한, 일본어로 소설을 쓰는 집단을 식민지인 조선에 만들

---

14) 京城帝國大學同窓會編, 『紺碧遙かに』, 耕文社, 1974, p.351.

고자 하는 의욕이 『성대문학』을 낳았다고 할 수 있다. 그러나 소설 중
심의 잡지를 만들자는 것 외에 명시적인 동인 의식이 있었는데, 그것은
조선의 현실에 주목하는 것, 재조일본인 의식을 드러내는 것 등이었다.
그것은 다음과 같은 원고모집 광고에서 잘 나타나고 있다.

> 금후 반도 문예를 위해 일비(一臂)의 공헌을 하고자 정진을 계속할 생
> 각이다. 우리들은 지방주의 문학이라는 자각 하에, 헛되이 도쿄 문단을
> 추종하지 않고 반도의 문학 저널리즘 확립을 목표로 매진하고자 한다.
> (1936.11, p.96)

이는 조선의 현실에 주목하고, 재조일본인 의식을 드러냄으로써 반도
일본인 문학을 세우고자 하는 포부라 할 수 있다. 이는 "더욱 사회를 직
시한, 또한 그 사회 속에 살아가는 우리 자신을 직시한 것, 거기에는 무
언가 일한(日韓) 양 민족의 공통적인 지평이 있을지도 모른다는 막연한
생각도 있었습니다."(『紺碧遙かに』, p.349)라는 사후적인 회고로도 드러난다.
어쨌든 조선의 현실에 바탕을 둘 것, 일본 내지와는 차별화한다는 것,
이를 소설로 드러낸다는 것이 『성대문학』의 목표였는데, 이는 예과 문
예 활동을 통해 잇시키가 추구하고자 하던 것이다. 이 점에서도 『성대문
학』은 잇시키의 문제의식이 결실을 본 것이라고 할 수 있다. 그러나 그
만큼 다른 동인들에게는 이러한 재조일본인 의식을 찾아보기는 어렵다.
예를 들면 다나카 마사미의 「춤추다(踊る)」(36.2)는, 주인공 다다(多田)가
이전의 하숙집 주인의 후처인 하쓰코(初子)를 그 빈궁과 의미 없는 일상
에서 구해내고자 하지만, 이념에 대한 신념이 없는 것과 맞물려 그녀에
게 애매한 태도를 보이며 결단을 내리지 못하는, 지식인의 나약함을 그
리고 있다. 여기서 재조일본인 하층민의 일상의 무의미함(식민지 생활의

의미 없음), 그러한 무의미를 가로지르는, 오오이(大井)로 대표되는 만주·
대만(옷에 적힌 글자만이지만)·조선 등의 식민지를 횡단하는 일본인의 생
활 등이 생생하게 묘사되지만, 그를 압도하여 드러나는 것은 재조일본
인 하층민을 바라보는 주인공의 이중적 감정, 즉 열등감과 우월감이라
는 지식인의 자의식이다. 이 점은 『성대문학』의 문학청년들이 여전히
일본 '내지' 문단이 주목할 만한 타자성의 문학을 만들어내지 못하고
있음을 의미한다. 이들의 문학은 배경만 식민지일 뿐 도쿄 문단의 문학
과 큰 차이가 없었던 것이다. 오히려 전향 문학의 분위기만을 모방한
습작이라 할 수 있다.

　그러한 가운데 잇시키만은 강렬한 재조일본인 의식이라 부를 만한 생
각들을 내보이고 있다.

　　현해탄 하나 때문에 도쿄 문단의 행방이 바로 전해오지는 않는다. 자
　극이 없으니 가십적인 문단 사정에는 어두워진다. 유행하는 문학 이론도
　확실하게 소화하지 못하는 사이에 사라져 버리고 어느 샌가 다른 이론이
　등장하는 것이다.
　　즉 문학 청년적인 민첩함이 없어져 시골 사람이 되는 것이다. 그러나
　반면에 이득인 점도 있다. 예를 들면 말초적인 자극에 휘둘리지 않고, 지
　긋이 고전을 상대할 수 있다. 또 조선은 민족적으로 착종되어 있기 때문
　에 그런 의미에서 반식민지적인 특수한 인간 생활을 그려낼 수 있다.
　　우리들 동인은 대체로 조선이라는 풍토 위에 성장한 자들이기 때문에
　그런 의미에서 출가인(出稼人) 근성을 벗어나 지긋이 조선을 그릴 수 있다.
　　그러나 뭐라 해도 문단적 명성은 갖고 싶다. 그 때문에 많이 공부하고
　있다. 아쿠타가와 상도 준다면 언제라도 받으러 가겠습니다.(1936.5, p.94)

일본의 중심이 아니라 지방이라는 점 때문에 가지는 열등감을 표출하

고 그와 맞물려 중앙 문단에 대한 강렬한 지향성을 드러내면서도 동시에 재조일본인으로서의 자의식을 가지는 것으로 위 인용문은 요약될 수 있다. 열등감을 단점에서 장점으로 전환시킬 수 있는 것은 재조일본인으로서의 특수성을 살리는 길밖에 없으며, 이러한 재조일본인 의식은 일본에서의 조선에 대한 관심 때문에 생겨난다. "조선은 민족적으로 착종되어 있기 때문에 그런 의미에서 반식민지적인 특수한 인간 생활을 그려낼 수 있다"는 주장은 그것을 잘 보여준다. 재조일본인 의식은 일본 '내지'에 대한 대타적 감정으로 생기는 것이기는 하지만, 그보다 더 근원적인 곳에 '내지'로부터의 인정받고자 하는 욕구가 자리하고 있는 것이다. 그것은 곧 그들이 장혁주와 같은, 일본어로 창작하는 조선인과 경쟁관계에 있음을 드러내는 것이다. 일본 문인들의 조선에 대한 관심을 재조일본인에 대한 관심으로 전환시키려 했던 가라시마 다케시(辛島驍)의 「내지인으로서(內地人として)」라는 글은 그것을 잘 보여준다.[15]

재조일본인 의식을 『성대문학』의 중심에 놓았던 잇시키는, 그러한 인정 욕망으로 인해 『청량』에서 조금이나마 보여주었던, 조선인과의 연대감을 통한 재조일본인 의식을 더 이상 보여주지 못한다. 「우기(雨期)」(36.2)는 "도쿄의 진전된 문화적 운동과 현상"에 열등감을 가진 재조일본인 청년이 바라본, 같은 아파트에 사는 재조일본인 하층계급들의 생활을 그린 것이다. 「용기(勇氣)」(36.11)는 조선인 여성을 매춘부로 이용해 돈을 모은 식민지 졸부의 딸과 결혼하는 과정을 그린 소설이다. '내지'에서는 하인이었던 자가 식민지에서 크게 돈을 벌어 계급이 역전된다는 것을 보여주고 있는 이 소설에서 식민지인은 보여지지도 않고 이야기되

---

15) 박광현, 앞의 논문 참조.

지도 않는다. 그가 자신이 말한 재조일본인 문학의 장점인 "민족적인 착종"을 소설로 그려내기 위해서는 오히려 "유행하는 문학 이론"이었지만 이제는 철지난 사회주의 리얼리즘이 필요했던 것이다. 조선과 조선인이 등장하는 「강가 사람들(河畔の人々)」(1936.5)이 그러한 퇴보를 잘 보여준다. 이 소설은 대학생 오카다(岡田)가 각기병을 완화시키기 위해 일광욕을 하러 강가에 갔을 때 만난 조선인들에 대한 이야기이다. 그들은, 영웅이 나타나 "우리들의 ×를 ××시"킬 징조인 맞은편 둑의 현상이 일어나기만을 기다리는 도인풍의 노인, 고등보통학교에서 사상사건으로 쫓겨나 강가에서 일을 하는 류(柳)라는 학생이다. 오카다(岡田)는 "류를 생각하면 어두운 기분에 사로잡힌다. 그리고 이것은 류만이 아니다. 몇 백 명이나 되는 젊은이들이 유학생활을 포기하고 고향으로 돌아간다. 그리고 소작인과 일용직으로 전락해 간다. 마침내는 만주 등지로 표박하지 않을 수 없다."라고 하여 조선인이 놓인 현실을 이야기하지만, 그러한 공감은 구체성을 획득하지 못하고 일본인 오카다가 가질 수 있는 연민에 머물고 만다.


5.


이 글에서는 잇시키 다케시를 중심으로, 1940년대에 본격적으로 전개된 재조일본인 문학의 기원 혹은 전사(前史)라 할 수 있는, 경성제국대학 학생 문예를 살펴보았다. 경성제국대학 학생문예는 처음에는, 당시 엘리트 교육의 특징 가운데 하나였던 교양주의적 성향을 드러냈으나, 1930년대 초에는, 『청량』에 실린 잇시키의 글에서 볼 수 있듯이 사회주의를

매개로 식민지인에 대한 연대감과 일본 제국주의에 대한 비판의식을 드
러냈다. 그 점은 장혁주 소설과의 상호텍스트성에서 살펴볼 수 있었다.
그러나 그러한 의식조차도 자기 자신을 어떤 경계에도 포함되지 않는
제3의 지점에 둠으로써 가능했다고 할 수 있다.

『성대문학』에서는 이러한 연대감이나 비판의식은 사라지고 그 자리
를 대신해 재조일본인 의식이라는 자의식만이 부각된다. 이러한 재조일
본인 의식이란 식민지 본국의 일본인과의 차별 의식에서 생기는 것은
물론이지만, 동시에 식민지인인 조선인과의 차별 의식에서도 생긴다. 나
아가 식민지 본국인 일본에서 조선에 대한 관심이 높아지는 가운데 본
국으로부터의 관심을 얻기 위해 조선인과의 차별성과 연대감이라는 모
순된 감정과 본토 일본인과의 차별성과 연대감이라는 모순된 감정을 적
절하게 조절함으로써 그것이 구체성을 얻게 된다. 이러한 점은 재조일
본인 문학의 본격적 전개라 할 수 있는 『국민문학』에서의 일본인 문학
으로 이어진다.

이 글에서는 재조일본인 의식이란 본국 및 식민지 조선과 자기 자신
을 적절하게 분절함으로서 생성될 수 있음을 잇시키의 글을 중심으로
간략하나마 분석했다. 이러한 주장은 텍스트에 대한 더욱 정치한 분석
과 당대 담론 공간과의 비교를 통해 더욱 풍부하게 해명될 수 있을 것으
로 생각된다. 특히 장혁주의 소설과 잇시키의 글을 포함한 재조일본인
문학의 상호 텍스트성에 대한 해명은 차후의 중요한 과제가 될 것이다.

‖ 우 페이전(吳佩珍) ‖

# 일본의 '타이완 식민 초기(台湾植民事始)'와 메이지(明治) '패자' 사관

기타시라카와노미야(北白川宮)의 표상을 둘러싸고

## 1. 시작하며

일본과 타이완의 근대관계사는 1874년 타이완 출병에서부터 시작되었다고 할 수 있다. '타이완출병'(또는 '보탄샤(牡丹社) 사건'이라고도 한다)의 기원은 1971년 류큐(琉球)의 어선이 조난당했을 때, 타이완 남부 헝춘(恒春) 반도에 표착하여 54명의 어부가 타이완 원주민에 의해 살해된 일이다. 메이지유신 이후 일본은 근대화라는 목표에 매진하여 세계열강을 따라잡고자 제국 열강의 경쟁 게임에 참가하기 시작했다. '보탄샤 사건'이 계기가 되어 전근대 이후 중국과 일본 사이에 끼어들면서 간신히 그 주권을 지켜온 류큐 왕국은 주체성이 위태로워졌다. 그 때문에 일본은 중국에 항의를 했지만, 중국은 타이완을 가리켜 '화외(化外)의 땅'이라고 주장하며 적극적으로 대응하지 않았다. 이로 인해 일본은 '만국공법'에 기초하여 타이완으로 출병했다. 이것이 근대에 들어와 타이완과 일본이 이룬 첫 조우였다.[1] 또 현실적으로 '타이완출병'의 또 하나의 목적은 메이지유신 이후 '질록처분(秩祿處分)'에 의해 실업자가 된 무사 계급의 불만을 해소하기 위한 것이기도 하다. 실제로 '타이완출병' 전에는 '정한론(征韓論)'이라는 주장도 있었다. '정한론'을 둘러싸고 사이고 다카모리 (西鄕隆盛)는 메이지 정부에 불만을 품고 하야하여 가고시마(鹿兒島)에 은둔하고 있었다. '타이완출병'에는 다양한 착종된 요소가 얽혀 있었다고는 하지만, 실제로 메이지 정부가 사이고 다카모리를 회유하기 위한 수단의 하나였다고도 하고 있다. 그 통사(統師)는 동생인 사이고 쓰구미치(從道)였지만 실제로 군대를 통솔했던 것은 사이고 다카모리였다.[2] 1874년 타이완 출병 이후, 무사계급 출신들의 불만은 해소되기는커녕 점점 더 높아져 이것이 자유민권운동에 박차를 가했다. 이런 정세 속에서 1877년 일본의 마지막 내전인 '세이난 전쟁(西南戰爭)'이 일어나고, 그 전쟁이 종언을 맞이하면서 드디어 불안한 정세도 수습되기 시작했다. 1894-1985년의 청일전쟁, 그리고 1904-1905년의 러일전쟁에서 일본은 중국과 러시아를 격파함과 동시에 청국에 타이완을 할양하게 만들어 첫 식민지를 손에 넣었다. 이상 서술한 것은 일본 근대에 유통되고 있는 주류 사관에서 보면 소위 근대사의 '통설'이다. 즉, 메이지 유신 이후 사쓰마번(薩摩蕃) 및 조슈번(長州蕃)이 주도권을 쥐는 '승자' 사관이기도 하다.

---

1) 고모리 요이치(小森陽一) 『포스트 콜로니얼(ポストコロニアル)』(이와나미 서점(岩波書店), 2001) pp.23-25.
2) 우 페이전(吳佩珍) 「일본자유민권운동과 타이완의회설치청원운동—지앙 웨이수이<입옥 일기> 중 ≪서향남주전≫을 중심으로—(日本自由民權運動與台灣議會設置請願運動—以蔣渭水<入獄日記>中≪西鄕南洲傳≫爲中心—)」(『국립정치대학교 타이완문학학보(國立政治大學台灣文學學報)』 제12기, 2007.12) pp.109-132.

실제로 대일 근대관계사는 상술한 사건에 기초하여 쓰여 있고, 일본의 타이완 식민사도 이 '승자' 사관에 의해 결정되어 '구축'되어 있다.

　'역사'에 대해 나리타 류이치(成田龍一)는 예전에 다음과 같이 지적했다. '"역사"는 국민국가를 만들어내고 지탱해 가는 데 있어서 대단히 중요한 장치였다', '그렇기 때문에 역사학에는 국민국가에 대한 비판이라는 것이 좀처럼 파고들어갈 수 없었던 것이다'.3) 상술한 내용을 봐도 알 수 있듯이, 역사학에는 국민국가에 대한 비판이 좀처럼 개입하기 어렵다. 냉전체제가 붕괴한 후, 일본의 '구식민지'가 추구했던 전전 및 전쟁에 대한 책임은 이러한 역사의 틀을 뒷받침해 온 근대국민국가에 던지는 질문이기도 하다. 이로서 국민국가의 존재 방식과 역사의 특권성을 갖고 있던 역사학의 지위는 동시에 위태로워졌다. 그리고 역사도 이야기라는 시점이 도입되고 인접영역으로 불리는 문학과의 관련성을 중시하게 되었다. 이렇게 문학과 역사의 경계가 흔들리기 시작하면서 이를 계기로 '역사'의 개념이 재정의 되어야 하지 않을까 하는 이야기가 나오고 있다.4)

　이상과 같이 지금까지 이어져 온 일본의 사관에 대한 재검토 내지 변화를 문제의식으로 파악하면서 지금까지 이루어져 온 타이완 연구를 이에 비춰 보면, 일본이 타이완을 영유했던 식민지 연구가 주로 '승자' 사관에서 출발한 것이라는 사실을 알 수 있다. 그에 비해 '패자' 사관에 서서 일본의 타이완 영유기를 검토하는 연구는 전무하다고 해도 좋다. 그 때문에 일본 통치기 식민지자로서의 '일본'에 대한 인식이 굳건해져

3) 나리타 류이치(成田龍一) 『<역사>는 어떻게 이야기되는가(<歷史>はいかに語られるか)』(도쿄 : 지쿠마(ちくま)문예문고, 2010) p.13.
4) 위의 책.

있을 뿐만 아니라, 포스트 콜로니얼적인 연구도 이런 사관의 영향 아래 일본의 근대 '내셔널리즘'을 단순화하는 경향을 볼 수 있다. 게다가 일본 영대(領台) 기간에 재대(在台) 일본인 문학자의 '문학영위'도 일본 종주국이 주체가 되는 '국민문학'의 연장으로서만 파악해 왔다. 하지만 식민지기 타이완에서 활약했던 재대 일본인 문학자를 다시 살펴보면, 일본 도호쿠(東北) 출신의 '패자' 집단에 속해 있다든가, 혹은 도호쿠와 인연이 있는 자가 많다는 사실을 발견할 수 있다. 예를 들어 니시카와 미쓰루(西川滿), 시마다 긴지(島田謹二),5) 하마다 하야오(濱田隼雄)6) 등이 거기에 속한다. 상기의 사실을 재인식한 후에 '패자' 사관에 서서 이 재대 일본인 문학자들의 창작, 당시 '국민문학'의 구상과 의욕을 다시 고찰한다면, 그 구조가 보다 더 착종되어 있으며 중층적이라는 것을 알 수 있다. 또 단일적인 일본의 '내셔널리즘'으로 회수될 수 없다는 사실도 명확해진다. 타이완을 식민지로 접수했을 때, 일본은 근대국가의 기초가 아직 안정되어 있지 않았고, 동시에 '일본'이라는 '국가'의 아이덴티티 형성이 아직 충분히 성숙되지 않았다고 할 수 있을 것이다.7) 이런 특징 역시

---

5) 시마다 긴지(島田謹二)는 도호쿠제국대학교(東北帝國大學) 영문학과 출신이다.

6) 하마다 하야오(濱田隼雄)는 도호쿠제국대학교 영문학과 출신으로, 시마다 긴지의 제자였다. 전향문제로 인해 타이완으로 건너와, 그후 여학교 교사가 되었다. 일본 패전 후 일본으로 돌아와 그 작품은 도호쿠 지방신문과 잡지, 『가호쿠 신보(河北新報)』, 『도호쿠 문학(東北文學)』 등에서 산견되고 있다.

7) 일본의 메이지 유신 전후, 국가체제 내지 국가 아이덴티티 문제에 대해 우 루이렌(吳叡人)이 메이지 유신의 '패자' 아이즈번 출신자인 도카이 산시 시바시로(東海散士柴四朗)의 『가인의 기우(佳人之奇遇)』(1879-)를 예로 들어 그 안에 그려지고 있는 '일본'이라는 국가 아이덴티티가 혼돈스럽고 애매했다고 지적했다. 우 루이렌 「'일본'이란 무엇인가 : 시론 ≪가인의 기우≫ 중층적 국가/민족 상상「日本」とは何か : 試論≪佳人之奇遇≫中重層的國/族想像」(후앙 지진(黃自進) 편 『근현대 일본사회의 세변(近現代日本社會的蛻變)』, 중앙연구원아태구성연구전제중심(中央研究院亞太區域研究專題中心), 2006.12) pp.638-669. 1868년(게이오4)의 보신전쟁(戊辰戰役)은 아이즈번(會津藩)이 어쩔 수 없이 삿초(薩長)군과 대항할 수밖에 없었던 전쟁이다. 아이즈번의 가신인 남자가 나이별로 조직되어, 그 중에

재대 일본인 문학자 집단의 발상과 작품에 나타나 있는 혼돈 내지 착종하는 내셔널 아이덴티티를 통해 파악할 수 있다.[8] 실제로 그것은 1895년 타이완에 상륙한 '기타시라카와노미야(北白川宮)' 요시히사(能久) 친왕 —즉 막말에 도호쿠 오우에쓰 열번(奧羽越列藩)에 의해 '도부(東武) 천황'으로 옹립되었던 '린노지노미야(輪王寺宮)'가 타이완에서 세상을 떠났다는 역사적 사실과 관련되어 있는 게 아닐까 생각된다.[9]

본문의 목적은 '패자' 사관을 통해 메이지 유신사에서 기타시라카와노미야 요시히사 친왕이 차지하는 위상을 다시 검증하는 것이다. 또 타이완 정벌 도중 병사한 기타시라카와노미야의 '린노지노미야' 시대에 초점을 맞추면서, 1895년 기타시라카와노미야와 타이완 정벌을 함께 한 모리 오가이(森鷗外)가 집필한 기타시라카와노미야 전기 『요시히사 친왕 사적(能久親王事蹟)』의 친왕상을 분석하고 기타시라카와노미야의 중층적인 이미지를 검토하겠다.

---

16, 17세 남자에 의해 조직된 '백호대(白虎隊)'는 쓰루가조(鶴ヶ城)성이 불타올랐다고 오해한 탓에 이모리야마(飯盛山)산에서 집단 자살했다. 무사 중 한 명인 이누마 사다키치(飯沼貞吉)가 살아남아 '백호대'의 사적은 그의 증언에 의해 후세에 전해졌다. 또 『가인의 기우』 저자인 도카이 산시 시바시로가 '백호대'에 편입했지만 고열이 나서 실제 행동에는 참가할 수 없었다. 마쓰모토 겐이치(松本健一) 「백호대사의 정신(白虎隊士の精神)」 (역사독본편집부(歷史讀本編輯部) 편 『카메라에 찍힌 아이즈 보신 전쟁(カメラが撮られた會津戊辰戰爭)』(도쿄 : 신진부쓰오라이샤(新人物往來), 2012) pp.44-59.

8) 재대 일본인 작가 니시카와 미쓰루(西川滿)는 그 자전 속에서 자기 가족의 도대(渡台), 그리고 1945년 패전에 의해 타이완에서 철수한 경위를 메이지 유신의 '패자' 사관에서 그렸다. 그 근대 '일본'을 구축하는 관점은 당시 일본 내지의 주류 관점과 달랐던 것을 상기의 전기 내용을 통해 알 수 있다. 니시카와 미쓰루 『자전(自傳)』(도쿄 : 닌겐노호시샤(人間の星社), 1986) p.2, p.70.

9) 기타시라카와노미야 요시히사 친왕(北白川宮能久親王)이라는 호칭은 메이지 유신 이후에 사용된다. 막말 시기에는 우에노(上野) 도에이잔(東叡山) 간에이지(寬永寺)의 '린노지노미야(輪王寺宮)' 고겐(公現) 법친왕이라고 불렸는데, '린노지노미야'로 통칭되고 있다. 본문에서는 메이지 유신을 기점으로 삼아 그 호칭을 나누어 사용하겠다.

## 2. 좌막(佐幕) 패자에서 타이완의 진수신(鎭守神)까지
### - 기타시라카와노미야의 표상 변화

일본의 타이완 '식민 초기'의 기록을 거슬러 올라가면, 일반적으로는 당시 근위사단 단장인 기타시라카와노미야가 지룽(基陸)의 아오디(澳底)에 상륙하는 것부터 시작됨을 알 수 있다. 『기타시라카와노미야 요시히사 친왕 사적』에 따르면, 기타시라카와노미야가 1895년 5월 30일에 지룽에 상륙하여 '지아이(嘉義)에서 남진하는 도중에 풍토병을 앓고 (중략) 22일 타이난에 입성하셨는데, 28일에 이르러 병세가 위독하여'[10] 10월 28일에 타이난 주재소에서 서거했다. 훗날 타이완이 전면 정복되어 타이완 신사가 세워지고, 여기에 기타시라카와노미야를 모시면서 일본의 남방진수대사(南方鎭守大社)가 되었다. 메이지 천황의 숙부에 해당하며 황족이기도 한 기타시라카와노미야가 타이완에서 세상을 떠나 일본 타이완 통치의 상징이 된 것은 표면적으로 볼 때 그다지 의심스러운 일도 아니지만, 그것은 주류사관의 입장에서 보는 관점이다. 만일 도호쿠 사관에서 메이지 유신사를 다시 검증한다면, 지금까지 메이지 유신 이후 사쓰마, 조슈가 주도했던 메이지 정부에 의해 구축된 주류사관과는 다른 역사의 측면이 보이게 된다. 즉, 메이지 유신 때 막부와 조정(신정부)의 정쟁에 휘말린 기타시라카와노미야 요시히사 친왕이 일시적으로 도호쿠 조정에 옹립되어 신제(新帝)가 되고 모반자로 간주되었던 역사가 다시 부

---

10) 타이완교육회(台灣敎育會) 『기타시라카와노미야 요시히사 친왕 사적(北白川宮能久親王事蹟)』(타이페이 : 타이완교육회, 1937). 훗날 『황족군인전기집성 제3권 기타시라카와노미야 요시히사 친왕(皇族軍人傳記集成 第3卷 北白川宮能久親王)』에 수록되어 있다. 『황족군인전기집성 제3권 기타시라카와노미야 요시히사 친왕』(도쿄 : 유마니쇼보(ゆまに書房), 2010.12) p.155.

상하게 되는 것이다.

메이지 유신을 전후하여 사쓰마의 서군(西軍)과 센다이 아이즈(仙台會津) 제번에 의한 오우에쓰 열번의 동군(東軍)이 천황을 둘러싼 정권의 '정당성'을 쟁탈했던 역사가 도호쿠의 패자 사관을 통해 다시 검토된 것은 1945년 이후의 일이다.[11] 전전에는 대량의 사료를 수합하여 좌막파나 토막파(討幕派)에 치우치지 않고 공평한 입장에 서서 막말 유신사를 편집, 논술한 후지와라 아이노스케(藤原相之助)의 『센다이보신사(仙台伐辰史)』가 가장 대표적인 연구라고 할 수 있다.[12] 전전에는 기타시라카와노미야(막말의 린노지노미야)가 예전에 천황으로 옹립된 것 내지 도호쿠 조정의 성립이라는 역사적 사실이 거의 언급되지 않았다. 이 현상은 일본 전전의 존황주의, 천황의 신격화 및 황국사관 등의 사상이 역사 해석권을 독점하고 있었던 것과 깊이 관련되어 있다. 일본이 패전한 후, 일본이 미군 지배하에 놓이면서 천황의 '신격화'가 붕괴되고 천황의 권위도 위기에 직면해 있었다. 오랫동안 터부시되어 온 이 막말 정쟁을 둘러싼 메이지

---

11) 오랫동안 터부시되어온 도호쿠 조정의 신제옹립설이 전후에 들어와서 드디어 해금되기 시작했다. 도호쿠 조정의 신제옹립설을 제출한 논설은 아래와 같다. 다키카와 마사지로(瀧川政次郎) 「알려지지 않은 천황(知られざる天皇)」(『신초(新潮)』47-1, 1950), 훗날 『일본역사해금(日本歷史解禁)』(소겐샤(創元社), 1950)에 수록된다. 무샤노 고지 미노루(武者小路穰) 「보신전쟁의 일자료(戊辰役の一資料)」(『사학잡지(史學雜誌)』 제61편 8호. 1953), 가마타 에이키치(鎌田永吉) 「소위 대정개원을 둘러싸고(いわゆる大政改元をめぐって)」(『추대사학(秋大史學)』14호. 1967), 후지이 노리유키(藤井德行) 「메이지 원년 소위 '도호쿠 조정' 성립에 관한 일고찰(明治元年 所謂「東北朝廷」成立に關する一考察)」 데즈카 유타카(手塚豊) 편(『근대 일본사 신연구1(近代日本史の新研究1)』 도쿄 : 호쿠주(北樹)출판, 1981.10). 삿초가 가진 일본 근대에 대한 주류적인 '승자' 사관에 비해, 근래에는 도호쿠의 '패자' 사관도 볼 수 있게 되었다. 예를 들어 도호쿠 상관사료를 전문적으로 소개하고 있는, 2004년부터 역사춘추사(歷史春秋社)에 의해 창간된 계간 『아이즈인 잡지(會津人雜誌)』가 일본 도호쿠의 풍토 인정 외에 메이지 유신사를 도호쿠 관점에서 다시 해독 내지 해석하는 움직임이 그 좋은 예라고 할 수 있을 것이다.

12) 후지이 노리유키 「메이지 원년 소위 '도호쿠 조정' 성립에 관한 일고찰」(데즈카 유타카 편『근대일본사 신연구1』 도쿄 : 호쿠주 출판, 1981.10) p.222.

유신사의 새로운 시점도 이러한 전후 상황 속에서 드디어 해금되었다.13) 그런 가운데 후지이 노리유키(藤井德行)의 「메이지 원년 소위 '도호쿠 조정'성립에 관한 일고찰」이 전후 처음으로 도호쿠 조정의 신제 옹립 언설에 대한 간명한 정리와 분석을 이행했다.

1868년(게이오4) 막부의 명령을 받아 교토(京都)의 치안 유지를 담당하고 있었던 아이즈번이 사쓰마, 조슈와 무력충돌을 일으키고, 이것이 도바후시미(鳥羽伏見) 전쟁의 계기가 되었다. 삿초 양번이 중심을 이루고 있던 신정부는 전쟁이 일어나고 나서 7일 후, 센다이번에 아이즈번 번주 마쓰다이라 가타모리(松平容保)를 토벌하라는 명령을 내렸다. 하지만 도호쿠 제번은 신정부군에게 불만이 있었을 뿐만 아니라, 그 정권의 정당성에도 불신을 품고 있었다. 동시에 마쓰다이라 가타모리를 사형에 처하라는 신정부군의 요구는 사원(私怨)을 개입시킨 복수 행위로 여겨졌다. 같은 해 5월 3일 센다이번을 맹주로 하는 오우에쓰 열번이 정식으로 성립한 것에 대해 삿초의 관군이 도호쿠로 출병, 이를 토벌했다. 이른바 보신(戊辰)전쟁이다. 신정부군이 우에노(上野)의 간에이지(寛永寺)를 침공했을 때, '린노지노미야'는 옹막파(擁幕派) 쇼기타이(彰義隊)의 호위를 받으며 도호쿠로 도망가 센다이에 도착했다. 그 후 도호쿠 제번에 의해 '도부천황'으로 옹립되었다.14)

'린노지노미야' 고겐호 친왕이 도호쿠 제번에 의해 신제로 옹립된 이유는 몇 가지가 있다. 고메이(孝明) 천황은 강경한 양이론자(攘夷論者)로,

---

13) John Dower 'Imperial Democracy : Evading Responsibility', Embracing Defeat(W.W. Norton & Co Inc., 2000) pp.319-345.

14) 모모세 메이지(百瀬明治) 「오우에쓰 열번 동맹—그 성립에서 해체까지(奥羽越列藩同盟—その成立から解体まで)」(역사독본편집부 편 『카메라에 찍힌 아이즈 보신 전쟁』 도쿄 : 신진부쓰오라이샤, 2012) pp.6-27.

1866년(게이오2)에 천연두로 세상을 떠날 때까지 교토의 슈고(守護)직을 담당했던 아이즈번에 두터운 신뢰를 갖고 있었다.[15] 그 때문에 삿초의 관군에 대항하기 위해 대의명분이 필요했던 도호쿠 제번에게 있어 고메이 천황의 의제(義弟)였던 '린노지노미야'는 이상적인 신제 인선이었던 것이다.[16]

　그리고 나서 '린노지노미야'[17]가 도호쿠에서 신제로 옹립되었는데, 그것은 오랫동안 막부의 전설과도 밀접하게 관련되어 있었다. '린노지노미야'는 우에노 간에이지의 주지로, 막부의 보다이지(菩提寺), 닛코(日光) 도쇼구(東照宮)의 신봉자였다. 천태종의 덴카이(天海) 대승정이 3대 장군의 지지를 얻어 간에이지를 창립했다. 덴카이는 도쿠가와 막부에 다음과

---

15) 고메이 천황의 사인(死因)에는 여러 가지 설이 있는데, 그 중에서도 독살설이 항상 따라다녔다. 독살설에 대해 고메이 천황이 공무합체(公武合体)로 기울어 개국파에게 가혹한 태도를 취했기 때문에 도막파(倒幕派)로 볼 수 있었던 이와쿠라 도모미(岩倉具視) 일파에 의해 독살당했다고 이야기되고 있다. 이라코 미쓰타카(伊良子光孝)「천맥배진－고메이 천황 배진 일기－(天脈拝診--孝明天皇拝診日記--)」(1)(2)(『의담(医譚)』복간 제47호, 제48호)를 참조. 또 후지이 노리유키「메이지 원년 소위 '도호쿠 조정' 성립에 관한 일고찰」(데즈카 유타카 편『근대일본사 신연구1』도쿄 : 호쿠주 출판, 1981.10)을 참조.

16) 호시 료이치(星亮一)『오우에쓰 열번 동맹－동일본 정부수립의 꿈(奥羽越列藩同盟－東日本政府樹立の夢)』(중앙공론사(中央公論社), 1995.3) pp.70-71.

17) 린노지(輪王寺)는 원래 덴카이(天海) 대승정(1563?-1643)이 도쿠가와(徳川) 3대 쇼군 이에미쓰(家光)에게 진언하여 개산(開山)된 것으로, 도쿠가와 쇼군가의 보다이지(菩提寺)이기도 했다. 그 후 고카이(公海)가 닛코 문주(門主)로서 고미즈노(後水尾)천황의 황자 손케이(尊敬) 헌왕을 맞이하고, 그 초대 린노지노미야는 슈초(守澄) 법친왕이다. 그후 메이지 유신까지 합계 13대 12명의 법친왕이 닛코 문주 '린노지노미야'가 되었다. 역대 닛코 문주는 막부가 황족을 맞이했다. 그 때문에 '린노지노미야'가 닛코구 문주가 되어에도 도에이잔 린노지(江戸東叡山輪王寺), 즉 우에노 간에이지에 주재했다. 기타시라카와노미야 요시히사 친왕이 환속하기 전, 그 최후의 린노지노미야였던 것이다. 스가와라 신카이(菅原信海)『일본불교와 신기신앙(日本仏教と神祇信仰)』(도쿄 : 춘추사(春秋社), 2007) pp.165-191를 참조. 린노지노미야(훗날 기타시라카와노미야)는 고카(弘化)4년에 태어나 미쓰노미야(満宮)라고 명명되었으며, 후시미노미야 구니이에(伏見宮邦家) 친왕의 9번째 아들이다. 2세 때 닌코(仁孝)천황의 양자가 되고 12세 때 '린노지노미야'의 아우가 되어 13세 때 에도 도에이잔에 들어간다.『황족군인전기집성 제3권 기타시라카와노미야 요시히사 친왕』(도쿄 : 유마니쇼보, 2010.12) 연보 참조.

같이 헌책(獻策)했다고 전해진다. '만일 서국(西國)에 역란이 있어 금상천황(今上帝)을 뺏기게 된다면, 저희 도에이잔(東叡山)의 미야몬제키(宮門跡)를 현재의 폐하로 받들어 평정의 군을 진격시키지 않을 수 없다.18)' 소위 '덴카이비책' ― 즉, 막부의 조정 및 서쪽 다이묘에 대한 모반방지 대책이었다. 이 '비책'이 막부 내부 및 하코네(箱根)부터 동쪽의 제번 사이에 암암리에 유포되어 있었다.19) 그런 이유로 대대로 '린노지노미야'는 교토로부터 미야몬제키를 맞이해 왔다. 다키카와 마사지로(瀧川政次郎)는 또 '도쿠가와 쇼군이 "린노지노미야"를 존숭하고 그 말을 들었던 것은 교토의 조정 이상으로, 닛코의 황족, 즉 동쪽(東)의 천자였던 것이다. 그것은 마치 닛코 조정(廟)이 동쪽의 이세신묘(伊勢神廟)이고, 도쇼 신군(神君)이 아마테라스 오카미(天照大神)였던 것과 같다'고 지적했다.20) '린노지노미야'가 오우에쓰 열번에 의해 신제로 옹립된 것은 역사의 우연한 사건이 아니라는 것이 이상의 자료에 의해 뒷받침되어 있다고 할 수 있을 것이다.

신정부군이 도호쿠 제번을 진압한 후 '린노지노미야'는 투항·사죄하고 교토에서 폐문·자성하라는 명령을 받았다. 사면된 후 후시미노미야(伏見宮) 황가로 복적(復籍)하여 기타시라카와노미야의 이름을 계승했다.21)

---

18) 후지이 노리유키 「메이지 원년 소위 '도호쿠 조정' 성립에 관한 일고찰」(데즈카 유타카 편 『근대일본사 신연구1』 도쿄 : 호쿠주 출판, 1981년 10월) 제2절 「린노지노미야의 제도적 의의(輪王寺宮の制度的意義)」, pp.217-231을 참조. 또 나가오 우카(長尾宇迦) 「「도부 천황」 즉위 사건-최막말에 존재한, 역사에 묻힌 또 한 명의 천황」(「「東武皇帝」即位事件—最幕末に存在した, 歷史に埋もれたもう一人の天皇」『역사독본(歷史讀本)』, 2010.8) p.126을 참조.

19) 나가오 우카 「「도부 천황」 즉위 사건-최막말에 존재한, 역사에 묻힌 또 한 명의 천황」(『역사독본』, 2010.8) p.126.

20) 다키카와 마사지로 「알려지지 않은 천황」(『신초』 47-10, 1950.10) p.124.

21) 오우에쓰 열번의 패전 후 '린노지노미야'는 '관군'에게 사죄, 투항을 결의하고 집당승(執当僧)이었던 요시미(義觀)와 다카노부(堯忍)가 면직되었다. 훗날 요시미가 도쿄의 규몬시(糺問司)로 보내져 심문 조사를 받았다. 요시미가 모든 책임을 지게 되어 다음과

그 후 '기타시라카와노미야'는 메이지 천황에게 독일 유학을 청원했다. 하지만 유학기간에 독일 귀족여성과 약혼한 뉴스가 신문에 보도됨으로써 메이지 천황을 격노하게 만들었다. 그 때문에 유학을 어쩔 수 없이 중단했다.22) 귀국 후 다시 교토에서 귀양살이를 하라는 명령을 받아 자성하지 않을 수 없었다. 그 후 근위국에 들어가 1895년 청일전쟁 때 근위사단장으로 승진했다. 같은 해 5월 30일에 사단의 반에 해당하는 병력으로 수비태세를 유지하며 타이완에 상륙하라는 명령을 받고 타이완 정벌을 시작했다.

청일전쟁 때, 근위사단은 원래 랴오둥(遼東) 반도에 주둔하고 있었는데, 그것은 만에 하나 청국과의 전투가 확대되면 베이징에 들어가 수비할 것을 상정하고 있었기 때문이다. 하지만 중국의 전황이 예상했던 것처럼 확대되지 않았던 데다가 청국도 강화를 제의했기 때문에, 1895년 5월 8일에 재빨리 시모노세키 조약을 체결한 후 급거 타이완을 수비하라는 명령이 내려졌다. 메이지 정부는 곧장 같은 달 19일에 가바야마 스케노리(樺山資紀)를 타이완 총독에 임명하고, 당시 정청(征淸) 대총독 고마쓰노미야 아키히토(小松宮彰嘉) 친왕은 기타시라카와노미야가 이끄는 근위

---

같이 공술했다. '봄 이후의 한 가지 일로서('린노지노미야'가 쇼기타이에게 옹립되어, 사막 노선을 결정한 것을 가리킨다) 친왕의 뜻에 따르지 않고 모두 소승 혼자서 이를 계획한 것이다'라고 스스로에게 모든 책임을 전가했다. 훗날 요시미(가쿠오인(覺王院))의 이 자백에 의해 '린노지노미야'가 오우에쓰레스번 동맹의 맹주와 '도부 천황'이 된 것은 '린노지노미야'의 본뜻이 아니라 요시미의 꾐이었다고 한다. 후지이 노리유키 「메이지 원년 소위 '도호쿠 조정' 성립에 관한 일고찰」(데즈카 유타카 편 『근대일본사 신연구1』 도쿄 : 호쿠주 출판, 1981.10) pp.306-308을 참조.
22) 근래 기타시라카와노미야의 독일 유학기간 중 약혼 문제에 대해서는 아사미 마사오(淺見雅男) 「기타시라카와노미야 요시히사 친왕－메이지 천황을 격노케 한 독일 귀족과의 약혼(北白川宮能久親王--明治帝を激怒させたドイツ貴族との婚約)」(『문예춘추(文藝春秋)』, 2011.3) pp.330-332를 참조. 메이지 천황 전기 『메이지 천황기(明治天皇紀)』도 기타시라카와노미야의 이 약혼 문제에 대해 언급하고 있다.

사단을 파견하여 타이완 주둔군으로 돌릴 것을 결정했다. 같은 달 16일에 정청 총독은 근위사단에게 타이완 총독의 명령, 그리고 그 지휘에 따를 것을 명령하고 대기시켰다. 메이지기 이후 일본 황족이 군직에 오르게 되었기 때문에, 일반 장교는 그 계급이 황족 출신인 군인보다 높아도 황족 군인을 임의로 지휘할 수가 없었다. 원래 수비 군력으로 랴오둥 반도에 주둔하고 있었던 근위사단이 우연히 수비 병력으로 타이완에 상륙하라는 명령을 받고 훗날 부득이하게 전투체제를 취할 수밖에 없었던 것 자체는 의문점이 많다. 동시에 '기타시라카와노미야'가 황족으로서 지극히 위험한 '만황(蠻荒)의 땅'에 들어가 정벌하는 것도 마찬가지로 심상치 않았다. 또 기타시라카와노미야는 랴오둥 반도에 주둔했을 당시 이미 말라리아에 걸려 있었다고 한다.23) 그 때문에 지룽으로 상륙하여 타이난에서 서거할 때까지 체재기간이 얼마 되지 않았음에도 불구하고, 그 직후 타이완 신사의 완성에 의해 진대(鎭台)의 정신적 상징이 되어 타이완 신사의 진수의 신(鎭守の神)이 되었다.24) 일본의 식민지기에 있어서 기타시라카와노미야의 타이완 정벌 사적이 전기와 전설이라는 형식을 통해 반복, 재생되어 타이완에 유포되고, 그 존재는 일본의 타이완 통치의 정신적 상징이 되었다.

---

23) 타이완교육회『기타시라카와노미야 요시히사 친왕 사적』(타이페이 : 타이완교육회, 1937) p.20.

24) 타이완의 패사(稗史)에서는 기타시라카와노미야가 신주(新竹)에 도착했을 때, 그곳의 니우미안산(牛眠山)에서 유탄에 맞아 사망했다고 하고 있다. 일본군의 사기를 꺾게 될까봐, 그 서거한 소식을 은폐했다. 후앙 롱뤄(黃榮洛)『기타시라카와노미야는 신주에서 죽었다(北白川宮は新竹で死んだ)』(타이완분관(台湾分館) 소장, 1986)을 참조. 이에 비해 일본 내지 전전 타이완에서 유포되었던 기타시라카와노미야의 전기는 사인이 말라리아의 악화이며, 타이완에서 서거했지만 그 소식은 극비로 여겨져, 유체는 일본으로 옮겨 온 뒤 도쿄에서 국장이 거행되었다고 하고 있다. 1908년에 출판된 모리 오가이『요시히사 친왕 사적』에 그 경위가 상세히 적혀 있다.『오가이전집(鷗外全集)』제3권(이와나미 서점, 1987)을 참조.

## 3. 도호쿠 조정 천황 옹립설의 허와 실–모리 오가이의 『요 시히라 친왕 사적』으로 보는 기타시라카와노미야상

일본 식민지기에 있어서 요시히사 친왕 사적의 생산과 유포는 기본적으로 1910년부터 친왕의 타이완 정벌을 수행했던 장교에 의한 회고록이라는 형식으로 시작되어 훗날 다양한 장르로 확대되었다. 하지만 전기든 교육목적의 프로파간다든, 타이완 정벌 이전의 역사는 거의 언급되어 있지 않다. 그 대신 타이완 체재기간, 즉 1895년 5월 30일부터 10월 28일까지에 초점이 맞춰져 있다.[25] 타이완과 일본에 현존하는 요시히사 친왕의 전기 및 자료를 조사하면 그 '린노지노미야' 시대, 즉 '메이지유신'의 주류 사관이 강조하고 있듯이, 예전에 좌막파와 함께 도호쿠로 유배당해 실제 '모반자'로 간주되었던 역사가 어느 정도 산견(散見)되고 있음을 알 수 있다. 또 전기에 있어서 기타시라카와노미야의 타이완 정벌 전쟁을 자세히 검증하면 미심쩍은 부분을 몇 군데 발견할 수 있다. 막말의 '린노지노미야', 도호쿠 제번, 그리고 메이지 정부와의 정쟁에 의해 초래된 착종된 관계는 기타시라카와노미야가 타이완 정벌의 역사에 그림자를 드리우고 있다고 여겨진다. 기타시라카와노미야가 이끄는 근위사단이 곤혹스러워하면서도 타이완에 상륙하고, 또 어쩔 수 없이 미지의 전투 상태에 돌입해야 했던 것은 당시 수행했던 부사관 니시카와 도라지로(西川虎次郎)의 회고를 통해 알 수 있다. '하지만 돌연 타이완을 수비하라는 명령을 받아 겨울 옷차림 그대로 급거 타이완으로

---

25) 예를 들어 타이완교육회가 편찬한 『기타시라카와노미야 요시히사 친왕 사적』(타이완 교육회, 1937년) 및 근위사단 통역관 요시노 리키마(吉野利喜馬) 『기타시라카와노미야 정대 시말(北白川宮征台始末)』(타이완일일신보사(台灣日日新報), 1923) 등.

향했던 것입니다. 물론 당시 타이완에 도착한 우리는 아무것도 모르는 상태였고, 또 전쟁을 예상하는 일은 전혀 없었던 것입니다. 운송선은 쑤아오(蘇澳) 바다에 집합하라는 명령을 받고 이후 해군의 통보에 의해 상륙지를 정한 것이었는데, 그제야 겨우 우리는 무사평온하게 상륙할 수 없을지도 모른다는 의문을 갖게 되었던 것입니다.'26)

또 화엄종 불교학 연구자 가메야 세이케이(龜谷聖馨)는 전기 『기타시라카와노미야(北白川宮)』 속에서 기타시라카와노미야가 어떻게 막말 정쟁에 휘말렸는지, 그리고 타이완 정벌의 시말에 대해 각각 의문을 제기했다.27) 막말 삿초 양번이 조정군의 대의명분을 빌려 도쿠가와 막부와 도호쿠 제번을 정벌하려고 하는 것은 사원(私怨)을 개입시켜 복수하는 행위임과 동시에, 막부 대신 정권을 뺏으려고 기도하는 것과 같다고, 당시 오우에쓰 열번의 움직임을 위와 같이 해석했다. 도마에 오른 고기만은 되지 않으리라 결심한 도호쿠 제번은 일전을 아끼지 않았다. 그 때문에 에도에서 센다이로 도망친 '린노지노미야'는 오우에쓰 열번에 의해 맹주로 추대되어 삿초 양번이 이끄는 조정군에 대항할 수 있는 대의명분이 되었다고 지적되고 있다. 또 그 전기에서 기타시라카와노미야가 수비 병력으로 타이완을 정벌하라는 불합리한 명령을 받은 것과 타이완총독부에 대한 비판이라는 묘사를 보면, 당시 기타시라카와노미야가 얼마나 궁지에 놓여 있었는지 상상이 간다. 그 비판 내용은 아래와 같다.

---

26) 니시카와 도라지로(西川虎次郎)「기타시라카와노미야 요시히사 친왕 전하의 출정을 따라서(北白川宮能久親王殿下の御征戦に従ひて)」(『타이완(台湾)』. 1936.1) p.4.

27) 카메야 세이케이(龜谷天尊), 와타나베 세이호(渡部星峯)『기타시라카와노미야(北白川宮)』(요시카와고분칸(吉川弘文舘), 1933년). 카메야 세이케이는 호가 덴손(天尊)이다. 대승불교의 화엄교리를 연구한 불교학자로, 동시에 도쿄의 메이쿄(名教) 중학교 교장도 지낸 교육자이다. 『화엄대경의 연구(華嚴大経の研究)』, 『부처의 최고 철학과 칸트의 철학(仏陀の最高哲學とカントの哲學)』 등의 저작이 있다.

그 중 하나로 근위사단은 원래 베이징 벌판에서 교전할 것을 상정하고
있었던 터라 타이완이라는 섬나라를 전장으로 생각하고 있지 않았기 때
문에, 그 험한 산길에 대응할 수 있는 인부가 부족했다. 또 상륙했을 당
시, 3일분의 식재료와 200여발의 탄환밖에 없었다. 그리고 타이완 총독
부는 벌써 항일의용군의 격렬한 저항 상황을 사전에 알고 있었던 듯했
다. 당시 삿초 세력이 주도한 타이완 총독부는 행정조직이면서 수비대
를 지휘하는 권한을 갖고 있었던 것 외에도 사단을 여기저기 견제하고,
원군의 수비, 지리 위치 그리고 항일군의 정보 파악까지 완전히 공백
상태였다고 서술하고 있다.28) 가메야 세이케이는 『기타시라카와노미야』
속에서 기타시라카와노미야가 황족이면서도 타이완 정벌을 강요당한 끝
에 결국 '신영토' 타이완에서 죽음을 맞이했다는 것은 기타시라카와노
미야가 타이완 총독부에 의해 마치 '사석(捨石)'과 같은 취급을 받고 있
었다는 역사의 '그림자'를 은유하고 있다.

　1896년(메이지29)에 기타시라카와노미야가 이끄는 근위사단에 수행했
던 10여명의 장교가 조직했던 '당음회(棠陰會)'가 성립되고, 기타시라카와
노미야의 대표적인 전기 『요시히사 친왕 사적』은 그 진력에 의해 출판
되었다. 모리 오가이(森鷗外)에게 집필을 의뢰한 뒤 먼저 '당음회' 회원이
분담해서 조사하고 그 자료를 정리한 후, 마찬가지로 근위사단에 소속
되어 있었던 오가이에게 이를 의뢰했다. 다 쓴 뒤, 다시 회원에 의해 교
정이 이루어지고, 드디어 1908년(메이지41)에 간행되었다. 모리 오가이의
『요시히사 친왕 사적』의 영향력은 학술논문 및 역사소설에 의해 빈번히
인용되었던 사실을 통해 짐작해 볼 수 있다. 동시에 이 전기는 일본 통

───────

28) 카메야 세이케이, 와타나베 세이호『기타시라카와노미야』(요시카와고분칸, 1933) pp.82-
　　83.

치기 타이완의 재대 일본인 문학자에게도 큰 영향을 끼쳤다.[29] 오가이에게 집필을 의뢰한 이유는 오가이가 청일전쟁에 참전한 후, 근위사단 타이완이동에 수행하여 타이완 정벌에도 참가했기 때문이다. 또 오가이 연구 속에서는 오가이가 청일전쟁이 종료한 후, 곧장 긴급하게 이동하여 타이완 토벌에 참가하게 된 것이 쭉 의문시되어 왔다. 오가이의 타이완 체재와 동향에 대해서는 시마다 긴지(島田謹二)의 「정대진중의 모리 오가이(征台陣中の森鷗外)」에 자세히 쓰여 있다.[30] 시마다 긴지는 오가이의 타이완 전쟁에 관한 자료, 예를 들어 『메이지27, 28년 청일전쟁사(明治二十七八年日清戰史)』 『메이지27, 28년 전쟁진중일지(明治二十七八年役陣中日誌)』 등의 자료를 세밀히 조사하여 오가이의 확실한 체재기간이 1895년(메이지28) 5월 30일부터 같은 해 9월 27일-28일까지라고 밝혀냈다. 오가이의 청일전쟁 및 타이완 토벌기록인 『조정일기(徂征日記)』에서는 타이완 전쟁에 대해 거의 언급하고 있지 않다. 그 대신 오가이의 타이완 상륙 및 정대(征台) 전쟁에 참가한 기록은 1908년 출판된 『요시히사 친왕 사적』에 자세히 쓰여 있다. 또 모리 오가이는 청일전쟁과 1895년 타이완 상륙 및 정대전에 참가했다고는 하지만, 타이완에 대해 언급하고 있는 것은 『조정일기』 외에 기타시라카와노미야 전기 『요시히사 친왕 사적』이 가장 많다고 할 수 있을 것이다.[31]

---

29) 예를 들어 시마다 긴지 「정대진중의 모리 오가이(征台陣中の森鷗外)」, 후지이 노리유키 「메이지 원년 소위 '도호쿠 조정' 성립에 관한 일고찰」(데즈카 유타카 편 『근대일본사 신연구1』 도쿄 : 호쿠주 출판, 1981년 10월), 그리고 요시무라 아키라(吉村昭)의 역사소설 『쇼기타이(彰義隊)』(도쿄 : 신초샤, 2010)는 『요시히사 친왕 사적』을 인용함과 동시에 이 전기의 영향도 언급하고 있다.
30) 시마다 긴지 「정대진중의 모리 오가이」(『가레이도 문학지─일본 시인의 타이완 체험(華麗島文學志─日本詩人の台湾体験)』 도쿄 : 메이지쇼인(明治書院), 1995) pp.65-67.
31) 위의 책, pp.94.

『요시히사 친왕 사적』에서는 막말의 '린노지노미야' 시대, 특히 도호 쿠 제번에 의해 신제로 옹립되고 훗날 감금되어 자성하라는 명령을 받 았던 경위에 대해 거의 애매하고 간략한 묘사만을 하고 있다. 그와 대 조적인 것은 기타시라카와노미야가 타이완에 상륙하고 나서 남쪽을 향 해 전진했던 모습의 묘사이다. 예를 들어 삿초 양번이 이끄는 정부군이 우에노 간에이지를 공격함으로써 우에노의 '간에이지'에 주둔하며 '린 노지노미야'를 호위했던 쇼기타이(彰義隊)는 격퇴당하고, 에노모토 다케아 키(榎本武揚)가 군함 초게마루(長鯨丸)로 하네다(羽田)만에 '린노지노미야'를 마중하러 가서 린노지노미야가 도호쿠행을 결단한 경위에 대해 오가이 는 다음과 같이 묘사하고 있다. '도에이잔의 도장(道場)은 전화(戰火)를 입 어 몸을 기댈 곳이 없다. 평소 측근에게 물으니 모두 에도(江戶)가 위험 하다고 하여, 그러면 대(大)총독에게 의지하려고 해도, 이 또한 안전을 기약하기 어렵다고 한다. 따라서 잠시 오슈(奧州)로 난을 피했다가, <u>황군 이 국내를 평정(平定)할 날을 기약하려고 하니</u>'(밑줄 필자).32) 이 시점은 확 실히 역사적 사실을 얼버무리고 '린노지노미야'가 모반을 일으킬 의도 가 없다고 강조할 뿐이다. 또 '신정부군=황군'이라는 묘사에서도 출판 당시 메이지 정부의 사관에 대한 배려를 짐작할 수 있다. 그에 비해 '린 노지노미야'가 도호쿠에 도착하고 나서 어떻게 도호쿠 제번에 의해 신 제로 옹립되었는지에 대해서는 거의 언급하고 있지 않다. 도호쿠에 체 재했던 기간에 대한 묘사는 주로 '린노지노미야'의 측근인 가쿠오인 기 칸(覺王院義觀)의 시점을 통해 '린노지노미야'가 어떻게 에도에서 도호쿠로 도망쳐 오우에쓰 열번에 의해 맹주로 천거되었는지에 대한 경위를 쫓고

---

32) 모리 오가이 「요시히사 친왕 사적」(『오가이 전집』 제3권, 도쿄 : 이와나미 서점, 1987)
　　p.536.

있다. 도호쿠 도착 당시의 정세에 대한 주인공 '린노지노미야' 자신의
의사표현은 거의 묘사되어 있지 않다고 할 수 있을 것이다. 오우에쓰
열번이 조직한 고기후(公議府)가 성립된 후, '린노지노미야'가 센다이에
도착함과 동시에 센다이번을 비롯한 제번의 요원은 친왕에게 간청하여
친왕을 시라이시(白石)성에 머물게 하려고 한 경과를 묘사하는 부분에서
도 엿볼 수 있다. '23일(게이오4년 6월), 센다이의 구쓰키 고자에몬(朽木五左
衛門), 요코타 간페이(横田宦平), 아이즈의 오노 곤노조(小野權之丞)(중략)의 6
인은 린노지노미야를 뵙고 신속하게 센다이로 향해 주실 것과 시라이시
성을 여관으로 삼아주실 것을 청한다. 시라이시성은 당시 오우 열번의
책원(策源)으로, 고기후라 칭했다. 가쿠오인이 대답하여 말하길. 센다이로
향하는 기일은 열번이 합의해 주신다면 황족은 반드시 이에 따라 주실
것이다'.33) 이 부분의 묘사는 『아이즈번 보신전쟁 일지』와 좋은 대조를
이루고 있다. 『아이즈번 보신전쟁 일지』는 도바후시미 전쟁이 발발한
1868년(게이오4) 1월부터 마쓰다이라 가타모리가 도쿄로 보내진 10월까
지, 아이즈번을 중심으로 하여 정국의 매일의 동향을 쫓는 자료인 것이
다. 이 사료는 1868년(게이오4) 6월 16일에 '린노지노미야'가 오우에쓰
열번 동맹의 맹주가 될 것을 승낙하고, 또 같은 해 6월 23일에 열번 동
맹이 고기후의 근거지 시라이시성에서 맹주 '린노지노미야'를 '도부 황
제'로 옹립하고 연호를 대정(大政)으로 개원(改元)했다고 기록하고 있다.
도호쿠 조정의 체제가 확립됨과 동시에 신정부와의 적대 태세도 확실해
졌다.34) 이 '린노지노미야'의 도호쿠 시대 묘사를 대조해 보면, 오가이

---

33) 위의 책, p.541.
34) 기쿠치 아키라(菊地明) 편 『아이즈번 보신전쟁 일지(會津藩戊辰戰爭日誌)』(상)(신진부쓰오
라이샤, 2001.9) p.330, p.340.

가 그 '모반'한 역사적 사실을 극력 회피하고 있다는 것을 알 수 있다. 그것은 '린노지노미야'가 좌막파 측의 도호쿠 제번과 결탁하여 마침내 '신제'로 옹립되었다는 일련의 사건을 모두 황족의 측근인 가쿠오인 기칸에 의한 것처럼 묘사되어 있는 것을 통해 읽어낼 수 있다.[35] 또 기타시라카와노미야가 타이완 아오디에 상륙하고 나서 타이난에서 세상을 떠날 때까지의 출정 모습을 상세하게 기록하고 있는 것과 비교해 보면, '린노지노미야' 시대와 '기타시라카와노미야' 시대의 각각의 묘사의 차이는 일목요연하다. 그 묘사에서도 알 수 있듯이, 오가이가 '린노지노미야' 시대의 '모반'의 역사를 바라볼 때 메이지 유신 이후의 주류인 '승자' 사관을 꺼리면서도, '패자' 측의 비원(悲願)을 감안하여 '영웅'으로서의 기타시라카와노미야상을 완성하기 위해 고심하고 있는 흔적을 엿볼 수 있다.

오가이가 타이완정벌을 상세하게 그리고 있는 것은 오가이 스스로가 이 전쟁에 참가한 것과 무관하지 않다. 오가이는 근위사단을 따라 타이완에 상륙하여 타이완 토벌전쟁에 참가하고 『조정일기』에 그 출정기록을 남기고 있다. 그 때문에 요시히사 친왕이 서거한 후, 그 옛 부하의 간청에 의해 오가이는 수년에 걸쳐 『요시히사 친왕 사적』을 집필했다. 이런 가운데 근위사단은 재대 출정과정을 상세하게 기술하고 있다. 그에 비해 『조정일기』에서는 별로 언급하고 있지 않다. 오가이의 『요시히사 친왕 사적』은 주로 기타시라카와노미야의 타이완 출정의 영웅적인 사적을 현창(顯彰)하기 위한 것으로, 그 타이완 출정의 공적 외에 진수신으로서의 정당성을 강조하는 것이 목적인 것처럼 보인다. 그 때문에 '린

---

35) 주27 참조.

노지노미야'가 예전에 메이지 천황에게 반기를 들었던 역사적 기억을 가능한 한 희미하게 하거나 말살하려고 했다. 그 '반역', '모반'의 전반생을 애매하게 하고 '비극적인 영웅'으로서의 후반생을 부각하고자 했다. 무라카미 유키(村上裕紀)는 요시히사 친왕이 갖는 패자로서의 역사가 실로 그 구심력의 소재라고 지적했다. 그것은 친왕이 근대에서 황족신분을 갖고 있는 군인 영웅일 뿐만 아니라, 패자로부터 영웅으로 변신할 수 있는 존재라는 것을 의미하고 있다. 그 때문에 이런 생애는 번벌과 구(舊)막부 양자의 구심력을 응축하는 기능을 갖고 있다. 오가이는 이 전기를 집필하면서 분명히 친왕에게 투사한 이런 시선을 인식하고 있었을 것이다.36)

스에노부 요시하루(末延芳晴)는 『모리 오가이와 청일·러일전쟁(森鷗外と日淸·日露戰爭)』 속에서 '친왕이 한때는 조정에 반기를 들었지만, "도부 천황"을 참칭(僭稱)'했다고 지적했다.37) 동시에 오가이가 이 전기 속에서 특히 친왕의 사인에 대해 '친왕에게 불리한 것이나 감춰야 할 사실은 빠지거나 다시 쓰였을 가능성이 높은 것도 간과해서는 안 될 것이다' '군신(軍神)으로서의 친왕의 생애를 신화화하기 위해 상당한 윤색이 더해져 있을 가능성이 높고' '오가이는 군부와 일본 정부, 나아가서는 메이지 천황의 뜻을 배려하여 곡필한 것으로 여겨진다'38)고도 지적하고 있다. 또 나카무라 후미오(中村文雄)는 『모리 오가이와 메이지 국가(森鷗外と明治國家)』 속에서, 청일전쟁 종료 후 오가이는 즉시 귀국할 수 있으리라

---

36) 무라카미 유키(村上祐紀) 「'황족'을 쓰다─『요시히사 친왕 사적』론(「皇族」を書く─『能久親王事蹟』論)」(『오가이 연구(鷗外研究)』 88호, 2011.1) pp.52-53.
37) 스에노부 요시하루(末延芳晴) 『모리 오가이와 청일·러일전쟁(森鷗外と日淸·日露戰爭)』 (헤이본샤(平凡社), 2002.12) p.101.
38) 위의 책, pp.100-101.

기대했지만, 야전 위생관 이시구로 다다노리(石黒忠悳)의 명령을 받아 곧장 타이완으로 전전(轉戰)하게 된다. 그리고 그 사실을 『조정일기』와 대조해 보면, 오가이가 그 속에서 타이완 출정을 거의 언급하지 않고 있으며, 타이완 내의 직위 내지는 책임 귀속의 불명확함 등은 이시구로와의 불화에 기인하는 것으로 여겨진다고 지적했다.[39] 이상의 선행연구가 제기한 문제점은 향후 모리 오가이의 『요시히사 친왕 사적』의 시점 및 사관을 보다 깊이 탐구하는 계기가 될 것이다.


## 4. 마치며


모리 오가이의 『요시히사 친왕 사적』이 출판되고 약 100년 후, '린노지노미야'를 주인공으로 한 요시무라 아키라(吉村昭)의 마지막 역사소설 『쇼기타이(彰義隊)』는 모리 오가이의 기타시라카와노미야의 대표적인 전기 『요시히사 친왕 사적』을 강렬하게 의식하면서 '린노지노미야'와 막말의 역사묘사에 관해서는 '패자' 사관에서부터 출발한 것이었다. 그 때문에 '린노지노미야'의 시점에서 삿초 양번에 대한 감정 묘사가 보다 직접적으로 이루어지고 있다. 가령 '린노지노미야'가 도호쿠 제번의 맹주가 된 후, '거대한 무력을 배경으로 조정을 구슬리고 에도성도 수중에 넣은 삿초 양번에 대한 격렬한 적의를 품게 되었다'[40]는 식의 심경 묘사는 이를 보여주는 한 예이다.

---

39) 나카무라 후미오(中村文雄) 『모리 오가이와 메이지 국가(森鷗外と明治國家)』(도쿄 : 산이치 쇼보(三一書房), 1992.12) pp.121-122.
40) 요시무라 아키라 『쇼기타이』(도쿄 : 신초샤, 2010) pp.325-326.

'패자 사관'에서 생각하면 메이지유신 이후 삿초 양번과 같은 번벌 정치가 주도했던 시기에 메이지(삿초) 정부가 정대전역(征台戰役)을 이용하고, 과거의 역사를 청산 내지는 '주연자(周緣者)'를 배제하려고 한 것은 가능성이 있는 이야기이다. 정대전역에 임했을 때, 타이완 초대 총독 가바야마 스케노리를 비롯한 삿초 양번 출신자가 주도하는 타이완 총독부에 의한 군사 조도(調度)의 실제 상황을 보면 의문점이 많다. 또 모리 오가이의 타이완 전쟁 참가도 유례가 없는 이동(異動)에 의한 것이었다는 지적을 선행연구를 통해 알 수 있다. '타이완' 전쟁이 메이지(삿초) 정부에 있어서 예전의 '정적'을 포함한 '주연자'를 청산하기에 좋은 기회였다고 생각하는 것은 지나친 억측일까.

기타시라카와노미야가 1895년 10월 28일에 말라리아로 타이난에서 세상을 떠난 후, 같은 해 11월에 일본 신문에는 신속하게 사설 '요시히사 친왕을 타이완에 봉사(奉祀)하는 뜻'이 게재되었다.[41] 이듬해 귀족원 회의에서 즉각 국비로 타이완 신사를 건설하자는 제안이 이루어졌다. 결의과정에서 도쿠가와 이에사토(德川家達)(도쿠가와가)는 재빨리 찬성했지만, 유일한 반대자는 후작 다이고 다다오사(醍醐忠順)였다. 1868년(게이오4) 막말에 다이고 다다오사의 적자 다다유키(忠敬)가 도호쿠로 가서 오우 진무총독부의 부총독으로 오우에쓰 열번을 토벌했다. 후작은 그 반대 이유를 밝히지 않았지만, 아마도 이전에 적군의 맹주였던 기타시라카와노미야에게 감정적인 응어리가 남아 있었던 게 아닐까 추측할 수 있다. 그 반대 의견에 대해, 자작 소가 하야노리(曾我準則)는 제의안에 찬성하는 연설을 발표했다. 실제로 소가는 예전에 삿초 번벌과 대립해서 군직을

---

41) 「요시히사 친왕을 타이완에 봉사하는 뜻(能久親王を台湾に奉祀する議)」(『오사카아사히신문(大阪朝日新聞)』, 1895.11.7.).

사임한 자로, 기타시라카와노미야에게 호감을 갖고 있었다.[42] 이상과
같이 타이완 신사 건설 결의과정을 보면, 막말 정쟁의 시기에 '삿초'와
'도호쿠' 양 집단의 대립은 일본이 영대(領台)한 후에도 아직 존재하고
있었다. 스가 고지(菅浩二)는 요시히사 친왕이 외지로 원정을 가 타향에서
세상을 떠난 것에 대해, 당시 일본사회에는 '친왕이 이제부터 시작되는
타이완 통치의 제물이 되신 듯한' 느낌을 갖는 사람이 많았다고 지적했
다.[43] 요시히사 친왕이 진대(鎭台)의 신기(神祇)가 된 것은 단순히 황족을
추도 내지는 현창할 뿐만 아니라, 그와 동시에 메이지유신 이후 터부시
되고 있는 그 '패자'의 역사를 구제하기 위해서이기도 하다.

❂ 번역 : 채숙향

---

42) 스가 고지(菅浩二) 「''타이완의 진수신'제신으로서의 요시히사 친왕과 개척3신－간페이
타이샤 타이완 신사에 대한 기초적 연구－」(「台湾の總鎭守"御祭神としての能久親王と開拓三
神─官幣大社台湾神社についての基礎的研究─)」(『메이지 세이토쿠 기념학회 기요(明治聖德
記念學會紀要)』(복간제36호, 2002.12) pp.104-106.

43) 위의 책, p.108.

‖ 나미가타 쓰요시(波潟剛) ‖

# 최승희와 조세핀 베이커에 관한 표상*

### 동아시아에 있어 '모던'의 문화 번역 1935-1936

## 1. 잡지『조광』과 조세핀 베이커

1935년 11월부터 간행되기 시작한 조선어잡지『조광(朝光)』에는「모던 심청전」이라는 고전소설의 패러디가 다음해에 걸쳐 연재되었다. 딸 심청이 눈이 먼 아버지를 위해 바다에 몸을 던지나 그 뜻을 높이 산 임금의 왕비가 되어 아버지와 재회한다고 하는 내용으로 현재까지도 전해져오는 이야기이다.「모던 심청전」에서도 고전의 경우와 마찬가지로 이야기 처음에 심학규의 아내인 곽씨부인이 심청을 가지게 되었을 때의 에피소드가 등장하는데, 다만 그 모습은 '모던'하게 바뀌어 있다. 어느 날

---

* 이 글은『방한학술연구자논문집』(제13권, 공익재단법인 한일문화교류기금, 2013.3)에 게재된「1930년대의 동아시아 지역 간에 있어 문화의 교섭과 번역(1930年代の東アジア地域間における文化の交渉と翻譯)」중 제5절에 대폭 가필하여, 고려대에서 열린 제1회 '동아시아와 동시대 일본문학 포럼'에서 발표한 내용에 기반하고 있다. 당일 질문과 조언을 해주신 여러분께 감사드린다.

밤 곽씨부인이 꿈을 꾼다. 여기에서는 "천기명랑하고 오색채운이 <일루미네이슌>처럼 빛나면서 유량한 주악리에 선녀 하나가 학을 타고 나려와서 부인앞에 읍을 하며 가로되, /'소녀는 서월궁 항아도 아니옵고, 서왕모의 딸도 아니옵고 나폴레온의 생질녀도 아니옵고, 부인께서 신문 약광고 면에 각금 보시는 불란서파리 <죠세핀베-카->의 녁시로소이다.(후략)"[1]라고  회

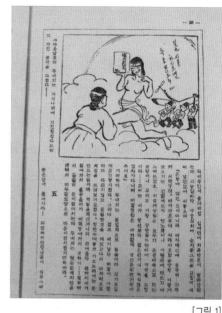

[그림 1]

임을 알리는 선녀의 모습이 파리 그리고 서구의 무대를 석권한 미국인 여성으로 바뀌어져 있는 것이다.

이 장면에 그려져 있는 삽화를 보면 '조세핀 베이커의 정령'은 상반신 누드로 비행사 모자를 쓰고 오른손에는 부인병 치료약을 들고 있다.

왜 고전소설의 패러디 작품에 이와 같은 인물이 등장한 것일까. 물론 작가의 기발한 발상에서 이러한 설정이 채용되었다고 하는 설명도 가능하기는 하다. 하지만 「모던 심청전」 연재가 6월에 끝나고 나서 바로 8월호에 실린 또 다른 필자의 문장에도 조세핀 베이커에 관한 에피소드

---

1) 김진송 『서울에 딴스홀을 許하라』(현실문화연구, 1999), p.319. 『조광』(창간호, 1935.11) 원문은 다음과 같다. "소녀는 월궁항아도아니고 서왕모의딸도 아니옵고 나폴레온의 생질녀도안옵고, 부인께서 신문약광고면에 각금 보시는 불란서파리·「죠세핀베-카」의녁 시로소이다."

가 등장하고 있음을 생각하면 여기에는 단순히 개인의 자질이나 우연에 그치지 않는 의미가 있는 것은 아닐까 하는 의문이 생겨난다.

1936년 8월호에는 모더니즘 문학을 이끌었던 이효석이 「C항의 일척 (C港の一齣)」이라는 제목의 글을 싣고 있다. 이 문장 속에 미국인 재즈 싱어의 공연을 보러가는 장면이 있다. "그날밤 항구에의극장에서는 바다를건너온 유명한 째스가수의 독창회가있섯다. 미국출신의 고명한 그가수는 맘주로연주려행을떠난 도중에 항구에들린것이였다. 그 특색있는 이국적여류가수의 등장이 항구로서는드문 호화로운긔대였다."[2]라는 서술이 보이고 그것이 "조세핀 베이커"임도 명기되어 있는 것이다.[3]

지금까지의 조사에 의하면 당시 조세핀 베이커가 한반도에서 공연했다는 기록은 없다. 또한 1935년 내지는 36년의 조선에서 조세핀 베이커에 관한 정보가 신문 잡지에서 널리 유포되고 있었던 것도 아니다. 그럼에도 왜 그녀의 표상이 여기에 등장하고 소비될 수 있었던 것일까. 이 문제의 배경에는 '반도(半島)의 무희'라고 불렸던 댄서 최승희(崔承喜)의 존재가 관여되어 있었던 것은 아닐까 생각된다. 인기 절정에 있던 최승희라는 보조선이 없었다면 잡지 『조광』에서의 조세핀 베이커 표상은 의미가 없었던 것은 아닐까. 이러한 가설 하에 1930년대 조선에서 모더니즘이 어떻게 수용되고 번역되었는가 하는 점을 생각해보고자 한다.

이 글에서 다루는 것은 패러디 소설과 수필적인 문장에 등장하는 사소한 에피소드에 지나지 않는다. 따라서 연구과제로서 비중 있게 다루어져 왔다고는 할 수 없다. 「모던 심청전」의 에피소드와 삽화에 관해서는 모던문화연구의 효시가 된 김진송의 저서 『서울에 딴스홀을 許하라』

2) 李孝石「C港の一齣」(『朝光』, 1936.8.), p.30.
3) 앞의 글, "누렁둥이 쪼세핀, 베에커" p.31.

에 자료로서 소개된 바 있다. 하지만 논문으로서는 유머의 역사적 의의에 관해 논한 신명직 「김규택의 만문만화와 '웃음'」[4]이 있을 뿐이다. 한편 이효석 연구의 경우도 상황은 별반 다르지 않다. 이 시기의 『조광』을 집중적으로 논한 것으로는 이현주 「1936년, 『조광』, 이효석의 '고향'」[5]이 있을 뿐이고, 어디까지나 '서양'이라는 이국정서의 하나로 파악되고 있다. 최승희와의 관계에 대해 인터넷 상에서 논의되고 있는 경우도 있으나,[6] 조세핀 베이커가 두 차례에 걸쳐 같은 잡지에 등장하고 있는 의미를 논하는 단계에까지는 이르지 못했다.

식민지기에 발행된 조선어 문예지가 직간접적으로 일본 문학, 일본 문화의 영향 하에 있었음은 더 말할 나위 없다. 그뿐만 아니라 모더니즘의 세계적 동시성은 동아시아에 있어서도 예외 없이 도쿄 및 상해(上海)와 마찬가지로 서울에서도 모던 문화가 동시대적으로 체험되고 있었다. 그렇다면 서울에서 체험한 '서구 문화'는 식민지에서의 모던 양상을 띨 수밖에 없다. 때문에 서구 모더니즘을 기준으로 생각하면 기묘하거나 별일 아니게 생각되는 것들도 동아시아에서의 문화 역학을 고려하면 필연적 결과이며, 복잡한 요인을 확인하면 역으로 당시 모더니즘 전반의 이해를 촉진하는 일도 있을 수 있는 것이다. 이 글이 조선어 잡지에 있는 자그마한 에피소드의 연쇄에 주목함은 그러한 단서가 될 가능성을 발견할 수 있으리라는 기대 때문이다.

---

4) 신명직 「김규택의 만문만화와 '웃음'」, 사에구사 도시카쓰 외 『한국 근대문학과 일본』(소명출판, 2003).
5) 이현주 「1936년, 『조광』, 이효석의 '고향'」(『어문논총』 제44호, 한국문학언어학회, 2006.6).
6) Korean Studies Discussion List : Korean Studies- Jazz in Korea- Josephine Baker : http://koreanstudies.com/KS-List-as-Forum.html

## 2. 광고 속의 여성들

20세기 특히 제1차 세계대전 이후는 '예술적' '장식적'인 가치기준보다도 '메시지 매체'로서의 힘이 중요시되었다.7) 이 때문에 '단화(單化)'라고 불리는 심플한 도안이 채용되었으며 "자동차 또는 기차를 타고 있는 사람의 시각에 들어올 수 있는 광고물"8)이 요구되어졌다. 또한 사진을 광고에 도입하는 일도 늘어났는데 대량 수주를 하는 곳이 한정되어 있다는 이유로 도안은 유형화되고 "대부분이 인물(여성)을 크게 확대한 사진에 문자를 배치하는 스타일이었기 때문에 업종이나 회사 또는 게재시기가 달라도 구별이 어려울 만큼 같은 인상을 받게 된다"9)고 하는 상황이 되었다.

일본에서의 광고 상황은 그대로 조선에서의 광고 상황을 나타내주기도 한다. 조선에서의 신문과 잡지의 경우, 조선어로 발행되고 있는 경우에도 일본의 제품 광고가 가끔 게재되었다. 「모던 심청전」이 연재되기조금 전의 『조선일보』를 예로 들자면 기타니이치로에몬(喜谷市郎右衛門) 상점의 '히곡실모산(喜谷實母散)'(그림 2), 쓰무라 준텐도(津村順天堂)의 '중장탕(中將湯)'(그림 3)과 같은 광고가 게재되어 있었다. 여성의 얼굴과 상품명의 선전문구가 세트가 되어 있어 모두 비슷한 인상을 준다.

「모던 심청전」의 "부인이 신문의 약 광고면"을 "때때로 보신다"는 부분에 해당하는 예는 현실로 존재한다. 하지만 부인약 광고에 "프랑스 파리의 '조세핀 베이커'"가 등장함은 현실적이지 않다. 그렇다고 해서

---

7) 竹內幸繪 『近代廣告の誕生』(靑土社, 2011), p.28.
8) 앞의 책, p.83.
9) 앞의 책, p.299.

[그림 2]

[그림 3]

[그림 4]

[그림 5]

이렇게 결코 현실적이라고는 할 수 없는 삽화에 등장하는 여성과 비행사라는 조합 역시 이와 마찬가지로 현실미가 아주 없냐 하면 사실은 그렇지 않다. 잡지 『조광』에 있는 '레-도구레-무(レ一トクリ一ム)' 광고에서는 여성과 비행기의 조합을 확인할 수 있다(그림 4). 더욱이 『조선중앙일보』에 있는 '명지모(命の母)' 광고(그림 5)에 등장하는 여성은 당시 조선인 여성 비행사로 활약했던 이정희(李貞喜)였다.

일본에서는 1920년대에 들어 여성 이등 비행기조종사가 탄생했다. 일본인에 이어 조선인 여성비행사로서는 박경원(朴敬元)이 활약했다.10) 그녀는 1933년에 한반도로의 개선 비행을 시도하였으나 이륙 직후에 추락하여 최후를 맞고 말았다. 1934년 1월 2일자 『조선일보』 제1면에 "과학의 첨단·경이로운 비행 세계"라는 큰 제목 하에 그녀의 부고가 사진과 함께 다시금 보도되는 등 얼마나 큰 주목을 받았는지를 미루어 짐작할 수 있다. 1935년에는 조선인 여성비행사로서는 두 번째인 이정희가 고(故) 박경원의 유지를 받들어 한반도로 비행 예정이라는 기사도 눈에 띈다(『조선일보』 1935.8.11.). 물론 구미에서는 이미 다수의 여성비행사가 활약하고 있었으며, 박경원도 방일을 환영했던 밀드레드 메리 블루스를 비롯해 1930년경에는 매년 유럽에서 여성비행사가 일본까지의 단독비행을 성공시켰다.

이처럼 '비행기'와 '여성'('유럽의 여성')은 나름대로의 상관성을 확인할 수 있다. 그러면 여기에서 조세핀 베이커 자신이 어떤 식으로 알려져 있었는가라는 문제를 살펴볼 필요가 있을 것이다.

1929년에 일본에서 공개된 조세핀 베이커 출연의 리뷰 영화 『몬 파

---

10) 松村由利子 『お嬢さん 空を飛ぶ』(NTT出版, 2013), pp.188-195.

리』는 같은 해에 조선에서도 공개되었다. 이에 관해서는 「新映畵REVIEW 春文幻醉 몬 파리 와 機械都市 메트로포리스」[11]라는 소개기사가 존재하는데, 이후로 조세핀 베이커 인기가 급등했다는 사실까지는 확인할 수 없다. 한편 일본에서는 모더니스트들이 하나같이 조세핀 베이커의 육체미를 찬미했다.[12] "여배우 조세핀 베이커는 니그로임에 틀림없다, 얼마간 유럽의 피가 섞여있다고 해도 파리에 있어 그녀의 존재가치는 그야말로 그녀가 흑인이기 때문이다, 밀로의 비너스의 재현이라고 생각될 만큼 균형이 잘 갖추어진 그녀의 육체"와 같은 찬사를 시작으로 당시 초현실주의자들로부터도 선망의 대상이 되었음을 알 수 있다.

이후 조선에서도 '世界第一人者(2)-검둥이 舞姬 黑眞珠 조세핀 삐커'라는 기사를 확인할 수 있으므로[13] 어느 정도의 붐 또는 일본을 경유한 정보 보급이 있었다고 추측할 수는 있으나, 1935년부터 36년에 걸쳐 다시 붐이 일어난 사실은 확인되지 않는다. 이 시기 조선의 신문과 잡지에서 조세핀 베이커에 관해 언급된 예는 거의 없다. '검은 얼골은 화장을 이러케 특징을 살리면 문제업다'라는 패션에 관한 기사에서 그녀의 단순화된 구도의 옆얼굴과 함께 '조세핀베-커도현대미인!'이라는 소제목이 달리기도 했으나,[14] 이것은 오히려 「모던 심청전」 이후의 일로 삽화에

11) C.A.生 「新映畵REVIEW 春文幻醉 몬 파리 와 機械都市 메트로포리스」『朝鮮文芸』 1호 (1929.5).

12) 波潟剛 「<未知/旣知>のアフリカ─新興芸術派と阿部知二」(『文學硏究論集』 제27호, 筑波大學比較・理論文學會, 2009)를 참조할 것. 또한 문예지뿐만 아니라 조세핀 베이커의 도판이 신초샤(新潮社) 발행 『엽기첨단도감(獵奇尖端図鑑)』(1931)에 '에로틱' '리뷰' 두 항목에 게재되기도 했다. 『엽기첨단도감』은 『컬렉션 모던도시문화(コレクション モダン都市文化)』 제15권 에로・그로・넌센스(エロ・グロ・ナンセンス)(島村輝編, ゆまに書房, 2005)에 수록되어 있다.

13) 『혜성(彗星)』 제1권 제5호(1931.8).

14) 『조선일보』 1935.12.12.

따라 나온 기사라는 느낌이 있
다(그림 6).

[그림 6]

1935년 말에 조세핀 베이커
는 미국에 있었다. 10월 10년
만에 귀국하여 12월부터 다음
해 5월에 걸쳐 개선 공연을 돌
았다. 하지만 평판은 썩 좋지
않아 실망한 채 파리로 돌아갔
다고 한다.15) 그녀의 미국 귀
국에 관한 소식은 전해진 바가
없으며 이후의 참담할 정도의
평판으로 볼 때 조선에서 붐이
다시 일어났을 가능성은 거의
없다. 1934, 35년에 영화에 출연했으므로 영화 『주주』, 『프린세스 탐탐』
이 수입되어 인기를 얻었을 가능성도 있으나, 그러한 내용의 기사는 전
혀 확인된 바 없다.

이렇게 보면 조세핀 베이커가 엄청난 인지도를 자랑했을 가능성도 부
정할 수는 없으나, 그렇다고 이를 단번에 부인약 또는 비행사 모습의
광고까지 연결하는 것은 무리라고 해야 할 것이다.

---

15) 猪俣良樹 『黒いヴィーナス ジョセフィン・ベイカー』(靑土社, 2006), pp.104-110 및 권말연표를
참조.

## 3. 보조선으로서의 최승희

비행기와 무희와 부인약. 이 세 가지를 조세핀 베이커를 기점으로 하여 연결하기는 어렵다. 하지만 패러디 소설의 문장 및 삽화에 등장하는 존재인 이상, 나름대로의 참조항을 필요로 할 것이며, 그렇지 않다면 패러디 효과를 발휘할 수 없을 것이다.

이 글이 여기에서 보조선으로 고찰해보고자 하는 것이 '반도의 무희'라고 불렸던 최승희이다. 그녀가 일본과 조선에서 인기 절정을 맞이하기 시작한 것은 1935년 무렵부터이다. 1926년 이시이 바쿠(石井漠) 무용단 경성(京城)공연을 보고 일본으로 건너가 그의 제자가 되었고, 1929년 경성에 최승희 무용연구소를 세운 후에 1933년 다시 도일. 1934년 진구가이엔(神宮外苑)에 위치한 일본청년관에서 열린 제1회 신작무용발표회가 호평을 받아 이듬해인 1935년에는 구단(九段)에 최승희 무용연구소를 설립하였고 10월에는 제2회 신작무용발표회를 열었다.

이 해 8월 유아사 가쓰에(湯淺克衛)가『주간 아사히(週刊朝日)』에「노도의 보ー무희・백성희 반세기(怒濤の譜―舞姬・白聖姬半世紀)」라는 제목으로 그녀의 반생을 소설로 4회 연재하였고, 1936년에는『반도의 무희(半島の舞姬)』로 영화화되었다.16)

스타덤에 오르기까지의 반생이 여기에는 그려져 있다. 과거에는 유복했으나 지금은 수학여행갈 돈도 없는 불쌍한 처지에 놓인 소녀가 오빠의 권유로 음악의 길을 걷기 시작한다. 때마침 경성 공연을 온 무용단을 따라 도쿄로 건너가게 된다. 그 후 스승의 죽음과 결혼, 출산을 거쳐

---

16) 湯淺克衛「怒濤の譜(一)-(四)」(『週刊朝日』 제28권 6호-9호, 朝日新聞社, 1935.8).

자신의 무용단을 설립하고 창작무도회를 성공시킨 최승희의 반생이 그
려진다.

그녀의 반생이 이야기로서
소비되어질 만큼 주목받았다고
한다면, 각종 업계가 그녀에게
광고탑으로서의 역할을 기대했
으리라는 것은 쉽게 짐작할 수
있다. 실제로 그녀는 화장품을
비롯한 각종 광고에 기용되었
고, 일본 각지를 순회 공연했
다.17) 예를 들어 1935년 10월
22일자『도쿄아사히신문』에 실
린 리켄(理研) 비타민이라는 영
양제의 전면 광고에는 최승희

[그림 7]

가 등장한다. 네 개로 나뉜 지면에는 각각 그녀의 약동하는 사진이 크
게 실려 있고, '공간에 그리는 미와 힘의 리듬'이라는 문구도 붙어 있다.
언뜻 보면 최승희 특집기사와도 같은 모양으로 실제로 사진 외에 인터
뷰 내용도 있으나, 요점은 피로회복에 '리켄 비타민'을 복용하고 있다는
것으로 당연히 맨 밑에는 선전 광고가 위치하고 있었다(그림 7).

부인약과 최승희는 현실적으로 교차 가능했던 것이며, 공중에서 춤추
는 그녀의 모습은 '무희'의 '비행'이라는 연상을 불러일으켰는지도 모른
다. 이 광고가 나왔을 즈음에는 이미 「모던 심청전」의 삽화와 원고가

---

17) 高島雄三郎・鄭昞浩『世紀の美人舞踊家 崔承喜』(エムティ出版, 1994) 연표를 참조.

완성된 타이밍이었으리라 생각되는데, 이와 비슷한 일은 조선에서도 마찬가지로 볼 수 있었다.

　1935년 9월 15일자 『조선일보』에는 '최승희 씨의 자서전 촬영'이라는 제목으로 상반신 사진과 함께 신흥키네마가 그녀의 자서전을 영화화하기 위해 경성까지 촬영하러 온 소식을 전하고 있다. 바로 이 기사의 하단에 있는 광고란에는 두통과 어지러움에 효과적이라는 '하레야카(はれやか)'의 선전광고가 있고, 여기에 최승희의 사진과 그녀의 코멘트가 게재되어 있다(그림 8). 조선을 방문한 무희가 약 광고에 등장하는 장면이 이러한 상황 속에 실현되어 있는 것이다.

　「모던 심청전」이 의도한 것은 '전(前)근대'와 '근대'가 충돌함으로써 생기는 '웃음'이다.[18] 따라서 모던 무용과 조선 고전예능을 융합시켜 주목을 받고 있던 동향(同鄉)인 최승희가 그냥 그대로 「모던 심청전」에 등장해도 '웃음'은 생겨나지 않을 것이다. 조세핀 베이커의 정령이 등장한 다음 구절에는 곽씨부인이 태교를 위해 나폴레옹을 연상시키는 포즈를 취하고 있는 인물 또는 선녀, 복싱 선수, 여배우 같은 인물들의 사진이나 그림을 보고 있다(그림 9). 이러한 설정에 더해 이미 '세계 제일인자'로 알려진 인물의 하나로서 '조세핀 베이커'를 상정함으로써 '근대'의 대표로서 그 존재가 충분히 기능하여 '웃음'은 일어나게 되는 것이다. 하지만 신문과 잡지 지면을 통해 보는 한, 최승희처럼 '근대적'이고 '서양적'이며 '모던'한 여성이 친근한 참조항이 된 다음에야 이보다 더욱 '서양적'인 여성이 정령으로서 등장하게 된 점도 간과해서는 안 될 것이다.

---

18) 신명직, 앞의 글, p.488.

[그림 8]

[그림 9]

## 4. 식민지 조선에 있어 모던의 상상력

이상과 같이 최승희를 일부러 참조항으로 불러온 것은 「모던 심청전」이 게재되었던 잡지 『조광』 1936년 8월호에 이효석이 발표한 수필 「C항의 일척」에서도 비슷한 문제를 지적할 수 있기 때문이다. 앞서 소개했듯이 여기에는 "미국출신의 고명한 그 가수는 맘주로 연주 려행을 떠난 도중에 항구에 들린 것이였다"고 되어 있다. 이효석이 경성에서 평양으로 거처를 옮긴 것은 1936년 봄이었다고 한다.[19] 또한 수필 제목인 'C항'은 청진항이라고 보통 얘기된다. 이 시기의 조선, 만주에서 조세핀 베이커가 공연했을 가능성은 매우 낮다. 그녀의 이름을 사칭하고 누군

---

19) 이현주, 앞의 글, pp.283-284.

가가 공연했을 가능성도 생각할 수는 있으나, 그보다도 흥미로운 것은 최승희가 1936년 4월 1일부터 17일까지 부산으로부터 대구, 경성, 평양, 안동(安東), 잉코(營口), 안산(鞍山), 다롄(大連), 신징(新京), 하얼빈, 푸슌(撫順)에 이르기까지 각지로 공연을 돌았다는 사실이다(그림 10).[20]

이 공연여행과 시기를 같이해 개봉된 영화『반도의 무희』는 경성에서 상영되었고,[21] 다롄에서는 영화개봉과 관련한 광고가 『만주일보』에 게재되어 있다(그림 11).

[그림 10]      [그림 11]

더욱이 이 해 5월에 최승희는 『이탈리아의 정원(イタリアの庭)』『향수의 무희(鄕愁の舞姬)』라는 재즈 레코드 2매를 발매했다.[22] 당시 일본 콜롬비아 문예 부장이었던 이하윤이 작사를 담당하여 조선어로 제작되었다. 특히 『향수의 무희』는 고향을 떠난 무희가 향수를 노래로 달랜다고 하

---

20) 「映畵と演芸 春！四月, 五月 舞踊家の來滿 崔承喜と江口隆也, 宮操子」(『滿州日報』 1936.3.30.).
21) 최승희 생탄100주년기념 국제학술심포지엄 자료집 『최승희 춤의 아시아적 가치와 동아시아 확장성』(2011) 수록 연보를 참조.
22) 장유정 『근대 대중가요의 매체와 문화』(소명출판, 2012), pp.268-277.

는 내용이다. 이효석은 "그의노래는 요란한 문명의 노래가아니라 고향
을 그리워하는 안타가운 노스탈자의 노래였다."라고 썼다.23) "미국출신
의 고명한"이라는 부분을 간단히 바꿀 수 있는 것은 아닐까 할 정도로
조세핀 베이커의 모습에서 최승희라는 존재가 떠오른다.

　'해양특집 그때 그 항구의 추억'에 실린 이효석의 「C항의 일척」을 어
느 정도의 픽션으로 판단할지에 대해서는 여러 의견이 있을 것이다. 하
지만 이 글은 모두에 자신에게는 당장 떠오르는 추억이 없음이 명기되
어 있으며, 비유적이고 완곡하게 "지난날의일기장이 각금 한게의 발견
이되고 새로운인생의 창조같치보이고 신선한흥분을 갖어옴은 그런까닭
이다. 그러나 나에게는 지금 공칙히 항구의일기장이없다."24)라는 말이
이어진다. 또한 조세핀 베이커에 관한 화제가 시작되기 직전에는 어느
영화인으로부터 원작이 될 작품을 급히 써달라는 편지가 도착하여 "방
크롭트가나오는 종류의 자미있는 항구의이야기를 꾸며보라고"25) 생각
했으나, 이후 그 영화인으로부터 연락이 없었다는 이야기가 나온다. 이
러한 기억의 애매함과 몽상의 중단은 오히려 그 다음에 나오는 극장 장
면을 허구로 또는 실현되지 않은 영화의 원작으로 읽을 수도 있음을 시
사하고 있다고도 생각할 수 있다.

　이효석은 조세핀 베이커의 노래를 들으면서 "한결같이 마음속에 형상
없는 「고향」을 늣겼다".26) 이에 관해서는 이효석의 '고향'이 도시와 이
국을 통해 '발견'된 것이며, 이상으로밖에 존재하지 않는 '이향(異鄕)'이
라는 분석도 가능하다.27) 물론 서양식 호텔에서 서양식 후르츠를 맛보

---

23) 이효석, 앞의 글, p.31.
24) 이효석, 앞의 글, p.29.
25) 이효석, 앞의 글, pp.29-30.
26) 이효석, 앞의 글, p.31.

면서 '이국으로서의 고향'을 상기하기에 조세핀 베이커가 어울림은 말할 나위도 없다. 그러나 '서양적' '근대적'이려고 하면 할수록 '조선적'인 것을 발견할 수밖에 없는 최승희의 모습이 경성제국대학에서 영문학을 배워 모더니즘 문학을 이끌었던 이효석 자신의 처지, 더 나아가 조세핀의 모습과도 겹쳐지기 때문에 '그녀(조세핀 베이커/최승희)'의 노래에 감동했던 것은 아닐까.

영화『몬 파리』공개 당시 경성에 있으면서 일본인 동창생이나 일본어잡지로부터 조세핀 베이커에 관한 정보를 얻을 기회가 적지 않았을 이효석이 상상 속에서 그녀를 불러내는 것은 불가능한 일은 아니었을 터이다. 또한 졸업논문으로 아일랜드의 극작가 싱을 다루었던 이효석으로서는 미국에서 프랑스로 건너간 조세핀 베이커가 '흑인'이라는 이유로 아프리카의 야만적이고 원시적인 이미지를 받아들임으로써 스타덤에 오를 수 있었던 데서 오는 비애 역시 상상하기 어렵지 않았을 것이다. 게다가 만주 공연에서는 '향토의 향기'를 느끼게 하는 레퍼토리로 받은 호평과는 달리 '스페인'에서 무용을 배워 레벨을 올려야 한다는 비평이 나오는 상황 하에 있었던[28] '조선인' 모던 댄서 최승희의 소식을 직간접적으로 접하는 상황 속에서 식민지하에 놓인 사람들에게 '모던'이란 무엇인가를 생각하게 되는 것은 당연하다. 오히려 「모던 심청전」에서 '조세핀 베이커/최승희'를 이중으로 비추어 이해시킨 유머의 회로를 참고하여, 이효석이 중층적으로 형성되는 식민지의 모던성, 즉 식민지 근대성(콜로니얼 모더니티)의 표상을 연쇄시킨 것은 아닐까 생각된다.

---

27) 이현주, 앞의 글, pp.299-300.
28) 「鄕土の香り 崔承喜第一回公演」(『滿州日報』 1936.4.14).

## 5. 동아시아 문학사의 구상

이 시기 이효석 문학에는 '향토성' '향토주의'가 자주 지적된다.[29] 하지만 이것은 한 작가의 특징이라기보다 동시대적인 특징이라 해야 할 측면이 있다. 잡지 『조광』에서는 이효석의 수필 「C항의 일척」이 게재된 '해양특집 그때 그 항구의 추억'(8월) 이외에도 고향이나 향토를 주제로 한 특집을 자주 꾸몄었다. 여기에는 '대일본제국주의' 하의 한반도에 있어 '향토'란 무엇인가라는 문제가 전제로서 존재했으며, 지방성뿐만 아니라 국민성, 민족성을 내포한 개념이라고 할 수 있을 것이다. 도시문화를 구가한 후에 모더니즘 문학의 담지자였던 이효석은 어떠한 것으로서 파악하여 '조선다움'을 그렸던 것일까. 이 문제를 생각하기 위해 이 글에서는 잡지 『조광』에 게재된 「모던 심청전」 속의 삽화와 에피소드에 주목해 보았다. 그리고 「모던 심청전」에서는 '웃음'을 위해 등장했던 '근대적' 여성이 환기한 것이 이효석에게는 '고향' '향토'를 생각하기 위한 계기가 되었다고 하는 가설을 세웠다.

1937년에 간행된 이종극(李鐘極) 『모던 조선 외래어사전』(京城, 漢城図書)의 '모던' 항목에는 "청년은 모던한 음식과 관념을 먹고 싶다"(이광수), "매우 아름답고 풍요로우며 모던한 '나오미'였다"(이효석) 등이 용례로서 나와 있었다.[30] 여기의 나오미는 물론 다니자키 준이치로(谷崎潤一郎) 『치

---

29) 다수의 논문이 있으나, 일본에서 읽을 수 있는 문헌으로는 신형기(辛炯基) 「이효석과 식민지 근대(李孝石と植民地近代)」(宮嶋博史・李成市・尹海東・林志弦編 『植民地近代の視座 朝鮮と日本』岩波書店, 2004)가 있다. "향토의 발견은 잡종적인 시선을 통해서야 가능했다. 심미화된 향토라는 것은 실제로 잡종의 분열된 내면 가운데 있었다. 그러나 향토가 오래된 근거로서 읽혀질 때, 향토가 발견된 역사, 식민지적 근대의 경험은 잊혀져 버리고 마는 것이었다."(p.114)라는 지적은 매우 시사적이다.
30) 황호덕/이상현 『개념과 역사, 근대 한국의 이중어사전 1 연구편』(박문사, 2012), p.457.

인의 사랑(痴人の愛)』에 등장하는 나오미를 가리킨다. 일본유학 경험은 없
으나 경성제국대학 출신으로 일본문학의 영향을 받아 모더니즘 문학 창
작활동을 했으며 주변에서도 그렇게 받아들여졌던 모습의 일단이 여기
에서도 충분히 확인된다. 덧붙여 1937년 당시의 조선에서 나오미라는
말로 '모던'의 의미가 공유되었다는 사실을 알 수 있다는 점에서도 주
목할 만하다. 이렇게 점과 점을 연결하여 조세핀 베이커, 최승희, 그리
고 나오미라는 모던 걸을 둘러싼 에피소드의 연쇄에 주목함이 동아시아
의 모더니즘을 재고하는 계기가 될 수 있을 것이다.

　1920-30년대 조선에서 학생들 사이에 일본어 서적이 꽤 많이 읽혔음
은 천정환『근대의 책 읽기』31)에 자세하다. 최근에는 이광수, 김동인,
전영택을 비롯한 초기 한국근대문학자들이 구니키다 돗포(國木田獨步)로부
터 많은 영향을 받았음을 논하고 있는 정귀련『매개자로서의 구니키다
돗포 유럽에서 일본, 그리고 조선으로』가 간행되어, 조선의 대중잡지『삼
천리』(1934.7)에 「문학문제평론회-(3) 내가 본 도쿄 문단」이 실리고 기
쿠치 간(菊池寬), 다니자키 준이치로, 나쓰메 소세키(夏目漱石), 이시카와 다
쿠보쿠(石川啄木), 사토미 돈(里見弴), 구니키다 돗포, 시가 나오야(志賀直哉),
시마자키 도손(島崎藤村), 사토 하루오(佐藤春夫), 고바야시 다키지(小林多喜二),
기타하라 하쿠슈(北原白秋) 등 17명의 일본인 작가의 코멘트가 나와 있는
점을 지적했다.32) 이러한 작가 평가를 답습하는 형태로 1937년 5월부터
1938년 11월까지『조선일보』에 연재된 채만식의 소설『탁류』에는 기쿠
치 간의 소설을 '저급'한 것으로 평가하는 백화점 점원의 등장 장면이
소개되어 있다.33)

---

31) 천정환『근대의 책 읽기』(푸른역사, 2003).
32) 丁貴連『媒介者としての國木田獨步 ヨーロッパから日本、そして朝鮮へ』(翰林書房, 2014), pp.28-30.

또한 문학에 한정되지 않고 용어로서의 '에로·그로·넌센스'도 1931년 이후 조선어 신문과 잡지에 '신어(新語)'로서 등장하여 당시 조선의 이러한 현상을 다룬 연구서인 소래섭 『에로 그로 넌센스』(살림, 2005)도 간행된 바 있다. 이러한 저작 및 사실을 통해 모던 문화＝에로·그로·넌센스라는 개념의 범주가 일본 국내에만 들어맞는 문제가 아니었다는 점이 밝혀지고 있음을 확인하는 것만으로도 1920-30년대의 월경(越境)적인 문학사, 문화사를 구상함은 가치 있는 것이 아닐까.

이를 바탕으로 일본에서 한국의 모던 문화 형성을 어떻게 평가할 것인가라는 점이 과제가 될 것이다. 한국에서는 공업 및 인프라에 보이는 식민지 근대화를 평가하는 식민지 근대화론과 애당초 그러한 근대화는 현지의 수탈에 의한 것임을 비판하는 식민지 수탈론이 접점이 없는 채로 평가의 양극을 이루어 왔다. 이에 대해 근래에 등장한 식민지 근대성(콜로니얼 모더니티) 논의는 그러한 이항대립으로부터 벗어나는 시점을 제공하고 일상생활의 발굴에 성공했다 할 수 있으나, 한편으로는 식민지 지배에 관해 상대적으로 관심이 없는 점이 비판의 대상이 되기도 한다. 이러한 상황을 고려한 위에 일본에서 한국의 모던 문화, 모더니즘 문학을 어떻게 평가할 것인가가 논의 대상이 될 것이다. 한국에서의 연구 성과를 적극적으로 활용하면서 다시금 제국주의·식민지지배의 문맥에 되돌려 보았을 때에 무엇이 보이는가. 이 글이 이에 공헌하는 바가 있는지 독자의 판단을 바란다.

◉ 번역 : 김태경

---

33) 丁貴連, 앞의 책, pp.31-32.

‖황동연‖

# 도쿄(東京), 접촉지대(contact zones), 일본어 출판물, 초국가주의*

### 권역시각을 통한 초국가적 국민국가의 역사 구성

## 권역시각과 도쿄 : 식민공간의 접촉지대, 동부아시아 급진주의 네트워크의 교점

필자는 그동안 중국근현대사, 특히 1919년의 오사운동(五四運動)이나 중국혁명의 근거지였던 1936년-1949년 사이 옌안(延安)의 역사, 그리고

---

* 이 글은 2013년 10월 18-19일 고려대 일본연구센터가 주최한 "식민지기 일본어잡지와 식민지문학"이란 주제의 국제학술회의에서 발표하기 위해 그동안 필자가 이미 공간한 황동연, 『새로운 과거 만들기 : 권역시각과 동부아시아 역사 재구성』(혜안, 2013) 소수의 「제1장 도론 : 새로운 과거만들기」와 「제6장 급진주의자들의 도쿄로의 이동과 집중 : 1900-1920년대 동부아시아 급진주의의 대두, 확산, 그리고 그 의미」[이 글은 원래 황동연, 「급진주의자들의 토쿄(東京)로의 이동과 집중 : 1900년대-1920년대 동부아시아 급진주의의 대두, 확산, 그리고 그 의미」, 도시인문학연구소 엮음, 『경계초월자와 도시연구 ─지구화시대의 매체, 이주─』(서울 : 라움, 2011), 81-122면에 게재되었다.]를 이 학술대회의 주제에 맞춰 통합하고 약간 수정하여 발표한 글이다. 다만 이번에 출판을 위해 새롭게 제목을 달고 재수정하고 또 약간 새로운 내용도 추가했음을 여기서 밝혀둔다.

동부아시아 각국의 급진주의 역사를 일국사 속에서만 구성, 서술하지 말고 동부아시아 지역사의 일부로도 이해하고 서술하자고 주장한 바 있다. 또 한국아나키즘의 기원과 발전도 동부아시아 지역 내 급진주의와 아나키즘 역사 속에서 파악하자고 주장해 왔다. 이런 주장을 통해 그동안 필자는 20세기 초 한국, 중국, 일본, 타이완의 급진주의 역사가 상호 초국가적 연계(transnational linkages)를 갖고 있으므로, 이들 국가와 베트남, 인도 등을 포함한 동부아시아 국가의 근현대사는 일국사로서 뿐만 아니라 넓은 권역(圈域)시각을 통해서 지역사의 일부로도 함께 이해하고 구성함으로써, 국민국가의 역사서술이 갖는 폐쇄적 역사인식과 구성을 극복해야한다고 주장했다.[1]

그리고 이런 주장을 뒷받침하는 역사시각으로 필자는 권역시각을 제시한 바 있다. 권역시각을 여기서 설명할 필요가 있다. 권역시각은 간단히 말하면 인간 활동(과 그 범위)의 동태성과 유동성을 중심으로 지역과 국가(혹은 민족)의 과거를 상호 연관된 것으로 이해하는 역사시각을 말한다. 그동안 역사학계는 냉전정책의 일환으로 세계를 동아시아, 동남아시아, 남아메리카, 중동 등 인간 활동과는 상관없이 임의적 문명이나 문화

1) 황동연, 「20세기초 동아시아 급진주의와 '아시아'개념」, 『大東文化硏究』 50집(2005.6), 121-165면 ; 황동연, 「권역시각, 초국가적 관점, '동부아시아' 지역개념과 '동부아시아' 급진주의 역사의 재구성 시론」, 『東方學志』 145집 (2009), 273-317면 ; 황동연, 「이정규, 초국가주의적 한국아나키즘의 실현을 위하여」, 『역사비평』 93(2010 여름), 198-230면 ; 황동연, 「延安, 중국혁명의 근거지 혹은 동부아시아 초국가적 급진주의 네트워크의 교점-중국혁명사와 동부아시아 급진주의 역사의 초국가적 연계와 단절-」, 『歷史學報』 제221집(2014년 3월), 117-152면 ; Dongyoun Hwang, "Beyond Independence : The Korean Anarchist Press in China and Japan in the 1920s and 1930s," *Asian Studies Review* Vol. 31, No. 1(2007), pp. 3-23 ; Dongyoun Hwang, "Korean Anarchism before 1945 : A Regional and Transnational Approach" in Steven Hirsch and Lucien van der Walt eds., *Anarchism and Syndicalism in the Colonial and Postcolonial World, 1870-1940 : The Praxis of National Liberation, Internationalism, and Social Revolution*(Brill, 2010), pp. 95-130.

를 기준으로 여러 지역으로 구분한 미국 지역연구(Area Studies)의 지역구
분을 따라 왔다.[2] 그러나 지역의 구분과 명칭을 창안해 온 것은, 추상적
인 문화나 문명이 아니라 사실 구체적 인간 활동과 그 결과물이었다.[3]
여기서 인간 활동은 인간의 구체적이고 실질적인 물리적(신체적) 행동만
을 의미하지 않고, 사상이나 생각(혹은 단어) 그리고 관습이나 의식 등과
같이 보이지 않는 인간의 지적활동(과 그에 따른 결과)도 의미한다. 이
런 두 가지 의미의 인간 활동이 미치는 범위를 '권역'으로 규정하고 권
역 내의 인간 활동을 중심으로 역사를 이해하는 시각이 권역시각이다.

인간 활동은 정체적이지 않고 늘 동태적이다. 즉 공간적 이동성(spatial
mobility)이 특색이다.[4] 따라서 인간의 활동은 경계나 구역이 구체적으로
정해진 한 지역 내에 정체되거나 머물러 있는 경우가 거의 없고, 대부
분 다른 곳으로 결국 이동하거나 혹은 다른 지역으로 옮겨가는 과도기
적 과정에 있게 된다. 그 과정에서 서로 다른 인간 활동이 상호 접촉하
기도 하는 데, 그 접촉 지점이 인간 활동의 접촉지대(contact zones)다. 역
으로, 다른 권역에서 유입된 혹은 그런 과정 중인 인간 활동을 (경우에
따라서는 강제적으로) 접촉하는 경우나 과정도 권역에 존재하게 된다.

---

2) 황동연, 「냉전시기 미국의 지역연구와 아시아인식」, 『동북아연구논총』 33호(2011.9),
   15-56면. 미국의 냉전정책을 뒷받침하기위해 권력과 밀착하면서 등장한 미국 지역연구
   의 기원과 발전에 대한 구체적 논의는 Bruce Cumings, "Boundary Displacement : Area
   Studies and International Studies during and after the Cold War," *Bulletin of Concerned
   Asian Scholars*, Vol. 29, No. 1(January-March 1997), pp. 6-26을 볼 것.
3) 아리프 딜릭, 「아시아・태평양권이라는 개념 : 지역구조 창설에 있어서 현실과 표상의
   문제」, 『창작과 비평』 79호(1993), 289-317면과 O. H. K. Spate, "'South Sea' to 'Pacific' : A
   Note on Nomenclature," *The Journal of Pacific History*, Vol. 12, No. 3・4(1977), pp.
   205-211 참조.
4) 이런 인식을 단어의 이동성에 적용하여 분석한 것이 Carol Gluck and Anna Lowenhaupt
   Tsing eds. *Words in Motion : Toward a Global Lexicon*(Durham, NC : Duke University Press,
   2009)이다.

따라서 인간 활동의 범위는 뚜렷한 경계선으로 구획할 수 없다. 인간 활동의 경계선은 결국 임의적일 수밖에 없다는 것이다. 인간 활동은 늘 탈경계적이기 때문이다. 물론 한 권역 내에는 많은 접촉지대가 존재할 수 있고, 그 많은 접촉지대 가운데 가장 활발한 접촉이 이루어지는 곳에서는 동태적 인간 활동이 만들어 낸 네트워크의 교점(交点, nodes)들이 생성되게 된다.

이 글과 관련하여 이런 주장을 적용하면, 20세기 동부아시아 급진주의자들의 인간 활동, 즉 그들 사이에 있었던 직·간접적 만남, 상호영향·상호영감과 공동 조직과 행동 등 교류 과정 속에서 그들의 네트워크가 형성되었고, 그 과정에서 중요한 역할을 담당한 것이 그들이 집중하던 여러 접촉지대 혹은 지역들(locations), 즉 급진주의 네트워크의 교점(node)이었다는 것이다. 그리고 대표적인 교점은 상하이(上海), 도쿄(東京), 광저우(廣州), 옌안(延安)이었다. 이들 교점은 역사적으로 보면 지역이나 각 민족이 처한 환경의 변화, 시대의 변화에 따라 한 지역에서 다른 지역으로 이동되어 갔다. 도쿄는 적어도 1920년대 중반까지 동부아시아 급진주의자들의 만남, 담론, 공동행동이 가장 활발히 이루어지던 곳이다. 이곳에서는 직접적 만남뿐만 아니라 구미 혹은 중일 사회주의자들의 저서나 번역서, 잡지의 글 등 일본어 출판물을 통한 간접 만남도 이루어졌다. 도쿄에는 이내 '급진문화'가 생산되고, 혁명이나 반제에 관한 논의 등을 비롯한 급진담론이 활발히 이루어지는 등, 도쿄는 그야말로 급진사상의 '용광로'와 같은 역할을 담당하였던 것이다. 그리고 그곳에서 급진주의자들은 구체적인 연대를 형성하고, 많은 경우 공동행동을 취했다. 그런데 도쿄가 일본정부의 치안유지법 선포 이후 점차 급진적 담론과 행동의 장소로서의 지위를 잃게 되고, 이후 교점은 다른 도시로 옮겨 갔던 것이다.

이런 주장이 유효하다면, 권역시각은 그동안 자주 사용되던 지역시각이란 용어를 대체한다. '지역'은 한 한글사전의 정의에 따르면 "토지의 구역. 땅의 경계. 또는 그 안의 땅"을 의미한다.[5] 지역의 사전적 정의에는 결국 경계선이 전제로 있다는 것을 알 수 있다. 반면, 같은 한글 사전에 따르면, '권역'은 "특정한 범위 안의 지역"을 의미한다.[6] '권역'은 "특정한 범위"를 전제로 하고 그 범위는 유동적이다. 왜냐하면 '범위'의 사전적 정의가 "한정된 지역의 언저리. 어떤 힘이 미치는 한계. 테두리"[7]이듯이, "언저리," "한계," "테두리"는 그 의미상 인식적으로는 존재하지만 실제로는 정확하게 파악하기 어려운 개략적인 지역의 끝 혹은 가장자리를 의미하기 때문이다. 이것이 필자가 지역시각을 권역시각으로 바꿔 사용하는 이유이다. 결국 권역시각은 인간의 지적, 물리적 활동의 범위가 현재의 국민국가나 민족 역사란 뚜렷이 지정된 울타리나 경계선 내에서만 이루어지지 않고 좀 더 넓고 한정하기 어려운 권역을 무대로 이루어졌다는 것을 지적할 수 있게 해주는 시각이다. 또 권역은 뚜렷한 경계선을 갖는 지역이 아니기에 경계선의 끝이 유동적이고 개방적인 의미를 갖는다. 이렇게 본다면, 권역시각은 민족이나 국가를 단위로 하는 역사시각이나, 정체되고 불변인 것으로 간주되곤 하는 문명이나 문화를 통해 지역을 구분하는 기존의 지역기반(area-based)의 지역연구(area studies)의 지역적 시각과는 전혀 다르다는 것을 알 수 있다. 따라서 권역시각은 민족이나 국가를 단위로 하는 배타적인 민족주의에 기반한

5) 민중서림 편집국 편, 『엣센스 국어사전』(이희승 감수)(민중서림, 1974, 제5판, 2001), 2345면.
6) 위의 책, 330면.
7) 위의 책, 1060면.

"편파성"[8]의 역사를 바꾸는 계기를 제공할 수 있다.

여기서 필자가 사용하는 새로운 지역 명칭인 동부아시아에 대한 설명
도 필요하다. 간단히 말하자면, 현 세계의 지역 구분이나 지역명은 해당
지역민들의 여러 과거나 현재 활동 혹은 인식과는 거의 상관없이 구미
인들의 활동과 그 결과인 그들의 지역인식에 의해 만들어졌다는 것이다.
따라서 새롭게 지역민들의 활동을 중심으로 지역을 구분하고 지역 명칭
을 명명하는 것은 탈식민(혹은 탈근대) 인식과 탈유럽중심주의를 위한 중
요한 전제가 된다. 아리프 딜릭(Arif Dirlik)이 말했듯이, "정의하는 것은,
명명하는 것과 마찬가지로, 정복을 의미한다."(To define, as to name, is to
conquer.)[9] 즉 이제는 지역민 스스로가 자신의 활동을 중심으로 자신의
지역을 명명하며 자신들의 지역을 스스로 지적, 물리적으로 정복해야지,
구미인들이 여전히 정복하고 있게 해서는 안될 것이다.

그렇다면 권역시각을 통해, 미국 지역연구의 유산인 '동아시아'란 용
어를 버리고 새로운 지역명인 '동부아시아'를 갖고 지역 내 개별 국가
의 역사를 지역역사인 동부아시아 역사 속에서 재인식하고 재구성하는
것은 탈식민을 위한 중요한 단계다. 동아시아(East Asia)란 지역명은 기본
적으로 국가의 정책적 지원을 받으면서 국가의 권력에 봉사하는 것을
의무로 태어난 미국 지역연구(Area Studies)의 산물이다. 또 미국 지역연구
가 오리엔탈리즘에 그 기원을 두고 있듯이, 동아시아는 그 기원을 오리

---

8) 한 원로 역사학자는 최근 "최고수준의 '훌륭한' 역사가는 개인적인 선입관이나 특정의
   사명감 또는 목적의식, 사회적 소속 집단의 이해, 국가이익이나 민족감정 등 편파성에
   좌우되지 않는다"고 말한바 있다. 차하순, 「한국역사학의 유산과 21세기의 과제」, 역사
   학회 편, 『한국역사학의 성과와 과제』(일조각, 2007), 35면.

9) Arif Dirlik, "Introduction : Pacific Contradiction," in Arif Dirlik ed., *What is in a Rim? :*
   *Critical Perspectives on the Pacific Region Idea,*(Lanham, MD. : Rowman and Littlefield, second
   edition, 1998), pp. 5, 31.

엔탈리즘이 만든 극동(Far East)이란 지역 명에 둔다. 나아가 동아시아란 용어는 유럽중심주의의 유산이다.[10) 그렇다면, 군이 이런 문제가 있는 지역 명칭을 지역민들이 무비판적 혹은 자발적으로 계속 쓸 이유는 많지 않다. 반면, 동부아시아는 이런 기원과는 아무런 관계가 없고, 유럽중심주의와 미국 지역연구가 국가 간이나 문화 간의 임의적 경계선을 전제로 창안한 지역 명칭도 아니다. 그리고 위에서 언급했듯이, 동부아시아는 동아시아와 달리 인식론적으로 보면, 유동성이 있는 인간 활동을 강조하기에 국가 간의 경계선이 뚜렷하지 않고 개방적이고 유동적이다.

'동부'는 "동쪽 부분"을 의미하는 반면, '동'은 "동쪽"을 의미한다.[11) '부분'의 사전적 의미가 "전체를 몇 개로 나눈 것의 하나. 전체를 이루는 작은 범위"[12)이듯이 '동부아시아'가 '동아시아'보다 의미상 좀 더 모호하면서 유동적인 경계와 범위를 지적한다. 이런 이유 외에도, 동부아시아가 무엇보다 지역민들의 활동을 고려하면서 제시된 용어이자 명칭이라는 점이 장점이다. 만약 인간 활동과 그에 따른 인간의 인식 형성이 지리적 개념과 명칭을 만든다면, 지역민들의 인간 활동을 우리가 인습적으로 알고 있는 현재의 '동아시아'란 지역에 한정할 필요는 없다. 왜냐하면 인간의 지적, 물리적 활동 모두 그동안 우리가 아는 동아시아란 지역을 넘어서 전개되어 온 것이 사실이기 때문이다.[13) 따라서 소위 '동아시아' 뿐만 아니라 '서남아시아,' '서아시아'까지도 포함하던 지역민들의 광범위한 활동 범위를 고려하면서, 동시에 오리엔탈리즘의 전통

---

10) 황동연, 「냉전시기 미국 지역연구와 미국의 아시아 인식」, 15-56면 참조.
11) 민중서림 편집국 편, 앞의 책, 686, 679면.
12) 위의 책, 1128면.
13) 이에 관한 자세한 논의는 황동연, 「지역시각, 초국가적 관점, '동부아시아' 지역개념과 '동부아시아' 급진주의 역사의 재구성 시론」, 273-319면을 참조.

에서 벗어나고 미국 냉전정책의 산물이란 태생적 한계를 극복하는 지역 개념이자 명칭으로 '동부아시아'란 권역 의미의 용어로 '동아시아'를 대체하는 것이 가능하고, 또 필요하다고 필자는 생각한다.

## 도쿄 : 일본어 출판물과 초국가적 급진주의 네트워크

그렇다면 이런 권역시각을 통해 그동안 동아시아로 알려졌던 지역을 동부아시아란 지역 명과 개념을 갖고, 동부아시아 급진주의의 기원을 유동적이고 동태적인 인간 활동을 중심으로 이해해 보자. 이 글에서는 20세기 초 도쿄(東京)를 중심으로 이루어진 동부아시아 학생들의 유학, 지식인이나 혁명가 혹은 급진주의자들의 활동을 식민공간, 접촉지대, 그리고 급진주의 네트워크란 핵심어를 통해 살펴보면서 동시에 도쿄를 동부아시아 급진주의 네트워크의 교점으로 자리매김해 본다. 특히 이들이 도쿄에서 여러 일본어 출판물(서적과 신문 및 잡지)을 통한 지적활동(그리고 그 결과)을 매개로 어떻게 상호영감, 상호영향 등을 주면서 네트워크를 결성하였는지, 그리고 그 네트워크 형성이 역사구성과 관련 어떤 의미를 갖는지 결론을 통해 살펴보고자 한다.

메이지(明治)일본(1868-1912)이 서구인들에게는 "빛나는 문명의 표지 (beacon)"로 등장하고 아시아인들에게는 "진보의 메카"라는 인상을 깊이 심어주었듯이14) 도쿄는 1904-05년 러일 전쟁 승리 후 세계열강으로 떠오른 제국일본의 수도로서 아시아에서 유일하게 성공적인 근대화를 이

---

14) Bruce Cumings, *Korea's Place in the Sun : A Modern History*(NY : W.W. Norton & Company, 1997), p. 121.

룬 신문명 국가, 새로운 아시아의 강국 일본의 중심지였다. 특히 칭(淸) 말의 개혁파와 혁명파 모두 일본을 각종 신사상의 "발원지"로 보고, 도쿄를 그들의 국외선전 및 활동을 위한 "해외 기지"로 삼았다.[15] 그들 사이에는 1903년경 이미 "도쿄와 상하이간 커넥션"이 만들어져서 도쿄가 칭왕조를 전복하고 공화정을 세우기 위한 기지 역할을 하기도 했다.[16] 러일전쟁 직후인 1908년 "서구열강에 대항하려고 일본과의 합작을 추구하던 [서아시아] 무슬림들의 피난처"[17] 역할도 한 도쿄는, 한인 공산주의자 김산에 따르면, 1919년경 여전히 "극동의 모든 지역[에서] 온 학생들에게는 메카였고 많은 부류의 혁명가들에게는 피난처"[18]였다. 중국, 타이완, 조선을 비롯한 이웃국가들에 대한 침략으로 점철된 근대 일본의 역사와는 별개로, 20세기 초의 일본, 특히 도쿄는 서구 식민열강의 침략 하에서 고통과 압제에 시달리던 모든 아시아의 피압박민족과 국가들에게 희망을 주면서 아시아의 인종주의적 단합(아시아주의)을 상징하면서 근대성, 자유, 독립, 해방, 민주, 부국강병 등을 향한 변화와 진보의 상징이자, 그런 사회적, 정치적 변혁을 초래할 수 있는 새로운 사상과 행동이 집중되던 근거지로 자리매김하고 있었다. 반면, 일본 급진주의자들의 입장에서 보면, 서구화/근대화에 따라 진행되어 온 국내 자본주의적 경제 발전과 함께 발생한 사회정의 등과 같은 다양한 사회경

---

15) 王曉秋, 『近代中日文化交流史』(北京 : 中華書局, 1992), 348, 365면.

16) Paula Harrell, *Sowing the Seeds of Change : Chinese Students, japanese Teachers, 1895-1905* (Stanford : Stanford University Press, 1992), p. 145.

17) Selcuk Esenbel, "Japan's Global Claim to Asia and the World of Islam : Transnational Nationalism and World Power, 1900-1945," *American Historical Review*(Oct. 2004), p. 1148.

18) Nym Wales and Kim San, *Song of Ariran : A Korean Communist in the Chinese Revolution* (San Francisco : Ramparts Press, 1941), p. 89.

제적 문제들이 극명하게 드러나고 이들 문제에 대한 해법이 다양하게 논의되기 시작한 중심지도 도쿄였다. 따라서 다양한 급진주의/사회주의 사조가 도쿄를 중심으로 일본 지식인들과 급진주의자들의 관심과 호감을 가장 일찍 끈 것이나, 많은 동부아시아 급진주의자들이 도쿄로 집중한 것은 당연한 결과였다.19)

근대중국인들이 아나키즘, 공상사회주의, 공산주의, 맑시즘 등을 포함한 서구의 급진사상을 최초로 접촉하면서 받아들이게 된 것은 주로 일본인들의 소개나 일본으로 유학간 중국 유학생들을 통해서였다. 중국 유학생들의 경우, 대다수가 제국일본의 수도인 도쿄로 유학을 갔고, 도쿄는 이들 유학생들을 중심으로 20세기 초 중국의 개혁 및 혁명운동의 주요 활동기지이자 각종 혁명 활동의 공간으로 등장했다. 그런데 많은 중국유학생들이 일본 유학을 결심한 배경에는, 당시 중국 학생들과 지식인들 사이에 만연하던 "동도(東渡)" 현상, 즉 근대지식을 배우기 위해서는 일본으로 가자는 지적 열기가 있었다. 그들은 서구 침략 하에서 중국이 겪던 민족위기를 극복하면서 중화의 진흥을 꾀하기 위해서는 하루라도 빨리 도쿄에 가서 신지식, 신사상을 배우려고 노력해야한다고 믿었던 것이다.20) 특히 칭(淸)정부의 신정(新政)실시(1900)로 인해 일본 유학을 가는 칭의 학생 수는 1910년대에 급격히 증가했고, 그들 중 많은 이들이 도쿄로 집중하였다.21) 도쿄의 근대적 교육실시와 각종 신문, 출

---

19) Peter Duus and Irwin Schneider, "Socialism, Liberalism, Marxism, 1901-1931" in Peter Duus ed., *The Cambridge History of Japan*, Vol. 6(The Twentieth Century), (Cambridge, MA : Cambridge University Press, 1988), pp. 654-710.

20) 王曉秋, 앞의 책, 344-347면.

21) Douglas R. Reynolds, *China, 1898-1912 : The Xinzheng Revolution and Japan*(Cambridge, MA : Council on East Asian Studies, Harvard University, 1993).

판 사업의 발달이 신지식을 갈망하던 당시 중국지식인들의 주목을 끌었기 때문이지만, 많은 일본 급진지식인들이 중국의 혁명과 개혁을 지지하면서 다양한 물질적, 정신적 원조를 제공한 것도 유학생들과 함께 중국급진주의자들이 일본, 특히 도쿄로 집중하게 된 요인의 하나였다.[22] 결국 중국인들에게 일본, 특히 도쿄가 최적의 유학지였지만 동시에 도쿄는 중국의 혁명과 개혁 도모를 위한 중국 급진주의자들의 정치적 피난처이기도 했다.[23]

19세기 말 중국에서 출판된 82종의 여러 잡지 중, 34종의 잡지가 도쿄에서 발행되었고 4종이 인근 요코하마(橫兵)에서 발행되었다고 한다. 이런 잡지의 수적 증가는 19세기 말 청의 개혁운동(양무와 변법운동)의 실패에 대한 중국학생들의 민족주의적 "분노와 우려를" 한 중심지에서 다른 중심지로 매우 빠른 속도로 전달하게 만드는, 도쿄를 하나의 교점으로 만들어진 급진적 "네트워크 형성의 시작"을 의미한다고 볼 수 있다.[24] 그런 네트워크의 존재는 간접적으로도 확인된다. 1911년에 중국에서 간행된 백과사전인 『보통백과신대사전(普通百科新大詞典)』의 범례에 따르면, 당시 중국에서 사용되는 "신명사(新名詞)의 절반이 일본에서 수입

---

22) Miyazaki Tōten (Translated, with an introduction, by Etō Shinkichi and Marous B. Jansen), *My Thirty-Three Years' Dream : The Autobiography of Miyazaki Tōten*(Princeton : Princeton University Press, 1982). 미야자키 토텐은 1905년 도쿄에서 창간된 『거밍평룬(革命評論)』의 주편집인이 되기도 하였다. 1911년 중국의 신하이혁명에서 일본(인)이 행한 구체적 역할에 대해서는 Marius Jansen, "Japan and the Chinese Revolution of 1911," John K. Fairbank and Kwamg-ching Lin eds., *The Cambridge History of China*, Vol. 11(Late Ch'ing, 1800-1911, Part 2)(Cambridge : Cambridge University Press, 1980), pp. 339-374을 참조.

23) Y.C. Wang, *Chinese Intellectuals and the West, 1872-1949*(Chapel Hill, NC : The University of North Carolina Press, 1966), p. 117.

24) Marius B. Jansen, *China and Japan : From War to Peqce, 1894-1972*(Chicago : Rand McNally College Publishing Company, 1975), p. 155.

되어 들어 온 것"이었다고 한다. 그런 "신명사"의 소개자나 전달자의
대부분은 아마도 중국유학생들이었을 것이다. 그 네트워크는 민족주의
뿐만 아니라 세계주의적 관심을 중국인들 사이에 불러일으키기도 했다.
예컨대, 도쿄에서 1907년 6월 10일 허전(何震)을 주편집인으로 여자복권
회(女子復權會)의 중국 측 급진주의자들이 창간한 기관지 『톈이(天義)』는
"국가 간의 경계와 종족[인종]간의 경계를 파괴해서 없애고 세계주의를
실행"하자는 내용을 담고 있었다. 도쿄에 집중되었다가 발산된 혁명, 급
진사상의 영향은 새로운 사고와 언어의 영역에서 현저했다고 할 수 있
다. 그리고 그 영향력은 언어, 사상의 흐름뿐만 아니라 인적 흐름의 네
트워크 형성도 동시에 동반하고 있었다고 볼 수 있다. 사실 이런 네트
워크의 존재를 전제로 중국내외에서 이루어진 (중국 급진주의자를 포함
한) 지역 급진주의자들간의 교류에 초국가적 경향과 요소가 보인다는
지적은 이미 있었다.25) 그리고 이런 사정을 인정한 것이 꿔뭐뭐(郭沫若)의
다음과 같은 언급이다. 즉 꿔는 "중국의 신문예는 일본의 세례를 깊게
받았다" 그리고 "중국문단의 태반은 일본[에 유학한 중국]유학생이 만
든 것이다"26)라고 회고한 바 있다. 즉 꿔가 후일 말하듯이 "우리[근대중
국인들]는 일본을 통해서 서구문화를 공부했"던 것이다.27)

---

25) 중국사회주의의 초국가적 경향에 대해서는 阿里夫·德里克, 「東亞的現代性與革命 : 區域視
　　野中的中國社會主義」, 『馬克思主義與現實』 第3期 (2005), 8-16면과 Arif Dirlik, "Socialism in
　　China : A Historical Overview," in Kam Louie ed., *The Cambridge Companion to Modern*
　　*Chinese Culture*(New York : Cambridge University Press, 2008), pp.155-172를 볼 것. 중국
　　의 근대 신문, 잡지의 초국가주의에 대해서는 Bryna Goodman, "Networks of News :
　　Power, Language and Transnational Dimension of the Chinese Press, 1850-1949," *The*
　　*China Review,* Vol. 4, No. 1(Spring 2004), pp. 1-10의 서론을 포함한 *The China Review* 의
　　특집호(Vol. 4, No.1, Spring 2004) 소수의 논문들을 볼 것,
26) 王曉秋, 앞의 책, 429, 432-440면.
27) Marius B. Jansen, 앞의 책, p. 156.

1907년 중국 아나키스트 류스페이(劉思培)는 다음과 같이 도쿄에서 접촉한 급진주의자들 사이의 네트워크가 담론의 공동체로 발전한 과정을 묘사한다.

중국과 베트남의 국민지식 수준은 낮다. 그러나 도쿄에 거주하는 그 나라들의 학생들에게 사회주의를 얘기하면 모두 기꺼이 찬성한다. 사회주의의 진흥은 이들이 그 효시가 될 것이다. 중국인 중에는 평균지권을 주창하는 사람이 있고 도쿄에서 사회주의 신문이나 잡지를 간행하고 있는 사람이 있다. …… 이러한 사실들을 통해 보았을 때, 수년 안에 사회주의와 무정부주의는 반드시 아시아에서 큰 세력을 지니게 될 것이다.[28]

이런 언급을 중국혁명의 선구자로 불리는 쑨원(孫文)의 지적과 연결해서 이해하면, 중국유학생들은 도쿄에서 사상적 급진화를 거친 후 "혁명의 불씨(火種)"를 갖고 일본에서 귀국하고 이내 중국 국내 각지로 그 "불씨"를 퍼뜨렸던 것이다.[29] 그런데 그 급진화를 가능하게 한 것의 하나가 바로 일본에서 구득이 가능한 여러 급진주의 관련 일본어 출판물인데, 그 중에는 일본어 원문으로 본래 출판된 것도 있고 구미어를 일본어로 번역하여 출판한 것도 있었던 것이다. 특히 1917년 러시아혁명 후, 일본에 사회주의 사상단체 및 출판물이 긴 "동절기"를 벗어나 다시 출현하기 시작하면서,[30] 많은 급진주의 관련 서적과 출판물이 많이 등장했다. 그리고 "그 영향 하에서" 초기 중국 농민운동의 지도자이자 공산당원이었던 펑파이(彭湃)는 "협의의 애국운동은 불철저한 것"이고 "전 인

28) 류 스페이, 「아시아 현정세와 연대론」, 최원식·백영서 엮음, 『동아시아인의 '동양'인식, 19세기-20세기』(서울 : 문학과 지성사, 1997), 145-146면.
29) 孫中山, 「建國方略」, 『孫中山選集』(香港 : 中華書局香港分局, 1956), 175면.
30) Peter Duus and Irwin Schneider, 위의 글을 볼 것. 인용은 p. 673.

류의 해방"이 최고의 이상이라는 생각을 굳혀갔던 것이다. 그런데 그의
이런 사상적 전환에는 가와카미 하지메(河上肇)의 영향이 컸다. 가와카미
의 책을 읽고 강연도 들은 펑은 "어두운 방에서 하늘의 창문을 열어서
태양빛을 보게 된 것 같다고 생각"했을 정도였다고 한다. 물론 사카이
도시히코가 일역한 『공산당선언(共産黨宣言)』도 그가 맑스주의로 기우는데
중요한 역할을 했다고 평가된다. 1921년 5월 중국으로 귀국하면서 펑은
'겐세쓰샤도메(建設者同盟)'의 "인민주의적(Populist) 경향," 일본 농민운동에
관한 지식, 사회주의에 관한 책으로 가득 찬 짐을 갖고, 즉 "혁명의 불
씨"를 갖고 중국으로 귀국하였다.31)

우위장(吳玉章, 1878-1966)의 경우는 그의 급진화가 다양한 초국가적 배
경을 통해 이루어졌음을 보여준다. 1919년 오사시기 전후 자신에게 나
타났던 사상적 변화를 회고하면서, 우는 도쿄 유학 후, 민족적 요소, 지
역적 요소, 그리고 초국가적 요소가 서로 교차하며 자신의 급진사상 형
성에 영향을 주었다고 회고한다. 1911년 신하이(辛亥)혁명 이전, 우는 중
국을 민주, 독립, 통일, 부강의 국가로 만들겠다는 이상을 갖고 있었다.
다른 한편, 그는 1903년 일본의 도쿄로 유학을 가서 일본사회주의의 선
구자 고토쿠 슈스이(幸德秋水)의 『샤카이슈기신즈이(社会主義神髓)』를 읽고
그 주장이 "신선하다"고 이미 느끼고 있었다. 코토쿠의 사회주의 이해
를 "신선하다"라고 느끼던 그는, 위안스카이(袁世凱) 정부의 체포령을 피
해 1913년 11월 프랑스로 간다. 그리고 그곳에서 점차 인간 개개인의

---

31) 王曉秋, 앞의 책, 522-526면 ; Roy Hofheinz, Jr., *The Broken Wave : The Chinese Communist Peasant Movement, 1922-1928*(Cambridge, MA : Harvard University Press, 1974), pp. 143-144 ; Robert Marks, *Rural Revolution in South China : Peasants and the Making of History in Haifeng County, 1570-1930* (Madison, WI : The University of Wisconsin Press, 1984), pp. 157-161.

평등, 빈부소멸을 주장하는 사회주의 사상에 더욱 고무되었다. 결국 우
는 1919년 일본서적 『가게키하(過激派)』를 반복해서 읽고, 나아가 1917년
러시아 10월 혁명과 1919년 오사운동을 통해 마침내 "새로운 방향"과
"새로운 길"을 제시받았다고 회고한다.[32] 그가 1923년 중국청년공산당
을 창당하고 1925년 중국공산당에 입당하면서 공산주의자가 되는 과정
에서 우리가 무시할 수 없는 것은, 우의 신체적, 지적 활동 공간의 범위
와 내용의 초국가적 확장이다. 그 초국가적 공간의 범위와 확장은 '중
국'이란 국가의 영토적 경계, 중국민족주의란 지적 경계를 넘어서면서
이루어졌던 것이다. 여기서 중요한 것은 그의 초국가적 급진주의로 전
환시키는 데 있어서 도쿄가 유학지로서 행한 역할과 일본어 출판물의
영향이다.

  1903년 이래, 일본 유학을 마친 중국 학생들의 급진화와 그들이 오사
전후 벌인 다양한 활동은, 리따자오(李大釗), 펑파이(彭湃), 조우언라이(周恩
來), 루쉰(魯迅), 꿔모뤄(郭沫若)의 경우에서 보듯이,[33] 오사의 지적 토양을
제공 혹은 발전시킨 역할을 일본유학과 도쿄에서 그들이 접한 사회주의
가 일정부분 담당했다는 사정을 보여준다. 오사 이전 중국급진주의 성
장 과정에 일본 특히 도쿄가 초국가적 요소로서 일정한 역할을 담당한
것이다. 오사운동 과정을 통해 중국 지식인들 사이에 제기된 여러 문제
들이 지역 내 급진주의자들의 문제의식과 관련해서 이해할 수 있는 근
거가 바로 여기에 있다. 즉 넓은 지역의 역사 속에서 중국의 오사운동
을 이해할 수 있는 근거가 바로 도쿄가 행한 초국가적 급진주의 네트워

---

32) 吳玉章,「回憶五四前後我的思想轉變」, 中國社會科學院近代史研究所 編,『五四運動回憶錄』上下
    (北京 : 中國社會科學出版社, 1979), 52-61면.
33) 王曉秋, 앞의 책, 343-547면, 특히 515-547면. Douglas R Reynolds, 앞의 책도 볼 것.

크의 교점으로 행한 역할에 있는 것이다.

이런 도쿄의 역할은 급진주의자들뿐만 아니라 반급진주의자들의 경우에서도 볼 수 있다. 1919년 오사사건 이전, 상하이에서 영국과 일본 유학 출신자들을 중심으로 1917년 3월부터 발행된 『타이핑양(太平洋)』 잡지와 일본유학중이던 학생을 중심으로 역시 상하이에서 1916년 12월 3일부터 발행되기 시작한 『쉐이(學藝)』 잡지는 사회주의를 단순히 거부하기보다는 사실 심각하게 논의한다. 즉 『타이핑양(太平洋)』에 실린 글 가운데는 "온화한 사회주의"를 선호한다는 글이 실리기도 했으며, 『쉐이(學藝)』에는 사회주의, 특히 레닌주의에 대해 호의적 언급을 하는 글들이 실리기도 했다. 1916년 6월 도쿄에 유학중이던 중국 학생들이 중심이 되어 발간한 또 다른 잡지인 『민뭐(民鐸)』는 1918년부터 상하이로 그 발행지를 옮겼는데, 이 잡지도 사회주의를 호의적으로 다루지는 않는다. 그러나 사회주의에 대한 논의를 전적으로 다루는 글들을 꽤 싣고 있다.[34] 즉 사회주의가 당시 중국 유학생들 사이에 회자되고 논의되던 핵심어의 하나였던 것이고, 그런 계기를 제공한 것은 바로 그들이 도쿄 등에서 유학하는 과정에서 직간접적으로 접촉한 일본 사회주의 출판물과 일본 사회주의자들이었다.

중국 유학생들의 경우와 마찬가지로 많은 다른 아시아 유학생들도 도쿄를 그들의 유학지로 선택하였다. 물론 도쿄를 유학지로 선택한 중국인 유학생의 경우를 일률적으로 한인이나 타이완(臺灣) 유학생들의 경우에 그대로 적용하기는 힘들다. 1910년 일본의 식민지가 된 조선의 지식인들이나 학생들과 1885년 이래 일본식민지였던 타이완의 학생들의 경

---

34) 中共中央馬克思恩格斯列寧斯大林著作編譯局研究室 編, 『五四時期期刊介紹』 3卷上(沈陽：生活·讀書·新知三聯書店, 1979), 327-352면.

우는 중국 학생들이나 지식인들의 경우와 다를 수밖에 없기 때문이다. 한인학생들의 경우, 근대지식을 배우고 받아들일 수 있는 고등교육 기관이 식민지 조선에는 거의 존재하지 않아서 도쿄로 유학을 가는 것 외에는 근대지식을 배울 방법이나 기회가 없었다. 그런데 김산에 따르면, 특히 1910년대 제1차 세계대전 전후 일본의 학교는 "자유주의적 분위기"가 만연하고 "지적 흥분으로 가득 차" 있는 상황이었기 때문에 일본 유학을 원하는 한인학생 수가 증가하고 있었다고 한다.[35] 그런 사정은 1918년 일본으로 유학을 간 한인학생 수가 500-600명으로 증가한 이유를 설명한다.[36] 역사학자 박찬승에 따르면, 근대한국의 지식인 형성과정에서 일반적으로 가장 중요한 역할을 한 것은 미국이나 일본 등으로의 유학이었다. 특히 1910년 조선이 일본 식민지가 된 이후에는 주로 일본이라는 창구와 일본 유학을 간 학생들만을 통해 근대문명을 받아들일 수 있었다고 한다.[37] 결국 조선의 학생들과 지식인들이 유학 장소로 일본을 택하게 되는 이유는, 중국유학생들과 마찬가지로 지리적, 문화적 근접성 외에 근대일본이 이룬 근대화의 성취에 대한 선망이 있었지만, 그들이 식민지인들로서 마땅히 유학지로 선택할만한 다른 국가가 일본 외에는 없었다는 식민지적 상황도 존재했다. 피식민지인들로서 그들에게는 유학 장소와 관련하여 선택권이 그다지 많지 않았다고 해야 할 것이다.

이런 이유에서겠지만, 한인학생들이 일단 일본으로 유학을 가면 다른 국가의 유학생들과는 다른 상황과 경험을 갖는 경우가 많았다. 무엇보

---

35) Nym Wales and Kim San, 앞의 책, p. 89.
36) 歷史學硏究會 編集, 『アジア現代史』1(帝國主義の時代)(東京 : 靑木書店, 1983), 287면.
37) 박찬승, 「식민지 시기 도일유학과 유학생의 민족운동」, 이광주 등, 『아시아의 근대화와 대학의 역할』(춘천 : 한림대학교 출판부, 2000), 162면.

다 이들 유학생들에게 있어서 일본은 조선을 침략하고 식민지화한 국가였고, 따라서 타도의 대상이었다. 즉 독립 혹은 민족해방 문제가 그들에게 가장 중요한 관심사로 다가오게 되는 것이었다. 그리고 경우에 따라서는, 이들 한인유학생들은 피식민지인들로서 일본인들로부터 민족적 차별을 받았고, 그것이 (한인 유학생들이 대부분 고학생들이었기에) 사회적 차별과 관련한 의식으로 발전하는 경우도 많았다. 따라서 한인 학생들의 일본유학은 즉각적으로 민족의식의 고취를 일으키면서도 다른 한편으로는 사회적 차별, 일본 사회주의자들과의 직간접 교류 등을 통해 민족의식을 넘어서는 사회문제에 대한 의식(즉 계급문제 의식)을 갖는 계기로 작용하게 되는 것이었다. 여기서 중요한 것은, 중국 등으로 정치적 망명을 가지 않는 한, 1910년 이후 근대 한인 지식인들이나 학생들은 대부분 일본, 일본지식인, 일본사회주의자, 일본어 서적, 일본교육 등을 통해서만 사회주의를 포함한 근대 지식이나 사상을 받아들일 수밖에 없었다는 것이다. 특히 사회주의와 관련해서는, 한인들이 사회주의를 접촉하고 수용하는 주요 매개체는 일본에 유학한 학생들이나 러시아의 연해주에 있던 한인들이었다. 역사학자 임경석의 표현을 빌리면, 최초의 한인사회주의자(특히 공산주의자)들은 "동쪽[일본]에서 부는 바람"과 "북쪽[연해주]에서 부는 바람"의 영향 하에서 탄생했던 것이다.[38]

1945년 이전 오사카(大阪)를 중심으로 노동운동을 전개했던 김태엽이 회고하듯, 1920년대 도쿄는 분명히 "활기 넘치는 국제도시"였다.[39] 또 김산의 표현처럼, 한인유학생들은 도쿄의 학교에서 "지적 흥분"을 느끼

---

38) 임경석, 『한국사회주의의 기원』(서울 : 역사비평사, 2003), 32-40면 ; 김준엽, 김창순 공저, 『한국공산주의운동사』1(서울 : 청계연구소, 1986, 신판).

39) 김태엽, 『투쟁과 증언』(서울 : 풀빛, 1981), 77, 93면.

곤 했는데 그 이유는 이미 발달한 일본의 신문이나 출판사업을 통해 많
은 종류의 신문, 잡지, 서적들이 도쿄에서 광범위하게 보급되어 있었기
때문이다. 이는 신지식을 갈구하던 당시 아시아의 급진지식인이나 유학
생들을 도쿄로 이끌었고, 그들은 신지식의 구득을 위해 도쿄의 서점으
로 향했던 것이다. 아시아 유학생들의 급진화가 도쿄에서 가능했던 또
다른 이유가, 바로 다양한 서구사상, 특히 급진사상이 일본어 번역을 통
해 일본에서 소개되었을 뿐만 아니라 급진사상을 소개하는 서적 등을
서점에서 쉽게 구득할 수 있었기 때문이다. 아나키스트 오스기 사카에
(大杉榮)는 프랑스어가 가능해서 프랑스 생디칼리즘(Syndicalism)에 대한 소
개의 책을 일어로 번역하여 소개했고, 다카바타케 모토유키(高畠素之)는
독일어가 가능하여 독일 맑시즘을 일본 독자들에게 소개했던 것이 바로
그런 예다. 이들의 번역서나 번역문뿐만 아니라, 구미어로 된 급진주의
자료를 일어로 번역하여 소개하는 등 "이론적 경향"을 띠던 당시 일본
의 잡지들은, 일본 독자들이 세계 사회주의에 관한 여러 소식과 자료들
을 단 수주일, 경우에 따라서는 단 몇 일만에 접할 수 있게 하기도 하였
다.40) 이런 사정 하에서 많은 한인 유학생들은 1920년대 중반 일본 사
회주의운동의 영향 하에서 사회주의를 받아들이곤 했다.41) 아무튼 20세
기 초 당시 도쿄에 있던 한인과 중국인을 포함한 아시아 급진주의자들
은 (일본사회주의자들의 글과 서적 외에도) 이런 번역문을 싣던 잡지나
번역된 글을 통해서 세계 급진주의에 관한 이론, 소식 등을 비교적 신
속히, 그리고 정확하면서도 상세히 접할 수 있었을 것이다. 이런 사정

---

40) Robert A. Scalapino, *The Japanese Communist Movement, 1920-1966*(Berkeley : University of
   California press, 1967), pp. 10-11.
41) 박찬승, 위의 글, 161-212면.

때문이지만, 도쿄는 1930년대까지도 "맑스주의 동방도서관(東方圖書館)"이라고 불릴 정도였다.[42)

물론 일역본이나 일문서적이 중국어로 번역되는 경우도 많았다. 예를 들면, 일찍이 1900년 도쿄에서 중국유학생들에 의해 설립된 역서회편사 (譯書匯編社)란 출판사는 『역서회편(譯書匯編)』을 발행했는데, 당시 중국 지식인들은 이 출판사의 역서나 역문을 통해 신문화와 신사상을 많이 받아들였다. 따라서 이 출판사는 근대중국 역사에서 "사상계몽 운동을 전개시켜 민족역량을 촉진시키는 중요한 작용"을 했다고 평가받기도 한다. 사실 이런 번역출판사의 설립은 20세기 초 일본에 있던 중국 유학생들 사이에서 번졌던 외국서적 번역의 열기("譯書熱")를 보여주는 것이다. 그런데, 한 통계에 따르면 20세기 초(1900-1904년) 중국인에 의해 출판된 전체 역서 가운데 60.2%가 일본어 책을 번역한 것이었고, 그 중 대다수는 사회과학 및 정치, 법, 역사, 지리 관계 역서였다고 한다.[43) 다른 통계에 의하면, 1880년에서 1940년 사이 일본에서 중국어로 번역된 저작의 숫자가 2,000권을 넘고, 이 시기에 소개된 중국어의 새로운 단어나 용어의 4분의 3이 일본어에서 온 것이라고 한다.[44) 특히 급진주의의 보급, 수용과 관련하여 일본 급진주의자들의 역서가 중국어로 재역되는 경우도 많았다.

사실 사회주의 서적이 범람하던 1921년 당시 도쿄에서 조봉암은 "세상에서 처음 보는 좋은 책이 어찌 많은지 그 책에 취"한 자신을 이미

---

42) 陳健・梁威林, 「回憶30年代中共東京支部的成長歷程」, 『中共黨史資料』 第10輯(內部發行)(1984. 10), 169면.

43) 王曉秋, 앞의 책, 406, 409, 414-415면 ; 中國社會科學院近代史硏究所 文化史硏究室 丁守和 主編, 『辛亥革命時期期刊介紹』第1集(北京 : 人民出版社, 1982), 55-68면.

44) Marius B. Jansen, 앞의 책, pp. 157-158.

발견한 바 있다. 그리고 그는 자신의 "일생을 통해서 그렇게 열심히 또 그렇게 많이 독서한 것은 그때가 마지막 겸, 처음"이 될 만큼 많은 책을 도쿄에 있는 동안 섭렵했다. 그런데 그에 따르면, 1921년 당시 도쿄에 서는 아나키즘이 전성기를 이루고 있었다. 물론 아나키즘 외에도 "그 때 흔히 떠들던" 생디칼리즘, 페비아니즘, 사회민주주의, 니힐리즘, 그리 고 "그때에야 [비로소] 유행어처럼 된" 볼셰비즘 등등 "세상에 있는 주 의사상은 하나도 빠지지 않고 일본 사상계에서 북데기를 쳤다"고 그는 기억한다. 도쿄에서 일어나던 그런 사상의 소용돌이 속에서 그는 다음 과 같은 결심을 하게 된다.

> 나는 사회주의를 연구하고 사회주의자가 되고 사회주의운동을 하기로 했다. 일본 제국주의의 강도같은 침략과 민족적 수탈이 어째서 생기고 어 떻게 이루어지는가를 알게 되었고 우리 민족이 어째서 이렇게 압제를 당 하고 무엇 때문에 이렇게 못살게 되었는가도 알게 되었다. 일본제국주의 를 반대하고 한국의 독립을 전취해야할 것은 물론이지만 한국이 독립되 어도 일부 사람이 권력을 쥐고 잘 살고 호사하는 그런 독립이 아니고 모 든 사람이 자유롭게 모든 사람이 잘 살고 호사할 수 있는 좋은 나라를 만 들어야겠다고 결심했다.[45]

여기서 우리가 볼 수 있는 것은 도쿄에서 독서를 통해 사회주의 사조 에 노출된 조가 민족의식을 만들어 가면서 그 민족의식을 세계주의적 면이 강조된 사회주의 사상과 결합시켜가는 모습이다. 그리고 그의 궁 극적 지향은 독립이란 정치혁명만이 아니라 사회혁명이었다. 조봉암 자 신의 말을 빌리면, "항일[독립]이 나를 사회주의로!" 향하도록 만들었던

---

45) 권대복 편, 『진보당 : 당의 활동과 사건관계 자료집』(서울 : 지양사, 1985), 358-359면.

것이다. 조 뿐만이 아니라, "당시 일본[의 한인] 유학생의 거의 대부분
이 그 소위 신사조에 휩쓸려서 사상과 행동에 큰 영향을 받은 것"이
다.46) 한국 사회주의는 도쿄에 존재하던 접촉지대에서 만들어진 급진주
의 담론의 공동체가 만든 산물이었다고 봐도 큰 무리는 없다. 많은 조
선 유학생들은 일본 사회주의운동의 영향과 동향 속에서 사회주의를 받
아들이곤 했다.47)

한편, 역사학자 마이클 로빈슨(Michael Robinson)의 다음과 같은 한인 급
진주의자 묘사는 해외에서 식민지 조선으로 돌아온 조선 급진주의자들
이 좀 더 넓은 지역 내 움직임 속에서 사상적으로나 경험적으로 급진화
한 자들이라는 사실을 지적한다.

> "급진주의자들"이란 1919년 이후 저명해진 민족주의적 지식인 그룹을
> 느슨하게 의미한다. 이 그룹의 정치적 세계는 러시아 혁명 이후의 사회혁
> 명 사상에 대한 폭넓은 매력에 의해 만들어 졌다. 도쿄, 베이징, 상하이의
> 정치적 온실에서 성장하며, 해외의 조선 학생들은 서로 경쟁하는 정치사
> 상의 지적소동 속으로 자신들을 던져왔었다. 제1차 세계대전 이후 시기의
> 중국인, 일본인 학생들처럼, 조선인 학생들은 정치적 민주주의, 볼셰비즘,
> 사회민주주의, 신디칼리즘, 길드사회주의, 아나키즘, 페이비언주의(Fabianism),
> 민족적 사회주의(national socialism)란 사상의 소용돌이의 와중에서 조선의
> 민족문제의 해결책을 모색하였다.48)

도쿄의 한인 급진주의자가, 쑨원의 말처럼, 한반도로 변혁과 "혁명의

---

46) 위의 책, 358, 360면.
47) 박찬승, 앞의 글, 161-212면.
48) Michael Edson Robinson, *Cultural Nationalism in Colonial Korea, 1920-1925*(University of Washington Press, 1988), p. 6. 물론 로빈슨도 기존의 견해와 마찬가지로 1917년 러시아혁명이 이들 급진주의자들 형성에서 가장 중요했던 계기로 본다.

불씨"를 가져온 사례는 최갑룡의 경우에서 볼 수 있다. 1924년 12월, 도쿄로 유학을 간 최는 이홍근과 한원열 등을 그곳에서 만나고 그들과 독서회를 조직하면서 자신의 인생에서 "사회운동의 첫출발"을 시작했다. 독서회를 조직한 후, 도서목록을 정하던 그의 눈에 띈 것은 오스기 사카에가 지은 『정의를 갈망하는 마음(正義を求める心)』(1921)이었다고 한다. 그는 이후 사회주의 서적을 점차 탐독하였다. 그의 회고에 따르면, 도쿄의 진보초(神保町)에 있던 한 서점에는 1920년대 중반 아나키즘 계열의 신문, 잡지와 볼셰비키가 주도하던 출판물, 그리고 사회민주주의 계통의 출판물이 모두 범람하여 사회주의 출판물의 전성기를 이루고 있었다고 한다. 서점가의 야시장에 갔다가 우연히 구입한 오스기의 『노동운동의 철학(勞動運動の哲學)』(1916)을 사서 읽게 된 후, 그의 인생관은 특별히 바뀌게 되었다고 한다. 도쿄에서 아나키스트가 된 그는 1927년 귀국하여 한국에서 아나키스트 운동을 주도적으로 전개하게 된다.[49] 그런데 사실, 김성숙이 증언하듯이, 1920년대 초 식민지 조선에서는 이미 "사회주의 사상이 상당히 퍼져 있었는데" 특히 "일본 책들의 영향은 매우 컸다." "그때 사회주의 계통의 책이라는 것이 거의 전부 일본의 사회주의자들이 번역해 놓은 것"이었는데, 김은 당시 일본 사회주의자들인 사카이 도시히코와 야마카와 히토시의 책을 읽었다고 기억한다.[50]

1910년대에서 1920년대에 걸쳐 피식민지인이란 같은 처지에서 한인 급진주의자들과 타이완 급진주의자들은 도쿄에서 "지식의 연대와 제휴"를 만들기도 했다. 도쿄 거주 한인 유태경(柳泰慶)에 의해 1917년 창간된

---

49) 최갑룡, 『어느 혁명가의 일생』(서울 : 이문출판사, 1995), 19-23면.
50) 김학준 편집 · 해설 (이정식 면담), 『혁명가들의 항일회상 : 김성숙, 장건상, 정화암, 이
    강훈』(서울 : 민음사, 1988), 40-41, 46면.

『아지아코론(亞細亞公論)』은 도쿄 거주 각국 유학생들을 "시야"에 넣고 발행된 잡지인데, 이 잡지에는, 그런 이유 때문이겠지만, 한인뿐만 아니라 와세다대학의 정치경제과에 속한 중국인, 타이완인, 와세다 대학 소속의 아베 이소우를 포함한 일본인 교수도 기고를 하고 있었다. 나아가 이 잡지는 일본의 침략적 아시아주의를 비판하면서 아시아인의 각성과 보편적 인류주의를 주창하였다. 그런데 도쿄에 거주하던 타이완인들에게 당시 이 잡지는 일본의 타이완총독부가 행하던 통치정책이나 타이완인들이 당시 피식민지인들로서 겪던 차별 정책을 일본인들에게 알릴 수 있는 몇 안 되는 매체의 하나였다고 한다.51) 『아지아코론(亞細亞公論)』의 경우가 의미하는 것은, 도쿄가 결코 일방적으로 일본사회주의자들의 출판물이 다른 국가의 급진주의자들에게 영향을 주던 곳이 아니라, 다른 국가의 급진주의자들이 출판하던 일본어 출판물을 통해 양자가 상호영향과 영감을 주면서 공동의 문제의식을 키우고 또 빈번히 공유하던 접촉지대이자 교점이기도 했다는 것이다.

도쿄에서 여러 경로를 통해 급진주의자들 사이에 이루어진 민족적 열정과 초국가적 요소 사이의 접촉, 그리고 그에 따른 상호영향, 상호영감, 급진 담론과 행동의 초국가적 공동체, 네트워크 형성 등을 일국사 속에서만 그려낼 수 있을까? 20세기 초, 동부아시아 급진주의자들이 다양한 접촉, 교류, 상호영향과 영감 등을 통해 공동의식, 공동조직과 같은 여러 연대를 도쿄에서 할 수 있었던 것은 급진주의가 그들에게 초국가적, 세계주의적 인식과 전망을 제공했기 때문이다.52) 동부아시아 급

---

51) 紀旭峰, 「雜誌『亞細亞公論』にみる大正期 東アジア知識人連携-在京臺灣人と朝鮮人の交流を中心に」, 『아시아문화연구』 17집(2009.11), 67-77면.

진주의 네트워크의 교점으로 등장한 도쿄는, 급진주의자들의 만남의 장소 역할 뿐만 아니라 그들의 이동/집중에 따라 급진사상을 일본 국내뿐만 아니라 동부아시아 지역 내에서 확산, 융합시키는 용광로 역할도 담당하였다. 도쿄에서 이루어진 급진주의자들 간의 관계 형성은, 동부아시아 개별국가의 아나키즘을 포함한 사회주의의 기원을 연구 시, 민족주의 사학의 시각만이 아닌 좀 더 넓은 지역시각을 통해 그 기원과 발전을 이해하고 접근해야 할 필요성을 제기한다. 동부아시아 급진주의자들이 도쿄로 집중적으로 이동하고 민족의식과 초국가의식의 융합을 통해 급진 담론과 행동의 공동체를 형성하게 되는 모습은 동부아시아 개별 국민국가의 민족주의적 역사서술에서는 설명하기 부담스럽거나 혹은 어려운 내용과 범위를 나타낸다. 특히 급진주의자들의 탈경계적/초국가적 이동과 집중, 논의와 담론의 형성은 민족이나 국민국가의 영토적/문화적 경계를 초월하던 그들의 공간적 이동성(spatial mobility)을 시사한다. 그들의 공간적 이동성에는 눈에 보이는 신체적(physical) 이동뿐만 아니라 눈에 띄지 않는 개념, 사상, 용어 등의 초국가적인 지적 이동도 포함된다. 문제는 이렇게 공간적으로 경계를 초월하며 이동, 집중, 확산되던 급진주의자들과 급진사상의 이동성의 의미를 어떻게 이해할 것인가에 있다. 그동안 민족주의 역사서술을 통해 구성된 일국의 (근대)민족역사(속의 급진주의 역사)는 이런 이동성의 의미와 범위를 애써 최소화하거나, 최악의 경우 무시하기 일쑤였다.

이들 급진주의자들의 이동과 집중을 통해 볼 수 있는 초국가적/지역적 요소들의 영향과 사상의 융합이 일방통행식으로 진행된 것은 아니다.

---

52) 황동연, 「지역시각, 초국가적 관점, '동부아시아' 지역개념과 '동부아시아' 급진주의 역사의 재구성 시론」, 273-319면 참조.

오히려 양방향적 혹은 경우에 따라서는 다방향적이었다. 예컨대, 도쿄에서 활동하던 일본급진주의자들과 사회주의자들이 최초 급진주의(의 용어, 개념 등)를 다른 동부아시아 급진주의자들에게 여러 직, 간접적 방식과 과정을 통해 전달, 확산, 발전시킨 공헌이 있지만, 그것이 그들의 일방적 공헌이나 역할로 비쳐져서는 안 된다는 것이다. 또 동부아시아 급진주의가 일본의 초기 급진주의 역사를 통해서만 이해되거나 연구되어야한다는 의미도 아니다. 일본 급진주의자들도 도쿄로 집중하던 다른 국가의 급진주의자들과 다양한 접촉, 교류 등을 하면서 식민지 상황 등에 대해 이해하는 등 그들의 사회주의 이론을 다듬었다. 결국 양방향 혹은 다방향의 접촉, 교류, 상호영향 및 영감, 공동 활동 등을 통해 동부아시아 급진주의자들은 서구열강의 침략, 제국일본의 식민주의에 대항하기 위한 민족의식을 키우는 동시에 지역 공동운명체적 의식, 전지구적 문제의식도 동시에 형성, 공유하기 시작한 것이다.[53] 그 과정에서 도쿄는 최초로 그런 여러 의식의 접촉, 형성, 그리고 확산을 담당한 중요한 공간적, 지적 토양과 토대를 제공한 도시이자 교점이었다.

결론적으로, 권역시각에서 20세기 초 도쿄를 바라보면, 도쿄는 초국가적 급진주의 네트워크의 교점이었고 나아가 지역 급진주의와 깊은 상호연계, 상호작용, 상호영감을 주고받았음을 알 수 있다. 이런 측면들을 이해하고 재구성하여 일본근현대사를 서술한다면, 도쿄를 중심으로 한 일본 사회주의 역사는 일본사회주의자들만이 주연으로 등장하는 역사가 아니라 초국가적 목표를 갖던 지역 급진주의자들도 공동주연한 지역사의 일부였음을 알 수 있다. 지역사와의 연계는 한국근현대사, 구체적으

---

53) 황동연, 「20세기초 동아시아 급진주의와 '아시아'개념」, 121-165면.

로는 중국 등에서 전개된 한국 독립운동사 혹은 민족해방운동사도 예외
가 아니다. 동부아시아를 범위로 하는 일국사와 지역사의 동시 서술을
가능하게 하는 것이 바로 이런 민족과 국가의 경계를 초월하여 복잡하
게 전개된 '초국가적 국민국가의 역사'를 구성, 서술해 내는 데 있다고
할 수 있다.

## 초국가적 국민국가 역사와 지역사 : 새로운 과거와 좋은 역사 만들기

여기서 문제는 도쿄 등과 같은 식민공간 속에서 일본어 출판물을 통
해 이루어진 민족적 열정과 초국가적 요소 사이의 접촉, 그리고 그에
따른 상호영향, 상호영감, 급진 담론과 행동의 초국가적 공동체 그리고
네트워크 등을 어떻게 구성하고 서술할 것인가에 있다. 이 모든 것을
국민국가 역사 속에서만 그려낼 것인가 아니면 좀 더 넓은 지역사 속에
서도 이해할 것인가? 한 가지 확실한 것은 이들 초국가적 요소가 그동
안 국민국가 역사 속에서는 대부분 지워지거나 혹은 그 의미가 축소되
어 서술되어 왔다는 것이다. 한국역사학계의 경우, 이미 일제강점시기부
터 시작해서 특히 1945년 이후에는 식민사학의 극복, 민족주의 사학의
진흥뿐만 아니라, 분단사학의 극복 등등이 주된 관심사였다. 한 원로역
사가에 따르면, 1974년 당시 "한국사학이 당면하고 있는 문제의 초점은
결국 민족에 있는 것"이고 "민족의 문제는 역사학의 견지에서 어떻게
이해해야만 가장 옳은 것인가 하는 데에 있는 것"이었다고 한다.[54] 다
른 원로학자에 따르면, 30년이 지난 2007년에도 "민족사학을 위해 식민

사학을 극복하는 것"이 "우리나라 역사학계의 1차적인 관심사가 되었고 오늘날까지도 역사학계의 지배담론이 되고 있다."[55] 즉 한국사학계는 그동안 민족주의를 중심으로 한국사를 연구, 구성, 서술해 왔다고 할 수 있다. 물론 독립된 근대국민국가 형성이 그동안 가장 중요한 정치적 프로젝트였기에 민족과 국민국가 형성을 위해 복무하는 한국사가 연구되고 구성된 것은 어찌 보면 당연하고 또 필요했다. 한국의 중국사연구의 경우도 1945년 직후 한국사의 외연을 넓혀서 궁극적으로 한국사에 봉사한다는 기본적 목적을 갖고 원로학자들에 의해 동양사의 일부로 시작되었다. 그리고 이들 원로학자들은 궁극적으로 한국에 반공 자유민주주의 국민국가를 성립, 발전시키는 것을 역사적으로 돕는 것을 그들의 궁극적 지향으로 삼고 있었다. 이는 한국의 중국사 연구도 진작부터 민족주의의 틀 속에서 중국사를 이해하고 재구성하는 작업을 해왔다는 것을 의미한다.[56]

그러나 최근 한국의 역사학계는 민족주의를 강조하던 이런 흐름에서 벗어나 '동아시아적 시각', '주변의 시각' 등 민족주의 시각에서 벗어나서 민족이나 국가의 경계를 뛰어넘는 초국가적 시각 혹은 지역적 시각을 통해 한국사뿐만 아니라 '동아시아사'(주로 한국사와 중국사, 일본사를 각각 서술한 역사)를 재구성하려고 노력하고 있다. 이런 노력들은 '지역과

---

54) 이기백, 「한국 사학에 있어서의 사관의 문제」, 차하순 편, 『사관이란 무엇인가』(청람, 1982), 259면.

55) 민현구, 「발전적인 한국사상의 추구와 새로운 연구방법의 모색」, 국제역사학한국위원회, 『1945년 이후 한·일 양국에서의 역사연구동향』(2002), 136면. 차하순, 앞의 글, 21면에서 재인용.

56) Dongyoun Hwang, "The Politics of China Studies in South Korea : A Critical Examination of South Korean Historiography of Modern China since 1945," *Journal of Modern Chinese History* Vol. 6, No. 2(2012), pp. 256-276.

소통하는 역사'의 구성이란 새로운 구호에서 볼 수 있듯이, 민족주의나 국민국가의 담을 뛰어 넘는 시각을 통해 역사연구와 서술을 진행할 것을 지향하면서 궁극적으로는 근대성의 역사에서 벗어나 국가 간의 갈등 구조와 원인을 없애면서 화해와 상생의 역사를 만들려고 노력한다.[57] 한중일 삼국의 역사를 삼국의 역사가들이 함께 논의하고 만들어 낸『미래를 여는 역사』는 실제 이런 노력이 열매를 맺은 한 결과다.[58]

다만, 이런 노력들도 실제는 여전히 민족주의의 틀 속에서 역사 연구와 서술을 진행한다는 점 부인할 수 없다. 지역사와 한국사의 관계를 논하면서, 한 역사학자는 "동아시아 지역사의 시각으로부터 한국사로 접근하기보다, 한국사로부터 동아시아 지역사로의 시각 확대가 필요하다"고 주장한다. 이런 주장의 배경에는, "국민국가를 단위로 하는 문제의식은 그 유효성이 폐기된 것이 아니며 오히려 우리의 경우에는 올바른 준거점이 될 수도 있다"(강조는 인용자)는 인식이 있다. 여기서 문제는 국민국가를 단위로 하는 문제의식의 유효성 주장에 있는 게 아니다. "우리의 경우"를 예외적인 것으로 특권화시키는 태도에 있다.[59] 말하자면, 민족주의라는 개념과 틀 속에서 초국가적 혹은 지역 요소를 바라보고 이해할 뿐이지, 실상 특권화한 민족중심의 한국역사에 대한 인식과 서술에는 큰 변화가 없다는 것이다.『미래를 여는 역사』의 경우도 그

---

57) 대표적인 예가 백영서, 「자국사와 지역사의 소통 : 동아시아인의 역사서술의 성찰」,『역사학보』196집(2007.12), 103-125면 ; 백영서, 「주변에서 동아시아를 본다는 것」, 정문길 외 엮음,『주변에서 본 동아시아』(서울 : 문학과 지성사, 2004), 13-36면 ; 백영서, 「평화에 대한 상상력의 조건과 한계 : 동아시아 공동체론의 성찰」,『시민과 세계』제10호(2007), 101-118면이다.

58) The China-Japan-Korea Common History Text Tri-National Committee, *A History to Open the Future*(Seoul : minum, Ltd., 2010).

59) 신용옥, 「동아시아 담론과 한국근현대사 연구」, 한국역사연구회 엮음,『20세기 역사학, 21세기 역사학』(역사비평사, 2000), 198면.

서술이나 구성을 본다면, 3국의 민족사를 조합한 것이고 실질적인 3국의 역사서술도 3국의 역사학자들이 각각 따로 자국역사 서술을 분담한 후 나중에 그 내용을 합친 것이다. 물론 이런 지적이 『미래를 여는 역사』가 갖는 소중한 의미를 감소시키지는 않는다. 문제는, 개별국가의 역사를 서술하면서 지역 혹은 이웃국가의 역사와 대립되는 서술을 각각 피했다는 것이지, 결코 새롭게 국민국가와 지역의 과거 모두를 3국의 역사학자들이 공동으로 만들어 낸 것은 아니라는 것이다.

또 다른 예는 바로 '동북공정'에 대한 한국역사가들의 민족주의적 대응이다. 물론 이런 필자의 비판이 중국의 '동북공정'을 긍정하는 것은 절대 아니다. 일부 한국의 중국역사 전문가들의 경우, '동북공정'뿐만 아니라 근대중국을 중화주의의 근대적 부활이라는 시각에서 바라본다. 유장근은 '주변의 시각'을 통해 근대중국을 바라보면 "근대중국은 조공국과 소수민족의 희생 위에서 발전됐다"고 주장한다.60) 물론 몹시 중요한 지적이다. 다만, 20세기 중국에서 국민국가가 성립, 발전하는 과정에서 중국의 지역 내 헤게모니 혹은 국내적으로는 한족의 헤게모니가 있었다는 것을 감안했다면, 그는 이런 중요한 문제의식을 국민국가의 보편적 문제인 '내부식민주의' 문제나 '확일성과 통일성의 추구' 등의 문제로 한 계단 끌어 올렸어야 한다. 국민국가는 내부적으로 통일과 표준

---

60) 유장근, 「동아시아 근대사와 중국의 위상」, 정문길 외 엮음, 『주변에서 본 동아시아』 (문학과 지성사, 2004), 63면. 비슷한 주장으로는 배경한, 「19세기 말 20세기 초 중화체제의 위기와 중국 민족주의—티베트·몽골의 독립요구와 중국의 대응」 『역사비평』 51호(2000 여름), 234-249면을 볼 것. 배경한은 서구 침략에 대응한 19세기 말-20세기 초 중국의 '저항적 민족주의'가 중화제국체제의 "역사적 소산"인 "팽창적" 성격을 방어하기 위한 수단이었다고 한다. 중화주의를 중국민족주의나 제국주의와 직접 결부시킨 것은 문화본질주의의 소산이고, 중국왕조들의 '전근대적' 정복행위를 '근대적' 제국주의 팽창과 결부시킨 것은 비역사적 인식의 소산이다.

화를 지향함으로써 내부의 다양성이나 차이를 쉽게 무시한다. 나아가 국민국가는 근대적 엘리트들에 의한 정치적 프로젝트여서 일반 민중의 삶과 문화는 종종 낙후된 것으로 간주되어 사장하면서 엘리트 중심의 문화와 삶을 민족문화나 민족성으로 규정하곤 한다.61) 따라서 유장근은 '내부식민주의' 문제 등을 중국의 역사에서만 다루고 이를 보편적인 문제로 확장시켜 한국 국민국가의 '내부식민주의' 문제를 다루게 하는 계기를 제공하진 않는다. 최근 이루어진 한국의 경제발전은, 대외적으로는 중국의 값싼 (특히 여성) 노동력을 이용한 결과임이 자명하다. 국내적으로는 70년대 이래 국내의 '소외된 지역과 노동계층'의 희생을 바탕으로 경제발전을 이룬 것도 분명하다. 그런데 여기서 문제는 과연 이런 희생과 관련된 문제가 과연 한국만의 문제인가 이다. 바로 값싼 해외 노동력의 착취를 통해 세계경제를 이끌고 있는 신자유주의 아래에서 진행된 전지구적 자본주의의 보편적 문제다. 또 국민국가나 근대성이 국내적으로 초래해 온 여러 문제의 결과다. 필자의 생각으로는 이런 이해 속에서 소수민족이나 조공국의 "희생"을 통한 근대중국의 발전이란 문제를 접근했어야 한다. 그래야 더 설득력이 있고 그 주장의 의미를 발전시킬 수 있었다. 그런데 그는 이런 문제를 '중국만의 문제, 즉 중국 '중화주의'의 부활(중국도 제국주의였다는 결론)의 문제로 한정시킴으로써, 그 주장의 설득력을 잃었을 뿐만 아니라 문제의 본질을 흐렸다. 이는 마치 미국학자들이 한편으로는 중국 내 인권침해 문제를 비판적으로 다루면서도, 다른 한편 자국 정부가 그동안 행한 수많은 인권침해 문제, 특히 관타나모 수용소에서 벌어진 여러 인권침해에 대해서는 침묵하거

---

61) 민족주의에 대한 이런 논의는 에릭 홉스봄(Erci Hobsbawm), 베네딕트 앤더슨(Benedict Anderson), 어니스트 겔너(Ernest Gellner), 파사 차타지(Partha Chatterjee)의 연구를 볼 것.

나 혹은 극히 예외적으로 발생한 사건으로 간단히 치부하는 태도와 무
엇이 다르겠는가?

'주변의 시각'이 갖는 일반적인 문제점은 주변과 중심의 관계를 강자
대 약자라는 일률적인 등식 속에서 보게 할 가능성이 있다는 것이다.
주변의 시각이, 주변(약자) 사이의 차이나 주변 상호 간에 존재하는 불평
등 관계, 그리고 주변과 중심(권력)의 다양하고 복잡한 관계를 주시하지
않고 주변과 중심이란 2분법적 관계로 기본적으로 파악하는 문제에 대
해서는 이미 학자들이 비판한 바 있다.62) 여기서 요점은 '주변의 시각'
이 한국 혹은 한국사를 특권화하면서 중국이나 일본을 타자화시키는 경
우가 있다는 것이다. 중화체제 속에서 조선이 티벳보다 상대적으로 우
월하게 누리던 지위에 대한 고려 없이, 탈중심 속의 약소국인 주변의
한국을 티벳과 등치시키기도 하고, 경우에 따라서는 한국이 갖는 예외
성을 통해 한국 민족주의의 주장을 정당화, 강화하면서 중국사는 문화
본질주의를 통해 해석하게 만들었다는 것이다. 뚜웨이밍(杜維明)이 "문화
중국(Cultural China)"을 주장하면서 "주변[미국의 화교]로부터 중심[중국]을
이해하자"라고 주장했던 것에 많은 학자들이 비판적 혹은 냉소적으로
대응했던 것을 여기서 상기해 봄직하다.63)

중요한 것은, 이런 연구 경향이 여전히 지속되는 이유가 역사가들이
국민국가를 역사 전개나 역사 구성의 절대적 기본 단위로 보는 오래된

---

62) Arif Dirlik, "Postcolonial or Postrevolutionary? The Problem of History in Postcolonial
Criticism" in Arif Dirlik, *The Postcolonial Aura : Third World Criticism in the Age of
Globalization*(Boulder, CO : Westview Press, 1997), p. 176.

63) Tu Wei-ming, "Cultural China : The Periphery as the Center," Tu Wei-ming ed., *The
Living Tree : The Changing Meaning of Being Chinese Today*(Stanford : Stanford University
Press, 1994), pp. 1-34

습관이자 경향 때문이라는 것이다. 국민국가를 제거하는 것이 어려운 만큼, 이런 민족주의를 중심으로 하는 연구습관이나 경향도 당장 극복하기 어려운 것 또한 사실이다. 물론 국민국가를 단위로 한 역사구성이나 역사서술이 잘못된 것은 절대 아니다. 현실 속에서 국민국가를 단위로 하는 역사구성이 여러 이유 때문에 필요하다는 점 인정할 수 있다. 다만, 자칫 그런 자국역사의 구성이 그동안 국민국가의 담 밖에서 이루어졌던 여러 사실이나 다양하고 많은 과거의 경험들을 강제로 국민국가의 틀 속에 가둬놓고 구성, 해석, 의미 부여하거나 혹은 극단적으로는 국민국가의 담 밖으로 쫓아냈던 것은 명백히 민족주의 사학의 병폐였다는 것이다. 국민국가의 기원, 성립, 정당성에 도움이 안되는 역사, 특히 초국가적 요소가 의식적 혹은 무의식적으로 그동안 무시되어 온 것이다. 국민국가는 당분간 소멸되지 않을 것이고, 국민국가가 소멸되지 않는 한 국민국가 중심의 역사는 계속 구성될 수밖에 없다. 그렇다면, 국민국가 중심의 일국사 구성이 그동안 드러낸 병폐를 막으면서 지역과 소통하고, 화해와 상생을 지향하는 국민국가의 역사구성이 가능할까? 필자가 화두로 던지는 '새로운 과거 만들기'는 바로 그런 역사를 구성하기 위한 하나의 지적, 학술적 프로젝트다. 그럼 '새로운 과거'는 어떻게 만들까? 그 대답은 일단 초국가주의에 있다.

　필자는 초국가주의를 통한 국민국가의 새로운 과거 만들기가 가능하다고 본다.64) 진정 지역과 소통하고 화해를 지향하는 역사의 구성을 시

---

64) 물론 아리프 딜릭이 경고하듯이 초국가주의에 내재한 여러 모순을 인식하면서 오용과 남용을 피할 수 만 있다면, 초국가주의는 국가 정체성의 순수성 강조보다는 공존을 강조하게 되어 국민국가의 역사에서 뿐만 아니라 지역 내 국민국가 간의 상호 순응과 화합을 향한 문을 여는 계기가 될 수 있다. Arif Dirlik, "Transnationalism in Theory and Practice : Uses, Mis-Uses, Abuses" *Studies in Urban Humanities* Vol. 1(2010), pp. 9-36.

작하는 첫 시도는 오히려 간단할 수 있다는 것이다. 일단 폐쇄적인 민족주의 시각에서 벗어나 좀 더 넓은 지역을 아우르는 권역시각을 통해 일국의 역사를 구성하고 서술을 할 필요가 있다. 상식적으로 보아도 지역의 역사나 흐름과 동떨어져서 진행된 민족의 역사 혹은 일국사는 사실 있을 수 없기 때문이다. 또 외부와의 교류와 소통이 없던 민족의 과거는 없기 때문이다. 이런 지적이 민족주의 시각을 버려야 한다는 것을 의미하지 않는다. 민족주의를 무조건적으로 신성시하며 과거를 이해하지 말고, 민족주의만이 아닌 좀 더 생산적이고 '화해'와 '상생'이란 시대가 요청하는 구호에 답하는 역사시각을 통해 과거를 이해하자는 것이다.

지역 내 과거를 둘러싼 갈등과 대립을 풀고 지역의 새로운 미래를 전망하기 위해서 일국의 과거와 지역의 과거가 동시에 새롭게 구성되어야 한다. 물론 이런 주장이 새로운 것은 아니다. 다만 '새로운 과거 만들기'를 어떻게 그리고 무엇을 위해서 할 것인가를 보다 구체적으로 논의해야 한다. 필자는 그동안 한국 및 지역 내 국가의 역사학계에서 논의되고 회자되어 온 '동아시아 시각' 혹은 '동아시아 담론' 등과 그 문제의식을 공유해 왔다. 다만 필자의 주장은 다음의 두 가지 면에서 이들 학자들의 주장과 약간의 차이가 있다. 먼저, 필자는 지식인들의 담론을 중심으로 전개되는 기존의 연구 경향과는 달리 지역 급진주의자들의 반근대 사상과 활동을 주요 연구대상으로 한다. 구체적으로, 필자는 이들 지역 급진주의자들의 활동과 사상의 기원 및 발전, 그리고 그들의 활동 반경과 의미를 지역사 및 일국사의 새로운 구성을 위한 주요 요소의 하나로 본다. 그들의 공동인식, 상호 교류, 상호영향, 상호영감, 그리고 그에 따른 공동활동 등에 나타나는 여러 대안적 국가 및 지역(그리고 세계) 인식, 나아가 대안적 근대성 논의 등을 중요한 지역의 급진적 혹은 대

안적 논의의 전통으로 필자는 간주한다. 나아가 그들의 활동을 지역사
와 일국사를 연결하는 중요한 고리의 하나로 간주한다. 물론 필자의 이
런 주장은 점점 잊혀져가는 급진주의 역사를 복원 혹은 상기함으로써
현 신자유주의 지배하의 세계에서 발생하는 억압적이고 불평등한 질서
에 대항하면서 새롭고 비판적인 대안을 찾으려는 지적, 실천적 노력의
일환이기도 하다. 특히 신자유주의 하에 진행되는 전지구화에 대항하여
지역 및 개별 국가 내에서 이루어졌던 여러 형태의 저항, 저항 문화의
기원, 대안적 근대성 논의, '공동체' 형성을 위한 노력의 기원, 공동 행
동의 모습 등을 20세기 지역 급진주의자들의 경험과 인식 등에서 찾는
것은 학술적으로도 중요한 작업이지만, 현재적 의미를 갖는 역사의 중
요한 사회적 실천이다.[65]

　　둘째, 필자가 말하는 권역시각과 동부아시아란 새로운 시각과 용어를
통해 '새로운 과거 만들기'가 이루어지고 그에 따라 지역민들의 인식론
적 전환이 이루어진다면, 옛 것이자 이미 지나간 날들의 일들인 과거가
새롭게 인식되고 또 재등장할 수 있다. 그리고 새로워진 과거는 현재를
새롭게 정의할 수 있게 해주고 나아가 미래까지도 새롭게 전망할 수 있
게 해준다. 따라서 궁극적으로 새로운 과거 만들기는 현재와 미래를 위
한 역사의 사회적 실천이다. '새롭게 만든다'는 것은 적극적으로 새로운
역사 쓰기, 새로운 역사 인식, 새로운 시각을 통해 역사와 현재, 역사와
미래의 관계를 재정립하면서, 역사가 현실 혹은 미래의 지역질서에서
행할 수 있는 실천적 역할을 강조한다. 그동안 많은 역사학자들은 역사

---

65) "사회적 실천"은 한국역사연구회 엮음, 『20세기 역사학, 21세기 역사학』(역사비평사,
　　2000)의 핵심어다. 다만 이 책이 "역사의 진실을 밝히는 작업"을 '사회적 실천"으로
　　본다는 점은(8면과 28면) 필자가 말하는 역사의 실천성과는 의미상 큰 차이가 있다.

의 객관성을 주장하거나 과거로부터 객관적 "진리를 추구"하는 것을 역사가의 주요 임무로 보아왔다.[66] 많은 역사학자들은 요즘도 객관적 입장에서 진리 추구를 역사학의 기본 임무로 본다. 역사의 임무를 과거에서 객관적으로 진실을 찾는 작업으로 규정했던 것이다. 그런데 사실 객관적인지의 여부를 판단하고 결정하는 것 자체가 지극히 주관적인 행위다. 또 '진실'은 '사실'과 다르다. 진실은 가치중립적인 것이 아닌 매우 주관적인 의미를 갖는 용어이다. 과거에서 객관적인 진실을 찾자고 주장하는 역사가들이 역사교육의 목표를 "민주사회의 책임 있는 일원으로 역할을 다하고 슬기로운 지도자적 자질을 지닌, 견식이 넓고 양심적인 시민을 기르기 위함이다"(강조는 인용자)라고 말하는 것은 분명 역설적이다.[67] 역사에 현실 정치와 관련된 뚜렷한 목적, 이 경우 "양심적인 시민을 기르기"라는 가치추구가 있다는 것은 객관적 진실이 무엇인지 의문을 제기하게 한다. 역사가가 추구하는 가치가 좋은지 나쁜지를 판단하는 것 자체가 극히 주관적인 작업임을 여기서 언급할 필요는 없다. 아무튼 이런 언급이 역사를 "사실 그대로" 혹은 "진리를 추구"하는 것으로 말하는 이들의 입장과 배치되는 것만은 분명하다. 다만, 여기서 알

---

66) 차하순, 앞의 글, 28면 ; 김두진, 「한국 역사학의 연구성과와 과제」, 역사학회 편, 앞의 책, 43면. "동아시아 [공동의] 근현대상 만들기"를 위한 시도도 결국 "객관적 서술방식에 바탕을 두고 그려진 역사상"을 전제로 한다. 윤휘탁, 「'동아시아 근현대상 만들기'의 가능성 탐색-한중일 역사교과서의 근현대사인식 비교」, 『중국근현대사연구』 25집, 83-11면. 인용은 84면. '진실 추구"를 역사가의 사명으로 보는 구미학계의 예로는 Joyce Appleby, Lynn Hunt and Margaret Jacob, *Telling the Truth about History*(New York : W. W. Norton & Company, 1994)를 볼 것. 이와 달리 객관주의 자체가 모든 역사가들의 "고상한 꿈"에 불과하다는 주장이 있다. Peter Novick, *That Noble Dream : The "Objectivity Question" and the American Historical Profession*(Cambridge, MA : Cambridge University Press, 1988)을 볼 것.

67) 차하순, 앞의 글, 35면에서 재인용.

수 있는 것은, 이들 역사가들의 언급이 의미하는 문제의 핵심도 결국 역사가 갖는 구체적인 효용성과 실천성의 문제다.

그렇다면 '새로운 과거 만들기'는 구체적인 좋은 사회적 가치를 추구하기 위해 현재적 실천성과 효용성이 담보된 역사를 구성하는 작업이다. 따라서 그것은 곧 '좋은 역사'가 될 수 있다. 도덕적이나 이념적으로 옳거나 그른, 좋거나 나쁜 역사가 아니라, 그 의도가 사회의 시대정신을 담을 뿐만 아니라 결과도 사회와 시대의 화두인 일국과 지역 내 (궁극적으로는 세계) 평화, 화해, 번영의 공동 추구에 도움이 된다는 면에서 '좋은 역사'란 것이다. 한 국가나 민족에만 복무하는 의제만을 위해 봉사하지 않고, 평화 같은 동시대 세계 및 지역의 공동의제나 초국가적 임무에 대한 적극적 실천성과 효용성을 담보하는 역사가 바로 필자가 말하는 '좋은 역사'다. 결국 '좋은 역사'는 헛되이 가치중립이나 객관성을 담보하려 하지 않고 구체적으로 동시대가 사회적으로 합의한 '좋은 가치'를 주관적으로 적극 추구한다. 평화, 화해, 공동 번영을 어떻게 추구할 것인가란 질문에 대한 답은 지극히 주관적인 판단에서 나올 수밖에 없지만, 평화, 화해, 공동번영 추구가 그 자체로 좋은 가치임을 부인할 사람은 없을 것이다.

'좋은 역사'는 과거를 통일적, 단선적으로 파악하여 국가나 문화 간의 차이를 지나치게 강조하면서 국가 간의 갈등과 분쟁, 또 국내적으로는 지역, 계층 간의 갈등을 초래하지 않게 한다. '좋은 역사'는 과거의 다양성이나 복잡함을 지적한다. 나아가 과거의 복잡성, 역사의 창안성, 공동의 과거 존재 등을 인식할 수 있게도 해 준다. 따라서 국가나 민족 간의 상호이해 증진과 공통의 이해 확인, 공동의 미래 전망 등을 강조할 수 있게 한다. 다시 말하지만, '좋은 역사'인지 여부는 역사가 인식적,

실천적으로 어떤 결과를 초래하느냐에 따라 판단될 수 있다. '좋은 역사'란 지역 내 국가 간, 국가 내, 혹은 지역 간에 존재하는 잠재적인 분쟁과 갈등의 요소를 최소화하거나 제거하는 결과도 만들어야 한다. 또한 '좋은 역사'는 권역 내건 혹은 국민국가 내에서 권력(중심)에서 소외된 (주변을 포함한) 지역, 약소국가, 비주류 집단, 여성과 같은 소수집단 등을 아우르는 역할도 해야 한다. 이런 의미에서 본다면, 필자가 주장하는 '새로운 과거 만들기'는 '좋은 역사'를 만들기 위한 지적, 학술적 프로젝트이자 사회정의 추구를 위한 역사가의 사회적 실천의 방식으로 볼 수 있다. 결국 새로운 과거 만들기를 통해 만들어진 좋은 역사는 동시대의 메타화두인 평화, 공존, 화해 등에 적극적 그리고 실천적으로 공헌할 수 있는 역사여야 한다.

그렇다면, 역사가는 일국기반의 지식보다는 지역기반의 지식을 갖을 필요가 생긴다. 또 그런 역사가는 미국의 지역연구가 그동안 생산해 온 소위 지역전문가(area specialist)가 갖던 문제의식과는 전혀 다른 문제의식을 갖는 새로운 지역전문가로 양성되어야 할 필요가 생긴다. 일국기반의 지역전문가가 아니라 진정한 지역기반의, 정확히는 권역기반의 지식을 이해, 생산, 배포, 확산할 수 있는 지식과 능력 그리고 의식과 의지를 소유한 지역전문가 말이다. 새로운 지역전문가들은 새로운 지역개념과 명칭을 기반으로 새로운 과거와 그에 따른 역사지식을 만들어야 한다. 새로운 지역전문가는 민족이나 국가 또는 권력에 봉사하지 않는다. 이들은 현상유지에 관심을 갖기보다는 시대의 화두인 세계 평화와 공존 등을 이해하는 역사인식을 생산하기 위해 기존의 역사인식과 방법론에 적극 도전하고 변화를 지향해야 한다. 그리고 '새로운 과거 만들기'를 적극 실천할 수 있는 역사서술을 가능하게 하는 지적, 학술적 능력과 인식도 갖추어야 한다. 즉 새로운 지역전문가는 역사를 통해 사회적 실천을 할 수 있어야 한다. 그동안 이루어진 지역연구가 대부분 사실상 일국전문가들에 의해 이루어졌다는 사실은 새로운 지역전문가의 필요성을 다시 한 번 강조하게 한다.

국가나 민족 단위의 일국 역사가 현존하는 국민국가의 존재를 지탱하기 위해 필요하지만, 그렇다고 과거를 민족을 단위로 한 경계선만을 통해 나눌 필요는 없다. 오히려 과거의 많은 부분이 여러 민족과 국가 사이에 공유되었음을 지적하는 것이 국가나 민족 간의 차별성만큼 공통성을, 아니 차별성보다는 공통성을 더 소유했음을 알 수 있게 한다. 도쿄라는 식민공간에서 일본어 출판물이란 매개를 통해 동부아시아 유학생들과 지식인들이 상호 접촉하고, 그 결과 만들어진 접촉지대와 초국가적 네트워크는 그런 사정을 보여준다. 그리고 그런 사정은 일국사가 지역사와 초국가적으로 연계되어 있음을 나타낸다. 따라서 필자는 그동안 노정된 여러 역사와 관련된 지역 내의 갈등을 해결하는 중요한 하나의 지적, 학술적, 실천적 방법으로 '새로운 과거 만들기'를 제안하는 것이다. 새로운 과거는 초국가적인 면을 담는 국민국가의 역사를 구성함으로써 만들어질 수 있다. 이런 주장은, 비슷한 취지로 그동안 소개되어 온 '동아시아적 시각', '동아시아 담론'이나 최근 시도되어 온 새로운 지역 질서와 지역 역사 만들기 등이 논의와 실천을 보완할 뿐만 아니라 좀 더 적극적으로 탈식민과 탈서구중심을 통해 진정한 역사적 대안을 논의하게 해주는 역사의 실천성을 담보할 수 있게 할 것이다. 궁극적으로 '새로운 과거 만들기'를 통해 '좋은 역사', 즉 필자가 주장하는 '초국가적 국민국가의 역사'를 구성하고, 이를 바탕으로 그동안 역사 서술이나 인식에서 뿌리깊이 박혀있던 (국민국가를 단위로 하는) 서구중심주의의 근대적 역사관, 근대화론, 자아오리엔탈리즘을 통한 외국사의 상대화, 국민국가 중심의 민족사와 일국사 중심의 역사서술, 특권화된 일국사관 등을 벗어나는 것이 가능할 수 있을 것이다.

# 제3부
# 동아시아 식민지
# 일본어문학의 쟁점

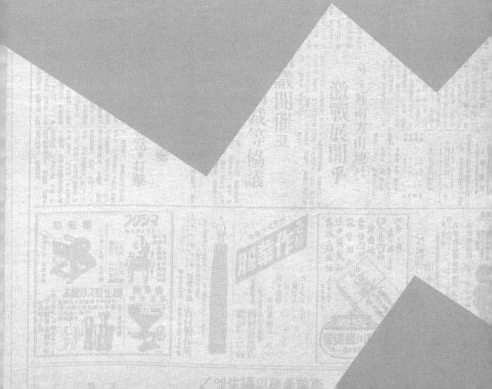

‖ 김 효 순 ‖

# 아쿠타가와 류노스케(芥川龍之介)의 자살과
# 식민지조선의 문학*

『경성일보』의 아쿠타가와 관련기사와 조선의 모더니스트 작가를 중심으로

## 1. 들어가는 말

1916년 당시 문단의 최고봉인 나쓰메 소세키(夏目漱石, 1867-1916)의 절찬을 받은 『코(鼻)』(『新思潮』 창간호, 1916.2)로 화려하게 데뷔하고, 1927년 7월 너무나 이른 나이에 자살로 생을 마감한 아쿠타가와 류노스케(芥川龍之介, 1892~1927)는, 확실히 '다이쇼시대(大正期)라는 한 시대의 문학정신을 한 몸에 구현한 문학자'[1]로 평가받기에 족한 작가라 할 수 있다. 그는 1927년 7월 24일 새벽, 치사량의 수면제를 먹고 자살을 했으며, 그의 자살은 그의 문학의 영향력 이상의 영향력을 갖고, 일본의 문단은 물론

* 이 글은 2014년 정부(교육인적자원부)의 재원으로 한국학술진흥재단의 지원을 받아 수행된 연구(KRF-2007-362-A00019)임. 또한 이 글은 『과경/일본어문학연구(跨境/日本語文学研究)』 창간호(2014.6)에 게재된 것을 번역한 것임을 밝혀 둔다.
1) 臼井吉見 『大正文学史』(筑摩書房, 1984), p.241.

사회적으로도 큰 반향을 불러일으켰다. 자살 다음날인 25일 조간은 일제히 그의 자살 보도를 대서특필했다. 『도쿄일일신문(東京日日新聞)』은 「문단의 영웅, 아쿠타가와 류노스케 씨/죽음을 찬미하며 자살하다(文壇の雄芥川龍之介氏/死を讚美して自殺す)」라는 제목으로 '상용하던 베로나르 다량을 복용하고 자살했다'고 보도하고 있으며, 『도쿄아사히신문(東京朝日新聞)』은 「아쿠타가와 류노스케 극약 자살하다(芥川龍之介劇藥自殺を遂ぐ)」라는 제목의 기사를 싣고 있다. 아쿠타가와 자살 보도 상황에 대해 세키구치 야스요시(關口安義)는 다음과 같이 설명하고 있다.

> 중앙 신문만이 아니라 지방 신문도 모두 중대 뉴스로 아쿠타가와의 자살 상황을 기사화했다. 사회면 전면을 할애한 보도가 많아 충격이 얼마나 컸는지를 말해 주고 있다. 기자회견에서 구메 마사오(久米正雄)가 낭독한 「어느 옛 친구에게 보내는 수기(或旧友へ送る手記)」도 동시에 게재했다. 아쿠타가와의 죽음에 관한 보도는 다음날 이후에도 계속되었고, 다음달까지도 계속되었다. 지방신문도 포함하면 그 양은 더 방대해 질 것이다. 모방 자살도 상당히 있었다. 주간지도 『주간아사히(週刊朝日)』와 『선데이마이니치(サンデー毎日)』가 류노스케의 자살 특집을 냈다. (중략)
>
> 1927년 9월호 잡지는 경쟁적으로 아쿠타가와 류노스케 특집을 냈다. 『문예춘추(文芸春秋)』, 『중앙공론(中央公論)』, 『개조(改造)』, 『신조(新潮)』, 『문장구락부(文章具樂部)』, 『여성(女性)』, 『부인공론(婦人公論)』, 『미타문학(三田文學)』 등이 특집호를 냈다. 이들 특집에 실로 많은 사람들이 다양한 각도에서 아쿠타가와 류노스케와 그의 문학에 대해 발언을 하게 된다.[2]

아쿠타가와의 자살이 당시 얼마나 큰 사회적 파장을 불러일으켰는지 짐작케 하는 글이다. 이와 같이 아쿠타가와의 자살은 일본의 문단은 물

---

2) 關口安義 『芥川龍之介とその時代』(筑摩書房, 1994), pp.679~680.

론 사회적으로도 큰 충격을 준 사건이었다.

그런데 이는 일본 국내에서뿐만이 아니라 당시 일본의 식민지배 하에 놓여 있던 조선의 문단과 사회에도 큰 충격을 불러일으켰다. 당시 조선에서는 재조일본인들을 대상으로 많은 신문, 잡지가 발행되고 있었으며, 그 안에는 식민정책상 발행된 어용잡지나 신문도 다수 섞여 있었다. 그러한 미디어에는 2~3일의 시차를 두고 아쿠타가와의 자살을 보도하는 기사가 다수 실렸다. 세키구치는 위의 글에서, 아쿠타가와의 자살의 사회적 반향을 이야기하면서, 아쿠타가와 관련자료를 망라한『아쿠타가와 류노스케자료집성(芥川龍之介資料集成)』(日本図書センター, 1993.9.15, 全11卷) 중 아쿠타가와의 자살에 관한 기사가 제3권~제5권을 차지할 만큼 그의 사후 그의 문학과 삶에 관한 언급이 생전의 그것을 능가한다고 지적하고 있다. 그러나 당시 일본의 식민지배 하에 놓여 일본의 한 지방으로 그 파장 안에 있었던, 조선에서 발행된 일본어 미디어에 실린 기사는 포함되어 있지 않다. 또한 아쿠타가와의 자살, 혹은 문학이 당시 조선의 문단과 사회에 어떻게 받아들여지고 그 영향력을 확장해 갔는가에 관하여, 동시대적 관점을 기반으로 한 검토도 이루어지지 않고 있다. 물론 한국의 1930년대 대표적 모더니스트 작가 이상(李箱, 1910-1937)의 문학과 아쿠타가와 문학의 비교고찰은 최근 어느 정도 성과를 내고 있다.3) 그러

---

3) 예를 들면, 노영희의「李箱文學과 東京」『比較文學16』, 1991), 조사옥의「이상문학과 아쿠타가와 류노스케」(『일본문화연구』제7집, 2002), 장혜정의『아쿠타가와(芥川龍之介)와 이상(李箱)문학 비교연구 : ‘불안의식’을 중심으로』(한국외국어대학 박사논문, 2007.8), 김명주의「아쿠타가와 류노스케(芥川龍之助)와 이상(李箱)문학 비교─도쿄(東京)를 중심으로─」(『일본어교육』제44집, 2008),「아쿠타가와와 이상문학에 있어서의 "예술관"비교(1)(2)」(『일본어교육』제50집/제54집, 2009/2010), 김효순의「이상문학과 아쿠타가와 류노스케(芥川龍之介)─시대를 체현하는 문화현상으로서의 모던걸 표상을 중심으로─」(『COMPARATIVE KOREAN STUDIES』제18권 제2호, 2010.8) 등이 그것이다.

나 이들 선행연구는 모두 두 작가의 작품 내부의 이미지, 테마 등의 유
사성에 근거한 영향관계 규명이 주를 이루고 있다.

이와 같은 문제의식에서, 이 글에서는 식민지조선에서 발행된 주요
일본어 미디어와 문예란의 성격을 검토하고, 그곳에 게재된 아쿠타가와
관련기사를 분석한 후, 아쿠타가와의 자살과 문학이 식민지조선의 사회
와 문단에 어떻게 받아들여졌는지를 밝혀보고자 한다. 이러한 검토에 의
해 식민 종주국인 일본의 문학이 제국의 확대에 따라 식민지 문단과 사
회에 그 영향력을 확대해 가는 양상을 규명할 수 있을 것이라 생각된다.


## 2. 재조일본인 사회의 일본어 미디어와 일본어 문학

1880년대 이후 일본인의 한반도 진출과 동시에 한국에서는 식민지배
의 정당성을 적극적으로 선전하고 본국에 식민지 정보를 제공하고자 하
는 의도에서 수많은 일본어 신문과 잡지가 전국각지에서 간행되었다.
그리고 그들 미디어에는 대부분 예외 없이 <문예란>이 설정되어, '재
조일본인에게 위안과 오락을 제공'4)한다거나 '한국이주 일본인들의 국
민적 아이덴티티의 확보'5)라는 역할을 수행하였다. 그와 동시에 식민지
기 한국에서 일본어로 발행된 신문이나 잡지에는, 문화접촉지대로서 식
민지에서 발생하는 제국과 식민지 문화간의 충돌, 변용, 융합 등의 양상

---

4) 정병호 「20세기 초기 일본의 제국주의와 한국 내 <일본어문학>의 형성 연구 : 잡지『조
   선』(朝鮮, 1908-11)의 「문예」란을 중심으로」(『일본어문학』 제37호, 2008) p.418.
5) 허석 「메이지시대 한국이주 일본인문학에 나타난 內地物語와 국민적 아이덴티티 형성과
   정에 대한 연구 : 조선신문의 연재소설 「誰の物か」를 중심으로」(『일본어문학』 제39집,
   2008), p.407.

을 보여주는 자료가 풍부하게 게재되어 있고, 특히 문예란에는 그것이
생생하게 그려지고 있다.

　이와 같은 의미에서 조선총독부의 3대기관지 중에서도 가장 중심역
할을 했던 『경성일보(京城日報)』에 게재된 문예 관련 기사는 주목할 만하
다. 이 신문은 1906년 9월 이토 히로부미(伊藤博文, 1841~1909) 취임 이후,
침략정책을 효과적으로 선전하기 위해 식민지 조선의 수도 경성에서 창
간된 것이다. 이 『경성일보』에는 <학예란(學芸欄)>이 설치되어 있어, 일
본의 전통문학인 와카(和歌 : 京日歌壇), 하이쿠(俳句 : 京日俳壇), 센류(川柳=京日
柳壇)를 지속적으로 게재하였고 그 외에 문학평론, 아동문학, 독자투고
등이 게재되었다. 그리고 조간, 석간에 각각 장편소설도 연재되었다. 여
기서 주목해야 할 점은 이 <학예란>의 집필진은 대부분 내지 일본 기
자나 평론가이며, 특히 장편 연재소설은 철저하리만큼 일본 내지의 주
요작가에 의해 집필되었다는 점이다. 이는 이 시기 조선에서 간행된 잡
지, 예를 들면 식민지조선의 양대 잡지 『조선 및 만주(朝鮮及滿州)』(1908.
3~1941.1), 『조선공론(朝鮮公論)』(1913.4~1944.11)의 집필진 구성과는 상당한
차이를 드러낸다고 할 수 있다. 물론 이들 잡지에도 문예란은 설정되어
있고, 이들 문예란에도 와카, 하이쿠, 한시 등 일본 전통의 운문장르를
비롯, 한문, 수필, 소설 등 다양한 문학작품이 게재되고 있다. 그러나 이
들 잡지의 집필진은 대부분 식민지 조선에 거주하는 아마추어 작가들이
고 식민정책이 안정되어 가는 1920년대 말에서 1930년대에는 조선의
문예물이나 번역, 조선작가의 창작물도 점차 늘어난다.[6] 그러나 『경성

---

6) 유재진은 「『조선(및 만주)』의 조선인 기고가들」(『제국의 이동과 식민지 조선의 일본인
　들』 도서출판 문, 2010.10)에서, 일본어종합잡지 『조선(및 만주)』의 조선인 기고자 기사
　데이터를 분석하고 있다.

일보』의 소설 연재는 철저히 일본 내지의 주요작가들의 작품으로 채워
졌고, <학예란>의 집필진도 대부분 일본인이며 조선인은 1940년대 이
후의 극소수에 불과했다. 독자투고란의 투고자도 대부분 일본인이었고,
투고나 공모 심사도 요사노 아키코(与謝野晶子, 1878~1942), 기쿠치 간(菊池
寬, 1888~1948), 구메 마사오(久米正雄, 1891~1952) 등 내지의 주요작가들이
담당했다. 『경성일보』에서 조선인 작가에 의한 소설 연재는 목양(牧洋)
이석훈(李石薰, 1908~?)의 「영원의 여성(永遠の女)」(1942年10月28日~12月7日/總41
回)까지 기다려야만 했다. 이는 전쟁의 격화에 따라, 조선어에 의한 창작
이 일체 금지되고 국어(당시의 일본어)에 의한 창작을 강요받은, 소위 「국
민문학」시대에 '언문잡지에 국어창작란 설정 확충', '국어문학장려를 위
한 문학상 설정', '국민문학운동에 열의가 있는 신인양성'이라는 목적
하에, 1939년 10월 29일 경성에서 발족된 조선문인협회 방침에 의해 선
택된 것이라 할 수 있다.[7]

요컨대 『경성일보』의 <학예란>과 소설연재란은, 일본제국의 이동,
팽창과 함께 확대되는 일본어문학의 유통과 소비의 장이었으며, 식민지
에 거주하는 일본국민에게 오락을 제공하고 국민으로서의 일체감을 유
지시키는 역할을 했다고 할 수 있다. 그러나 『경성일보』의 문학 관련기
사는 그것이 총독부의 기관지였다는 이유로, 일본문학 연구에서도 한국
문학 연구에서서 배제되어 왔다. 물론 최근에는 한국에서도 식민지시기

7) 엄기권은 「『京城日報』における「大衆小説」の成立と変遷―朝鮮文人協會の改革と國民文學をめぐって
―」(『東アジアと同時代日本文學·次世代フォーラム』 2013.10.17)에서, 이석훈의 「영원의 여자」
가 내지 일본작가의 전유물인 『경성일보』에서 처음으로 조선인 작가에 의해 집필된 작
품임을 지적하고, 그 의의에 대해 '초창기 조선에는 없는 대중소설이라고 크게 선전했
지만, 그것은 '심심풀이'로 읽을 수 있는 '가벼운' 대중소설이면서 '시국을 반영한' 국
어로 쓰여진 소설이라는 조건이 붙어 있었다'고 설명하고 있다.

일본어자료 혹은 문학에 대한 관심이 증대되어 이들 자료의 발굴, 정리,
연구가 이루어지고는 있지만, 그 대부분은 잡지에 치우쳐 있다. 그 결과
당시 문화접촉지대로서 식민지에서 발생하는 제국과 식민지 문화간의
충돌, 변용, 융합 등의 양상을 보여주는 자료가 가장 풍부하게 게재되어
있던 『경성일보』의 문예관련 연구는 엄기권의 기초자료 발굴, 정리[8]를
제외하고는 전무하다 할 수 있다.

이와 같은 의미에서 이 글에서는 『경성일보(京城日報)』에 게재된 아쿠
타가와 관련 기사를 검토함으로써, 식민 종주국인 일본의 문학, 문화가
제국의 확대에 따라 식민지 문단과 사회에 그 영향력을 확대해 가는 과정
에서 발생한 제국과 식민지 문학·문화의 교섭 양상을 밝혀보고자 한다.


## 3. 아쿠타가와의 자살과 식민지 조선의 아쿠타가와 문학의 유통과 소비

### 3-1. 아쿠타가와 생전 『경성일보』 게재 아쿠타가와 관련 기사

위에서 언급한 바와 같이 『경성일보』의 <학예란> 및 연재소설란은
일본 내지 작가의 작품으로 채워졌다. 그런 맥락에서 『경성일보』에 게
재된 아쿠타가와의 글과 관련기사를 검토하는 것은 일본 내지 작가의

---

8) 엄기권은 「京城だより①佐藤春夫全集未收錄資料」(『九大日文』16, 2010.10), 「京城だより②『芥川
龍之介全集』未收錄資料紹介：宮崎光男との親交をめぐって」(『九大日文』17, 2011.3), 「京城だより③
『林芙美子全集』未收錄資料紹介：ヨーロッパから歸國後の作品活動を中心に」(『九大日文』19,
2012.3), 「京城だより④『定本久生十蘭全集』未收錄資料紹介："酒の害"について」, 「激流」を中心に」
(『九大日文』20, 2012.10) 등 일련의 자료 정리 성과를 발표하고 있다.

작품이 식민지 조선에서 어떻게 유통되고 소비되었는지를 살펴보는 작
업이기도 할 것이다.

우선 아쿠타가와 생전에 게재된 글을 들어 보면, 「여름의 감각(夏の感
覺)」(『경성일보』1925.7.15)과 「소설 「도상」 미야자키 미쓰오 작, 우메쓰 세
이코 그림, 본편 작가를 위해(小說 「途上」宮崎光男作・梅津星耕畵 本篇の作者のため
に)」(『경성일보』 1926.7.24.) 두 편 뿐이다.

[표 1] 아쿠타가와 생전에 『경성일보』에 게재된 글과 기사

| 필자 | 제목 | 매체 | 발표년월 |
|---|---|---|---|
| 아쿠타가와 류노스케 | 여름의 감각(夏の感覺) | 경성일보 | 1925.7.15 |
| 아쿠타가와 류노스케 | 소설 「도상」 미야자키 미쓰오 작, 우메쓰 세이코 그림, 본편 작가를 위해(小說「途上」宮崎光男作・梅津星耕畵 本篇の作者のために) | 경성일보 | 1926.7.24 |
| 광고 | 기쿠치 간, 아쿠타가와 류노스케 양선생 편집 『소학생전집』 대출판 예고(菊池寛・芥川龍之介兩先生編集『小學生全集』大出版予告) | 경성일보 | 1927.4.10 |

「여름의 감각」은 아쿠타가와 자신에게 '여름이 재미없는' 이유를 설
명한 짧은 수필이고, 「소설 「도상」 미야자키 미쓰오 작, 우메쓰 세이코
그림, 본편 작가를 위해」는 친구 미야자키의 소설 「도상」의 예고기사이
다. 아쿠타가와는 이 글에서, 미야자키에 대해 '마쓰우라 힌로(松浦貧郎)라
는 이상한 이름으로, 조선을 제재로 한 「늪의 저편(沼の彼方)」이라는 글
한편을 연재한', '씨의 필력은 신뢰하기에 충분하다'라고 우정을 드러내
고 있다. 또한 1927년 4월에는 『소학생전집(小學生全集)』 광고기사가 눈에
띈다. 이 전집은 1920년대 엔본(円本) 붐을 타고 고분샤(興文社)에서 의뢰
받아 기쿠치 간(菊池寬)과 아쿠타가와가 기획한 것이다. 이는 기타하라 하

쿠슈(北原白秋)의 동생 데쓰오(鐵雄)가 경영하는 아르스(アルス) 발행의『아동
문학전집(兒童文學全集)』출판기획을 둘러싸고 기쿠치 간과 기타하라 하쿠
슈 사이에 대립을 야기한 것이다. 이 전집을 둘러싼 분쟁은, 주지하는
바와 같이 아쿠타가와 자살의 한 원인으로 거론되기도 하였다.

이와 같이『경성일보』에는, 많지는 않지만 내지의 중견 작가로서 아쿠
타가와의 글이 실리는 한편, 아쿠타가와의 이름이 식민지 조선 문단의
권력자였던 기쿠치 간과 나란히 광고란에 등장하고 있음을 알 수 있다.

### 3-2. 아쿠타가와 자살보도와 자살의 미화

아쿠타가와의 사후에는, 자살한 지 이틀 지난 26일부터『경성일보』의
자살보도 기사를 필두로 관련기사가 잇따른다. 제일 먼저 아쿠타가와의
자살을 보도한 기사는,「극도의 신경쇠약으로 아쿠타가와 씨 자살하다
(極度の神経衰弱から芥川氏自殺を遂ぐ)」(『경성일보』 1927.7.26)이다. 이 기사에서는
아쿠타가와의 자살을 '마지막까지 성서를 읽고 있었고 평소 이야기하던
평이한 자살법을 결행, 문단의 거성(巨星)은 졌다'라고 평가하고 있다. 원
인에 대해서는, '아동문고와의 싸움에 몹시 신경을 쓰고 있었다'라고 하
며 다음과 같이 설명하고 있다.

> 기쿠치 씨와 공동으로 집필한『소학생전집』과 기타하라 하쿠슈 씨들의
> 『아동문고』가 충돌하여 출판계의 싸움이 된 일로 인해 씨는 일찍이 '싸우
> 는 모습이 순수한 초등학생들에게 알려지는 것을 견딜 수 없어 했다'고
> 하며 그 일로 극도의 신경쇠약에 걸렸고, 또한 숙환인 폐결핵을 비관하여
> 독약을 마신 것으로 보이며, 입버릇처럼 말하던 평이한 자살법을 결행했
> 다.9)

이 글에서는 자살의 원인으로서『소학교전집』을 둘러싼 분쟁, 신경쇠약, 폐결핵 등을 들고 있음을 알 수 있다. 또한 죽음 자체에 대해서는 '죽음의 평정(平靜)에 뛰어든 그', '영원한 잠은 평화롭다. 살기 위해 사는 인간에 대한 연민을 느낀 아쿠타가와 씨의 유서'라는 식으로, '문단의 거성'이 '평정', '평화'를 추구한 행동으로 표상하고 있다. 이러한 논조는 위에서 언급한『도쿄일일신문』의「문단의 영웅, 아쿠타가와 류노스케 씨/죽음을 찬미하며 자살하다」의 기사제목이나, '죽음으로 예술을 완성시켰다'라고 하는 점에 동정을 나타내는 논도 있었다'[10]와 같이, 일본 내지의 보도 태도를 그대로 따르고 있는 것이라 볼 수 있다.

[표 2] 식민지조선에서의 아쿠타가와 자살 보도 기사

| 필자 | 제목 | 매체 | 게재년월 |
|---|---|---|---|
| | 극도의 신경쇠약에서 아쿠타가와 씨 자살하다<br>(極度の神経衰弱から芥川氏自殺を遂ぐ) | 경성일보 | 1927.7.26 |
| | 文壇の 寵兒 芥川氏自殺 동경자택에서 | 매일신보 | 1927.7.26 |
| | 日本文壇의 中心人物 芥川龍之介氏自殺 | 중외일보 | 1927.7.26 |
| | 아쿠가와 씨 고별식 성대하게 거행되다<br>(芥川氏告別式盛大に行はれる) | 경성일보 | 1927.7.28 |
| 다카시마<br>헤이사부로<br>(高島平三郎) | 아쿠타가와 군의 죽음(芥川君の死) | 경성일보 | 1927.7.29 |
| | 심신과로에서 오는 신경쇠약증<br>(心身過勞から來る神経衰弱症) | 경성일보 | 1927.7.29 |
| 도키오 도호<br>(釋尾東邦) | 자살론—아쿠타가와 류노스케의 자살 소식을<br>듣고—(自殺論—芥川龍之介の自殺を聞いて—) | 조선 및<br>만주 | 1927.8 |

이와 같은『경성일보』의 보도태도는 한글 신문기사, 즉「文壇의 寵兒

---

9)「極度の神経衰弱から芥川氏自殺を遂ぐ」(『京城日報』1927.7.26.).
10) 關口安義『芥川龍之介とその時代』(筑摩書房, 1994), p.679.

芥川氏自殺 동경자택에서」(『每日申報』 1927.7.26), 「日本文壇의 中心人物 芥川
龍之介氏自殺」(『中外日報』 1927.7.26)에도 그대로 이어졌고, 자살을 결행하는
아쿠타가와의 자세는 '성서를 안고 태연하게 음독', '존경할 만한 기개'
와 같이 더 미화되어 보도되고 있다. 이틀 후 보도된 「아쿠가와 씨 고별
식 성대하게 거행되다(芥川氏告別式盛大に行はれる)」(『경성일보』 1927.7.28)에서도,
'죽음을 찬미한 아쿠타가와 류노스케 씨의 고별식'. '팬들이 보낸 무수
한 꽃은 식장을 채웠고 문단의 사람들은 장례식장에 모여 다시 한 번
문단총아의 죽음을 아까워했다'라며, 아쿠타가와를 죽음을 찬미한 작가로
표상하고 있다.

이상과 같이 식민지 조선의 미디어는 아쿠타가와의 자살을 '문단의
총아', '문단의 거성', '중심인물'이 신경쇠약에 걸려 추악한 인간의 삶
에서 '마음의 평정', '평화'를 추구해 선택한 '존경할 만한' 행동으로 재
조선일본인사회와 조선사회에 전달했음을 알 수 있다.


## 3-3. 모방자살의 유행

이상에서와 같이 아쿠타가와의 자살이 추악한 삶에서 벗어나기 위한 영
웅의 존경할 만한 기개로 보도되자, 일반인들의 자살에 대한 우려를 드러
내는 목소리도 나오게 된다. 예를 들면 다카시마 헤이사부로(高島平三郎)는
일반인들의 모방 자살 유행에 대한 우려를 다음과 같이 표명하고 있다.

문사(文士)는 일반인들보다 훨씬 신경질적이라 사소한 일도 심각하게
처리하는 경향이 있다. 더구나 아쿠타가와 군의 경우는 양 3일간 계속된
혹서(酷暑)와 예의 『소학생전집』 간행에 관한 세속적이고 번거로운 사건
이 극단적으로 신경질적인 아쿠타가와 군을 자살로 이끌었을 것이다. (중

략) 그러나 원인과 이유는 어찌되었든 자살 그 자체는 절대로 용인할 수 없다. 모든 인생은 어떠한 경우에도 자살을 할 필요가 없다. (중략) 자살은 무신앙이 낳은 비극이라 단언한다. (중략) 물론 노기장군(乃木將軍)의 자살 같은 것은 세상 사람들이 순사라 하며 크게 미화하고 있지만, 자살 그 자체에 대해 감탄할 수 없는 것은 마찬가지이다. (중략) 아쿠타가와 군의 자결이 일반적으로 유행하지 않기를 걱정하고 있다.[11]

다카시마 헤이사부로는 '문사(文士)는 일반인들보다 훨씬 신경질적'이고, '극단적으로 신경질적인 아쿠타가와 군'은 '혹서(酷暑)와 예의 『소학생전집』 간행에 관한 세속적이고 번거로운 사건' 때문에 자살을 했다고 분석하고, '자살 그 자체는 절대로 용인할 수 없다' 하며, '순사라 하며 크게 미화하고 있'는 노기장군의 자살조차 '감탄할 수 없는 것'이라며 비판하고 있다. 그리고 '아쿠타가와 군의 자결이 일반적으로 유행하지 않기'를 바라며 모방자살에 대한 우려를 표명하고 있다.

[표 3] 식민지조선의 아쿠타가와 모방자살 보도기사

| 제목 | 매체 | 발표년월 |
|---|---|---|
| 문학청년의 철도자살, 아쿠타가와 씨를 흉내낸 유서를 남기다 (文學青年の飛び降り自殺芥川氏をまねた遺書を殘し) | 경성일보 | 1927.7.28 |
| 아쿠타가와를 흉내내 내지 청년 자살, 모지철도학교 학생 아현리에서 자살(芥川氣取りで內地青年の自殺 門司鐵道學校の生徒阿峴里で自殺) | 경성일보 | 1927.7.29 |
| 日本서도 芥川氏自殺의 숭내를 내어서 죽은 문학청년 | 중외일보 (한국어) | 1927.7.30 |
| 芥川氏自殺 본바다 阿峴서 日青年自殺, 그럴듯한 유서까지 쓰고 차길에 누어 치여 죽엇다 | 중외일보 (한국어) | 1927.7.30 |
| 芥川宗信者 창기와 음독 情死, 병목정의 정사 소동 | 중외일보 (한국어) | 1928.3.4 |

---

11) 「芥川君の死」(『京城日報』 1927.7.29.).

그러나 7월 28일에는 이미 '27일 오전 10시 30분 오사카(大阪) 미쓰코시 오복점(三越吳服店) 7층에서 전차로로 뛰어들어 자살'한 '가고시마현(鹿兒島縣)의 문학청년'12) 사건을 전하는 기사가 나온다. 그것은 '성실하게 일을 하던 아쿠타가와 류노스케 씨의 자살에 자극을 받아『진통의 문예(陣痛の文藝)』라는 제목의 원고 및 아쿠타가와의 그것과 똑같은 유서가 3통 있었다'13)라고 하며, 아쿠타가와 자살을 내지 청년이 어떻게 모방했는지 자세히 소개하고 있다. 문사＝지식인의 행동으로서 아쿠타가와의 자살이 청년들의 동경의 대상으로서 자극을 주고, 문사 흉내를 내어 모방자살을 감행하고 있음을 알 수 있다. 이어서 30일에는 '28일 오전 6시 50분 京城驛着 奉天行 列車가 阿峴里 터널內 進行中 線路에 橫臥하여 胸部 및 胸腕가 切斷되어 轢死한 內地人靑年'14)이라며, 경성 내지청년의 아쿠타가와모방 사건이 보도된다. 그는 모지철도학교(門司鐵道學校) 학생으로 모지철도 발행 잡지『시오(潮)』15)노트를 소지하고 있었으며, 애인 앞으로 쓴 유서에는 '"그 반지"를 나라고 생각해 줘. 지하에서 당신의 행복을 빌겠어', '"31일에 죽을 예정이었지만 조금 빨리 죽음의 평정에 뛰어 들고 싶었어"라는 아쿠타가와 류노스케를 흉내낸 문구가 있다'라고 하고, 노트에는 '사랑이 뭐야, 여자가 뭐야, 모든 것이 죽음 앞에서는 허무한 것 아냐'라고 적혀 있었다. 그리고, '실연의 결과 니힐리스틱한 기분을 품게 이르렀고 마침내 이런 결과를 초래한 것 같다'고 해석하고 있다. 이 청년은 실연으로 자살을 결심한 것인데, 잡지를 들고 유서에 '죽음의 평정에 뛰어들고 싶었어'라든가 '모든 것이 죽음 앞에서는 허무

---

12) 「文學靑年の飛び乘り自殺芥川氏をまねた遺書を殘し」(『京城日報』 1927.7.28).
13) 「文學靑年の飛び乘り自殺芥川氏をまねた遺書を殘し」(『京城日報』 1927.7.28).
14) 「芥川氣取りで內地靑年の自殺 門司鐵道學校の生徒 阿峴里で自殺」(『京城日報』 1927.7.29).
15) 어떤 잡지인지 미상이지만, 潮社의 제1권 3호(1918년 9월)를 확인할 수 있다.

한 것 아냐'라며 문사 흉내를 내고, 신문에서도 그것을 '아쿠타가와 류노스케를 흉내낸 문구'라며 보도를 하고 있음을 알 수 있다. 즉 28일에는 이미 아쿠타가와의 자살이 조선의 일본인 청년에게 영향을 미쳤고, 허무감을 자극하여 모방자살을 야기시켰음을 알 수 있다.

그리고 이 두 사건은 한국어 신문인 『중외일보』에서도, 「일본에서도 아쿠타가와 씨의 자살을 흉내내어 죽은 문학청년(日本でも芥川氏の自殺を眞似て死んだ文學靑年)」이라는 제목으로, '芥川氏自殺 본바다 阿峴서 日靑年自殺, 그럴듯한 유서까지 쓰고 차길에 누어 치여 죽엇다'[16]라고 보도하고 있다. 『경성일보』를 통해 재조일본인 사회에 전해진 아쿠타가와의 자살사건은, 『중외일보』를 통해 조선인사회에도 전해졌음을 알 수 있다. 그리고 마침내 1928년 3월 4일에는 「芥川宗信者 창기와 음독 情死, 병목정의 정사 소동(芥川宗信者娼妓と飮毒情死, 並木町の情死騒動)」이라는 기사가 나고, '일본 문사 개천용지개의 죽엄을 찬미하고 다니는 사나히'가, '생의 고민과 싸우다가 마츰내 염세증을 어더 죽고 싶으나 혼저죽기는 실었슴으로 생각다못하야 천치가튼 녀성을 꾀이여가티 죽는다고 한것'[17]이라는 사건을 소개하고 있다. 이 남자는 일본유학에서 돌아온 지식인으로 아쿠타가와를 찬미하고 삶의 고민과 싸우다 염세증으로 자살을 감행했다고 하는 것이다. 아쿠타가와의 자살 사건은 일본 내지에서 재조일본인 사회로 전해지고, 식민지 조선사회에도 전해져 조선의 청년에게도 영향을 미친 것이다.

이상과 같이 아쿠타가와의 자살 후 그의 문학과 자살행위가 식민지 조선 사회에 영향력을 확대해 간 과정을 정리해 보면, 아쿠타가와는 '문

---

16) 「日本서도 芥川氏自殺의 숭내를 내어서 죽은 문학청년」, 『중외일보』(1927.7.30).
17) 「芥川宗信者 창기와 음독 情死, 병목정의 정사 소동」, 『중외일보』(1928.3.4).

사=지식인'으로서 '일반인들보다 훨씬 신경질적'이고, '신경쇠약증'을 앓고 있었으며, 추악한 삶에서 마음의 평정 혹은 평화를 추구하여 자살을 선택한 인물로 표상되었음을 알 수 있다. 그리고 모방자살자들은 자살을 할 때 아쿠타가와의 흉내를 내어 문학작품이나 잡지를 소지하거나 '허무', '니힐리스틱한 기분', '염세증' 등의 자살이유를 밝힌 유서를 남기고 있다. 즉 '허무', '니힐리스틱한 기분', '염세증' 등을 느끼는 '신경쇠약'으로 자살을 선택하는 행위가 지식인의 표상이 되어 식민지 조선에 전달된 것이다.

주목해야 할 것은 신경증, 신경쇠약이라는 병은 근대문명의 병으로 1920~30년대, 전세계적으로 통용되고 유행했던 병명이라는 점이다. 그것은 '근대성' 혹은 '근대성'에 반응하는 정신 및 신체의 상황과 깊이 관련되는 표상으로 인식되고 사용되었다. 원래 신경쇠약(nervous breakdown or neurasthenia)이라는 진단명은, 1869년 George Beard라는 미국인 의사가 사용하기 시작하여 일반화되었다[18]고 한다. 조선에서도 몸과 마음의 중간에 있는 매개물로서 신경의 관계에 관한 인식은 1900년대에 성립되어, 이해조(1869~1927)의 『고목화』(『帝國新聞』 1907.6.5.~10.4), 이인직(1862~1916)의 「혈의 누」(『万世報』 1906.7.22.~10.10)와 같은 신소설에도 '신경의 손상이 정신혼미를 초래했다'는 표현이 등장했다.[19] 또한 『황성신문』, 『대한매일신문』과 같은 1900년대 신문에는 '신경쇠약'이 독립적으로 명확한 단어로 나타나기 시작했고,[20] 『조선 및 만주』에는 1910년대부터

---

18) 손광수 「근대성의 매개적 언설로서의 신경쇠약에 관한 예비적 고찰-박태원의 단편소설을 중심으로-」(『동국대학교 한국문학연구소 『한국문학연구』 29, 2005).

19) 이영아 『육체의 탄생』(민음사, 2008) 참조.

20) 예를 들면 「西太后의 病牀」『황성신문』(1901.5.27.), 「壯腸腋元丹」(『大韓每日新聞』 1908.12.2).

이후부터 신경쇠약에 관한 기사가 빈출하고 있다. 그러나 조선의 대중적 신문이나 잡지에 이 단어가 무수히 등장하게 된 것은 1920년대부터이고, 이 시기부터 '신경쇠약'은 단순한 병명이 아니라 다양한 문화적, 사회적 의미를 갖게 된다.21) 식민지 조선의 미디어에서는 자살의 원인을 신경쇠약으로 설명하였다. 1921년 7월 『동아일보』는 「빈번한 한강의 자살」이라는 제목으로, '작년 팔월 이래로 신경쇠약에 걸니어 세상을 비관하야 자살코저 하얏다'22)라는 사건을 보도 하고 있는데, 천정환은 이 '짧은 문장에 신경쇠약과 자살의 상관관계에 대한 당대의 인식방법이 응축되어' 있고, '"신경쇠약ㅡ세상 비관(염세)ㅡ자살(기도)"의 회로가 있다고 당대인들은 믿었다'23)고 하고 있다. 즉, 당시 조선사회에서는 근대문명의 병인 신경쇠약에 걸려 세상을 비관(염세)하여 자살을 선택하는 것이 지식인의 행동양식으로 받아들여지고 있음을 알 수 있다.

요컨대 아쿠타가와의 자살은 신경쇠약에 걸린 근대지식인의 행동양식으로 표상되고, 신경쇠약이 근대성과 문명지식의 메타포로 인식되고 있던 조선사회의 분위기와 얽혀 모방자살을 야기했다고 할 수 있다.

### 3-4. 조선의 독서계에 일어난 아쿠타가와 문학 붐

지금까지 아쿠타가와의 자살이 조선사회에 어떻게 보도되었는지, 또 그것이, 신경쇠약이 근대성과 문명지식의 메타퍼로 인식되고 있던 조선사회에 어떻게 받아들여졌는지를 검토해 왔다. 여기서 한 가지 주목해

---

21) 천정환 「신경쇠약과 근대성」(『자살론』 문학동네, 2013), p.237.
22) 「頻繁한 漢江의 自殺」(『東亞日報』 1921.7.21.).
23) 천정환, 앞의 글, pp.238~239.

야 할 것은, 아쿠타가와의 자살이라는 충격적 사건은 조선의 사회에만
파문을 일으킨 것이 아니라 더 나아가 식민지 지식인들과 깊은 관계가
있는 조선의 독서계에도 영향을 미쳤다는 사실이다. 그 양상은『경성일
보』지면에 급증한 아쿠타가와 문학관련 기사 또는 아쿠타가와 문학 전
집 광고기사 등에서 확인할 수 있다.

[표 4] 『경성일보』에 게재된 아쿠타가와 문학 관련 기사

| 필자 | 제목 | 매체 | 발표년月 |
|---|---|---|---|
| 야노 하쿠우 (矢野白雨) | 아쿠타가와 씨의 형상(芥川氏の形相)(上) | 경성일보 | 1927.8.10 |
| 야노 하쿠우 | 아쿠타가와 씨의 형상(下) | 경성일보 | 1927.8.13 |
| 도쿄에서 자다니 하치로 (東京にて 茶谷八郎) | 시가에 나타난 아쿠타가와 류노스케 (詩歌に現れた芥川龍之介)(上) | 경성일보 | 1927.8.18 |
| 도쿄에서 자다니 하치로 | 시가에 나타난 아쿠타가와 류노스케(下) | 경성일보 | 1927.8.20 |
|  | 류노스케 문학이 가장 많이 읽힌다. 등화가친의 요즘 경성독서계의 경향(龍之介ものが最も多く讀まれる 灯火可親の此ごろ京城讀書界の傾向) | 경성일보 | 1927.10.7 |
| 도쿄 히라이 야스오키 (東京 平井保興) | 아쿠타가와 류노스케 추도 문예강연회잡기 (芥川龍之介追悼 文芸講演會雜記)(上) | 경성일보 | 1927.11.8 |
| 도쿄 히라이 야스오키 | 아쿠타가와 류노스케 추도 문예강연회잡기(中) | 경성일보 | 1927.11.9 |

| 필자 | 제목 | 매체 | 발표년月 |
|---|---|---|---|
| 도쿄 히라이 야스오키 | 아쿠타가와 류노스케 추도 문예강연회잡기(下) | 경성일보 | 1927.11.10 |
| 호시노 시즈오 (星野靜夫) | 문단종횡어(文壇縱橫語)(二) | 경성일보 | 1928.2.14 |
| 게이시로 (圭四郎) | 아리시마 다케오와 아쿠타가와 류노스케 (有島武郎と芥川龍之介と)(1) | 경성일보 | 1930.2.11 |
| 게이시로 | 아리시마 다케오와 아쿠타가와 류노스케(2) | 경성일보 | 1930.2.13 |
| 게이시로 | 아리시마 다케오와 아쿠타가와 류노스케(3) | 경성일보 | 1930.2.14 |
| 게이시로 | 아리시마 다케오와 아쿠타가와 류노스케(4) | 경성일보 | 1930.2.15 |
| 게이시로 | 아리시마 다케오와 아쿠타가와 류노스케(5) | 경성일보 | 1930.2.18 |
| 게이시로 | 아리시마 다케오와 아쿠타가와 류노스케(6) | 경성일보 | 1930.2.19 |
| 게이시로 | 아리시마 다케오와 아쿠타가와 류노스케(7) | 경성일보 | 1930.2.20 |
| 게이시로 | 아리시마 다케오와 아쿠타가와 류노스케(8) | 경성일보 | 1930.2.21 |
| 게이시로 | 아리시마 다케오와 아쿠타가와 류노스케(9) | 경성일보 | 1930.2.22 |
| 게이시로 | 아리시마 다케오와 아쿠타가와 류노스케(10) | 경성일보 | 1930.2.23 |
| 게이시로 | 아리시마 다케오와 아쿠타가와 류노스케(11) | 경성일보 | 1930.2.24 |
| 게이시로 | 아리시마 다케오와 아쿠타가와 류노스케(12) | 경성일보 | 1930.2.28 |
| 게이시로 | 아리시마 다케오와 아쿠타가와 류노스케(完) | 경성일보 | 1930.3.1 |
| 고키 데쓰타로 (古木鐵太郎) | 작가 인상기(2) 아쿠타가와 류노스케 씨 (作家印象記(2)芥川龍之介氏) | 경성일보 | 1939.6.1 |

우선 아쿠타가와의 사후, 『경성일보』의 지면에는 작가로서의 그의 인상이나 문학을 소개하는 기사가 빈출하는 것이 눈에 띤다. 아쿠타가와를 과학적이고 이지적인 수재로 평가한 야노 하쿠우(矢野白雨)의 「아쿠타가와 씨의 형상(芥川氏の形相)(上)」(『경성일보』 1927.8.10)·「아쿠타가와 씨의 형상(芥川氏の形相)(下)」(『경성일보』 1927.8.13), 『중앙공론』「현대예술가 여기집(現代芸術家余技集)」에 게재된 아쿠타가와의 「아귀초(餓鬼抄)」에 대한 감상

을 적고, '작가 아쿠타가와 류노스케가 아니라 가인(歌人) 아쿠타가와 류
노스케를 보다 그리워하고 싶다'고 한 자다니 하치로(茶谷八郎)의 「시가에
나타난 아쿠타가와 류노스케(詩歌に現れた芥川龍之介)(上)」(『경성일보』 1927.8.18)·
「시가에 나타난 아쿠타가와 류노스케(下)」(『경성일보』 1927.8.20.), 아리시마
와 아쿠타가와의 죽음을 자연주의와 자본주의에 대한 지식인의 사상과
생활에 대한 선택으로서 비교한 「아리시마 다케오와 아쿠타가와 류노스
케(有島武郎と芥川龍之介と)」(『경성일보』 1930.2.11.-1930.3.1., 總13回) 등이 그에 해
당한다. 이들 기사는 모두 아쿠타가와를 수재작가(秀才作家), 그리운 작가,
시대를 대표하는 작가로 평가하고 있다.

　그와 동시에 1927년 10월에는, 동년 11월부터 간행되기 시작한 이와
나미서점(岩波書店)의 『아쿠타가와 류노스케 전집(芥川龍之介全集)』의 예약 모
집 광고가 5회에 걸쳐 게재되고 있다. 그곳에는 편집동인들(小穴隆一, 谷崎
潤一郎, 恒藤恭, 室生犀星, 宇野浩二, 久保田万太郎, 小島政次郎, 佐藤春夫, 佐々木茂吉, 菊池
寛)의 '고인의 유언에 의해 만들어진 이 전집은 그의 예술과 생활을 남
김없이 설명하고 있으며, 그 내용과 외관이 혼연일체가 되어 조화를 이
루고 있다'고 하는 언급, 아쿠타가와 후미코(芥川文子)와 아쿠타가와 히로
시(芥川比呂志)의 '유서에 따라 이와나미 시게오(岩波茂雄) 씨에게 부탁한다'
고 하는 「아쿠타가와 류노스케 전집간행 경위에 대해(芥川龍之介全集刊行の経
緯について)」, 이와나미 시게오의 '영리를 염두에 두지 않고, 오로지 훌륭
한 전집을 만들겠다'[24]라는 편집취지 등이 대대적으로 소개, 선전되고
있다. 그리고 1934년 10월에는 보급판 『아쿠타가와 류노스케 전집(芥川龍
之介全集)』(岩波書店)의 예약모집광고가 2회에 걸쳐 나고, 그 안에는 '슬픈

---

24) 「予約募集 全八卷 芥川龍之介全集」(『京城日報』 1927.10.8).

인생의 순교자가, 다병의 근심 속에서 생활을 아로새기고 생명을 깎아 만든 정숙수려(靜寂秀麗)한 문학을 보라, 고전 같은 침사(沈思), 근대의 우수, 냉정한 이지, 고매한 도덕을 그곳에서 본다. 그야말로 진정으로 예술의 성사도라 불리울 만한 세기의 천재였다'고 하는 선전문구와 함께, '본전집에 부친 제가(諸家)의 말'25)로서 사토 하루오(佐藤春夫), 마사무네 하쿠초(正宗白鳥), 사토미 돈(里見弴), 시가 나오야(志賀直哉), 사사키 시게요시(佐々木茂吉)의 언급이 실려 있다. 특히 시가 나오야는 '아쿠타가와 군의 작품에는 어느 시대고간에 사람들의 기억에 되살아 날만한 것이 있다. 빛 바래지 않는 점이 있다'26)고 하며, 아쿠타가와 문학의 오랜 생명력을 예언하고 있다.

이상과 같은 아쿠타가와의 자살에서 비롯된 그의 삶과 작품에 대한 관심의 고조와 그 전집 광고는 식민지 조선에서 아쿠타가와 문학 붐을 불러일으켰다. 당시 일본에서 출판된 간행물은 그 출판과 동시에 식민지의 도서관이나 서점에도 입하되었는데, 아쿠타가와 문학 붐 현상은, 「류노스케 작품이 가장 많이 읽힌다, 등화가친의 요즘 경성 독서계의 경향(龍之介ものが最も多く讀まれる 灯火可親の此ごろ京城讀書界の傾向)」이라는 기사에서 확인할 수 있다. 이 기사는 부제처럼 독서의 계절 10월을 맞이하여 경성 독서계의 근황을 보도하고 있는데, 그 안에서 '신간서 중에서는 류노스케 작품을 필두로 기구치 간 씨의 작품도 여전히 환영을 받고 있다', '한편 서점의 경기에 대해 오사카야고(大阪屋号)의 이야기에 의하면, 역시 류노스케의 사후 그 작품이 눈에 띠게 많이 읽히고, 잡지로는 『개조』, 『문예춘추』, 『킹(キング)』 등이 경쟁하고 있으며, 여성잡지로는 『주부의

---

25) 「普及版 芥川龍之介全集(岩波書店)」予約募集(『京城日報』 1934.10.12).
26) 「普及版 芥川龍之介全集(岩波書店)」予約募集(『京城日報』 1934.10.12).

벗(主婦の友)』, 『부녀회(婦女會)』가 성적이 좋다'[27]라고, 아쿠타가와의 사후 조선의 독서계 상황을 보도하고 있다. 여기서 말하는 오사카야고란 당시 조선 최고의 일본서적 판매점으로, 그 서점의 경기(景氣)로 경성 독서계 전체의 경향을 가늠해도 무리가 없을 것이다. 아쿠타가와의 사후 아쿠타가와 문학 관련기사와 그의 문학 전집 광고가 급증함으로써, 조선(혹은 경성)의 독서계에서 아쿠타가와 문학 붐 현상이 일어났음을 알 수 있다.

요컨대, 아쿠타가와의 자살을 계기로 그의 삶과 문학에 대한 관심이 고조되고 출판 저널리즘의 전집 광고의 힘을 빌려 식민지 조선에서 아쿠타가와 붐 현상이 일어났다고 할 수 있다.


## 4. 식민지 조선의 모더니즘 문학과 아쿠타가와 문학

그러면 이상과 같은, 아쿠타가와 자살이 계기가 되어 식민지 조선의 독서계 혹은 출판업계에서 일게 된 아쿠타가와 문학 붐은, 조선의 문단에 어떤 영향을 미쳤을까? 그것은 아쿠타가와의 자살에 의해 모방자살이 유행하고 그의 문학 붐이 일어난 1920년대 후반, 그 문학적 토대 형성기를 지낸 조선의 모더니스트 작가들이 본격적으로 문학활동을 하기 시작한 1930년대 문학에서 확인할 수 있다.

1920년대 말에서 1930년대 초 일본의 식민정책이 안정되면서, 일본의 모던 문화도 식민도시 경성에 이식되었고, 그와 같은 모던 문화는

---

27) 「龍之介ものが最も多く讀まれる, 灯火可親の此ごろ京城讀書界の傾向」(『京城日報』 1927.10.7).

모더니스트 작가들의 작품에 뚜렷하게 반영된다. 1933년 8월에 결성된
문인단체 「구인회」는 새로운 감각과 기교를 갖는 예술파, 기교파로서
조선 모더니즘 문학의 중심을 이루었다. 그들의 작품은 문학의 형식적
측면과 함께 내용면에서도 일본을 통해 들어온 모던 문화가 작품의 주
된 배경이 되거나, 등장인물의 삶이나 행동양식에도 모던 문화가 반영
되었다. 그와 같은 모더니스트 작가들은 대부분 젊을 시절 일본유학을
통해 일본의 모더니즘 작가로부터 영향을 받았다고 일반적으로 설명되
고 있다.

　그러나 그들은 도일 이전부터, 즉 문학적 토대 형성기에 이미 식민지
조선에서 일본문학을 접할 기회를 가졌다. 앞에서 살펴본 바와 같이 당
시 식민지 조선에서는 그것이 비록 총독부 기관지이기는 했지만, 『경성
일보』의 지면을 통해, 혹은 일본과 거의 동시에 신문에 게재되는 전집
이나 잡지광고, 도서관, 서점 등을 통해, 일본내지의 주요 작가들의 작
품이나 문학평론, 문단 상황 등을 자유롭게 접할 수 있었다. 특히 아쿠
타가와의 자살에 의한 아쿠타가와 문학 붐이 일어난 시기에 그 문학적
토대 형성기에 있었던 조선의 대표적 모더니스트 작가 이상(1910~1937)
과 박태원(1909~1986)의 문학에서는 아쿠타가와 문학의 강한 영향을 확
인할 수 있다. 이에 관하여 김윤식은 '아쿠타가와 류노스케는 이상과 박
태원의 문학을 이해하기 위해, 꼭 확인해야 할 일본의 대표적 문학자이
다. 특히 아쿠타가와의 삶과 문학에 대한 애착, 공감은 자기와 그를 동
일시할 정도로 강한 것이었다'[28]라고 지적하며 이상과 박태원의 문학,
그리고 아쿠타 문학 관련 규명의 필요성을 역설하고 있다.

---

28) 김윤식, 『이상연구』(문학사상사, 1988), pp.179~180 참조.

이와 같은 경위로 아쿠타가와 문학과 이상 문학의 관련에 관해서는 지금까지 많은 선행연구가 이루어져 왔다.[29] 반면, 박태원의 경우는 그의 작품 「적멸」(1930.2.5.~3.1)의 '레인 코트'의 모티브는 아쿠타가와의 「톱니바퀴(齒車)」의 '레인 코트'의 '유령적 환영의 모티브의 수용'이며, 그는 '아쿠타가와 류노스케의 예술지상주의에 일정하게 경도되어 있음'[30]을 알 수 있다고 지적하는 이정석의 연구가 유일한 것으로 보인다. 또한 아쿠타가와와 이상과의 관계 혹은 아쿠타가와와 박태원의 관계를 논하는 선행연구는 대부분, 작품 속의 이미지의 유사성을 중심으로 이루어지고 있어, 식민지 조선이라는 문학환경과 아쿠타가와 문학의 관계를 시대적 콘텍스트와 연결지어 논하는 연구는 미흡하다 할 수 있다. 반복하지만 이상이나 박태원은 문학적 감수성과 호기심이 가장 왕성한 문학적 토대 형성기에 아쿠타가와 문학 붐 현상을 경험했고, 그만큼 그들의 문학에 아쿠타가와의 자살과 문학이 영향을 미쳤을 개연성이 높다고 볼 수 있다.

우선 가장 이른 시기에 아쿠타가 문학의 영향을 보이고 있는 작가는 박태원이다. 그는 1926년 이미 「누님」이라는 시를 발표하여 문학에 대한 강한 관심을 보였다. 1929년 경성제일공립고등보통학교를 졸업하고, 1930년 영문학 공부를 위해 일본에 가서, 4월부터 호세이대학(法政大學)

---

29) 김명주의 「아쿠타가 류노스케(芥川龍之助)와 이상(李箱)문학 비교－도쿄(東京)를 중심으로－」(『일본어교육』 제44집, 2008), 「아쿠타가와와 이상문학에 있어서의 "예술관"비교(1)(2)」(『일본어교육』 제50집/제54집, 2009/2010), 조사옥의 「이상문학과 아쿠타가와 류노스케」(『일본문화연구』 제7집, 2002), 장혜정의 『아쿠타가와(芥川龍之介)와 이상(李箱)문학 비교연구 : '불안의식'을 중심으로』(한국외국어대학 박사논문, 2007.8), 노영희의 「李箱文學과 東京」『比較文學16』, 1991) 등.

30) 이정석 「아쿠타가와를 매개로 본 이상과 박태원의 문학－<톱니바퀴>와 <적멸>·<지도의 암실>의 상관성, 그리고 <소설가 구보씨의 일일>－」(『한중인문학』28, 2009), p.366.

예과에 적을 두고 도쿄 생활을 시작한다. 아쿠타가와와 관련해서 보면, 아쿠타가와 자살 당시에 그는 고등학교 재학 중으로, 이 시기에 그는 일본문학과 세계문학을 섭렵한다. 그의 독서기록에 의하면, 17세 무렵 '구소설을 졸업하고 신소설에 입학하야',[31] 학교도 휴학하고 서양의 새로운 문학작품과 한국의 문예잡지를 탐독했다.[32] 이 시기부터 스무살에 일본으로 건너가기까지, 즉 1927년부터 1929년까지는 하루의 대부분을 독서로 보냈다.[33]

이와 같이 이른 시기부터 문학에 강한 관심을 보인 점, 마침 아쿠타가와 붐 시기에 왕성한 독서활동을 한 점, 아쿠타가와의 「톱니바퀴」의 영향이 보이는 「적멸」이 도일 이전에 발표된 점 등을 종합하여 생각해보면, 박태원이 식민지 조선에서 유통, 소비된 아쿠타가와 문학의 세례를 받았음은 충분히 생각할 수 있다. 더욱이 그는 도쿄 유학시, '아쿠타가와가 살던 곳이라는 이유만으로 도쿄의 다바타(田端)에 숙소를 정했다'[34]고 할 만큼 이미 그에게 심취해 있었다. 이와 같은 아쿠타가에 대한 심취는 그의 대표작 「소설가 仇甫의 일일」(1934)에, 아쿠타가와의 이름을 연발하는 데서도 알 수 있다.

그리고 여백에, 연필로, 그러나 수치심은 사랑의 창조작용에 조력을 준다. 이는 사랑에 생명을 주는 것이다. 스탕달의 『연애론』의 일절. 그리고는 연락없이, 『서부전선이상없다』. 요시야 노부코(吉屋信子), 아쿠타가와

---

31) 박태원 「순정을 짓밟은 춘자」(초출 『조광』, 1937.10) 『구보가 아즉 박태원일 때』(깊은 샘, 2005), p.228.

32) 강소영 「박태원의 일본 유학 배경」(『仇甫학회』 제6호, 2011) 참조.

33) 박태원 「순정을 짓밟은 춘자」(초출 『조광』, 1937.10) 『구보가 아즉 박태원일 때』(깊은 샘, 2005), p.231.

34) 박태원 「片信」(『동아일보』 1930.9.26.), p.113.

류노스케(芥川龍之介). 어제 어디에 갔는가. 「러브레터」를 보았는가. ……
이렇게 쓰여 있었다.[35]


이 작품은 공간적으로 1930년대 식민지조선의 수도 경성을 배경으로
어느 날, 경성시내를 산보하면서 그의 눈에 비친 무기력한 식민지 조선
의 일상생활을 그린 작품이다. 그 주인공 구보가 시내를 돌아다니며 경
험하는, 전차안－카페－경성역 대합실－주점은 모두 근대 소비문화의
공간이다. 구보는 그와 같은 근대 소비 공간을 돌아다니다 다음과 같이
갑자기 두통을 느낀다.

　　구보는 마침내 다리 모퉁이에까지 이르렀다. 그의 일이 있는 듯 싶게
　꾸미는 걸음걸이는 그곳에서 멈추어진다. 그는 어딜 갈까 생각하여 본다.
　모두가 그의 갈 곳이었다. 한군데라도 그가 갈 곳은 없었다. /한낮의 거리
　위에서 구보는 갑자기 격렬한 두통을 느낀다. 비록 식욕은 왕성하더라도,
　잠은 잘 오더라고, 그것은 역시 신경쇠약에 틀림없었다.
　　취박(臭剝)4.0/취나(臭那)2.0/취안(臭安)2.0/고정(苦丁)4.0/수(水)200.0/1일3
　회 분복(分服) 2일분


구보는 근대식민도시 경성 한 복판에서, 자신은 '신경쇠약'에 틀림없
다고 자가진단을 내리며, 불면증이나 식욕부진도 아닌데 신경쇠약자에
대한 병원 처방전까지 기록하고 있다. 이렇게 박태원은 식민도시 경성
에서 조선 지식인이 느끼는 무기력을 두통을 일으키는 신경쇠약이라는
메타퍼로 표현하고 있는 것이다.
　다음으로 이상의 경우를 살펴보자. 그는 1921년 신명학교를 거쳐,

---

35) 박태원 「소설가 仇甫씨의 일일」(『조선중앙일보』 1934.8.1.~9.1) 『소설가 구보씨의 일일』
　　(문학사상사, 1998), p.61.

1926년 동광학교, 1929년 경성고등학교 건축과를 졸업한다. 그 해부터
총독부내무국 건축과에 기사로 근무하며, 조선건축회지『조선과 건축』
의 표지도안 현상모집에 응모하여 당선된다. 이상도 박태원과 마찬가지
로 아쿠타가와 문학 붐 시기에 고등학교 재학 중이었다. 그 무렵 그는
1931년 그의 대표작「이상한 가역반응」,「파편의 정치」,「▽의 유희」,「공
복」,「삼차각설계도」 등이 게재된 잡지『조선과 건축』에 큰 관심을 기
울이고 있었다.

　이와 같은 이상은, 근대도시 경성 거리를 활보하며 카페에 친숙한 모
던 보이임을 자칭한다. 건강상의 이유로 체재하던 성천에서 돌아온 그
는 '오랜만에 돌아온 京城은 정답기 그지없다고 한다. 京城을 떠나고 싶
지 않다. 카페, 그리고 脂粉냄새도 그득한 바아 하며 참으로 뼈에 사무
치게 좋다는 게다'36)라고 근대도시 경성에 대해서는 향수를 드러내고
있으며, 도쿄(東京)에 대한 동경과 도일 결행을 곳곳에서 드러낸다. 그리
고 그 외에도 이상은 소설이나 수필 속에서 도쿄행 의지를 적극적으로
드러낸다. 그러나 도쿄에 가서 실제로 그가 체험한 근대도시는 다음과
같이 그려지고 있다.

　　　이 '마루노우찌'라는 '삘딩' 洞里에는 '삘딩'外에 住民이 없다. 自動車가
　　구두 노릇을 한다. 徒步하는 사람이라고는 世紀末과 現代資本主義를 睥睨
　　하는 거룩한 哲學人─ 그 外에는 하다못해 自動車라도 신고 드나든다.37)

　　　나는 '택시' 속에서 二十世紀라는 題目을 硏究했다. 窓밖은 지금 宮城호
　　리 곁─無數한 自動車가 營營히 二十世紀를 維持하노라고 야단들이다. 十九

---

36) 이상,「첫번째 放浪」,『李箱문학전집3』, 문학사상사, 1993, p.155.
37) 이상,「東京」,『李箱문학전집3』, 문학사상사, 1993, p.95.

世紀 쉬적지근한 내음새가 썩 많이 나는 내 道德性은 어째서 저렇게 自動
車가 많은가를 理解할 수 없으니까 結局은 大端히 점잖은 것이렷다.38)

   銀座는 한개 그냥 虛榮讀本이다. 여기를 걷지 않으면 投票權을 잃어버
리는 것 같다. 女子들이 새 구두를 사면 自動車를 타기 前에 먼저 銀座의
鋪道를 디디고 와야 한다.
   낮의 銀座는 밤의 銀座를 위한 骸骨이기 때문에 적잖이 醜하다. '사롱
하루' 굽이치는 '네온사인'을 構成하는 부지깽이 같은 鐵骨들의 얼크러진
모양은 밤새고 난 女給의 '퍼머넨트웨이브'처럼 襤褸하다.39)

식민지의 청년 이상에게 있어 그렇게까지 동경하여 새로운 희망을 찾
아 건너간 도쿄, 즉 20세기의 현란한 도시는 네온사인, 찻집, 콘크리트
건물, 백화점, 코롬방의 차, 기노쿠니야의 책 등이 불안과 공포를 불러
일으키는 혼란의 공간에 지나지 않았다. 결국 그는 신경쇠약에 걸려, 작
품 「환시기」(1938)의 '손군', 「지주회시(蜘蛛會豕)」(1936)의 '그', 「실화(失花)」
(1939)의 '나'처럼, 불안과 공포에서 자살 충동이나 살인충동을 일으키는
인물을 조형하게 된다. 그리고 이상은 자신의 죽음을 앞에 놓고 다음과
같이 아쿠타가와의 죽음에 대한 공감을 토로하고 있다.

   이것은 참 濟度할 수 없는 悲劇이오. 芥川이나 牧野같은 사람들이 맛보
았을 성싶은 最後 한 刹那의 心境은 나 亦 어느 瞬間 電光 같이 짧게 그러
나 참 똑똑하게 맛보는 것이 이즈음 한 두 번이 아니오. 帝展도 보았오.
幻滅이라기에는 너무나 慘憺한 一場의 ナンセンス입디다. 나는 그 ペンキ의
惡臭에 窒息할 것 같아 그만 코를 꽉 쥐고 뛰어나왔소.40)

---

38) 위의 책, p.95.
39) 위의 책, pp.96~97.
40) 이상, 「私信(7)」, 『李箱문학전집3』, 문학사상사, 1993, p.236.

여기서 언급되고 있는 '芥川이나 牧野같은 사람들이 맛보았을 성싶은 最後 한 刹那의 心境'이란, 다름 아닌, 아쿠타가와가 「어느 옛 친구에게 보내는 수기」(1927)에서 자살의 이유로 언급한 '미래에 대한 막연한 불안'이라고 할 수 있다. 불안의 내용은 특정할 수 없지만, 다이쇼시대(大正時代)부터 쇼와시대(昭和時代)로의 급격한 사회변화를 가리키는 것일 것이다. 악취 나는 페인트 즉 근대문명의 급격한 변화는 사람들에게 불안이나 공포심을 불러일으키고, 아쿠타가와와 마키노 신이치(1896~1936)를 신경쇠약에 걸리게 했을 뿐만 아니라, 이상 자신도, 小生 東京 와서 神經衰弱이 極度에 이르렀소!'[41)라고 고백을 하게 만들었다. 그리고 이상은 다음과 같이 자살의지를 표명하게 된다.

> 열세벌의 遺書가 거의 完成해 가는 것이었다. 그러나 그 어느 것을 집어 내 보아도 다같이 서른 여섯 살에 自殺한 어느 「天才」가 머리맡에 놓고간 蓋世의 逸品의 亞流에서 一步를 나서지 못했다. 내게 요만 재주 밖에는 없느냐는 것이 다시 없이 분하고 억울한 事情이었고 또 초조의 根元이었다.[42)

여기서 '서른 여섯 살에 自殺한 어느 「天才」'란 아쿠타가와를 가르키는 것이며, '蓋世의 逸品'이란 아쿠타가와의 유서 「어느 옛 친구에게 보내는 수기」를 일컫는 것일 것이다. 즉 이상은 근대사회의 급격한 변화에 따른 불안한 기분과 공포를 느끼는 자신의 심리를 아쿠타가와의 자살의 원인으로 설명되던 신경쇠약을 빌려 설명하고, 그 심리를 자신의 심리와 동일시하고 있었음을 알 수 있다.

---

41) 위의 책, 1993, p.236.
42) 이상, 「終生記」, 『李箱문학전집2』, 문학사상사, 1991, p.380.

이상과 같이 아쿠타가와의 자살을 계기로 식민지 조선에서 일어난 아쿠타가와문학 붐은, 당시 문학적 토대 형성기에 있었던 1930년대 조선의 대표적 모더니스트 작가 박태원과 이상에게 강한 영향을 미쳤음을 알 수 있다. 즉 박태원은 식민통치하의 조선 지식인이 느낀 무력감을 두통을 일으키는 신경쇠약이라는 메타퍼로 표현하였고, 이상은 급격한 근대사회의 변화에 따른 불안과 공포의 심리를 신경쇠약을 빌려서 설명하고 있는 것이다.

## 5. 맺음말

이상 식민지조선에서 발행된 주요 일본어 미디어와 문예란의 성격을 검토하고, 아쿠타가와 관련 기사를 분석해 왔다. 아쿠타가와의 자살은 주로 총독부의 중심기관지인 『경성일보』를 통해 조선사회에 소개되었다. 당시의 주요 일본어잡지는 이민이나 식민을 장려할 목적으로 조선사회에 관한 정보를 내지 일본인 및 재조일본인을 대상으로 제공하였다. 그 <문예란>의 초기 집필진은 재조일본인이었고 내용도 그들의 조선 생활을 소재나 배경으로 삼았지만, 식민정책이 안정화되면서 조선 독자적인 문예물이나 조선인 집필자가 점증해 갔다. 그에 반해 일본어 신문 『경성일보』는 일본제국의 식민정책을 재조일본인 및 조선인에게 선전할 목적으로 간행된 것이기 때문에, 그곳에 게재된 문예관련 기사는 철저히 일본내지의 주요 작가에 의해 집필되었다.

아쿠타가와의 문예물도 그런 맥락에서 『경성일보』에 게재되었고, 그의 자살이라는 행위가 계기가 되어 그의 문학은 식민지 조선의 문단과 사회에서 그 영향력이 확대되었으며, 그 영향은 조선의 지식인 계급에까지 미치게 되었다. 그리고 그 문학적 영향은 당시 문학적 토대 형성기에 있었던 박태원과 이상과 같은 모더니스트 작가들에게 나타났고, 그들의 문학에서는 아쿠타가와의 자살의 원인으로 거론되었던 신경쇠약이, 식민지 지식인으로서 느끼는 무기력과 불안의 메타포, 혹은 근대문명에 대한 회의와 절망감의 메타포로 변용, 확대되어 사용되고 있음을 확인할 수 있었다.

‖ 왕 즈송(王志松) ‖

# 번역과 '만주문학'

## 잡지 『만주낭만(滿洲浪曼)』에서의 오우치 다카오(大內隆雄)의 입장

소위 '만주문학'이란 1932년에 일본의 괴뢰정권으로 수립된 후 1945
년에 붕괴되기까지 13년간 존속된 '만주국'의 문학을 지칭한다. 이 시기
의 문학은 주로 만주인에 의한 만어(滿語 ; 漢語白話文)창작과 일본인에 의
한 일본어 창작으로, 그 발표도 기본적으로 만어 계열, 혹은 일본어 계
열의 신문 잡지, 단행본으로 나뉘어져 두 개의 문단이 존재했다. 그러나
실제로는 1939년 오우치 다카오가 번역한 소설집 『원야(原野)』가 출판되
기까지 만계(滿系) 문학은 일계(日系) 문단에서는 거의 무시되고 있던 상태
였다.[1] 이러한 오우치의 번역 작업은 '만주문학'의 판도를 바꾼 것으로
높이 평가받고 있다.[2] 이 점에 대해서는 이미 선행연구에서 지적되었지
만 아직 명확하지 않은 점이 있다. 예를 들어 식민지 언설 공간 속에서

---

1) 王則著, 大內隆雄 譯「滿日文學交流雜談」(呂元明, 鈴木貞美, 劉建輝監修『滿洲浪曼』第五輯 ゆま
   に書房, 2002), pp.87-90.
2) 岡田英樹『文學にみる「滿州國」の位相』(研文出版, 2000), pp.219-237.

그 번역의 실태가 어떠한 것이었는지, 또한 그것은 '만주문학'이라는 개념 형성과 어떠한 관계인지 등의 문제이다. 이 글에서는 『만주낭만(滿洲浪曼)』에 게재된 오우치의 번역 작품에 초점을 맞추어 작품 선택의 문제에서 번역 방법에 이르기까지의 고찰을 통해 번역 작품과 잡지와의 연관 관계 및 잡지에서의 오우치의 입장을 밝히고자 한다.

1

『만주낭만』은 1938년(康德5년) 10월 27일 제1집을 발간하고 1941년(康德8년) 5월 5일에 제7집까지 간행된 문예지이다. 그때까지 '만주'에서는 본격적인 일본어 문학 간행물이 극히 적었기 때문에, 『만주낭만』이 창간되자 바로 큰 주목을 받았으며 호평을 불러일으켰다. 동인지이기는 하지만 동인 이외의 작품도 적극적으로 게재했기 때문에, 일반 문예지적 성격이 강하여 당시 일계문학문단에 새로운 바람을 불어넣었다.[3]

잡지명으로 보면, '일본낭만파'의 계승이라고 생각되기 쉬운 본잡지는 실은 간행초기부터 복잡한 성격을 띠고 있었다. 동인과 기고자를 포함한 집필진을 보면 크게 세 그룹으로 나뉜다. 먼저 주재자 기타무라 겐지로(北村謙次郎), 요코타 후미코(橫田文子), 미도리카와 미쓰구(綠川貢), 단 가즈오(檀一雄) 등 일본 낭만파의 인물들이 있다. 두 번째로는 오우치 다카오(大內隆雄), 우시지마 하루코(牛島春子) 등의 좌익 활동 경험자들이다. 요코타 후미코도 일본 낭만파에 들어가기 전에 좌익활동에 참가한 적이

3) 呂元明 「『滿洲浪曼』の全体像」(呂元明, 鈴木貞美, 劉建輝 編 『「滿洲浪曼」別巻「滿洲浪曼」研究』ゆまに書房, 2003), p.6.

있다. 세 번째 그룹은 일반적 문학자들인데 그 대부분은 만영(滿映) 혹은 신문사, 또는 정부의 직원들, 게다가 어떤 직함을 가진 자들로 소위 사회적 지위가 비교적 안정되어 있는 사람들이다.[4] 이렇게 동인지로서는 드물게 정치적 입장이나 문학적 지향이 상당히 다른 세 그룹을 포함하게 되었다.

잡지의 출자(出資)를 보면 문제는 더욱 복잡해진다. 뤼 위안밍(呂元明)의 고찰에 의하면 잡지 사무소가 '만일문화협회(滿日文化協會)'에 위치하고 있었다는 점에서 당초 협회로부터 금전면의 원조가 있었던 것으로 추정된다.[5] '만일문화협회'는 관동군참모장 고이소 구니아키(小磯國昭), 부참모장 오카무라 야스지(岡村寧次), 일본 외무성 관료 및 일본의 저명한 중국학자 등으로 구성되어 있으며, 회장은 '만주' 국무원 총리 정 샤오쉬(鄭孝胥)이기 때문에 정치적인 색채가 매우 강한 조직이라고 할 수 있을 것이다. 이 협회에서 금전적 지원을 얻은 이상, 국책 고양의 의무가 부과된 것이나 언론적 제약을 받았을 것이라는 것은 상상하기 어렵지 않다.

단, '만주'시기 최고 수준의 문예지로 불린 『일본낭만』은 직접적으로 국책고양을 위한 나팔수가 된 것은 아니다. 잡지의 방침에 대해 제1집 창간사에 해당하는 「발문(跋)」에서는 다음과 같이 말하고 있다.

> 우리의 일이 현재 바로 무언가에 도움이 된다고는 그다지 생각하고 싶
> 지 않다. 문학의 일이라는 것은 순수하면 순수한 만큼 도움이 되는 일은

---

4) 아라마키 요시오(荒牧芳郞)는 『大新京日報』의 문화부장 ; 이다 히데요(飯田秀世)는 만영(滿映) 이사장실 기획위원회 간사 ; 이마이 이치로(今井一郞)는 만주신문사 사회부차장 ; 오카다 가즈유키(岡田壽之)는 만영문화영화 과장 ; 기자키 류(木崎龍)는 만주국 정부 홍보처 근부 ; 하세가와(長谷川)는 정부 근무 후에 만영 입사, 만영 선전과 부과장(呂元明, 鈴木貞美, 劉建輝 編 『「滿洲浪曼」別卷「滿洲浪曼」硏究』(ゆまに書房, 2003, pp.145-159)를 참조).

5) 주3과 동일, p.9.

적은 것이다.

우리의 의도하는 바를 이러한 책의 형태로 세상에 내놓는 것조차, 우리의 본래 사고의 중핵을 이루는 것은 아니다. 우리의 실체는 더 막연하며 포착하기 어렵다. 생각해 보니 현란한 상상, 불같은 정열, 어렴풋이 부드러운 정서는 우리 개개인의 내면에서 더욱 풍부할 것이다. 우리는 지금 어떻게 살아가느냐에 따라 내면의 풍부함이 점점 더 증대될지를 생각하고 풍부함 스스로가 범람하는 날이 올 것이라고 믿는 것에 가장 큰 기쁨을 느끼고 싶다고 염원한다.

시화집(詞華集) 만주낭만은 단지 하나의 시도에 지나지 않는다. 우리는 포교 집단이 아니므로 문자를 조롱하면서까지 우리의 부처는 존귀하다고 설법하는 식의 저속함에는 가담하고 싶지 않다[6].

개성이나 내적인 사상, 정열을 중시해야 한다는 일본낭만파의 정신을 역설한 점을 보면, 이 「발문」은 주재자 기타무라 겐지로가 집필한 것으로 보인다. 일반론적으로는 한 문학 그룹이 어떠한 문학적 주장을 해도 그다지 기이한 일은 아닌데, 『만주낭만』은 정부의 금전적 원조를 받으면서도 '우리의 일은 현재 바로 무언가에 도움이 된다고는 그다지 생각하고 싶지 않다', '우리는 포교하는 무리가 아니다'라고 선언하는 등 명백하게 정부와의 거리를 두려고 한 것이라고 할 수 있다. 이러한 거리감은 『만주낭만』이 완전히 국책 고취에 종속되는 것이 아니라 개성적 창작을 위해 일정한 자유공간을 확보한 것이다.

물론 집필진의 구성은 복잡하므로 적극적으로 국책을 옹호한 주장도 있으며 국책에 저항하려고 했으나 일본중앙문단과의 주도권을 다투기 위해 만주의 독자성을 강하게 주장한 결과 국책의 함정에 빠져버린 논조도 있다. 이 문제에 대해 제1집의 「만주문화에 대하여(滿洲文化について)」

---

6) 「跋」(呂元明, 鈴木貞美, 劉建輝監修 『滿洲浪曼』 第一輯 ゆまに書房, 2002), p.274.

라는 특집의 글들을 통해 구체적으로 검토해 보고자 한다.

미요시 히로미쓰(三好弘光)는 만주문화를 건설하기 위해 '완전히 새로운
이 땅의 정치 및 사회조직에 대한 일본문화의 지도정신을 파악해야 한
다'고 주장하고 있다.[7] 이는 대표적인 일본문화주도론이다. 후루카와 데
쓰지로(古川哲次郎)도 '만주문화의 지도 건설자·일본인'이라는 제목으로
'이 오족협화(五族協和)의 주도권을 쥐는 자는 우리 일본인이며, 오족협화
위에 개화시켜야 할 만주문화의 지도적 건설자도 또한 우리 일본인이
다'라고 말한다.[8]

이러한 일본문화주도론은 더 나아가면 통제 정책에 대한 동조론이 된
다. 이소베 히데미(磯部秀見)는 '통제라는 말은 정말 기분 나쁘다. 문화통
제라고 하면 아이구 이건 뭐 끝장인가, 하고 생각하기 쉽다. 이것이 인
지상정이다. 그런데 만주에서는 좀 다르다. 만주에서 통제라고 하면 이
는 모두 '조장(助長)'이라고 하는 말이다. 그런데 조장이라고 하는 것은
지금 있는 것을 원조하여 발전시키는 것일 텐데 현재 있는 것이 없다면
어떻게 할 것인가. 이에 문화 건설이라는 문제로 이야기가 다시 한 번
후퇴하는 것'이라고 상당히 억지스럽게 통제의 정당성을 옹호하고 있
다.[9] 일본문화주도론과 통제 동조론의 배후에 실은 만주에는 문화가 없
다는 편견이 숨어 있다.

단, 일본문화주도론을 이렇게까지 주장하면 하나의 딜레마에 빠지게

7) 三好弘光 「滿洲文化について」(呂元明, 鈴木貞美, 劉建輝監修 『滿洲浪曼』 第一輯 ゆまに書房, 2002),
p.225.
8) 古川哲次郎 「滿洲文化の指導建設者·日本人」(呂元明, 鈴木貞美, 劉建輝監修 『滿洲浪曼』 第一輯
ゆまに書房, 2002), p.225.
9) 磯部秀見 「地層の話」(呂元明, 鈴木貞美, 劉建輝監修 『滿洲浪曼』 第一輯 ゆまに書房, 2002), p.235.

된다. 만주에는 문화가 없다, 만주문화의 건설은 일본문화의 지도를 받아야 한다고 하면 만주문화의 건설은 결국 일본문화의 연장 내지는 아류에 지나지 않는다는 논의가 되어 버린다. 이런 논의는 두 가지 면에서 문제가 생긴다. 첫째로 정치면에서는 너무나 노골적으로 '만주국'의 괴뢰성을 폭로해 버리게 된다. 둘째, 정치적·문학적 제반 사정으로 모처럼 일본에서 도망쳐 신천지를 개척하려는 사람들의 '꿈'을 무참히 깨뜨리게 된다. 따라서 만주문화는 일본문화의 연장이 아니라 고유한 독자성을 갖고 있다는 주장도 당연히 나오게 된다.

니시무라 신이치(西村眞一郞)는 「세계관의 학문적 체계 수립(世界觀の學問的体系樹立)」에서, '만주문화의 본질은 도쿄(東京)에 대한 아오모리의 관계라는 단순한 지방관계가 아니라 그 자체로 문화를 형성하고 있다는 것, 그 자체로 한 나라의 문화를 형성하는 것이라는 점이 재만일본인들에게는 혼동되기 쉬운 것 같다. 이 혼동을 일소하는 것 또한 현재 시급한 임무'라고 강하게 호소하고 있다.10)

그러나 주의해야 할 점은 이러한 만주문화의 독자성의 주장은 반드시 만주국의 독립성으로 연결되는 것은 아니며, 오히려 종종 만주문화의 독자성을 강조함으로써 '외지' 만주에서 '내지' 일본의 새로운 문화 건설을 리드하려고 한다는 의도가 숨겨져 있는 점이다. 아키하라 가쓰지(秋原勝二)는 「단 한 가지(たゞ一つ)」에서 다음과 같이 말한다.

　　이 일의 수행(만주문화 건설-인용자주)은 예전부터 이미 내지의 연장
　이라고만 해 왔던 혼돈으로부터 완전히 벗어나서, 이와 반대로 이쪽에서

---

10) 西村眞一郎 「世界觀の學問的体系樹立」(呂元明, 鈴木貞美, 劉建輝監修 『滿洲浪曼』 第一輯 ゆまに書房, 2002), p.232.

내지 사람들을 이끌고 간다는 영광까지도 초래하게 되는 것이 아닐까 생
각한다.
  여기서 생각해야 할 점은 재만일본인들이 자신의 위치에 대해 명확히
알아야 한다는 점이다.11)

  어떻게 「내지의 연장」에서 완전히 벗어날 것인가 하는 문제에 대해
아키하라는 '내지 취향을 몸에 두른, 아니면 어정쩡한 일본인 개조다.
내지취향을 떨쳐내는 연습은 절대적 노력을 통해서만 가능하다'고 제안
했다.12) '변화해 가는 일본인과 그와 함께 있는 모든 동태(動態)'13)야말
로 아키하라에게는 진정한 의미의 '만주문화건설'인 것이다. 일견 일본
문화주도론과 상반되는 것처럼 보이지만 '내지'와 '외지'라는 구도에서
논의하고 있기 때문에, '일본문화 연장'의 논조로 회수되어 버리는 일면
도 있다는 점 또한 부정할 수 없다.
  단, 내만(來滿)한 일본인이 진정한 만주문화 건설자가 되기 위해 일만
문화 교류를 통해 자기개조를 해야 한다는 아키하라의 지적은, 당시 많
은 논자들과 다소나마 공유된 문제의식이었을 것이며, 정부로서도 '오
족협화' 정책을 추진하기 위한 일만문화교류도 제창하고 있었다. 『만주
낭만』이 번역소설 연재에 힘을 쏟은 것도 아마 이러한 배경과 무관하지
않을 것이다. 이에 오우치 다카오(大內隆雄)가 나서게 된 것이다.

---

11) 秋原勝二 「たゞ一つ」(呂元明, 鈴木貞美, 劉建輝監修 『滿洲浪曼』 第一輯 ゆまに書房, 2002),
  p.238.
12) 注11과 동일, p.239.
13) 注11과 동일, p.238.

## 2

오우치 다카오는 본명이 야마구치 신이치(山口愼一), 1907년 후쿠오카(福岡) 출생으로, 1921년에 숙부가 살고 있던 창춘(長春)으로 이주하여 창춘상업학교에 편입, 1925년부터 1929년까지 상하이 동아동문서원(上海東亞同文書院)에서 수학했다. 이 시기 상하이에서는 '오삽운동(五卅運動)', '북벌승리(北伐勝利)', '4 · 27정변', '혁명문학운동의 발흥' 등 격동적 사건들이 잇달아 일어났다. 오우치는 이 무렵 중국 좌익문학에 경도됨과 동시에 공산당이 지도하는 혁명운동과 혁명이론에 큰 관심을 보이고 있었다. 다롄으로 돌아온 그는 1930년에『중국혁명론집(支那革命論集)』을 번역, 출판하였다. 1933년에 귀국 중에 검거되어 1935년에 '신징(新京)'으로 온 이후로 혁명에 관한 발언을 삼가고 문학번역에 전념하게 되었다.[14] 이러한 경력에는 일종의 '전향'이 보인다고도 할 수 있는데『만주낭만』에 게재된 그의 번역 작품에서 좌익사상과의 단절과 연속을 볼 수 있다.

오우치는『만주낭만』동인에 가담할 때 그곳에서의 자신의 역할을 명확하게 자각하고 있었다.

> 무엇보다 이곳에서의 나의 일은 오로지 만인작가의 작품을 번역하고 소개하는 것이리라. 물론 그것을 위해서는 먼저 나는 많은 만인작가의 작품을 읽고, 그 중에서 선택하는 작업도 해야 한다. 이것은 상당히 즐거운 작업이지만 또한 동시에 상당히 괴로운, 힘든 작업이기도 하다. 번역 또한 그리 쉽지는 않다. 하지만 나는 이 일에 큰 의의가 있다고 생각한다. 지금까지도 기회가 있을 때마다, 아니 스스로 기회를 만들면서 까지 이 일을 해왔다. 하지만 앞으로는 더 힘을 쏟을 작정이다. 그리고 재만일본

---

14) 注2와 동일, pp.219~224.

인들이 이를 많이 읽어 주기를 바라며, 또한 일본에 있는 사람들도 많이 읽어 주었으면 한다. 이런 의미에서 『만주낭만』이 만주에서도 일본에서도 널리 많이 읽히기를 나는 희망하는 것이다. 미약하나마 이렇게 일만중(日滿支) 문화의 문화적 협동에 진력할 수 있기를 진심으로 소망한다.[15]

『만주낭만』에 연재된 번역 작품에는 소설이 9편, 평론은 4편이 있다. 그중에서 모리타니 유조(森谷祐三) 번역 「회귀선(回歸線)」(이치(夷馳)작) 외에 모두가 오우치가 번역한 것이다. 구체적으로 살펴보면 톈 빙(田兵)의 「아리요샤(アリョーシャ)」(第一輯), 위안 시(袁犀) 「세 이웃(隣三人)」, 융 웨이(用韋) 「어골사의 밤(魚骨寺の夜)」(第二輯), 구딩(古丁) 「주야(晝夜)」, 리 멍저우(李夢周) 「봄의 부활(春の復活)」(第三輯), 이 츠(疑遲) 「배꽃 지다(梨花落つ)」, 스 쥔(石軍) 「창(窓)」(第四輯), 쿠투(苦土) 「가죽 구두(皮靴)」(第七輯)가 있다. 그 중에서 「어골사의 밤」과 「봄의 부활」은 민생부(民生部) 모집 일본 만주국 승인기념 당선 문예작품으로, 국책적 색채기 강한 작품이다. 이 문제에 대해서는 4절에서 자세하게 검토하기로 하겠다. 그 외의 6편은 사회적 하층민들의 비참한 모습을 그린 것이다. 주정뱅이 아버지에게 혹사당하는 러시아인 소년(「알로샤」), 열심히 일하고 가계를 꾸리기 어려운 노동자(「세 이웃」), 엄동설한에 아사한 맹인(「배꽃 지다」), 절망감에 사로잡힌 무명시인(「주야」), 강제로 댄스 홀의 무희가 된 혼혈 아가씨(「가죽 구두」), 도적떼에 습격당하고 생활의 터전을 잃은 농민(「창」). 이러한 내용의 작품 선택은, 일찍이 좌익 문학에 경도되어 있었다는 점에 기인하는 부분이 있다고 생각되는데, 이는 또한 '만주문학'에 대한 오우치의 인식에 의한 것이기도 하다.

---

15) 大內隆雄 「私の旗」(呂元明, 鈴木貞美, 劉建輝監修 『滿洲浪曼』 第二輯 ゆまに書房, 2002), p.171.

오우치는 평론 「만주문학의 특질(滿洲文學の特質)」에서 '나는 만주문학에는 '북방적인 것'이 충만해있다고 생각한다'16)고 밝히고, 그 특징으로 다음 네 가지를 들고 있다.

> 1. 광활하고 웅대한 자연의 영향
> 2. 특히 자연조건으로 인한 중압
> 3. 호쾌하고 끈기 있는 인간성
> 4. 개척민을 기초로 만들어진 반봉건적 잔해를 다분히 갖는 사회주조의 영향17)

1과 2는 거의 비슷한 것으로 자연 조건의 가혹함, 특히 겨울의 추위를 지칭한다. 상기 작품과 관련해서 보면 「알로샤」, 「세 이웃」, 「배꽃 지다」, 「창」 등 겨울을 배경으로 한 작품이 많다. 4의 '개척민을 기초로 만들어진 반봉건적 잔해를 다분히 가지는 사회구조의 영향'이라는 점은 계층적, 민족적 차별과 이에 관한 무자각성을 가리키는 것으로 보인다.

이들 작품은 그 기조가 어둡고 사회적 하층민들의 비참한 생활을 그리고 있기 때문에, 3과 같은 '끈기 있는 인간성'을 찾을 수 없는 것은 아니지만, 「오족협화」라는 「건국정신」과는 거리가 먼 것이다. 번역자의 저항적 입장이 자연스럽게 부각된 것이라고도 할 수 있을 것이다.

---

16) 大內隆雄 「滿洲の特質」(呂元明, 鈴木貞美, 劉建輝監修 『滿洲浪曼』 第五輯 ゆまに書房, 2002), p.57.
17) 주16과 동일, p.58.

3

1939년 9월, 오우치 다카오는 번역소설집 『원야(原野)』를 출판했다. 그
중에는 『만주낭만』에 발표된 「알로샤」와 「세 이웃」 외에도 구딩의 「원
야」와 「소항구(小巷)」, 고마쓰(小松)의 「교류의 그림자(交流の陰影)」와 「인조
견사(人造絹糸)」, 이츠(夷暹)의 「황혼 후에(黃昏の後)」, 허 리징(何醴徵)의 「그의
준비(彼の蓄へ)」, 진 밍(今明)의 「부화뇌동적 인물 삼종(雷同的人物三種)」, 판구
(盤古)의 「라오 리우의 정월(老劉的正月)」, 랴오 딩(遼丁)의 「하얼빈(哈爾濱)」이
수록되어 있다. 이 소설집의 출판은 당시 일계문단에서 큰 반향을 불러
일으켰다. 『만주낭만』도 재빠르게 그에 반응한 것이다.

하세가와 요(長谷川濬)는 「건국문학사론(私論)－나의 상상력」에서 명확하
게 만주문학은 일만양국 문학으로 구성된 것이라고 규정하고, 그 이유
에 대해 다음과 같이 말하고 있다.

만주국에서 문학을 하는 경우, 만인 작가를 도외시해서는 안 된다는
반성이 있기 때문이다. 만인작가와의 협력 없이 만주문학은 성립되지 않
는다고 확신하기 때문이다. 작년에 출판된 「원야」가 재만 일본인작가에게
어떠한 영향을 주었는지는 자명한 이치이다. 구딩 씨를 비롯해 각 작가가
이 지역에 자리를 잡고 앉아 만인사회를 관찰하고, 이 방향을 직시하고자
하는 태도, 하층 사회에 꿈틀거리는 일군의 사람들의 모습, 혹은 도회에
서 일하는 젊은 인텔리의 생활 등, 이들은 일본인 작가가 만주국에서 문
학을 함에 있어서 어느 정도의 암시와 참고를 제시하고 있다.[18]

'반성' 운운하는 것은 즉 그제까지 만계문학을 도외시했다는 것을 의

---

18) 長谷川濬 「建國文學私論──僕のイマジネーション──」(呂元明, 鈴木貞美, 劉建輝監修 『滿洲浪曼』
第五輯 ゆまに書房, 2002), p.3.

미할 것이다. 기타무라 겐지로와 니시무라 신이치로(西村眞一郎)도 마찬가지 발언을 했다.19)『만주낭만』은 창간 당초부터 매집마다 반드시 한 편 이상의 만계문학 번역 작품을 게재해 왔기 때문에 상당히 중시했다고 할 수 있을 것이다. 그렇다고는 해도 제대로 된 소설집으로 출판된『원야』로부터 받은 충격은 역시 컸던 것 같다. 그 충격의 여파로 제5집 편집내용에도 영향을 준 것이 아닐까 생각된다.

제5집은『만주낭만』중에서 유일한 평론 특집으로, 5부로 구성되어 있다. 그 중 제3부의 작품 작가론이 다룬 것은 전부 만계문학이다. 제1부의 일반적 고찰과 본질적 연구도 거의 만계문학을 빼고서는「만주문학」이 성립하지 않는다는 인식에서 출발한 논의이다.

「만주문학」에 관한 본질적 연구로 먼저 문제가 되는 것은 만계문학과 일계문학의 차이이다.20) 니시무라 신이치로는 이러한 차이를 리얼리즘과 로맨티시즘이라는 문학이념의 차이로 파악하고 있다. '지금 우리 앞에 전시되어 있는 만주문학이념은 리얼리즘적 방향과 로맨티시즘적 방향이라는 두 가지 경향이 있다.' 만주 현실의 경제관계의 모순으로 눈을 돌리면 리얼리즘적 방향을 걷게 되는데, 그것은 그 나름대로의 존재 이유가 있다고 니시무라는 인정하고 있다.21) 단, '만계작가가 리얼리즘적 방향으로 가는 것은 그들의 작품을 암담하게 만들고 있다. 이것이 만주

---

19) 北村謙次郎「探求と觀照」, 西村眞一郎「滿洲文學の基本概念」(呂元明, 鈴木貞美, 劉建輝監修『滿洲浪曼』第五輯 ゆまに書房, 2002)을 참조.

20) 만계문학과 일계문학의 차이의 분석에 대해서는 畢援朝「同床異夢の「滿洲文學」(1)―「滿系文學」側の主張から―」(『崇城大學硏究報告』第33卷 第1号, 2008.3, pp.5-13),「同床異夢の「滿洲文學」(2)―滿系文學」の「暗さ」を中心に―」(『崇城大學硏究報告』第34卷 第1号, 2009.3, pp.27-34)를 참조.

21) 西村眞一郎「滿洲文學の基本概念」(呂元明, 鈴木貞美, 劉建輝監修『滿洲浪曼』第五輯 ゆまに書房, 2002), p.51.

건국정신에 진정으로 합치되는지 나는 상당히 의문이다'라는 의구심을 품고 있다.[22]

그래서 만주문학의 리얼리즘적 경향과 로맨틱한 경향은 어떻게 해결되고 조정되어 통일되는가 하는 과제가 도출되는 것이다. 니시무라는 이 문제를 '현단계의 우리들의 생명관'과 연결하여 다음과 같은 논지를 펼친다.

> 여기에서 생명관이라는 것은 '살아가는 길(生きる道)'이라고 해석했으면 한다. 왜 '살아가는 길'이라고 하는가. 우리는 건국정신 하에 만주국에서 생명을 유지하고 있는 것이다. 그리고 우리의 생명관을 유지하기 위해서 갖가지 건설이 동원되고 있는 것은 설명할 필요조차도 없을 것이다. 그렇다면 건국정신이란 무엇인가. 그것은 바로 일종의 거대한 낭만정신이다. 만주국이 출현하여 건국선언이 밝혀지고 건국정신이 강조되었다고 해서 곧바로 그 내용이 전면적으로 수행되는 것은 아닌 것은 더 말할 필요가 없는 것이다. (중략) 그렇다고 해서 만주에 생존하는 각 민족의 생명관은 건국정신을 기조로 하지 않고서는 있을 수도 없는 것이다. 민족협화를 도외시하고서는 만주의 발전은 있을 수 없으며 따라서 거주 민족의 낙원 건설도 할 수 없다. 이 명제는 현재의 단계에서는 실사주의적으로는 수행할 수 없는 것이며 대승적인, 바꾸어 말하면 통속적으로 보아 종교신앙에 가까운 관념을 가져야 하는 것이다. 여기에서 건국정신의 낭만적 성격을 찾을 수 있다. 건국정신의 낭만성을 도외시한다면 우리는 만주국의 현실을 한 걸음도 벗어날 수 없을 것이다. 이는 우리가 만주국의 현실을 인식하면 할수록, 순수 리얼리즘의 경향에 도달할 수가 없다는 이야기이다.[23]

니시무라는 '만주건국'이라는 낭만적 정신을 가지고 어두운 면만을

---

22) 주21과 동일, p.54.
23) 주21과 동일, p.53-54.

그리는 만계문학의 '순수 리얼리즘'을 초월하기 위해 '우리가 일본인으로서 만주문학 건설에 매진한다고 한다면, 이 신화시대의 낭만정신을 강조하고 싶다'고 결론지었다.[24]

만계문학에서 깊은 감명을 받은 하세가와 순도 리얼리즘과 로맨티시즘의 모순을 해소하기 위하여 역시 '만주건국'이라는 낭만정신에 착목한 것이다. 하세가와는 '이러한 양민족을 결합시키는 정신적 공고함은 무엇인가, 나는 여기서 만주국의 위대한 꿈을 발견한다. 광대한 건국 사상이 성운처럼 움직이고 있다. 건국문학은 이러한 성운 상태에 있다고 나는 생각한다'고 말한다.[25] 구체적인 방법으로서 만주의 현실에서 눈을 돌려 만주 역사의 원점 — '열하문화(熱河文化)'로 돌아가서, 만주 건국의 '거대한 로맨티시즘'을 표현해야 한다고 그는 주장하고 있다[26]. 하세가와는 일본과는 다른 만주국을 건설해야 한다고 가장 명확하게 주장한 논자중의 한 명이기는 하나, 이 문장 마지막의 날짜는 '2600년 2월 20일'로 되어 있어, 결국 그의 만주국 건설론도 역시 일본문화주도론의 연장이라고 할 수 밖에는 없다.

상기의 관점과는 달리 기타무라 겐지로는 만계문학의 '어둠'을 퇴치해야하는 것이 아니라 그대로 받아들여 자기개조를 해야 한다고 생각했다.

> 좀 전에 우리는 만인작가의 소설을 읽고 모두 어둡다고 비평했다. 밝은 민족의 목소리로서 당연한 것이다. 그러나 나는 우리가 일단 죽어야 한다는 이야기를 했다. 이렇게 만인작가의 작품의 어둠은 그대로 우리들에게까지 덮쳐오는 것이다. 우리는 그 어두움을 용인하지 않으면 안 된다.[27]

---

24) 주21과 동일, p.54.
25) 주18과 동일, p.2.
26) 주18과 동일, p.6.

'어두움'을 용인하기 위해 기타무라는 '고대 일본인의 명랑함과 활달함은 대륙의 풍모 앞에서 일단 죽어야 하는 것'이라고 주장하고 있다.[28] 그리고 문학은 편승식의 '건국정신'을 선전하는 데 사용되는 것을 부정하고 있다. '국책이기 때문이라고 하여 협화를 입에 담고 건국정신에 따르는 것이라고 하여 건국문학이 나오는 것은 아니다. 중심에 있는 것은 우리 예술가의 혼이며, 미의식의 순화라는 갈앙뿐이다.'라며 국책과 거리를 두고 있다.[29] 단, 기타무라의 저항은 현실로부터의 도피를 전제로 하고 있기 때문에 현실적인 문제에 부딪히면 타협할 수밖에 없다는 일면도 있다. 혹은 타협으로 위장할 수밖에 없었을 것이다. 예를 들어 그는 『만주낭만』에 게재된 '민생부모집의 일본 만주국 승인기념 당선문예작품' 「봄의 부활」을 적극적으로 칭찬했다. 「봄의 부활」은 오우치가 번역한 작품이며 이 문제는 오우치와도 관련된다.


4


오우치가 번역한 두 편의 국책작품은 「어골사의 밤」과 「봄의 부활」이다. 이 두 편의 소설은 오우치가 번역한 다른 소설과 달리 어두움뿐만 아니라 「건국정신」이 담긴 낭만적 밝음 또한 있다. 「봄의 부활」은 만주국을 위해 입대한 것의 숭고함에 대한 자각을 일인칭 화자의 편지형식으로 고양된 어조로 쓴 글이다. 「어골사의 밤」에서는 행복한 생활이 긴

---

27) 北村謙次郎「探求と觀照」(呂元明, 鈴木貞美, 劉建輝監修『滿洲浪漫』第五輯 ゆまに書房, 2002), p.73.
28) 주27과 동일, p.73.
29) 주27과 동일, pp.64-65.

밀한 일만관계에 의해 약속된다는 논의가 작품의 이야기 전개와 상관없이 소설 결말부에 불쑥 삽입되어 있다.

이 작품들의 게재에 관해 여원명은 '『만주낭만』이 「민생부」 당선문학작품 발표를 잡지의 일대 특색으로서 중요시한 것은, 당시 「민생부」가 문화출판관계와 문학단체의 활동을 관할했기 때문에 「민생부」 작품을 발표하면 틀림없이 잡지 운영에 유리했기 때문'이라고 추측하고 있다.[30] 언론통제나 출자(出資) 등을 함께 고려해 보면 분명 '잡지 운영에 유리'하기 때문에 게재했을 가능성이 매우 높다. 그렇다면 잡지 측에서 의뢰한 원고일 가능성도 있다. 예를 들어 오우치 스스로가 번역한 것이었다고 해도 역시 전술한 배려가 작용했을 것이라고 하는 점을 고려해야 할 것이다.

이 두 작품에 대해 오우치의 저항은 다음 부분에서 엿보인다. 첫째로 오우치는 게재한 번역소설을 소설집으로 수록할 때, 이 두 편을 배제했는데, 동지의 제2, 3집에 게재된 「세 이웃」을 소설집 『원야』, 「주야」를 『평사(平沙)』에 수록한 것이다. 즉, 「어골사의 밤」과 「봄의 부활」을 번역했지만 오우치는 이 두 작품을 내용적으로도 예술적으로도 인정하지 않았다. 둘째로, 오우치는 「만주문학의 특질」에서 네 가지 특징을 들었는데 건국정신의 낭만성에 대해서는 한 마디도 언급하고 있지 않다.

오우치의 독특한 '만주문학' 인식을 이해하기 위해서는 그의 평론 「만주문학의 특질」에 대해 조금 더 분석할 필요가 있다. 오우치는 서두에서 다음과 같이 쓰고 있다.

---

30) 주3과 동일, p.69. 단 '『만주낭만』 스스로가 내걸고 있는 목표인 「건국정신의 발양(發揚)」을 위해서이기도 했다'라는 단언은 다소 과한 것으로 보인다.

여기에서 만주문학이라 말은 하지만 이는 그 중 일부의 만계문학에 대해서 말하는 것이다. 그리고 이 글을 쓰는 필자의 머릿속에서는 역사적으로 중국문학 속에서 그 일부분을 이루는 것으로서 발전해 온 만주문학이라는 것을 생각하고 있다는 점을 먼저 말해 두고 싶다.31)

실로 궤변(삐딱한 화법)이다. 이 서두의 단계에는 '만주문학'이라는 말이 두 번 나온다. 첫 번째 '만주문학'은 '만주국'의 문학을 지칭하여 만계문학과 일계문학을 포함한 것인데, 오우치는 이 문장에서 일단 만계문학을 문제시한다고 말을 꺼낸 후에 논의를 진행시켜 간다. 그의 생각에 따르면 만계문학은 역사적으로 중국문학의 일부분으로서 발전해 온 것이며 그것도 또한 '만주문학'이라고 한다. 그러면 두 번째 나온 '만주문학'은 이미 '만주국'의 '만주문학'이 아니라 실은 중국문학의 일부분으로서의 '만주문학'으로 바꿔치기가 된 것이다.

물론 오우치는 '현재의 경우에 만주문학을 중국문학의 일부분으로 취급하는 것은 부당할 것이다. 혹은 여러 가지로 맞지 않는 점이 있다고 할 수 있을 것이다'라는 것은 인정하고 있다. 그러나 '역사적으로 보면 종전의 만주문학이라는 것도 중국문학의 일부분으로 발전해 왔음에는 틀림이 없다'고 하며 다시 자신의 논점으로 돌아온다. '국경의 성질도 최근에는 상당히 바뀌어'서 근래에는 '만주문학'이라고 하게 되었는데, '현재의 만주문학—그 작품에는, 만주 특유의 언어 등이 나오는 것은 사실이다. 그러나 그것은 일본문학 중에 도호쿠(東北) 방언이 나오고, 간사이(關西) 방언이 나오며, 혹은 규슈(九州) 방언이 나오는 정도, 혹은 그 이하의 것이다'라고 지적한다. 그리고 '중국 쪽에서 이 만주문학을 전혀

---

31) 注16과 동일, p.55.

다른 외국에서 온 문학으로 다룰 것인가. 그럴 리는 없다'고 하며 '만주
문학'이라는 개념의 인위성과 무의미성을 꼬집었다. 이러한 복잡한 논
의를 거친 후에 오우치는 아예 '만주문학'이라는 개념을 버리고 '이전에
쓰던 '동북(東北)문단' 혹은 '북국(北國)문예'라는 말을 사용하기로 한다.[32]
'동북'이든 '북국'이든 말할 것도 없이 중국의 입장에서 본 방향이다. 이
렇게까지 말하게 되면 '만주국'의 '만주문학'이라는 개념 자체도 완전히
해체되어 버린 것이다.

> 이전에 쓰던 '동북문단' 혹은 '북국문예'—나는 이 호칭에 큰 흥미를
> 느낀다. 여기에는 자연히 만주문학의 특질이라는 것이 인식되어 있고 그
> 래서 그러한 호칭이 생겨난 것이라고 생각하기 때문이다. 동북이나 북국
> 이라는 것은 단순한 지리적인 구분에서 나온 말이 아니었다고 생각한
> 다.[33]

오우치는 여기에서 전술한 만주문학의 네 가지 특징을 추출한 것이
다. '북방적인 것'의 대조적인 개념이 무엇인가 하면, 오우치는 루쉰(魯
迅) 등의 작가의 이름을 든다. 그리고 '원래 중국문학이라고 해도 거기에
는 여러 가지 경향이 있고, 작풍이 있다. 그러나 만주문학처럼 그 안에
서 하나의 특질을 가진 하나의 권역이라는 것을 만들고 있는 것은 없
다'고 말한다.[34] 평론 「만주문학의 본질」은 '만주문학'을 중국문학의 역
사의 일부로 보는 데에서 출발하여 최후에는 중국문학 속의 한 권역으
로 총괄한 것이다. 이러한 오우치의 '만주문학론'은 분명 '만주문학'이

---

32) 주16과 동일, pp.55-56.
33) 주16과 동일, p.56.
34) 주16과 동일, p.60.

라는 말에 본래 내재한, 중국으로부터의 독립을 강조한 소위 '건국정신'
의 이데올로기와는 이질적인 것이라고 할 수 있다.

이제까지 오우치의 번역은 일만문학을 포함한 '만주문학'개념의 형성
에 큰 역할을 한 것으로 평가되어 왔으나, 전술한 것처럼 오우치가 사
용한 '만주문학'이라는 말은 실은 '만주국'의 '만주문학'이라는 개념을
거부하는 것이었다. 생각해 보면 오우치는 동인이 될 때, 다음과 같은
말을 했다.

> 동인으로 들어오라는 권유를 받고 나는 들어가기로 승낙했다.
> 그런데 먼저 말해 두고 싶은 것은, 나의 문학에 관한 생각, 특히 앞으
> 로의 만주에서 어떠한 문학을 만들어 가야할 것인가 하는 문제에 대한
> 생각은, 혹은 다른 동인 여러분들과 같지 않을 지도 모른다는 점이다. 나
> 는 '만주낭만'이라는 이름조차 문학의 특정한 한 유파를 나타내는 것이
> 아니라 단지 편의상 붙여진 이름이며, 사실 '만주문학'이라는 의미를 갖
> 는 것이라고 멋대로 해석하고 있다. 사실 여기에 모인 동인 여러분들로서
> 도 그 주장에 있어서, 작품상의 다양성을 지니고 있으며 단지 같은 문학
> 의 길을 정진한다는, 그리고 그 발표 및 기타의 사항 등을 위해서 협력한
> 다는 마음에서 손을 맞잡고 있는 것이라고 생각한다. 요컨대 나에게는 나
> 의 깃발이 있다, 이렇게 말하고 싶다.[35]

여기에서 오우치는 『만주낭만』과는 다른 '깃발'을 갖고 있다는 자신
의 독특한 입장을 강조하고 있다. 오우치의 '깃발'이란 무엇일까.

---

35) 주15과 동일, pp.170-171.

5

오우치는 「만주문화에 대한 단상」에서 자신의 '깃발'에 대해 다음과 같이 말한 적이 있다.

현재 만인으로서 문학 일을 하고 있는 자는 모두 근로자다. 그리고 그들이 택한 문학적 방법은 리얼리즘이다. 근로자의 문학이 리얼리즘과 연결되는 것의 필연성은 의미 깊은 것이라고 생각한다. (많은 일본인이 만인 문학에 대해서 너무 모르고 있다는 것은 나의 큰 불만이다.)
만주의 근로자의 문학! 나는 이 깃발을 내걸고 싶다.36)

오우치는 '만주문학' 일반이 아니라 그 중의 '근로자의 문학'을 번역하고자 하는 것을 자신의 '깃발'로 삼은 것이다. 실은 이러한 '깃발'은 '이전의 방공(防共)이라든가 혹은 대아시아주의 등과 같은 추상적인 그리고 강압적인 것'37)을 제거하고 나서 굳이 내건 것이다. 여기에는 분명 프롤레타리아문학의 영향이 엿보인다. 이러한 입장은 작품의 선택뿐만 아니라 번역의 세부처리에도 영향을 준 것이다.

이 문제에 대해서 「세 이웃」의 번역을 예로 구체적으로 살펴보겠다. 이 작품은 '나'와 이웃의 두 노동자 — 자오 바오루(趙宝祿)와 쉬 차이(許才) — 와의 우정을 일인칭 시점에서 그린 것이다. '나'는 가난한 작가로, 처음에는 이웃과의 교류가 없었으나 어느 날 그 중 한 명이 갑자기 병에 걸린 것을 계기로 친해지게 되었다. 두 사람은 열심히 일해도 생계

---

36) 大內隆雄 「滿洲文化についての斷想」(呂元明, 鈴木貞美, 劉建輝監修 『滿洲浪曼』 第一輯 ゆまに書房, 2002), pp.223-224.

37) 주36과 동일, p.223.

를 이어가기가 어렵다. 이윽고 두 사람은 실업자가 되고 아파트를 떠나
게 되었다. 소설의 요지는 극히 간단한데, 단지 조보록이 아파트를 떠날
때의 다급함을 보면 그가 자본가에게 반항했다는 별도의 흐름이 매우
애매한 형태로 암시적으로 배치되어 있다는 것을 알 수 있다.

　　오우치의 번역태도는 기본적으로는 원작에 충실한데, 어찌된 일인지
이 작품의 번역에는 내용의 증가가 눈에 띈다. 다음에 몇 가지 예를 들
어보겠다.

　　①就興高朵烈地回了家。38)
　　1  그리고 씩씩하게 집으로 돌아왔다――집이라고는 해도 나에게 집은
없다, 내 짐이 놓여 있는 곳이 내 집인 것이다.39)


　　②"好呀, 天災使我們成一家, 人禍逼我們牽緊手, 劉先生, 漂亮！"他伸了大拇
指。
　　"我們全是一樣呵！"
　　我笑着說。40)
　　2  "좋아, 천재지변이 우리를 가족으로 만들었는지 재앙이 우리들의 손
을 잡게 했는지. 유(劉)선생, 괜찮겠지요!」
　　그는 엄지손가락을 펴고 그렇게 말했다.
　　허재는 언제나 현실 그대로의 이야기를 했다.
　　「우리는 정말 그 말 그대로지!」
　　「혹시, 가난이 우리를 가족으로 만들었다, 배고픔이 우리의 손을 잡게
했다고 말을 바꾸면 어떨까?」
　　나는 웃으며 말했다.41)

---

38) 中國現代文學館編 ≪袁犀代表作≫(華夏出版社, 2011), p.6.
39) 袁犀 「隣り三人」(呂元明, 鈴木貞美, 劉建輝監修 『滿洲浪曼』 第二輯 ゆまに書房, 2002), p.75.
40) 주38과 동일, p.7.
41) 주39과 동일, p.76.

③他好像明白地点一下子腦袋, 可是他不告訴我。那天晚上他和我說許多話, 他
說他明白了。42)

3 그는 어느 정도 이해한 것 같았다. 그러나 그는 나에게는 말하지 않
았다. 그날 밤 나는 그와 여러 가지 이야기를 나누었고 그는 알겠다고 했
다. 마흔 몇 살이나 되어 오늘에서야 깨달았다고 했다.43)

밑줄 부분은 모두 첨가된 문장이다. 첨가 내용을 검토해 보면 세 가
지 경향이 보인다. 첫째, 인물들의 생활 상황의 절박함을 강조한 것. 원
작에서는 인물들의 절박한 생활 상황이 그려져 있는데 ①과 같은 부분
은 그다지 절박한 상황을 말하고 있지는 않다. 그러나 역자는 '집이라고
해도 나에게 집은 없다. 내 짐이 놓여 있는 곳이 내 집인 것이다.'와 같
은 문장을 삽입해서 이를 더욱 강조하고 있다.

둘째, ②처럼 노동자들의 연대감을 강조한 것. 원작에서는 노동자들
이 서로 돕는 내용이 그려져 있는데 역자는 이에 내용을 더 추가하여
강조하고 있다. 특히 '혹시, 가난이 우리를 가족으로 만들었다, 배고픔
이 우리의 손을 잡게 했다고 말을 바꾸면 어떨까?'라는 대사의 변환에
의해서, 계급의식의 계몽까지는 아니더라도 가난한 자들끼리의 단결이
라는 호소가 강하게 드러나 있다.

셋째, 가장 문제가 되는 것은 ③ 부분의 늘어난 문장이다. 어느 날 조
보록은 갑자기 허둥지둥 밖에서 돌아와서 아파트를 떠나려고 하는 것이
다. '나'가 '떠나버리는 거야? 어디로?'하고 묻자, '나는 가야 하네, 라오
리우(老劉)! 다시 만나세. 자네를 잊지 않겠네'라고 대답하고는 서둘러 떠
난다. 떠나가는 상황의 급박함이나 떠나는 것을 같은 방의 허재에게는

---

42) 주38과 동일, p.10.
43) 주39과 동일, p.82.

숨기고 있는 점에서 이것이 결코 평범한 이별이 아니며, 경찰에게 쫓겨 도망치는 것이라고 추측할 수 있다. 그 후에 '나'가 조보록이 서둘러 떠나는 것에 대해 허재에게 말하자 '그는 어느 정도 상황을 알게 된 것 같았어. 하지만 나에게는 말하지 않았지'라고 한다. 여기에는 분명히 하나의 비밀이 숨겨져 있다. 당시의 상황으로 미루어 보아, 그 비밀은 노동운동이나 반일활동일 가능성이 높다. 언론 통제 하에서 직접 그러한 내용을 그릴 수 없으므로 '도망'이라는 설정을 통해 간접적으로 표현하고 있는 것이다. 덧붙여 말하면, 작가 원서는 반일언론으로 경찰에게 감시를 당하고 있었는데 1934년에 박해를 피하기 위해 베이징으로 도망쳤다. 「세 이웃」은 도주처였던 베이징에서 창작된 작품이다.[44] 따라서, 이 작품에서 반항의 메타포로 '도망'을 설정한 것은 결코 우연이 아닐 것이다.

오우치는 여기에 숨겨진 원작의 의미를 파악했을 것이다. 단, '도망'은 어디까지나 반항의 패배이다. 그렇다고 한다면 오우치는 '마흔 몇 살이나 되어 이제야 깨달았다고 했다'는 부분을 덧붙여서 허재의 각성(노동운동에의 각성 혹은 반일의식의 각성)을 묘사함으로써, 원작의 패배를 반항적 재기를 암시하는 것으로 역전시킨 것이다. 실패로부터 다시 재기를 도모한다는 반항의 구도는 하야마 요시키(葉山嘉樹)의 『바다에서 살아가는 사람들(海に生くる人々)』이나 고바야시 다키지(小林多喜二)의 『게공선(蟹工船)』과 연결되어 있다고 할 수 있다.

이렇게 하여 오우치는 「세 이웃」을 번역할 때, 추가 및 개역을 통해 노동자들의 불행한 생활 및 연대감을 강조하고 반항적 재기를 암시하는

---

44) 陳言 「東北淪陷時期袁犀的言論及創作意義」(『新文學史料』, 2011.2), p.72.

프롤레타리아 문학적 색채의 작품으로 독해를 유도한 것이라고 할 수 있다. 이것이야말로 오우치가 말한 '나의 깃발'일 것이다.

『만주낭만』은 '만주국'의 '만주문화', '만주문학'의 건설을 위해서라는 슬로건을 내걸고 출발한 초기에, '만주문화'와 '만주문학'이라는 시점이 결여되어 있었다. 이러한 상황을 타파하는 데에 단연코 오우치 다카오의 번역이 매우 큰 공헌을 했다고 할 수 있다. 이러한 의미에서 오우치의 번역 작업은 '만주국'의 '만주문학'이라는 개념의 형성에 가담한 일면이 있었다고도 할 수 있다. 하지만 '만계문학'의 '어둠'을 뛰어넘기 위해 '건국정신'이라는 로망을 강조하는 방향으로 기울어 간 『만주낭만』의 논조에 대해서, 오우치는 오히려 그 '어둠'을 북방적 문학 및 노동문학의 특징으로 긍정하고 나아가 '만주문학'이라는 개념자체를 해체하려고 한 것이다. 여기에는 분명 식민지의 언론 통제 속에서의, 번역을 통한 오우치의 저항이 있었다는 점을 또한 확인할 수 있을 것이다.

◉ 번역 : 이선윤

# 사카구치 레이코(坂口零子) 작품의
# 타이완인(台湾人) 표상
### 「鄭일가(鄭一家)」와 「시계초(時計草)」를 중심으로

## 1. 들어가며

　사카구치 레이코(坂口零子, 1914~2007)는 식민지 타이완에서 활약한 일
본인 작가 가운데 '특이'[1]한 존재이다. 여기서 말하는 '특이'란, 나카지
마 도시오(中島利郎)가 지적한 세 가지 요소, 1. 타이완에서 드문 여성작가
라는 것. 2. 선입관 없는 시점을 가진 것. 내지인(內地人)과 본도인(本島人)
과의 차별의식이 없는 것을 말한다. 그밖에 사카구치 레이코와 잡지 『타
이완문학(台湾文學)』과의 관계가 특별하기 때문이다(이에 관해서는 제2절에서
설명하겠다). 이 글은 『타아완문학』의 사회적 배경과 『타이완문학』에서
활약한 사카구치의 작품을 통하여 '황민화운동(皇民化運動)'이 전개되고 있

---

1) 中島利郎, 「坂口零子作品解說」(綠蔭書房, 2008) p.557.

던 당시 사카구치는 어떻게 타이완 및 타이완인을 표현했는지에 대하여
고찰한 것이다. 이를 통하여 사카구치에 대하여 나카지마가 지적한 '내
지인, 본도인, 번지인(蕃地人) 모두를 대상으로 하면서도 자신과의 거리를
비등한 간격(間隔)으로 유지하였으며, 본도인이나 번지인을 지배민족의
시선으로 보지 않았다.'2)는 언설의 타당성을 재검토하고 싶다. 이하 '황
민화운동', '일대(日台) 혼혈아의 아이덴티티', '식민지에 있어서 타이완여
성'의 세 가지로 좁혀서, 사카구치의 타이완 표상을 분명히 하고자 한
다. 사카구치의 작품 대다수가 『타이완문학』에 발표되었으므로, 우선 사
카구치 레이코와 『타이완문학』과의 관계부터 살펴보자.


## 2. 사카구치 레이코라는 인물

사카구치 레이코는 1914년 9월 30일 구마모토현(熊本縣) 야쓰시로(八代)
에서 야마모토 게이타로(山本慶太郎)와 마키(マキ) 사이에 차녀로 태어났다.
레이코가 태어났을 때, 아버지는 야쓰시로군(八代郡)의 서무과장(庶務課長)
에 재직 중이었는데, 이후 정우회(政友會)를 배경으로 야쓰시로초(八代町)
초장(町長)이 되었다. 1921년 다이요여자심상소학교(代陽女子尋常小學校)에 입
학하였으며, 1928년 야쓰시로고등여학교(八代高等女學校) 2학년 때는 『소녀
클럽(少女倶樂部)』이 독자의 작품을 모집하자, 「고장난 시계(こばれた時計)」를
투고하여 특선입상하였다. 1933년 구마모토여자사범본과(熊本女子師範本科)
를 졸업한 후 야쓰시로다이요소학교(八代代陽小學校)에 근무하였다. 1935년

---

2) 위의 주 1).

9월 처음으로 타이완에 왔는데, 그것은 아픈 마음을 치유하기 위한 여행3)이었다. 경위를 간단히 설명하면 아래와 같다.

사카구치는 1936년 3월부터 타이츄(台中) 주 베이더우(北斗郡) 군에 있는 베이 더우 소학교에 근무하던 중, 사카구치 다카토시(坂口貴敏) 부부와 교제하였으며, 1939년 3월 기관지염으로 베이 더우소학교를 그만두고 일본으로 귀국하였다. 1940년 4월 사카구치의 전처인 기요토(きよと)와의 약속을 지키기 위하여 사카구치 다카토시와 결혼하여, 재차 타이완을 찾았다. 1940년 11월 「타이완방송협회10주년기념(台湾放送協會一○周年記念)」에 「흑토(黑土)」가 당선되어 문단에 데뷔하였다. 이를 계기로 『타이완시보(台湾時報)』로부터 집필을 의뢰받아 1941년 9월 황민화정책의 피상(皮相)을 풍자한 「鄭일가(鄭一家)」가 총독부의 기관지인 『타이완시보』에 게재되었다. 이후 행적에 관해서는, 장 원환(張文環, 1909~1978)의 권유가 있어 문학동인의 일원이 되었다는 설이 있는 한편, 양 쿠이(楊逵, 1905~1985)와의 만남에 의한 설도 있다. 어쨌든 양 쿠이는 「타이완문학문답(台湾文學問答)」4)에서 「鄭일가」를 높이 평가하였다.

---

3) 垂水千惠, 「坂口䙾子 その人と作品」(1993.8), p.95. '사카구치는 1933년 구마모토여자사범을 졸업한 후, 야쓰시로다이요소학교에 근무하였는데, 이때 인생의 스승이라 할 만한 이타바시 겐(板橋源)을 만났다. 도쿄문리과대학(東京文理科大學) 출신으로 야쓰시로중학교에서 동양사 교사로 있던 이타바시는, 향토사연구회(鄕土史硏究會) 멤버였던 사카구치 레이코를 지도하는 한편, 문학에 대해서도 눈을 뜨게 해주었다. 이타바시와 사카구치 사이에는 연애감정이 존재했던 듯한데, 몸이 약한 사카구치는 감히 결혼을 바라지 못했다. 이윽고 이타바시에게 혼담이 오고가기 시작할 즈음, 그는 야마구치사범(山口師範)으로 전근하고 만다. 남겨진 사카구치는 타이완으로 상심한 자신을 달래기 위하여 바다를 건넜다. 1935년 9월의 일이다.'
4) 楊逵 『日本統治期台湾文學 文芸評論集 第二卷』(2001.4), p.180. (초출 「台湾文學問答」『台湾文學』第二卷第三号). '작품에 대해서 말하자면 다소 불만은 있지만, 「鄭일가」를 이토록 완성시키고 철저히 드러낸 점에서 나는 연약한 사카구치 레이코 씨의 강한 근성과 성실함에 경의를 표하는 동시에 씨가 건승하기를 바란다.'

## 2.1. 샤카구치 레이코와 『타이완문학』과의 관계

『타이완문학』에 대하여 논하기에 앞서 우선 1930년대 타이완 신문학의 양상을 살펴보자. 1934년 5월에는 타이완문예동맹(台湾文芸連盟)5)의 결성에 의하여 타이완신문학운동이 고조되었다. 당시는 『타이완문예(台湾文芸)』6)와『타이완신문학(台湾新文學)』7) 양 잡지를 중심으로 라이 허(賴和, 1894~1943), 왕 스랑(王詩琅, 1908~1984) 등 중국문학 작가나 양 쿠이(楊逵), 뤼 허뤄(呂赫若, 1914~1950), 장 원환 등 일본문학 작가가 활약하였다. 『타이완문예』는 1936년 8월에, 『타이완신문학』은 1937년 6월에 폐간되었다. 폐간의 주된 원인은, 1936년 9월8) 제17대 타이완총리로 취임한 고바야시 세이조(小林躋造, 1877~1962)가 타이완을 '남진기지화(南進基地化)'하고, '황민화정책'을 강하게 추진했기 때문이다. 1937년 9월 고노에내각(近衛內閣)의 '국민정친총동원계획실시요강(國民精神總動員計畵實施要綱)'에 준하여 타이완에서도 국민정신총동원본부가 설치되어 '황민화운동'에 박차가 가해졌다. 한문란(漢文欄) 폐지, 타이완어(台湾語) 사용금지, 사찰정리(寺廟整理), 성명개명(改姓名) 등도 그 일환이다. 그로 인해 타이완문학은 겨울을

---

5) 타이완문예연맹(台湾文芸連盟)은 1934년 5월 6일에 태중시(台中市) 샤오시후(小西湖) 음식점에서 개최된 타이완인 작가를 규합한 「제1회 전도타이완문예대회(第一回全島台湾文芸大會)」 때 결의된 타이완인 작가를 중심으로 한 최초의 전도적(全島的) 문예단체이다. 당일 타이완인 작가 80여명이 참가하여 장선체(張深切)를 위원장으로 황 춘칭(黃純青), 황 더스(黃得時), 리 커푸(林克夫), 우 시성(吳希聖), 귀 수이탄(郭水潭), 차이 처우둥(蔡愁洞), 라이 허(賴和) 등이 위원이 되었다(『日本統治期台湾文學小事典』(綠蔭書房, 2005.6), p.64).

6) 『타이완문예』는 타이완문예동맹의 기관지로 1934년 11월 창간부터 1936년 8월까지 16권 발행되었다(『日本統治期台湾文學小事典』(綠蔭書房, 2005.6), p.64).

7) 『타이완신문학(台湾新文學)』은 1941년 5월 27일에 창간된 황민화시기에 있어서 가장 영향력 있던 타이완인 작가 중심의 문예지로 최대 발행부수 3,000부, 계간(季刊).

8) 『日本統治期台湾文學小事典』(綠蔭書房, 2005.6), p.63. 垂水千惠, 「一九四〇年代の台湾文學──雜誌「文芸台湾」と「台湾文學」」『講座 台湾文學』 図書刊行會, 2003.3), p.110.

맞이할 수밖에 없었던 것이다. 냉혹한 겨울 상태는 1939년에 이르러서
야 비로소 개선될 기미가 보이기 시작하였다. 『타이완신민보(台湾新民報)』
에 장 원환의 「동백꽃(山茶花)」, 왕 창슝(王昶雄)의 「담수하의 물결(淡水河の
漣)」이 게재되었다. 1939년 12월에는 타이완문예가협회(台湾文芸家協會)의
발족, 기관지 『문예타이완(文芸台湾)』의 발행, 그리고 1941년 5월에 장 원
환에 의하여 『타이완문학』이 발행되는 등 일본어문학잡지가 연이어 창
간되었다. 『문예타이완』의 창간은 1940년 1월이었다. 주재자(主宰者)는
예술지상주의를 주창한 시 찬만(西川滿)이며, 멤버는 하마다 하야오(濱田隼
雄), 룽 잉쭝(龍瑛宗), 저우 진보(周金波) 등이다. 그러나 리얼리즘을 표방하
는 타이완인 작가가 가진 이념이 그것과 달라 이듬해 5월 장원환을 비
롯하여 왕 징취안(王井泉), 천 이쑹(陳逸松), 황 더스(黃得時), 중 산이우(中山侑)
등이 '계문당(啓文堂)'을 결성하여 기관지 『타이완문학』이 창간되었다. 황
더스는 양 잡지의 차이점을 다음과 같이 밝혔다.

　　'『문예타이완』은 동인의 7할까지가 내지인이며, 동인 상호의 향상발전
　을 도모하는 것이 유일한 목표인 것에 반하여, 『타이완문학』은 동인에 본
　도인이 많으며, 본도 전역의 문화향상이나 신인을 위하여 아낌없이 지면
　을 개방하는 등, 실로 문자의 도장(道場)으로 만들려고 힘썼다. 따라서 전
　자는 편집에 있어서 선(善)을 추구한 나머지 취미(趣味) 경향으로 나아가,
　보기에 따라서는 대단히 아름답게 비춰지는 대신, 아담한 현실생활과 멀
　어져서 일부 사람들은 그다지 높게 사주지 않은 듯하다. 그에 반해 『타이
　완문학』은 리얼리즘을 끝까지 관철시키려 한만큼, 대단히 야생적(野生的)
　이어서 '패기(霸氣)' 라든가 '강인함(逞しさ)'이 지상(誌上)에 흘러넘쳤다.'9)
　(후략)

―――――
9)　黃得時, 「輓近の台湾文學運動史」(『台湾文學』第2巻 第4号, 1942.10).

오자키 호쓰키(尾崎秀樹) 또한 양 잡지의 관계에 대하여 '타이완에 거주한 일본인 작가가 취미 경향으로 치우치기 쉬운 것에 반해, 타이완 작가는 보다 절실한 것을 구하고 리얼리즘을 관철시키려고 노력한 사실 또한 당연한 현상이었다. 여기서도 지배와 피지배의 관계는 명확한 그림자를 드리우고 있다.'[10]며 역학관계로 논한 바 있다.

『타이완문학』이 타이완 리얼리즘을 표방하고 독립된 경위를 생각하면, 사카구치 레이코가 걸어온 문학의 길은, 어용문학(御用文學)으로 보이는 『문예타이완』보다는 타이완인이 많이 모인 『타이완문학』 동인에게 공감을 나타냈다고 할 수 있다.

## 2.2. 사카구치 레이코의 창작-「鄭일가」와 「시계초」에 관하여

사카구치 레이코의 작품은 세 종류로 대별된다. 첫째는 자신의 가족에 관한 사소설(私小說) 「만조(滿潮)」(『타이완신문(台湾新聞)』 1940.07), 「석산화(曼殊沙華)」(『타이완신문』 1941.02∼03)이다. 두 번째는 타이완으로 이주한 일본인 농민을 제재로 삼은 것으로, 예를 들면 「흑토(黑土)」(「타이완방송국10주년문예(台湾放送局10周年文芸)」 1940.11), 「춘추(春秋)」(『타이완시보』 1941.04), 「서광(曙光)」(『타이완문학』 1943.07) 등이다. 세 번째는 식민지 타이완인을 그린 것이다. 예를 들면 「두 치우취안(杜秋泉)」(『타이완신문』 1940.09), 「鄭일가」(『타이완시보』 1941.09), 「시계초(時計草)」(『타이완문학』 1942.02), 「이웃사람(隣人)」(『타이완문예』 1944.07) 등이다. 여기서는 우선 「鄭일가」와 「시계초」를 들어 대충의 줄거리를 살펴보자.

---

10) 尾崎秀樹 「決戰下の台湾文學」(『近代文學の傷痕』 岩波書店, 1991.6), p.124.

「鄭일가」의 이야기는 E가(街)의 전(前) 가장(街長) '정 차오(鄭朝)'의 장례식으로부터 시작된다. 정 차오는 황민화정책에 맞추어 일본적인 것을 받아들여 동화하려고 노력한 본도인(타이완인)이다. 그는 장남 정 수훙(鄭樹虹)을 일본으로 유학시키거나 평소에도 국어(일본어)를 사용하고, 기모노(着物)를 입고 다타미(疊)생활을 하는 등 적극적으로 일본인에 동화되려는 본도인이다. 그러나 정 차오의 아내 위(玉)는 국어를 배우는 것도 거절하고 일본인과의 교제 또한 가능한 한 피하려는 등 일본인에 동화하는 것에 저항하는 여성이다. 때문에 정 위(鄭玉)는 정 차오가 죽은 후, 자식인 樹虹가 일본식 장례를 치르려 하자 격하게 반대한다. 정 위를 비롯하여 마을의 의사 쉬 마오런 및 민중(民衆)까지도 전통적인 예의를 지켜서 정 차오의 장례식이 행해지기를 기대하고 있다. 또 한편, 자식인 정 수훙(鄭樹虹)을 위시한 손자 기이치로(樹一郎), 손녀 다마코(球子)는 정 차오의 유지(遺志)대로 '내지식(內地式)'으로 장례식을 거행하고 싶어 한다. 결국 '장례식은 타이완 재래의 종교에 따라 정관(停棺) 49일. 묘지만은 순(純) 내지식으로 세운다'(p.58)로 절충된다. 「鄭일가」에는 황민화운동이나 일본인이 되고 싶어 하는 본도인의 모습이 그려져 있다. 그리고 전통적인 의례는 시대착오이며, 내지식은 진보적이고 근대적이라는 문제도 다룰 뿐만 아니라, 정(鄭)가에서의 정 위의 입지는 어떻게 되는지와, 그녀와 사요(小夜)나 스이카(翠霞)의 고부간의 관계 또한 다루고 있다. 이에 관해서는 제5절에서 검토하겠다.

다음으로 「시계초」에 대해서 살펴보자. 「시계초」에 등장하는 야마카와 준(山川純)은, 다카사고족(高砂族) 출신의 여성 데와스루다오(テワスルダオ)와 당시 반지(番地 : 소수민족 지역−역자)에서 근무하고 있던 일본인 순사 야마카와 겐타로(山川玄太郎) 사이에서 태어난 혼혈아이다. 겐타로는 자신

의 일생을 걸고 '리반(理蕃 : 일본 통치하의 타이완에 있어서 한민족(漢民族) 이외의 토지주민(山地住民 : '蕃人'이라 불림)의 통치를 이름—역자)'에 힘을 쏟기 위하여 다카사고족의 여성 데와스루다오와 결혼하여 "아이와 손자가 산에 사는 사람들 사이에서 문화인(文化人)의 땅을 키워가도록 하겠다"(p.224)는 자신의 '민족경영(民族経営)'을 이루려하였다. 그러나 겐타로의 형이 죽자 회사를 계승해야 한다는 이유로 결국에는 처자식을 버리고 일본으로 돌아가고 만다. 10년 후, 자식인 야마카와 준을 내지인 일본여성과 결혼시키려 하지만, 어머니가 다카사고족이라는 이유로 두 번이나 실패한다. 세 번째 혼담이 진행되고 있을 즈음, 준은 역시 자신에게는 산사람의 피가 흐르고 있기 때문에, 아무리 해도 일본인한테 받아들여지지 않는다는 사실을 인식하고, 산으로 돌아가 산사람과 결혼하려 결심한다. 그때 혼담 상대인 긴코(錦子)는 준과 함께 산으로 가서, 산사람들에게 일본 문화를 가르침으로써 산사람을 일본인에 가깝게 만들 의지를 굳힌다.

「시계초」는 사카구치 레이코가 동료와 우서(霧社)를 방문했을 때, 학교 교원인 시모야마 가즈(下山一)에게 들은 이야기를 제재로 하여 쓴 소설이다. 전후, 그것을 「번지(蕃地)」로 다시 쓴 것이다. 「시계초」의 일태(日台)아의 아이덴티티 및 리반정책(理蕃政策)은 제4절에서 검토하겠다.

이하, 우선 '황민화운동'에 그려진 타이완인에 대하여 살펴보자.


## 3. '황민화운동'으로 허우적거리는 鄭 일가

'황민화운동'이란 대일본제국의 지배지역[11]에 있어서 주권자인 천황을 향한 충성을 요구하는 교화정책, 동화정책이며, 내지·외지를 불문하

고 사용되었다. 황민화정책, 황민화운동이라고도 한다. 구체적인 내용은
①언어통제, 일본어표준어의 공용어화, 공적인 장소는 물론이고 가정 내
에서도 표준어 사용이 장려되었다. 교육현장에서 방언이나 각 민족어
사용은 금지되었다. ②교육칙어(教育勅語)의 '봉독(奉讀)', 봉안전(奉安殿)의
설치 등에 따른 학교교육에서의 천황숭배 강요, 히노마루(日の丸)의 게양
이나 기미가요(君が代)의 제창 등을 통하여 일본인 의식을 심는다. ③타
이완신사(台灣神社), 조선신궁(朝鮮神宮) 등의 건립이나 참배 강제 등 국가신
도(國家神道)와 종교정책의 추진이 행해졌다. 요컨대 '황민화운동'은 정치,
경제, 군사뿐만 아니라, 문화면에서도 크고 깊게 영향을 미친 식민지정
책의 일환이라고 할 수 있다.12) 「鄭일가」도 '황민화운동'을 적극적으로
추진하는 장면이 있다. 우선 이를 살펴보자.


## 3.1. '일본인'이 되려고 노력하는 신사(紳士) 정 차오

「鄭일가」에서 언급된 '국어교육(일본어교육을 말함)', '민간신앙교정(矯
正)', '성명개명', '국방헌금(國防獻金)' 등은 '황민화운동'의 일환을 유감없
이 말해 준다. 우선 '국어'와 '장례식'과 관련된 전통의례에 주목하여,
그것들이 '황민화운동'에 어떤 식으로 역할을 다하였는지 검토해 보자.

"국어'=일본어능력을 <황민화> 달성을 위하여 필요한 항목으로서
들고 있는'13) 주인공 정 차오는 일본 통치하에 놓여 '최대한 솔선하여

---

11) 조선(朝鮮), 만주(滿州), 사할린(樺太), 베이징(北京), 난진(南京), 상하이(上海) 등 일본제국
    이 통제한 지역을 이른다.
12) 陳芳明「皇民化運動下的一九四〇年代台灣文學」(『台灣新文學史』 2011.10), p.158. 원문은 「所
    謂皇民化運動, 並不止於政治, 經濟, 軍事的總動員, 甚至文化的層面也深深受到波及。」, 일문은
    논자가 번역한 것임.

일본적인 것을 받아들여 동화하려고 노력한'(p.14) 한 사람이다. 그는 국
어를 배우며 '다행(ダ行)'과 '라행(ラ行)'의 발음을 구별하지 못해도 '로로,
로로, 앉으시지요(ろうろ, ろうろ, おかけなさい)'(p.14)하며 열심히 사용한다. 일본
고관(高官)이 E가(街)를 방문했을 때, 정 차오는 접대를 맡았다. 그가 자신
의 '국어'를 철저히 실행하는 것을 자랑으로 삼아 고관에게 보고하는
장면은 아래와 같이 그려져 있다(밑줄 논자, 이하 동일).

> '나는 타이완어를 안에서도 밖에서도 사용하지 않는 것을 자랑으로 여
> 기고 있습니다. <u>황민화는, 국어사용을 철저히 하는 데 있다고 생각합니다.</u>
> <u>우리들 본도인은 관청에 가면 대개 국어를 씁니다만, 집에 발을 들여놓는</u>
> <u>순간 어느새 타이완어로 말합니다. 정청(正廳)의 문이 경계가 되는 거지</u>
> <u>요.</u> 이에 동의할 수 없습니다. 실제로 개중에는 그렇지 않은 사람도 있지
> 만.'(p.16)

이상의 인용문을 통해서는 국어정책이 타이완 민중의 생활에까지는
깊이 침투하지 않았다는 사실을 엿볼 수 있다. 공적인 장소에서는 '국
어'를 쓰지만, 정청의 문을 통과하면 바로 언어를 전환하여 타이완어를
사용하게 된다. 정청을 국어와 타이완어의 경계라고 보아도 무방할 것
이다. 정 차오는 자신이 안팎으로 일본어를 사용하며, '황민화운동'을
적극적으로 추진하고 있다고 일본인 관료에게 보고하였다. '국어'는 모
국어가 아니므로 자신의 감정을 나타내기에는 역시 모국어인 타이완어
쪽이 적절할 것이다. 그러나 정 차오는 이를 알아차리지 못했던 것이다.
아래는 일본인 고관을 초대했을 때, 예기(芸妓)들이 타이완어로 커뮤니케

---

13) 和泉司「日本統治期台湾の皇民化運動における國語＝日本語の位置」(『日本語と日本語教育』41, 慶
   応義塾大學 日本語・日本文化教育センター紀要, 2013.3), pp.109-123.

이션하는 것에 화가 난 정 차오가 무의식적으로 타이완어로 욕을 퍼붓는 장면이다.

　예기들은, 처음에는 말이 없다 가끔 국어로 손님을 응대했지만, 어느새, 본격적으로 타이완어로 떠들기 시작했다. 어디서부터 풀린 것인지, 분위기는 누그러지고 고관을 의식하지 않을 정도로 제멋대로 높은 소리로 떠들어댔다. 손님도 거의 본도인이었기 때문에 술자리는 억양이 강한 타이완어의 높은 음성에 지배되고 말았다. 차오는 아까부터 안절부절 어쩔 줄을 몰랐다. (중략) E가(街)의 황민화운동, 국어상용운동은 눈이 부셔 때때로 군(郡)으로부터도 주(州)로부터도 표창을 받는 터라, 차오의 분노는 이미 상도를 벗어날 지경에까지 이르렀다.
　'국어로 말해.' 라며 차오는 호통 쳤다. 물론 국어로 외칠 생각이었다. 그러나 차오의 말은, '汝講國語好啦!'라며 입술을 빠져나왔다. 딱하고 말소리가 멈췄다. 차오는, 자신의 입을 통해 나온 뜻밖의 타이완어에 망연해져서 눈을 크게 뜨고는 입을 벌린 채 어찌할 바를 몰랐다.(p.13)

　타이완인이 모인 곳에서 자연스럽게 타이완어로 말하게 되는 것은 당연하다. 가령 일본통치시대라도 손님이 대부분 타이완인이라면 커뮤니케이션은 타이완어로 서로 통할 것이라 여겨지며, 타이완인끼리 일본어로 소통하는 것은 부자연스러울 것이다. 예기들은 처음에는 일본인 손님을 의식했으므로 일본어를 사용했지만, 연회의 분위기로 차츰 긴장감이 풀려, 그만 타이완어로 바꾸어 말하게 되었다. 정 차오는 화가 났을 때 무의식적으로 일본어보다 타이완어를 입 밖에 내고 말았다. 정 차오는 '국어'를 사용하는 것 외에 일상생활도 일본식으로 바꿔버렸다. 즉, 국어가정(國語家庭)의 조건14)에 충실하도록 '황민'이 되도록 노력하고 있는 것

───────
14) 和泉司「日本統治期台湾の皇民化運動における國語＝日本語の位置づけ」(『日本語と日本語教育』41,

이다.

이즈미 쓰카사(和泉司)는 '1930년대 이전부터 <국어>사용은 강하게 요청되고 있었으며, 애당초부터 <국어>를 쓰면 <일본화>된 사회 속에서 충분한 활동 기회를 얻을 수 없게 되는 '동화정책'은, 근대화의 측면이 있다 하더라도 차별적인 정책방침이었음에 틀림없다. (중략) <황민화운동> 아래 타이완인 개개인의 생활·문화·습관에도 일본이 개입하고 있는 사태가 되었다. 즉 외면만이 아니라 내면적으로도 <일본화>의 수용을 강제해 온 것이 <황민화운동>이었던 것이다.'15)라고 지적하였다. 근대화에 필요한 인재를 양성하기 위하여 국어교육은 빼놓을 수 없는 항목이다. 그렇다고는 하나 국어교육의 최종적인 목적은 타이완인을 일본인처럼 평등하게 교육하는 것이 아니었다. 이와 관련하여 후지노 요헤이(藤野陽平) 또한 아래와 같이 논한 바 있다.

'타이완총독부는 일본어교육을 촉진시키기 위하여 '국어의 집(國語の家)'이라는 제도를 만들었다. 이 제도는 국어를 상용하고자 하는 가정은 '국어의 집', '국어상용가정(國語常用家庭)', 마을은 '국어의 마을(國語の村)'이라 하여 우선적으로 대우하는 것이었다. 인정받은 '국어상용가정'에서는, 구체적으로는 배급이나 학교입시 면에서 우선시되었으며, 다른 면에서도 우대받았다. 때문에 '국어가정'이 타이완인의 엘리트가 되기 위하여 빼놓을 수 없는 수단이 되어 갔다. 그래서 린 징밍(林景明)처럼 이 정책을 '견딜 수 없는 것을 견디고, 참을 수 없는 것을 참는' 굴욕으로 보는 사람도 있지만, 대다수의 타이완인은, '국어가정'이 되지 못하는 것을 애석하게 여기고 일본어를 배우려는 방향으로 경도되어 갔다.'16)

2003.3), p.112.
15) 和泉司「日本統治期台湾の皇民化運動における國語＝日本語の位置づけ」(『日本語と日本語教育』41, 慶応義塾大學日本語・日本文化教育センター紀要, 2003.3), p.109 .
16) 藤野陽平「日本統治下台湾における對日感情の整理と分析─漢族と原住民の比較を中心にして─」(『民

위의 이즈미(和泉)씨와 후지노(藤野)씨의 논문에 의하면, '국어'를 얼마
만큼 잘 사용하느냐가 일본통치기에 각종 우대를 받을 수 있는 척도가
된다는 사실은 부정할 수 없을 것이다. 정 차오는 마을의 신사(紳士)로
상업이 주된 업무였으므로 '국어'를 사용하는 것 자체가 자신의 이익이
될 것이다. 이처럼 정 차오는 생활적인 측면에서도 언어 면에서도 가능
한 '일본인'인 척하지만, 결국 본질은 타이완인 채 일본인이 되지 못한
것이다. 한편, 자식인 정수홍과 손자인 기히치로는 어떻게 되었을까.


## 3.2. '황민화운동'을 지지하는 수훙과 기이치로

이하, 정 차오의 장례식으로부터 수훙와 기이치로의 견해를 살펴보자.
「鄭일가」의 정 수홍은 내지에 오래 유학하여 내지인 아가씨 사요 사
이에 4명의 아이를 낳았으며, 법학사로 총독부의 관사(官吏)이다. 정 차오
의 장례식을 타이완식으로 할지 내지식으로 할지를 놓고 어머니인 정
위와 자식인 수홍 사이에 견해가 다르다. 정 차오의 장례식을 둘러싸고
정 위를 비롯하여 마을의 의사인 쉬 마오런(許茂仁)도 '전통의례'에 따라
치러야한다고 주장한다. 수홍은 아버지의 '팅관중(停棺中)에 필요한 비용
의 3분의 1을 국방헌금으로 하고, 3분의 1을 구제사업에 쓰고, 3분의 1
로 장례식을 치러라'(p.33)는 유지를 지키기 위하여, 어머니 정 위의 팅
관(停棺)은 49일'(p.33)을 반대하여 어머니에게 '불효자식(親不孝)'이라는 말
을 들어 울었다. 정 위는 히스테리를 부리며 야단치기도 하고 애원하기
도 하면서 완고하게 타이완식 장례식을 고수하였다. 정 위와 마찬가지

로 타이완식 장례식을 행하자는 E가(街)의 의사 쉬 마오런은 부친의 뒤를 잇는 수훙에게 '정치가로서의 생활을 이을 것이면 본도인 민중의 기대를 저버리지 말아야 한다'(p.49)고 권한다. 쉬 마오런이 영업하고 있는 E가(街)의 민중이 어떻게 생각하고 있는지 사카구치는 다음과 같이 그리고 있다.

'민중은 朝가에게 본도인으로서의 모습을 기대하고 있다. <u>구가(舊家)인 朝가가 구습관으로부터 벗어나 새로운 복장으로 무대의 조명을 받아도 그들은 갈채를 보내지 않을 것이다.</u> (중략) 그들은 다시는 일어날리 없는 꿈이 朝가에 의해서 재차 현실로 펼쳐지기를 바라고 있다. 민중의 심리는, 더 복잡할지 모른다. <u>그것은, 모든 것을 황민화시키려고 하고 단순화시키려고 드는 근대를 향한 도전일지도 모른다. 타이완식이라면 모두 경멸하고 피하려 드는 E가(街) 주민의 새로운 사람들을 향한 허세일 것이다.</u> 그들은, <u>타이완 종래의 의식이 가진 장중하고 호화로움으로 새로운 사람을 압도하고 싶은 것이다.</u>'(pp.49~50)

즉, <황민화=일본인화=근대화>라는 프로세스에는 <타이완식=시대착오, 전근대>라고 경멸받은 E가(街)의 민중이, 새로운 사람에게 타이완 종래의 의식이 가진 장중하고도 화려함을 보여주면서 그 우세함을 되돌리려고 기대하고 있다. 정 차오의 뒤를 이을 樹虹는 아버지의 장례식을 내지식으로 하고 싶었지만, 어머니의 애원이나 마을 사람들의 심리를 고려한 끝에 '타이완식 종교에 따르며, 묘지만은 순 내지식으로 건립'한다는 절충된 방법을 취한다.

한편, 손자인 기이치로는 아버지 樹虹의 결정을 어떻게 보고 있는가. '오래된 습관을 탈피하는 것은 쉽지 않았다. 아버지는 부끄럽지만, 과도기의 중량을 견디지 못한 패잔병이다.'(p.68), '할아버지가 이루지 못한 것을 아버지가 성숙시켰어야 했다.'(p.68), '아버지를 탓하는 것이 아니라, 아버지의 피에 흐르고 있는 인습을 탓하는 것이다. 아버지를 둘러싼 눈에 보이지 않는 전통에 이를 가는 것이다.'(p.69)라고 말한다. 기이치로는 분명 아버지 樹虹의 타협에 불쾌감을 느꼈던 것이다. 할아버지와 아버지가 아무리 노력해도 그들은 역시 본도인의 인습에 사로잡혀 그 영역으로부터 빠져나올 수 없었다. 기이치로의 피에는 일본인 어머니의 피가 흐르고 있고, 태어난 시대도 일본통치시대여서 <일본식=근대화>이며, 그 반대의 전통은 나쁜 인습이며 제거해야만 한다고 E가(街)의 민중과는 완전히 다른 생각을 갖고 있다. 즉, 기이치로는 일본풍이 진보이며 전통적인 것은 나쁜 인습이라고 인정하고 있는 것이다. 그러나 그 인습에 따르는 환경이나 친족을 옆에 두고는 아무것도 할 수 없기 때문에 그곳을 빨리 탈출하는 수밖에 없는 것이다.

朝가에 대하여 양 쿠이(楊逵)는 「타이완문학문답」에서 '鄭일가 3대를 일관하는 것은 얄팍한 정의감도 성실함도 아니며, 손과 물건을 바꾼 노예근성이다. 주인의 안색을 살피고 아첨하는 데는 열심이지만, 일단 명예 또는 재산을 지키는 데 위험이 사라지면, 모두가 그 손 안에 들어갈 듯한 앙증맞은 등롱을 기증해야하지 않겠는가!'(p.180)며 비판하였다. 양 쿠이의 지적은 시사적이다. 정 우퉁(鄭梧桐)은 무역으로 거부(巨富)가 된 교활한 사람이다. 해난(海難)에서 마족(媽祖)에게 도움을 받자 '황금의 등롱(黃金の燈籠)'을 기증하려고 했지만, 실제로 기증한 것은 '손바닥만한 귀여운 등롱'에 불과하다. 정 차오의 아버지인 우퉁과 마찬가지로 E가(街)의 가장(街長)이면서도, 일본통치기 '최대한 솔선하여 일본적인 것을 받아들여 동화하려고' 노력한 사람이다. 또한 樹虹은 어머니와 마을의 민중을 의식해서 앞으로의 출세를 생각한 나머지 '3천년의 역사를 가진 일본

전체를 생각해 봐도, 북쪽 끝에서 남쪽 끝까지 동일한 풍습을 갖고 있지 않으니까, 타이완의 풍습을 갖고 있어도 좋지 않겠는가. 또한 그것을 일본화해 가는 부분에 관대한 팔굉일우(八紘一宇)의 정신이 있다.'(pp.76~77)는 구실을 빌려 타이완식 장례식을 거행한 것이다. 4대째 기이치로는 '일본인이란 모든 것을 바로 소화하여 일본화시킬 수 있는 인종입니다. 지나(支那)의 문화도 구주(歐洲)의 문명도 자신들의 것으로 만들어 버리고'(pp.76~77), '다른 것은 모두 양분(養分)으로 받아들일 뿐, 자기 자신은 조금도 변하지 않는 순수성을 유지해 가는 무서운 인종이에요. 강인한 정신력입니다.'(p.77)라고 일본인의 우월성을 강조하면서 자신도 그러한 일본인의 한 사람이라고 인식하고 있다.


## 4. 일대(日台) 혼혈아의 아이덴티티

「鄭일가」에 등장하는 기이치로, 다마코, 아키코(阿紀子), 미치코(路子)는, 내지에서 오래 유학한 樹虹가 내지인 아가씨인 사요 사이에서 태어난 혼혈아이다. 「시계초」의 야마카와 준과 요코(洋子)는 산에 사는 순사 야마카와 겐타로가 다카사고족 여성인 데와수루다오 사이에서 태어난 아이이다. 모두 일본인과 한족(漢族)인 타이완인, 일본인과 다카사고족 사이에서 생긴 혼혈아이기 때문에 그들이 갖는 아이덴티티는 한층 복잡할 것이다. 樹虹이 갖고 있는 내지인과 본도인에 대한 인식은 의사인 쉬 마오런(許茂仁)과의 대화에서 엿볼 수 있다.

  '당신은 아버지를 타이페이(台北)으로 데리고 갈 때, 이쪽 의사는 못 써

라는 말을 들었다지만, 아니, 결코 책망할 생각은 아닙니다. (중략) 새로운
사람은 본도인인 우리들의 진료를 신용하지 않습니다. 가벼운 증세라면
진찰을 받지만요. 뭐, 그들도 금방 알 수 있는 병이에요. 진찰받을 정도도
아니죠. 조금 악화되면 더 이상은 오지 않습니다. 시내 병원으로 가 버립
니다.'(「鄭일가」 pp.50~51)


　쉬 마오런은 일본 유학을 경험한 의사로 E가(街)에서 의사로 일하고
있는데, <새로운 사람＝일본인>은, 병이 조금이라도 악화되면 '본도인'
인 의사를 신용하지 않고 큰 도시 의사의 진단을 받는다. 樹虹가 병으로
쇠약해진 정 차오를 타이페이로 데리고 간 것도 본도인 의사를 향한 불
신일 것이라고 쉬 마오런은 말한다. 이에 대하여 樹虹은 '나는 중학교
때부터 내지에 있었기 때문에 내지인에 대한 개념이 그다지 심혹(深酷)하
게 구축되지 않았습니다.'라며 자신은 이미 내지인과 본도인을 구별하
지 않는다고 말한다. 대신에 쉬 마오런에게 '당신 안에 내지인의 망령이
있어 그 녀석이 당신의 신경에 상처를 입힙니다.'(p.51)라며 본도인의 콤
플렉스를 지적한다. 물론 쉬 마오런은 일본에서 공부할 때는 그러한 콤
플렉스가 아직 생기지 않았지만, 타이완으로 돌아와서 개업의(開業医)로
일할 때, 내지인으로부터 전혀 신뢰를 받지 못했기 때문에 자신을 잃고
말았다. 사카구치 레이코가 쓴 다른 한 권의 소설 「두 치우취안(杜秋泉)」
에 나오는 의사 두 치우취안(杜秋泉)도 마찬가지로 내지인과 접촉했을 때,
현기증이 나서 의사의 역할을 다하지 못했다고 기술하고 있다.17) 일본
통치시대에 태어난 樹虹는 내지인과 본도인을 구별하지 않는다. 그러나
양친은 한편은 타이완인, 또 한편은 일본인인 경우 그 일대(日台) 혼혈아

---

17) 坂口零子 「杜秋泉」 『曙光』 pp.45-46 『台湾文學』 第三卷第三号.

의 아이덴티티는 어떻게 되었는가. 아래에 기이치로와 다마코를 살펴보자.

내지에서 공부한 기이치로는 타이완식 장례식에 자주 나오는 '호읍의 주악(號泣と奏樂)'을 '소음(騷音)'으로 여기고, '조부(祖父)의 황민화를 향한 열의'를 보았기 때문에 조모(祖母)가 견지하는 장례식에 큰 불만을 갖고 있다. 그러나 '우리들도 역시 정 일가의 한 사람에 불과하다.'며 자신의 피에는 역시 본도인의 피가 흐르고 있다는 사실은 부정할 수 없으므로 장례식 방법에 이의를 제기할 입장이 아닐 것이다.

수홍의 딸인 다마코는 어떠한가. 다마코는 계모인 스이카를 질투하는 데다 자신에게 일본인의 피가 흐르고 있다는 사실을 의식하고 있다. 계모를 향한 질투에는 아버지를 빼앗긴다는 두려움 이외에도 계모가 본도인으로 일본인 피와 관계가 없다는 것 때문에 스이카가 보내준 양복 재료가 마음에 들지 않아 '언제나 지나취미', '친구들 보기 민망하다'(p.35)라며 타이완식을 얕보는 태도를 취한다. 다마코가 마음에 들어 하는 것은 본도인풍의 생지(生地)로 만든 양복이기 때문에, 주위의 일본인 클래스메이트에게 받아들여지지 않을 것이다. 또한 일본식 물건이 타이완식 물건보다 뛰어나다는 의식을 갖고 있다. 다마코는 오빠인 기이치로에게 '요즘, 새어머니가 미워졌어. 그 사람을 보면 나는 내 자신의 피가 평행으로 흐르는 느낌을 받아. 아버지의 피와 어머니의 피 말이야.'(p.65)라며 다마코는 자신의 아이덴티티에 혼란을 일으킨다.

한편, 「시계초」의 야마카와 준과 요코는 다카사고족과 일본인 피가 흐르고 있는데, 그들의 아이덴티티는 어떠한가. 이하에서 살펴보도록 하자.

「시계초」에 등장하는 준의 아버지인 야마카와 겐타로는 M사(M社 : 실제로는 우서[霧社]이다)에서 순사로 일하고 있다. '훌륭한 분이라 들었습니다.', '아버님이 M사에 계셨다면 M사건도 발생하지 않았을 것을.'(p.197)

에서 알 수 있듯이 겐타로는 산에 사는 사람들에게 인기가 있었다. 겐
타로와 준의 어머니 다카사고족의 여성 데와스루데오 간의 결혼은 '리
반정책'이 시행된 일환으로 나타난다.

> '아버지는 리반이라는 것에 전 생애를 바칠 생각이었다. 네 어머니와
> 결혼한 것 또한 그러한 각오가 섰기 때문이었다.
> 리반정책은, 바꿔 말하면 민족정책이다. 민족정책은 두 가지 경우를 생
> 각할 수 있다. 하나는, 발달한 문명과 역사를 가진 완성된 민족에 대한 경
> 우, 영국의 이집트에 대한 경우가 그러하다. 다른 하나는 대단히 낮은 문
> 명밖에 갖고 있지 못한 민족에 대한 경우, 이는 물론 아무런 민족적 역사
> 를 갖고 있지 않은 민족이다. 그래서 우리나라의 리반정책이 있는 것이
> 다.(p.223)
> 문화를 가진 자는 스스로 성장해 간다. 이를 바르게 지도하면 충분하
> 다. 그러나 문화를 갖고 있지 않은 자는 그들 가운데로 들어가 그들의 손
> 을 잡고 이끌지 않으면 안 된다. 나는 그들 속으로 들어가려 했다. 그러려
> 면 어떻게 하면 좋을까. 그들 안에 내 피를 섞는 것밖에 달리 방도가 없
> 는 것은 아닌가. 나를 근원으로 한 자식이, 손자가, 문명인의 피를 산사람
> 들 가운데서 길러간다, 여기에 자발적인 민족경영이 이루어진다고 여겼
> 다. (p.224)

겐타로는 '우리나라의 리반정책'을 '아무런 민족적 역사를 갖지 않은'
민족에 대한 정책이라고 규정하고, '문화를 갖고 있지 않은 자' '가운데
로 들어가 그들의 손을 잡고 이끌지 않으면 안 된다'고 말한다. 여기서
겐타로가 표명한 다카사고족을 향한 차별적 인식은, 당시로서는 그다지
드문 것이 아니다. 「리반대강(理番大綱)」에는 '문화와 먼 고산반의 개발무
육교화에 기여해야 한다(文化二遠ザカレル高山番ノ開發撫育教化二寄与スベキナリ)', '교
통이 불편한 오지에 거주하는 다수의 반족은, 아직껏 현대문명과 몰교

섭한 원시적 생활을 영위하고 있으므로, 이를 무육함으로써 문명의 혜택을 누리게 하는 것은 쉬운 일이 아니며, 리반이 타이완통치 상 어려운 사업이라는 사실은 잘 알고 있지만, 특히 리반국에 있는 자는 마땅히 이상의 견인불발(堅忍不拔)의 근본정신에 따라 그들의 교화에 힘쓰고 생활안정을 도모함으로써 충량(忠良)한 폐하의 적자(赤子)되게 함을 기해야 한다(交通不便ナル奧地帶ニ住居セル多數ノ蕃族ハ今尙現代ノ文明ト沒交涉ナル原始的生活ヲ營ミツツアリ之ヲ撫育シ以テ文明ノ惠澤ニ浴ビセシメンコトハ容易ノ業ニ非ズ理蕃ガ台灣統治上ノ難事業タル所以實ニ玆ニ存ス然レドモ事ニ理蕃ニ局ニ當ル者ハ須ラク堅忍不拔上述ノ根本精神ニ則リ彼等ノ敎化ニ努メ其ノ生活ノ安定ヲ圖リ以テ忠良ナル陛下ノ赤子タラシメンコトヲ期スベキナリ).'라고 기술되어 있다.18)

이러한 '문화를 갖지 않은' 민족에 대한 정책으로서 겐타로가 선택한 것이 테와스루타오와의 결혼인 것이다. 이를 통하여 '민족경영이 이루어진다'고 여긴 것이다. 그러나 경무국(警務局)의 결혼정책의 목적은 '반인을 조종하는 수단'이며, 나아가 '반정(蕃情)을 수집하기' 위하여 결혼정책이 행해진 사실을 엿볼 수 있다. 분명 겐타로의 '민족경영'과 완전히 다르다. 겐타로는 '나를 근원으로 한 자식이, 손자가, 문명의 피를 산사람들 가운데서 길러간다, 여기에 자발적인 민족경영이 이루어진다.'고 생각했지만, 결국 자식인 준의 두 번의 결혼실패로 인하여 자신의 실수를 반성하게 되었다. 첫 번째 내지인 일본 여성은 준의 어머니가 다카사고족 여성인 사실을 듣고 바로 일본으로 돌아가 버렸다. 두 번째 결혼 상대는 '사기야. 그럴듯한 사기야. 당신들 부자 둘이 나를 속인거야.'(p.203)라고 책망하였다. 야마카와 겐타로가 준의 어머니가 다카사고

---

18) 台灣總督府, 『理蕃大綱』(1903.3).

족 출신이라는 사실을 숨긴 이유는, 당시 보통의 일본인은 다카사고족
에 대하여 참수를 행하거나 민도(民度)가 낮은, 역사가 없는 민족이라는
이미지밖에 없었기 때문이다. 그러한 까닭에 겐타로는 준에게 일본인과
결혼시키기 위하여 일부러 이를 숨겨 버렸다. 겐타로는 '문화인'과 '문
화도 없는 자' 사이에서 아이를 <혼혈>시키고, 그러한 문화인의 피를
가진 자식이나 손자를 '산사람들 가운데서 길러간다'. 즉 '산사람'으로
서 '산사람끼리 묶여' 가는 과정을 통하여 '자발적인 민족경영이 이루어
진다'고 <순혈(純血)>을 바라는 것이다. 이러한 '우량종족학(優良種族學)'[19]
적인 우등성을 믿어 의심치 않는 한편으로 이민족과의 결혼이나 혼혈을
낳는 동화정책에 따른 비극을 알아차리게 된다.

　오구마 에이지(小熊英二)의 「황민화대우생학(皇民化對優生學)」에서 '동화정
책은, 기본적으로는 혼혈을 용인한다. 특히 혼혈민족론을 바탕으로 한
일본의 동화정책론은, 혼혈추진에 따른 피지배민족의 말소(抹消)를 중요
한 요소로 삼고 있었다. (중략) 그러나 인종사상이나 우생학 신봉자들
입장에서 우생학을 주장하는 학파는 '우등한 지배민족의 피가 열등한
피지배민족과의 혼혈로 인하여 오손(汚損)되는 따위는 용납할 수 없는 일
이다.''[20]라고 논한다. 겐타로의 '민족경경'은 '혼혈'을 용인하는 정책과
'리반정책'으로 성립된다. 다카사고족 여성과의 결혼은 '리반'하는 편의
를 도모하는 방법에 불과할 것이다. 한편 야마카와 준(山川純)은 혼혈이라
는 '냉엄한 현실을 향한 불안'을 품은 채, 일본에 사는 아버지를 찾은
후, '내 몸을 흐르고 있는 다카사고족의 피'(p.238)를 자각하고 '내 존재

19) 小熊英二, 「第13章 皇民化對優生學」(『單一民族神話の起源』新曜社, 2013.1 ; 初1995.7) pp.235-
　　240.
20) 위의 책, p.235.

의 중요함'(p.238)을 인식한다. 아래는 야카타와 준이 겐타로에게 긴코 사이의 혼담을 거절하는 이유를 말하는 장면이다.

> 아버지! 나는 아버지의 본심을 듣고 싶습니다. 나에게 내지인 아내를 만들어 주고 싶은 것은 단지 아버지가 내게 갖는 부담감 때문이 아닙니까? 나는 아버지가 마음 깊은 곳에서 내게 바라고 있는 것이 그런 안이한 타협이 아닐 거라고 생각합니다.
>
> 아버지! 아버지는 나에게 고산으로 돌아가라, 산사람은 산사람끼리 결혼해라 라고 말씀하지 않습니다. 그것은 <u>나에게도 내지인의 피가 흐르고 있기 때문이겠지요</u>. 그러나 정말로 아버지가 나를 장래 내지인과 결혼시키고 소위 국외자(局外者)로서 산사람들을 지도하는 입장에 두려고 생각하신다면, 어째서 나를 데리고 돌아와서 여기서 기르지 않으셨습니까?
>
> 어릴 때부터 산을 알게 하여 내가 산을 사랑하게 만드신 것은 <u>어머니를 위해서가 아니라, 나 자신이 저절로 산사람이 되도록 그런 방향으로 움직이게 만든 것이 아버지의 생각이 아니십니까?</u>
>
> 아버지! 당신이 뿌린 종자로서의 내 존재를 자각합니다. 나를 내 피로 눈뜨게 만든 것은 아소(阿蘇)였습니다(pp.241-242).

준은 산으로 돌아가서 산 여성과 결혼하여 자신의 피를 산 가운데서 녹임으로써 아버지의 '민족경영'을 실행하려 한다. 그것이 '새로운 민족'을 스타트시키는 자신의 사명이라고 자각한다. 그러나 세 번째로 결혼할 상대인 긴코는 '민족정책은 좀 더 신중히', '어떤 넓은 지역, 민족을 지도하는 입장에 서더라도 잘못된 정책 이상으로 두려운 것은, 개개인의 감정이다. 언제까지고 배타적, 독선적인 감정을 휘두를 수 있는 시대가 아니다. 벌거벗은 심정으로 성의를 다하여 나아갈 때가 다가오고 있다.'(p.233), '일본이 크게 된 까닭은, 맑음과 탁함을 동시에 받아들일 수 있는 큰 도량과 무한 융화력을 갖고 있기 때문이 아닌가.'(p.233) 라고

생각하는 여성으로 그려져 있다. 이러한 긴코는 '동화정책' 이데올로기의 소유자이며, 준과의 결혼은 '준과 함께 민족정책의 가장 앞부분에 선다'는 의미가 될 것이다. 그녀는 겐타로나 고토코(琴子)의 입을 통하여 들은 '준의 인격'을 신뢰하여 결혼하려 든다. 또 다른 이유는 '다카사고의 용대(高砂義勇隊)'의 용감한 이야기를 듣고 다카사고족에 대한 이미지가 바뀌었기 때문이다. 아래 인용문은 긴코가 후지코(ふじこ : 준이 두 번째 결혼한 상대)에 대하여 '피의 순수함을 지키려는 결벽'이라며 '무자각하고, 시대인식이 없는 여자'라고 비판하는 장면이다.

> '그 여자가 무자각하고, 시대인식이 없는 여자라고 여겨진다는 사실이 싫으시다는 것은 알겠지만, 결혼이란 그런 의지로 하는 것이 아니라고 생각해요. (중략) 그녀를 정말로 사랑했다면, 그때 그렇게 냉정히 거절하지는 못했을 거예요.'(p.247)
> '좋아했다면, 어째서 바로 타이완으로 가지 못했을까요. 역시 주저되었던 거예요. 그 여자도, 일전의 보도를 듣고 마음을 정한 게 분명해요. 나는 그런 걸 경멸해요. 다카사고족 중에는, 아직껏 그런 아름다운 사람이 있는데요, 뭘. 단지 그것을 표현할 기회가 없었던 것뿐이에요. 전쟁에 임해서 내지인과 마찬가지로 순수한 마음으로 폐하를 위해서 죽으려고 혼신의 힘을 다하여 일하고 있어요.'(p.248)

후지코는 준의 어머니가 다카사고족 여성임을 알았을 때, 바로 이혼을 요구하였다. 그러나 다카사고의용대에 관한 이야기가 매스컴에서도 선전되고 있었기 때문에 다카사고족이 일본인과 마찬가지로 천황을 위하여 힘껏 일한다는 사실을 알았을 때, '시대를 자각'한 여성으로서 '자기만족'(p.247)을 얻기 위하여 준과 결혼하기로 생각을 바꾸었다. 후지코와 긴코를 비교하면, 긴코 쪽이 '민족정책'을 실행하기로 결심한 제국의 여성이다. 그녀는 준이 '산으로 돌아가서 산 여성과 결혼하여 자신의 피를 산 가운데서 녹임으로써 새로운 민족을 스타트하려는' 생각에 반대하였다. 대신에 나름의 민족정책인 '당신이 전진하는 길이 반드시 다카사고족 사람과 혈연관계를 깊이 하는 것만 있는 것은 아닙니다. 다카사고족의 문화를 일본 전통에 조금이라도 가깝게 하여 높이는 것 또한 전진이 아닐까요. 나는 분명 도움이 될 것입니다. 함께 데려가 주세요.'(p.254)라고 제안한다. 요컨대 긴코는 준과 결혼함으로써 맺어진 다카사고족과 일본인 사이의 '혼혈'을 통하여 '국외자'로서 산사람들을 지도하여, '일본인'에 가깝게 만들려고 노력하는 것을 '새로운 민족'의 스타트로 삼고 있는 것이다.

한편, 야마카와 준은 산(山)이라는 '지역'에 녹아들려는 생각으로 '산 여성'과 결혼하려 했지만, 긴코는 준과 결혼함으로써 '일본인의 피'를 짙게 하고 '국외자'로서 산사람들을 지도하여 '일본인'에 가깝게 만들어야 한다고 주장하였다. 즉 일본 문화로 다카사고족 사람들을 교화하는 방법으로 '새로운 민족'을 발전시키려는 것이다. 결국, 준은 '마음이 깨끗해지는 듯한 기분이 들었다', '취한 듯한 유쾌한 마음'으로 긴코의 주장을 받아들였다.

준의 자각과 아이덴티티를 찾는 프로세스는 단지 관념적인 민족정책의 가능성을 계속 제시하였으며, 최종적으로는 '시국의 요청'에 맞춘 민족정책을 제시함으로써 막을 내릴 수밖에 없었다. 긴코와 대조하여 보면, 긴코는 자주적인 지배자 측 여성으로서 '자주성'이 결여되어 있는 피지배 측 남성을 컨트롤한 것이다. 그런 점에서 준이라는 피지배 쪽 인간은 <자신의 운명=지배된 운명>을 피할 수 없는 것이라고 보여주고 있는 셈이다.

## 5. 식민지에 있어서 타이완 여성(정 위와 다카사고족 여성 테와스루다오)

제3절에서 '황민화운동'을 열심히 한 정 차오에 대해서 살펴보았는데, 여기서는 '황민화운동'에 소극적으로 저항하면서도 전통적인 의례를 지키려한 강한 성격의 정 위와 자신의 의견이 없는 다카사고족 여성 테와스루다오를 살펴보자.

정 위는 '자신이 전족(纏足)을 차고 있다는 사실'을 구실로 삼아 일본인과의 만남을 피하려 들었다. 또한 '국어'를 배우는 것도 '자신의 두뇌에 그런 것을 받아들일 여지'가 없다면서 완강히 거부하였다. 바꿔 말하면, 정 위는 남편에게 전혀 순종적이지 않고, 오히려 자신의 의견을 주장하는 여성이다. 장남의 결혼상대와 남편 정 차오의 장례식 방법을 견지하는 태도에서 정 위라는 여성을 살펴보자.

장남 수훙(樹虹)의 결혼상대가 일본인인 사요라는 사실을 알았을 때, 정 위는 '흐트러진 말투로 뿌리치듯'(p.18) 손을 내저으며 격하게 거절하였다. 어째서 정 위는 내지인 며느리를 그토록 반대한 것일까. 첫째는 '내지인 우월감으로 집안을 마음대로 휘젓는 것'(p.19)을 보고 견딜 수 없기 때문이다. 다른 하나는 지금까지 갖고 있던 주부의 권한이 '내지인 며느리를 맞아들이는' 일로 동요될 위험이 있기 때문이다. 정 위는 '린씨(林家)의 팡서우(芳壽, 간쇼[含笑]의 딸)'을 장남의 배필로 맞아들이고 싶어하였다. 간쇼도 본래 朝가의 며느리 부자(돈으로 사서 키웠다)로 성인이 되고나서 린 칭리(林慶利)라는 실업가 집으로 시집간 것이다. 간쇼는 樹虹가 내지인 여성과 결혼하려든다는 소문을 듣자 정 위를 비난하러 찾아왔다. 그러나 오히려 정 위의 분노를 사서 '수훙에 대해서 말하려거든 그만

두세요. 수홍에게는 어머니가 있어요. 아버지도 있고요. 그러니 좋은 내지인 아내를 맞아들인다 해도 조금도 이상할리 없잖아요.'(p.21)라며 대답한다. 즉 신분이 낮은 간쇼의 거들먹거리는 모습을 보고 싶지 않은 정 위는 결국 내지인 사요를 받아들이게 된 것이다.

정 차오의 장례식에 관한 의례는 반드시 전통적인 '빈렴(殯殮) 49일'을 실행해야 한다고 주장한 정 위는 마을의 민중의 힘을 이용하여 자식이 '내지식 방법'을 포기하게 만들려 하였다. 나아가 '불효의 본보기'라고 樹虹을 나무라며 정 차오가 주장한 '모든 내지식'이라는 유지21)를 무시하고, '구습'에 집착하여 물러서지 않았다. 이러한 두 가지 사항에서 정 위는 집요하고 타협하지 않는 여성으로 묘사되어 있다.

정 위와는 전혀 다른 타입의 다카사고족 여성 테와스루다오는 「시계초」에서 거의 발화하지 않는 여성으로 그려져 있다. 테와스루다오는 리 반정책 하에 희생된 다카사고족 여성의 한사람이다. 준의 아버지 야마카와 겐타로는 형의 회사를 승계하기 위하여 아내인 테와스루다오, 자식 준, 딸 요코를 버리고 일본으로 돌아가 재혼한다. 준은 어머니 테와스루다오가 '너무 겸손'(p.192)하고 '남에게 양보할 줄밖에 모르기'(p.192) 때문에 '어머니의 비굴함'(p.192)마저 느껴 분노한다. 다타사고족인 테와스루다오가 자식을 데리고 겐타로와 함께 일본으로 가지 않은 이유는, 두말할 필요도 없이 문신이 있는 다카사고족 신분으로는 일본 사회에 받아들여지지 않기 때문일 것이다. 아래는 겐타로가 준에게 처자를 타이완에 두고 혼자서 일본으로 돌아간 이유를 설명하는 장면이다.

---

21) 停棺中に要する費用の三分の一を國防獻金にして、三分の一を救濟事業に使ひ、三分の一で葬儀をするやうに言う事だった(p.40).

　　어머니의 진정한 행복은, 산을 벗어나서는 찾을 수 없다고 여긴 까닭
이다. 여기에 데려오면 가장 불행해지는 이가 어머니라고 생각하지 않느
냐! 호기심과 필연적 모멸이 어머니를 휘감을 것이다. 어쩌면 남편인 내
애정에 매달린다면 여자인 어머니는 견딜 수 있었을지도 모른다. 그러나
전연 풍속과 관습이 다른 지역에서 어머니는 진정으로 마음편한 날이 있
었겠는가. 아버지는, <u>어머니의 행복은 산에서 장래에 산사람들을 지도할
너희 둘을 키우며, 자신의 고향에서 일생을 끝내는 것이 가장 어울리는
행복일 거라 생각했다.</u>(p.225)

　위의 인용문을 통해서는 두 가지의 정보를 알 수 있다. 하나는 당시
다카사고족 여성은 일본인 남성과 결혼해도 일본으로 갈 수 없었다. 일
본 사회가 다카사고족 여성을 받아들이지 않았기 때문이다. 다른 하나
는 다카사고족 여성이 자신의 고향에서 자식을 교육시키면서 아이가 사
회에서 능력을 인정받아 입신출세하면 자신 또한 '자식으로 귀해진다'
는 생각을 갖고 있었다는 것이다. 이는 위의 겐타로의 이야기를 통해
엿볼 수 있다. 물론, 우서사건(霧社事件)은 판뉘(蕃女)가 일본인 순사에게
버려진 것을 계기로 발생했다는 배경이 있다. 번녀는 일단 결혼하면 친
정으로 돌아갈 수 없다. 준의 어머니는 겐타로와 10년 부부생활을 했지
만, 이후 혼자서 아이를 키우는 괴로움과 수고로움을 상상할 수 있을
것이다.

　테와스루다오는 준이 내지인 여성과 결혼하는 것을 지지하며, 다른
민족 여성을 며느리로 맞이하는 것에 저항하지 않는다. 한편 정 위는
내지인 여성을 며느리로 맞지 않기 위하여 격하게 반대한다. 정 위는
자신의 주부의 권한이 위협받을 위험이 있으므로 처음부터 거절하였다.
테와스루다오는 자신의 출신을 콤플렉스로 여겨 자식인 준의 결혼에 방

해가 되는 것을 두려워하였다. 또한 다카사고족의 운명을 그대로 받아
들여 남편에게 배신을 당하여도 원한이나 불만을 토로하지 않는 순종적
인 여성으로 그려져 있다.

## 6. 맺으며

사카구치가 그린 일본통치기 타이완인 남성에는, 일본인에 아첨하여
'국가가정'을 만들고 '황민화운동'에 몰두하며, '일본인'이 되고 싶은 정
차오나, 장례식을 일본식으로 할지 타이완식으로 할지를 고민하고, 장래
자신의 출셋길을 고려하여 타협책을 제안하는 정 수훙(鄭樹虹), 그리고
<일본화=진보>, <타이완식=후퇴>라고 하는 견해를 가진 정 기이치
로가 있다. 또한 '내지인'의 피가 흐르고 있는 야마카와 준은, 어머니
쪽 다카사고족의 피에 가까이 갈지 아버지 쪽 일본인의 피에 가까이 갈
지 주저하고 좌절하다 결국 '산 여자와 맺어져 새로운 민족을 스타트'
한다는 나름의 결론을 내린다. 이에 비해 긴코는 일본인의 피와 결부시
켜 '국외자'로 산사람들을 교화하면서 그들을 일본인에 가깝게 만들려
고 하는 '또 다른 민족정책'을 제안한다. 야마카와 준은 이를 위하여 나
름의 민족정책을 포기하게 되었다. 「鄭일가」의 남성들과 「시계초」의 겐
타로나 준은 모두, 일본인이 우수하며, 문화가 높다고 인정하고 있다.

한편, 타이완 여성은 남성에 비하여 자기억압을 한층 강요당하고 있
다. 정 위를 비롯하여 스이카, 다마코, 요코는 각각 어려운 지경에 처하
여 살아가지 않으면 안 된다. 정 위는 끝까지 '일본인화'에 저항하고,
어머니로서 자식인 수훙에게 한발도 양보하지 않는 강인한 성격의 여성

이다. 스이카와 갈등상황에 빠져 자신의 삶(아이를 낳는 일)을 끊고 가정의 평화를 유지하려고 노력한다. 다마코는 부친의 사랑을 빼앗기는 공포를 체험하거나 타이완인 신분의 계모가 자신이 속한 일본으로 경도되는 아이덴티티에 곤란을 겪는다. 요코는 다카사고족의 피와 일본인의 피가 흐르고 있지만, 타이완 산에 살고 있으며 어머니가 다카사고족인 이상, 이미 결혼에 대해서는 포기할 수밖에 없다고 생각한다.

　사카구치 레이코는 소설에 등장하는 인물의 심리나 왜곡된 현상(現象)을 리얼하게 그렸지만, 마지막에는 역시 '일본의 관대한 팔굉일우의 정신(日本寬大な八紘一宇の精神)'으로 회귀하여 지배당한 식민지인들은 아무리 아이덴티티를 찾으려 해도 괴로운 처지로부터 탈출할 수 없이, 발버둥치는 운명에 놓인 사람들을 그리고 있다. 표면적으로 「鄭일가」나 「시계초」는 '황민화운동'에 맞춰서 쓴 소설로 보이지만, 실제로는 사카구치가 작품의 인물을 통하여 '황민화'에 노력하려 한 사람들을 풍자하려고 한 의도를 엿볼 수 있다. 그리고 '특이함'에 대해서는, 선행연구가 논한 바와 같이 피지배자를 '자신과의 거리를 비등한 간격'이 아니라, 역시 지배자의 시선으로 보고 있다는 사실은 부정할 수 없을 것이다.

◉ 번역 : 이민희

# 이향(異鄕)에의 가탁(假託)

## 조선 하이쿠와 향토색의 역학

## 1. 조선 하이쿠란 무엇인가?

1941년 7월, 조선 하이쿠 작가협회의 기관지인 『미즈기누타(水砧)』가 창간되었다. 『미즈기누타』는 『산포도(山葡萄)』(원산), 『풀의 씨(草の實)』 『관(冠)』(이상 경성), 『가리타고(カリタゴ)』(목포), 『딸기(いちご)』(광주), 『까치(かささぎ)』(부산)와 같은 조선 각지의 하이쿠 잡지를 통합하는 형태로 발간되었다.

조선 하이쿠 작가협회의 결성은 그 전 달인 6월 12일이었는데, 창간호의 권두에는 '반도는 제국의 중요한 일익으로서 더욱 더 그 사명 달성에 매진해야 한다. 본 협회는 일본 전통의 국민 시인 하이쿠를 가지고 국민 정신을 배양하고 신도실천(臣道實踐)의 열매를 수확할 수 있기를 기대한다'라는 선언과 함께 조선 하이쿠 작가협회 요령으로 다음과 같은 3개의 조항을 들고 있다.

　一. 일본문학으로서의 전통을 존중하는 건전한 하이쿠의 보급.
　一. 국민시로서의 하이쿠의 본래의 사명을 달성.
　一. 하이쿠를 통한 국민의 교양을 배양.[1]


　조선 하이쿠 작가협회의 결성과 기관지『미즈기누타』의 창간. 태평양 전쟁 발발 직전에 창간된『미즈기누타』의 동향에는 주목할 점이 많은 데, 이 잡지의 강령 중에 있는 '일본문학으로서의 전통', '국민시로서의 하이쿠 본래의 사명' 등은 '시국'을 키워드로 한 전형적인 슬로건이라 는 인상을 지울 수가 없다. 특히, 국위 발양(發揚)을 위해 조선 하이쿠는 제국 일본의 내셔널리티로 회수시키는 것에 지나지 않는다는 것을 알 수 있다. 그런데 이 강령에는 절대 빠져서는 안 되는 단어인 '조선'이라 는 말이 빠져 있다. '반도는 제국의 중요한 일익으로서'라는 선언의 모 두 부분이 없다면 어느 협회의 기관지인지도 알 수 없을 정도이다. 그 렇다면 조선 하이쿠의 독자성은 어디에 있는 것일까?

　『미즈기누타』창간호를 살펴보면 이 의문은 해소된다. 창간호에서는 조선 각지의 하이쿠 결사의 대표자가 각자의 입장에서 조선 하이쿠의 역사적 개관, 잡지 통폐합의 경위와 함께『미즈기누타』창간의 결의와 그 의의에 대해 웅변하고 있기 때문이다. 하지만 그렇다고 해도 공통적 으로 추구해야 할 조선 하이쿠는 어떤 것인지에 대한 지침이 있는가 하 면 반드시 그렇지는 않다. 즉, 조선 하이단(俳壇 : 하이쿠를 짓는 사람들의 사 회, 단체)의 독자적 지침을 제기하지 못하고 있다.

　이에 내지(일본) 하이단(俳壇)과의 관련 속에서 조선 하이쿠의 정통성을 둘러싼 틀을 중심으로 이 문제에 대한 살펴보도록 한다. 1942년 11월

---

1) 「朝鮮俳句作家協會綱領」「宣言」(『水砧』創刊号, 朝鮮俳句作家協會, 1941年7月).

『미즈기누타』의 「미즈기누타 후기」에는 조선 하이쿠를 생각하는 데 있어 매우 흥미로운 기쿠치 쓰키히코(菊池月日子)의 의견이 실려 있다. 논란의 핵심이 된 것은 같은 달 발행된『문예춘추』하이쿠란에 실린 다음 문장이다.

> 만약 하이쿠가 단순히 계제(季題 : 하이쿠에서 춘하추동의 계절감을 나타내기 위해 넣도록 정해진 말)를 읊는 시라면 이야기는 간단하다. [/] 즉, 계제라는 것이 있고, 그와 떨어질 수 없는 일정한 취향이 있어 그러한 계제의 취향에 작가의 정(情)을 가탁하는 것이 하이쿠라고 한다면, 그것은 일본이 아니라 세계 어느 곳에서나 가능한 것이다. 그러나 하이쿠를 일본 고유의 계절감의 시라고 하는 이상 그것은 반드시 일본 본토를 중심으로 하는 계절감에 입각해야만 한다. 그렇기 때문에 나는 일본의 본토를 떠나 멀리 남쪽으로 간 하이쿠는 남방(南方)의 하이쿠로 일본 본래의 하이쿠와 구별해야 한다고 생각한다.[2]

이에 대해 쓰키히코는 '공영권의 공통어로 수립해야하는 일본어를 어떻게 이해하고 있는가? 일본어가 있는 곳에 계제가 생겨나고, 그 계제를 통해 시구 속에 계절감이 충만한 것. 이것이 전통 하이쿠인데 이 필자는 계제와 계절감의 구별조차 분명치 않은 것 같다'라고 통렬히 비판한 후 이렇게 말하고 있다. 게다가 마지막에 '남방(南方)의 하이쿠로 일본 본래의 하이쿠와 구별해야 한다'와 같은 폭언은 우리처럼 내지를 떠나 있는 하이쿠 작가에게는 너무나 심한 말이다.[3]

하이쿠는 '일본의 본토를 중심으로 하는 계절감에 입각'한 문예인 것인가, 그렇지 않으면 '일본어가 존재하는 곳에 계제가 생겨나고 계제를

---

2) 無記名[俳句欄](『文藝春秋』第19卷第11号, 文芸春秋社, 1941年11月).
3) 月日子「水砧後記」(『水砧』第2卷第11号, 1942年11月).

통해 시구 속에 계절감이 충만한' 문예인 것인가? 여기에 하이쿠의 정통성이 일본(내지)」라는 지역에 한정되는가, 그렇지 않은가라는 종주국 문예의 경계 설정을 둘러싼 문제가 대두된다. 그리고 이것은 대동아공영권의 프로파간다와도 공명하는 것이라고 볼 수 있다. 하지만 '일본 본토'의 계제를 중시하는 하이쿠에 대한 외지나 해외의 하이진(俳人 : 하이쿠를 짓는 사람)들이 이의를 제기하는 것은 이 시기의 특수한 상황이 아니다.4) 이것은 외지나 해외에 거주하는 재외 일본인에게 있어 결사나 하이단을 형성하는 등, 하이쿠 활동이 왕성해짐에 따라 반드시라고 해도 좋을 정도로 화제가 되었다. 이는 재외 일본 하이진들에 있어 절실한 존재 증명과 관련된 문제인 것이다.

## 2. 조선 향토색론의 전개

조선 하이쿠 작가협회 강령에서 볼 수 있는 '조선'에 관한 지역성을 나타내는 말의 부재. 그리고 '일본의 본토를 중심으로 하는' 하이쿠 경계 설정에 대한 비판. 이것이 나타내는 것은 제국 일본 내부에 위치 지어진 조선 하이쿠의 정통성을 둘러싼 지향과 그 갈등이다. 이것을 조선 하이쿠는 무엇인가라는 문제와 치환하여 생각해 보도록 하자. 『미즈기누타』 창간호에는 니시무라 고호(西村公鳳)의 「협회의 설립과 조선 향토 하이쿠」가 실려 있다. 여기서 고호는 「조선의 고유색을 가진 하이쿠」에 대해 '원래 그런 하이쿠의 대부분은 단순한 촉목음(觸目吟, 눈에 보이는 것

---

4) 이에 관해서는 졸고 「朝鮮詠の俳域—朴魯植から村上杏史へ」(『海を越えた文學—日韓を軸として』 和泉書院, 2010年6月)를 참조.

을 읊은 것)이거나 고유명사를 이용한 즉흥적인 읊조림으로 끝나는 경우
가 많다'라고 하며 다음과 같이 말하고 있다.

> 내가 말하는 향토 하이쿠는 그런 진부한 것이 아니라 조선 특유의 재
> 료를 가지고 하이쿠를 짓는 경우, 또 우리 생활 환경에서 조선 특유의 사
> 상을 대상으로 하이쿠를 짓는 경우에도 자신이 직접 느낀, 현실의 진상을
> 대상으로 하이쿠를 짓고 싶다는 것이다. 그렇게 함으로써 향토 하이쿠의
> 본질적인 형태가 만들어지는 것이라고 생각한다. 이러한 하이쿠는 오가는
> 여행자들에게는 기대할 수 없는 것으로 우리처럼 조선 땅에 뿌리를 내리
> 고 사는 사람들만이 할 수 있는 것이라고 생각한다.[5]

조선 하이쿠는 단순히 '조선 특유의 재료'에 대해 읊은 것이 아니라
'직접 자신의 몸으로 느낀 현실의 진상을 대상으로 지어진' 향토 하이
쿠가 아니면 안 된다는 것이다. 이는 매우 추상적인 말이며, 사실 어떤
것도 규정하고 있지 않다. 하지만 『미즈기누타』 창간에 있어 니시무라
가 하고자 하는 말은 명확하다. 조선 향토색을 읊은 하이쿠라는 것은 '조
선에 뿌리를 내리고 있는' 사람들이 읊은 것이고, 재조선 하이진에 의해
지어진 향토주의적 경향을 가진 하이쿠라는 것이다. 이 조선 향토 하이
쿠의 정의는 향토라는 글자가 들어있는 이상, 조선에 거주하는 하이진
에 의한 하이쿠라는 것 이상의 뜻이 있음을 시사하고 있다.

조선 하이쿠라는 것은 내지 하이쿠, 혹은 조선 이외의 공간에서 창작
된 하이쿠와는 달리 조선 반도에서 읊어진 하이쿠라고 이해하는 것이
통상적이다. 지역 명칭인 조선은 시기에 따라 그 지시 내용이 달라지지
만, 이 글에서는 1930년대의 조선 향토색론 — 지방색, 고유색 — 을 중

---

5) 西村公鳳「協會の設立と朝鮮鄕土俳句」(『水砧』 創刊号, 1941年7月).

심으로 이에 대해 검토해 보고자 한다. 조선 향토색에 관한 논의는 조
선 하이단 독자의 논의가 아니라 재조선 일본인을 중심으로 단카(短歌)나
센류(川柳) 등의 전통시가 영역에서도 전개되었으며, 문예 영역뿐만 아니
라 미술 영역에서도 선전되었다. 조선 미술전람회(이하 조선미전)에서의
논의를 참조하도록 하자. 1922년 창설된 조선 미전은 미술 진흥을 목적
으로 한 것으로 조선 총독부의 문화정치를 상징하는 관전(官展) 공모 전
람회이다. 이 조선미전에서 화제가 된 것이 이인성(李仁星) 등 조선인 화
가들을 포함한 작품에 나타난 조선 향토색이며,[6] 1930년대가 되면 입선
한 회화, 공예작품에 대한 강평(講評)을 기반으로 조선향토색에 대한 논
의가 이루어지게 된다.

예를 들어 1934년 개최된 제13회 조선미전에서 조선총독부 학무부장
인 와타나베 도요히코(渡辺豊日子)는 '공예부를 개최한지 불과 3년밖에 되
지 않았는데, 반도 특유의 향토색이 넘쳐흐르는 민예적 작품이 다양한
것을 보니 앞으로 기대하는 바가 크다'고 했고,[7] 제1부 동양화에 대해
히로시마 고호(廣島晃甫)는 '좀 더 조선색이 있으면 훌륭한 작품이 될 것
이라고 생각한다'[8]고 했다. 또 향토색을 중시하는 조선미전의 자세에
대해 윤희순(尹喜淳)은 '조선미전의 작가와 심사원들이 상호 판이한 관점

---

6) 김영나 「이인성의 향토색——민족주의와 식민주의」(『美術研究』 第388号, 2006年2月, 喜多
惠美子譯, 初出 『美術史論壇』 第9号, 1999年下半期)에서는 다음과 같이 논하고 있다. 「서양
미술의 새로움에 경도되어 있던 조선 화단(畵壇)은 1920년대에 들어가자 서양미술을 추
종하는 것을 반성하기 분위기가 깊어지기 시작했고, 그와 동시에 향토색에 대한 논의
가 왕성해졌다. 향토색론은 조선의 독자적인 아이덴티티, 향토적 정조를 추구하고자 하
는 민족의식의 발로로 볼 수 있고, 이 무렵 부상한 조선의 민족 문화와 풍속에 대한 관
심, 혹은 농본주의와 연결해서 생각할 수도 있다. [/]또 한편으로는 향토색론은 정치
적 미술에 대한 순수미술론적 성격을 띠고 있었다. […]」
7) 渡辺豊日子 「序」(『第十三回朝鮮美術展覽會図録』 朝鮮美術展覽會, 1934年).
8) 廣島晃甫 「[選後感]朝鮮色に力を注げ(第一部東洋畵)」(『毎日申報』 1934年5月16日).

에서 편협한 관념을 고집하고 쓸데없는 고뇌를 반복한다는 것은 쉽게 발견할 수 있는데, 그것은 소위 로컬 컬러, 즉 향토색 혹은 향토 정조라는 것이다. 도대체 조선 정조란 무엇인가?'라고 비판하고 있다.[9] 또 이후 김용준은 '조선의 공기를 얹고 조선의 성격을 구비한, 누가 보아도 저것은 조선인의 그림이다 라고 말할 수 있을 정도로 조선인의 향토미(鄕土味)가 느껴지는 회화란 절대 형형색색의 유치한 색채의 나열로 성립되는 것이 아니다'라고 하고 있다.[10]

이러한 조선미전의 조선 향토색에 관한 언설은 1920년대 말부터 1930년대 전반을 중심으로 조선 향토색이 전통 시가뿐만이 아니라 미술영역에까지 퍼져 나갔음을 알게 해 준다. 특히 회화나 공예의 경우는 이른바 조선다움을 시각적으로 호소할 수 있다는 점도 간과할 수 없다. 그러나 조선 향토색론이 이 시기에 퍼지게 된 첫 번째 이유는 향토라는 단어의 전파이다. 일본의 향토교육 정책을 중심으로 향토라는 단어가 내외로 널리 분포되어 외지를 포함한 각 지역에서 이와 관련된 활동이 주창·실천되었기 때문이기도 하다. 농본주의 사상의 대두도 고려한다면 이 향토에 대한 관심은 조선뿐 아니라 제국일본 전역에 있어 지역적 아이덴티티의 탐구와 연결된 동시대 현상으로 파악해야 할 것이다.

조선 하이단에서 조선 향토색이 자주 문제시되는 것은 1930년 전후이다. 이 시기에는 조선 각지에서 간행된 하이쿠 잡지의 수만 보아도, 또 조선 하이쿠에 관한 대규모 구집(句集)이나 세시기(歲時記) 성격의 서적 간행을 보아도, 조선 하이쿠의 전성기에 해당한다. 이 시기에 조선 하이쿠의 독자성을 탐구하는 운동이 일어났으며 또한 조선 향토색이란 무엇

---

9) 尹喜淳「第十一回美展の諸現象(1)」『每日申報』1932年6月1日, 韓國語.
10) 金瑢俊「鄕土色の吟味(下)」『東亞日報』1936年5月6日, 韓國語.

인가를 둘러싼 논의도 심화된다. 예를 들어 도다 사다요시(戸田定喜, 필명
은 戸田雨瓢) 편 『조선하이쿠일만집(朝鮮俳句一萬集)』에서는 편집방침으로 '조
선 특유의 색채를 표현하는 작품을 찾는다'고 명기하고 있으며11) 기타
가와 마사토(北川佐人)는 『조선고유색 사전』에서 '조선의 고유색 — 향토
색, 지방색 — 을 널리 각지에서 구하고, 그 어휘를 명확히 하는 것, 그
연혁을 찾고 그 특질을 연구하고 그 이해(利害)를 생각해 보는 것'을 강
조하고 있다.12) 이러한 집성적(集成的) 작업과 함께 앞서 말한 니시무라
고호도 『장생(長栍)』에서 조선 향토색에 관한 주장을 시작하고 있다.

　　하이쿠에 있어 향토색이건 지방색이건, 그 작가의 생활환경에서 생겨
　난 작품은 대개 두 가지로 구분된다. 하나는 그 지방의 독특한 고유색을
　가진 명사를 매개로 한 하이쿠로 비교적 외포적 향토색 하이쿠라고도 할
　수 있다. 또 하나는 그런 고유명사에 의한 언어의 힘을 빌리지 않고 작품
　자체에 그 지방의 색채가 나타나고 냄새가 나는 것인데, 전자에 비해 내
　포적 향토색 하이쿠라 할 수 있다.13)

이 '그 지방의 독특한 고유색을 가진 명사를 매개'로 한 '외포적 향토
색 하이쿠'와 '작품 자체에 그 지방의 색채가 나타나고 냄새가 나는',
'내포적 향토색 하이쿠'라는 구성은 앞서 말한 『미즈기누타』에서의 주
장으로 연결된다. 같은 『장생』의 후쿠시마 쇼라이(福島小蕾)도 '조선적'이
라는 것이 꼭 조선의 고유의 말이나 사실로 글을 짓는 것이라 할 수 없
다. 조선 고유의 말을 배열하지 않아도 보편적인 '국어'적 입장에 있어

─────────

11)「편자는 편찬에 착수하면 시간이 있을 때마다 조선 각지를 여행하고 그 풍물을 접한
　　다. 그리하여 조선 특유의 색채를 표현하는 구로 반도의 문예를 널리 세상에 소개하
　　고자 한다」(戸田雨瓢 編 『朝鮮俳句一万集』 朝鮮俳句同好會, 1926年)
12)　北川左人 編 『朝鮮固有色辭典』(靑壺發行所, 1932年).
13)　西村公鳳「鶴丘漫筆」(『長木生』 創刊号, 1935年1月).

'지방색'을 표현하는 것에 조금 더 관심을 가지는 것이 좋지 않을까라고 생각한다'고 하고 있다.14)

이 점에 있어 '국어'라는 보편성에서 조선 향토색을 표현하는 방법론적인 어프로치가 어디까지 심화되었는지를 판단하는 것은 불가능하지만, 조선 하이쿠가 그 독자성을 내지와 다른 지역성에서 구한다는 언설은 하이쿠 결사나 유파를 불문하고 찾아볼 수 있다. 일찍이 『은하수(天の川)』(福岡)의 요시오카(吉岡) 선사 등이 도한했을 때, '조선의 땅을 밟고 처음으로 조선 하이쿠의 맛을 알 수 있었다'라는 담화를 남겼고,15) 구마가이(熊谷正蜂)는 1926년 경성에서 발간된 『대추』에 대해 '조선이라는 배경의 잡지의 경우 반도의 빛 속에서 늘 조선의 풍물과 함께 숨 쉬고 있는 재조 하이진의 작품이 아니면 감정이 통일되지 않는다'고 말하고 있다.16) 또 당시의 대표적 하이쿠 잡지 중 하나인 『산포도』에서는 '산포도를 더욱 더 내지로 진출시키고 싶다. 지방색이 없어져 재미가 없을까?' 하는 문장도 눈에 띈다. 이렇게 보면 조선 하이단에 있어 향토색론은 조선 하이쿠의 독자성을 제국일본 속에서 지역적으로 환원하기 위한 키워드였음을 알 수 있다.

## 3. 구스메 도코시(楠目橙黄子)의 향토주의

조선 하이단에 있어 조선 향토색론은 다른 장르의 향토색론에 비해

---

14) 福島小蕾は「いわゆる郷土色──梨東草堂雜筆(二)」(『長木生』第3号, 1935年3月).
15) 吉岡禪寺洞[談話], (『松の實』第15号, 松の實吟社, 1921年12月).
16) 熊谷正蜂「半島の代表誌たれ」(『ナツメ』創刊号, 日韓書房, 1926年6月).

비교적 일찍부터 등장했다. 이는 하이쿠라는 창작문예의 성격에서 기인하는 것이다. 원래 근대 하이쿠는 사생적 리얼리즘을 기초로 하고 있고, 문예 속에서는 시각예술에 가까운 언어예술이다. 또 하이쿠는 각지의 결사와 그 구성원을 기반으로 한 지역성에 역점을 둔 창작문예이며, 향토, 향토색론이라는 말과 아주 친화적인 문예인 것이다. 1930년을 전후로 조선 향토색론의 토대가 된 조선 최초의 본격적 하이쿠 잡지로 알려져 있는 『풀의 씨(草の實)』와 구스메 도코시에 대해 검토해 보기로 하자.

다카하마 교시(高浜虛子)를 스승으로 모시는 구스메 도코시를 중심으로 1920년 경성에서 창간된 『풀의 씨』는 이후 조선 하이단에서 여러 형태로 이어지게 된다. 창간호는 확인하지 못했으나 발간에 있어 '하이단의 권위로 그 하이단에 공헌하겠다는 생각은 없습니다. 그저 조선의 색, 만주의 냄새를 표현할 수 있으면 그것으로 족합니다'라는 의견을 표명했다고 한다.[17] 조선과 구만주 지역의 경계도 분화되어있지 않던 시기에 『풀의 씨』가 회원들에게 요구했던 것은 진지한 촉목음(觸目吟)이었다. 그러나 조선·구만주 지역의 회원들의 투고에 의해 성립하는 『풀의 씨』에서는 창간 후 곧 새로운 계제의 제창과 조선 향토색에 관한 제언이 눈에 띈다. 다음은 구스메 도코시가 쓴 「조선과 계제」라는 제목의 글이다.

> 우리처럼 조선에 사는 사람이 하이쿠를 지을 때 부자유스러움을 느끼는 것은 하이쿠의 계제 취향을 충분히 느끼기 어려운 경우가 많기 때문이다. […] 하지만 생각해 보면 조선에 사는 사람들은 이 부자유스러움을 메워야 한다. 일단 일상생활에서 우리의 눈에 보이는 조선의 풍물은 어떠한가? […] 그것들은 그 자체가 이미 우리 하이쿠의 새로운 재료이다.[18]

---

17) 「山葡萄漫談會」(『山葡萄』 第7卷 第2号, 山葡萄發行所, 1933年2月).
18) 無記名 「句集出版のこと」(『松の實』 第28号, 1922年11月).

이 무렵 내지의 하이쿠, 특히 『호토토기스(ホトトギス)』 계열의 하이쿠는 계제를 중시하여 계절이나 세시기에 기초한 하이쿠를 짓는 것이 중요했다. 그에 비해 구스메 도코시는 여기서 조선 특유의 계제를 모집하고 그것들을 영탄할 것을 주창하고 있다. 조선 특유의 새로운 계제를 모집하고 조선 하이쿠의 지역적 특색을 담보하는 것이 재조선 일본인의 '커다란 행복'이 되는 것이다. 또 『풀의 씨』에 있어 도코시의 평론에는 조선의 풍물을 읊은 구는 '지방적 특색', '조선적 색조', '조선색'이라는 말을 사용해 형용하고 있다. 이렇게 조선 하이쿠의 독자성을 모색하는 가운데 도코시는 조선 하이쿠의 문화적 특징을 '향토 예술'이라는 시점에서 다음과 같이 주장하고 있다.

> 하이쿠가 일본 민족의 독특한 예술이고 일본에 국토에 의해 성장한 소이(所以)를 고찰할 때, 하이쿠는 하나의 향토예술이라고 말할 수 있다. [/] 이 향토예술인 하이쿠를 조선으로 옮겨와 새로운 조선의 하이쿠로서의 특색을 완비하도록 하는 것은 조선에 있어 일본인의 신문화적 건설을 실현하는 일면이 아닐까 [⋯]19)

일본의 향토 예술인 하이쿠를 온전히 이식하여 새롭게 조선 하이쿠로서 바꾸어 대성시키는 것. 그것이 조선에 있어 '일본인의 신문화적 건설'의 실현과 직결된다고 주장한다. 이 당시 구스메 도코시가 이시지마 기시로(石島雉子郞)와 함께 초창기에 있어 조선 하이단을 지지했던 대표적인 하이진이었다는 점을 생각하면 조선 하이쿠는 재조선 일본인에 의한 향토예술의 이향에의 가탁으로 시작하고 있다고 할 수 있을 것이다. 다만, 너무나도 타자성이 결락된 이 간략한 표현을 그저 비판할 수만은

19) 楠目橙黃子「朝鮮と季題」(『松の實』第4号, 1921年1月).

없다. 즉 조선의 독자적인 계절어를 모집하지 않거나 조선의 하이쿠를 대성시키지 못하면 재조선 일본 하이진으로서의 아이덴티티 자체가 흔들리고 만다. 후에 도다나 기타가와 등이 왜 『조선하이쿠 일만집』, 『조선하이쿠 선집』, 『조선고유색 사전』과 같이 세시기적 서적을 냈는지에 대한 이유를 생각해 보아도 이 도코시의 주장에는 잘난 척 하는 말 속에 일종의 위기감이 나타나 있다고 보는 것이 좋을 것이다.

1921년, 그것을 확인시켜 주는 일이 일어난다. 처음 발단은 도쿄의 하이쿠 잡지 『들판(枯野)』에 실린 『잣(松の實)』에 대한 잡지평인데, 그 전말은 『잣』 제15호에 게재된 구스메 도코시의 「『들판』의 하이단 월평에 대해」라는 제목의 글에 분명히 나타나 있다. '하세가와 레이요시(長谷川零余子) 씨를 주간으로 하는 『들판』의 창간호에 있어 무로즈미 소슌(室積徂春) 씨의 「하이단 월평」에 우리 『소나무 열매』의 하이쿠 평가가 있었다. 읽어보고 나는 그 평가의 맹랑두찬(孟浪杜撰 : 터무니 없고 오류가 많음)함에 놀랐다.' 그 후 도코시는 하세가와 레이요시 앞으로 두 번이나 논박의 글을 보냈지만 무시당했다. 이에 '원래 우리 『소나무 열매』는 그런 논쟁의 도구를 제공하고 싶지 않지만 나는 그의 망론(妄論)과 무례에 대해 묵과하기 어렵다'고 격하게 의견을 피력하고 있다.[20] 평가의 대상이 된 것은 『소나무 열매』 제12호 하루키에 대한 다음 4개의 구이다.

> 土用鴉躍り來て居り植木水に　　　　春樹
> 가을 까마귀 뛰어올라 와 있네 정원의 연못
> 高粱の秋や大鄕を成す河畔　　　　同
> 가을 수수밭 큰 마을을 이루는 강가로구나

---

20) 楠目橙黃子 「朝鮮と季題」.

運河遼河に雨流し去り秋蒙古　　　　同

운하 요하로 비를 흘려 보낸 후 가을의 몽고

群馬驅る牧人の鞭や秋の聲　　　　同

말무리 모는 목동의 채찍 소리 가을의 음성

이 하이쿠에 대한 무로즈 소슌의 평가는 다음과 같이 시작한다.

　　이것이 잡지 권두의 선출구(選出口)이다. 그 유치함에 놀라지 않을 수
　없다. 완성된 하이쿠라기보다는 오히려 하이쿠의 재료, 원료이다. 앞으로
　는 하이쿠를 예술화해야 한다. 다시 말하면 이 구들은 미완성이다.[21]

　무로즈 소슌의 평가에서는 "가을 까마귀' 구는 '뛰어올라 와 있다는
것'이 과장이며 '정원의 연못'도 조잡하다. '말무리 모는'구는 소재도 발
상도 너무나 진부하며 구법도 유치하다. 이 구와 앞의 두 구는 모두 조
선이겠지 …'라고 하며 4구 모두를 신랄하게 평하고 있다. 이에 대해 도
코시는 이러한 평가 하나하나를 반박하고 있는데 그 중에서도 흥미로운
것은 구스메 도코시가 '가을 까마귀'구 외의 3구에 대해 다음과 같이
반박하고 있는 것이다.

　　한 번도 대륙 지역에서 놀아본 적이 없는 평자가 그 곳에 사는 하이진
　이 어떻게 그 향토에 우리 하이쿠의 세계를 개척하고 있는지를 알았으면
　좋겠다고 절실하게 생각하는 바입니다.

　하이쿠에 확실히 유치한 부분이 있기는 하다. 하지만 소슌의 월평과
도코시의 반박문만 놓고 보면 소슌이 「몽고 지방을 여행하면서 읊은 구」

---

21) 室積徂春「俳壇月評」(『枯野』 創刊号, 1921年10月).

를 보고 안이하게 '조선이겠지…'라고 평하고 있는 것을 보면 확실히 도쿄시의 말에 무게가 실린다. 하지만 여기서 중요한 것은 조선이나 몽고 지역에 관한 소슌의 무지와 무관심이다. 이에 대해 도쿄시는 '내지의 편협한 취향'이라는 표현으로 소슌을 야유하고 일본인이 조선이나 대륙에서 그 영역을 확대해 나가는 것을 '향토'의 언어로 강력하게 주장한 것이다. 하지만 이는 역으로 말하면 예를 들어 조선에서 지은 하이쿠가 내지의 하이단에서 인정받지 못하면 그것은 그저 '하이쿠의 재료'에 지나지 않는다는 말이 된다. 도쿄시가 집요하게 비판한 이유는 바로 여기에 있다.

구스메 도쿄시가 주도해 조선의 계제를 모집하고 조선 향토색을 제창한 경위는 향토예술인 일본 하이쿠의 조선 이식에서 시작해 내지의 하이단에게 조선 하이쿠의 새로움을 주장하는 데 역점을 두었다. 이러한 의미에서 조선 하이쿠는 내지의 하이쿠와는 다른 독자성을 가지는 것이 된다. 하지만 이러한 하이쿠 영역의 경계 설정은 내지 하이단에 의한 승인을 그 대전제로 하고 있다. 조선 하이쿠가 내지 하이쿠와는 다른 하이쿠가 되가 위해서는 내지 하이단, 즉 쿄시의 『호토토기스』의 승인을 받아야만 했다. 조선 하이단을 회상한 문장에 있어 도쿄시도 '우리는 『호토토기스』의 하이쿠를 우리 하이쿠의 정도(正道)라고 생각하고 『호토토기스』에서 교시 선생의 작품을 창작상 최고 목표로 삼고 있었다'라고 하고 있다.[22] 이런 의미로 본다면 조선 하이쿠라는 것은 내지와는 다른 독자성을 가지면서 내지 하이단, 즉 교시의 『호토토기스』에서 승인을 받은 하이쿠인 것이다.

---

22) 楠目橙黄子「京城の俳句界と私(三)」(『松の實』第7号, 1921年4月).

## 4. 조선 하이쿠와 향토성의 역학

조선 하이쿠의 독자성은 내지 하이단의 승인을 거친 후 형성되었다. 이것은 식민지 문학의 전형적인 프로세스이며 조선에 있어『호토토기스』 계열 하이쿠에 나타나는 모범적인 도정이라고 생각할 수 있다. 그래서 마지막으로 교시의『호토토기스』에 실린 조선 하이쿠의 사례를 검토해 보고자 한다. 1920년대,『호토토기스』계 하이쿠에서 주목을 받은 조선 영의 명수 아다치 로쿠도(安達綠童)가 있었다. 앞서 말한 기쿠치 쓰키히코 의 후기가 실린『미즈기누타』제2권 제5호는 그 아다치 로쿠도의 추도 호이기도 했다.『호토토기스』에서 권두 2석을 차지한 '가을이구나 붉은 조선 부채가 버려져 있네〈くれなゐの朝鮮団扇捨てにけり〉'가 대표작이라 말해진 다. 엔도 니라죠(遠藤韮城)는「여신인격(如神人格)」에서는 '다이쇼 10년 무렵 부터 두각을 나타낸, 향토색 짙은 청신한 구를 발표하고 호토토기스에 도 혁혁한 명성을 떨친 우리의 친구에게 놀랐다'라고 했고, 고야마 소로 쿠(小山草綠)는「만주를 좋아하는 로쿠도 씨」에서 '특히 이색적인 저회(底 徊) 취미의 작풍, 농후해진 조선색을 풍부하게 채색한 독특한 경지는 모 두가 찬미하는 바'라고 하고 있다. 아다치는 박노식이 단카를 그만두고 하이쿠에만 전념하게 하여 첨삭, 지도한 인물이며, 박노식의 사후「딸기」 의 선자(選者)로서 이영학, 장봉환, 이순철 등 조선 하이진을 지도한 것으 로도 알려져 있다.

아다치가 조선 하이쿠로 알려진 것은 1920년대 전반, 구스메 도코시 주재의『잣』에서 든든한 기둥 역할을 하며 지탱한 시기이다. 1916년 무 렵부터 하이쿠와 가까워졌고, 그 후『경성일보』「경일(京日) 하이쿠」란의 선자였던 구스메 도코시가 주재하는「귀등회(鬼灯會)」에서 실력을 쌓아

『잣』 시대에 두각을 나타낸 하이진이다. 경성 공업 전수소를 졸업한 아다치는 이른바 도쿄시의 애제자여서 도쿄시는 '처차식보다 사랑스럽도다 제자의 하이쿠(妻子よりかはゆき弟子のホ旬の秋)'라고 읊고 있다. 그 아다치가 조선 향토색에 능한 조선 하이쿠의 명수로 알려진 것은 말할 것도 없이 교시의 『호토토기스』 때문이었다. 1920년대 전반 아다치는 도쿄시 등과 함께 『호토토기스』 잡영의 단골이 되는데, 특히 1922년 9월과 22년 11월에는 잡영 권두, 혹은 권두 2석을 장식하고 있다.

> 夏野驅馬巫女の皷を括られて
> 여름 들판에 무녀의 북소리에 노새 모이네
> 柱聯を替へても麥秋の郡守かな
> 주련 바뀌도 보릿가을 무렵의 군수로구나
> 高粱や驢上の賈人月を失す
> 수수로구나 당나귀를 탄 상인 길을 잃었네
> 內房や羅裁つに月まどか
> 안방에서는 비단 바느질하네 둥근 보름달
> 春愁の泪落ちしや薄瞼
> 시름잠긴 봄 눈물을 흘리는가 얇은 눈꺼풀
>
> (以上, ホトギス雜詠卷頭, 1921年9月)

> 秋の夜や左衽なる圍爐裏の子
> 왼여밈 옷의 이로리 옆의 아이 가을밤이여!
> 秋扇をひろげ持ちけり檻の猿
> 가을 부채를 펼쳐 쥐고 있구나 우리 속 원숭이
> 秋扇人なき轎にありにけり
> 가을이구나 사람없는 가마에 부채만 있네
> 紅の朝鮮扇捨てにけり
> 가을이구나 붉은 조선 부채가 버려져 있네

白檀に秋の戀猫のぼりけり
백단목 위에 발정난 고양이가 올라가 있네
城門の中の鳴子や鳴りにけり
성문 안에서 새를 쫓는 딸랑이 울리는구나

　　　　　　　(以上, ホトトギス雜詠卷頭二席, 1922年11月)


　이렇게 보면 확실히 저회취미(低徊趣味(小山草綠))로 조선향토색의 청신한 작품(遠藤韮城)이라는 평도 수긍할 수 있지만 아다치의 예선구는 단숨에 조선 하이쿠라는 것을 알 수 있는 하이쿠에 한정되지 않는다. '시름잠긴 봄 눈물을 흘리는가 얇은 눈꺼풀(春愁の泪落ちしや薄瞼)', '가을 부채를 펼쳐 쥐고 있구나 우리 속 원숭이(秋扇をひろげ持ちけり檻の猿)', '백단목 위에 발정 난 고양이가 올라가 있네(白檀に秋の戀猫のぼりけり)', '성문 안에서 새를 쫓는 딸랑이 울리는구나(城門の中の鳴子や鳴りにけり)'와 같은 구는 그것이 내지라 해도 아무 문제가 없는 내용의 구이다. 독자들이 이것이 조선 하이쿠라는 것을 아는 것은 다카하마 교시에 의해 선택된 5구, 혹은 6구를 연속으로 읽고 '조선 아다치'라는 거주지를 감상에 추가하는 경우로 한정된다. 물론 보통은 그렇게 읽혀졌지만 여기서 명기하고 싶은 것은 아다치의 조선 하이쿠 또한 그 구만으로 조선 향토색을 나타내고 있다고는 상정하기 어렵다는 것이다.

　재조선 일본인이 스스로 조선의 풍물에 계절감을 가탁하는 것에서부터 시작된 조선 하이쿠는 이윽고 향토색론이나 향토 하이쿠와 함께 그 독자성을 가동하기에 이른다. 그러나 너무나 명확한 조선 향토색의 잦은 사용은 진부한 창작이 되고 만다. 그렇다면 조선 하이쿠란 무엇인가? 그것을 규정하기 위해서는 한 구, 한 구 음미하며 '이것이 조선 하이쿠다'라고 지명할 수밖에 없을 것이다. 즉, 조선 하이쿠에 있어 향토색이란 규정할 수 없는 매직 워드(magic word)로써 기능하고 있는 것이다.

하지만 이 향토를 키워드로 한 조선 하이쿠의 규정할 수 없는 것을 지정하려는 움직임은 제국일본의 식민지 문학이라는 견지로 보면 극히 흥미로운 프로세스이다. 조선 하이쿠는 하이쿠의 보편성을 추구하기 위해 그 지역적 특수성에 의존했다. 이런 외지에서의 창작 문예의 정통성을 둘러싼 움직임은 소설을 비롯해 산문에서는 거의 찾아볼 수 없기 때문이다. 그것은 사생에 기반해 계절을 노래하는 대중화를 거친 근대 하이쿠이기 때문에 가능한 실천인 것이다. 여기에는 내지 하이쿠와의 관계에서 그 지역적 아이덴티티를 형성하기 위한 자기규정이나 갈등을 찾아볼 수 있으며, 이 하이쿠는 내지 하이쿠 자체를 상대화하는 것과도 연결된다. 제국 일본에 있어 식민지 문학의 전형적인 장르라고도 할 수 있는 조선 하이쿠에 있어 그 지역적 특수성에 의거해 독자성을 탐구하는 운동이 어떻게 하이쿠라는 종주국 문예에 갈등을 불러일으킬 수 있었던가에 관한 문제는 앞으로의 과제로 삼고자 한다.

❂ 번역 : 신주혜

# 전쟁 말기의 『북창(北窗)』

「장편(掌篇) 헌납(獻納) 소설」을 중심으로

## 1. 서론

1941년 12월 8일, 일본은 진주만 공격으로 미국, 영국에 선전포고를 했다. 같은 해 12월 12일 도조(東條) 내각 결의결정에 의해 '대동아전쟁'이라는 명칭과 정의가 정해져, 이후에 중일전쟁, 대 네덜란드전쟁, 대 소련전쟁도 대동아전쟁의 범위에 포함되었다. 대동아전쟁의 발발에 의해 일본은 전쟁기의 절정을 맞이했지만, 그 이후의 전황(戰況)은 순조롭지 않아서 길어진 전선은 일본을 전쟁의 구렁텅이로 밀어 넣었다. 그 때문에 전쟁을 막 시작한 일본은 곧 전쟁말기의 상태로 들어갔다.

동시대의 '만주문예'는 거의 같은 모습을 띠고 있었다. 그런 가운데 대동아전쟁을 지지한 작품도 있고, 전시하의 궁핍함을 묘사한 작품도 있었다. '북으로 열린 창'으로서 창간된 잡지 『북창(北窗)』도 '만주문예', '국책' 등과 영합하여, 북만(北滿)에 머무르지 않고 위만주국(僞滿洲國) 전

역의 작가를 모아 대동아전쟁의 화염에 쌓인 만주문예의 정황을 여실히
보여주었다. 특히 제5권(1943년 출판)에 수록된 『북창(北窓)』은 '대동아문
학자 대회'의 제창에 대응하기 위해, 잡지 전체의 구성을 조정하고 새로
운 기고란을 추가하였다. 제5권 제2호부터 제4호까지의 잡지는 칼럼
'장편 헌납소설'을 배치하고, 아오키 미노루(青木實), 다카기 교조(高木恭造)
등에 의한 헌납소설을 12편 게재하였다. 게재된 헌납소설은 '장편(掌篇)'
으로 일견 매우 간단한 형태로 쓰여졌지만, 내용으로 보자면 문장에 담
긴 시대성이나 정치성이 역력하며, 전쟁말기의 『북창』, 만주문예의 복잡
한 정황도 어느 정도 읽어낼 수 있다. 이 글은 『북창』에 게재된 장편 헌
납소설을 중심으로 잡지 『북창』에 근거하여 동시대의 만주문예의 정황
을 고찰하고자 한다.


## 2. 잡지 『북창』

장편 헌납소설을 다루기 전에 우선은 잡지 『북창』의 역사에 대해 조
금 조망하고자 한다.

격월로 간행되는 『북창』은 남만철도 주식회사 하얼빈 도서관의 관보
이다. 발간은 1937년 5월, 종간은 1944년 3월이다. 공식잡지로는 약 5
년간(전 26권)의 수명은 확실히 짧을지 모르지만, 똑같이 단명한 위만주
국의 산물로 당시의 사회변천에 직면하고 있었다. 같은 잡지는 '도서관
관보'라고 칭해졌지만, 내용이나 형식이나 종합잡지의 성격이 강하고,
도서관 계의 문장뿐만 아니라, 문화, 문예 등의 영역을 아우르는 당시
하얼빈의 대표적인 잡지로 인정받았다.

편집장이었던 다케우치 쇼이치(竹內正一)는 창간호인 「북창 계신(北窓季信)」에 잡지의 취지를 자세히 소개하였다. 『북창』은 '종래의 도서관 관보와는 형식이나 내용 모두 많이 다른 것이 되었다. 과연 이 방법이 도서관보로서 적당한지 아닌지는 강호의 비판을 기다리는 바이다. 그러나 적어도 우리는 관보가 단순히 정황의 보고에 그쳐야 하는 것이라면, 아마도 『북창』의 발간을 기획하지 않았을 것이다. 『북창』에는 창간호와 같은 발간사나 권두언 같은 종류의 문장을 쓰지 않았다. 그럴 필요를 느끼지 못했던 것이다. 이것은 우리 하얼빈 도서관이 이런 잡지를 통해 이후에 보다 밀접하게 대중과 결합해 갈 것을 바랄 즈음에 취한 태도를 스스로 표명한 것이라고 생각했기 때문이다.'[1]라고 언급하였다.[2] 형식으로 보자면 『북창』의 등장은 화려하지 않았지만, 그 취지는 명확하여 첫째는 형식적인 것에 구애받지 않고, 둘째는 도서관 정황의 보고에 그치지 않았고, 셋째는 대중과 긴밀하게 결합된다는 점 등을 들 수 있다. 나중에 이 잡지에는 시국에 대응하여 헌납소설까지 간행되었지만, 앞서 예로 든 세 가지 방침은 거의 변하지 않은 채로 종간까지 지속되었다. 그 결과 『북창』에서 간행된 문장의 범위는 폭이 넓었고, 일반독자의 투서도 있어서 공식관보로서 도서관 정황에 대한 보고 등은 되레 적었다. 도서관 관보였던 『북창』은 종합잡지의 궤적을 걷게 되었다.

『북창』에 게재되었던 문예 관련 문장을 장르로 보면 다음과 같다.[3]

---

1) 본론에서 인용한 자료는 전부 현대 가나표기법으로 바꾼 것이다.
2) 다케우치 쇼이치 「북창계신」(『북창 제1권 제1호(1993년 복간)』 도쿄 : 료쿠인쇼보, 1993), p.43
3) 내용으로 장르를 판단하기 어려운 문장은 포함시키지 않았다. 숫자는 문장의 수.

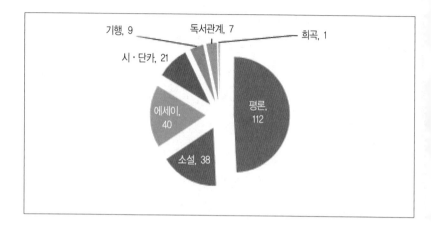

숫자로 보자면 가장 많은 것은 각종 평론, 특히 당시의 만주문예에 대한 평론이다. 가노 사부로(加納三郞), 아오키 미노루를 비롯해 위만주국에 체재했던 일본인 작가는 만주문예의 성격, 성질, 구성, 발전 등에 지혜를 모아 검토하고 있었다. '만주문학의 독자성·기타'(가노 사부로),4) '만주문학론(다케시타 다쓰오)',5) '만주 문학에서의 현실파악(이시와타 요시아키)'6) 등은 그 대표적인 것이다. 게다가 동 잡지는 제4권 제1호부터 칼럼 '문예시평', '창작시평' 등을 더하여, 위만주국에서 새롭게 간행된 작품은 자세히 소개하거나, 문화, 시국 등의 각도에서 해설하거나 하였다. 여기서 특기해야 하는 것은 공식관보『북창』에 게재된 평론이 전부 국책, 시국에 영합했던 것은 아니라는 점이다. 예를 들면 나카가와 가즈오(中川一夫)가 기고한「북돋우는 사람들」은 당시의 위만주국 평론계에서 해결해야만 하는 문제점을 지적하였다. '게다가 그것(평론)이 최고도로 발

---

4) 『북창』 제1권 제3호, pp.34-43.
5) 竹下辰夫, 『북창』 제2권 제1호, pp.2-13.
6) 石渡義朗, 『북창』 제3권 제2, 3호.

휘될 수 있기 위해서는, 쓸데없이 독선적이거나 편협하다든가 기술적으로 낮은 것이어서는 안 된다. 게다가 현재로서는 모략에 이용되지 않는 주도면밀함이 요구된다. 논단을 북돋우어 확립한 급무와 어려움은 바로 여기에 있다.'7)라고 언급하였다. 나카가와가 지적한 '모략'은 같은 평론에서 명확히 제시되지 않았지만, 시국으로 보자면 그것은 국책옹호, 대동아전쟁 지지라는 것으로 추측해 볼 수 있다. 그래서 잡지 『북창』에 실린 시평은 일견 시국에 대응한 문제의식을 갖고 있지만, 자세히 읽어 보면 그에 대한 반항도 읽어낼 수 있다. 이러한 태도를 가진 작품은 시평뿐만 아니라 다른 칼럼에도 존재하여, 시국에 영합한 주류 작품과 함께 잡지 『북창』의 복잡한 성격을 이루고 있다.

제2위는 에세이. 『북창』에 투고한 작가는 에세이 형식으로 자신의 감상을 표현하거나, 주변의 생활을 그려내었다. 이들 작품은 도시공간에서 자연풍물까지 하얼빈을 스케치하듯이 생생히 묘사하였고, 식민지 시대의 하얼빈, 오리엔탈리즘의 시야에서 하얼빈의 이미지를 기술하고 있다.

제3위는 소설. 제1권 제1호부터 제2호까지의 『북창』은 거의 다 소설을 중심으로 하지 않았지만, 제4권 제3호부터 그 수가 점차 증가하여, 반 이상이 제5권에 집중되었다. 특히 제5권 제2호부터 게재된 장편 헌납소설은 기고한 작가나 장편의 내용이나 전시하라는 특수한 정세에 확연히 영합하고, 국책문학의 특징을 결집시켰다.

그 외에 시가(詩歌)나 기행(紀行) 등의 수는 그렇게 많지 않았지만, 『북창』에서는 필수불가결한 존재로, 평론, 에세이, 소설과 함께 동 잡지의 문예성을 형성하고 있었다. 기고한 일본인 작가로는 위만주국 시대의

---

7) 나카가와 가즈오 「북돋우는 사람들(盛り立てる人々)」(『북창 제4권 제1호(1993년 복간)』 도쿄 : 료쿠인쇼보, 1993), p.68.

대가도 있고, 신인작가의 이름도 적지 않았다. 문예란에 게재된 문장의 수는 총수의 반 정도이고, 원래 관보였던 『북창』이 어째서 문예에 주목했는지에 관해, '다케우치 쇼이치가 만주 문예계를 대표하는 제일선의 작가이기도 했고, 같은 잡지 문예란에 저절로 힘이 실린 점도 자연스런 흐름이었을 것이다. 혹은 다케우치 자신이 같은 잡지를 만주 문학계의 신흥 세력에 비유하여, 신진작가의 육성을 몰래 기도하고 있었다고도 추측된다. 당시 만주에서는 다롄(大連)에서 간행된 『작문(作文)』과 신징(新京)에서 간행된 『만주낭만(滿洲浪漫)』이 양대 유력 문예지로 건투 중이었다. 다케우치로서는 여기 북만주 하얼빈에서 이렇다 할 문학활동이 보이지 않는 점에 일말의 쓸쓸함을 느꼈는지도 모른다.'8)라고 『북창』 복간판(復刊版)을 편집한 니시하라 가즈우미가 정리하였다.

동인지 『작문』(다롄)과 『만주낭만』(창춘[長春], 위만주국 시대의 신징[新京])은 위만주국의 양대 유력 문예지였다. 당시에 만주로 건너간 일본인 작가는 거의 다 양대 잡지의 동인이 되었고, 만주문예를 이론과 실천 양면에서 구축하고자 하였다. 다롄과 장춘에 비해 위만주국 제3도시인 하얼빈은 일본색이 가장 옅은 지도 모르지만, '동방의 모스크바'로 불렸기 때문에, 러시아 풍의 도시풍경을 갖고 있었고 모던한 분위기에 휩싸여 문화의 다양성도 풍부하였다. 그 때문에 하얼빈의 문예활동도 시대에 뒤질 리가 없었다. '문학활동이 보이지 않는 점에 일말의 쓸쓸함을 느꼈'던 다케우치는 『북창』의 '문예란에 저절로 힘을 실'어 다롄과 장춘에 이어서 하얼빈 나름의 문예잡지를 편집하고자 노력하였다. 그에 대해 위만주국에 체재했던 일본인 작가도 『북창』의 성장에 적극적으로 협력

---

8) 니시하라 가즈우미 「해제 『북창』이 지향한 것」(『북창 별책』, 됴쿄 : 료쿠인쇼보, 1993), p.11.

하고, 동 잡지의 단골 기고자로는 『작문』과 『만주낭만』의 동인(아오키 미노루, 기타무라 겐지로, 오우치 다카오)도 있었고, 『북창』을 집필상의 거점으로 하는 작가(오노사와 로쿠로(大野澤綠郞), 노가와 다카시(野川隆))도 적지 않았다. 따라서 『북창』은 『작문』과 『만주낭만』보다 발족이 조금 늦었지만, 양대 잡지의 동인과 달리 활약하고 있던 일본인 작가를 규합하여 위만주국에서 구축된 명작과 명가(名家)의 무대가 되었다.

## 3. 전시 하의 『북창』과 장편 헌납소설

'헌납'이란 원래 신사나 절, 국가 등에 필요하다고 생각되는 물건을 바치는 것으로, 대동아전쟁에 돌입한 직후에 헌납하는 상대도 신사나 절·국가에서 '군'으로 옮겨갔다. 당시의 일본 국내에서는 이미 군대지지=국가지지라는 비상사태가 되어, 군이나 전쟁은 전국의 중심이 되었다. 그에 따라서 일본 국내, 식민지, 영지의 문예계도 적극적인 태도를 취하였다. 가장 전형적인 예로서 일본문학에서는 헌납하이쿠, 헌납소설이 생겨나고, 중국문학에도 헌납시, 시국소설 등이 등장하였다. 헌납이라 칭해진 작품은 확실히 동일한 취지를 갖고, 대동아전쟁에 정열을 불사르던 일본문예의 여러 모습을 비추고 있었다.

『북창』에 게재된 헌납소설은 장편(掌篇)의 형태로 전부 12편, 제5권의 제2호, 제3호, 제4호9)에 산재해 있었다. 어째서 장편이라는 형식을 취했

---

9) 제5권 제2호 : 1943년 5월 15일 발행.
　　제5권 제3호 : 1943년 7월 15일 발행.
　　제5권 제4호 : 1943년 9월 15일 발행.

는지, 장편 헌납소설의 사명은 무엇이었는지에 대해 편집자는 제5권 제 2호의 편집후기에 '전시 하에서는 종이 한조각도 헛되이 해서는 안 되기 때문에, 그 여백을 가장 효과적으로 활용하기 위해서 이번호부터 헌납 장 편소설을 게재하기 위해 의뢰한 바, 즉시 모두 흔쾌히 원고를 보내주었다. 어떤 것도 전시 하에 더욱 북쪽을 수호하는 철벽의 마음으로 굳건히 하는 애송(愛誦)할만한 단편들뿐이다. 이 원고료는 각 집필자 이름으로 본지에서 일괄 군에 헌납할 것이다. 필독을 구한다.'라고 자세히 설명하였다.

인용한 부분에서 가장 주목해야 하는 것은, 전시하라는 점, 연구자가 흔히 지적하듯이, 40년대에 들어선 일본문예계는 대동아전쟁의 발발에 대응하여 적극적인 태도로 협력하였다. 그에 대해서 오자키 히테키(尾崎 秀樹)는 '12월 8일 영미에 대해 선전포고한 이래, 문학자 애국대회 개최, 일본문학보고회 결전대회, 일본출판회 창립, 전국 신문·출판사업의 정 리 통합, 징병연령 인하, 결전비상조치요강 결정, 특공대 출진, 제3회 남 경대회와 세 번의 대동아문학자 대회 사이에 보여진 중요한 움직임을 몇가지 추출하는 것만으로, 결전체제를 향한 발걸음을 시험하는 놀라운 양상이 실감나게 다가온다.'라고 정리하였다.

앞서 기술한 활동에서 특히 강조하고 싶은 것은 대동아문학자 대회이 다. 대동아문학자 대회는 1942년 11월 제1회 회의가 개최되어, 그 이후 43년 8월 대동아문학자 결전회의, 1944년 11월의 난징대회가 세 번 개 최되었다.[10] 회의 참가자는 일본측 대표와 일본의 식민지, 종속국, 점령 구의 대표로 이루어졌다. 위만주국의 일본계 대표로서 제1회는 야마다 기요사부로, 제2회는 야마다 기요사부로와 오우치 다카오, 제3회는 야

---

10) 오자키 히데키 『구 식민지 문학의 연구』(도쿄 : 게이소 쇼보, 1971), p.22.

마다 기요사부로와 다케우치 쇼이치가 참가하였다. 야마다 기요사부로
와 오우치 다카오는 『북창』의 편집장이고, 그런 점에서 잡지 『북창』과
대동아문학자 대회가 밀접한 관계가 있음을 알 수 있다. '대동아전쟁이
실로 치열해지는 어느 날, 동양 전 민족의 문학자 여기서 만나 일치단
결하여 오래도록 우리 동양에 해독을 끼치는 모든 사상에 전쟁을 선포
하고, 새로운 세계의 여명을 가져오고자 한다.'(대회선언), '이제 어떤 것
도 두려워않는 정신을 갖고 매진할 것을 모든 적국에 고하는 바이다.
무릇 문학과 사상의 문제는 강렬한 신념과 영원히 이어지는 각고의 노
력으로 처리되어야 할 것이다.'(대회선언)라고 외쳤던 제1회 대동아문학자
대회는 '전쟁지지'라는 태도를 여실히 드러내며, 일본문예도 '전시하'에
들어갔음을 선포하였다.

　이듬해 제5권에 수록된 『북창』도 점차 전시하의 분위기에 짙게 물들
어갔다. 야스다 후미오(安田文雄)는 1942년 12월(제5권 제1호)의 '창작시평'
에 '대동아전쟁하의 눈부신, 그러나 분주한 다사다난한 한해가 지나고,
새로운 한해를 맞이하였다. (…) 내지에서는 '대동아문학자 대회'가 화
려하게 개최되어, 만주국 대표도 참가하였다. 우리는 이 화려함이 지난
뒤에야말로, 조용히 그 성과와 수확을 곰곰이 생각해봐야 한다고 여겨
진다. 그 점에서 아쉬워할 점이 없었던 것일까?'[11]라고 냉정하면서도 의
기양양하게 논하였다. 같은 호의 '문예시평'에서 아키하라 가쓰지(秋原勝
二)도 '국가의 향방에 책임을 갖는, 강력하고 활기있는 국민정신을 유지,
육성하는 임무에 스스로를 세우고, 봉사하는 영광스런 책임에 불타, 대
동아전쟁 하에서 점점 더 가중된 임무를 달성해야 한다. 문학자 본연의

---

11) 야스다 후미오 「창작시평」(『북창 제5권 제1호(1993년 복간)』 도쿄 : 료쿠인쇼보, 1993),
　　p.88.

길이 여기에서 시작된다.'12)라고 각오를 다졌다.

제5권 제2호, 3호, 4호의『북창』은 '전시하'라는 풍조에 보다 짙게 물들어갔다. 우선은 표지가 바뀌었다. 제5권 제2호부터 제4호까지 발간명인『북창』의 오른편에 '무찔러 버려라'라는 슬로건이 인쇄되어, 같은 잡지의 대동아전쟁에 대한 태도는 표지에까지 보이게 되었다. 내용으로 보자면, '장편 헌납소설'도 같은 호에 게재되어, 슬로건 '무찔러 버려라'와 같이 제4호까지 이어졌다. 제5권 제2호의 '편집후기'에 의해, '장편 헌납소설'의 '원고료는 각 집필자의 이름으로 본지에서 일괄하여 군에 헌납한다'라고 명시되었기 때문에, 잡지뿐만 아니라『북창』에 기고한 작자들의 '전시하'에 대한 태도도 확연히 제시하였다. 그런 점에서 보자면, 창간 후부터 계속 거울처럼 만주문예의 정황을 보여주었던『북창』도 40년대에 들어서서 만주문예와 함께 전쟁상태로 돌입하였다.

한 가지 더 지적하고 싶은 것은 '장편(掌篇)'이라는 형식이다. 편집후기에 의해 '장편'이라는 형식을 취하는 것은 잡지의 '여백을 가장 효과적으로 활용하기 위해서'라고 한다. 게재된 형식으로 보면, '장편'은 확실히 잡지의 '여백'을 메웠지만, 그것이 '장편 헌납소설'이라는 패턴이 생겨난 요인이라고 생각되지 않는다. 동시에 등장한 '헌납하이쿠'는 고사하고, 중국어로 쓰여진 '헌납시'도 종종 간결한 형식으로 예술성보다 사상선전에 주목하였다. '시국소설'과 '헌납소설'의 경우도 단편의 수가 압도적으로 많고, 중편과 장편은 거의 발견되지 않는다. 어째서 이러한 상황이 되었는지에 대해, '헌납작품'이 담당하던 시간성과 선전성으로 설명할 수 있을지 모른다. '전시하'의 산물로서 전쟁지지와 전쟁협력은

---

12) 아키하라 가쓰지「문예시평」(『북창 제5권 제1호(1993년 복간)』 도쿄 : 료쿠인쇼보, 1993), p.104.

'헌납작품'의 태생적인 사명이고, 긴박감이 감돌던 전시하의 일본에서는 '헌납작품'도 시대착오적인 존재가 되어서는 안 되었고, 단시간에 선전성이 풍부한 작품을 창작하는 것은 당시의 일본문예에서 가장 중요한 책무가 되었다. 창작시간이 그다지 많지 않았기 때문에, 중장편이 아닌 단편의 형식을 취한 작가가 많았고, 예술성을 버리고 사상선전으로만 주목받는 것도 당연시 되었다.

그에 따라서 『북창』에 등장한 '장편 헌납소설'은 만주문예계의 대동아전쟁에 대한 특별한 정서를 원고용지 한 장 정도의 길이에 응축시켜, 전쟁말기의 만주문예에서 다양한 태도(주로 전쟁지지가 중심이었지만, 조금 위화감을 가진 작품도 있음)를 어느 정도 읽을 수 있다. 그리고 전쟁말기의 잡지 『북창』도 시대성이 풍부한 '장편 헌납소설'에 의해 전시하의 만주문예에 넘치는 정열을 각자의 시각에서 그려내었다.

## 4. 12편의 장편 헌납소설

『북창』에 게재된 장편 헌납소설은 각호의 정황에 의해 다음과 같다.

| | |
|---|---|
| 제5권 제2호 | 「유서」 다카기 교조 /「구매행렬」 아오키 미노루<br>「잠이 깨다」 아키하라 가쓰지 /「인간채용」 쓰쓰이 슌이치(筒井俊一) |
| 제5권 제3호 | 「천장절(天長節)」 기타무라 겐지로 /「전쟁의 봄」 오우치 다카오<br>「고무나무」 도미타 고토부키(富田壽) /「한 명의 진심」 우에노 료요(上野凌峪) |
| 제5권 제4호 | 「묵도(默禱)」 미야케 도요코(三宅豊子) /「선저우(神州)」 간베 데이(神戶悌) |

작자의 정황으로 보면, 장편 헌납소설에 기고한 사람은 모두 만주문

예에서 손꼽히는 작가이다. 다카기 교조, 아키하라 가쓰지, 미야케 도요코는 잡지 『작문』의 동인, 아오키 미노루, 기타무라 겐지로, 마치하라 고지는 잡지 『만주낭만』의 동인이다. 오우치 다카오는 위만주국에서 활약한 유명한 번역가로, 오우치에 의해 번역된 중국인 작가의 작품은 백편 이상에 달한다. 그에 따라서 장편 헌납소설에 기고한 작가들은 만주문예의 각 유파에서 모여, 게재된 12편의 장편도 거울처럼 각 방면에서 전시하의 만주문예의 정황을 반영하였다.

내용으로 보면 『북창』의 장편 헌납소설은 대략 세 종류로 나눠볼 수 있다.

## 4-1. 전쟁 관련 작품

이 부분은 러일전쟁과 관련된 「유서」(다카기 교조)와 「펑톈(奉天)의 돌맹이」(마치하라 고지), 러일전쟁과 관련된 「선저우(神州)」(간베 데이)을 들 수 있다. 「유서」의 주인공 시바타(柴田) 일등병은 러일전쟁의 전장에서 설사병이 나 한걸음도 뗄 수 없는 중병에 걸렸기 때문에, 후속부대의 군의가 올 때까지 현지에서 대기하였다. 그러자 시바타는 자신의 유언에 "만의 하나 포로가 되는 굴욕 상황이 되면, 국가에 대한 더없는 불충이 아닐 수 없다. 적어도 의식이 확실한 가운데 자결하여 죄를 천하에 사(謝)하는 바이다."라고 썼다. 「펑톈(奉天)의 돌맹이」는 1930년 징병검사에서 병종(丙種) 합격이 된 주인공과 아버지에 관해 말하고 있다. 병종 합격에 대해 언제나 '상냥하고 글을 부지런히 잘 쓰는 아버지였지만, 그의 병종 합격 보고만큼은 어떤 위로의 말도 건네지 않았다. 다만 만년의 어느 날, 아버지와 함께 살게 된 무렵 '병종 합격이라고 너는 말했지만, 병종

이 합격인가'라고, 국화꽃 화분을 양지에 내어놓으며 전에 없이 불쾌함을 토로했다'. 주인공 아버지는 러일전쟁의 때 봉천 총공격에 참가한 병사로, 봉천이 함락되던 날에 기념물로서 봉천의 어딘가에서 작은 돌을 주워, 매년 3월 10일 육군기념일에 자주 이 돌을 가미다나(집안에 신을 모시기 위한 선반-역자)에 바쳤다.

주지하는 대로, 일본의 근대 역사는 러일전쟁을 빼놓고 말할 수 없다. 러시아에 대한 승리를 계기로 일본은 아시아에서 '일본시대'의 막을 열었다. 일본인에게 러일전쟁은 단순한 식민지 이익과 관련된 전쟁뿐만 아니라, 그것을 동양문화와 서양문화의 대결이고, 러시아에 승리한 것은 즉 유럽에 대한 대승리이다. 그 때문에 40년 후에 영미를 비롯한 유럽과 부딪혔을 때, 우선 일본인 머리에 떠오른 것은 두 말할 나위 없이 러일전쟁이었을 것이다. 일본문예의 경우도 러일전쟁의 역사를 빌려 대동아전쟁에 대해 이야기하는 작품은 드물지 않고, 「유서」는 그 실례로 일등병인 시바타의 국가와 전쟁에 대한 충성심도 대동아전쟁까지 어김없이 이어졌던 것이다.

「펑텐(奉天)의 돌멩이」가 전해주는 것은 참전자 자신의 자존심이다. 주인공 아버지는 봉천에서 주운 돌멩이를 전리품으로 가미다나에 놓고, 마음속에서 떠오른 자만어린 기분을 역력히 드러내고 있다. 그리고 아버지의 병종 합격에 부여한 불만에도 군인으로서의 자부심을 읽을 수 있고, 전쟁에 나선 병사에 대해 갑등(甲等)만 인정한다는 태도가 매우 분명하다. 그래서 러일전쟁에 의한 일본 군인으로서의 자부심은 메이지, 다이쇼 시대에 걸쳐 쇼와시대에 이르기까지 이어졌음을 알 수 있다. 마치하라 고지는 그 자존심을 작품에 짜 넣어 러일전쟁을 회상하면서 대동아전쟁을 격려하는 점이 분명히 보인다.

제5권 제4호에 게재된 「선저우(神州)」도 같은 방법을 취했다. 주인공 오카다 중위는 메이지 28년(1895년) 중국의 랴오 허(遼河) 유역(流域)에 파견되어 청국 병사와 싸웠다. 그로부터 48년이 지나 대동아전쟁의 징병이 있었을 때에 오카다는 '나도 가고 싶구먼. (…) 때때로 곤란한 사건이 일어나더라도 유유히 정기(正氣)의 노래13)라고 읊조리며 볼 일이야. 천지 정대(正大)한 기운이 오롯이 선저우(神州)에 울리도다'라고 자긍심 반, 유감 반인 기분으로 말했다. 「펑톈(奉天)의 돌멩이」와는 달리 「선저우(神州)」의 배경은 청일전쟁이지만, 독자에게 전하고 싶었던 기분은 거의 동일하여, 옛날 일본 군인의 자긍심을 빌어 전쟁지지라는 태도를 보이면서, 대동아전쟁에 나선 병사를 격려하는 의도를 알 수 있다. 따라서 「유서」, 「봉천의 돌멩이」, 「신주」 세 편은 러일전쟁, 청일전쟁에 참전한 퇴역군인의 입장을 빌어, 분명한 태도로 대동아전쟁을 지지하였다.

## 4-2. 서민생활에서 취재한 작품

「천장절(天長節)」(기타무라 겐지로), 「한 명의 진심」(우에노 료요), 「묵도(默禱)」(미야케 도요코), 「구매행렬」(아오키 미노루), 「잠이 깨다」(아키하라 가쓰지), 「고무나무」(도미타 고토부키), 「언덕」(이노우에 아키라)는 이 부분에 속한다.

「천장절」과 「한 명의 진심」은 서민생활의 각도에서 대동아전쟁에 대한 견해를 기술하였다. 장편 「천장절」은 위만주국에서 각 민족이 천장절을 기념하는 때의 일을 그렸다. 그 날은 화창한 봄날로 '집마다 내건 일장기는 아름답고, 나무의 신록, 살구의 붉음, 어느 것을 봐도 마음이

---

13) 중국 남송말의 시인 문천상(文天祥)이 원군(元軍)과 싸우다 포로가 되어, 1280년경 옥중에서 만든 오언고시-역자.

뛰고 온화함에 휩싸여 있었다. (…) 얼굴을 씻자마자 나는 아이들과 함께 문쪽으로 나와 국기를 게양하였습니다.'14) 펄럭이는 일장기를 바라보며, 작자의 머리에 '남방이나 중국 오지에서 싸우는 병사들의 모습이 떠올랐습니다. 오늘 역시 병사들도 국기를 게양하고, 멀리 고국쪽을 바라보면서, 천황 폐하 만세를 봉창(奉唱)하였을런지. —그렇게 생각했을 때에 가슴속에 뭉클하게 다가오는 힘있는 무언가가 느껴졌습니다.'15) 「한 명의 진심」은 위만주국에서 장기 근속한 표창을 받은 가키우치(垣內)가 만철 총재의 부름을 받고 국기를 게양하고 신사를 향하는 장면을 묘사하였다. '그의 머릿속은 지금 생각으로 가득하였다. 슬쩍 일어나 몸에 걸쳤던 국기를 꺼내어, 옆에 놓인 봉에 걸고 예를 갖추고 발걸음을 맞춰, 보라 동해의… 라고 사람들 가슴을 울리는 목소리로 신사를 향해 나아갔다. 옆에 있던 자는 멍하니 바라보고, 만나는 사람들은 넋놓고 바라보며 그 후에도 계속 이어졌다. 행렬은 천 킬로미터, 이천 킬로미터나 길어져서 진행가(進行歌)는 마을을 압도하고 발걸음은 착착 이어졌다. 더 이상 사람들은 어떤 연유로 행렬을 이루는지 묻는 이도 없이, 강한 격멸감(擊滅感)만이 흘러넘쳤다.'16) 군인으로서 전쟁터에 가는 기회조차 없는 보통의 일본인에게 일상생활에서 내건 일장기는 마치 일본을 대표하는 가장 친근한 상징이 되어, 애국정서를 표출하는 가장 적합한 이미지가 되었다. 「천장절」의 주인공 '나'는 국기로 '남방이나 중국 오지'에서 싸우던 병사를 떠올리고, 군인에 대한 경의와 대동아전쟁에 대한 지지

---

14) 기타무라 겐지로 「천장절」(『북창 제5권 제4호(1993년 복간)』 도쿄 : 료쿠인쇼보, 1993), p.6.

15) 앞의 책, p.6.

16) 우에노 료요 「한 명의 진심」(『북창 제5권 제4호(1993년 복간)』 도쿄 : 료쿠인쇼보, 1993), p.99.

를 기술하였다. 「한 명의 진심」의 가키우치는 국기를 게양하고 신사를
향하면서, 일본인으로서의 긍지를 의기양양하게 드러내었다. 소설을 전
쟁에 대해 그다지 언급하지 않지만, '러일전쟁의 교육을 받고 성장한,
그 영령이 잠든 만주에 직무를 받든지 25년'[17]이 지난 가키우치의 자긍
심은 역시 '러일전쟁'에 뿌리내리고 있었다. 마지막 부분 가키우치에 이
끌린 대열은 '강한 격멸감만이 흘러넘쳐', 거기서 가키우치뿐만 아니라
작자 자신의 전쟁에 대한 옹호도 확연히 읽어낼 수 있다.

미야케 도요코의 「묵도」도 서민생활에 주목하였다. 세 명의 모자(母子)
가족인 미쓰(ミッ)의 집은 식사의 시작과 끝에 묵도를 하려고 한다. 처음
에는 여러 이유로 그것을 잊어버리거나, 다른 사람을 의식하여 그만두
기도 하였으나, 시간이 지나면서 모자 세 명은 점점 묵도에 익숙해지고
'이 무렵 미쓰의 집에서는 더 이상 절대로 묵도를 잊지 않는다. 숙부님이
찾아와도 부끄러워하거나 하지 않는다. 숙부님도 같이 하는 것이다.'[18]
묵도는 원래 죽은 자의 영면을 기원하기 위한 활동이고, 훈화라든가 집
회에서 자주 행해졌다. 미쓰의 집에서 묵도는 이미 일상과 같은 존재가
되어, 모자 세 명의 전쟁에서 죽은 병사에 대한 경의가 역력히 드러나
고 있다.

「천장절」, 「한 명의 진심」, 「묵도」에 비해서, 아오키 미노루의 「구매
행렬」도 위만주국의 일상생활을 그렸지만, 앞의 세 편과 다른 각도에서
전쟁에 대한 태도를 보이고 있다. 아침 출근 도중에 헤이키치(平吉)는 빵
가게의 구매 행렬에 가세하였다. 과자로 만든 빵을 사고 싶었던 그는
자신의 앞에 서 있던 세 명의 아가씨(모두 한 개씩 종이봉투를 들고 있던)와

---

17) 앞의 책, p.99.
18) 미야케 도요코 「묵도」(『북창 제5권 제4호(1993년 복간)』 도쿄 : 료쿠인쇼보, 1993), p.48.

행렬에 끼어들려는 여자에 몹시 화를 내고, '앞뒤를 적이 가로막은 것같은 느낌'이 들었다.[19] 게다가 마지막에 '헤이키치는 더 이상 단연코 구매 행렬에는 가세하지 않겠다고 자계(自戒)하였다.'[20]. 매우 평범한 구매 행렬에 대한 헤이키치의 반응은 과장된 것인지 모르지만, 그 과장된 반응이야말로 작자의 입장을 잘 읽어낼 수 있다. 아오키 미노루는 『북창』 제5권 제1호[21]의 문화시평 '여러 생각'에서 '전시하'의 모든 '절약'에 대해 자신의 견해를 자세히 설명하였다. '오늘날에는 어떠한 물자의 부족, 어떤 곤란과 결핍에도 견디는 정신력을 기르지 않으면 안 된다고 생각한다. 반드시 헛되게 쓰는 것이 문제가 아니라, 헛된 것이 아닐지라도 이 일전의 완수를 위해서 희생되어야 하는 것이 생길 것이다. (…) 그래서 우리에게 필요한 것은 헛되게 쓰는 것, 사치를 배제하고 절약하는 것뿐만 아니라, 어떤 어려움도 견디는 용맹함, 일대 결의가 오늘날 필요한 것이다. 그것은 요구에 의해 깨달을 뿐 아니라, 우리 한명 한명이 그런 경우에 직면하여 곧 의연히 일어날 각오를 기르는 것이 필요한 것이다.'[22] 인용된 부분은 다소 길지도 모르지만, 거기서 원고 1장에 쓰여진 매우 짧은 「구매 행렬」에 숨겨진 의미를 명확히 읽어낼 수 있다.

「구매 행렬」은 시평 '여러 생각'과 같은 취지에서 전시하의 작자의 '절약'에 대한 견해를 해석하였다. 다만 「구매 행렬」은 비판적인 방법을 취하여, 일상생활에서 '절약'하지 않는 것을 묘사하였다. 작자가 비판한

19) 아오키 미노루 「구매 행렬」(『북창 제5권 제4호(1993년 복간)』 도쿄 : 료쿠인쇼보, 1993), p.24.
20) 앞의 책, p.24.
21) 제5권 제1호 : 1943년 3월 15일 발행.
22) 아오키 미노루 「여러 생각」(『북창 제5권 제1호(1993년 복간)』 도쿄 : 료쿠인쇼보, 1993), p.25.

지점은 세 가지이다. 우선은 '아침 출근 도중'이라는 점이다. 일심 봉공 (一心奉公)하는 태도로 일터를 향해야 함에도 옆길로 새어 빵을 사는 것은 원래 적절한 행위가 아니었다. 그리고 모두 줄을 지어 산 것은 생활에 필요한 식량이 아니라, 과자로 만든 빵이고, 시간을 헛되이 쓴데다가 식 량도 못쓰게 만든 것이다. 마지막으로 행렬에 가세한 사람들이 산 분량 이다. 헤이키치가 '바로 앞의 세 명의 아가씨들은 모두 하나씩 종이봉투 를 들고 줄은 섰고', 헤이키치 자신도 '한 봉지의 빵'을 샀다. '어떤 어 려움도 견디는 용맹심'을 제창한 아오키 미노루는 '절약'을 일상생활의 속속들이 관철해야 한다고 주장하였다. 그것을 논하기 위하여 아오키는 문화시평 '여러 생각'에서 '구매 봉투'를 예로 들어 '핸드백은 안 되고, 그렇다면 근래 발명된 저 커다란 구매 봉투가 좋은 것일까. 저 구매봉 투는 물건이 많이 들어가 보여서, 뭐든지 사들여 삼켜버린다. 이래서는 시국의 요청에 반하는 것이 아니겠는가?'[23]라고 언급하였다. 「구매 행렬」 에서 작자는 자신의 견해에 대해 자세히 언급하지 않았지만, 앞에서 예 로 든 부분으로 아오키 미노루는 과자를 잔뜩 산 사람들에 대한 태도도 어느 정도 알 수 있다. 문장 말미에 헤이키치는 '더 이상 단연코 구매 행렬에 가세하지 않겠다고 자계하고', 그것도 아오키 미노루가 주장한 '각오'로 추측 가능하며, 아오키 미노루의 '절약'으로 전쟁을 지지하는 태도를 여실히 볼 수 있다.

　「잠이 깨다」와 「고무 나무」는 위만주국에서 살고 있던 일본인이 국가 를 위해 북만 변경에 부임하거나 동남아시아에서 작전을 하거나 하던 친척을 떠올린 이야기이다. 「잠이 깨다」의 주인공 게이죠(惠三)는 아직

---

23) 상게서, p.26.

동이 트기 전에 눈이 떠졌다. '사각사각하는 군화 소리'[24]로 북방의 수비를 담당하던 매제를 떠올리고, 매제의 엽서도 머리에 떠올렸다. 거기에는 '안심하십시오. 다만 일심불란, 봉공에 매진하고 있습니다.'[25]라고 쓰여 있었다. 「고무 나무」의 주인공은 가족과 함께 북만주에 옮겨온 열대식물 고무나무에서 동남아시아의 전쟁터로 건 매제를 떠올렸다. 고무나무는 이미 극한의 북만주에 살았기 때문에, 매제도 반드시 극서의 동남아시아에서 활약할 수 있을 거라고 생각했다. 그리고 '남국의 태양이 눈부시게 빛나고 있다. 그러한 풍경 속에 적을 노려보며 서있는 날쌔고 용감한 옆얼굴이 눈에 떠올랐다.'[26] 작품은 북만주와 동남아시아, 대동아전쟁의 남하와 북진에 가장 중요한 곳에서 나라에 충성을 바치던 일본인의 모습을 생생히 묘사하였다. 게다가 위만주국에서 편안히 살고 있던 일본인이 전선에서 분전하고 있는 친척을 걱정하거나, 자랑스러워하거나 하는 마음도 작품에 집어넣어, 전선과 후방 양면에서 전쟁지지라는 태도를 보여주었다.

이노우에 아키라의 「언덕」은 전쟁을 쓰지 않았지만, 위만주국 시기에 관철된 '오족협화'라는 정신으로 일본 군인에 대해 이야기하고 있다. 짐차를 끌고 언덕을 오르던 노동자를 보고 '지나가던 두 명의 군인이 눈으로 서로 끄덕이자, 조용히 다가가 한마디도 않고 그것을 밀었다. 노동자가 이상하게 생각했더라도, 뒤를 돌아볼 여유도 없을 정도로, 그대로 한번에 몰아부쳐 언덕위로 밀어올렸다. 노동자는 짐차를 그곳에 세우자,

---

24) 아키하라 가쓰지 「문예시평」(『북창 제5권 제1호(1993년 복간』 도쿄 : 료쿠인쇼보, 1993), p.61.
25) 앞의 책, p.61.
26) 후쿠다 고토부키 「고무 나무」(『북창 제5권 제3호(1993년 복간』 도쿄 : 료쿠인쇼보, 1993), p.84.

뒤로 달려 나갔다. 그러자 그 군인들은 이제 건너편으로 가는 참이었기 때문에, 그들을 쫓아 앞으로 돌아서서 연신 머리를 숙이고 감사의 말을 전했다. 군인들은 웃으면서 손을 흔들고 그것은 제지하자, 아무 일도 없었다는 듯이 또한 쿵쿵 걸어나갔다.'27) 소설에는 노동자와 군인의 국적이 명시되지 않았지만, 당시의 정황으로 보면 노동자는 만주인, 군인은 일본인이라고 유추된다. 국책으로 주장되던 '오족협화', '왕도락토'는 40년대에 들어서서 대동아전쟁의 정신에 영합하기 위하여, 각 민족의 서민과 일본 군인 사이의 '협화' 관계까지 포함되었다. 장편 「언덕」은 일본인과 만주인, 군인과 서민이라는 이중 '협화'를 그려내고, '온화한' 분위기로 일본 군인에 대한 경의를 표하면서, 필승의 신념을 기술하였다.

### 4-3. 위화감이 있는 작품

『북창』에 게재된 장편 헌납소설은 전부 분명한 태도로 전쟁을 지지하던 것은 아니고, 위화감을 보이는 작품도 있다. 오우치 다카오의 「전쟁의 봄」은 그 일례이다. 작자의 여자 제자 스기이 기미코(杉井喜美子)는 아버지가 부대장으로 남쪽에 출정하였지만, 작자에게 건넨 편지에는 '아버지에 관해서는 한마디도 쓰여 있지 않았다. 편지지 속에서 펄럭이며 떨어진 것이 있었다. 주워보니 그것은 벚꽃잎이었다. —나는 그 옅은 벚꽃 색깔의 얇고 작은 편지에서 아련함을 느끼고 이 전쟁 시기에도 그녀의 느긋한 배려를 알고서 깊고 커다란 기쁨을 느낀 것이다.'28) 그 때에

---

27) 이노우에 아키라 「언덕」(『북창 제5권 제2호(1993년 복간)』 도쿄 : 료쿠인쇼보, 1993), p.94.
28) 오우치 다카오 「전쟁의 봄」(『북창 제5권 제3호(1993년 복간)』 도쿄 : 료쿠인쇼보, 1993), p.40.

일본 전국은 이미 전쟁만이 주목받았지만, 아버지가 출정한 여자 제자는 편지에서 전쟁을 전혀 언급하지 않았다. 그런 자잘한 것으로 그녀는 전쟁을 혐오한다고 단언할 수 없지만, 전쟁에 대한 무관심한 태도를 어느 정도 유추해 볼 수 있다. 게다가 작자가 감탄한 것도 전쟁에 관련된 것이 아니라, 그녀가 동봉해 보낸 벚꽃잎으로 '깊고 커다란 기쁨을 맛보았다.'[29] 소설은 '전쟁의 봄'이라고 이름 붙혀졌지만, 전쟁 지지는커녕 그것을 의식적으로 피한 것은 분명하다. 잡지『북창』은 이러한 작품을 '장편 헌납소설'로서 게재한 것도 실로 의미심장하다고 생각된다.

그렇지만 같은 제5권 제3호에 게재된 오우치 다카오의 번역작품「영원의 개가(凱歌)」(시가)는 작자의 의외의 일면을 보여주었다. 내용으로 보자면 영미에 대해 '뱀과 전갈(蛇蠍)'에 비유한「영원의 개가(凱歌)」는 당시의 중국문학에서 전형적인 '헌납시'[30]로, 마지막 두 단락을 예로 들어보겠다.

비추어라! 이 건곤(乾坤), / 우리는 건곤의 주인이다. 추악한 영미를 격멸하고, /
인류를 영원히 행복하게 하라. / 승리의 나팔은 구아(歐亞)에 울려 퍼지고/ 대지에는 평화의 꽃 널리 피어나는, / 펄럭이는 일장기 밑에, / 우리 함께 개가를 부르세 /[31]

'영미를 격멸하고', '일장기 밑'에서 '개가를 부르자' 등은 헌납시의 키워드이고, 헌납시에서 필수불가결한 내용이라 할 수 있다. 오우치 다

---

29) 앞의 책, p.40.
30) 리우 샤오리(劉曉麗)의 논문「위만주국 시기 부역작품의 표리」(『중국현대문학연구 총간』 2006.4)에 의하면, 위만주국의 헌납시는 '국책시'와 '격멸 영미시' 두 종류로 이루어져 있다고 한다. 1941년 대동아전쟁이 발발한 이후에 '격멸 영미시'는 그 중심이 되었다.
31) 방사(方砂) 저 (오우치 다카오 역)「영원의 개가」(『북창 제5권 제3호(1993년 복간)』 도쿄 : 료쿠인쇼보, 1993), p.46.

카오는 이들 키워드를 거의 그대로 일본어로 옮기고, 가능한 한 원작의
분위기를 살리고, 헌납시 「영원의 개가」에 넘치는 대동아전쟁에 대한
찬미에 의해 생생히 일본인 독자에게 전해졌다. 같은 제5권 제3호에서
전쟁에 대해 작가로서의 오우치 다카오는 장편 헌납소설로 조금 위화감
이 있는 태도를 보였지만, 번역가로서 오우치는 대동아전쟁을 의기양양
하게 지지한 헌납시를 번역하였다. 그로 인해 오우치의 복잡한 개인성
격과 문학입장을 읽을 수 있어, 오우치가 과연 반전문학자인지 전쟁문
학자인지 수수께끼 같은 신분도 일목요연해졌다.

　「전쟁의 봄」에 비해, 쓰쓰이 도시가즈의 「인간 채용」은 보다 비꼬는
태도를 보인다. 만주계 직원채용시험에 마지막 순번으로 나선 남자는
'멍하니, 그런 질문32)조차 만족스런 답을 내놓지 못한다. (…) 하품을 하
는 시험관, 탁자를 치는 시험관, 코를 후비는 시험관— 모두 서류를 감
추었을 때, 한 시험관이 몇 번이나 제출한 문제를 내었다. "건국 신묘(神
廟)를 알고 있는가" 우둔한 수험자는 갑자기 일어섰다. "네", 수험자는
직립 부동의 자세로 말했다. "아마테라스 오카미를 모십니다." 시험관은
그 경건한 말투와 동작에 놀라, 수험자를 따라 직립 부동의 자세를 취
했다. "좋아", 안에 있던 나이든 시험관이 잘라 말했다. 그리고 모두는
일종의 감동을 가지고 채점표에 빨간 색으로 '합격'이라 썼다.'33) 이름
조차 확실히 대답하지 못했던 수험자는 다만 '건국신묘'에 대한 경건함
으로 합격이 되고, 그것은 얼마나 아이러니 한 것인가. 그 점에서 보자
면 '장편 헌납소설'로서 게재된 「인간 채용」은 전혀 다른 종류의 존재

---

32) '이름은?', '나이는?', '학교는?' 등의 질문.
33) 쓰쓰이 도시가즈 「인간채용」(『북창 제5권 제2호(1993년 복간)』 도쿄 : 료쿠인쇼보,
　　1993), p.66.

이며, 사회제도에 대한 풍자만이 읽혀진다. 장편 헌납소설뿐만 아니라, 다른 칼럼도 남몰래 시국 반항의 태도를 보이고 있었다. 니시하라 가즈우미는 「『북창』해제」에서 같은 문제점을 다루며, '검열이라 하면 같은 잡지 제3권 제4호의 편집후기에 주목하고 싶다. 그 말미 부분에서 사사키 다다시는 "또한 다망(多忙)한 가운데 특히 집필을 흔쾌히 수락해준 하나와씨의 가편(佳篇)과 함께, 모든 이의 일독을 구하고자 한다. (…) 운운" 이라고 써두었지만, 기괴하게도 이 하나와 마사미쓰(塙正盈)의 작품은 이번 호의 어디에도 보이지 않는다. 말하자면 하나와 씨의 작품은 당국에 의해 전문 게재금지 처분을 받은 것이고, 사사키는 지면 한 구석에서 다음 문장을 쓰는 것으로 그 사실을 독자에게 몰래 전하는 메시지를 대신한 것이고, 동시에 권력에 대한 최대한의 항의였을 것이다. 이것은 같은 잡지 관계자의 기골의 일단을 보여주는 일화이기도 했다.'34) '지면 한 구석'에 놓여진 항의를 '최대한의 항의'라고 부른 것이 조금 지나친 것인지 모르지만, 같은 잡지에 게재된 위화감이 있는 작품을 무시해서는 안 된다. 40년대의 전시 하에 짙게 물들었던 만주문예는 단순한 전쟁지지를 하던 전쟁문예가 아니라, 그 중에는 시국에 영합하지 않았던 작품도 있었고, 조그만 힘으로 전쟁에 반항한 것도 찾아 볼 수 있다.

정리해 보자면, 세 종류로 분류된 장편 헌납소설은 마침 세 가지 각도에서 전쟁말기의 만주문예의 정황을 드러내고 있었다. 우선은 직접적으로 전쟁의 소재를 살린 방법이다. 그것은 러일전쟁, 청일전쟁의 기억을 빌리거나, 대동아전쟁의 실황을 이용하거나 하여 전쟁지지라는 태도를 드러낸 것이다. 그래서 일상생활에서 창작의 제재를 취한 방법이다.

---

34) 니시하라 가즈우미 「해제 『북창』이 지향한 것」(『북창 별권』 도쿄 : 료쿠인쇼보, 1993), p.10.

일견 흔한 일상사를 그려내었지만, 작자는 그것으로 '전쟁지지는 이미 서민생활의 속속들이 침투해있었다'라는 메시지를 독자에게 전하고 있었다. 이같은 방법은 전쟁말기에 들어선 만주문예의 주류이고, 전시하의 열정을 흡수한 만주문예의 정황을 생생히 보여주었다.

마지막 종류는 다른 입장을 취하여 아이러니한 필치로 전쟁을 비판한 작품도 있었고, 냉정한 태도로 패전의 전조를 보인 작품도 있었다. 이들 작품은 당시의 주류 작품과는 대항할 수 없었지만, 무시할 수 없는 존재로서 주류작품과 함께 전쟁말기에 들어선 만주문예의 복잡한 성격을 이루었다.

## 4. 결론

대동아전쟁의 풍조에 휘말린 전쟁말기의 『북창』은 주로 전쟁지지라는 입장을 취했지만, 그 중에는 반향의 목소리도 들렸다. 제5권 제2호부터 제4호까지 실린 장편 헌납소설은 축도(縮圖)처럼 당시의 만주문예를 전시하였다. 장편에 기고한 작가는 나름의 입장에서 직접적으로 전쟁이나 군인을 그리거나, 일상생활에 취재하거나 하여 전쟁에 대한 견해를 기술하였다. 특히 주목해야 하는 것은 『북창』의 장편 헌납소설이 전부 전쟁지지라는 슬로건을 내건 것은 아니었고, 그 중에서 국책에 대한 무관심이나 아이러니 등의 내용도 읽어낼 수 있어, 전쟁말기에 들어선 만주문예의 복잡한 성격을 분명히 드러내었다는 점이다.

❂ 번역 : 이승신

# 제4부

# 일본어잡지와
# 동아시아의 식민지문학

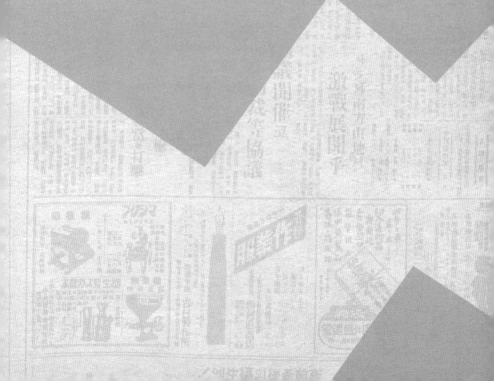

‖김 계 자‖

# 1920년대 식민지조선의 일본어문학장

## Ⅰ. 들어가는 말

이 글은 일제강점기에 조선에서 발간된 일본어잡지에 조선인의 창작이 게재되기 시작하는 1920년대 식민지 조선의 일본어문학장에 주목해, 조선인이 일본인과 상호 침투, 각축하면서 나타나는 서사 및 담론을 추적하여, 식민지적 일상의 착종된 욕망이 서사로 형상화된 양상을 고찰하고자 한다.

1920년대는 식민지 조선에 근대 학문의 이념과 지식체계 담론이 형성되어 가던 시기였다. 이 시기 조선의 출판 산업의 규모는 비약적으로 커졌고, 조선인 문학자들의 문단 활동도 활성화되었다. 그런데 이들과 각축이라도 하듯이 또 다른 창작 주체가 급부상한다. 이들은 당시 한반도로 건너와 다양한 분야에서 활동하고 있던 소위 '재조일본인(在朝日本人)'으로, 조선에 대한 관심을 당사자인 재조일본인들에게 알리고 나아가 일본 '내지(內地)'에까지 널리 전달할 목적으로 조선에서 일본어잡지를 발간하게 된다.

그런데 이러한 일본어잡지에는 비단 재조일본인만 창작주체로 관여한 것은 아니었다. 조선인의 국문학 작품이 일본어역으로 번역 소개되기도 하였고, 또 조선인이 직접 일본어로 창작한 작품도 함께 실리기 시작했다. 물론 '내지'에서 보내온 글도 동시에 게재되었으나, 이는 주로 잡지 초기 단계에 많았던 것이 점차 재조일본인의 비중이 커지고 또한 재조일본인의 글을 유도하는 담론이 나오면서, '내지'인의 글보다는 당지(當地)에 살고 있는 재조일본인의 글이 더 비중 있게 다뤄지게 된다. 요컨대, 식민지 조선에서 간행된 일본어잡지는 조선에 살고 있는 재조일본인, '내지' 일본인, 그리고 조선인의 글을 동시에 담아내고 있는 '장(場)'으로서 기능한 것이다.

그중에서도 『조선급만주(朝鮮及滿洲)』(1912.1~1941.1)와 『조선공론(朝鮮公論)』(1913.4~1944.1)은 식민지 조선에서 오랜 기간에 걸쳐 간행되어 식민주의 담론을 지속적으로 담아낸 종합잡지로, 집필자들의 구성도 다양해 정재계의 논객뿐만 아니라 일반 독자들에게도 투고를 받아 게재했기 때문에, 1920년대 식민지의 일상을 살펴보는 데 최적의 텍스트라고 할 수 있다. 특히 문예물은 시대별로 지면 구성을 달리해가며 조선에서 만주에 이르기까지 다양한 주체의 글들을 담아냈는데, 이를 살펴보면 1920년대 이후 식민지 조선인의 작품이 실리기 시작하면서 '내지' 일본인, 재조일본인, 그리고 식민지 조선인의 삼파전을 보이다가, 점차 재조일본인의 비중이 커지면서 재조일본인 대 조선인의 구도를 보이게 된다.

따라서 이들이 창작주체로 관여한 서사물을 보면 정제되지 않은 글도 다수 있으나, 그렇기 때문에 오히려 서로 혼재하는 공간에서 상호 침투된 일상과 그 속에서의 긴장관계를 그대로 노정하고 있는 작품을 많이

볼 수 있다. 이러한 특징에 주목하여 본 논문은 조선인과 재조일본인이
일본어문학의 창작주체로 등장하는 1920년대의 『조선급만주』와 『조선
공론』 지상(誌上)의 서사물을 중심으로, 이들이 상호 침투, 길항하면서 각
축하는 식민지적 일상의 혼종적 측면을 고찰하고자 한다.

　이 글에서 식민지 조선의 일본어잡지에 실린 조선인의 창작에 주목하
는 이유는 이하의 세 가지 측면에서이다. 첫째, 제국과 식민지인이 동시
에 경험하는 조선이라는 당지(當地)에서의 식민지체험이 같은 미디어 공
간에서 표현되는 형태에, 식민지 일본어문학의 특징적인 단면이 나타나
있다고 생각된다. 사실 조선 내에서 제국과 식민지를 구분하는 자체가
이미 제국에 포섭된 의미이지만, 조선에서 나온 일본어문학 작품에는
제국과 식민지가 혼재된 상황이 나타난다. 그런데 조선인이 그린 식민
지 일상과 재조일본인이 그린 그것은 동일한 식민지 조선이 물론 아니
다. 조선인이 재조일본인과 접촉하는 가운데 만들어낸 서사, 그리고 역
으로 재조일본인이 조선인과의 관련 속에서 만들어낸 서사를 각각 추적
해 식민지 일상을 복수의 층위에서 고찰할 필요가 있다.

　둘째, 재조일본인의 잡지에 실려 있는 조선인의 창작에는 제국의 미
디어로 치고 나가려는 조선인의 식민지적 욕망이 담겨있다. 1920년대는
조선어문단 쪽도 활발히 기능하고 있었기 때문에, 굳이 일본어문단에
창작을 시도한 행위를 어떻게 이해할 것인지 생각해볼 필요가 있다. 일
본어로 글을 쓰는 자체가 제국의 통제 하에서 작동하는 기제라고는 하
나, 그 속에서 균열 혹은 탈주는 분명 일어나고 있다. 재조일본인의 잡
지에 일본어창작을 시도한 조선인이 무엇을 욕망하고 있었는지 이 글을
통해 살펴보고자 한다.

　셋째, 조선인의 일본어 창작은 조선에서 형성된 일본어문단에 이질성

을 만들어 낸다. 일본인에 준하는 일본어 구사능력이 전제로 요구되는 일본어 매체에 식민종주국의 언어로 글을 쓰는 것의 어려움과 당혹감은 내면으로 침잠하는 서사로 이어지는 경향이 있다. 물론 이러한 이질성은 동일한 민족인 일본인 속에서도 존재한다. '내지' 일본인과 재조일본인, 그리고 같은 재조일본인 속에서도 입장과 처지에 따라 각각 상이한 교접의 양상을 보인다.

이상의 문제를 포함해, 1920년대 조선의 일본어잡지에 발표된 조선인에 의한 일본어 창작을 살펴보고자 한다. 조선인이 일본문단에 진출해 본격적인 일본어문학을 시작하는 것은 장혁주(張赫宙)나 김사량(金史良)이 등장하는 1930년대 이후인데, 이른바 '내지(內地)'에서 활약한 이들 작품이 현재에 이르기까지 중요하게 다뤄지고 있는 반면, 이보다 앞서 조선의 일본어잡지에 발표한 작가의 작품은 거의 인지되지 않고 있는 실정이다.[1] 이 글은 조선인에 의한 초기 일본어문학이 가지고 있던 제 문제들을 생각해 보고자 하는 것이다.

## II. 1920년대 조선의 일본어잡지와 창작 주체

1920년대 식민지 조선에서는 출판 산업의 규모가 비약적으로 커져, 조선의 대표적인 일간지 『동아일보(東亞日報)』와 『조선일보(朝鮮日報)』가 창간되고(1920), 잡지 『개벽(開闢)』(1920), 『신천지(新天地)』(1922), 『조선지광(朝

---

1) 이와 관련해 『조선공론』을 주로 고찰하고 있는 송미정의 논고(「『朝鮮公論』 소재 문학적 텍스트에 관한 연구―재조일본인 및 조선인 작가의 일본어 소설을 중심으로」, 국민대학교 박사학위논문, 2009)가 있는데, 1920년대 재조일본인과의 관련 속에서 조선인의 일본어문학 전반을 고찰하고 그 의의를 논하는 데에 본 논문의 차별점이 있다.

鮮之光)』(1922), 『조선문단(朝鮮文壇)』(1924) 등, 동인지를 중심으로 조선인 문학자들의 문단활동이 활성화된 시기였다. 한편, 재조일본인의 활동도 활발해져 조선에 관한 자신들의 관심을 당사자끼리 공유하고, 나아가 '내지'까지 전달할 목적으로 일본어잡지를 발간해 갔다.

　잡지 미디어는 신문에 비해 비교적 지속적인 담론의 장을 유지하면서 공동의 이익을 추구하는 독자층을 주된 대상으로 한다. 또 문예작품은 신문연재소설에 비해 미학적이고 단편적이며 개별적인 특성을 지닌다. 그렇기 때문에 식민권력의 입안으로 채워지는 논단과 연동하지 않는, 혹은 몰교섭(沒交涉)하는 표현이 나와도 이상할 바 없다. 왜냐하면, 문학자는 시대적인 상황으로부터 결코 수동적인 위치에 머무르는 것이 아니라 오히려 시대성을 적극적으로 이용해 가는 측면이 있기 때문이다. 이러한 측면에서 본 논문에서는 창작 '주체'라는 개념을 도입한다.

　조선의 일본어잡지에 관여한 창작주체는 재조일본인뿐만이 아니었다. 조선인의 문학작품이 일본어로 번역되어 소개되는 경우도 있고,[2] 또 조선인이 직접 일본어로 창작해 발표한 작품도 있다. 여기에 이른바 '내지'에서 보낸 작품도 함께 실려, 식민지 조선에서 간행된 일본어잡지는 재조일본인, '내지' 일본인, 그리고 조선인의 네트워크로서 기능한 측면이 있다. 그리고 재조일본인의 창작을 적극 유도하는 논의[3]가 나오면서 점차 재조일본인의 창작에 비중을 더해가게 되었고, 조선인 김사연(金思

---

2)　朝鮮時論社編, 『朝鮮時論』, 1926.6~1927.8. 편집자는 재조일본인 오야마 도키오(大山時雄). 『조선시론』에 대한 상세한 논의는 김계자, 「번역되는 조선-재조일본인 잡지 『조선시론』에 번역 소개된 조선의 문학」(『아시아문화연구』 28, 2012.12) 참고.
3)　이마가와 우이치로(今川宇一郎)는 일본에 소개된 조선 관련 문헌의 대부분이 '내지'에서 시찰을 위해 조선으로 건너온 사람의 연구이고 조선에 살고 있는 사람의 기고나 투고가 적다고 지적하면서, 재조일본인이 조선 연구에 앞장서줄 것을 권하고 있다. 今川宇一郎, 「朝鮮硏究歐米人著作物」(『朝鮮及滿洲』, 1915.4), p.45.

演)이『조선공론』의 세 번째 사장에 취임하면서 조선인의 기고를 장려하는 등,4) 조선의 일본어잡지는 재조일본인과 조선인의 언론 매체로 한층 기능하게 되었다.

조선에서 나온 일본어잡지에는 '내지'에서 발행되는 것과는 다른 역할이 부과되어 있었다. 이쿠타 조코(生田長江)는 이하와 같이 말하고 있다.

> 나는 좀 더 취재 범위를 지리적으로 넓히고 싶다. 로컬 컬러라는 말이 있는데, 취재 범위를 한 지방에 한정하지 않고 더욱 넓히고 싶다. (중략) 나는 앞으로 널리 각 지방을 무대로 한 작품이 왕성히 나타날 것을 희망한다. 특히, 타이완이나 사할린, 내지는 조선과 같은 신영토에서 제재를 취한다면 매우 재미있는 것이 나올 것이라고 생각한다./ 이 문예와 신영토라고 하는 문제는 작가에게도 또 그 토지 사람들에게도 상당히 흥미로운 문제라고 생각한다.5)

즉, 식민지 당지(當地)에서의 문예라고 하는 당사자성이 외지(外地)의 문예에 요구된 중요한 요소였던 것이다. 이러한 측면에서 보면, 조선의 일본어잡지에서 차지하고 있는 분량이 많지 않다고 하더라도, 재조일본인과 조선인의 창작은 식민지 일본어문학을 고찰하는 데 중요하다고 할 수 있다.

식민지 조선에서의 일본어문학에 대해서는 종래의 연구에서 다수의 성과를 내왔다. 재조일본인에 의한 일본어문학을 1900년대부터 추적해 조선 문예물의 번역이나 콜로니얼 담론의 문제점을 지적하고 있는 정병호의 일련의 논고를 비롯해,6) 조선에서 일본어문학이 형성된 1900년대

---

4) 윤소영, 「해제」, 『朝鮮公論』1(영인본, 어문학사, 2007), pp. ⅵ~ⅶ.
5) 生田長江, 「文芸と新領土」(『朝鮮及滿洲』, 1913.5), p.13.
6) 정병호, 「20세기 초기 일본의 제국주의와 한국 내 <일본어문학>의 형성 연구─잡지 『朝

의 상황부터 '조선문인협회'의 결성과 더불어 재조일본인의 일본문학이 집적되는 1930년대까지의 문제를 분석한 박광현의 일련의 논고,[7] 그리고 식민지 조선에서 문단을 형성하려고 한 재조일본인의 욕망을 분석한 조은애의 논고[8] 등을 들 수 있다.

이상에서 보듯이, 식민지 조선에서의 일본어문학에 관한 연구는 주로 재조일본인에 의한 문학을 대상으로 하고 있다. 그리고 고찰 시기도 일본인의 도한(渡韓)이 급증하는 1900년대 초기와, 조선에서 일본어가 '고쿠고(國語)'로 상용화되는 1930년대에 집중되어 있다. 또, 1920년대를 대상으로 하고 있는 것도 어디까지나 초점이 재조일본인에게 맞춰져 있는 반면, 조선인이 쓴 일본어문학은 거의 대상화되고 있지 않은 것이 사실이다. 이에 이 글에서는 재조일본인의 잡지에 조선인의 창작이 게재되는 1920년대의 상황을 우선 살펴보고자 한다.

---

鮮』의 「문예」란을 중심으로」(『일본어문학』, 2008.6) ; 정병호, 「1910년 전후 한반도 <일본어문학>과 조선 문예물의 번역」(『일본근대학연구』 34권, 2011) ; 정병호, 「근대 초기 한국 내 일본어문학의 형성과 문예란의 제국주의-『조선』(1908-11)・『조선(만한)지실업』(1905-14)의 문예란과 그 역할을 중심으로」(『외국학연구』 14집, 2010.6) 외.

7) 박광현, 「조선 거주 일본인의 일본어문학의 형성과 (비)동시대성-『韓半島』와 『朝鮮之實業』의 문예란을 중심으로」(『일본학연구』 31집, 2010.9) ; 박광현, 「'내선융화'의 문화번역과 조선색, 그리고 식민문단-1920년대 식민문단의 세 가지 국면을 중심으로」(『아시아문화연구』 30집, 2013.6) ; 박광현, 「조선문인협회와 '내지인 반도작가'」(『현대소설연구』, 2010.4) 외.

8) 조은애, 「1920년대 초반 『조선공론』 문예란의 재편과 식민의 "조선문단" 구상」(『일본사상』, 2010.12).

## Ⅲ.『조선급만주』와『조선공론』에 실린 조선인의 일본어 창작

### 1.『조선급만주』와『조선공론』에 실린 조선인의 일본어 창작

『조선급만주』와『조선공론』은 식민지 조선에서 오랜 기간에 걸쳐 간행된 일본어 종합잡지로, 식민주의 담론을 지속적으로 개진했다. 집필자의 구성도 다양해서 정재계의 논객뿐만 아니라 일반 독자로부터의 투고도 게재했다. 그 중에서 조선인에 의한 창작을 열거하면 다음의 표와 같다.

| 게재년월 | 게재잡지 | 표기 | 작품명 | 작자 | 비고 |
|---|---|---|---|---|---|
| 1924.11 | 조선공론 | | 어리석은 고백<br>(愚かなる告白) | 이수창(李壽昌) | |
| 1924.11 | 조선급만주 | 창작 | 괴로운 회상(悩ましき回想) | 이수창 | |
| 1925.1 | 조선공론 | | 어느 조선인 구직자 이야기(或る鮮人求職者の話) | 이수창 | |
| 1927.3 | 조선공론 | | 마을로 돌아와서<br>(街に歸)て) | 이수창 | |
| 1927.4~<br>1927.5 | 조선공론 | 창작 | 어느 면장과 그 아들<br>(或る面長とその子) | 이수창 | 2회 연재 |
| 1928.2 | 조선공론 | 창작 | 아사코의 죽음(朝子の死) | 한재희(韓再熙) | 재조일본인 이야기 |
| 1928.4~<br>1928.5 | 조선공론 | 장편<br>소설 | 혈서(血書) | 이광수(李光洙)<br>이수창 역 | 2회 연재<br>초출 :『조선문단』<br>(1924.10) |
| 1928.11 | 조선급만주 | | 연주회(演奏會) | 정도희(丁旬希) | |
| 1933.6 | 조선공론 | | 파경부합(破鏡符合) | 윤백남(尹白南) | |
| 1937.9~<br>1937.10 | 조선급만주 | 소설 | 인생행로란(人生行路難) | 김명순(金明淳) | 2회 연재, 10월호에 2쪽 백지. 검열에 의한 것으로 보임. |

[표 1]『조선급만주』와『조선공론』에 실린 조선인의 일본어 창작(소설)

앞의 표에서 가장 눈에 띄는 것은 작자 이수창이다. 번역을 하면서 동시에 창작도 했던 것으로 봐서 그의 일본어 능력이 좋았음을 짐작할 수 있다. 조선인에 의한 본격적인 일본어문학이 1930년대부터 시작된 것을 생각하면, 이른 시기에 일본어 창작을 시작한 이수창의 도전을 엿볼 수 있다.

또, 『조선급만주』보다 『조선공론』 쪽에 조선인의 창작이 더 많이 실린 사실을 알 수 있다. 이는 『조선급만주』를 펴낸 조선잡지사가 경성보다 도쿄에 더 많은 지국을 두고 일본인 독자를 주된 대상으로 하고 있었기 때문으로,9) 이에 반해 '조선' 문제에 집중한 『조선공론』을 조선인 독자가 더 선호했을 것으로 추정된다.

그 외에, '소설'과는 별도로 '창작'이라고 규정해 소개하고 있는 작품이 있는데, 형식상 추정컨대 '소설'에 가까운 뜻으로 여겨지나, 다만 '창작'이라고 표기하고 있는 작품 속에는 수필적인 성격을 띠고 있는 것도 들어있다. 초기에는 '창작'과 '소설'이 혼재되는 양상을 보였으나, 점차 일정 길이를 가진 서사물이 나오면서 이를 '소설'로 구분지어 칭하게 된 것으로 보인다. 문제의 소지는 어떠한 서사가 어떻게 방법화되고 있는지에 있다고 할 것이다.


## 2. 조선인 일본어 창작의 서사 방식

우선 이수창의 창작을 살펴보기로 하겠다. 이수창의 작품에는 고백하는 형식이 많다. 「어리석은 고백」(『조선공론』, 1924.11)을 보면, "내가 이

---

9) 임성모, 「월간 『조선과 만주(朝鮮及滿洲)』 解題」(『朝鮮』1, 영인본, 어문학사, 2005). 쪽수 표기 없음.

소품을 계획한 까닭"은 "나 자신의 과거에 존재한 어떤 사실을 거짓 없이 이야기하는 데 있습니다"고 말한 뒤, 1년 전에 있었던 일을 고백하는 형식으로 서술해간다. 그 내용인 즉, '나'는 친구의 소개로 극예술연구회에 들어가는데 거기서 알게 된 M이라고 하는 친구에게 좋아하는 여성을 빼앗기고 "한없는 자기혐오와 모욕감에 자신을 몰아세우며" 다음과 같이 고백한다.

> 나는 그들이 내 성격의 약점을 이용해 멋대로 꾸민 일이라는 것을 비로소 알아차렸습니다. 그러나 나는 그로 인해 그들의 우정을 버리고 싶지는 않습니다. 서로의 젊음이나 무모함을 용서해야한다고 생각합니다. 나쁘다고 하면 제 자신이 나쁩니다. 만약 그런 경솔한 행동을 하지 않았더라면 자존심을 다치지 않고 끝났을 텐데.

이와 같이 고백한 '나'는 부부가 된 두 사람을 볼 때마다 쓴웃음을 짓지 않을 수 없다고 말하고, 고백을 마친다. 자신이 농락당했다고 느끼면서도 이러한 감정을 드러내지 않고 오히려 자신을 책망하는 술회를 계속해나간다.

이러한 고백의 내레이션은 「괴로운 회상」(『조선급만주』, 1924.11)에서 한층 더 집요하게 나타난다. 「괴로운 회상」은 「1. 괴로운 회상」과 「2. T박사와의 대화」라고 하는 두 부분으로 구성되어 있다. 「1」에서는 "모두가 기분이 나쁠 정도로 어스레한" 거리를 빠져나와 올라탄 전차 안에서, "청춘의 오뇌로 괴로워하는" '그'가, "자책의 감정"으로 가득 찬 "자기혐오의 감정"과 "자기기만이 심한 사상"을 폭로하는 장면이 시종 그려지고 있다. 이하의 인용은 그 한 예이다.

모든 것이 젊은 날의 고뇌다. 지금 나는 육체와 영혼의 투쟁이 멈추지 않는 청춘의 위기에 직면해 있는 것이다. 끝없는 순결과 인내를 지속하기에는 내 처지가 너무나 고독하고 외롭다. (중략) 밤낮없이 더러운 악취와 비인간적인 환경에 둘러싸여 훌쩍이는 슬픈 영혼 때문에 정말로 슬프기 그지없었다. 왜 인간이 자신의 생을 자유롭게 즐길 수 없단 말인가. (중략) 그는 생각을 너무 해 피곤해져 노래를 부를 기력조차 없었다. 자신의 방에 돌아와 보니 친구는 모두 아무 생각 없이 자고 있었다. 그는 잠자리에 들었지만 눈이 떠져 쉽게 잠들 수 없었다. 가공(可恐)할 내적 암투가 안민을 방해하고 있는 것이다.(강조점－인용자)

'그'는 육체를 탐하는 청춘의 사랑을 "허위로 가득 찬 포옹"이라고 생각하면서, 위의 인용에서 보듯이 자신의 처지를 절망하고 탄식하는 "가공할 내적 암투"를 집요하리만큼 벌이고 있다. 그런데 '그'의 내적 자의식은 시종 그려지고 있는 반면, 이러한 원인을 가져다 준 외적 내용은 구체적으로 그려지지 않는다.

그런데 「2」에서의 내레이션은 사뭇 달라진다. '그'는 평소 존경하던 문학박사를 만나 문학을 지망하는 청년으로서 자신을 이야기해간다. 내면의 고백 대신에 상대방과의 대화를 통해 '실생활'과 '예술적 생애'의 낙차, 그리고 당대 문단에 대한 이야기 등을 나눈다. '그'는 문학을 포기하는 것은 "생활에 대한 패배"라고 이야기하고, 이러한 '그'에게 박사는 "그대는 문학에 적합하지 않다"고 일러준다. '그'는 박사의 말을 믿고 최후의 결정을 내리는 것처럼 보이는데, 자신의 고독함을 탄식하며 결국 "소설 속에 있는 주인공으로서의 자신을 꿈꾸고" 슬픈 과거를 추억하는 장면에서 소설은 끝이 난다. 「1」에서 한없이 내면으로 침잠해가던 자의식 과잉의 내레이션이 「2」에서 쉽지는 않겠지만 그럼에도 불구하고 문학의 길을 포기하지 않겠다고 결의하는 전환을 보이며 문학에 대한 자기의식을 더욱 확고히 하는 모습을 보여주고 있다.

이수창의 또 하나의 소설 「어느 조선인 구직자 이야기」(『조선공론』, 1925.1)는 K신문사의 저널리스트에서 실직자로 전락한 김춘식이라는 남자 이야기이다. 그는 일자리를 찾으러 다니면서 과거의 일을 회상한다. 즉, 일본 도쿄(東京)에서 유학하고 있을 때 잠시 조선으로 귀성했는데 마침 그때 관동대지진이 일어나 폐허가 된 도쿄로 돌아가면서 느낀 단상이나, 신문사에 취직한 아들에게 관존민비사상을 고집하며 호통치면서 관리가 될 것을 요구하던 봉건적인 부모 이야기 등, K신문사에 들어가기까지의 일들을 상기하고 있다. 그리고 "혼자가 되었을 때 자신의 불만스러운 감정이나 반항의식 때문에 제정신을 잃을 정도로 흥분하"지만, 한편에서는 "그의 지망은 문장 방면이다"고 되뇌면서 문학에 대한 의지를 강하게 드러내기도 한다. 현실적인 삶의 방식을 요구하는 봉건적인 아버지의 요구와 실직하고 나서 매일 아침부터 밤까지 일자리를 찾아다녀야 하는 상황 속에서, 김춘식은 '쓰는 것'에 대한 의지를 반복해서 표출시켜 간다.

「마을로 돌아와서」(『조선공론』, 1927.3)는 소설보다는 수필에 가까운데, 재조일본인에 의한 식민지 문단의 존재 방식에 대해 비판하는 논조가 포함되어 있어 주목을 요한다.

> 그들(일본인 언론인-인용자주)은 저널리스트임과 동시에 문단인으로서 확고한 지반을 갖고 있다. 우리 문단은 거의 그들에 의해 형성되어 지배받고 있다고 해도 과언이 아닐 것이다./ 문예에 관한 모든 집회나 강연은 그들의 독무대이다. 그들은 당해낼 수 없는 대가(大家)이다. 이러한 의미에서 우리에게는 아직 진정한 문단이 실재하지 않는 것인지도 모른다.

나는 문단 그 자체를 정의할 수는 없지만, 아마 여기(余技)적인 것은 아닐
것이다. 순수한 문인으로 형성된 문예적 집단을 가리켜 부르는 것이 아닐
까. 만약 그렇다고 한다면 문단의 권위가 그들 수중에 있는 동안은 우리
문단의 레종 데트르가 극히 박약할 수밖에 없다고 나는 생각한다.

위의 인용에서 보면, 언론인으로 문단에서 입지를 확고히 하고 있는
'그들'과, '우리 문단' 혹은 '진정한 문단'이 대척적으로 배치되어 있다.
그리고 '그들'의 활동은 '여기(余技)', 즉 취미로 하는 문예일 뿐, 순수 문
예가 아니라고 비판하고 있다. 여기에서 말하는 '그들'은 조선에서 일본
어문단을 형성하고 있는 재조일본인을 가리키는데, 조선의 일본어문단
이 재조일본인에게 장악되어 순수 문예적인 측면이 결여되어 있음을 비
판하고 있는 것이다.

초기에 의욕적으로 일본어 창작을 발표해가던 이수창이 1925년부터
약 2년간 휴지기간을 가진 후에 이와 같은 재조일본인 주류의 문단에
대한 비판적인 문장을 쓴 것이다. 이수창은 "조선에는 (일본인으로서 –
인용자주) 문장이 좋은 사람이 한 명도 없다. 문예가다운 사람이 한 명
도 존재하지 않는다"[10]고 재조일본인이 점하고 있던 당시의 일본어문단
에 대해 불만을 토로했다. 이수창의 이와 같은 글을 통해, 1920년대 당
시 재조일본인에게 장악되어 있던 조선의 일본어문단의 문제점과 일본
인과 경쟁하면서 조선인이 문단으로 나아가는 것이 얼마나 어려웠는지
그 일단을 짐작할 수 있다.

이후 이수창은 창작 「어느 면장과 그 아들」(『조선공론』, 1927.4~5)을 발
표하고, 이광수의 소설을 번역하는 외에는 식민지 문단에서는 모습을

---

10) 李壽昌, 「爐邊余墨」(『警務彙報』 261号, 1928.1), p.155.

드러내지 않게 된다. 「어느 면장과 그 아들」은 2회에 걸쳐 연재되었는
데, 분량도 상당하고 비교적 탄탄한 구성을 가지고 있다.

「어느 면장과 그 아들」은 "요새 유행하는 교육을 전혀 받지 않아서
중요한 N어도 말하지 못하는" 무학의 K와 그 아들 명수의 이야기이다.
명수는 아버지의 기대를 저버리고 유학에서 돌아와 버렸지만 "'폐물'이
라고 하든지 '인간쓰레기'라고 하든지 개의치 않고 자신에게는 따라야
할 신념과 자부심이 있다는 것을 강하게 의식"하고 있다. 그런데 신식
으로 올린 결혼식이 보람도 없이 명수는 3개월 채 안 돼서 이혼을 하게
된다. 면사무소 신축 낙성식이 있던 날에 K는 "울분과 애석의 감정"에
빠져 술을 마시고, 명수는 자신의 몫으로 받은 나무 도시락 하나에 눈
물짓는다. 면장 직에서 해고된 K가 새로운 사무소에 일주일이든 한 달
이든 "앉아 보고 싶은 욕망이 간절함"(강조점-원문)을 느끼지만 새롭게
지은 건물로부터 외면당한 채 소설은 끝이 난다.

자의식의 우울한 독백체가 많았던 이전의 창작에 비해, 이 소설은 담
담한 어조로 서술되고 있다. 일본 유학을 중도에 그만두고 돌아와 버린
아들의 고민과 조선의 농촌에서 N어(일본어)를 구사하지 못하는 봉건적
인 아버지의 이야기는 식민지를 살아가는 두 세대의 현실적인 모습이
잘 그려져 있다. 특히, 새로 지은 면사무소 면장 직에 잠깐이라도 "앉아
보고 싶은" 욕망이라고 강조한 표현을 통해, 일본어가 지배하는 공적
질서 속으로 편입되지 못하는 식민지 조선인의 현실을 엿볼 수 있다.
이는 일본어문단이라고 하는 공간으로 진출하고 싶지만 좀처럼 이루어
지지 않는 작자 이수창의 욕망의 비유로도 읽혀지는 대목이다.

이상에서 1920년대에 의욕적으로 일본어 창작을 시도한 이수창의 작
품을 검토했는데, 그 외에는 이수창만큼 다수의 창작을 한 사람은 없고

앞의 [표 1]에서 보듯이 1920년대 말부터 드물게 나오지만 모두 단편 하나로 끝난다. 그중에서 한재희의 창작 「아사코의 죽음」(『조선공론』, 1928.2)은 주목할 만하다. 이 소설은 조선인에 의한 재조일본인 이야기라는 점이 우선 특징적이다. 관동대지진 후에 가세가 기울어 현해탄을 건너 평양으로 온 아사코는 신문사에 근무하는 박(朴)이라는 조선 청년과 사랑에 빠지는데, 평양의 재력가에게 시집을 보내려는 백모의 계략으로 결국 자살하고 만다는 비극의 단편이다.

「아사코의 죽음」은 조선인과 재조일본인과의 연애를 그리고 있다는 점에서, 조선인의 이야기를 주로 그린 이수창의 소설과는 구별된다. 후경(後景)에 머물러 있던 재조일본인이라고 하는 존재가 조선인 이야기에 전경화(前景化)되어 있고, 조선인과 재조일본인이라고 하는 식민지 당지(當地)에서의 당사자성을 드러낸 소설이라고 할 수 있다.

이러한 측면에서 생각하면, 이광수의 「혈서」(『조선공론』, 1928.4)는 반대의 상황을 상정하고 있다. '나'는 도쿄에 유학하고 있을 때 그곳의 일본인 여자에게 사랑 고백을 받지만 이를 거절해, 여자는 유서를 남기고 자살해 버린다. 이것이 '나'가 15년 전에 죽은 여자를 떠올리며 지나간 일들을 술회한 내용이다. 『조선문단』에 국문으로 실렸을 때는 검열에 의해 삭제된 부분이 산견되는데, 번역자 이수창이 이들 중 일부를 번역시 적당히 메운 곳도 있고, 지문—내용을 일부 삭제한 곳도 보이지만 전체적으로는 별다른 차이 없이 일본어로 번역해 실었다. 「아사코의 죽음」과 「혈서」 두 작품 모두 일본인과의 관계성 속에서 조선인을 그리고 있다는 점에서 공통적이라고 할 수 있다.

이밖에, 「파경부합(破鏡符合)」(『조선공론』, 1933.6)을 발표한 윤백남은 조선의 야담 전문 잡지 『월간야담(月刊野談)』의 편집자로 전국을 순회하면서

라디오를 통해 일본어로 야담을 방송했고, 일본의 대표적인 종합잡지 『개조(改造)』(1932.7)에 장혁주의 「아귀도(餓鬼道)」와 나란히 「휘파람(口笛)」을 발표하는 등, 1930년대에 '내지'의 문단에도 잘 알려져 있는 사람이었다. 그러나 1930년대는 이미 장혁주를 비롯해 일본의 문단에서 일본어문학으로 활동하는 사람들이 본격적으로 나오기 때문에서인지, 조선의 일본어문단에서는 오히려 그 예를 찾아보기가 더욱 힘들다.


## Ⅳ. 식민지 조선에서 동상이몽의 '일선(日鮮)'

### 1. 재조일본인에 비친 '조선'

식민지적 상황 하에서 '일선(日鮮)'은 대등할 수 없다. 그런데 이는 같은 민족인 일본인 속에서도 나타나는 현상이다. 특히 재조일본인은 여러 동인(動因)으로 조선에 건너와 현지에서 조선인과 긴장관계를 형성하며 생활하기 때문에, '내지' 일본인에 대해서 고국을 떠나온 자의 열등감을 보이는 한편, 식민지의 조선인에 대해서는 식민 종주국 국민으로서의 우월감을 드러내 보이는 이중적인 면모를 보이기도 한다.11) 따라서 이들의 서사물에는 논단과 같은 형식화된 명확한 논리보다는 때로는 이와 모순되거나 다층적인 양상을 드러내 보이는 측면이 있다.12)

---

11) 김계자, 「도한 일본인의 일상과 식민지 '조선'의 생성」(『아시아문화연구』 19집, 2010. 9), p.12.
12) 정병호, 「20세기 초기 일본의 제국주의와 한국 내 <일본어문학>의 형성 연구—잡지 『조선』(朝鮮, 1908-11)의 「문예」란을 중심으로」(『일본어문학』 37집, 2008.6), pp.409-425.

재조일본인의 서사물에는 조선으로 건너와 고생한 이야기들이 많다. 「너무나 슬프다」(三田郷花, 「創作 余りに悲しい―YとKの死―」, 『조선공론』, 1925.8)는 한 저널리스트의 서간문 형식의 소설이다. 조선에 거주한 지 3년이 지나는 동안 동료 둘이 죽고, "조선에 정말로 진저리가 난다"고 '나'는 생각한다. 그리고 "흘러 흘러온 이곳 식민지 하늘 밑에서 여전히 농경 노동자로서의 고된 일을 계속하고 있는" "참담한 이야기"를 이야기하기 시작한다. 그리고는 "전도(前途)는 어둠이다. ……너무나 슬프다"고 한탄한다. 이와 같이 식민지에서의 고생스러운 삶을 토로하는 서사 이면에 '내지'에 대한 동경이 깃들어 있음은 물론인데, 이는 동시에 조선에 대한 불쾌감으로 드러나 조선에 대한 우월감과 일본 '내지'에 대한 열등감의 이중적인 시선으로 조선에서의 재조일본인의 삶이 그려져 있다.

물론 어두운 어조의 이야기만 있는 것은 아니다. 희극 「고려청자를 파는 남자」(難波英夫, 喜劇 「高麗燒を賣る男(一幕)」, 『朝鮮及滿洲』, 1924.7)는 경성 혼초(本町) 거리를 배경으로 일본인과 조선인이 고려청자를 놓고 옥신각신하는 모습이 희극적으로 그려져 있다. '고려청자를 파는 조선인, 실은 일본인'과 '일본인 신사 갑, 을, 실은 날치기', 그리고 조선인 순사가 등장인물로 나오는 연극대본이다. '지게꾼(チゲクン)', '요보(ㅋ보)' 등의 말이 대사나 지문에 그대로 드러나 있어 조선적인 색채를 더하고 있고, '고려청자'라는 지방색(local color)을 나타내는 소재로서의 '조선'을 전면에 내세우고 있는 점도 특징적이다. 일본어를 어눌하게 구사하며 고려청자를 파는 조선인(일본인이라는 것은 나중에 밝혀짐)을 둘러싸고 주위에 있던 일본인이 말을 거는데, "내뱉는 말, 태도 등 모두 일본인이 조선인을 이유 없이 경멸하고 있는 마음을 노골적으로 드러내고 있다"고 지문에서 화자가 설명을 덧붙이고 있다. 또한 이 조선인은 일본인 신사를 향해 "어

이, 조선인이라고 해서 사람을 바보 취급하지 마라"고 대꾸하기도 하는
데, 나중에 실은 그가 '진짜 조선인'이라고 밝혀지면서 해학적인 풍자를
자아내고 있다.

「고려청자를 파는 남자」의 작자 난바 히데오는 『조선급만주』를 내고
있는 조선잡지사의 도쿄 지국에 채용된 기자로, 조선과 일본을 왕래하
며 창작 외에도 「경성과 문학적 운동(京城と文學的運動)」(『조선급만주』, 1917.3)
등, 조선에서의 일본어문학에 대해 비평도 했다. 조선인과 재조일본인은
식민지라는 동일한 공간에서 생활하는 이질적인 존재이지만 혼재되어
있어, 둘 사이의 경계를 짓는 자체가 애매할 수 있음을 「고려청자를 파
는 남자」의 인물 설정이 유머러스하게 보여주고 있는 것이다.

'조선'을 향한 로컬 컬러적인 시선이 가장 잘 드러나 있는 작품은 희
곡 「재회(再會, 一場)」(栗原歌子, 『조선 및 만주』, 1924.10)이다. 이 작품은 「춘향
전」을 희곡화한 것으로, 남원군수 생일잔치에 이몽룡이 등장해 탐관오
리를 벌하고 춘향을 구하는 「춘향전」의 클라이맥스 장면만을 그리고 있
다. 조선의 고전문학을 본격적으로 연구한 다카하시 도루(高橋亨)가 쓴 「춘
향전」(『朝鮮物語集付俚諺』, 日韓書房, 1910)은 축약형 개작의 전형을 보여주고
있는데, 「재회」는 춘향과 이몽룡의 마지막 재회 장면만을 강조해 더욱
간략화한 것이라고 할 수 있다. 완성도 면에서도 질이 떨어지고 작자
구리하라 우타코가 일본 문학계에서도 잘 알려져 있지 않은 점을 감안
하면, 재조일본인이 투고한 작품일 가능성이 크다. 일본인의 아직은 조
선에 대한 미숙한 이해 속에 피식민의 조선인과 차별화하려는 의식이
덧붙여진 결과로, 향토적이고 민속적인 소재로서의 엑조티시즘(exoticism)
적 조선 표상으로 나타난 예라고 할 수 있다.

식민자의 시점에서 '조선'을 바라보는 재조일본인의 시선 속에는 '속

악함', '불결함', '불쾌' 등의 감정이 노골적으로 드러나 있는 작품들이 보이는데, 이하의 인용은 그 대표적인 예이다.

> 조금 전까지 내리고 있던 비가 그치고 구름 사이로 비추는 한여름의 태양은 찌는 듯한 열기를 던지고 있었다. 수수처럼 곱슬곱슬한 머리카락의 여자 아이가 두세 명 비 갠 물웅덩이에 발을 담그고 떠들어대며 놀고 있었다. 뒷골목 빈민굴에는 오랜 비에 유기물이 부패한 냄새, 김치, 그 외의 이상한 냄새가 수증기와 함께 일시에 피어올라 혼탁한 공기가 역할 정도로 코를 찔렀다. 붉은 태양이 바로 내리비춰 술에서 덜 깬 그의 눈을 반사시킨 듯이 아팠다. 그의 몸은 사발 파편이나 먹다 남은 안주, 그리고 술병 같은 것이 여기저기 흩어져 있는 가운데에 고깃덩어리처럼 가로놓여 있었다.
>
> (安土礼夫, 「創作 空腹」, 『中央公論』, 1926.9)

위의 인용에서 보듯이, 불결하고 더러운 미개한 조선의 이미지를 만들어낸 식민지 위생담론의 전형을 볼 수 있다. 다만, 위의 작품에서 그려진 불결한 이미지의 조선은 기행자의 시선으로 포착된 타자로서의 이미지가 아니다. 장마철 한강 대 수해에 대한 염려와 공장에서 해고당해 울분을 풀 길 없어 굶주린 배를 움켜쥐고 있는 '그(조선인-인용자주)'의 이야기를 통해 식민지 조선의 가혹한 현실이 생활자의 시선에서 비판적으로 그려져 있는 것이다. 이러한 점에서 재조일본인의 작품은 '내지'에서 보낸 작품과는 다른 식민지 조선의 이미지를 만들어내고 있다고 할 수 있다.

## 2. 조선인에 비친 '일선융화(日鮮融化)'의 허상

『조선급만주』에는 1912년 8월호부터 「일선남녀 연애이야기(日鮮男女艶物語)」가 연재되는데, 재조일본인과 조선인 사이의 연애 이야기를 주로 다루고 있다. '내선일체(內鮮一體)'나 '일선동조(日鮮同祖)'론은 중일전쟁 이후 전쟁동원의 필요성이 높아지는 1930, 40년대부터 황국신민화정책 하에 본격화됐지만, 이미 1920년대부터 일본 교과서에 등장해 식민지의 지배와 동화의 메커니즘으로 기능하고 있었다.

그런데 1920년대 당시 일본어문단과의 관계성 속에서 조선 문인으로서의 자신의 정체성을 만들어가려고 한 이수창은 다음과 같이 적고 있다.

> 이 제언(일선융화-인용자주)은 한때 매우 유행했지만 최근 들어 시들해진 듯하다. 이는 아마 시간이 경과함에 따라 어쩔 수 없이 쇠퇴한 경향도 있겠지만, 주된 원인은 바로 아무리 목소리를 높여 융화를 외쳐댄들 좀처럼 그 실적을 거둘 수 없는 효력상의 문제에 있는 것은 아닐까. 그리고 유구한 역사와 독자적인 언어, 문화를 가지고 있는 한 민족이 다른 민족과 융합 동화한다고 하는 것이 실제로 있을 수 있는가. 혹시 강제적으로 그들의 역사를 말살하고 언어와 문화를 멸망시켜 버린다면 동화의 가능성이 다소 있을지는 모르지만, 그러지 않는 한 그들의 혼을 파괴하는 것은 어차피 헛수고로 끝날 일이다.[13]

1930년대에 들어서면서 '고쿠고(國語)'로서 일본어 사용과 창씨개명을 강제하면서 민족말살을 기도한 일제의 정책을 1920년대에 이미 이수창이 예언하고 있는 듯한데, 그는 '일선융화'의 허상을 이야기하면서 정책적으로 선전하면서 다니는 자들의 맹성(猛省)을 촉구하고 있다. 1920년대

---

13) 李壽昌, 「爐邊余墨」(『警務彙報』 261호, 1928.1), p.160.

에 일본어문단에 의욕적으로 뛰어들었지만 일본인과의 경계와 차별을 넘지 못하고 1930년대로 들어서면서 일본어문단에서 사라져간 이수창의 눈에 비친 '일선융합'은 지배와 배제를 위한 허울 좋은 메커니즘일 뿐이었다. 앞에서 살펴본 한재희의 창작 「아사코의 죽음」과 이광수의 「혈서」도 조선인과 일본인의 연애를 통해 양자의 관계성을 탐색하지만, 결국 모두 비극적인 결말을 맞이하지 않았던가. 이와 같이 1920년대 식민지 조선의 일본어문단은 조선인과 일본인의 혼종과 이질의 경계적 접촉 단면을 노정하고 있었던 것이다.

## V. 맺음말

지금까지 살펴본 바와 같이, 1920년대의 식민지 조선의 일본어문학장은 일본인, 그중에서도 재조일본인과 조선인 창작 주체가 혼재하는 상황이었고, 이들의 서사물을 통해 식민지 당지에서 착종하는 식민지적 일상을 엿볼 수 있었다. 재조일본인과 조선인의 서사물에 그려진 '조선' 내지 '일선'은 엄밀히 말해 내면화된 타자를 그리고 있지는 않다. 식민지 당지에서의 조선인과 재조일본인의 동거는 상호 침투된 일상과 그 속에서의 긴장관계를 노정하고 있지만, 소통 없는 공존의 형태로 같은 일본어문학장 안에 놓여있을 뿐이다.

사실 '내지' 일본인과 재조일본인이 주류를 형성하고 있는 일본어문단에 조선인이 진출하기는 여러 면에서 어려움이 따랐을 것이다. 제국의 언어로 식민지의 일상을 그려내는 것의 당혹감은 이수창의 대부분의 소설이 그렇듯이 침잠하는 내면의 고백 서사로 표출되었다. 즉, 1920년대 재조일본인의 일본어문학장에 뛰어든 조선인의 식민지 기억은 '고백'의 형식을 통해 개별화되고 반복적으로 재생되고 있었던 것이다.

1920년대 이후, 『조선공론』과 『조선급만주』에 공통적으로 보이는 현상 중의 하나로서 기사적인 성격의 이야기에 서사가 결합된 형태의 서사물이 갈수록 많아지는 점을 들 수 있다. 『조선공론』에 소개된 통속적인 내용의 '실화물' 같은 장르가 바로 그러한 예라고 할 수 있다. 『조선급만주』의 경우, 간행 초기에는 <연구>란을 통해 조선의 언어나 문학, 역사에 대해 학문적인 접근을 시도하는 등, 일본인 엘리트에 의한 조선연구가 많았다. 그런데 창작의 경우도 일본 '내지'에서 투고된 글이 많았던 초기와는 달리, 점차 재조일본인의 비중이 커졌고, 특히 이수창을 위시해 조선인이 의식적으로 일본어문단에 진출하면서 일본어잡지는 식민지 조선인에게 대중화시대의 읽을거리로 자리 잡게 된 것이다. 1920년대에 식민지 조선의 일본어문단으로 치고 나간 조선인의 작품과 재조일본인의 조선 표상 작품들을 통해, 식민 당지에 거주하는 재조일본인과 조선인이 상호 침투, 길항하면서 각축한 식민지적 일상의 혼종적 측면을 살펴볼 수 있었다.

‖ 린 타오(林濤) ‖

# 『만주낭만(滿州浪漫)』의 「백일의 서(白日の序)」 일고찰

## 1

　『만주낭만(滿州浪漫)』은 '만주' 시대에 신징(新京, 창춘[長春])을 기반으로 했던 일본어 문예지이다. 1938년(강덕[康德]5) 10월에 제1집을 발간하고, 1941년(강덕8) 5월에 제7집까지 간행, 1942년에 『만주낭만총서』로 문고본 4권이 간행됨으로써 종언을 맞이한다. 잡지의 특색이라고 하면, 문학뿐만 아니라 영화, 연극, 음악 등 많은 장르에 걸친 글이 게재되고, 동인(同人) 이외의 우수한 작품도 모집했으며, 중국인 작품도 적극적으로 번역하여 수록하고 있는 점일 것이다. 주재자는 당시 '만주영화협회(滿映)'에 근무했던 기타무라 겐지로(北村謙次郎)로, 집필진에는 문학자, 희작(戲作)자, 영화예술가, 평론가, 신문기자, 편집자, 일본 관료에 이르기까지 당시 '만주문화'를 대표하는 각 방면의 인물이 모여 있었다. 동인지이지만 종합문예지의 색깔이 짙다. 또 그 무렵 '만주'에는 다롄(大連)의 『작문(作文)』 이외에 본격적인 일본어 문예지가 별로 없었기 때문에 『만주낭만』

이 창간됨과 동시에 '만주' 내지 일본 국내의 문단에서도 널리 주목을 받고 환영을 받았던 것이다.[1] 자명한 일이지만『만주낭만』은 식민지 시대의 '만주국' 및 거기에 있는 각 민족의 심층심리를 해명하는 데 대단히 귀중한 자료를 제공하고 있다. 중일 양국에서도 최근 십 수 년 사이에 이 잡지에 대한 연구자의 관심도가 차츰 높아져, 2003년 도쿄(東京) 유마니쇼보(ゆまに書房)에서 간행된『만주낭만별권「만주낭만」연구(滿州浪漫別卷「滿州浪漫」研究)』는 큰 성과라고 해야 할 것이다. 하지만 그것은 잡지 전체에 대한 파악으로, 개개인의 작가나 작품의 고찰에는 아직 손을 대지 않은 상태이다. 이런 연구 상황 속에서 필자는 그중에서도 가장 간과되어 있는 여성작가 중 한 명인 요코타 후미코(橫田文子)의 소설「백일의 서(白日の序)」를 대상으로 잡지와의 관계에서부터 메스를 들이밀어 구체적인 텍스트 분석을 해 가고자 한다.

원래「백일의 서」는『만주낭만』을 위해 다시 쓴 것이 아니라, 그때까지 가미치카 이치코(神近市子)가 주재한『부인문예(婦人文芸)』제3권 제2호, 4호, 5호, 6호(1936년 2월~6월)에 연재되고 있었다. 이미 게재된 적이 있는 작품을 다시『만주낭만』창간호에 수록하는 의사 결정 자체가 이 작품을 중시하는 편집자의 입장을 자연스럽게 드러내는 듯하지만, 이 잡지에 있어서「백일의 서」의 위치를 보다 명료하게 제시하기 위해 아래와 같이 창간호 목차를 기록해 두겠다.

---

1) 뤼 위안밍(呂元明) 「『만주낭만』의 전체상(『滿州浪漫』の全体像)」(2003)을 참조(『만주낭만 별권「만주낭만」연구(滿州浪漫別卷「滿州浪漫」研究)』(ゆまに書房), 2003.1), pp.5-30.

목차에서 제시한 것과 같이, 『만주낭만』 창간호의 가장 큰 특색 중

하나는 소설을 대단히 중요시하는 것이다. 이미 뤄 위안밍 씨가 지적하고 있지만, 잡지의 권두에 소설작품을 두는 것은 실로 '만주 문학'의 커다란 변화라고 해야 할 것이다. 그보다 앞서 다롄에서 출판된 『만주문학잡지』 등의 잡지에 있어서는 문학이념이 권두에 배치되어 있었다.[2] 그리고 소설을 중요시하는 잡지의 편집 의도는 권두에 배치되는 것 외에, 소설란 203페이지가 전권 273페이지의 3분의 2를 넘어서는 분량이라는 사실을 통해서도 엿볼 수 있다. 이 글에서 거론하는 「백일의 서」는 그 안에서 무려 87페이지를 차지하고 있는데, 소설란의 약 2분의 1에 해당하는 분량이다. 그럼 이렇게나 중요한 위치를 차지하는 「백일의 서」는 도대체 어떤 내용인가, 그 내용이 전하려고 하는 모티브는 무엇인가, 또 거기에 제시하고 있는 작자의 문학 자세는 어떤 것인가. 이 문제들에 대해 아래에서 상세히 고찰을 전개해 갈 것이다.


2


「백일의 서」는 「1부 죽다」, 「2부 살다」, 「3부 죽이다」의 3부로 구성되어 있다. 그 줄거리를 간단히 소개하면 다음과 같다.

「1부 죽다」에서는 도쿄의 어느 잡지사에 근무하는 주인공 나(기다(木떼))는 시종 '뭔가 정체를 알 수 없는 불안과 초조'에 시달리고 있다. 그 불안과 초조의 근원은 세간에서 이단시되는 자신의 동성애에서 오는 듯하다. 그런데 마침 두 사람의 관계가 행복의 '절정'에 달했을 무렵, 애

---

2) 위의 책.

인 노부코(延子)는 혼담이 들어와 억지로 교토(京都)에 있는 자기 집으로 끌려갔던 것이다. 어쩔 도리가 없는 '나'는 자나깨나 술을 마시며 자포자기한 생활을 하기 시작한다. 번민의 구렁텅이 속에서 '나'는 자살을 시도하여 수면제를 먹었다. 하지만 죽지 않고 살아남았다. 그때 '갱생'이 없다고 의식한 '너'는 '갱생'으로 상징되는 것에 복수하기로 결심한다. 「2부 살다」는 자살에 실패한 '내'가 이즈(伊豆)의 T마을 해안에서 어쩔 수 없이 요양을 하게 되는데, 자포자기와 복수에 괴로워하는 '나'의 심상풍경이 해안의 자연 풍경을 통해 세밀하게 그려지고 있다. 「3부 죽이다」는 고향으로 돌아온 '내'가 차츰 고조되기 시작하는 모든 '초조와 불안'을 해결하기 위해 '복수'를 실행에 옮긴다. 우선은 마을의 술집 사봉(サボン)에서 ××××교의 남자 광신도를 '악마'라고 하며 그 정신을 죽이려고 한다. 그리고 찾아온 애인 노부코를 죽여 버리는 것이다.

확실히 이 작품은 '동성애'라는 소재를 다룬 소설이다. 하지만 전편에 걸쳐 두 여성의 관계는 그야말로 추상적이고, 또 간결하게 그려지고 있을 뿐이다. 주인공은 어디까지나 '나' 혼자인 것처럼 보이는데, 노부코와 알게 되고 동성애 관계를 갖게 된 경위를 전부 '나'의 시점에서 이야기하고 있다.

> 노부코는 내 지인인, A대학에 적을 둔 영어교수 이노(飯野) 씨의 여동생으로, 올봄 이노 씨 댁을 방문하러 상경했다. 자택은 교토에 있어, 상당한 실업가를 부모로 뒀는데, 나는 친구 스기무라 기코(杉村季子)와 이노씨의 집에 놀러 다니다가 노부코와 점점 이야기를 많이 하게 되고 친해졌다. 그러나 금세 나는 그 친밀함이 더 깊어지면서 노부코에게 일종의 연애에 가까운 마음을 품게 되고, 그와 비슷한 무렵, 노부코도 나에게 그런 마음을 갖고 있다는 것을 알게 되었다. 그리고 어느 사소한 기회에 서로

의 애정을 확실히 알게 되자, 그 후 들뜬 모습으로 발 빠르게 더 깊은 곳으로 미끄러져 들어갔던 것이다.[3]

그리고 노부코는 고향집으로 끌려 간 후, '나'와 노부코의 만남도 불과 2번밖에 배치되어 있지 않다. 첫 번째는 '이제 못 갈지도 모르지만, 한 번 만나고 싶으니까 와 줘'라는 노부코의 편지를 받고 '나'는 교토로 노부코를 만나러 간다. 하지만 작자는 구체적인 만남의 모습에 대해 일체 쓰지 않고, 오로지 돌아오는 기차에서 생각에 잠기는 '나'의 '불안과 초조'를 과도할 정도로 그려내고 있다. 두 번째는 노부코가 도쿄에서 결혼하게 되어 상경하는 도중, 멀리 돌아서 고향 마을에 '나'를 찾아 온 것으로, 그것이 두 사람의 영원한 이별이 되었다. 이 두 번째 만남에 이르러서야 드디어 우리 독자들은 노부코 본인의 목소리를 듣게 된다. 하지만 그것도 사랑의 고백이 아니라, 여기까지 그녀가 겨우 올 수 있었던 경위의 설명에 불과하다. 여전히 포인트는 '나'의 내적 갈등에 맞춘 채, 이것을 섬세하게 그리고 있다.

나는 도대체 어떻게 된 것일까, 이렇게 얼이 빠질 만큼 침착해도 되는 것일까. 나는 스스로 자신의 마음을 찌르고 또 찢으며 노부코를 위해 괴로워하고, 고독한 어둠의 세계에서 스스로를 잔학하기 짝이 없는 책형에 노출시켜 몸부림치고 있었던 게 아닐까. 노부코에 대한 애정을 반향도 없는 허공에 내던지고는 그 슬픔 때문에 눈물지으며 뒤척이고 있었던 게 아닐까. 아아, 그것도 어제까지, 아니 오늘까지일지도 모른다 ―노부코의 영상을 향해 두 팔을 크게 벌려 괴로워했던 게 아닐까.
아아, 지금 나는 노부코를 사랑하고 있는 것일까, 아니면 증오하고 있

---

3) 요코타 후미코, 「백일의 서」(『만주낭만』 제1집, 1936), p.114. 텍스트 인용은 전부 구(舊) 자체를 신(新)자체로 고치고, 구(舊)가나를 그대로 보류했다.

는 것일까. 그것도 아니면 남 일처럼 무관심한 것일까. 나도 그건 모른다.
나는 노부코에게 이런저런 이야기를 들으며 고개를 끄덕이면서도, 마음속
으로는 그것을 듣고 있지 않은 듯하다.[4]

　　주지하다시피 일본에서 여성 동성애가 신문이나 잡지 기사, 평론, 문
학작품 등에 언어표상으로 나타난 것은 1910년대로 간주되고 있다. 특
히 1911년에 니가타(新潟)현 이토이가와(糸魚川)에서 두 여학생이 동반 자
살한 일이 크게 보도된 이래, 그것은 여성, 특히 여학생끼리의 관계를
가리키게 되었다. 원래 '동성애'라는 말은 탄생함과 동시에 그것을 정상
적인 이성애에 대립하는 이상(異常)한 사랑으로 자리매김 되어 왔고, 또
'동성애'의 소설화도 정도와 의미의 차이는 있지만 그 테마, 모티브에
대한 멸시나 비방을 완전히 벗어날 수는 없었다.[5] 그 때문에 일본 근대
문학사상 '동성애' 즉 레즈비어니즘을 소설화하는 작가는 결코 많다고
는 할 수 없다. 그럼에도 불구하고 요코타 후미오 이전의 여성작가 및
그 작품을 들면, 다무라 준코(田村俊子)의 「체념(あきらめ)」(『大阪朝日新聞』 1911.
1.1.-3.21), 요시야 노부코(吉屋信子)의 「지붕 밑 두 처녀(屋根裏の二處女)」(洛陽堂,
1920), 미야모토 유리코(宮本百合子)의 「꽃 한 송이(一本の花)」(『改造』 1927.12)
등을 들 수 있을 것이다. 이 작품들은 대개 여성 사회의 자립의 문제와
관능의 자각 문제를 안고 있으며, 정도의 차이는 있지만 모두 두 여성
끼리 맺는 관계성을 관능과 함께 그려내고 있는 점이 공통적이다.[6] 하

---

4) 요코타 후미코, 「백일의 서」(『만주낭만』 제1집, 1936), pp.191-192.
5) 오모리 이쿠노스케(大森郁之助) 「요약, 일본근대소설의 ≪가이아와세≫-그 경향, 혹은
　 편향(要略・日本近代小說の≪貝合せ≫-その傾向, あるいは偏向一)」 참조(『札幌大學總合論叢』
　 제5호, 1998), pp.128-115.
6) 간 사토코(菅聰子), 「여성끼리의 유대-근대일본의 여성동성애-(女性同士の絆-近代日本
　 の女性同性愛一)」(『國文』 제106호, 2006), pp.24-39. 참조.

지만 요코타 후미코의 「백일의 서」는 같은 동성애 소재를 다루면서도, 그 작품들과의 사이에 명확히 선을 긋고 있다. 우선 주인공 '나'는 이미 잡지사에 근무하는 직업부인이고, 또 '나'와 노부코와의 관계성에 관능적인 묘사의 개입도 일체 거부되어 있는 점이다. 굳이 찾아내자면 고작 다음과 같은 이야기, 즉 '나는 일을 게을리 하고 이틀이고 삼일이고 하숙집을 비우고 이노씨 댁에 머물렀다. 남 보기에도 부끄러운 모습이었다. 하지만 나는 무엇 하나 두려워하지 않고, 나는 걸핏하면 응석을 부리는 폭군처럼 행동했다.'에서 두 사람이 친밀한 육체관계를 갖고 있었으리라고 추측할 수 있다. 하지만 그것은 대단히 추상적이고 또 애매한 표현일 뿐이다. 덧붙이자면, 이 「백일의 서」를 단순히 동성애 소설로 읽는 것은 충분하지 않아서, 보다 상징적으로 무언가를 표출하려고 하는 점에 이 작품의 의미가 있다고 필자는 주장하고자 한다.

　반복해서 말하지만, 사실 「백일의 서」 전편을 관통하고 있는 것은 다름 아닌 '나'의 '불안과 초조' 내지 '절망과 복수'의 정서이다. 소설 제1부 모두에서부터 이미 '— 뭐라고 해야 할까, 어떻다고 해야 할까. 이대로 좋은 걸까, 아니 뭔가 부족하다고 해야 할까, 아니 왠지, 뭔가 견딜 수 없는 기분이 들기 시작할 것 같은 것이다.'라고 '정체를 알 수 없는 불안과 초조가 꾸물꾸물 머릿속을 휘젓고 있다'. 이 정서가 끝없이 이어지고, '죽는다'는 극치의 자학행위로까지 '나'를 이끈다. 제2부에서 이즈의 해안에서 요양하게 되는 '나'의 '일단 안정을 되찾았던 마음은 또 다시 동요하기 시작해서, '나'는 정체를 확실히 하지 않은 주제에, 행렬처럼 힘줄이 불거지고, 웅성거리며 다가오는 어떤 감정을 불안하게 지켜봐야 했다.'라고 해안의 조용한 풍경에 둘러싸이면서도, 여전히 '불안'의 정서가 가슴속을 교란시킨다. 제3부에서는 그 '불안과 초조'의 원인

을 주인공 '나'는 그때까지의 생활을 돌아보며 자기 나름대로 다음과
같이 분석하고 있다. 길지만 인용해 두겠다.

　　생각해 보면 나는 절도를 모르는 성격파탄자에게 어울리는 연애를 하
　고, 그 절도를 모르기 때문에 파멸의 괴로움을 당하고, 그리고 당연하게
　도 그것을 잃어버렸다. 또 등을 돌리면서 억지로 어쩔 수 없이 매달려 있
　던 시민사회의 '생활의 그물'에서 나가떨어지고, 본래의 내 모습인 '무용
　지물'로 바뀌었다. 현실의 슬픔, 연애의 허무함을 확실히 깨닫고, 내가 있
　어야 할 장소를 잃어버린 이 '무용지물'은 무엇을 한 걸까. 나는 '죽음'을
　시도하여 다른 사정을 거절했다. 그러나 그 '죽음을 체험하는 시도'도 실
　패하여 모든 것을 잃고, 그저 한 가지 허공에 비슬거리고 있던 내 육체만
　이 스러지지 않았던 것이다. 내 육체는 부활했다. 그리고 '요양'이라는 고
　마운 말에 매달려, 나는 표표히 이즈의 해안으로 도주하여 거기서 잃어버
　린 모든 유령들에게 시달리고 상처받으면서 며칠을 보냈다. 그리하여 내
　가 새롭게 계획하고, 새롭게 시도하려고 결심한 것은 나를 상처 입힌 모
　든 것에 대한 '복수'였다.7)

　이상의 인용문에서 읽어낼 수 있는 '불안과 초조'라는 패배감의 원인
은 주로 세상(주인공 자신도 포함하여)에 인정받지 못하는 '동성애'와 있어
야 할 자리를 잃어버린 '무용지물'이라는 '나'의 인식에 있다고 할 수
있을 것이다. 전자에 관해 히가시 에이조(東榮藏)는 「백일의 서」을 비롯한
요코타 문학에 그려지고 있는 여성의 동성애에 관해 다음과 같은 지적
을 하고 있다.

　　이런 동성애는 당시의 질서와 도덕에서는 변태·변질자로 이단시되고
　멸시되었다. 요코타 후미코는 그것을 생의 증거로 애절하고 아름답게 그

---

7) 요코타 후미코, 「백일의 서」(『만주낭만』 제1집, 1936), p.168.

려냄으로써, 여성이 집이라는 제도에 의해 차별받고 남녀의 연애조차 불
륜시되었던 사회를 공격하고, 반역의 상징으로 삼았던 것이다.[8]

타당한 지적이지만, 「백일의 서」 텍스트에 준하여 고찰하면, 이 정도
로 '나'를 몰아넣은 이유로 이단시되는 동성애만을 거론하는 것은 충분
하지 않을 것이다. '나'는 경제적으로 결코 풍요롭다고는 할 수 없지만,
일단 수입이 있는 직업부인이고, 그리고 무엇보다 도쿄에서 자취를 하
고 있는 자유로운 신분이다. 노부코와의 동성애 관계를 알게 된 친구
기코 등도 충분히 이해해 주고 있다. 유일한 방해물은 교토에 있는 노
부코의 '엄격한 집'과 도쿄에 있는 교수 오빠 부부이다. 그러나 '나'에
대한 경계는 글 속에서 '교토의 집에서는 결혼 이야기도 있고, 노부코에
게 곧장 돌아오라고 계속 편지가 왔다. 그래서 나와의 일을 걱정하고
있던 이노씨 부부는 강제로라도 노부코에게 돌아가라고 권했다'고 불과
한두 줄 정도로만 표현되어 있고, 주변 사회로부터 받는 차별의 시선도
전혀 묘사되어 있지 않다. 후자인 '무용지물'에 관해서는 더욱더 당돌한
표현이라고밖에 생각할 수 없다. 따라서 진정한 '불안과 초조'의 원인을
단순히 텍스트에서 찾는 것은 무리인 듯하므로, 작가 후미코의 실생활
체험과 「백일의 서」가 탄생한 시대 배경을 연관시킨 후에 그 원인을 추
구해 가고자 한다.

---

8) 히가시 에이조(東榮藏), 『요코타 후미코 사람과 작품(橫田文子 人と作品)』(信濃每日新聞社, 1993), p.385.

3

　요코타 후미코는 1931년에 전일본 무산자 예술연맹(나프)에 가입하고, 그 전후, 2년 가까이 조직 활동을 했다. 동시에 이 무렵 고바야시 다키지(小林多喜二)나 하야마 요시키(葉山嘉樹) 등의 작품을 애독하고, 후미코를 대표하는 프롤레타리아 문학작품 「팔(腕)」(『文芸車』 1930년 창간호)과 「도화선(導火線)」(『女人藝術』 4권 9호, 1931.9) 및 최초의 작품집 『1년간의 편지(一年間の手紙)』(生活感情社, 1931) 등을 세상에 내보냈다. 생명력이 흘러넘치고, 문학적으로도 많은 결실을 맺은 후미코의 빛나는 청춘시절처럼 보이지만, '반역—실의, 실패, 실패에서 반역반역—이것이 내 과거의 대부분이다'라고 후미코는 『1년간의 편지』 자서(自序) 모두에서 그 무렵 자신의 정신 상태를 서술하고 있다.

　1931년 9월 『여인예술』 4월 9호에 발표된 「도화선」은 9개의 장면으로 구성되어 있는 단편 소설로, 쇼와(昭和) 초기의 농촌 공황을 배경으로 마을의 대지주인 오자와(大澤) 일가와 그들을 둘러싼 권력자들의 착취와 압박에 대항하는 소작인, 교원, 제사(製糸)공장 여공 등을 포함한 프롤레타리아의 반항을 그리고 있다. 결국 전단지를 뿌린 일로 대부분의 멤버가 경찰에 체포되지만, '빨간 불이 붙은 도화선은 그대로 쭉쭉 타들어갔다'고 희망에 찬 말로 소설을 끝맺고 있다. "거칠지만 박력 있는 리얼리즘 수법으로 그려지고"[9] 있어, 프롤레타리아 군상을 그려낸 고바야시 다키지의 「게공선(蟹工船)」마저 떠올리게 하는 작품이다. 그런데 나카노 시게하루(中野重治)는 이 작품이 발표된 다음 『여인예술』의 10월호 문예

---

9) 히가시 에이조, 위의 책, p.380.

시평에서 '작자가 농촌의 계급 분석을 확실히 하지 않았다'[10]고 비판하고 있다. 나카노의 이 비판의 화살은 작중의 데이치(定一)라는 인물의 조형을 향한 것이라고 추측할 수 있다. 데이치는 체제 측 청년훈련소의 한 군인인데, 전단지를 보고 '자본가의 이익을 위해 시작된 저 ×같은 전쟁-그리고 억지로 끌려 나가 같은 인간에게 ×죽음을 당한 아버지'[11]를 생각하고, 자기가 없는 사이에 누에를 치느라 고생하는 어머니와 여동생을 생각하여 '청년훈련소'를 탈퇴하고, 소작인들의 무산계급단체투쟁을 위해 일어선다. 나카노의 비평은 명확한 계급의식을 통해 선진적인 인물의 선진적인 행동을 그려낼 것을 주장하는 프롤레타리아 리얼리즘이 크게 외쳐졌던 프롤레타리아 문학 고양기 속에서 언급된 것으로, 오늘날의 문학시점에서 볼 때 반드시 타당하다고 할 수는 없다. 오히려 당시 요코타 후미코는 중앙문단에서 한 발 떨어진 곳에서 그들이 간과하고 있는 프롤레타리아 운동의 한 측면을 보다 투철하게 보고 있으며, 체제 측 인간의 몸부림을 묘사함으로써 그녀의 독자적인 문학 특색을 이루고 있다고 여겨진다. 부언해 두지만, 소설 「팔」도 같은 체제 측의 '말단 형사'가 나중에 노동운동에 뛰어들게 되는 '전향'을 그린 것이다. 이상과 같은 나카노의 비평이 한 지방의 작은 마을에서 프롤레타리아 운동과 문학에 온몸을 던졌던 젊은 후미코에게 얼마나 큰 타격이었을지는 상상하기 어렵지 않다. 1932년 가을의 가출이나 「백일의 서」에 세세히 그려지고 있는 '불안과 초조'가 한편으로 히가시 에이조의 지적처럼 "집이라는 제도와 현모양처의 도덕이 구속하고 있던 쇼와 초기에 지방의 작은 마을에서 젊은 여성이 이러한 에너지 넘치는 문학 활동을 하는

---

10) 히가시 에이조, 위의 책.
11) 히가시 에이조, 위의 책, p.23.

것은 '집'을 등지는 일로, 주위로부터 여러모로 이단시되는 일"이었던 것에 유래하며, 한편 후미코의 이러한 프롤레타리아 운동 경험과 인생, 문학의 좌절과도 무관하지 않다고 필자는 생각한다. 이런 인식에 기초하여 생각하면, 제1부의 아래와 같은 묘사는 그런 심정의 전형적인 발로일 것이다.

> 내 성격의 멋진 파산(破産)은 내 모든 것에 대한 자신감을 박탈하고, 상대방의 뱃속을 들여다보지 않으면 꼼짝도 할 수 없을 정도였다. 그리고 상대방의 안색 하나로 나는 비애감에 빠지거나 환희에 젖거나 한다. 나는 사람을 얼마든지 사랑할 수 있었지만, 나 자신에게는 모든 학살을 강권해도 아무렇지 않았다. 나는 이렇게 자기의 상실을 두려워하면서도 자기를 아무렇지 않게 학살해 가는, 모순투성이인 기분 속에서 항상 방황하고 있었던 것이다.12)

또 「백일의 서」가 최초로 잡지에 게재된 것은 『부인문예』로, 시기는 1936년 2월부터 6월에 걸쳐서이다. 그 사실을 볼 때 일단 소설의 집필 시간은 1935년 전후로 거의 단정할 수 있다. 그리고 텍스트 속 "나는 더할 나위 없는 불효를 해 왔다. 부모가 나쁘다, 가정이 나쁘다고 스스로 결론짓고 자포자기한 모습을 한 채 술을 마셨다. 문학을 하고, 좌익 운동에도 뛰어들었다"는 주인공 기다의 후회를 또 후미코의 좌익운동경험과 결부시켜 생각하면, 작품의 내부시간은 1933, 1934년경에 해당한다고 추정할 수 있다. 주지하다시피 '9·18사변'(1918)을 계기로 일본은 전쟁을 향해 급속하게 나아감과 동시에 프롤레타리아 문학도 엄격하게 통제, 압박당하기 시작했다. 1932년 3월부터 6월에 걸쳐 일본 프롤레타

---

12) 요코타 후미코, 「백일의 서」(『만주낭만』 제1집, 1936), p.118.

리아 문화동맹(코프)의 지도적 멤버 나카노 시게하루, 구보카와 쓰루지로 (窪川鶴次郎), 구라하라 고레히토(藏原惟人) 등 약 400명이 검거·체포되어, 프롤레타리아 운동은 궤멸 직전에 이르는 타격을 받았다. 1933년 2월에 고바야시 다키지가 쓰키지(築地)서에서 학살당하고, 같은 해 6월 옥중에 있던 일본공산당 최고 지도자 사노 마나부(佐野學)·나베야마 사다치카(鍋山貞親)는 「공동피고동지에게 고하는 글(共同被告同士に告ぐる書)」이라는 전향 성명을 발표, 이 두 가지 일이 일본공산당 내외에 충격을 주었다. 그때 작가동맹내부에도 동요와 혼란이 생겨나, 탈퇴자가 속출하고, 프롤레타리아 문화연맹(코프)이 1934년 2월에 자동적으로 해체되었다. 흥미롭게도 「백일의 서」는 마침 일본 프롤레타리아 운동, 프롤레타리아 문학운동으로부터 전향자가 속출하고 그 자신의 전향을 소재로 삼는 소위 전향문학이 속속 발표된 이 시기를 배경으로 창출된 것이다.

요코타 후미코는 프롤레타리아 운동에 참가하고 프롤레타리아 문학 작품도 발표했지만, 운동에서든 문단에서든 항상 주변에 있는 '무용지물'이었기 때문인지 검거나 체포를 당하지 않았다. 그 때문에 전향 성명도 딱히 발표할 필요가 없었다. 그러나 도쿄로 나와 '일본낭만파(日本浪曼派)' 사람들과의 교류 속에서 자연히 프롤레타리아 운동과 문학에서 소원해져 가는 요코타 후미코는 마음속으로 일종의 패배감과 죄책감을 갖지 않을 수 없었을 것이다. 예전에 정열을 바쳤던 것을 배반하는 것은 곧 나 자신을 배반하는 것이고, 검거된 사람들과의 생각에 정도의 차이는 있겠지만, 인간에 대한 회의와 불안, 절망의 정서를 가져왔음에 틀림없다. 「백일의 서」를 관통하고 있는 '불안과 초조'에 대한 묘사는 텍스트에서 이야기되고 있는 '동성애' 외에도 작가 요코타 후미코가 프롤레타리아 운동과 문학에 몸담는 전후의 무용지물·회의자로서의 생각과 무관하지 않으리라 여겨진다.

　'불안과 초조' 외에 「백일의 서」에서는 '복수'에 대해서도 작자가 역시 아낌없이 묘사하고 있다. 실패에 실패를 거듭하며 '불안과 초조'에 시달리고 있는 '나'는 절망한다. "나를 상처 입힌 모든 것에 대한 '복수'"는 거기서부터 탈출을 원하는 출구가 되었다. 하지만 그 '모든 것'이란 무엇인가, 그리고 어떻게 복수할 것인가, 처음에는 이것들이 꼭 명료하지만은 않았다. "글자 그대로 길 잃은 양" 그때 우연히 이즈의 거리를 어슬렁거리던 '나'는 오래된 한 활동사진관을 발견하고 거기에 진열되어 있는 사진을 바라보게 된다.

　　사진의 대부분은 용맹스러운 살인 장면으로, 칼을 머리 위로 높이 쳐들며 멋지게 자세를 취한 무사가 많은 상대를 눈앞에 두고 턱 버티고 있다.
　　나는 '이 녀석, 만만치 않은 놈과 맞붙었군.'이라고 생각했다. 주인공이 에잇 하고 포즈를 취하며 이얏 하고 내리치는 칼 아래서, 상대가 윽 하고 몸을 뒤로 젖힌다. 이런 식으로 베는 것도 멋진데-. 그것도 한두 사람을 죽이는 게 아니다, 수십 명이 죽어 가는 것이다. 나는 주저하지 않고 표를 샀다.13)

　사진뿐만이 아니라 사진관에 들어가 본 시대물 '곤도 이사미(近藤勇)' 역시 용맹스러운 살인 장면이었다.

　　곤도 이사미는 조금씩 다가오는 상대를 부릅뜬 눈으로 쏘아보면서 조용히 하오리(羽織)의 끈을 푸는 것이다. 그 순간 가까이 있는 한 사람이 달려들고, 눈 깜짝할 사이에 이사미의 대도가 번쩍하자 그 상대는 허공을 휘저으며 몸을 뒤로 젖힌다. 이사미는 계속 앞을 향해 대도를 내민 채 자

13) 요코타 후미코, 위의 글, p.159.

세를 취한다. 그 후로는 에잇 싹둑, 이얏 풀썩, 이런 식으로 칼에 베인 사람들이 금세 몇 명씩이나 옆으로, 뒤로 쓰러져 가는 것이다.[14]

거기서부터 촉발되어 '문득 나는 아까 본 살인 장면을 떠올렸다. "살인귀"는 어딘가 모르게 매력적이었다.' '— 만일 노부코를 죽인다면'이라고 생각하기 시작하고, 내면의 고투는 격렬했지만 끝내 노부코를 죽이기에 이르고, '복수'를 달성했다. '나'의 또 하나의 '복수'는 마을의 술집 사본에서 만난 ××××교 남자 광신도에 대한 것이다. 남자의 논리에 따르면, 설사 지구가 멸망한다고 해도 신의 아들은 구원받고, 악마는 땅속으로 들어가 영원히 나올 수 없다. 그 때 처음 만났을 때부터 혐오감을 가졌던 이 남자에게 '나는' '악마 새끼'라고 하며 그 정신을 죽이려고 복수를 꾀했다. 이상 두 가지의 '복수'를 둘러싼 묘사는 제3부에 의해 거의 완성되어 있다. 여기서 제3부의 소제목인 '죽이다'는 실로 '복수'의 키워드인 셈이다. 한 가지 '복수'는 실제로 칼을 사용하여 노부코를 죽임으로써 완성되었고, 게다가 그것은 사진관 안팎에서 본 살인 사진과 장면에 의해 촉발된 것이다. 또 하나의 '복수'는 '나'의 입에서 나오는 말에서만 보이는데, 복수 당하는 남자는 확실히 죽이는 것을 자기의 사명으로 삼는 ××××교 광신도인 전쟁 옹호자이다. 남자는 '신념에 찬' 태도로 다음과 같은 말을 '나'에게 토로하고 있다.

당신은 성서 속에 있는 기독교의 이 말을 알고 계십니까. 머지않아 동양의 한 나라가 전 세계를 통일한다는 말을-. 이 신의 아들이 하시는(동양의 한 나라)라는 것은 우리나라를 말하는 것입니다. 머지않아 우리나라는 전 세계를 정복하고 통일할 것입니다. 이것도 신의 계시입니다. 우리

---

14) 위의 책.

는 그것을 믿어 마지않습니다. 우리는 그것을 위해 몸 바쳐 싸울 각오가
되어 있습니다.

(중략)

  나는 그 동양의 한 나라, 즉 우리나라를 위해 검을 잡는 것을 영광으로
생각하고 있습니다만[15]

  쇼와 10년대 후반의 일본근대사를 돌아보면 살육의 광경을 자주 볼
수 있었다. 앞서 지적한 고바야시 다키지가 학살당한 것은 물론, 1932
년 2월 이후 이노우에 준노스케(井上準之助), 단 다쿠마(団琢磨) 암살사건,
'만주국'의 성립, '5·15사건', '신병대(神兵隊) 사건' 및 이듬해 8월의 국
제연맹탈퇴, 1936년 '2·26사건' 등 일련의 피비린내 나는 사건이 군부
를 중심으로 하는 일본 파시스트들에 의해 자행되었다. 「백일의 서」에
그려진 '불안과 초조'는 사실 이런 사회의 불안과 동요에서도 비롯되고
있으며, '동성애'에 표상된 '복수'도 이런 파시즘이 횡행하는 시대에 대
한 이율배반적인 반역으로 읽어낼 수 있을 것이다. 단, 이 '복수'들은
반드시 성공했다고는 할 수 없다. 남자에게 복수할 수 있었다는 것은
어디까지나 '나'만의 생각이었고, 게다가 일시적인 기쁨에 지나지 않았
다. '신의 아들을 악마로 바꾼 모독죄의 결과, 무언가가 내 머리 위를
덮치지는 않을까, 여기에서도 불안'했던 것이다. 그리고 노부코를 죽인
후의 '내' 심상풍경에서도 변함없이 불안이 이어지고 있는데, 그것은 환
상을 통해 그려지고 있다. 그때 신의 기적 — 제2의 노아의 홍수가 일어
나 노부코는 거대한 배에 의해 구조된다. 그러나 '구원의 목소리'를 거
부한 '나'는 "사나운 파도 속에서 슬픔으로 인해 기력을 잃은 채 한없이

---

15) 요코타 후미코, 위의 글, p.173.

계속 비틀거리는 것이었다." 여기까지 더듬어 와서 「백일의 서」 모티브
를 개괄하여 말하면, 쇼와 10년대 후반의 살벌한 시대 분위기 속에서
사람들의 불안과 초조, 그리고 그 시대에 대한 굴절된 반역을 한 여성
의 동성애 이야기를 통해 상징적으로 표출했다고 할 수 있을 것이다.

　그런데 왜 이런 시대의 불안과 초조, 그리고 그것에 대한 반역을 다
름 아닌 '동성애'로 표상했던 것일까. 사실 이는 딱히 작가 요코타 후미
코에 의한 일시적인 발상이 아니라, 바로 시대 그 자체가 제공하는 좋
은 소재였다. 마쓰바 시호(松葉志穂)의 고찰에 의하면, 1912년 1월 1일부
터 1945년 8월 15일까지 동성끼리의 동반자살사건은 기수(旣遂)사건, 미
수(未遂)사건을 합쳐 189건을 확인할 수 있는데, 남성끼리가 65건인데 비
해, 여성끼리는 124건이다. 그 중 동성애 관계에 있는 사람이라고 명기
되어 있는 것은 48건으로, 대부분은 1920년대 후반부터 1930년대에 집
중되어 있다. 게다가 압도적 다수는 '직업부인'에 해당하는 계층이다.[16]
원래 동성애는 결혼이나 생식을 거부하는 것을 의미하여, 그것이 '발견'
됨과 동시에 차세대 국민을 낳고 기르는 메이지 일본의 현모양처 규범
에서 일탈한 자로 이단시되었다. 쇼와 10년대에 들어서자, 일본이 가속
적으로 전쟁을 향해 기울어가고, 인구 증가가 보다 절실한 문제로서 나
라에 의해 중시되어 간다. 이런 시대 배경 아래서 여자, 특히 직업부인
의 동성애가 보다 위험한 것으로 일본 사회로부터 기피되었다. 이는 곧,
마쓰바 씨가 지적하듯이, 그녀들의 사랑이 "여학생의 그것처럼 사춘기
의 <꿈>이나 <동경>으로는 끝나지 않는 현실적인 문제로서, 즉 <생

---

16) 마쓰바 시호(松葉志穂), 「근대 일본에 있어서 직업부인끼리의 동반자살과 동성애—1920~
　　1930년대를 중심으로—(近代日本における職業婦人同士の心中と同性愛—1920~30年代を中心
　　に)」(『大阪大學日本學報』 제31호, 2012), pp.114-115.

활의 실천>에 결부되었던"[17] 것이었기 때문이다. 그래서 화제를 제공하기 위해 『요미우리(讀賣)신문』, 『부인공론(婦人公論)』과 같은 저명한 신문, 잡지가 여성의 자살이나 여성끼리의 동반자살에 대해 대대적으로 보도했다. 애초에 그 진짜 목적은 마쓰바 씨의 말을 빌리자면, 즉 '체제 측의 언설이 여성동성애의 욕망을 말살하기 위한 본보기로서 뭇사람에게 내건 <제물>'[18]이었던 것이다. 그러나 뒤집어서 읽어 보면 이것도 여성들이 스스로의 '죽음'을 통해 체제 측에 제기하는 반역이며, '자유'나 '권리'와 같은 근대적 이념에 기초한 자기 긍정적인 삶의 방식의 주장이기도 한 것이다. 「백일의 서」에 그려진 주인공 '나'는 바로 쇼와 후기 이 직업부인들 중 한 명이라고 할 수 있을 것이다. 예전에 『일본낭만파』의 주재자였던 야스다 요주로(保田與重郞)가 「백일의 서」에 관한 동시대 비평으로 "이 작품에 그려진 것은 오늘날의 격렬한 정신적 고리 구조의 적발이다. 혹은 오늘날의 절실한 사상과 심리를 모든 계획의 중앙에서 더듬고 있다"[19]고 한 것은 그 방증인 셈이다. 하지만 여성의 동성애가 반드시 「백일의 서」에 그리고자 하는 중심 내용은 아니다. 그것을 소재로 삼아 체제 측에 대한 자신의 반역적인 문학 자세를 보여주고자 하는 점이야말로, 작가 요코타 후미코가 진정으로 추구했던 것이 아닐까 하는 점이 여기서 필자가 주장하고자 하는 바이다. 제3회 아쿠타가와상(芥川賞) 유력후보였던 「백일의 서」가 낙선한 후 바로 『문예통신(文芸通信)』 1936년 10월호에 보낸 후미코의 다음과 같은 수기가 매우 적절하게 그것을 밝히고 있는 것일 것이다.

---

17) 위의 글, p.125.
18) 위의 글, p.126.
19) 야스다 요주로(保田與重郞), 「발문(跋)」, 요코타 후미코, 『백일의 서』(赤塚書房, 1939.6), pp.169-170.

지금을 아는 환자는 석양의 덧없음이나 황혼의 애수, 밤의 암흑이 주는 슬픔을 알고 있다. 그리고 그것을 강요당한 분노를 알고 있는 것이다. 그것을 직접 모르면 새벽빛을 바라는 것도 불가능하다. 병환의 고통이야말로 건강을 향한 기원인 것이다. 그런 새벽을 알기 때문에 나는 데카당스 문학을 쓰기로 결심했다. 오늘의 슬픈 사정 속에 살며 데카당스 문학을 쓰는 것은 나에게 복수의 문학을 하는 것과 동의어이다. 현대에 복수할 결심을 하고 현대를 그리려고 한다.

그러나 오해하지 말았으면 하는 것은 내가 세속의 퇴폐를 그대로 그리지 않는다는 것이다. 세속을 그대로 옮길 거라면 세속 쪽이 진짜이다. 요새 진보적 인정소담(人情笑談), 물욕의 화신과 같은 인간의 발명이 유행하고 있는 듯하지만, 나는 그런 세속을 그리는 작자의 비속성을 배격한다. 문학은 교실에서 하는 강의도 아니거니와, 인간이 토하는 곳도 아닐 것이다. 나의 목표는 모든 현실의 낭만화에 있다. 새로운 세기를 만드는 꿈의 현실인 것이다. 내적 현실의 기록이며, 거기까지 내몰린 심정의 고백이다.


## 4


이상으로 작가 요코타 후미코의 좌익운동·문학의 참가 및 쇼와 초기의 시대배경과 결부시켜 소설 「백일의 서」 모티브를 분석했다. 왜 『만주낭만』 창간호에 이 긴 소설이 게재되었는지, 그 이유의 하나로 소설의 모티브가 크게 관련되어 있는 것이 아닐까 생각한다.

『만주낭만』이 창간된 당시, 잡지의 편집방침에 대해 제1집 창간사에 해당하는 「발문(跋)」은 다음과 같이 기록하고 있다.

우리의 일이 현재 당장 무언가에 도움이 되리라는 생각은 별로 하고 싶지 않다. 문학의 일이란 것이 순수하면 할수록 실질적으로 도움이 되는 경우가 적은 법이다.

우리가 의도하는 바를 이런 책자의 형태로 만들어 밖으로 내보낸다는 것조차 우리가 본래 가진 사고의 중핵을 이루는 것이 아니다. 우리의 실체는 더 망막(茫漠)하여 포착하기 어렵다. 현란한 사상, 불같은 정열, 희미하고 부드러운 정서는 생각건대 우리 개개인의 내부에 더욱 풍성할 것이다. 우리는 지금 어떻게 사느냐에 따라 내부의 풍요로움을 더할 것인가를 생각하고, 그리고 풍요로움이 자연히 범람할 날이 올 것을 믿는 것에서 가장 큰 기쁨을 알고 싶다고 기원한다.

사화집(詞華集) 만주낭만은 단지 하나의 시도에 불과하다. 우리는 포교의 사도가 아닌 까닭에, 문자를 이용해서까지 내 부처만 귀하다고 말하는 저속함에는 가담하고 싶지 않다.[20]

상기 「발문」에 역설되어 있는 것은 주로 두 가지로 귀결될 수 있다. 하나는 개성이나 내적인 사상, 정열을 중시해야 한다는 식의 일본낭만파 정신의 칭찬이고, 또 하나는 "우리의 일이 현재 당장 무언가에 도움이 되리라는 생각은 별로 하고 싶지 않다", "우리는 포교의 사도가 아니다"와 같은 잡지 편집상의 입장의 견지이다. 여기서 문학의 순수함을 주장함으로써 국책문학을 주장하는 일본정부와 거리를 두려고 하는 주재자 기타무라 겐지로의 문학 자세가 가진 일면을 엿볼 수 있을 것이다.

또 당시 '만주국'의 수도 신징(『만주낭만』의 발간지)이 기타무라 겐지로에게 준 인상으로, 그의 회상록 『북변모정기(北辺慕情記)』에 다음과 같은 일절이 있다.

그 무렵의 만주국 관리는 잘 마시고 잘 놀기도 했던 것 같은데, 협화 (協和)복을 껴입고 건국 정신이나 협화 이념을 말하는 대목에서는 그 씩

---

20) 기타무라 겐지로 등, 「발문」(『만주낭만』 제1집, 1938), p.274.

씩한 기개에 오히려 필자 등은 겸연쩍은 기분이 들어 도만(渡滿) 당초에
는 당혹스러웠던 기억을 떠올린다. 신징뿐이라면 또 모르지만, 그들은 일
본에 가든 다롄 근처로 출장을 가든, 뻔뻔스럽게 이 '만주풍'을 떨치고 다
녔기 때문에, 상당히 난감해 하는 경향이 적지 않았을 것이다. 그래서 이
'풍(風)'을 신징 이데올로기라고 존칭하고, 만철맨(滿鐵マン)같은 자에 의해
대표되는 자유주의적인 다롄 이데올로기가 확실히 이것과 대립하게 되었
다. 원래 관동주(關東州)나 만철부속지에 살며, 오랜 기간에 걸쳐 부지런
히 일가를 이뤘다는 무리는 다이쇼 시대의 사조를 배경으로 함과 동시에,
자유항(自由港) 다롄의 영향도 있어서, 사고방식이 소시민적, 자유주의적
인 것은 당연하다. 이를 크게 떠받치는 것이 만철이라는 대(大)온실이었
다.[21]

기타무라 겐지로는 만철맨의 무드와 신경 이데올로기를 여기서 실로
재밌게 대조적으로 이야기하고 있는데, 후자에 대한 불만을 감추지 않
고 드러내고 있다. 오자키 호쓰키(尾崎秀樹)는 그것을 『만주낭만』과 결부
시켜 생각하여 '잡지(『만주낭만』-필자주)의 창간이 이런 신징 이데올로기
에 대한 가벼운 반역을 의미했다'[22]고 지적하고 있다. 이 지적에는 필
자도 찬성하는 입장이다. 단, 그 '가벼운 반역'이 구체적으로 실현될 수
있었던 것은 강한 반역정신의 칭찬을 모티브로 하는 「백일의 서」와 같
은 소설이 게재되었기 때문일 것이다. 여성의 동성애 이야기로 상징된
시대의 불안과 초조, 그리고 주인공의 복수에 담긴 체제 측에 대한 반
역의 정열을 대단히 서정적으로 그려낸 「백일의 서」는 개성과 내적인
사상, 정열과 같은 일본낭만주의의 정신을 중시하고, 자유로운 문학공간
을 유지하고, 『만주낭만』 창간 시 기타무라가 주장했던 정부와 거리를

---

21) 기타무라 겐지로, 『북변모정기(北辺慕情記)』(大學書房, 1960), pp.51-52.
22) 오자키 호쓰키(尾崎秀樹), 『근대문학의 상흔(近代文學の傷痕)』(이와나미 서점, 1991), p.228.

두려고 하는 문학에 잘 매치되고 있기 때문일 것이다. 하지만 후미코와 주재자인 기타무라 겐지로가 예전에 '일본낭만파'의 동인이었던 점, 당시 도만한 여성작가가 처음부터 적었던 점, 「백일의 서」가 아쿠타가와 상 유력후보작품이었던 점 등도 「백일의 서」를 『만주낭만』 창간호에 재록한 이유로 생각해 볼 수 있다.

그런데 흥미롭게도 「백일의 서」가 재록된 지 5개월 후, 주재자 기타무라는 『만주낭만』 제2집에 실은 에세이 「시평적 '시와 진실'(時評的「詩と眞實」)」에서 이 소설에 대해 다음과 같은 비판의 의견을 내보이고 있다.

> 만주낭만이 결코 엄정한 사실문학을 멀리하지 않는다는 점은 확실히 인정받을 수 있다고 생각하지만, 사소한 일상다반사 문학이나 저속하고 단조로운 자연주의적 방식의 꾀죄죄함을 멀리하는 것만은 여전하리라는 점도 확실히 인정받아야 한다. 안이한 방식을 반드시 물리치고 싶은 것이다.
> 일상쇄말주의(日常瑣末主義)라는 것은 물론 아니지만, 요코타 후미코씨의 「백일의 서」 등도 지금 돌아보면 상당히 안이한 방식이라는 사실을 깨닫게 된다. 그녀는 풍성한 구성력을 타고났음에도 불구하고, 이 한 편에서는 오로지 자기를 좇는 데에만 급급하고, 풍성한 구성에 대해서는 책임을 회피하여 굵직한 낭만 문학을 내놓는 데 실패했다.
> (중략)
> 허망의 미(美)는 변함없이 내 가슴 속에서 떠나지 않았다. 그럼에도 불구하고 오로지 그것을 위해서 무리하게 애쓰고 싶지는 않았다.[23]

상기 문맥에서 보면, 「백일의 서」에 대한 기타무라의 불만은 다음의 두 가지로 정리될 수 있을 것이다. 하나는 '안이한 방식', 즉 '저속하고

---

23) 기타무라 겐지로, 「시평적 <시와 진실>(時評的<詩と眞實>)」(『만주낭만』 제2집, 1938), p.169.

단조로운 자연주의적' 쓰기에 대한 불만이고, 또 하나는 '굵직한 낭만문학'을 내놓지 못한 비좁은 내용 구성에 대한 불만이다. 그러나 전자의 경우, 「백일의 서」는 1인칭 시점을 통해 작자 개인의 반역 정신을 투영하고 있음에도 불구하고 결코 '사소설'이라고 할 수는 없다. 그것은 '동성애'를 어디까지나 추상적으로 그리고 있는 것에도 유래하고, 주인공의 정신적 불안, 초조, 절망, 복수와 같은 것의 묘사가 자기 자신과의 대화나 꿈, 더 나아가서는 환상이라는 수법에 의해 실현되고 있는 점에도 유래하기 때문이다. 후자의 경우, 일반적으로 자아의 확집은 일본 근대 문학의 중심적 과제라고도 할 수 있으며, 기타무라 자신도 창간호의 「발문」에 '현란한 사상, 불같은 정열, 희미하고 부드러운 정서는 생각건대 우리 개개인의 내부에 더 풍성할 것이다'라고 개인의 풍성한 내적 사상을 확실히 주장하고 있다. 따라서 「백일의 서」를 비판하는 근거로 '굵직한 낭만'이란 도대체 어떤 내실을 가진 것일까, 의문을 갖지 않을 수 없다. 상기 에세이에서 기타무라는 '굵직한 낭만의 구성은 우리가 이번에 이 간행물을 내기에 이른 커다란 동기 중 하나'라든가, '사실문학, 실태의 미(美)에 따르는 문학'이 '장대한 낭만'을 구성하는 '기초'라는 식으로 어떤 경우에는 '굵직한 낭만', 어떤 경우에는 '장대한 낭만'이라는 말을 빈번하게 사용하고 있는데, 그것을 명확하게 설명하고 있지 않다. 단, 여기서는 예술 면에 있어 기타무라 나름의 변화, 즉 '일본낭만파'의 신앙 같은 관념적인 것에서 점차 사실문학에 대한 찬미로 기울었음을 알 수 있다. 그리고 1940년 시점이 되면 기타무라는 다시 '만주낭만'이 대륙에 뿌리내리는 사실문학이라는 명료한 인식을 갖게 되는 것이다.

　　　만주낭만이 내포하는 정신은 계파(派)로서 일본낭만파를 계승하는 것이 아니라, 소위 그 범람이고 실천이기도 한 것인데, 우리는 먼저 침묵의 미덕 속에서 출발했다. 재잘거린들 뭐가 될 것인가. 우리는 남몰래 영원의 가치에 대한 탐구와 대륙성에 대한 접근, 그리고 용해라는 쉽지 않은 작업의 개시를 계획하고 있었다. 예를 들어 고대 일본인의 명랑함과 활달함은 대륙의 풍모 앞에 일단은 죽어야 하는 것이다.

(중략)

우리가 오늘날 이미 황진(黃塵)을 부육(膚肉)의 것으로 이야기하려고 할 때, 그것은 우리 자신이 대륙성을 획득했다고 보기보다, 일방적으로만 살아 있었던 낭만 관념의 발전으로 보는 것이 맞을지도 모른다. 그럼에도 불구하고 우리는 더 많은 '죽음'을 예상하지 않는 한, 진정한 의미의 대륙성 획득, 낭만의 완성을 기약하기 어려울 것이다. 예를 들어 우리는 예술상 무용(無用)의 의미를 모른다. 알긴 해도 극단적일 만큼 그것을 두려워한다. 무용한 축적이라는 것이 우리의 기질과 맞지 않기 때문이다. 게다가 대륙낭만이란 한없는 무용의 누적인 것이다.[24]

「탐구와 관조(探求と觀照)」라는 글에서 기타무라는 몇 번이고 '죽음'이라는 말을 거론하며, 만일 일본인이 '만주'에서 작가가 된다면 일단 일본을 버리고 먼저 '만주'의 생활권에 녹아들어 '만주'의 현상, '만주인 작가의 작품이 가진 어둠'까지 '용인해야 한다', 그래야 비로소 새롭게 다시 태어날 수 있는 것이라고 주장하고 있다. 뤼 위안밍 씨가 제시한 기타무라 겐지로의 이 '낭만'에 관한 설은 "그가 '만주'에서 살며 창작의 고락을 맛본 '무용'한 경험의 누적에 의한 것으로, 중국 동북부의 생활이나 중국의 상황을 잘 이해하고 있었기 때문에 비로소 이런 예술에 대한 의견을 말할 수 있었던 것"[25]이라며 대단히 뛰어난 인식론으로 칭찬

---

24) 기타무라 겐지로, 「탐구와 관조(探求と觀照)」(『만주낭만』 제5집, 1940), pp.73-74.
25) 뤼 위안밍, 「『만주낭만』의 전체상」(『만주낭만 별권 「만주낭만」 연구』, 유마니쇼보, 2003.1).

하고 있다. 그러나 뤼씨의 지적은 단순히 기타무라의 예술인식론에 대한 것이다. 실은 같은 글에서 일본의 신문잡지를 떠들썩하게 하고 있는 정치성과 예술성의 문제를 둘러싼 논의에 대해, 기타무라는 다음과 같은 발언도 하고 있다.

> 국책이라고 해서 협화를 이야기하고, 건국 정신에 따른다고 해서 건국 문학이 나서는 게 아니다. 중심에 있는 것은 예술가로서 우리의 혼이고, 미의식의 순화라는 갈앙뿐인 것이다. 누가 국책의 존귀함을 알고 건국 이데올로기의 깊이를 아냐고 물으면 예술가 외에 그런 사람은 없다고 대답하고 싶은 것이 내 심정이다.26)

여기서 볼 수 있는 '국책의 존귀함을 알고 건국 이데올로기의 깊이를 아냐고 물으면 예술가 외에 그런 사람은 없다' 운운하는 말은 확실히 예술가로서 기타무라가 가진 사상적 인식을 나타내고 있다. 그는 '일본 낭만파'의 주장과 다른, 대지에 뿌리내리는 사실문학이라는 '만주문학'의 독자성을 주장하고 있는 것처럼 보이지만, 그것이 반드시 '만주국'의 독립으로 이어지고 있는 건 아니다. 건국의 신화 만들기를 기본적인 이념으로 갖추고 있다는 사상의 심층 면에서는, 바로 류 겐키(劉建輝)씨가 지적했듯이, 대륙이라는 '혼돈의 모태'에서 자신의 '이상주의'를 추출하려고 한 야스다 요주로와의 사이에는 일정한 거리가 있을지도 모르지만, 양자의 로맨티시즘은 서로에 대해 매우 공명하고 있다.27) 『만주낭만』에 있어 요코타 후미코의 「백일의 서」에 대한 기타무라의 태도 변화도 그

---

26) 기타무라 겐지로, 「탐구와 관조」(『만주낭만』 제5집, 1940).
27) 류 겐키(劉建輝), 「만주낭만의 주변(滿州浪漫の周辺)」(『만주낭만 별권 「만주낭만」 연구』, 유마니쇼보, 2003), p.132.

의 '만주낭만'에 대한 사상적 인식의 변화를 방증하는 것일 것이다.

원래 『만주낭만』은 그 탄생부터 복잡한 양상을 보였다. 먼저 집필진의 구성이 복잡하여, 적극적으로 국책을 옹호한 주장도 있고 국책에 저항하려고 하는 주장도 있다. 거기에 더해 '만주문학'의 독자성을 강하게 주장하면서 일본국내문단과의 주도권을 다투는 사람도 있다. 또 잡지의 출자를 보면, 정부적인 색채가 지극히 강한 조직인 '만일문화협회(滿日文化協會)'로부터 금전적으로 원조를 받았다고 추측되고 있다. 만일문화협회로부터 금전적인 원조를 받은 이상, 국책 고취의 의무를 다하지 않을 수 없었던 것이나 언론상 제약을 받은 것 등은 자연스러운 결과일 것이다. 이런 잡지 편집과 운영 배경으로부터 완전히 빠져나올 수 없었던 것도 상상하기 어렵지 않다.

# 5

여성동성애라는 소재를 통해 상징적으로 그려진 시대의 불안, 초조, 그리고 절망 끝의 출구로 선택한 복수 및 거기에 감춰진 체제 측에 대한 반역정신 등을 총괄하여 「백일의 서」에 표출된 요코타 후미코 나름의 '낭만'이 있었다고 필자는 말하고 싶다. 그리고 여기에 결정(結晶)된 '낭만'은 그때까지 그녀가 체험한 실생활이나 시대 분위기와 밀접하게 관련되어 있다고 생각한다. 예전에 크나큰 열정을 담아 좌익운동에 참가하고 좌익적인 문학작품 「팔」이나 「도화선」도 발표했지만, 프롤레타리아 문학을 대표하는 중요 인물 나카노 시게하루에게는 인정받지 못했다. 그것이 직접적인 원인이 되었는지는 알 수 없지만, 좌절한 그녀는

가출하여 도쿄에서 데카당스한 자취를 하기 시작했다. 한 젊은 여성의
내적 갈등이 얼마나 격렬했는지는 상상하기 어렵지 않다. 「백일의 서」
는 요코타 후미코가 훗날 '일본낭만파' 사람들과의 교류 속에서 그때까
지의 개인의 불안과 초조, 절망과 울분을 마침내 한 여성의 동성애 이
야기를 통해 그려내고, 이를 살벌한 시대와 사회에 대한 반역으로까지
승화시켰을 것이다. 대단히 서정적으로 그려낸 「백일의 서」의 '낭만'은
한편으로 『만주낭만』 창간 당시 문학의 순수함을 주장하면서 국책문학
을 주장하는 정부와 거리를 두려고 한 주재자 기타무라 겐지로의 문학
에 대한 주장과 합치했다고도 할 수 있고, 다른 한편으로 신징 이데올
로기에 대한 기타무라의 반역 정신과 통한다고도 할 수 있다. 또 그와
더불어 전술한 몇 가지 현실적인 이유도 있었기 때문에, 기타무라는 현
재의 독자인 우리도 놀라게 하는 이 87페이지나 되는 긴 소설을 『만주
낭만』 창간호에 재록했을 것이다. 그러나 제2집에서 기타무라의 「백일
의 서」에 대한 태도 변화를 보면 「백일의 서」의 '낭만'은 기타무라 겐
지로가 훗날 주장하는 '굵직한 낭만' 또는 '만주로망'과의 사이에 실로
큰 차이가 있다고 해야 할 것이다. 그리고 다시 『만주낭만』에 작품을
게재하지 않았던 것이나, 종종 찬가를 부르던 시대를 등지고 '만주'의
「아름다운 만가(美しき挽歌)」,[28] 즉 애가(哀歌)를 불렀던 것 등을 생각해 보
면, 8년씩이나 '만주'에서 살았던 요코타 후미코는 시대의 흐름에 떠밀

---

28) 「아름다운 만가(美しき挽歌)」는 「바람(風)」 「연애편지(戀文)」(두 편 모두 1938년에 『만주
행정(滿州行政)』에 발표) 「어느 크리스마스 이야기(あるクリスマス物語)」(1940년에 『만주행
정』에 발표) 3편의 단편으로 구성되어 있다. 1942년 6월에 소겐샤(創元社)에서 간행된
『만주각민족창작선집(滿州各民族創作選集)』에 수록. 모두 '만주'의 백인계 러시아 마
을·간조시(寬城子)를 무대로, 약한 입장에 있는 이민족의 시점과 휴머니즘의 입장에
서서 '만주'에서 생활하고 있는 사람들의 모습을 그리고 있다.

려 가면서도, 항상 중심문단과 일정한 거리를 둔 채 그녀 나름대로 시대에 대한 반역의 자세를 유지할 수 있었던 것이 아닐까 하는 게 필자의 생각이다.

⊙ 번역 : 채숙향

‖ 류 춘잉(劉春英) ‖

# 중국 동북지방에 있어
# 일본 점령기 일본어잡지의 언설 공간

문학 창작을 중심으로

19세기 말 무렵과 20세기 초, 일본 제국주의는 청일 전쟁과 러일 전쟁을 일으켰다. 그 후, 중국 동북 지방의 자원을 약탈하기 위해 일본인들이 이주해 들어왔다. 1931년, 일본 제국주의가 「9 · 18사변(만주사변)」을 일으켜 무력으로 중국 동북 지방을 점령했다. 1945년 패전하기까지 중국 동북 지방으로 이주한 150만 명의 일본인들은 286종의 일본어잡지를 간행했다.[1] 그 중에는 일본인 이민자에 의해 창작된 소설과 시가 등을 게재한 일본어 문학잡지와 종합잡지의 문예란이 수십 종에 이른다. 이러한 식민주의 발언권을 장악한 일본어잡지는 일본 식민주의 확장기에 있어 「만주」를 무대로 한 일본인의 생활 상황과 허망한 심리 세계를 묘사하고 있으며, 그 언설 공간은 식민주의 의식을 드러내고 있다.

---

1) 平獻民, 「日本作家筆下的東北亞」(『日本研究』第四号, 1994.4), p.72.

## 1. 언설 공간의 생성과 전개

중국 근현대 문학의 성질은 당시 중국의 역사상황에 의해 좌우되고 결정된다. 즉, 1840년 아편 전쟁이 일어난 이후, 중국은 구미의 제국주의 열강에 의해 분할되고 점점 반봉건·반식민지 사회가 되어 갔다. 그와 함께 문학도 이 반봉건·반식민 사회의 양상을 취하고 있음은 말할 필요도 없다. 이러한 생각은 중국사회 전체의 전개상황으로 보면 합리성이 있지만, 미시적 견지에서 동북부 사회사와 그 문학의 양상에 대해 생각할 경우에는 일본 점령 시대의 문학을 깊이 살펴보는 데 지장을 준다고 할 수 있다. 특히 여기서 지적하고 싶은 것은 두 개의 개념이 아직 분명치 않다는 점이다.

중국 외의 지역과 비교하면 1931년 이후의 중국 동북부는 타이완과 마찬가지로 그 전역이 일본 제국주의에 의해 점령되어 완전한 식민지가 되어 있었다. 하지만 식민지와 반식민지 사이에 존재하는 다른 성질에 대해 주목한 학자는 많지 않은 것 같다. 지금까지 중국 근현대 문학사에서는 반봉건 반식민지의 사회성을 강조하고, 제국주의와 봉건주의 반대를 핵심으로 하는 신민주주의적 문학이론을 만들어 왔다. 하지만 이런 문학 이론을 가지고 일본 점령하의 중국 동북부의 문학 활동을 고찰할 경우, 잘못된 인식에 이르게 되는 경우가 많다. 또 '위만주국(僞滿洲國) 지역'의 문학을 배제, 배척하는 것은 새로운 상황 하에서의 중국현대문학 연구의 공간 확대에 나쁜 영향을 미치고 있다.

또 하나는 앞선 연구자들이 이미 중국 동북부의 문학사, 일본 점령 시대의 역사와 문화 유적을 세부까지 고찰했다. 특히 중국에 있는 중국어 자료에 관해서는 더 이상 발굴할 여지가 없는 상황이다. 선명한 지역적 문화의 특색을 가진 중국 동북부 문학은 '5·4운동'의 정신의 틀을 동북 전역으로 확대해 봉건주의에 의한 지배 하에서 힘든 생활을 강요당한 민족의 고통을 이야기하고, 내셔널리즘을 고양시켰다. 하지만 유감스럽게도 일본 점령기에 있어 중국 동북부의 중국 인문학자에 관한 연구는 진행되고 있는 반면, 일찍이 활약했던 일본어잡지 및 일본인 문학자의 존재는 무시되고 있는 상황이다. 이들 일본어잡지의 창간은 일본에 의해 일어난 전쟁과 관계가 있다. 1931년 '9·18사변'의 발발로부터 1945년 일본 패전에 걸쳐 '타락'의식의 발흥에 의해 생겨난 중국인 문학자의 문학창간 활동이 일본 점령기에 있어 동북문학 연구의 주체라는 것은 널리 알려진 사실이다.

하지만 문학이 전쟁에 직면했다는 배경을 생각하면 이 인식은 문학비평의 원리와 역사의 사실과 맞지 않는다. 학술연구 방향의 전제로서 일본 점령기 중국 동북부 문단의 외래 세력에 착목하는 것은 '만주국'의 독립 그 자체를 승인하는 것이 아니라, 이 방향성에 의해 새로운 각도에서 전쟁이 가지고 온 식민주의 문화를 다시 해석하기 위한 것이다. 다시 말해 일본 제국주의, 군국주의의 침략 행위에 의해 성립한 괴뢰 정권으로서의 '만주국'의 성질과 실태를 깊게 알아보기 위한 것이다. 식민의 역사라는 것은 식민주의의 종주국의 문화, 그리고 '식민주의의 대상'인 압박을 받은 사람이 가지는 선주민 문화, 이 두 문화의 알력의 역사이다.

문학은 인간학이다. 일본에 의해 지배된 중국 동북부의 14년의 역사를 되돌아보면, 지배 민족의 일원으로서 수백, 수천에 이르는 수많은 일본인 문학자가 모국어로 자신의 경험에 의거해 문학 창작을 통해 「만주」 문단에서 발언을 했다. 이 문학 창작은 20세가 중국 동북부에 있어 특정한 식민지 문학현상을 나타내고 있다. 식민지 문학의 특색의 하나는 여러 민족과 언어가 섞여서 요소가 되어 다차원 문화를 성립시키는 것이다. 따라서 식민지 문학을 연구하기 위해서는 종주국이 문학에 미친 영향을 무시할 수 없다. 하지만 유감스럽게도 중국 동북부에 있어 일본인 문학자에 의한 문학창작은 오랫동안 간과되어 왔다. 때문에 우리 문학사 연구자는 위에서 말한 바와 같이 연구에 지장을 줄 수 있는 전쟁 문화관의 속박에서 벗어나 다원적인 중국 현대문학사의 전모를 규명해야 한다. 다행스럽게도 한국의 고려대학교가 시작한 동아시아 연구의 영역은 이러한 식민지 문학 연구의 공백을 메워주고 있다.

## 2. 언설 공간의 역사적 범위

다음으로는 일본이 중국 동북부를 침략한 기간의 문제이다. 지금까지 중국의 역사문헌에서는 '함락(陷落)14년'이라는 표현을 사용하고 있다. 실제로 일본의 중국에 대한 침략 의도는 1894년 갑오 전쟁이 발발했을 때 이미 표면화되어 있었다. 10년 후 러일 전쟁이 발발하고 일본은 중국의 주권을 무시하고 동북부의 남부의 요동반도에서 제국 러시아와 싸웠다. 이것은 일본 제국주의가 중국 동북부 전역을 침략하기 위한 연습이었다고 할 수 있다. 그 후 남만주 철도를 지킨다는 구실로 일본의 민간단체와 이민이 정부의 지지와 지원을 받아 차차 동북부로 이주했다. 1931년 '9・18사변'이 발발하기까지 동북부에 이주한 일본인은 이미 수천만 명에 달했다. 1894년부터 1931년까지 중국 동북부 지방에서 간행된 일본어 문학잡지와 일본어 문학 작품은 '일거시기(日據時期)'의 일본어

문학잡지의 범위에 넣어야 한다고 생각한다. 왜냐하면 일본 군국주의의 침략과 함께 중국 동북 문단에 들어온 것이기 때문이다. 이것은 '중국 동북부에 있어 일거시기 일본어잡지의 언설 공간'의 유효기간에 대한 고찰이다. 그 의식에 기반해 '함락'이 아니라 '일거' 즉, '일본점령'이라는 개념을 사용하게 되었다. 이 시대는 20세기 전반기에 걸쳐 있다.

이 글에서 '일거시기'라는 용어를 사용하는 것은 일본의 중국 동북침략 시기에 대해 검토해야할 것이 많다고 생각하기 때문이다. 오랜 시간 동안 중국 국내 문헌에서는 '함락 14년'이라는 용어를 사용하고 있는데, 사실 일본은 1878년에 이미 조선반도와 중국 동북을 침략할 계획을 세웠다.

이렇게 계산하면 일본인의 동북지역에서의 활동 시간은 이미 50년을 거슬러 올라간다. 그 중에는 갑오 전쟁과 러일 전쟁도 포함되어 있다. 시대의 현상으로서 일본계 이민자의 문학 활동은 어떤 측면에서 일본제국주의 정권의 이민정책이나 정치 경향을 여실히 반영하고 있다. 다시 말하면 일본제국의 근대 동아시아정책 및 일본 제국주의의 발전사를 나타내고 있는 것이다. 많은 학자들은 논문에서 역사의 표면 현상만을 이야기하고 있지만 그 기나긴 역사의 형성 과정을 간과하고 있다. 이것은 '중국 동북부에 있어 일거시기의 일본어잡지의 언설 공간'의 시작과 끝에 대한 하나의 고찰이다.

일본 식민주의 정권은 중국 동북부에서 반세기 이상에 걸쳐 식민 지배를 했다. 그 사이 수십 종에 이르는 일본어 문학잡지가 '만주'에 이주한 일본인 작가에 의해 창간되었다. 수많은 시가·소설·수필·희곡을 실은 이들 문예 잡지는 특정한 역사 시대에 있어 일본인의 생활의 거울로서 일본 근대문학에 있어 중요한 위치를 차지하고 있다. 그러나 이러한 일본어 문학잡지는 역사의 흐름 속에서 우리의 시야로부터 멀어져 갔다. 이 글에서는 일본어 문학잡지를 고찰하고 또 '만주'의 역사적·문화적 산물을 고찰함으로써 일본 식민주의의 확장기에 있어 일본 민중이 가진 식민지 심리를 그린 잡지의 전모를 확실히 하고자 한다.


## 3. 언설의 목적과 문제의식

사료에 의하면 일본인은 1872년 이미 랴오닝성(遼寧省)의 잉커우(營口)에 살고 있었다. 이 일본인 이주자의 증가는 전쟁 전과 전시 중에 있어 중국 동북 지구 문화의 기형적인 발전을 가져오게 된다. 특히 일본이 중국 동북부를 지배하는 14년간, 수백 명의 일본인 작가가 여러 가지 이유로 만주로 건너와 수백 종의 잡지와 신문을 창간하고 활발한 문학 창작 활동을 전개했다. 그러나 오늘날 일본의 문학 연구자는 '만주' 경험이 있는 작가들의 창작 활동의 전모를 파악하지 못한 상태이다. 예를 들어 전후 문단에서 활약한 전후파 작가인 단 가즈오(壇一雄), 하세가와 시로(長谷川四郎) 등이 만주에서 쓴 작품은 전후에 출판된 그들의 전집에 수록되어 있지 않다. '만주'에서 사망한 아라카와 요시히데(荒川義英), 다나카 미노루(田中稔), 기자키 류(木崎龍), 하야마 요시키(葉山嘉樹), 사토 다이시로(佐藤大四郎), 헨미 유키치(逸見猶吉) 등의 작품도 같은 운명이다. 유명한 통역가 오우치 다카오(大內隆雄)는 1916년 창춘(長春) 시에 와서 많은 '만주' 문학잡지 창작에 참가했다. 그는 1945년까지 총 110종류의 중국인 작가 문학작품을 번역해서 문고본 및 잡지 연재의 형태로 발표했다. 「문예」잡지에 연재한 「만주문학 20년」은 오우치 다카오의 대표작으로 현재

까지 알려진 '만주' 문학사 연구의 저작에 있어서도 가장 걸작이라고
해도 좋을 정도이다. 하지만 그의 이름은 대부분의 일본 근현대 작가사
전에 수록되어 있지 않다.

　대략적으로 추정해보면 일본인 작가가 '만주'에서 만든 문학작품의
대부분은 정리되지 않은 채 중국동북부의 100여개 이상의 도서관과 민
간에 산재해 있는 상태이다. 즉, 역사의 먼지 속에 묻혀 있는 상태인 것
이다.


## 4. 「다롄시대」 - 자유주의의 언설 공간

　일본인의 '만주'에서의 문학 활동을 살펴보려면 먼저 일본제국주의에
대해 반드시 언급해야 한다. 일본인이 언제 중국 동북부로 왔는지는 아
직도 분명치 않지만 현재까지 살펴본 자료에 의하면 1872년, 일본인은
이미 중국 동북부에 와 있었다.[2] 그 후 러시아인에 의한 중동(中東)철도
건설과 함께 많은 일본인 상인과 노동자 유녀들이 돈을 벌기 위해 건너
왔다.

　1904년, 러일전쟁이 발발했을 때, 모리 오가이(森鷗外)를 시작으로 종
군한 일본인 문화인이 '만주'에 왔는데 그것은 정식으로 일본 문화가
'만주'에 왔음을 나타난다. 19세기 말과 20세기 초기가 되면 수많은 일
본인 상인은 '만주' 남부에 있는 다롄과 그 주변 지역에 진출하기 시작
한다. 이렇게 '만주'로 진출한 일본인 상인은 일본 제국주의의 선구로

---

2) 李相哲, 『滿州における日本人経営新聞の歴史』(凱風社, 2000), p.30.

식민지 사회에 있어 주춧돌과 같은 역할을 했다.

1905년에는 일본인이 다롄에서 창춘까지 철도 연선의 조차지 경영을 시작하고 1906년에는 만철을 설립하고, 같은 해 10월 25일, 스에나가 준이치로(末永純一郞)가 다롄에서 「요동일보(遼東日報)」라는 일간지를 창간하여 그 지역 일본인 세력의 발전을 촉진했다.3) 다롄은 '만몽'의 물자 집산지·만철 본선의 시발역·중국 동북부의 중심지로 발전하고 있었다. 다롄에서는 1910년에는 이주한 일본인이 61,934명에 달하고 총인구의 11.9%를 차지했으며, 1929년에는 103,002명까지 늘어나 전 인구의 16.6%를 차지하게 된다.4) 1940년에는 177,412명으로 늘어나 전 인구의 29.34%를 차지한다.5) 중국 동부 전역에 있어 일본인 이민자수가 가장 많은 도시가 되었다. 다롄에 인접한 뤼순(旅順)시의 경우 일본인과 중국인의 인구비율은 2대 3정도였다. 1935년에 출판된 「최신 다롄시 안내」의 「발전하는 다롄」이라는 부분에서는 다롄을 로스앤젤레스에 필적하는 '문화도시'로 만들고자 하는 플랜을 보여주고 있다. 그러한 배경 하에서 여러 가지 꿈을 가진 일본인이 '만주'로 온 것이다.

러일 전쟁 이후 일본은 펑톈이나 창춘 등, 이들 대도시의 부속지에 일본인 거리를 형성했다. '만주' 식민지의 첨병으로서 남만주 철도의 영업이 개시되자 그와 관련된 직원들과 경제인뿐만 아니라 문화인들의 왕래가 급격히 늘어났다. 작가 중에서도 만철이나 협화회(協和會)의 알선에 의한 시찰여행이 늘어났다.6) 1907년 만주로 온 후타바테 시메이(二葉亭四迷)를 시작으로 1909년부터 나쓰메 소세키(夏目漱石), 요사노 아키코(与謝野

3) 蛯原八郎, 『海外邦字新聞雜誌史』(東京名著普及會, 1980), p.278.
4) 大形孝平, 『日本の滿洲開發』(滿洲文化協會, 1932), p.3.
5) 眞鍋五郎, 『滿洲都市案內』(亞細亞出版協會, 1941), p.166.
6) 葉山英之, 「『滿洲文學論』斷章」(三交社, 2011), p.28.

晶子) 부부, 요코미쓰 리이치(橫光利一), 사토미 돈(里見淳), 도쿠나가 스나오
(德永直), 무로 사이세(室生犀星), 시마키 겐사쿠(島木健作) 등의 문학자들이 차
례로 시찰여행을 위해 '만주'로 왔다. 또 만철 종업원 출신의 작가도 문
단에 등장했다. 이들 일본인 이민자와 문화인이 가진 식민주의로서의
'종주국'의 문화의식이 '만주'의 전통적 고유문화와 격렬한 충돌을 일으
키는 원인이 되었다.

1906년에서 '만주사변' 직전인 1926년 1월까지 일본의 세력이 중국
동북부의 부부에 진출함에 따라 일본인이 속속 다롄, 잉커우・단둥(丹
東)・선양(瀋陽)・랴오양(遼陽)・톄링(鐵嶺)・카이위안(開原)・쓰핑(四平)・창
춘・하얼빈・자무스 등의 철도 연선에 있는 도시에서 100여종에 달하
는 신문을 창간했다. 이에 대해 1908년 2월 18일, 아이자와 니로(相澤仁
郎)가 주간편집(편집장)을 담당한「다롄 실업잡지」는 '만주'에 있어 최초
의 잡지로서 다롄실업회에 의해 발행되었다. 1912년이 되면 푸순(撫順)・
랴오양에서도 12종의 일본어잡지가 탄생한다. 그 내역은 종교와 관련된
잡지가 5종, 상업・여행・부인과 아이들의 생활에 관련된 것이 7종이다.

다이쇼 시대가 되면 만주로 건너온 일본인이 급증하게 된다. 그에 따
라 잡지의 창간과 발행도 번성기에 들어간다. 통계에 의하면 당시 공적
으로 발행된 잡지는 이미 286종에 이르렀다. 특히 다롄에서 발행된 잡
지가 많은데 대표적인 것은「독서회잡지」,「만주군동계(滿洲軍動界)」,「만
몽의 문화」,「가정 타임즈」,「야마토이치코(やまと一子)」,「만주여성계」,「신
천지」,「만주 건축협회 잡지」,「합장」,「만주평론」,「만주개조」,「만선」,
「신만주」,「대륙의 문화(大陸之文化)」,「대륙 생활」 등을 들 수 있다. 이에
비해 공적으로 발행되지 않은 동인잡지의 수는 그 배에 이르며 문학잡
지가 가장 많았다.

발행의 양으로 보면 공적으로 발행된 문학잡지가 톱이라고 할 수는 없다. 그에 비해 수사본(手寫本) 동인잡지는 양은 많았지만, 지금까지 남아있는 것은 거의 없다. 잡지의 발전 역사는 '만주'의 문예 운동사, 일본의 문예 발전사와 밀접한 관계를 가지고 있다.7) 시대를 구분해 보면 잡지 발전의 역사는 3개의 시대로 나눌 수 있다. 즉, 1905년에서 1920년까지의 전기, 1921년에서 1937년까지의 중기, 1937년에서 1945년까지의 후기이다. 지역적으로 보면 2개의 시기로 나눌 수 있는데, 다롄을 중심으로 한 전기와 신징(新京)을 중심지로 한 후기이다. 문학 장르로 보면 훌륭한 시가와 하이쿠가 많았던 전기와 소설이 많았던 후기로 나눌 수 있다.

어떤 분류방법이건 전기 문학잡지의 대부분이 다롄에서 간행되었다는 것을 알 수 있다. 좋은 문학창작 환경에서 철도와 관계있는 작가도 적지 않았고, 전기 작품 쪽이 자유주의 색채를 띠고 있다. 신징의 정객이나 어용문인이 건국정신을 노래한 데에 비해, 다롄의 문학자는 서민의식을 가지고 있었다. 일본은 1905년 다롄을 점령하고 1937년에 중국동북지역 전체를 손에 넣었다. 일본인에 의해 만들어진 「만주문화」도 같은 루트를 통해 탄생했다.

앞서 말한 역사를 다롄과 창춘을 예로 만주 일본문학 잡지의 발전의 역사를 알아보자.

러일 전쟁 후 문학은 맹아기였다. 최초로 탄생한 것은 센류(川柳), 하이쿠, 한시 등의 작품이었다. 1910년 전후에는 하이쿠 잡지 「연(漣)」 등이 창간되고 1914년에는 단카 잡지 「물총새(かわせみ)」가 출판되었으며, 1920

---

7) 大內隆雄, 『滿洲文學二十年』(國民畵報社, 1944), p.18.

년에는 「석양(夕日)」이 창간되었다. 「평원」은 하이쿠를 중심으로 발행된 잡지이다. 「관둥저우 하이쿠협회 강령」 「일본 하이쿠작가 협회 강령」 등 정식 규약도 만들어졌다.

당시 다롄의 문학 애호가들은 큰 규모의 문예단체를 가지지 못한 상태였다. 유명한 만주문학 평론가인 오우치 다카오의 고찰에 의하면 당시 대부분의 작품은 일상생활을 표현했고, 봉건주의적 의식을 가지고 있었다고 한다. 이들 「만주 문화」의 창시자는 점차 역사의 무대에서 퇴진하고 있었던 것이다.8)

1920년대 하이진(俳人)인 안도 지포로(安藤十步老)와 우메노 베이죠(梅野米城)는 다롄에 하이쿠의 새로운 창작이념과 방법을 가지고 와서 옛 사상을 가진 「아카시아」를 갱신했다. 그리고 1920년 「아카시아」와 「검은 벽돌(黑煉瓦)」을 합병했다.9) 20년대 말부터 30년대 초까지 「평원」(1929)은 관둥저우(關東州) 하이쿠협회에 의해 간행되고 「만주」(1913)는 만주 하이쿠협회에 의해 간행되었으며 「류죠총서(柳絮叢書)」 등도 간행되었다. 이들 하이쿠 잡지는 많은 하이쿠 작가를 키워냈다.

1920년 오시마 도메이(大島濤明)가 이끈 「낭낭묘(娘娘廟)」가 탄생해 센류의 새로운 진지가 되었다. 1926년에는 다롄의 구장사(句帳舍)가 「통(通)」을 창간하여 1927년에 다롄의 신센류사(新川柳社)가 만주 센류 대회를 열고 「만주」(1927)라는 월간잡지를 창간했으며, 그 후 「청니(青泥)」, 「흰 돼지(白豚豕)」 등도 창간되었다.10)

1920년대는 신형시가 발전하여 니시 고료(西吳凌)의 「새벽(曉)」(1921), 요

---

8) 大內隆雄, 위의 책, p.18.
9) 大內隆雄, 위의 책, p.19.
10) 大內隆雄, 위의 책, p.19.

코자와 히로시(橫澤弘) 등의 「광야(曠野)」, 아라키 히데로(新木秀郞)와 시바 다이(司馬太) 등의 「아유미(あゆみ)와 같은 시가집도 나왔다. 그리고 1924년 부터 1927년에 걸쳐 「아(亞)」가 창간되어 안자이 후유에(安西冬衛), 기타가 와 후유히코(北川冬彦), 다키구치 다케시(瀧口武士) 등의 시인도 문단에 데뷔 했다.11) 또한 다카하시 준시로(高橋順四郞)는 『연인가(燕人街)』라는 잡지를 창간했다.12) 『연인가』의 창간호는 1930년 10월 다렌에서 간행되었다. 편집자는 다카하시 데시로(高橋貞四郞), 발행자는 하시모토 하치고로(橋本八 五郞)이며, 시를 비롯해 단카, 평가, 에세이 만화 등 여러 장르 형식의 문 예가 실려 있다.

1928년에는 니시다 이노스케(西田猪之輔) 등이 만주 단카회를 창설하여 「합맹(合萌)」을 창간했다. 집필자는 니시다 이노스케, 이케부치 스즈에(池 淵鈴江) 등이다. 1929년에는 야기누마 다케오(八木沼丈夫), 기도코로 에이치 (城所英一) 등이 「만주 단카(滿洲短歌)」를 창간했는데 도미타 미쓰루(富田充), 아오키 미노루(青木實)도 이 잡지의 동인이다.13) 그 외에도 정크발행소(戎 克發行所)가 간행한 「정크(戎克)」(1929), 만주 향토협회가 발행한 「만주단카 (滿洲短歌)」(1930) 등도 유명한 잡지이다.

1931년 「9·18사변」이 발발한 후 「만주」문화의 중심지가 다렌에서 신징으로 이동했다. 이에 따라 다렌의 시가, 하이쿠 문학 잡지의 출판이 쇠퇴하게 된다.

앞서 말했듯이 다렌의 잡지는 「만주」에 있어 일본문학(일본어판) 잡지 의 선구라 할 수 있다. 다렌의 잡지라는 무대 위에서 시가, 하이쿠, 센

---

11) 大內隆雄, 위의 책, p.19.
12) 大內隆雄, 위의 책, p.19.
13) 大內隆雄, 위의 책, p.55.

류 등의 훌륭한 작품이 나왔다. 그 중에는 초기 식민주의 확장기에 있어 일본 민중의 허망적 이념을 체현한 작품도 적지 않았다.

1931년에 일어난 '9·18사변'(만주사변)에 의해 '만주'의 일본좌익이 타격을 받고 문단도 활기를 잃게 된다. '만주'를 점령한 후 '만주국'을 조작한 일본제국주의는 '일만일덕일심(日滿一德一心)', '왕도낙토(王道樂土)', '오족협화(五族協和)'라는 슬로건을 내걸고 식민 지배를 시작했다. 그러한 배경 속에서 '만주'의 일본 문학은 식민지 당국의 지배를 받게 된다. 1932년 3월, 다롄에서 「만주문예연감」이 출판되었는데 시, 논문, 신흥 센류 등이 수록되었다. 그리고 1932년 10월, 아오키 미노루, 다케우치 쇼이치(竹內正一), 죠 오우스(城小碓), 오치아이 이쿠로(落合郁郎), 시마자키 교지(島崎恭二), 마치하라 고지(町原幸二), 아다치 요시노부(安達義信) 등에 의해 창간된 문학잡지인 「작문」은 1942년까지 계속 이어졌다.

'9·18사변'이 발발하기까지 다롄은 계속 만주문학의 중심지로서의 지위를 가지고 있었다. 다롄 문단은 「작문」이라는 튼튼한 진지가 있었기 때문에 단기간 존재한 여러 시가 잡지에 의존하지 않고 장기간에 걸쳐 활기를 띨 수 있었다. 「작문」 및 작문파의 작가들은 「만주문학」에 있어 중요한 위치를 점하고 있었다. 하지만 유감스럽게도 「작문」은 총 55기(期)가 출판되었으나 지금 남아있는 것은 23기뿐이다. 게다가 그 중 대부분은 민간에 산재해 있어 보통의 연구자가 그것을 읽는 것은 불가능하다.

1937년 7월 7일, 일본제국주의는 전면적으로 중국을 침략하기 시작해 중국은 엄청난 전쟁의 피해를 입게 된다. 같은 해 여름, 문학 기초가 강한 다롄에서 유명한 만주문화회(滿洲文話會)가 설립되었다. 같은 해 7월 15일, 만주 문화회의 기관지—「만주문화회 통신」이 창간되어 1941년 5

월 15일까지 계속되었으며, 총 45기가 발행되었다.

1938년 1월까지 요시노 하루오(吉野治夫) 등 다롄의 작가는 신징, 펑톈(奉天), 하얼빈, 지린(吉林), 뤼순 등 각지의 작가와 그 문화회에 참가했다. 그들은 만주 문학자를 모으기 위해 1937년부터 1939년까지 다롄, 선양(瀋陽), 신징에서 「만주문학연감」 3편을 편집했다.

'만주'의 일본어잡지는 다롄에서 시작되었지만, 1930년대에 일본의 이민이 북쪽으로 옮겨감과 동시에 쇠퇴기에 접어들었다. 이 시기에 새로이 간행된 것은 만주 하이쿠회에 의해 발행된 「만주」(1931), 다롄 하이쿠회에 의해 간행된 「만주통신 하이쿠」(1939)과 「메추라기(鶉)」(1941), 만주 하이쿠회에 의해 간행된 「하이쿠 만주」(1942), 마쓰다 마사토(松田優人)와 다키구치 다케시(瀧口武士)가 동인으로 창간한 「까치(カササギ)」라는 시지(詩誌) 뿐이다. 하지만 다롄에서 일본문학 잡지가 탄생하고 시가, 하이쿠, 센류 등의 서정문학에 있어 많은 걸작이 창작된 것은 무시할 수 없을 것이다. 시가와 비교해 소설 창작은 발달하지 않았다.

1930년대, 일본 식민지주의가 중국 동북부 전역을 점령한 후, 일본어 잡지도 푸순(撫順), 선양, 창춘 등의 북부 도시로 확장되었다. 1932년 「만주국」이 수립된 후 수도 '신징'이 정치, 경제, 군사의 중심지가 되었다. 이러한 배경 하에서 문화의 중심지도 '신징'으로 옮겨갔다. '만주'의 일본어 문학잡지의 발행도 식민 당국의 지지를 얻어 새로운 발전 단계로 접어들었다. 소설은 문단 장르의 주류가 되었다. 「작문」이라는 잡지의 탄생을 전후로 해서 일시적으로 종합지 성격의 소규모 문학잡지가 활기를 띠었다. 1930년에는 「이민문학」, 「연인가(燕人街)」, 「자토문학(赭土文學)」, 「대륙문학」, 「서인(曙人)」이, 1931년에는 「호동(胡同)」, 「거리(街)」 등의 문학잡지가 등장했다. 그와 동시에 아오키 미노루, 후루카와 겐이치로(古川

賢一郎), 오우치 다카오(大內隆雄) 등의 문학자도 데뷔했다. 이들 잡지는 모두 수명이 짧았다.


## 5. 「만주낭만」 시대 - 다원화의 낭만주의의 언설 공간

러일 전쟁 후 일본인 이민이 중국 동북부의 중부도시인 창춘(長春)시로 들어왔다. 1906년 일본인이 창춘 관성자(寬城子)역 근처 조차지에 역, 여관, 상업 회사 등의 시설을 세우기 시작했다. 1920년대부터 초기의 이민생활을 반영한 종합문학 간행물을 집필한 사람의 대부분은 만철 회사의 젊은 사원과 가족이었다. 1932년 3월 1일, 만주식민주의 괴뢰정권이 수립되어 창춘시도 '신징'이라고 이름을 바꾸었다. 식민주의 정권의 정치의 중심지가 '신징'으로 옮겨진 후 문화의 중심지 또한 신징으로 옮겨오게 된다. 1938년 「만주낭만」이 창간될 때까지 문단의 다원화로 인해 자유주의와 낭만주의의 창작 공간이 존재했다. 현재 발간을 확인할 수 있는 문학 간행물은 다음과 같다.


### ① 오구라 요시카즈(小倉吉利), 야마모토 도메조(山本留藏) 및 「여명」

활기에 찬 다롄 문단과는 반대로 창춘시에 있어 일본문화의 발전 스피드는 더뎠지만 비교적 소설 창작 활동이 왕성했다. 문예 동인의 종합적 잡지-「여명」은 창춘 시 최초의 종합 문학잡지로서 1922년 창간되었다가 2년 후 정간(停刊)되었다. 초기에는 갱지에 등사한 것을 묶어 구약판(등사판의 한 가지로 젤라틴으로 판(版)을 만드는 메이지 시대의 간이 인쇄법)

표지를 붙였다. 이 잡지는 주로 소설과 평론을 실었다. 예를 들어 제3권 제3호에는 라이시마 다케오의 각본인 「도모마타의 죽음(ドモ又の死)」에 관해 오우치 다카오가 쓴 평론을 실었다. 이 잡지의 핵심적인 인물은 '호리카와 엔노스케(堀川艶之助)'라는 펜네임을 사용하는 도요타카 와타루(豊高亘)이다. 「여명」이라는 잡지의 역사를 고찰하면 오구라 요시카즈와 야마모토 도메조를 언급하지 않을 수 없다. 두 사람은 양호한 대우를 받은 만철의 하급 청년사원이었다. 이 잡지의 동인은 주로 만철이나 만업왕사(滿業王社)의 사원, 창춘 상업학교의 학생으로, 동인단체는 만철이라는 직장을 기반으로 확장하였고, 회비는 급료에서 공제했다. 총영사관으로부터 정식 허가를 받은 후 활자 인쇄로 발행하기 시작했다.

### ② 오우치 다카오와 「우리의 문학(我らが文學)」

1925년에는 오우치 다카오가 주재한 등사판 사가(私家)판 규모의 작은 잡지인 「우리의 문학」이 창간되었다. 주된 집필자는 오우치 다카오, 가키누마 미노루(柿沼實), 아사리 마사루(淺利勝) 등, 창춘 상업학교 재학 중의 만철 관계자의 제자들이었다. 오우치 다카오는 18년 후에 잡지 「문예」의 서론에서 "만주를 대표하는 문학 잡지가 있어도 좋다고 생각했다. ― 희망하던 잡지가 나타났다. 지방의 특색으로 식민지 정조, 기분, 기질도 있고, 향수를 느끼는 자의 아름다운 시구도 있겠지만, 시대는 그것을 초월해 세계주의 정신의 실현, 민족과 민족과의 만남 ― 그러한 표현을 요구하고 있다. 우리의 작은 힘이 뭔가 대단한 것을 할 수 있다고는 생각하지 않지만 필요한 싹을 틔우기 위한 비료로서의 역할을 할 수 있다면 다행이라고 생각한다"라고 당시의 일에 대해 쓰고 있다.14) 「우

리의 문학」은 창간 후 「동키(ドンキイ)」라고 이름을 바꾸었고, 6월호부터는 활자 인쇄로 바뀌었다. 단편소설, 시가, 희곡, 신체시, 잡문, 평론 등을 게재했다.

'만주'에 산 적이 있는 일본인 작가는 수백 명에 이르는데 그 중에서 체재 시간이 가장 긴 것은 오우치 다카오였다. 그는 16세의 나이로 창춘에 와서 2년 후 「창춘 실업신문」이 주최한 단편 소설상 2등상을 수상했으며, 그 다음 해에도 「감정의 미진(微塵)」으로 신문의 1등상을 수상했다. 그 때부터 '만주'의 각종 신문과 잡지에 수많은 소설과 평론을 발표했는데, 「지나(支那) 연구논고」, 「하나의 시대」, 「동아 신문화의 구상」, 「만주문학 20년」 등이 그 대표작이다. 그 중에서 「만주문학 20년」은 사회적 가치가 높은 저작으로, 가장 귀중한 '만주'문학 연구 자료이다. 작가는 풍부한 자료와 자신의 경험에 기반해 1923년부터 1942년까지의 '만주' 문단의 상황을 묘사했다.

오우치 다카오는 '만주'에 살았던 20여 년 동안 수많은 소설과 평론 외에도 유창한 중국어를 구사하여 100여권의 중국문학평론을 번역, 출판했다. 그리하여 당시의 '만주'문학에 있어 유명한 중국인 작가의 대표작을 일본인 독자에게 소개했다. 1925년에는 오우치 다카오가 이미 창조사 작가인 장즈핑(張資平)의 소설－「식수절(植樹節)」과 「밀약」 및 궈모러(郭沫若)의 「낙엽(落葉)」의 일부분을 번역하여 「장춘실업신문」과 「만몽」(잡지)에 발표했다. 1930년대 후기에는 '만주'로 건너온 일본인이 급증하여 중국 동북부의 중국인 작가도 활약하기 시작한다. 그러한 배경 하에서 1939년 오우치 다카시는 문단에 이름을 알려진 9명의 중국인 작가의

---

14) 大內隆雄, 위의 책, p.55.

12편의 작품을 번역해 「만인(滿人) 작가 소설집 제1편」-「벌판(原野)」을 편집해 출판했다. 이 번역 작품집은 '만주'뿐만이 아니라 일본에서도 주목을 받아 일본인의 '만주' 사회 정세 이해에 적극적인 역할을 했다. 일본 문화의 연장선으로서 '만주'에서 활약한 오우치 다카오는 번역으로 '만주' 작가의 '만주관'을 일본 국내 독자에게 전달했다. 하지만 중국인들로부터 구딩(古丁) 등 친일파인 「예문지파(芸文誌派)」 작가의 작품을 선택했다는 비판을 받았다. 1940년에는 오우치 다카오가 「만인작가소설집 제2편」-「포공영(蒲公英)」을 편집, 출판하였다. 마찬가지로 문단에서 유명한 9명의 중국인 작가의 12작품을 수록했다. 이 12편의 작품은 고향을 떠난 러시아인의 향수를 그린 「안남비(雁南飛)」를 제외하면 모든 작품이 하층사회 빈민의 비참한 인생 및 원한과 퇴폐 사회를 묘사하고 있다. 1944년에는 오우치 다카오와 중국인 여성작가인 오영(吳瑛)이 공동으로 「현대만주 여류작가 단편선집」을 편집했는데(오우치 다카오는 번역과 출판활동을 담당했다) 7인의 유명한 여류작가의 11편의 작품을 수록했다. 이 작품집에는 대부분 하층 사회에서 허우적대는 여성들이 어떻게 봉건적 가부장 제도에 반대하는지, 어떻게 이상적인 결혼과 애정을 추구하는지를 묘사한 작품이 수록되어 있다. 이들 작품을 통해 일본인 독자는 다소나마 '만주' 문단에서 활약한 중국의 젊은 여류작가의 예술적 성과 및 그녀들에 의해 묘사된 봉건주의와 식민주의의 압박을 받은 여성의 슬픈 운명을 읽어낼 수 있었다. 또 '만주국'시대의 중국 여성문학의 '일본 존재'를 이해할 수 있었다. '일본 존재'란 즉, 식민주의 지배 하에서의 여성의 목소리, 여성들의 식민지 문화에 대한 반발과 수용이다.

### ③ 아오 이(奧一)와 「고량(高粱)」

1931년 일본군이 '9·18사변'을 일으켜 중국 동북부를 점령했다. 그 후 일부 잡지와 대학 및 고등학교 잡지도 정간되고, 다른 지방의 중국어 잡지도 수입할 수 없게 되었다.15) 그 대신 일본어잡지는 전성기를 맞이했다.

1932년 9월, 「고량」은 편집자인 아오 이에 의해 신징에서 출판되었는데, 1933년 간행 1주년이 되는 때에 정간을 맞게 된다. 당시는 북에는 「고량」, 남에는 「작문」이 있다는 말이 있을 정도였다. 이 말로 당시 만주문학의 양상과 「고량」의 지위를 알 수 있다. 「고량」의 집필자는 사와야마 이치로(佐和山一郎), 아오키 미노루 등을 들 수 있다. 작가들은 고량사(「고량」 잡지편집사)를 기초로 「만주문예가 협회」를 결성하여 '만주'에 있어 중일문학의 번역활동을 추진했다. 유감스럽게도 지금은 일본에서도, 중국에서도 이 「고량」을 한 권도 찾을 수 없는 상태이다.

'9·18사변' 이후 몇 년 동안 문단은 혼란스러운 상태가 계속되었다. 신징에는 「고량」외에 「만주문학」이나 「모던만주」가 있었다. 그 외에 '만주'의 문학작품은 「만주 일일신문」, 「푸톈 일일신문」, 「신징 일일신문」, 「하얼빈 일일신문」, 「강덕(康德)신문」, 「만몽」, 「만주평론」, 「신천지」등에 게재되었다. 이들 종합간행물의 판면이 없었다면 만주문학의 발전은 없었을 것이다.

---

15) 劉玉璋, 「日本雜誌与滿洲雜誌」(『書光』第二号, 1942.2), p.80.

### ④ 기타무라 겐지로(北村謙次郎)와 「만주낭만」

'신징'에서는 1932년부터 이미 많은 일본어판 신문이 간행되어 「만주신문」, 「만통사(滿通社)」 등의 신문사가 활약하고 있었다. 「신징」, 「만주문예」 등의 종합적인 문예잡지도 창간되었지만, 부족한 경비나 편집자 부족 문제 등으로 곧 폐간되었다. 「만주낭만」의 창간은 '신징' 문단의 상황을 철저히 바꿔놓았다.

1938년에는 '신징'에서 기타무라 겐지로, 하세가와 슌(長谷川浚), 기자키 류(木崎龍), 헨미 유키치(逸見猶吉), 오우치 다카오(大內隆雄), 요시노 하루오(吉野治夫) 등의 주된 구성원으로 「만주낭만」이라는 잡지를 출판했다. 이는 '만주'에 있어 일본문학의 중심이 '신징'으로 옮겨져 다대한 성과를 올렸다는 것을 의미한다. 「만주낭만」의 대부분의 구성원은 일본에 있을 때 이미 문단에 데뷔해 그 후 '만주'로 간 작가들이다.

일본 식민정권이 중국 동북부를 지배한 14년간 '신징' 문단에서는 많은 일본어잡지가 탄생했다. 그 중에서도 제일로 손꼽히는 것이 「만주낭만」이다.

1938년 10월 2일, 기타무라 겐지로는 「만일문화협회」의 상무주사 스기무라 유조(杉村勇造)의 원조를 받아 「만주낭만」을 성공리에 간행했다. 「만주낭만」은 종합적 문학잡지로 잡지의 핵심적인 인물은 기타무라 겐지로이다. 「만주낭만」의 창간 의의는 아주 크다할 수 있는데, 최대 성과는 '만주'의 일본문학을 새로운 단계로 발전시킨 것이다. 이것은 기타무라 겐지로의 인생에 있어 가장 눈부신 성과이다.

「만주낭만」의 탄생은 '신징'을 중심으로 한 「만주문예」의 부흥을 나타내고 '신징' 문예의 기초를 닦았다. 통계에 의하면 1939년 말까지 '만

주’에는 286종류의 잡지가 있었다고 한다. 그러나 「만주낭만」 창간 전
에는 ‘만주’에 진정한 문예잡지가 많지 않았다. 중국인에 의해 창간된
잡지는 겉으로 일본 식민정권을 따른 구딩(古丁) 등이 ‘신징’에서 간행한
「명명(明明)」과 그 후신인 「문예지」뿐이었다. 좌익작가는 식민정권의 박
해를 받아 총살되거나 관내(關內, 중국 산해관(山海關)의 남쪽 지방)로 망명했기
때문에 잡지를 창간하는 것이 불가능했다. 일본인에 의해 창간된 잡지
는 1932년 ‘신징’에서 창간된 「고량」과 같은 해 다롄의 만철의 젊은 사
원들에 의해 창간된 「작문」뿐인데, 전자는 편집주간의 전직으로 인해
창간 2년 후에 정간되었다. 그 외에는 1935년 푸톈 남만 의과대학의 학
생이 창간한 문예잡지 「의과」가 있었다. 하지만 이러한 잡지들은 몇몇
작가들을 키워냈을 뿐, 강력한 문학의 흐름을 만들어내지는 못했다.

　「만주낭만」은 합계 7기와 4권의 총서를 간행했다. 「만주낭만」의 집필
자는 아주 많았고, ‘만주’ 문화를 대표한 각 방면의 인사가 모여들었다.
흥미로운 것은 일본 식민정권과 ‘만주국’ 괴뢰 정권에 반대한 중국작가
인 왕 쩌(王則)와 위안 시(袁犀)의 작품도 수록되어 있다는 것이다. 만주
낭만파 동인 중에는 기타무라 겐지로, 요코타 후미코(橫田文子), 미도리카
와 미쓰구(綠川貢), 쓰보이 아타에(坪井与), 단 가즈오(壇一雄) 등 일본 국내의
낭만파 출신 작가들이 있었다. 「만주낭만」은 「일본낭만」 정간 2개월 후
에 창간되었다. 일본의 낭만파는 1930년대 프롤레타리아 문학이 탄압을
받은 후 탄생한 문학 유파로, 시대에 대한 불안과 문명개화라는 근대화
에 대한 불신과 절망을 가지고 그저 그런 문학에 반항해 고귀한 정신을
추구했다. 이에 대해 만주낭만은 ‘만주 대륙’ 식민정권 하에서 활약한
유파로 그 핵심은 낭만주의이며 ‘만주’의 건국 정신을 나타내는 것이었
다. 만주 낭만파의 대표적인 작가인 기타무라 겐지로는 일본인이 ‘만주’

의 대지에 뿌리를 내려야한다고 주장하고 일본 낭만파의 예술관을 그대로 답습하지 않고 '만주' 생활 속에서 탐구하고 사회 현상을 이해해야 한다고 주장했다. 다시 말해 기타무라 겐지로는 「만주낭만」의 낭만을 일본의 중국 침략과 연결해 「대중(對中) 전쟁」을 「만주낭만」 사상의 기둥으로 삼고 「건국정신」을 「만주낭만」의 최고의 이상으로 삼아야 한다고 주장했다. 또 창작 방법에 있어 일본 낭만파가 경멸한 사실주의를 주장했다. 그리고 일본낭만파와 구별하기 위해 만주낭만파는 일본낭만파의 「만(漫)」 대신 발음이 똑같은 「만(曼)」을 사용했다. 1941년, 「만주낭만」은 자금 문제 등으로 정간을 맞게 된다.

1938년 창간된 「만주낭만」은 「문예지도요강」이 제출된 1941년까지 '만주' 문화집권화의 이행기의 산물로서 당시 문단에 커다란 영향을 미쳤다. 「만주낭만」은 '만주' 문화와 '만주' 문예에 대한 해명, '대일본제국'이 식민지에서 실시한 정권에 대한 분석을 행했다. 때문에 중요한 역사적 자료이다. 이를 통해 침략의 '국책'이 어떻게 '만주'의 민중의 마음에 영향을 미쳤는지를 알 수 있을 것이다.

## 6. 「문예」 시대-프로파간다의 언설 공간

러일 전쟁 후, 1906년부터 수많은 일본인이 장춘으로 이주했다. 1907년에는 527명, 1913년에는 3,000명이 넘었다. 1932년 3월 15일, 일본 관동군은 창춘시를 '만주국'의 수도로 정하고 '신징'이라고 이름을 바꾸었다. 이 해 '신징'의 만철 부속지와 상점가 주위에 살았던 일본인 상인은 8,672세대, 37,533명에 달했다.16) '만주국' 경찰청 통계로는 1938년

7월에 '신징'에 머문 일본인은 74,421명, 총인구의 21.37%였으며[17] 1940년에는 102,846명에 달했다.[18] 1941년 '만주국'에 살았던 일본인 은 566,471명으로 '만주국' 총인구의 1.9%였다. 그중 79%는 '신징'과 그 부근 도시에 거주했다. 창춘시 주변의 지린시, 궁주링(公主嶺), 더후이 (德惠), 주타이(九台), 눙안(農安) 등의 도시에 수 만 명의 일본인이 이주해 일본인 거리를 만들었다.[19] 일본인 이민의 증가와 일본문화의 수입에 따라 '신징'의 식민문화도 번영하기 시작했다. 이에 따라 일본어잡지가 대량으로 탄생했고 일본인 문학자도 오게 되었다.

1932년 이후 '만주국' 문화의 중심지도 차차 '신징'으로 옮겨왔다. 1939년 여름, 만주 문화회(文話會)도 다롄에서 '신징'으로 옮겨왔다. 1930 년대 후기부터 40년대 전기에는 '신징'에서 많은 문학작품이 나왔다.

1940년 7월 26일, 일본 제2회 고노에(近衛) 내각이 「기초국책요강」을 정하고 '대동아 신질서의 건설'과 '국방국가 체재의 정비'를 기본국책으 로 삼았다. 여러 조직이 창설되고 신문단체 기관도 개조되었다. 그러한 배경 하에서 1941년 1월 13일 야마다 세이자부로(山田淸三郎)는 문장을 발표해 "지금 급한 것은 앞서 말한 3자(정부, 협화회, 민간)을 하나로 통합 하여 문화국책을 정하고 그에 따라 모든 문화운동과 문화건설에 대해 명확한 목표를 제출하는 것이다"라고 주장했다.

1941년 3월에는 '만주국 정부'가 「만주국 예문(芸文) 지도요강」을 공 포하고 정부 명의로 만주 문화인에게 일본 제국주의의 대외 침략전쟁의 '국책'에 힘을 쓸 것을 요구했다.

---

16) 星野龍男, 『滿洲主要都市工商便覽』(大連南鐵道株式會社地方部商業課, 1935), p.67.
17) 『新京案內』(1939), p.36.
18) 眞鍋五郎, 『滿洲都市案內』<亞細亞出版協會, 1941>, p.166.
19) 『第一滿洲國年報』(滿洲文化協會, 1933), p.100.

1941년 3월 23일 홍보처는 '만주' 각지 문화회의 멤버를 모아 예문정책 간담회를 열고 「예문 지도요강」을 공포해 만주문예의 기본 정책을 정했다. 즉 "건국정신을 기조로 팔굉일우 정신의 아름다움을 전시해" 지금까지 '만주국' 문화정책을 근본적으로 개혁하는 것이다. 다시 말해 「만주예문」의 발전 방향을 일본 대외전쟁을 위한 것 정한 것이다.[20] 3개월 후 야마다 세이자부로, 오우치 다카오 및 '만주국' 홍보처 처장 무토 도미오(武藤富男)가 수차례 상담을 거쳐 새로운 문예단체의 설립을 준비했다.

1941년 7월 27일, 무토 도미오의 '국무원 홍보처'의 주최로 '만주 문예가협회'가 설립되었다. 각지에 분회가 설립되었으며 그 규모는 일찍이 찾아볼 수 없었을 정도로 큰 것이었다. 기관지로 「만주 예문통신」이라는 잡지도 창간되었다. 만주 문화회는 만주 문예가협회의가 성립되자 해산했다. 그 후 문예, 미술, 연극, 음악, 사진, 공예, 서도 등 각 협회를 포함한 「만주 예문연맹」도 설립되었다. 「만주 예문연맹」은 "만주 문화회는 문화와 관계가 있는 각 부문의 활동으로 건국 정신의 선전, 민족협화의 실천, 국민생활의 향상, 국가정책의 철저한 선전, 국민동원의 역할을 수행하고 건국 이상의 실현과 도의의 세계의 건설을 촉진한다"라는 슬로건을 제출했다.

홍보처의 무토 도미오 등이 볼 때 좌익 전향 작가인 야마다 세이자부로가 훌륭한 문예운동지도의 능력을 가지고 있고 신뢰할 수 있는 사람이었기 때문에 그를 '만주 문예가협회'의 위원장으로 임명했다. 그 전에 야마다 세이자부로는 이미 식민주의 정권의 지지를 표명하고, 취임 후

---

20) 岡田英樹, 「文學にみる『滿洲國』の位相」(硏文出版社, 2007), p.31.

식민정권의 지시에 따라 국책 관철을 자신의 임무로 삼고 있었다. 1942
년 야마다 세이자부로가 쓴 「강덕 9년도의 만주문학계」에 의하면 만주
문예가협회가 한 11개의 사업 중 9개가 「애국대회」, 「성전」, 「관동군
보도부」, 「흥아(興亞)」, 「개척지의 시찰」, 「대동아문학자 대회」 등의 활동
과 관계가 있었다.21)

　1941년 12월 8일, 태평양 전쟁이 발발했다. 그와 동시에 만주예문도
동원되어 작가들은 동북국경(소련만주 국경)과 각 전지에 파견되었다.

　전시 체제 하에서 엄격한 통제와 종이의 부족으로 만주에서 활발히
간행되던 중국어, 일본어잡지의 대부분이 정간되거나 판면이 줄어들었
다. 문예가 협회의 작가들은 자신의 작품을 발표할 곳을 원하게 되었다.
야마다 세이자부로의 제의로 1942년 1월, 만주 문예춘추사는 「예문」을
협회의 기관지로 창간했다. 「예문통신」을 대신한 것이다. 1944년 1월 1
일 「예문」은 「만주 예문연맹」의 기관지로 두 번째 발간을 맞게 된다.
잡지는 '정부의 특별한 지원을 받아' '문예보국'이라는 슬로건을 내걸었
다. 작가는 대부분 일본인이었는데 중국인인 작청(爵靑), 전랑(田瑯) 등도
작품을 발표했다.

　「예문」 잡지의 출판은 전기와 후기로 나누어진다. 전기는 1942년 1월
에서 1943년 12월까지이고 신징 서칠마로(西七馬路) 14호에 있는 예문사
가 출판했다. 발행인은 오하라 가쓰키(小原克巳), 편집자는 이시카와 기요
시(石川潔)이다. 후기는 1944년 1월에서 1945년 5월까지로 신징 중앙통(中
央通) 43호에 있는 만주국 통신사가 출판했다. 편집자는 야마다 세이자부
로이다. 문예 편집부는 신징 영락정(永樂町) 4-1초메의 만주 문예연맹원에

21) 日本報國文學會, 『昭和年鑑十八年文藝』(桃溪書房, 1943), p.19.

위치했다. 「예문」은 42기를 간행했으며 1945년 5월에 정간했다. 현재 남아있는 것은 37기(期)뿐이다.

1942년 1월에 창간된 「예문」의 부록―「원고모집」에서는 "본지는 만주국의 예문에 일반 문화를 추진하기 위해 국가의욕의 필연적 요청에 부응해 생겨난 것이다. 이 높은 이상의 현현(顯現)을 위해 제군들은 책상 위에 본지가 배달되자마자 개봉해야 한다. 만주국 문학의 내일은 본지를 토대로 싹을 틔우고 성장할 것이다. 만주국의 새로운 고매한 문화 또한 본지로 인해 각종 꽃을 피울 것이다.―이런 의미에 있어 제군은 우리의 협동자이며 본지를 통해 건국이념을 현양(顯揚)시키는 전사이다"[22]라는 「예문」 잡지 편집부의 주장을 볼 수 있다. 제1기와 거의 동시에 출판된 제2기 임시증간호―「대동아전쟁호」는 전쟁 동원호라고도 할 수 있다. 이를 보면 「예문」 잡지가 대동아 전쟁을 중요시했다는 것을 알 수 있다. 1944년 1월에 발행된 후기 「예문」 창간호에는 서명이 없는 창간 메시지가 실려 있는데 "정부의 특별한 배려로" 본지가 간행되었다고 하면서 '예문 보국'[23]에 철저할 것을 표명하고 있다. 야마다 세이자부로도 이 「예문」 창간호에 「결전 시국에 즉시 응답하는 예문 추진 방향」이라는 문장을 발표하고 "직장인이기도 한 「만주」의 예문가가 시국에 즉시 응답할 수 있도록 움직이기 위한 제안을 하고, 예문가에게는 「부름을 받고 있다」라는 마음가짐을 잃지 말라"고 주장했다.[24] 같은 해 2월에 발행된 제2기 「예문」에는 1943년 12월에 열린 「전국 결전 문예대회」에서 관동군 선전부장―하세가와 우이치(長谷川宇一)가 한 강연―「전쟁과

22) 芸文社「文學賞」規定・原稿募集, 『芸文』第一期第一回(滿洲芸文聯盟, 1943), p.3.
23) 『芸文』第一卷(滿洲芸文聯盟, 1944), p.3.
24) 『芸文』第一卷(滿洲芸文聯盟, 1944), p.8.

문학」이 실려 있다. 이 강연의 요지는 "전시에 있어 예문가의 적극적인 역할을 원한다"라는 것이다. 같은 시기의 「예문」에는 나카가와 가즈오(中川一夫)의 「결전과 작품가치의 기준에 대해」라는 문장도 실려 있다. 이 글은 "결전이야말로 가장 강력하게 시대정신을 나타낼 수 있는 유일한 최고의 것이며, 작가는 어떻게 국가의 요청에 응해야 하는가"에 대해 쓰고 있다. 또 같은 시기 전쟁 단카를 장려하여 「창공(蒼空)」 동인의 작품 30여 수가 실려 있다.

전기와 후기의 「예문」의 발간 취지를 보면 태평양 전쟁의 발전에 따라 「예문」 잡지가 대동아 전쟁을 위해 봉사한다는 목적이 더욱 분명해짐을 알 수 있다. 「예문」 잡지의 탄생에는 전시하 관동군과 홍보처의 의도, 만주문화에 대한 구상이 반영되어 있다. 권력에 좌우된 이 잡지는 이미 「만주낭만」파의 자유주의적 성격은 조금도 찾아볼 수 없다.

「예문」 잡지는 존재 기간, 내용으로 볼 때 '만주국' 시대에 있어 높은 레벨의 잡지라고 할 수 있다. 집필자 수도 많았고 '만주국' 시대의 각 유파와 문학단체의 모든 구성원이 문장을 발표했다고 해도 과언이 아니다. 그 중에서도 가장 영향력이 강한 사람은 만주 문예가협회 위원장인 야마다 세이자부로라고 할 수 있을 것이다.

야마다 세이자부로는 1939년 봄, 흑룡강성 국경지대의 영안둔(永安屯)과 합달하(哈達河)에 있는 개척지로 가서 최초로 '만주'에서의 시간을 맞이했다. 그리고 그 사이 교하쿠 학원(鏡泊學園), 하류진(夏龍鎭), 하얼빈 등에서 일본 의용군 훈련소 생활을 체험했다. 그는 "새로운 개척 문화를 건설하고 원주민들로부터 존경과 신뢰를 얻어 그들에게 팔굉일우의 위대한 정신을 퍼트린다", 이것이야말로 "의용대를 편성하는 근본이다"[25]라고 주장했다.

1940년 12월 야마다 세이자부로는 「만주 일일신문사」의 학예부장으로 승진했다. 그 후 그는 5년간 9권의 작품집을 출판했다. 그 중 반 이상은 「예문」 잡지에 연재되었던 것이다. 예를 들어 「만주문화 건설론」은 그가 '만주'에 살았던 4년간의 문화 평론을 정리한 것인데 평론 55편이 수록되어 있다. 그는 "만주문화는 흔들림 없는 민족협화에 기초해 비로소 확립될 수 있다" "만주국을 사랑하는 마음을 가지고" "만주국의 문화 앙양과 발전"을 위해 문학창작을 해야 한다고 주장하고, "건국정신을 기초로" "만주국 문화건설의 강령"을 제정하고 '문화중앙기관'을 수립해 '만주국'의 문화정책의 제정을 손에 넣어야한다고 주장했다.[26]

1941년 12월 30일, 1942년 9월 21일, 1943년 7월 17일, 일본 관동군 헌병본부가 만주에 거주하던 좌익 일본인을 검거한 사건을 '북만 합작사 사건'과 '만철 조사부 사건'이라고 부른다. 훌륭한 작가인 오가미 스에히로(大上末廣), 사토 다이시로(佐藤大四郎), 사토 하루오(佐藤晴生), 쥬스이 하지메(守隨一) 등이 옥사하고, 노가와 다카시(野川隆)는 징역 8년을 선고받고 감옥에서 병에 걸려 병원으로 옮겼으나 입원 2개월 만에 숨을 거두었다. 일본 관동군에 의한 좌익의 탄압은 '대동아 성전' 사이에 이루어졌는데, 일본의 지배자는 성실한 일본인을 박해하고 국가를 망가뜨리고 일본의 '만주문학'을 파괴했다.

태평양 전쟁 후기가 되면 물자와 종이가 부족해져 '만주' 전역에 단 2종류의 문학잡지만이 남게 된다. 하나는 일본어판 「예문」이고, 또 하나는 중국어판 「예문지」. 이들은 만주 예문가협회의 기관지이다. 1945년 5월 히틀러 나치 정권이 붕괴했으며, 같은 달 「예문」마저 정간되어 '만

25) 山田淸三郞, 『私の開拓地手記』(東京春陽堂書店, 1942), p.3.
26) 『山田淸三郞滿洲文化建設論』(芸文書房, 1944), p.4.

주'의 일본문학 잡지도 종언을 고하게 된다.


## 7. 「만철」의 「문장적 무비(文裝的武備)」의 담당자
　　　－도서관 기관지


　1906년 러일 전쟁이 끝난 후 국책회사인 '남만주철도 주식회사'(이하 '만철'이라 한다)가 창립되었다. '만철'이 확대됨에 따라 직원의 수도 급속히 증가했고 그와 함께 '만주'로 건너 온 일본인 이민도 증가했다. 그러한 배경 하에서 중국 동북부에서는 '만철'에 의한 도서관이 연달아 설립되었고, 또한 '만철'이 운영한 도서관에 의해 많은 잡지가 간행되었다. 이들 잡지는 '만주국' 시대의 문단과 문화 발전을 추진하는 힘이 되었다. 그리고 지금도 '만주국' 시대 문화 연구의 기반이 되고 있다.
　'만철' 도서관은 '만철'의 '문장적 무비(文裝的武備)'를 담당했는데, 일본 직원들의 문화생활을 충실하게 하고 국가에 대한 충성심을 가진 국민을 육성하기 위해 연선 부속지에 31개의 도서관(분관)이 설립되었다. 이들 도서관(분관)에서는 대량의 기관지와 정기간행물이 창간되었다. 예를 들어 1935년 5월 창간된 「북창(北窓)」(하얼빈 도서관)이 있으며, 1936년 1월 창간된 「사허커우 도서관보(沙河口図書館報)」(다롄 사허커우도서관 기관지)는 이후 「만주독서신보(滿洲讀書新報)」(이후 「도서관 신보」로 개명)의 탄생을 촉진했다. 그 외에는 「서향(書香)」(다롄도서관), 「푸순도서관보(撫順図書館報)」(푸순도서관), 「수서월보(收書月報)」(푸톈도서관), 「신징도서관월보」(신징도서관)도 있다. 이들 도서관에서 간행된 잡지는 현실에 기반해 창작된 소설, 시가, 서평 등의 작품을 발표하는 중요한 장이었다. 이렇게 '만철' 도서관은 '만주국' 시대의 문예계에서 중요한 위치를 차지하고 "사상의 여론을 생산하는" 장으로서 중대한 역할을 했다.

'만철' 도서관은 일반적인 도서관의 기능을 함과 동시에 관동군과 일본 대사관에 연구 성과와 정보를 제공하는 특별한 임무를 담당하고 있었다. 그 임무를 완수하기 위해 '만철' 도서관과 조사부는 일본 국내에서 연구자를 초빙해 중국 동북부의 정치, 군사, 문화, 민속, 자원에 걸쳐 상세한 조사와 연구를 하고 방대한 조사보고서를 남겼다. 이 조사보고서는 '만주국' 시대의 사회상태 연구를 위한 자료가 되어 있다.

'만철' 도서관은 기관지 등을 간행해 식민주의 정권에 의한 식민지 지배의 정당성을 주장함과 동시에 수많은 일본인 문학자와 역사 연구가를 육성하고 일본문학과 역사 연구를 촉진했다.

'만철' 도서관은 식민주의 정권의 프로파간다 정책의 일환으로서 수십 년간 활동했지만 전후 역사의 유적으로서 점점 사람들의 시야에서 사라졌다. 하지만 그 문화적 의의를 추구할 필요성이 있다. 다시 말해 역사적 시점에서 식민주의 정권에 의해 지지되었던 '만철' 도서관을 연구하는 것은 역사적, 현실적 의미가 있다고 사료된다.

앞서 말한 다롄, 선양, 창춘과 하얼빈 등 5개의 대도시에 있는 만철 도서관은 업무 내용이 조금씩 다르다. 다롄, 선양, 창춘 도서관의 기관지에는 문예작품과 문학평론이 실려 있지만, 도서관의 업무내용에 관한 것이 4분의 3을 차지한다. 이와 비교하면 하얼빈의 만철 도서관 기관지인 「북창」은 도서관 부속 문예잡지의 성격이 선명해서 '만주'에 있어 일본어잡지의 발전상 중요한 위치를 점하고 있다. 당시 「만주문단」에서 활약한 후지야마 가즈오(藤山一雄)・노가와 다카시(野川隆)・미야케 도요코(三宅豊子)・다구치 미노루(田口稔)・다케우치 쇼이치(竹内正一)・오타키 시게

나오(大瀧重直)·오우치 다카오(大內隆雄)·시마키 겐사쿠(島木健作)·요시노 하루오(吉野治夫)·아사미 후카시(淺見淵)·다니구치 겐이치로(谷口賢一郞)·아오키 미노루(靑木實)·야마다 세이자부로(山田淸三郞)·간 다다유키(菅忠行) 등의 유명한 작가가 작품을 투고했다.

「북창」은 만철 하얼빈 도서관의 기관지로서 1935년 5월에 창간된 격월간지이다. 편집장을 겸임한 관장 다케우치 쇼이치는 도서관 자금을 사용해 종합잡지를 출판하려 했다. 매호의 발행부수는 확인할 수 없지만 하얼빈 시내의 서점과 만주서적 배급주식회사의 소개를 통해 발매되었다. 이 잡지의 표지 디자인은 매우 호화롭고 학술적인 분위기였기 때문에 '만주'의 도서잡지계에서 눈에 띄었고 매출도 좋았다.

「북창」은 '만주'의 역사분화, 풍속, 교육, 문학, 예술 등 각 분야의 글을 실었다. 「북창」은 말 그대로 '북쪽으로 향해 난 문', 즉 "편집자가 시베리아, 만주, 몽골 등의 북부 지역 문화에 관심을 가지고 있음"을 나타내고 있다. 예를 들어 전시체제의 확립과 함께 북으로부터의 위협에 대응한다는 이유로 제5권부터는 러시아, 중국, 일본 3국의 정치, 군사투쟁의 역사를 소개하는 내용이 눈에 띄게 늘었다. 1944년 3월 25일 간행된 제5권 제5·6합병호에는 「북방문헌 간담회」라는 특집이 있는데, 이 간담회의 출석자 리스트에는 하얼빈 특무기관장, 러시아 전문가인 도이 아키오(土居明夫)의 가짜이름인 '도이(土井)'가 들어 있다.[27] 노몬한 사건 후 러시아 몽고 국경에 강한 경계심을 가진 관동군은 하얼빈 도서관의 전신인 동지철도(東支鐵道) 중앙도서관이 수집한 도서와 자료 및 도서관 전문가를 이용해 대소련 정보전을 행했다. 이러한 배경 하에서 「북창」

---

27) 西原和海, 『北窓』別冊解題·總目次·索引(綠蔭書房, 1995), p.3.

은 특이한 색채를 띄고 있었다. 또 식민지 당국의 검사에 응하기 위해 편집자는 고심하여 문장의 문자를 첨삭했다.

'만주문단'에 있어서는 다롄에서 탄생한 「작문」, 「신징」에서 간행한 「만주낭만」과 마찬가지로 「북창」은 하얼빈 내지 '만주 전역'의 신인작가와 베테랑 작가를 위한 창작 무대를 제공했다. 편집장인 다케우치 쇼이치는 '만주'에서 유명한 작가로서 자신의 작품과 길을 개척했다. 1920년대부터 일본이민 문학이 왕성했던 다롄에서 생활했고, 30년대 후반부터는 '만주 하얼빈 도서관'에서 일했다. 이러한 다케우치 쇼이치의 지도 하에 「북창」에는 소설, 시가, 평론, 기행, 시평 등 문예관련 기사가 실렸다. 이러한 경향은 시국의 발전과 함께 더욱 현저해졌다. 1940년대 전후 중국 동북부에 대한 지배와 대 소련전 대비 체제를 강화하기 위해 관동군은 합계 30만 명에 가까운 일본인을 이주시켰다. 1942년 12월 30일에 발행된 「북창」 제4권 제6호의 「개척지 특집」에는 22개의 글이 실려 있다. 집필자는 각자의 각도에서 다른 제재와 수법으로 자신의 눈에 비친 개척생활을 묘사했다. 전시체제 하에서 국책에 순응하는 문학의 특징을 확인할 수 있다.

하지만 무시할 수 없는 것은 「북창」이 발행되는 10년간 많은 작가들이 이를 무대로 문단에 데뷔했다는 것이다. 예를 들어 앞서 말한 유명한 시인인 노가와 다카시(野川隆)는 「북만합작사(北滿合作社)」에 근무할 당시 「구편시집(九篇詩集)」에 「만주에 사는 농민에 대해 깊은 애정을 표현했다」는 이유로 1941년 관동군에 체포되어 잔혹한 정치 압박으로 목숨을 잃었다. 같은 잡지의 집필자인 하나와 마사미쓰(塙政盈), 사이토 신이치(齊藤愼一), 기요야마 겐이치(淸山健一), 기요미즈 헤이하치로(淸水平八郎) 등도 잔혹한 운명을 맞이했다. 이 또한 1944년 「북창」이 정간을 당한 이유 중 하나이다. 앞서 말한 사건은 식민지 지배층의 일원으로서 독립된 사상을 가진 문학자가 동포에게 박해를 당한 운명의 일례이다. 만주 문예가협회 위원장 야마다 세이자부로는 이 사건에 대해 "만주의 농민에 대한 애정의 경도가 보였다. '민족협화'와 '왕도낙토'의 나라에서 그것은 안 되는 것이다. 나는 길게 한탄하고 큰 한숨을 쉬었다"고 했다.

지연(地緣) 정치의 영향으로 이 잡지는 러시아 문화에 경도되었고, 유구한 역사를 가진 서구문화를 동경했다. 현대적인 이국정취와 독특한 국제적 도시문화가 섞인 서정곡(敍情曲)과 같은 자유주의의 색채, 러시아인에 대한 관심, 중국의 서민에 대한 무관심. 이러한 특색으로 식민주의 지배 하의 언설 공간에서 특수한 위치를 점하고 있었다고 할 수 있을 것이다.

## 8. 맺음말

오우치 다카오는 『만주문학 20년』에서 "1905년의 러일전쟁부터 생각해보면 만주의 식민사는 4분의 1세기를 넘었다"[28]고 말하고 있다. 이것은 역사적 사실이기도 하고 지배 민족의 일원으로서의 진심이기도 하다.

다롄(大連)에 정주한 일본인은 1910년 61,934명에서 1929년 203,002명으로 늘어났고, 다롄에서 창춘시의 만철(滿鐵) 부속지로 이동한 일본인의 총 숫자는 32,496명에서 127,529명에 달했다. '만주'로 이주한 일본인의 총수는 1923년 342,083에서 1930년 810,000으로 늘어났다.[29] 일

---

28) 大內隆雄, 『滿洲文學二十年』(國民畵報社, 1944), p.18.
29) 大形孝平, 『日本の滿洲開發』(滿洲文化協會, 1932), p.3.

본인 이민의 밀도는 북쪽으로 갈수록 감소했다. '만주'의 일본 문학은
다롄에서 시작되어 선양, 창춘, 하얼빈 등의 철도선을 따라 대도시로 확
장되었다. 초기에는 다롄에서 문학 활동을 한 일본인의 대부분은 '만철'
의 직원과 자유주의자로, '만주'가 일본에 자원을 수출하고 경제를 지탱
하기 위한 '대륙'이 될 것을 원했다. 그들은 일본문학에서 '만주' 진출
의 허망한 심리를 기록하려 했다. 겸직 작가로서는 짧은 센류, 하이쿠,
한시 등과 같은 장르의 창작에 힘을 쏟았다. 이것은 다롄의 이민 생활
상태, 직업과 관련이 있다. '만주 개척' 사업과 비교하면 이러한 창작은
시간 때우기 혹은 이민 초기의 추억을 기록하는 것에 지나지 않는다.

　'만주 사변' 후 일본 군국주의 전략의 전환과 함께 '신징'은 군사·정
치·경제의 중심지가 됨과 동시에 일본 식민주의 정권의 '대동아전쟁'
의 세론의 중심지가 되었다. '신징'에서는 '만주'로 건너 온 유명한 일
본인 작가에 의해 급속하게 수많은 일본어문학 잡지가 간행되었다. 이
들 잡지에 게재된 것은 예술성 있는 높은 수준의 작품도 있지만, 전쟁
협력·국책순응의 사명을 가진 것도 있어 패전과 함께 역사의 무대에서
사라졌다. 이들 작품은 식민주의 '종주국'의 문화 속성을 보여주며, 현
대인들이 생각해 보아야하는 공간을 남겼다 할 수 있다.

✿ 번역 : 신주혜

‖ 이즈미 쓰카사(和泉司) ‖

# 재타이완 2세가 그리는 '타이완'과 '타이완인'

### 니가키 고이치(新垣宏一) 「성문(城門)」을 중심으로

## 1. 머리말

일본 통치기 타이완에서의 근대문학운동은 1920년대 초에 일어난 <타이완 신문학 운동>에서 시작되었다고 일컬어지고 있다. 이 문학운동은 1920년 전후에 타이완 내에서도 당시 세계적 움직임이 되었던 민족 자결주의의 영향이 전해진 것으로, 타이완의회설치 서원(誓願)운동으로 대표되는 일본제국지배하에서의 권력획득투쟁의 일환이기도 하였다. 그것은 이 권리획득 투쟁이 '중국인'으로서의 민족의식에 바탕을 두고 있고, 그 중에서 <타이완 신문학 운동>은 베이징에 의한 백화문 운동의 추진을 목적으로 하여 태동한 점에서도 알 수 있다. 또한 <타이완 신문학 운동>에 관한 초기 논문, 논평의 초출(初出)이 권리획득 투쟁의 중심단체인 신민회, 타이완청년회의 기관지인 「타이완청년」에 게재되어 있었던 점도 그것을 증명하고 있다.[1]

그러나 북경어 백화문을 사용하자는 초기의 주장은 타이완어문에 의한 표현운동과의 사이에 논쟁을 불러 일으켰다. 그것이 1930년대에 있어서의 향토문학 논쟁이다.

한편, 타이완 총독부의 유·무형의 압력 하에 타이완 내에서는 청조 통치기 부터 존재했던 문어체로서의 한문을 교육하는 서방(書房)이라 불리는 교육기관이 숫자도 학생도 줄이고 있었다. 그리고 총독부가 설치했던 국어교습소를 출발점으로 하는, 일본어를 교수하는 초등 교육기관이 널리 퍼지기 시작했다. 이것은 일본인 학생이 입학하는 소학교와 구별되어 공학교(公學校)라 불렀다. 일본의 식민지 통치 개시 이후에 태어난 타이완인에 대한 교육기회는 이리하여 일본형 교육이 다수파가 되었던 것이다. 이와 같은 상황을 배경으로 1930년대에 들어서자, 타이완에서는 일본어로 문학운동을 하는 사람이 증가하기 시작하였다.

이때, 일본어 문학운동의 중심을 이룬 것은 1910년 전후에 태어나 학교교육에 의해 일본어를 몸에 익힌 청년들이고 동시에 그 대부분이 동경 유학생이었다. 그들은 타이완의 교육제도사적으로 보면 바로 전환기 세대에 해당한다. 타이완에서는 1919년, 21년의 타이완 교육령(1차, 2차)에 의해서 타이완내의 중등교육기관이 타이완인 학생의 입학을 인정하게 되었다. 그때까지 타이완 내에 있는 중학교, 고등여학교 등은 일본인(내지인)학교였고, 타이완인의 입학을 거부하였다. 즉 21년의 제2차 타이완교육령에 의해 소위 '내대(內台)공학'이 인정되기까지 타이완인이 공학교 졸업 후에 진학을 희망하는 경우에는 일본내지의 학교에 '유학'해야

---

1) 권리획득 투쟁 및 그 시기의 <타이완 신문학 운동>에 대해서는 와카바야시 마사히로(若林正丈) 「타이완 항일운동사 연구 증보판」(연문출판, 2001.6)과 가와라 이사오(河原功) 「타이완 신문학운동의 전개」(연문출판, 1998.2)를 참고하고 있다.

만 했다. 그것이 타이완인 도쿄유학생 증가의 한 원인이었다. 그리고 타
이완인의 자주적인 활동에 대한 제약이 매우 많은 타이완 내와 비교하
여 상대적으로 '자유'로운 장소인 점도 있었고, 권리 획득투쟁에 있어서도
<타이완 신문학 운동>에 있어서도 도쿄가 그 중심지가 되었던 것이다.

　1931년에 타이완 내에 있어서의 권리 획득투쟁의 운동주체였던 타이
완문화협회가 총독부 당국에 의해 해산에 쫓기자, 살아남은 것은 문학
운동 뿐이었다. 이와 같이하여, 1930년대가 되어 <타이완 신문학 운
동>에 있어서 일본어에 의한 문학운동이 서서히 중심적으로 되어갔다.
이때 운동주체는 타이완인 청년들로, 타이완에 있는 일본인(당시의 호칭으
로 '내지인' 이후, 재타이완 일본인으로 표기한다)은 대부분 아직 이 운동에 관
련되어 있지 않았다. 그렇지만 예외적으로 30년대의 <타이완 신문학
운동>에 관련되어 있던 타이완거주 일본인 중 한사람이 니가키 고이치
였다.

　그를 단독으로 취급한 연구는 매우 적다. 타이완에서는 석사논문으로
진흔위(陳欣瑋)의 「일본 통치시대 재타이완 일본인 작가의 연구-니가키
고이치를 중심으로-」(2004), 논문으로는 임혜군(林慧君)의 「니가키 고이치
소설 중 대만인 형상」(2010)이 발표되어 있는데, 일본의 공간(公刊) 논문
에서는 논자에 의한 것뿐이어서, 타이완 문학연구가 진전된 현재, 재평
가할 필요성이 대두되었다. 그리고 니가키의 문학 활동에 주목하여 일
본 통치기의 일본어 문학을 재평가하기 위해 중요시하는 연구도 여러
곳에서 일어나기 시작했다. 이 글은 그러한 움직임에 시류를 탄 것이기
도 하다.

## 2. 〈재타이완 2세〉 니가키 고이치

니가키 고이치(1913~2002)는 일본 통치기의 타이완, 가오슝(高雄)에서 태어나 가오슝 제일소학교, 가오슝 중학교, 타이페이(臺北)고교를 거쳐 타이페이제대 문정(文政)학부에 입학하였다. 37년에 졸업하고 타이난(臺南) 제이(第二)고등여학교의 교원이 되었고 41년에 타이페이 제일(第一)고등여학교로 전임하였다. 일본제국이 아시아 태평양 전쟁에 패전하고 타이완이 중화민국에서 '광복'하자, 한동안 타이페이 제일여자 중학(타이페이 제일고등여학교에서 명칭이 변경되었다)에 머물렀지만, 47년에 일본으로 귀환하여 본적지였던 도쿠시마(德島)현으로 이주하여 그 지역의 현립고교 교원이 되었다. 귀국 후에는 일체 자기 자신의 문학 활동을 하지 않고 교원으로서의 일과 일본 근대문학의 연구 활동을 행하였다. 그는 태어나서 패전 후의 일본으로 귀환되기까지 일관되게 대만에서 산 전형적인 <재타이완 2세>였다. 그리고 전형적이지만 소수파라고도 말할 수 있다. 왜냐하면 그는 고교, 대학 진학단계에 있어서도 타이완내의 학교로 진학하여 취직도 타이완에서 일본 내지 등의 타 지역으로 이동하지 않았기 때문이다. 물론, 소학교, 중학교 시절의 수학여행과 가족여행 등으로 일본내지로 옮긴 경험은 있었겠지만, 일본 패전에 이르기까지 일본내지의 정주경험이 일체 없는 인물은 적어도, 후술하는 1940년대에 등장하는 재타이완 일본인작가 중에서는 니가키 외에는 없었다. 40년대의 타이완 문단을 대표하는 일본인 작가, 니시카와 미쓰루(西川滿)도 출생지는 아이즈 와카마쓰(會律若松)로 타이페이일중 졸업 후에는 와세다고등학원, 와세다대학으로 도쿄생활을 경험하였으므로, 엄밀하게는 타이완 2세라고는 말할 수 없는 존재이다. 또한, 앞에서 언급했듯이 40년대에 대해 말하자면, 타이완인 작가들이라 해도 그 대부분은 도쿄 유학과 도쿄에서의 취업을 경험했다. 즉, 니가키는 경험적으로 일본내지를 거의 모르는 일본인이었고 더욱이 그것은 무언가 강제의 결과가 아닌 자신의 선택에 의한 것이었다.

그러나 한편으로, 혹은 그렇긴 해도 니가키는 확실한 일본인이고 '일본인 작가'였다. 그것은 차별의식을 노골적으로 표현한 작가였다든지, 지배자 의식이 강한 저서를 다수 발표했다는 의미는 아니다. 오히려 그의 저서에서 받은 첫 인상은 그 온화한 성격이고, 타이완인, 타이완인 사회를 냉정하게 바라보는 모습이다.

그러나 차별주의자가 아니고 지배자 의식이 강한 인물이 아니라고 해도 그 작가로서의 자세와 저서에 쓰여 있는 것은 지배자인 '일본인' 그것이다. 식민자 2세이고, 그 손에 의한 저서이므로 그와 같은 문제, 한계가 나타나 있다고 말할 수 있을 것이다.

이와 같은 니가키의 문학 활동과 저서를 통해서 재타이완 2세에 의한 식민지 대만에서의 일본어 문학 활동으로의 분석을 행하고 식민지의 일본어 문학 활동의 의의와 화근을 생각해 보기로 한다.


## 3. 니가키의 문학 활동과 「문예타이완(文藝臺灣)」

전술한대로, 니가키는 일본인으로서는 예외적으로 1930년대부터 타이완 내에서의 문학운동에 그 이름을 볼 수 있는 인물이었다. 30년대, 일본어 활동이 눈에 띄기 시작한 <타이완 신문학 운동> 중에서 타이완 내에서도 『타이완문예』(1932~35)와 『타이완 신문학』(1935~37)이라는 문예동인지가 발행되게 되었다. 그중, 니가키는 『타이완문예』에 소설 「결별(決別)」(1935, 6월에(상), 7월에(중), 말 완)과 시 「기독교 시집(切支丹詩集)」(동년 8월)을 기고하였다.

또한, 『타이완 신문학』 창간호(35년 12월)에 「반성과 지향」이라는 투고도 게재되어 있다.[2] 모두, 니가키가 타이페이 제대 2학년경이다. 또 동시기에 그는 타이페이 제대 문정학부의 기관지로서 「대대(臺大)문학」 창간에 관련되었다고 말한다.[3]

『타이완문예』, 『타이완신문학』의 운영, 집필의 중심은 타이완인 청년들이고, 니가키는 관련되었다고는 해도 기고한 이외에 이들 동인 집단 속에서 적극적인 활동을 볼 수 있는 것은 아니다. 물론, 재타이완 일본인의 참가자가 대단히 적은 것은 영향이 있을 것이지만, 니가키는 자신을 전면에 내보이는 것이 서투른 인물이었을 것이라고 그의 타이완에서의 문학 활동의 동향에서 추측할 수 있다. 소설과 시, 수필 등의 문학저서의 발표가 많은 한편으로 30년대에 있어서는 물론, 40년대가 되어도 동인지 운영에 종사했던 것을 말하는 저서는 거의 남아있지 않기 때문이다. 단, 자기가 속한 커뮤니티 내부에 있어서는, 그것은 약간 사정을 달리하는 것도 『타이페이문학』 활동에서 상상할 수 있다.

이와 같은 조직 속에서 자신을 강하게 어필하려고 하지 않는다는 니가키의 자세는 먼저 이름을 거론한 니시카와와의 관계를 생각할 때, 보다 선명해진다. 니가키는 『자전』 속에서 니시카와 미치루에 대해서 이와 같은 기술로 시작하고 있다.

---

2) 니가키의 저작에 대해서는 니가키의 자전인 니가키 고이치 저·장량택(張良澤) 편역, 『화려도세월(華麗島歲月)』(타이완, 전술출판사, 2002)의 「니가키 고이치선생연보초고」를 참고했다. 이후 이 글에서는 동서를 『자전』이라고 한다.

3) 니가키 고이치, 『화려도세월』 참조

그때 (니가키가 타이페이대생 시절-인용자주), 니시카와 미츠루형이 도쿄에서 돌아왔습니다. 니시카와는 와세다 대학의 불문과를 졸업하고 타이페이의 「대만 일일신보」사에 적을 두고, 타이완문단에 독자적인 활동을 시작했습니다. 「마조제(媽祖)祭」의 한정본 시 1권을 독력으로 출판하고 처음으로 그 안에서 타이완풍토의 정조를 발표했습니다. 이 독특한 시에는 완전히 나의 혼이 빼앗기는 듯한 충격을 받았습니다(중략)

니시카와는 또한, 「애서회(愛書會)」를 조직하였습니다. 야마시타 기코리 (山下樵) 도서관장을 비롯하여 야노(矢野), 시마다(島田), 다기다(瀧田), 그외 간다 기이치로(神田喜一郎) 교수 등 대대독서인들의 그룹을 회원으로 하고 애서 취미와 학문과의 융합이라는 신세계를 조직하였습니다.(중략)

니시카와는 야노, 시마다 두 선생에게 열심히 다가가 자신의 정조를 외지문학 확립으로 진행시킨 자세는 실로 훌륭하다고 할 수 있고 그의 시작(詩作)과 그 출판에 대한 독자적 활동은 우리 대대파의 문학진을 추월해 갔습니다. 니시카와는 그 출판물 중에서 야노, 시마다 두 선생에 대한 친근감의 유래에 대한 자기 현시의 극심함은 그 두 선생을 독점하고 있는 것 같았습니다. 나와 같이 시마다선생과 식사와 숙박을 함께하고 깊이 선생으로부터 사랑받고 있다고 믿고 있었던 사람에게는 이 니시카와의 선전에 질투를 품게 한 것입니다. (밑줄은 인용자에 의한다)

니시카와는 1909년생으로 만 2세 때, 아버지가 타이페이에서 친족이 경영하는 탄광회사를 인수하여 타이완으로 건너왔다. 와세다대학에서의 지도교수는 요시에 교쇼(吉江喬松)이다. 요시에는 대학 졸업 후 도쿄에 머물려는 니시카와에게 '남방은/ 빛의 근원/ 우리들에게 질서와/ 환희와/ 화려를/ 부여한다'라는 헌시를 보내고 타이완으로 돌아갈 것을 재촉했다.[4] 그리고 그때에 타이페이대 교원 이었던 야노 미네토(矢野峰人), 시마다 긴지(島田謹二)에게로의 소개장을 니시카와에게 주었다.

니시카와는 부친이 타이완의 탄광 경영자였던 점도 있고, 유복한 가정에서 자라나, 자금면에서 혜택 받은 환경에 있었다. 그것이 애서회의 운영과 기관지 『애서』와 개인시집 『마조제』, 개인지 『마조』의 발행도 가능하게 했다. 물론, 『타이완 일일신보』의 기자직과 당시 타이완에서 발행되었던 『타이완부인계』의 문예란의 담당도 하고 있었던 니시카와의 상식에 벗어날 만큼의 왕성한 출판의욕과 근면함도 중요한 요인이다.

니가키는 니시카와의 자금면에서의 우위성도 당연히 알고 있었지만, 『자전』에서 그것을 언급하지 않은 것은 니시카와의 이와 같은 활력에 압도되었기 때문일지도 모른다. 니가키는 타이완 내에서의 정통한 학력 루트에서 그 정점인 타이페이 제대까지 진학했지만, 그와 같은 학력 엘리트의 선의 섬세함이 니시카와에 의해서 파헤쳐졌다는 기분도 있었던 것은 아닐까.5) 니가키의 인간적인 선량함은 니시카와에 대한 질투를 증오로 전개시키지 않고, 스스로 '니시카와파'6)라 이름 부를 정도로 니시카와의 활동에 협력하게 된 점에서도 엿볼 수 있다. 1937년에 타이페이 제대를 졸업한 니가키는 타이완주립 제이고등여학교에 교원으로 부임했다.

타이난은 니가키의 출신지. 가오슝(高雄)에 인접한 도시이고, 또한 타이난에서 가장 오랜 '역사'를 지닌 거리이기도 했다. 당시의 타이난에는 하마다 준유(濱田準雄, 타이난이고 여교원, 1909~1973), 고쿠부 신이치(國分直一, 타이난일고 여교원, 1908~2005), 마이시마 신지(前嶋信次, 타이난일중 교원, 1903~1983)라는 문학 활동, 연구 활동을 행한 사람들이 있었고, 니가키는 그들

---

4) 한편 똑같이 와세다대학에서 니시카와를 지도하고 있었던 사이조 야소(西條八十)는 도쿄를 떠나는 것에 대한 불이익을 지적하고 요시에의 권유를 현실적이지 않다, 고 비판했다고 한다. 니시카와 미쓰루, 『내가 넘은 여러 산하』(인간의 별사, 1983.6).
5) 한편 니시카와 미쓰루는 타이페이중학 졸업 후 타이페이고교 입시에 실패했다.
6) 니가키, 앞의 책.

과의 교류와, 그리고 자신이 부임한 타이난이고여의 '특수한'(『자전』) 환경에서 작가로서 새로운 테마를 획득하게 되었다. 그것은 타이완의 '역사'가 시작된 거리로서의 타이난에 대한 깊은 관심과, 그리고 타이완인의 문화풍습에 대한 조사연구를 기초로 한 '진정한 타이완을 묘사한다'는 테마였다. 니가키는 타이난에서 그 역사와 문화, 사적에 관한 조사를 진행하게 되었다. 동시에 1920년에 타이완을 방문한 사토 하루오(佐藤春夫)가 그 경험을 바탕으로 한, 현재 '타이완의 것'이라 불리는 텍스트군에 대한 조사를 행하였다. 특히 열심이었던 것은 타이난을 무대로 한 괴이소설의 체제를 취한 텍스트인 「여성선기담(女誡扇綺譚)」(1925년)에 관한 조사에서 그 무대가 된 지역과 또한 사토를 타이난으로 안내한 인물의 특정 등을 진행하였다. 그 결과는 당시 『타이난신문』이라는 신문지면에 「사토 하루오에 대해(佐藤春夫のこと)」(1938년) 「불두항기(佛頭港記)」(1939년), 「여성선기담과 타이난 거리」(1940년)라는 수필로 발표되었다. 이때 니가키는 「여성선기담」을 시초로 하는 사토의 텍스트군을 매우 높이 평가하였다. 니가키가 타이난이고여를 '특수'라고 부른 것은 이 학교의 학생인 타이완인 비율이 높았기 때문이다. 앞에서 언급한 타이완 교육령에 의해 '내대공학'이 실시됨에 따라 예상되는 진학희망자의 증가에 대응하기 위하여 타이완 각지의 도시에서 중등이상의 학교가 신설되었다. 그 당시 대부분의 도시에서 타이완교육령 이전부터 있었던 중학교, 고등여학교를 '제일중학교', '제일고등여학교'로 하고, 신설교를 '제이중학교', '제이고등여학교'로 명명하였다. 그리고 '제일'은 종래와 마찬가지로 거의 일본인 학생밖에 받아들이지 않았고 반대로 '제이'에서는 타이완인 학생이 과반수가 되어 있었던 것이다.7)

  이와 같은 사정에서 니가키가 부임한 타이난 제이고여는 타이완인 학생중심이고 동시에 고등여학교에 진학할 수 있는 여학생은 대부분의 경우 부유층 출신으로 타이완의 구습(舊習)과 전통(특히 혼인과 가족제도에 관한 것)을 지키고 있는 가정이 많다는 점에서 니가키는 동교(同校)를 '특수'라 불렀던 것이다. 게다가 타이완에서 태어나서 자라면서 성인이 된 이후에는 거의 타이완인 사회와 접점이 없었던 니가키에게 있어서 교사와 학생이라는 관계성 사이라고 하지만, 타이완인과 직접 교류하게 된 것에 큰 영향을 받았던 것이다. 그리고 그것을 자신의 텍스트에 반영시켰던 것이다.

## 4. 1940년대의 니가키와 그 텍스트

1937년 4월에 총독부 당국에서 타이완내의 신문각지의 「한문란」 폐지가 요청—실질적으로 강제된 것에 의해, 당시 유일하게 남아 있었던 문예동인지 『타이완 신문학』은 일문, 중문 쌍방의 텍스트를 게재했었기 때문에 폐간에 몰렸다.[8] 그 후 한참동안 타이완 내에서 소설 등을 게재하는 문예동인지는 나오지는 않았지만, 1939년 말에 니시카와가 중심이 되어서 타이완시인협회를 결성하고 그 기관지 『화려도』를 창간하였다. 그리고 1940년, 이 『화려도』를 타이완문예가 협회의 기관지 『문예타이

---

7) 제일에 들어간 타이완인생도는 한 학년에 5~10명 정도였는데 비해 제이에서는 학교에 따라 차이는 있지만 수십 명의 일본인생도가 입학했다. 즉 인구비율로 말하면 소수파 였던 일본인아동 쪽이 중학교·고등여학교 입학에 있어서는 압도적으로 유리했다.

8) 1937년의 신문한문란 폐지와 『타이완신문학』 폐간에 대해서는 가하라 이사오, 「1937년 의 타이완문화·타이완신문학상황—신문한문란 폐지와 중문창작금지를 둘러싼 제문제」, 『번롱된 타이완문학』(연문출판, 2009.6) 참조.

완』으로 바꾸었다. 『타이완신문학』까지는 타이완인이 중심이었던 타이
완의 문학운동이었지만, 40년대에 들어가면서 재타이완 일본인의 비율
이 높아졌고 중일전쟁부터 계속된 전시 상황과 <황민화 운동>의 영향
도 있고 해서 『문예타이완』은 타이완인과 재타이완 일본인이 함께 참가
하는 최초의 대규모의 문예동인지가 되었지만, 그 운영주체는 니시카와
를 비롯한 재타이완 일본인으로 옮겨갔다. 그런 까닭에 약 1년 후인
1941년 6월, 『문예타이완』의 동인 중에서 주로 <타이완신문학 운동>
의 시기에서 문학 활동을 행했던 사람들이 동지 동인을 그만두고 새로
이 『타이완문학』을 창간하여 『문예타이완』과 대립, 경합하게 되었다.

　이때 니가키는 『타이완문학』에 참가하지 않고 그대로 『문예타이완』
에 머물렀다. 『타이완문학』으로 옮긴 사람들은 1930년대의 <타이완신
문학 운동>에 참가했던 사람들이 중심이고, 그런 의미에서 당시의 운동
에도 참가했었던 소수의 재타이완 일본인의 한 사람인 니가키도 이적한
다고 해도 이상하지 않았는지도 모른다. 그러나 니시카와와의 친교로
동지에서 니시카와로 옮긴 야노 미네토, 시마다 긴지와의 관계도 영향
이 있었을 것이지만, 니가키는 『문예타이완』에 머물렀다. 이 잔류에는
동시기, 니가키가 개인적인 분쟁을 안고 있었던 점도 관련이 있었을 것
이다. 니가키는 1941년 6월 17일과 19일부의 『타이완일일신보』에 「제2
세 문학」이라는 기사를 발표하였는데 이 기사가 직장동료 교원의 불평
을 사, 타이난에 있기 어렵게 되었다고 『자전』에서 기술하고 있기 때문
이다.9) 그 결과 먼저 타이페이로 옮겼던 하마다 준유과 고쿠부 신이치

---

9)「제2세의 문학」의 초출에 대해서는 사혜정(謝惠貞)씨가 가르쳐 주셨다. 또 「제2세의 문
　학」 발표와 타이페이일고여 전근시기의 전후관계에 관한 모순은 다이토 가즈시게(大東
　和重) 씨에게 의견을 받았다.

의 주선으로 타이페이일고여로 전근한 것이다.

다만, 『자전』 속에서 타이페이로의 전근은 1941년 4월이라고 기술하고 있어 「제2세 문학」의 발표시기보다 이전에 타이난을 떠난 것이 되므로, 니가키의 기억에는 큰 모순이 있지만, 어쨌든 <2세>의식을 둘러싸고 재타이완 일본인 동료와의 사이에서 마찰을 일으킨 것은 틀림없고, 그 결과 자신이 사랑한 타이난을 떠나게 된 것도 사실이었다. 그리고 이와 같은 개인적인 문제를 안고 있을 때 동인지 운영마찰과 분열소동에 관여할 의식도 낮았을 것이다. 게다가 『문예타이완』, 『타이완문학』 쌍방이 대북을 거점으로서 활동했을 당시, 타이난에 있는 니가키가 그 운영문제에 적극적으로 관계하는 것은 거리적으로 곤란한 것도 고려해야 한다.

어쨌든, 니가키는 『문예타이완』에 남았고, 또한 타이페이로 이동하여 교원생활을 하면서 소설을 발표하게 되었다. 그의 소설 텍스트의 대부분은 타이난을 무대로 하고 있으며, 또한 타이완인 아동, 학생이 등장하는 것이 많지만 그들은 모두 타이난을 떠나고 나서 발표된 것이다. 여기에서 『문예타이완』에 게재되었던 니가키의 주요소설 텍스트에 대해서 정리해보자. 발표순서로 살펴보면 다음과 같다.

「성문」 『문예타이완』 제3권 제4호 (1942, 1월)
「번화가에서(盛り場にて)」 『문예타이완』 제4권 제1호 (1942, 4월)
「정맹(訂盟)」 『문예타이완』 제5권 제3호 (1942, 12월)
「산불(山の火)」 『문예타이완』 제5권 제6호 (1943, 4월)
「사진(砂塵)」 『문예타이완』 종간호 (1944, 1월)

이 중에서 타이완의 산지를 무대로 산지원주민을 고용하여 등나무와 장뇌를 벌채하며 생활하는 일본인 가족을 그린 「산불」을 제외하면, 다른 텍스트는 모두 타이난을 무대로 하고 있다. 또한 타이난시내에 있는 '번화가'10)에 모이는 타이완인 부랑소년을 주인공으로 한 「번화가에서」 이외에는 일본인 교사와 타이완인 생도, 학생과의 교류를 그린 것이고, 그 교류 속에서 상당히 많은 타이완의 관습과 문화 등이 설명되고 있다. 즉, 니가키의 주요소설 텍스트는 그가 타이페이로 이주하고 나서 발표되었지만, 그 무대는 거의 모두 타이난이고, 또한 니가키가 '특수'하다고 인식했던 타이완인 생도가 주류인 고등여학교와 관련된 내용으로 되어 있다. 니가키는 타이페이로 옮긴 후에도 자신의 문학 활동의 기반, 나아가서는 작가로서의 정체성을 '타이난'에서 추구한 것이 된다. 그것이 타이페이에 편재되어 있었던 타이완 주재작가 들에 대해서 자기의 존재의의를 나타내는 점이라고 생각했을 것이다.

문학운동의 운영 속에서 자신을 어필하는 것은 성격적으로도 업무상으로도 곤란하다고 생각한 니가키는 다른 작가가 모르는 '진짜 타이완'을 타이완의 고도라 불리는 타이난을 이야기하는 것으로 묘사하고, 그것에 의해서 타이완 문단에서의 자기의 입장을 나타내려고 생각한 것은 아닐까. 그럴 때에 니가키의 타이난을 그린 텍스트에는 니가키가 자신이 우위에 있다고 생각하는 사상이 내포되어 있는 것이다.

여기에서는 전술한 타이난을 무대로 한 소설 텍스트 중, 특히 타이난인 생도, 학생과의 관계를 그린 「성문」을 중심으로 그 내용을 분석하는 것으로 니가키 텍스트의 의의와 한계를 고찰해 보고 싶다.

---

10) 현재도 이 지구는 타이난에서 '사카리바'라고 불리고 있다.

## 5. 묘사된 〈황민화 운동〉의 기만과 일본인 교사의 침묵

「성문」은 타이난의 고등여학교를 졸업한 여자생도, 유금엽(劉金葉)이 자신의 담임인 남성 일본인 교원 '선생'앞으로 편지라는 형식을 취한 텍스트이다. 금엽은 타이난시내 자산가의 딸로 〈황민화 운동〉의 영향을 강하게 받고 있었고, 타이완의 가족제도에 속박되어 있는 자신의 가족, 특히 아버지에 대한 불만을 토로한다. 그것은 아버지가 애인을 만들어 금엽의 배다른 형제가 있다는 점과 도쿄유학에 반대하는 것에 대한 불만이었다. 그리고 재학 중, 그런 불만을 말하는 금엽을 달래는 '선생'의 발언에 대해 반론하는 형태로 일본인 비판도 하고 있다.

예를 들면 선생이 타이완인의 유복한 남성이 복수의 처를 가진다는 구습에 대해서 "네가 시집갈 시대의 본토(본섬)사회에 아직 제이부인, 제삼부인을 두는 그런 나쁜 관습이 있지는 않을 것이다"라고 말한 것에 대해, 금엽은 "나의 아버지의 경우는 (중략) 딱 내지인 편으로, 어딘가에 첩을 만들어 세상에 숨겨두는 상태는 조금도 변하지 않을 것입니다."라고 말하며 처를 복수로 가지고, 그 가족을 같은 가정 내에 동거시키는 전근대성을 지적하는 선생의 의견에 반론을 제기하면서 일본인 남성의 모럴도 타이완인을 비판할 수 있는 것은 아니라고 지적하고 있다.

그리고 금엽은 내지로 수학여행을 갔을 때의 경험도 지적한다. 도쿄역에 도착한 여학교 생도들을 마중하러 와 있던 OG들은 그녀들의 눈앞에서 타이완어로 대화를 했다. 또한 OG들은 생도들에 대해 "도쿄는 자유롭고 느긋해 타인의 생활 등에 시끄럽게 간섭 같은 것을 하지 않는 좋다"고 한 점에 대해 기술하고 왠지 우리들 시골 사람을 가여워하는 표정을 지으며, 또한 "파마를 하여 몰라보게 예뻐져" 있었다고 했다. 그 어느 것도 타이완학교에서의 <황민화운동>방침과 어긋난 것이었다. 학교에서 배운 황민화의 이념을 전혀 지키지 않는 도쿄의 모습을 본 금엽은 '우리들은 지금까지 절대로 국어로 서로 이야기하도록 학교에서 배웠고, 복장도 타이완 옷을 착용하지 않도록, 가능하면 화복(和服)을 입도록 강요받고 있었는데 도쿄에 와 보니, 이런 지경입니다'라고 OG들을 비판한다.

그러나 이때의 금엽의 진짜 비판 대상은 OG들이 아니고, 타이완의 학교에서 지도받고 있는 <황민화 운동>이 현실적으로는 전혀 기능하지 않고 있고, 전혀 필요성을 인정받고 있지 않다는 점에 있다. 즉 학교 비판, 교원비판이고, 총독부통치의 비판이기도 했다. 금엽은 사실, 타이완의 교육기만을 깨닫고 수학여행에서 돌아오는 배안에서 실제로 교원을 심하게 비판한다.

그러나 그 도쿄역 앞에서의 첫 번째 놀람을 시작으로 계속해서 수많은 것을 본 나는 타이완에서 본 우리들의 생활에 대해서 지금까지 없는 것을 느꼈다. 그리고 그 일은 하나의 의문이 되고, 그것이 무언가 마음 깊은 곳의 장애가 되어 어떻게 할 수가 없어져서 결국에는 이 여행이 불유쾌하여 스스로 놀랄 정도의 히스테릭한 짜증을 일으키게 되고 돌아오는 배안에서는 마치 불령한 자신의 마음에 괴로워하게 되었습니다. 그것이 결국 선생 앞에서 파열해 버렸습니다. (중략) 이러한 것이 나에게 까닭모를 분노가 되어 가슴에 우울한 것이 되어 간 것입니다. 그렇기 때문에 배안에서는 이들에 대한 것을 완전히 반복하듯이 비뚤어진 말투로 선생에게 말하며 자포자기한 나에 대해서 선생은 눈물을 흘리며 열심히 나의 무분별함을 깨닫게 해 주셨습니다. 선생은 나 한사람의 위기를 구한 것이 아니고, 나를 통해서 몇 명인가 훌륭한 황민을 탄생시키려고 싸우셨던 것입니다.

금엽이 구체적으로 어떠한 '비뚤어진 말'을 사용하였는지는 묘사되어 있지 않지만, 문맥을 생각하면 그녀가 <황민화 운동>의 무의미함과 그것을 강제적으로 주입시키는 일본인교원의 기만을 지적했을 것이라고 추측하는 것은 충분한 개연성이 있을 것이다. 금엽은 자기 자신에 대해서 타이완인용의 공학교가 아닌 소학교에 입학한 자신은 '타이완어는 잘 말하지 못한다'고 말하고 '국어상용 가정에서 내지인보다도 뛰어난 정도의 문화적인 생활을 하고 있다'고도 이야기할 만큼, 자신의 '일본인'으로의 근접성을 주장하고 있다. 그것이 자기의 우수성을 피력하는 것으로 연결된다고 믿고 있기 때문이고, 그것만이 깊이 <황민화 운동>에 관계하는 것이라고 강요받고 있는 것이다. 그러나 동시에 학교교육에 의해서 교양과 비판능력도 양성된 금엽은 스스로가 받고 있는 교육의 현실에 대한 어긋남과 모순을 느끼지 않을 수 없었다. 그때, 그녀는 심각한 정체성 위기에 빠지게 된다. 교원에 대한 '비뚤어진 말'은 그 발로인 것이다.

금엽은 이 '비뚤어진 말'을 한 것을 사과할 목적의 하나로서 선생에게 편지를 썼다. 이 텍스트는 그 편지이고 이 사죄에 의해서 <황민화 운동> 비판을 한 어리석은 타이완인 생도를 일본인 교원이 자상하게 이끌었다는 외면으로 정리된 것이지만 선생의 반론의 구체적인 내용은 나타내지 않고, 제국의 중심인 도쿄에서 <황민화 운동>의 규범이 전혀 지켜지지 않고 있고, 그것이 문제로도 되어 있지 않는 현실을 뒤엎는 것으로 되어 있지는 않다. 단, 금엽은 선생이 말한 내용이 자신이 비판하는 부친의 의견과 같다고도 적혀져 있다. 그것은 다음과 같은 것이다.

도쿄는 자유라고 기뻐하는 정신이 과연 타이완을 구하고, 타이완을 향
상시키는 적극적인 힘이 되는 것인가, 타이완을 끌어올리려고 한다면 타
이완 속에 살고 타이완과 함께 성장해야 한다.

선생의 발언내용이 대강 이와 같다고 했을 경우, 이번에는 타이완인
을 심신 모두 일본으로 수렴하기 위한 <황민화 운동>의 주지를 타이완
으로 향하게 하는 점에 다른 문제가 발생할 것이다. 하물며, 타이완인이
고, 타이난시의회의원인 금엽의 부친이 이와 같은 발언을 한 것이 공론
화되면, 그것은 경우에 따라서는 항일이라고도 취급받을 수 있다. 즉
<황민화 운동>의 기만을 감추기 위한 언설이 다른 문제를 일으켜버린
다. 이 발언에서 <황민화 운동>이 모순된 규범이 모인 것이라는 점이
부각되는 것이다.[11]

이 텍스트의 타이틀이 '성문'으로 되어 있는 것은 이 금엽의 부친이
<황민화 운동>을 열심히 진행시키는 가운데, 타이난에 남은 청조시대
의 성문을 파괴하고, 거기에 공중변소를 설치하면 좋겠다고 시의회에서
주장한 것에서 유래하고 있다. 금엽의 글에서 교원은 니가키와 같이 타
이난의 사적에 강한 관심이 있고 그 부친의 주장을 바보 같은 것으로
받아들이고 있지만, 여자생도는 그 점도 <황민화 운동>을 주장하고 타
이완의 인습과 문화를 부정하도록 추진하고 있다면 부친의 주장을 어리
석은 것으로 치부하는 것은 이상한 것이 아닌가라고 호소하고 있다.

---

11) 임혜군은 「니가키 고이치소설 중 타이완인 형상」(『타이완문학학보』 16호, 2010.6)에서
   니가키의 제텍스트의 다양한 타이완인묘사를 자세히 분석하고 있다. 그 속에 「성문」
   의 금엽에 대한 분석도 포함되어 있고 그것은 이 글의 이해와 공통되어 있는데 금엽
   이 보고 들은 것에 대해 선생을 비판하고 있는 곳에 대해서는, 선생이 금엽을 달래고
   그 인내와 지도적 태도에 감격한 금엽이 황민화운동에의 의식을 깊게 한다고 비판하
   고 있어 이 글과는 해석이 다르다.

이와 같이 「성문」은 금엽을 통하여 타이완의 대가족제도의 문제점과 그 속에서 괴로워하는 여성의 모습을 전하고 있고, 동시에 <황민화 운동>에 깊이 관련되어 있는 타이완인 여자생도를 묘사함으로써 역설적으로 <황민화 운동>과 그것을 표면적으로 진행시키는 일본인교원의 불성실함을 폭로하는 것으로도 연결되어 있다. 그와 같은 점에서 살펴보면, 이 텍스트는 타이완인 사회에 대한 일본인측의 거만한 시선과 <황민화 운동>에 대한 비판의식의 표현이라고도 할 수 있을 것이다.

그러나 「성문」이 편지라는 형태를 취하고 있는 점에 주의가 필요하다. 이 형태를 취함으로써 텍스트는 금엽의 일방적인 의견표명만 계속할 뿐 선생이 호소에 어떻게 대응했는가, 그 점에 대한 언급은 없었다. 즉 타이완인 여자생도의 진지한 호소를 텍스트라는 형태로 드러내면서 일본인측은 그 회답으로부터 도망가는 것이다.

흥미본위, 취미의 일환으로서 타이완인 사회의 문화와 풍습을 의기양양하게 이야기하면서, 그 자세와 평가방법에 대해서 타이완인이 의문을 나타내면 그에 답하지 않는다는 형식은 타이완인생도에게 <황민화 운동>을 통해서 타이완인문화의 부정, 비판을 강요하는 한편으로, 그것에 대한 설명책임으로부터의 도피라고 할 수 있다.

타이완인생도의 심정을 드러내고 <황민화 운동>에 대해 의혹을 느끼게 하는 것으로 이 텍스트의 표현을 평가하는 것은 물론 가능할 것이다. 그리고 그 심정과 의혹이 최종적으로 <황민화 운동>으로 강하게 회수되는 전개로 되어 있는 것은 당시 표현의 한계라고 옹호할 여지가 있을지도 모른다. 그러나 그와 같은 점을 평가할 수는 있어도 그것을 거론한 채로 방치하고 책임 있는 응답을 보이지 않는 상황에는 역시 일본인의 거만함이 반영되어 있는 것이고, 그것이 필시 무의식적으로 행해지고 있으며, 또한 이 선생이 개인적으로 선량하고 온화한 성격의 소유자라는 것을 알아차렸을 때, 한층 더 <황민화 운동>의 비인도성과 무의미함, 그리고 식민지에서의 지배자로서의 일본인의 폭력성이 부각되게 된다. 개인적인 선량함, 온화함이 문제의 은폐로밖에 도움이 안될 만큼 <황민화 운동>도 식민지 지배도 억압적이고 그만큼의 강권을 가졌음에도 불구하고, 그 의의에 대해서 논리적인 설득력을 보이지 않을 만큼, 내용도 합리성도 없는 규범인 것을 알 수 있기 때문이다.

그리고 그와 같은 문제성을 각오 없이 채택하여 다만 방치할 뿐, <황민화 운동>이 갖는 기만을 짊어지는 것에서 도피하는 텍스트는 그 점에 있어서는 비판받아야 한다.


## 6. 「성문」 후의 텍스트와 중앙문단에의 의식

이와 같은 <황민화 운동>의 거론방법은 「사진」에서도 묘사되어 있다. 「사진」은 역시 타이난이고여(臺南二高女)라 생각되는 학교를 무대로 하고 있으며, 주인공도 마찬가지로 일본인 남성교원이다. 텍스트는 이 일본인 교원 노자와(野澤)가 자신이 담임을 맡은 학급의 학생, 보옥(寶玉)이 부친의 빚으로 몸을 팔게끔 강요받고 있다는 상담을 받는 것에서 시작된다. 노자와는 원래 학급 내에서 자신의 이야기(타이난에 관한 지식의 피로를 중심으로 한 것)에 흥미를 보이지 않는 보옥을 '어두운 생도'라고 싫어하였고, 또한 가난한 보옥이 여학교에 입학한 것을 '공학교 졸업 시의 성적이 좋아서 담임선생이 안타까워서 여학교에 넣도록 부모를 설득했다'는 것이 원인이고, 멀리 무리하게 부유층이 모이는 여학교로 입학한 것을 비난하는 태도를 취하고 있다. 그것이 몸을 판다는 이야기를 듣자, 타이완에 예전에 있었던 관습이 지금도 남아 있는 것인가 하고 흥미를 느끼고, 보옥을 몸 파는 일에서 구제하려고 활동을 시작하게 된다. 최종적으로 타이완의 공학교, 소학교가 초등학교로 재편되는 것을 계기로 교원수요가 높아졌기 때문에, 그 교원으로 보옥을 추천하고, 몸 파는 것에 대해서는 구두약속으로 증거가 없기 때문에 경찰서에 신고하는 것으로 해결하려고 한다. 그 일이 잘되었는지에 대해서는 묘사되지 않은 채 텍스트는 끝났지만, 이 텍스트 속에서 노자와는 보옥에 대해서 '이런 아이에게 여학교교육이 얼마만큼 효과를 갖는 것일까', '공학교의 담임교사의 한때의 감상이 없었다면 이러한 길로 발을 들이지 않고 끝났을지도 모른다', '그녀가 이런 경우에 직면했을 때에 어떠한 일본정신으로 바라보아야 하는가라는 것은 배우지 못했다. 이것은 교육의 책임이라고 생각되지 않는다' 등으로 자신의 책임회피를 몇 번이나 생각한다. 동시에 교육의 힘의 약함에 대한 반성도 보이지만, 최후에는 그들을 황민연성(皇民練成)이라는 노자와가 거의 믿고 있다고 생각되지 않는 표면(겉치레)에 의해서 굴복시켜 가는 것이다. 이것은 타이완인 아동 생도에게 현장에서 대응하고 있는 교원이 <황민화 운동>의 철저함 등을 거의 믿지 않고 있는 점. 그리고 재대 일본인 에게는 적용되지 않는 <황민화 운동>에 대해서 일 이상은 실질적인 흥미도 관심도 가지고 있지 않은 점을 나타내고도 있다. 그리고 니가키의 텍스트는 그러한 일본인 교원의 심리를 순진하다고 말할 정도로 표현하고 있어서 그것의 무책임성에로 의식이 도달하지도 않는 것이다. 「성문」과 마찬가지로 「사진」에서는 일본인 교원의 '선량함'은 전해져 온다. 그것은 작가인 니가키의 성질을 반영한 것일 것이다. 그러나 니가키가 그린 일본인 교원의 '선량함'은 어디까지나 '일본인'으로서의 것이고, 또한 '타이완인'이 처한 상황에 대한 관심이 낮은 점에 기인한 것이었다. 관심이 낮기 때문에 강한 차별의식도 없고 타이완에 살면서 그들 타이완인의 생활과 문화를 자신들과 떨어져서 봐 왔기 때문에 흥미본위의 레벨로 그 문화를 즐기거나 할 수 있었던 것이다. 그러한 의미에서 니가키와 그의 텍스트는 '일본인'이고 '일본인'의 텍스트였다고 말할 수 있다.

니가키는 교원을 하면서 문학 활동을 하고 있었고, 또한 그 활동도 타이완 내에 한정되어 있었다. 니시카와 미쓰루가 때로는 내지의 문예지에 기고하거나 『문예타이완』에서 일본내지의 작가들과의 교류를 어필했던 것과 하마다 준유[12]가 연재소설 「남방 이민촌」을 『문예타이완』지에서 완결시키지 않고, 후반부를 새로 쓰는 형태로 하여 내지의 출판사에서 단행본으로서 출판했던 점 등에서 『문예타이완』은 내지의 중앙문단지향이 강한 잡지라고 대항지 『타이완문학』 동인으로부터 비판을 받았지만, 니가키의 입장은 그 점이 애매하였다.

니가키가 중앙문단에 대해서 어떠한 생각을 품고 있었는가를 명확히 나타내는 텍스트는 보이지 않는다. 그러나 니가키의 의향은 별도로 하고 니가키와 그 텍스트의 이름이 중앙문단의 잡지에 등장했던 적이 있었다. 『문예』의 1943년 8월호 「「문예추천」의 중지에 대해서」라는 권말

---

12) 하마다 준유에 대한 동시대 비판의 대표적인 것으로서 가노코기 류(鹿子木龍) 「잘못 평가된 하마다 준유」, 『타이완공론』 제7권 제7호가 있다. 가노코기는 『타이완문학』에 이적한 중 산이우(中山侑)의 필명이고 『타이완문학』파로부터의 비판이라고도 읽을 수 있다. 그러나 『타이완문학』 동인의 다수는 1930년대 중앙문단데뷔에 좌절한 경험을 가진 가람들이기도 했다. 이즈미 쓰카사, 「일본통치기 타이완의 <일본어문학>의 시작」, 『일본통치기 타이완과 제국의 <문단>』(히츠지서방, 2012.2) 참조. 또 나카야마 스스무에 대해서는 나카시마 도시로(中島利郎), 「나카야마 스스무라는 사람」, 『일본통치기 타이완문학서설』(녹음서방, 2004.4).

기사에서이다.

2014년 현재, 『문예』는 가와데(河出) 서방신사가 발행하는 잡지로, 『문예』는 1934년에 개조사(改造社)가 창간한 잡지이다.[13] 그리고 개조사는, 이 『문예』나 동사의 대표잡지 『개조』를 통하여 본격적인 공모형 신인 문학상을 행하고 있었다. 문학상이 현상금이 목표라고 경시받고 '문학현상'이라 불렸던 쇼와 전쟁 전 시기에 그 의의를 비약적으로 높인 것이 1928년에 시작한 『개조』 현상창작이고, 그것에 이어서 행해진 『문예』 현상창작이었다. 쇼와전전기의 일본에서 중앙문단에 '작가'로 데뷔하는 방법은 저명작가의 제자가 되거나 출판사에 가까운 동인지 서클이나 대학의 문예서클에 소속되어 관계를 구축해 간다는 극히 제한된 것 밖에 없었으므로 자격조건을 묻지 않고 텍스트를 공모하는 개조사의 '문예현상'은 그것에 풍혈을 여는 것이었다. 제1회에 1등으로 입선한 류탄지 유(龍膽寺雄)가 그 후 모더니즘 문학의 대표적 작가로서 뛰어난 활약을 하였고 제3회에서는 전 농상무성 고급관료인 세리자와 고지로(芹澤光治良)와 소학교 졸업 후 직장을 전전하며 아시아 각지를 방랑해온 오에 겐지(大江賢次)라는 대조적인 경력을 지닌 두 사람이 각각 해외를 무대로 한 「엘리트」와 「다지기(叩き上げ)」로 1등, 2등으로 입선했다.[14] 그리고 다음해 31년 제4회에서는 인도 독립운동을 그린 「인도」(田鄕虎雄)와 천리교 내부의 확집을 그린 기서일부 「천리교 본부」(騎西一夫)가 2등으로 입선했다. 그 결과에 의해서 『개조』는 연줄에 구속되지 않고 텍스트 본위로— 단, 『개조』가 선호하는— 해외 사정과 시사문제를 취급한 테마의 작품을 입선시킨다는 점과 입선하면 중앙문단에서 작가가 될 수 있다는 점을 많은 작가 지망생에게 믿게 하였다.

그것은 식민지에서도 마찬가지였다. 그런 까닭에 30년대에 있어서 많은 타이완인 청년들도 또한 『개조』를 시작으로 하는 잡지의 '문학현상' 입선을 문학 활동의 목표로 두게 되었던 것이다.15) 그러한 의미에서 '문학현상'은 <타이완 신문학 운동>에 큰 영향을 부여하고 있었다. 1930년대에 학생이었던 니가키는 『자전』에서 '문학현상'에 관한 언급은 하지 않았지만, 그 존재는 당연히 알고 있었을 것이다.16)

1935년에 아쿠타가와(芥川)상, 나오키(直木)상이 시작되자, 개조사의 공모기획은 쇠퇴를 보이기 시작하였고 1939년을 마지막으로 『개조』현상 창작도 끝나 버렸지만(『문예』 현상창작은 1936년에 종료), 그것을 이어받은 것이 1940년부터 『문예』가 개시한 「문예추천」이라는 기획이었다. 「문예추천」은 『개조』『문예』의 현상창작과는 달리, 아쿠타가와, 나오키상의 구조를 답습한 것이었다. 미발표 텍스트를 공모하는 것이 아니라, 동인지 등의 기 발표 텍스트에서 선출한 것에 상을 준다는 형식을 취한 것이다. 이때 아쿠타가와, 나오키상과 다른 점은 그 후보작을 「문예」측이 찾고 선출하는 것이 아니라, 일본의 문예동인지에서 각각 한 편씩 추천작을 보내게 하여, 그 중에서 뽑는다는 점이었다. 이것이 「문예추천」이라는 명칭의 유래이다. 그리고 식민지의 문예동인지도 또한, 추천작을

---

15) 이즈미 쓰카사, 앞의 책 참조
16) 니시카와 미쓰루는 1934년 제1회 『문예』 현상창작에 응모하여 응모작인 「성황야제(城隍爺祭)」가 선외 가작에 들어갔다.

보낼 수 있었다. 「문예추천」에서는 제1회 「문예추천」 작품에 뽑힌 오다 사쿠노스케(織田作之助)의 「부부선재(夫婦善裁)」가 가장 유명한데, 이 기획은 제7회, 1943년까지 계속되었다.

그리고 그 사이 제3회(1940년 하반기 대상), 제4회(1941년 상반기 대상), 제7회(1942년 하반기 대상)에 『문예대만』에서 추천작을 보냈음을 알 수 있다. 그리고 그 모든 회에서 『문예타이완』으로부터의 추천작은 일정한 평가를 얻었다. 제3회에서의 추천작은 니시카와 미쓰루의 「적감기(赤嵌記)」, 제4회는 주금파(周金派)의 「지원병」, 그리고 제7회가 니가키의 「정맹」이다. 니가키의 이름과 텍스트가 중앙문단의 잡지에 게재된 것은 이때였다.

니시카와의 「적감기」는 최종후보까지 올라갔지만 결정타가 부족하여 제3회는 해당작이 없었고, 주금파의 「지원병」은 선교위원의 관심은 끌었지만 최종후보에까지는 이르지 못했다.

니가키의 「정맹」은 어떻게 되었을까. 이미 기술했듯이 니가키의 이름과 「정맹」이라는 타이틀이 게재된 것은 「「문예추천」의 중지에 대해서」라는 기사에서이다. 1942년 하반기의 제7회 「문예추천」은 도중에 중단되어, 최종결과가 발표되지 않았다. 니가키의 「정맹」은 이 기사에서 최종후보에 남았던 텍스트의 하나로 게재된 것이다.

「정맹」은 타이난의 여학교 교원인 '나'에게 타이난출신의 타이완인 학생, 형제 임문금(林文金)과 문룡(文龍)이 상담하러 방문하는 것에서 시작된다. 임형제는 타이난의 부유한 가정의 자식으로 문금은 도쿄제대 법학부, 문룡은 타이페이고교 학생이었다. 두 사람은 타이페이고교 선배인 제자, 벽화(碧華)가 이번에 문금과 결혼하게 되었으므로 어떤 학생이었는지 이야기를 들으러 온 것이었다.

「정맹」은 이 문금의 결혼이야기를 축으로 타이완인 학생의 의학부 진학지향 문제와 타이완의 결혼제도, 풍습에 대한 지식이 섞여서 진행되어 간다. 역시 타이완에 대한 견식을 피로하는 타입의 텍스트였다. 내지에서 보면 특수한 환경이지만 진학과 결혼이 테마이므로, 타이완에 대한 예비지식이 없어도 이해되고, 평가하기 쉬운 텍스트였다고 생각된다. 그런 까닭에 만약 「문예추천」이 중지되지 않았다면 어떻게 되었을까 라는 추측도 생긴다. 특히 당시의 니가키는 그런 것은 아니었을까? 니시카와와 주금파 때와는 달리 니가키에게는 확실한 결과가 나오지 않았다. 그리하여 그는 자기 자신과 중앙문단과의 '거리'를 둘 수 없게 되고, 또한 자기 마음속의 중앙문단에 대한 동경을 제대로 처리할 수 없게 된 것은 아니었을까?

니가키의 텍스트에는 앞에서 언급한대로 소설의 줄거리와 병행하는 형태로 니가키 자신의 타이완인 사회에서의 관습, 문화에 대한 지식피로가 반복되고 있다. 그것들은 내지로 향한 것이라기보다는 타이페이의 재타이완 일본인 사회, 재타이완 일본인 작가에게로의 어필이었다고 말할 수 있다.

타이난에서의 교원생활을 통해서, 타이완에 대한 지식을 깊게 한 자부심이 니가키에게는 있었다. 그리고 필시 니시카와를 염두에 둔 재타이완 일본인의 대부분은 일본인 사회의 틀 속에 갇혀 있고, 타이완에 관한 것을 알려고 하지 않는다는 인식을 가지고 있었을 것이다. 이와 같은 상황에서 니가키는 자신이야말로 '진짜 타이완을 이야기할 수 있는 일본인 작가'라는 자신감을 구축하고 있었던 것이다. 그것은 타이난 부임 당초에는 높이 평가하였던 사토 하루오의 타이완 관련 텍스트에 대해 나중에 타이완에 대한 묘사방식이 표면적이라고 비판하게 된 것과도 연관되어 있다.[17]

한편, 니가키는 <타이완 신문학 운동>에 참가한 경험이 있지만 타이완인 작가들은 거의 언급하지 않았다. 필시 니가키는 자신을 '타이완을 객관적으로 볼 수 있는 인간'으로 단정하고 있었고, 타이완인 사회의 내부에 있는 타이완인 작가들에게는 그와 같은 견해가 불가능하다고 생각하고 있었는지도 모른다.

다만, 「정맹」 후에 발표된 「사진」에는 재타이완 일본인을 향한 의외의 인식을 읽을 수 있는 부분이 있다. 「사진」에서 타이완의 고등여학교에서는 내지인, 타이완인의 사실상의 분리 상황이 있는 것에 대한 해설과 타이난시내에서 볼 수 있는 전형적인 타이완적 풍경의 묘사, 타이완의 국어=일본어 보급상황, 타이완의 인신매매 같은 양자제도에 대한 설명,18) 타이완에서도 의무교육이 시행되는 점 등을 이야기하고 있다. 그것들은 재타이완 일본인용의 묘사라고는 생각하기 힘들다. 타이완 거주자라면 어느 것이든 설명할 필요가 없는 점뿐이기 때문이다. 즉 이것들은 타이완에 살고 있지 않은 '내지' 거주 일본인 독자를 상정하여 적고 있는 것이 된다. 「정맹」으로 『문예춘추』의 최종후보가 된 것을 안 이후 니가키의 마음속에 타이완 바깥쪽으로의 의식이 생겨난 것이다.

그러나 한편으로 '공학교', '지원병제도', '예저(藝姐)'라는 타이완독자의 용어를 특히 설명도 없이 사용하고 있는 곳도 있다. 이 단계에서, 니가키의 마음속에 중앙문단으로의 지향이 생겨났다고 해도 충분히 구체

---

17) 니가키는 「타이난지방문학좌담회」(『문예타이완』 제5권 제5호, 1943.3)에서 사토 하루오의 「여성선기담」에 대해 "오래 타이난에 살아 이것을 몇 번인가 다시 읽어보니, 타이난의 문학은 이런 테마를 취급하는 것만으로 좋은지에 대해 통절하게 느꼈다"고 기술하고 있다. 이즈미 쓰카사, 앞의 책 수록 「니가키 고이치 「사진론」」 참조

18) 이것은 소위 타이완의 옛 관습에 속하는 이야기로, 재대만 일본인, 타이완인 쌍방 모두 문학텍스트 속에서 악습으로 자주 인용된 제도이다.

화되어 있지는 않았을 것이다. 그리고 1943년 이후, 아시아태평양전쟁
의 일본 전황이 악화되는 가운데, 타이완문단에서도 중앙문단지향이라
는 개인적인 목표를 지향하는 여지는 사라져갔다. 그 때문에 타이완의
문학 활동도 타이완내측으로 향하는 것으로 되어 있었다. <황민화 운
동>에서 요청받은 <황민문학>이라는 구조는 그 두드러진 예일 것이
다. 「사진」은 「성문」에 비하여 타이완인 등장인물의 심리를 헤아릴 수
있는 부분이 빈약하다. 「성문」은 문제를 내포하고 있으면서도 일본인
남성교원에 대해서 타이완인 여학생이 항의한다는 당시의 타이완에 있
어서의 민족적, 성차적인 규율을 언급할 수밖에 없는 상황을 묘사하였
지만 「사진」에서는 그것이 없어지고, 선량한 일본인 교원 노자와의 묘
사만으로 텍스트가 전개되고 있다. 위태로운 묘사는 적어지고, 표면적으
로 <황민화 운동>을 모방하고 있는 「사진」은 당시로서는 온당한 내용
이 되고 그것만으로 노자와를 통해서 일본인 남성교원의 선량함이 용이
하게 독선적으로 변화하는 모습이 묘사되는 것으로 되어 있다.


## 7. 결론

니가키는 전술한 자전, 『화려도세월』에서 자신과 타이완과의 관계에
대해서 다음과 같이 기술하고 있다.

　　타이완에서 태어나고 자란 내지인, 특히 나와 같은 본도인(本島人, 일본
　통치기 타이완에서의 타이완인 호칭-인용자) 교육에 생긴 존재에는 본
　도인 측에서는 내지인화할 생각이었지만 <u>내지인 소년이 무의식중에 타이
　완인화 되어간 것은 아닐까?</u> 하고 오늘이 되어서야 생각합니다. 나의 작

품 「성문」, 「번화가에서」, 「사진」 등의 타이완풍경은 단순히 <황민화>를 주제로 하고 있는 것은 아니라고 생각합니다. 성장한 타이완 2세의 심정적 타이완화가 생긴 것입니다.

지배자 측의 인간으로서 생활한 타이완에서의 자기 자신을 '타이완인화'되었다고 기술해버리는 이 표현에는 니가키가 말년에 이르러서도 개인으로서의 선량함을 계속 지니고 있었던 것과 동시에 당시의(그리고 필시 그때부터 현재까지도) 타이완인이 안고 있었던 곤란함을 자신의 옆에 두고 생각한 적이 없었던 점이 나타나지는 않았을까?[19]

물론 재타이완 2세인 니가키가 자신을 타이완과 깊은 관계를 지닌 인간이라고 생각하는 것은 당연한 일이다. 니가키는 일본으로 귀환한 후, 소설 등의 문학텍스트를 창작하지는 않았다. 이와 같은 점을 생각해도 니가키가 타이완에서의 문학 활동에 대해 무언가 꺼림직함을 품고 있었다는 것을 추측할 수 있다. 그리고 그것은 선량함과 반성의 결과임에는 틀림없다. 다만, 그렇다고 한다면 니가키는 일본통치기에 그것을 깨달을 수는 없었던 것일까? 그렇지 않다면, 알고 있으면서 쓰고 있었던 것일까? 전후의 니시카와 미쓰루처럼 타이완에 대한 '사랑'을 계속 표명하면서 일본인 지배자성은 일절 언급하지 않고, 텍스트를 계속 쓴다는 억지이지만, 일관된 수단[20]을 학력 엘리트로서 경력을 쌓아온 니가키는 할

---

19) 재대 일본인작가였던 하마다 준유는 출신교는 달라도(동북제대출신) 니가키와 같은 학력엘리트로서 타이완에서 교원을 하고 있었는데 전후 타이완에서 나온 직후의 생활의 고난을 다룬 소설 「연초」(『문예단정』 1948.8) 속에서 교육관료로서 지배자연 하면서 타이완에서 생활해온 자신을 자조적으로 그리고 있다. 패전직후의 한 시기를 빼고 하마다는 타이완에 관한 것은 활자로 하지 않았다.

20) 이즈미 쓰카사, 「<인양> 후의 식민지문학─1940년대 후반의 니시카와 미쓰루를 중심으로」(『예문연구』 제94호, 2008.6)에서 전후의 니시카와가 반복해서 타이완을 제재로 하면서도 식민지통치에 의한 일본인의 지배자로서의 책임문제는 일체 언급하지 않았

수가 없었다. 필시 하마다 준유가 전후 타이완에 대해서 침묵한 것과 같은 이유이기 때문일 것이다.

새삼스럽다고 생각할지도 모르지만, 이 글은 니가키와 그 텍스트를 규탄하는 것을 목적으로 하지는 않는다. 전후의 니가키가 본적지인 도쿠시마현에서 교원으로서의 생애를 다한 점에서도 알 수 있듯이 그는 교육자로서 견실하고 동시에 훌륭한 인물이었을 것이다. 만약 니가키가 식민지에서 태어나지 않고, 또한 제국주의시대의 일본에서 태어나지 않았다면 이와 같은 <황민화>를 다룬 텍스트를 쓰는 일은 없었을 것이다. 동시에 현재의 '일본인', 예를 들면 논자가 그와 같은 시대에 대만에서 교원과 작가로서 살았을 경우, 그와 같은 일은 결코 하지 않았을 것이다 라고는 결코 말할 수 없다. 이 글에서 지적해야 할 것은 개인의 선량함과 교육방침 등이 전혀 의미를 가질 수 없게 되는 권력과 일체화한 제국주의의 강제적인 모습이다. 그리하여 니가키와 그 텍스트를 볼 때, 그 선량함에 그것이 한층 더 눈에 띄는 것이다.

식민지 거주의 일본인이 중심이 된 일본어잡지 회원 중에는 일본과 타이완의 좁은 틈새에서 자기 자신의 위치 매김에 고심하는 사람들이 많이 있을 것이다. 물론, 그것은 지배자 측의 상황에 맞춘 의견이고, 절대적으로 가혹했던 것은 일본어로의 문학 활동을 여지없이 강요당했던 타이완인 측이었음에 틀림없다. 단, 니가키와 그 텍스트에 묘사된 '타이완'에 대한 순진함과 무책임함의 동거는 식민지출신 일본인이라는 존재라는, 간과할 수 없는 문제를 안고 있음을 상징하고 있다고 생각할 수 있을 것이다.

✪ 번역 : 강원주

---

다는 것을 지적하고 있다.

‖ 웨이 천(魏晨) ‖

# '만주(滿洲)'동화작가·이시모리 노부오(石森延男)의 등장

## 만철사원회기관지 『협화(協和)』에서의 창작활동을 단서로 하여

## 1. 문제제기

아동문학은 다른 문화현상과 다른 특징을 가지고 있다. 아동문화의 중요한 일부가 되는 아동문학이 국어교육의 연장으로 간주되는 것처럼, 아동문화는 이전부터 아동에게 오락을 제공할 뿐 아니라 육아나 교육을 위한다고 하는 역할도 기대되어 왔다. 전전(戰前)일본의 식민지지배 및 제국주의 확장의 일익을 담당하는 형태로, 일본어교육은 조선, 타이완이나 만주라고 하는 '외지'에서 왕성하게 행해져 왔다. 그에 따라 '외지'의 일본어아동문학·문학자의 수요가 많아졌다. 특히 만주에서는, 타이완이나 조선과 달리 일본인은 '오족(五族)'의 하나였으며 따라서 일본어도 만주어,1) 조선어, 몽골어 등의 언어와 병존시키지 않을 수 없었다. 일본인이 지배민족이라는 입장을 지키고 게다가 '만주'의 아이를 '만주'

———
1) 중국어.

에 뿌리내리게 하고, 그리고 보다 많은 '내지'인을 만주에 정주시키고자
하는 전략에는 일본어교육, 그리고 일본어아동문학이 필요했다. 그리하
여 일본어교육의 연장인 일본어 아동문학도 다수 제작되고, 많은 동화
작가가 만주로 건너가 만주특유의 작품창작을 모색하고 있었다. 그 중 이
시모리 노부오는, 그 없이는 만주의 아동문학을 말할 수 없는 존재였다.

이시모리 노부오는, 1897년 6월 16일에 삿포로(札幌) 시에서 태어나
도쿄(東京)고등사범학교를 졸업하고 아이치(愛知) 현, 가가와(香川) 현 등의
학교에서 근무하였다. 1926년 4월, 다롄(大連)의 남만주교육회교과서편집
부로 전근, 국어교과서의 편집에 종사했다. 1932년에는 다롄민정국 지
방과 학무계로 옮겨, 만주 어린이를 위한 『만주문고』(동양아동협회, 1934)
12권을 편집했다. 1938년, 「만주일일신문(滿洲日日新聞)」 석간에 소설 「몽
고풍(もんくーふぉん)」을 연재하여 이것이 그의 출세작이 된다. 1939년 일본
에 귀국, 「몽고풍」을 『꽃피는 소년군(さきだす少年群)』(신조사, 1939)로 개제,
출판하여 제3회 신초상(新潮賞)을 수상했다. 그 후에도 「송화강의 아침(ス
ンがリーの朝)」(대일본웅변회강담사, 1942), 「마차(マーチョ)」(성덕서원, 1944) 등의
만주를 제재로 한 동화작품을 계속 썼다.2)

만주시대의 이시모리에 대해서는, 풍부한 연구 성과3)가 있지만, 주로

---

2) 이시모리 노부오의 경력에 대해서는, 『일본아동문학대계(日本兒童文學大系)23』(하루부출
판, 1977)과, 『이시모리 노부오 아동문학전집(石森延男兒童文學全集)』(학습연구사, 1971)
부록연보를 참고했다. 전후, 그는 쇼와(昭和)여자대학이나 야마나시(山梨)현립여자단대
등에서 교수로 근무하면서 『코탄의 휘파람(コタンの口笛)』(동도서방, 1957)을 출간, 반향
을 불러일으켜 제1회 미명문학상(未明文學賞)과 제5회 산케이아동출판문화상(産經兒童出
版文化賞)을 수상했다. 그 후에도 자신의 외유에 기반한 『빵 선물이야기(パンのみやげ話)』
(동도서방, 1963) 등의 아동문학작품을 계속해서 창작했다.
3) 주된 선행연구는 다음과 같은 것을 들 수 있다. 가와무라 미나토(川村湊)은 저작 『바다
를 건넌 일본어(海を渡った日本語)』(청사사, 2004)의 제6장 「우리는 만주의 어린이입니다」
에 이시모리 노부오와 만주의 일본어교육과의 관계에 대해 논하고 있다. 데라마에 기
미코(寺前君子)는 「만주에서의 이시모리 노부오의 족적─동인잡지 『동심행(童心行)』의 개

유명한 작품을 들어 창작자의 시점에서 분석하고, 그의 활동을 정리하는 등의 작품론・작가론적 연구를 다수 볼 수 있다. 거기에는 두 가지 문제점을 들 수 있다. 하나는, 이시모리가 어떤 미디어에 작품을 발표했는지, 즉 그에 얽힌 창작환경에 대해 검토되고 있지 않다는 것이다. 이시모리가 만주에서 활약할 수 있는 토양으로서의 미디어와의 관계를 시야에 넣어야 한다고 생각한다. 또 하나의 문제점은 그의 도만(渡滿) 초기의 활동에 대해서 거의 언급되고 있지 않다는 것이다. 그 때문에 그가 만주의 동화작가로서 등장하는 과정은 아직 불명확한 점이 다수 존재하는 것이다. 이시모리의 초기 활동을 일관하여 고찰하는 작업을 통하여 그가 만주동화작가로서 등장하는 경위를 해명해야 할 것이다.

이시모리는 1928년 8월부터 1932년 8월에 이르는 창작초기에, 남만주철도주식회사[4] 사원회기관지 『협화』에 30편 이상의 작품을 계속해서 발표했다.[5] 『협화』는 만주문화에 강한 영향력을 가진 만철의 사원회기관지로서 2만부의 간행수를 자랑한다. 후술하는 바와 같이 많은 동인지가 불과 1, 2년 만에 종간해 버린 것에 비해, 이시모리의 『협화』에서의 창작활동은 1932년 다롄 민정국 지방과 학무계로 전직하기까지 도만 초기를 일관하고 있다. 이 글은 만철사원회기관지 『협화』를 채택하여 『협화』에 있어서 아동문화의 양태를 명확히 하고 『협화』에서의 이시노리의 활동을 고찰한다. 이 고찰을 통해 『협화』라고 하는 토양에서 이시

---

요와 세목」(『중국아동문학』, 2011)에서 동인지 『동심행』에 관한 자료를 정리했는데 그 내용 그리고 이시모리와 『동심행』과의 상호관계에 대해서는 언급하고 있지 않다. 그 외, 모리 가오루(森かおる)는 『꽃피는 소년군』과 『코탄의 휘파람』을 비교하여, 이시모리 문학에 있어서의 국어교육과 종족에 대해 논하고 있다.
4) 이하, 만철이라고 한다.
5) 작품리스트는 문말의 [표 3]에 정리해두었다.

모리가 어떻게 만주의 동화작가라고 하는 아이덴티티를 싹틔웠는지 분명히 하고자 한다.


## 2. 다채로운 만철사원기관지 『협화』

### 2-1. 『협화』의 성립과 발전

『협화』는 1927년 4월 1일, 만철사원회라고 하는 조직에 의해 창간된 잡지이다. 『협화』를 고찰하려면, 간행기관인 만철사원회의 성립, 및 그 기관지 『협화』의 창간에 이르기까지의 경위[6]를 볼 필요가 있다.

만철사원회의 전신은, 만철이 창립되고 바로 1908년에 결성된 독서회이다. 그것은 직원의 전부와 일본인고용인 중 입회를 희망하여 허가된 자를 회원으로 하는 회원조직으로 회비는 월 10전이 징수되었다. 사원의 친목을 다지고 교양을 높이는 것이 목적이었다. 당시 회원 수는, 약 4,000명이었다. 다음해 1909년 4월, 『자수회잡지(自修會雜誌)』가 창간되고, 1914년 『독서회잡지』로 개칭되어 1927년 3월까지 계속되었다. 회사 창립 20주년을 기해 사원회가 결성되어 독서회사업은 사원회로 계승되게 되었다. 그와 함께 독서회잡지도 일단의 임무를 종료하고 사원회의 기관지로서 계승되게 되어 그 이름도 『협화』로 개명되었다. 1927년 4월 1일, 그 제1호가 발행되어 회원인 약 2만의 사원들에게 배포되었다. 『협화』는 만철내부의 잡지이면서 만주유수의 국책회사 만철에 의해 유지되

---

6) 이 경위에 관한 기술은 (재)만철회편집 『협화』 복각판(용계서점, 1983)의 총목차집의 「시작하며」를 기본으로 했다.

고 만주각지에 있는 거의 2만 명의 사원을 통해 만주전역으로 확대되어 강한 영향력을 가지게 되었음을 추측할 수 있다.

『협화』의 창간호에 잡지의 취지를 명시한 '창간의 변'이 실려 있다.

> 본지가 기하는 바는, 사원회의 일 기관으로서 외부에 대해서는 그 이상실현의 일단이 되고, 내부에 있어서는 가장 자유롭고 공명한 회원 상호의 의지발표기관이며, 의사소통의 수단으로 함에 있다. 그리하여 전 회원을 혼연일체로 융합하는 일환으로 달성한다면 본지창간의 목적은 완전히 다했다고 할 수 있을 것이다. (약) 본지가 가장 기하는 바는 이 연대의식의 구성이고, 융화적 정신의 장양이다. 본지가 특별히 『협화』라고 이름한 까닭도 이러한 의의에서이다.[7]

'창간의 변'에서 『협화』의 주요한 역할은 사원 단결에 공헌하는 데 있고, 잡지명 『협화』도 '연대의식의 구성'과 '융화 정신의 장양'을 의미하는 것이라는 것을 알 수 있다. 우리 만철을 위해 사원에게 공헌하는 기관지라는 아이덴티티를 강하게 의식하고 있는 것이다.

이하의 표에서 나타내는 바와 같이, 『협화』는 창간 시 월간에서 주간이라는 시도를 거쳐 월 2회 간행(매월 1일, 15일 간행)으로 정착하여, 태평양전쟁말기에 잡지에서 신문으로 미디어의 형태를 바꾸었다. 저자는 잡지 『협화』의 발행기간을 각각 창간기, 모색기, 정착기로 구분하겠다.

| 시기구분 | 형태 | 비고 |
|---|---|---|
| 제1기<br>(1927년 4월~1928년 7월) | 월간 | 창간기 |
| 제2기<br>(1928년 8월~1929년 4월) | 주간 | 모색기 |

---

7) 『협화』(제1호, 1927.4.1).

| 시기구분 | 형태 | 비고 |
|---|---|---|
| 제3기<br>(1929년 5월~1941년 12월) | 월2회간 | 정착기 |
| 제4기<br>(1942년 1월~1944년) | 신문형 | ※결간에 의해 종간일 불명. 신문이 되면서 이번 고찰대상외가 됨 |

[표 1]

역대 편집자는 [표 2]에서 제시했다. 편집자 거의 전원이 만철에서 근무하는 한편 교육이나 문예 등의 문화 활동을 하고 있음을 주목할 만하다. 그 중에서 2대 편집자인 우에무라 데쓰야(上村哲弥)[8]는 잡지에 큰 영향을 준 인물로 생각된다. 그가 편집자를 역임한 시기에 잡지는 간행 빈도의 변화 등, 여러 가지 모색을 거쳐 형태나 내용이 정착되었다.

| 근무기간 | 편집자 | 사원이외의 신분 |
|---|---|---|
| 1927년 4월~1928년 1월 | 가와무라 마키오(川村牧男) | |
| 1928년 2월~1932년 5월 | 우에무라 데쓰야(上村哲弥) | 아동교육가 |
| 1932년 5월~1934년 4월 | 가토 신기치(加藤新吉) | 후에 화북교통국장 |
| 1934년 5월~1936년 6월 | 기도코로 에이치(城所英一) | 시인 |
| 1936년 6월~1939년 1월 | 후쿠토미 하치로(福富八郎) | 사원회총서집필 |
| 1939년 2월~1941년 12월 | 가와세데이지로(河瀨第二郎) | 사원회총서집필 |

[표 2]

---

8) 우에무라 데쓰야 : 1893년, 가고시마(鹿兒島) 현 출생. 1919년, 도쿄제국대학법학부정치학과를 졸업하고 만철에 입사했다. 1925년, 만철에서 시카고대학으로 파견되어 사회사업, 특히 아동보호시설 및 성인교육운동을 연구했다. 다음해, 영국에 가 아동복지 등에 대해 시찰조사한 후 귀국했다. 1928년, 만철부총재 마쓰오카 요스케(松岡洋右)의 이해와 지원에 의해, 일본의 실험심리학자 마쓰모토 마타타로(松本亦太郎)를 회장으로, 고문에는 초대 만철총재 고토 신페이(後藤新平)와 도쿄제대시절 은사 니토베 이나조(新渡戶稻造)를 맞이하여 일본양친재교육협회를 설립했다. 1932년, 만주국 문교부 창설에 참여하고, 총무사장이 되었다. 1935년, 다시 만철에 복귀하여 총재실복지과장으로 일하다 다음해 퇴직했다. 만철 퇴직 후, 일본소국민문화협회의 상무이사·사무국정을 역임했다. 전후에는 일본여자대학 교수 등으로 봉직했다.

## 2-2. 『협화』의 내용

『협화』는 몇 번의 변화를 경험함에 따라 그 내용에도 변화가 보이는데, ① 시국정치, ② 사내동향, ③ 가정생활, ④ 문학예술이라는 4개의 부분으로 나눌 수 있다.

시국정치는, 주로 일본, 만주, 그리고 중국에서 일어난 중대한 사건에 관한 보도 및 사설이다. 예를 들어, 만주사변 발발 후인 1931년 10월 15일호에는, 사원회에 의한 '만주사변성명서', 그리고 1개월 후인 11월 15일호에는, '만주사변 제2차 성명서'가 톱 토픽이 되어 사건에 관한 특집을 구성하고 있다. 말할 것도 없이 그 2번의 성명서에는 만철은 일본측의 논조에 동조하고 관동군에 협력하는 입장에 선다고 선언했다. 만철은 『협화』를 통하여, 만주사변에 대해 계속 보도하고 만철의 입장을 표명하고 만철사원으로서의 사명을 사원에게 전한 것이다.

사내동향은 일면의 신문이라는 형식을 이용하여 만철내부, 특히 사원회의 동향을 소개하는 것으로, '만철소식', '만철신문', '반원뉴스', '사원연락' 등의 타이틀이 사용되었다. 각지, 특히 지방에 있는 사원의 이동, 일의 진전 등이 보고되고, '만철사원분투기'(1931년 12월 15일호)와 같이 만철사원의 일하는 방식을 평가하는 특집도 다수 구성되어 있다. 각 지역에서 다각적인 경영을 전개하고 있던 만철에 있어서『협화』는 사원의 정보공유, 조직의 일체감을 고양하는 중요한 수단이 되고 있었던 것이다.

가정생활은, 요리, 육아나 가정의학 등 주부대상 내용이 대부분이 되고 있다. 소비조합란이나 주부의 매물안내 등이 기본 내용으로 되어 있고, 사원만이 아닌 사원의 가족, 특히 사원을 음지에서 지탱하는 주부도, 독자층으로서 상정하고 있음을 알 수 있다.

문학예술은 일관되게 실려 있고, 『협화』의 특징이 되고 있다. 그 안에는, 일본작가의 작품, 외국작품의 번역판, 그리고 사원의 동인작품 등 다양한 문예작품이 실려 있다. 그 외, 사원대상의 문예창작 현상(懸賞)도 여러 차례 있었고, 독서란에 서적을 소개하기도 했다. 예를 들어 1934년에 모집한 「만주향토문예 12종 현상」을 들 수 있다. 마감은 당년 11월 10일로, 그 2개월 전부터 매호에 광고가 나가 선전에 힘을 쏟았다. 그 현상광고에서는 만철사원을 향해 다음과 같이 호소하고 있다.

> 만주의 향토문학을 원한다. 만주최대의 독자층을 가진 우리 『협화』는 항상 문호를 개방하여, 학수하여 좋은 작품을 기다리고 있지만 문예 투고는 실로 적다. 공무에 쫓겨 바쁘겠지만 가을 등불 아래 시정이 솟구치는 순간도 있을 터이다. 우리들은 협력하여 만주향토문예를 보호 육성하고자 한다. 되도록 만주색이 있는 작품을 창작해 보자.

『협화』가 가진 문예에의 관심은, 기성작품을 감상하는 것만 아니라 항상 '만주의 향토문예'를 육성하는 것을 의식하여 '만주색이 있는 작품'을 구하는 일에도 있었다. '만주최대의 독자층을 가진' 『협화』는 만주문예를 창출하는 사명을 위탁받고 있었음을 알 수 있다. 또 모집장르는 소설, 동화, 실화, 시가, 하이쿠, 사진 등 12종으로, 그 규모와 영향력을 확대하고자 함도 알 수 있다. 『협화』는 여러 가지 형태로 문예를 중시하고, 만주문예를 창출하는 사명감까지 안고 그 편집에 힘을 쏟고 있었다고 생각할 수 있다.

## 2-3. 『협화』에 있어서 아동문화의 전개

아동대상 내용이 처음으로 등장한 것은 1928년 주간으로 개편했을 때의 일이다. 당시 편집자는 아동교육가 우에무라 데쓰야이고, 아동대상 내용의 등장은 필시 그의 관심과 밀접하게 관계되어 있을 것이다. 최초의 것은, 문예작품에 섞여 게재된 경우가 많고 내용도 동화뿐이었지만, 작품명 전후에 '동화'나 '어린이 읽을거리' 등의 문구를 붙이는 것이 적지 않았다는 데서 아동대상 내용을 다른 문예와 동일시하지 않고 특별히 의식하고 있었다고 생각해도 좋다. 그 후 아동대상 작품은 문예란과 가정란 양자에 등장하게 되었다. 문예작품의 일종으로서 게재되면서 사원의 가정생활을 유지하는 육아의 일부로서도 볼 수 있게 되었기 때문이다. 아동대상 내용은 만주사변이나 지나사변의 영향을 받아 일시 지면에서 사라졌지만 시세가 안정되자 다시 모습을 드러냈다.

당초, 동화만의 단조로운 내용이었지만 1934년 4월 1일호에는, 「나의 일기(-ボクノニッキ)－아동란」이라는 항목이 생겨 뒤에 「어린이 페이지(コドモノ ページ)」를 타이틀로 정착했다. 작문이나 아동의 그림 등, 아동에 의한 작품을 게재하는 공간이었다. 편집측은 독자인 어린이들이 잡지에 참여하도록 방법을 궁리했다. 어린이에 의한 투고의 대부분에는 가정이나 학교에서 겪은 만주생활의 풍경이 그려져 있었다. 『협화』의 독자는 만철사원을 통해 확대되어 사원의 아이들도 읽고 있었다고 보이며, 만철사원에 관련한 가정생활의 일면도 전하고 있다.

아동문예 이외에도, 중요한 사건에 대해 아동과 인터뷰하는 기사나 중요한 사건에 대해 쓴 아동의 글도 실려 있다. 만주사변 후, '소년소녀가 본 만주사변'[9](1931년 12월 1일호)이라는 타이틀의 기사에서는, 길림심상고등소학교(吉林尋常高等小學敎)의 학생이 쓴 작문이 13건 게재되었다. 주로 두 개의 테마로 나뉘어, 하나는, 일본군병사에게 감사하고 응원하는 문장이다. 학생들은 입을 모아 '병사들에게 뜨겁게 인사를 드립니다',[10] '길림에서 안심하고 살 수 있는 것도 모두 병사님 덕분입니다'[11]라고 개인과 군인과 사건을 잘 링크하고 있다. 또 하나는, 만주사변에 대한 인식에 관한 내용이다. 그 테마에는, '이번 사건은 물론 중국이 나쁘다고 나는 생각한다. 선생님의 이야기에 따르면 중국군이 철도를 파괴하려고 했을 때 맞은편에서 철도수비대인 일본병사가 왔으므로 지나간 뒤 파괴했다고 한다[12]'고 학교에서 가르친 당시 일본의 논조를 반복한 작문뿐이었다.

만주의 운명을 좌우하는 만주사변과 지나사변 당시, 『협화』에서는, 병사들의 용감한 모습을 찬미하고 만철사원의 고군분투를 아이들에게 전하고자 했다. 가령, 1938년 1월 1일호에서, 「병사의 도움—지나사변에서 활약하는 만철의 아버지들」이라는 제목의 특집이 게재되었다. 이 기사는 쓰토메(勤)군이라는 소년이 그의 아버지와 대화하는 형태로 구성되어 쓰토메군이 아버지로부터 만철사원이 병사들에게 협력하는 일의 대단함과 그 중요성을 배우는 내용으로 되어 어린이에 친근감을 주는 가정 내 대화를 모방하여 아무렇지 않게 만철의 훌륭한 이미지를 어린 독자들에게 심어주고 있다. 또 어린이가 주력이 된 애로소년대(愛路小年隊)[13]에 아낌없이 큰 지면을 사용해 소개했다. 1938년 7월 1일호의 기사

---

9) 기사게재 페이지에 있는 타이틀과 달리 목차에 쓰인 기사타이틀은 '소년소녀의 사변관'이다.

10) 「병사님(兵隊さん)」, (町田壽美江), 길림심상고등소학교 5학년.

11) 「병사님께 보내는 말(兵隊さんにおくる言葉)」, (齊藤房子), 길림심상고등소학교 5학년.

12) 「사건」, (大家一男), 길림심상고등소학교 5학년.

'애로소년대'에서는 애로소년대의 존귀한 사명, 훈련내용, 공헌이나 훌륭한 기량, 그리고 높은 취업률 등을 여러 측면에서 어필했다. 그 기사를 통해 어린이들에게 '애로소년대'에의 참가를 호소한 것이다.

동화, 작문, 회화, 아동대상 기사…… 그 다양성의 풍부함은 일반잡지에도 뒤지지 않을 것이다. 『협화』는 어린이를 수신자로도 발신자로도 의식하여 취급하였다고 할 수 있다. 그 이유도 역시 『협화』의 사원회기관지라고 하는 아이덴티티와 관계되고 있다. 즉 사원을 서포트한다는 의식에서 직장만이 아니라 사원의 문화 향상, 가정생활도 서포트한다는 생각이 생겨난 것이다. 하나 더 생각할 수 있는 이유는, 차세대에 만철을 선전하고 사건의 해석프레임을 심는 것을 통해 만철을 지지하는 차세대 식민자를 육성하는 것이다.

『협화』는 식민지 지배의 중핵, 만철의 기관지이고 그 창간의 변에 쓰고 있는 것처럼 만철사원의 '연대의식의 구성'과 '융화 정신의 장양'을 목적으로 하고 있다. 바꿔 말하면, 이 잡지는 어디까지나 만철에 이익이 되기 위해 만들어진 것이다. 그러나 한편으로 『협화』는 아동대상 내용의 도입에 의해 동화작가들이 창작능력을 시험하고 기량을 뽐낼 무대가 되기도 하고, 재만주 아동의 아동문예를 즐기는 얼마 안 되는 수단이 되었다. 이 잡지는 의도하지 않은 결과로서 만주아동문화가 싹트는 중요한 토양이 되어 만주아동문화를 육성한 것이다.

---

13) 1933년, 철도를 마적으로부터 지키기 위해 만철은 철도양편에 철도수호촌을 설치하기 시작하여 그 다음해, 마을에서 애로소년대를 결성했다. 소년대원의 모집은 촌장이나 학교를 통해 이루어졌다. 애로소년대에서는 장래 철도애호의 주력을 키울 수 있도록 철도상식이나 통신, 측량 등의 기술을 소년대원에게 가르쳤다.

## 3. 『협화』를 무대로 한 아동문학자 이시모리 노부오

서두에 언급한 것처럼 이시모리는 1926년 4월, 다롄의 남만주교육회 교과서편집부로 전근된 것을 계기로 만주로 건너가 국어교과서 편집에 종사한다. 1927년 2월, 만주중학생을 위해 독서잡지 『돛(帆)』을 연3회 발행으로 2년 계속했다. 그리고 1928년, 소학생을 위한 독서잡지 『만주들판(滿洲野)』을 자비로 발행했지만 2년 만에 폐간되었다. 또 1930년 재만주 일본인아동을 위한 『만추리아(まんちゅりあ)』 상하 2권을 다음해 1931년 동화집 『얼간이(どんつき)』를 간행하고, 동인지 『동화문학』에도 참가했다. 그 동인활동의 시행착오와 동시에 즉 1928년 8월부터 1932년 8월까지의 창작초기에 그는 『협화』에서 작품을 발표하였다.

당시 편집자는 넓은 인맥을 가진 아동교육가·활동가인 우에무라 데쓰야이고, 『협화』에서의 창작활동은 우에무라와의 교제를 통해 성립한 것이라고 생각할 수 있다. 발표시기는 『협화』가 아동대상 내용을 도입하기 시작한 때이고 일본어로 창작할 수 있는 유능한 동화작가가 요구되던 시기라 할 수 있다. 실제로, 『협화』의 동화 제1작도 이시모리 노부오에 의해 창작된 「메리고라운드(メリーゴーランド)」이고, 다시 1928~1929년, 아동대상 내용은 거의 이시모리 노부오의 동화로 채워질 정도로 이시모리 노부오는 『협화』의 아동문화의 중요한 담당자였다. 그와 동시에 『협화』에 작품을 발표해온 이시모리 노부오도 작가인생의 큰 전환을 이루었던 것이다. 그 전환은 『협화』에서의 창작활동에서 훔쳐볼 수 있다.

## 3-1. '내지' 반군동화의 계승

이시모리가『협화』에 발표한 작품은, 동화, 아동극, 전설, 라디오플레이14) 등이 있고, 여러 장르를 넘나들고 있다. 시작(試作)같은 단편이 많고 아이들의 생활을 스케치하는 데 역점을 두었다. 대부분의 작품은 모성, 형제애, 우정의 찬미를 테마로 하고 있다. 그 외, 동물을 주인공으로 자연과의 조화를 모티브로 하는 작품도 보인다. 마에카와 야스오(前川康男)씨는「해설 이시모리 노부오」15)에서 이시모리의 작품을 동화풍 에세이, 공상동화, 그리고 사실적인 장편소설이라고 하는 세 종류로 나누고 있다.『협화』작품에는 그 세 종류가 모두 포함되어 있고 그 후 아동문학 창작의 기초가 되었다. 그리고『협화』에서 발표한 일련의 작품을 통하여 이시모리의 창작의식의 변화가 보이고 있다.

최초『협화』에서 이시모리는 내지에서 유행하고 있는 테마나 문체를 그대로 만주에 도입했다. 예를 들어 20년대 초두 왕성했던 반군사상을 테마로 하는 작품「MARCH」(1928.8.25),「창이 밝았다(窓が明いた)一〜三」(1928.9.1〜1928.9.15) 등이 그것이다.

「MARCH」는 외과명의 H박사의 소학교시절의 이야기다. 줄거리는 다음과 같다.

당시, 매일 아침 학생들은 운동장에 모여 조례를 했다. 조례가 끝나면 학생들은 언제나 베코 선생의 지도에 따라 청일전쟁 군가를 들으며 교실로 돌아간다. H박사는 그것이 싫었다. 어느 날 조례를 마치고 오카노(岡野)선생이 대신 지도하게 되어 아름다운 음색으로 오르간을 연주했다.

---

14) 라디오에서 방송하는 동화극 시나리오.
15)『일본아동문학대계』23(하루부출판, 1977).

H박사는 그 아름다움에 매료되었다. 그 후, 오카노선생이 연주한 것이 「MARCH」라고 하는 서양음악이라는 것을 알게 되었다. 어른이 되어 외과라는 직업으로 힘들 때 「MARCH」를 생각하면서 어떻게든 극복해 낼 수 있었다.

「창이 밝았다」는 어느 중학교에서 일어난 일이다. 줄거리는 이하와 같다.

남해의 어촌에 있는 중학교에서, 지리표본실이 불타버렸다. 현장에 있었던 사토(佐藤)는 지리표본실에서 담배를 피우다 그것이 인화된 것이 아닌가 하고 의심받았다. 군인 겐다(權田) 중위가 심문하였는데 사토의 포켓에 있는 콩껍질을 담배가루로 의심한 중위는 매우 엄하게 책망했다. 결국 사토는 퇴학처분을 받았다. 사실 사토는 나카다(中田)라고 하는 학교의 우등생을 감싸기 위해 교실에서 흡연한 것은 나카다라는 사실을 밝히지 않았던 것이다. 나카다는 자백하려고 생각했지만 애써 사토가 감싸주었으므로 사건을 그대로 무마하기로 했다. 그러나 자식의 졸업을 기대하고 있었던 사토의 모친에게 사정을 설명하고 사과했다.

이 두 작품은 모두 만주로 건너온 지 얼마 안 되는 1938년에 발표한 것이고, 중심 테마가 다르지만 단조로운 군국주의교육에 대해 부정적인 태도를 보인 점이 비슷하다.

먼저, 「MARCH」를 보자. 학생을 지도하는 베코 선생의 묘사는 다음과 같다.

단 옆에 놓인 오래된 오르간에 털썩 앉아 얼굴을 생도 쪽으로 돌려 "앞으로 전진!"이라고 큰 소리로 외친다. 그러면 전교생들은 제자리걸음을 시작하면서 1학년부터 차례차례 교실로 행진해 가는 것이다. 베코 선생은 양 어깨를 치켜들고 발판을 덜그럭 덜그럭 밟으면서 무시무시하게

건반을 누른다. 그 곡은 매일 같은 것으로 「연기도 보이지 않고 구름도
없이(煙も見えず雲もなく)」라고 하는 청일전쟁 당시의 군가였다.

베코 선생은 난폭하고 교활하게 그려져 있는데, "앞으로 전진!" 하고
마지막으로 나온 청일전쟁 군가가 그 묘사와 호응하고 있다. 이시모리
는 교육현장에서 이러한 장면이 나오는 것에 대해 위화감을 가지고 있
었던 것은 아닐까 하고 생각한다. 베코선생과 정반대의 이미지를 부여
받은 오카노 선생과의 비교가 더해져 군국주의교육에의 부정이 보다 명
백해지고 있다.

> 오카노선생은, 그 이후 어딘가로 가버려 그날부터 베코 선생이 다시
> 오르간 앞에 앉았습니다. 그리고 원수라도 갚으려는 것 같은 기세로 발판
> 을 밟고 어깨를 치켜들었습니다. 곡은 장기인 「연기도 보이지 않고 구름
> 도 없이」였습니다. 나는 어렸지만 이래서야 참을 수 없다고 생각했습니
> 다. 이 단조롭고 거친 소리를 들으면 들을수록 오카노선생의 연주가 그리
> 워지고 아름답게 느껴졌습니다.

오카노 선생과 그 아름다운 곡과 함께 '단조롭고 거친' 군국주의교육
에의 대항을 상징하고 있는 것이다.

또 하나, 흥미 깊은 것은 주인공과 그의 직업과의 관계이다. 최후의
결말에 주목하자.

> 나는 매일매일, 몇 명인가의 손을 잘라 내거나 배를 가르거나 살을 도
> 려내거나 하면서 살고 있습니다. …… 늙은 이 귓불 밑에 남아있는 그 연
> 주가 갑자기 나를 용감하게 하고 지순한 세계로 단숨에 이끌어 주는 것
> 입니다. 그래서 나는 의사다운 차분한 자책에서 되돌아가 신성한 절개를
> 무난히 끝낼 수 있는 것입니다.

주인공은 H박사라고 하는 외과의사로 설정되어 있지만, 세상이 생각하는 인명구조자라고 하는 이미지에서 역행하여 H박사는 자신의 일을 '몇 명인가의 손을 잘라 내거나, 배를 가르거나, 살을 도려내거나' 하는 일로 받아들이고 있다. '몇 명인가의 손을 잘라 내거나, 배를 가르거나, 살을 도려내거나 하면서 살고 있다'는 표현은 사람을 죽이는 것이라고 생각될 정도로 잔혹한 인지방법일 것이다. 그것은 외과의라고 하는 직업을 의미할 뿐 아니라 당시 사람을 죽이게 되는, 즉 전쟁에의 감각적인 불안을 나타내고 있는 것은 아닐까. 그리고 오카노선생의 자유와 미를 구가하는 음악으로 구제되어 '그래서 나는 의사다운 차분한 자책에서 되돌아가 신성한 절개를 무난히 끝낼 수 있게' 된다. 군국주의교육에서 구출되어 '지순한 세계로 단숨에 이끌어주는' 셈이다.

「창이 밝았다」는 「MARCH」와는 테마가 다르지만 군인에게 마이너스 이미지를 준 것에서 「MARCH」와 똑같이 군국주의교육비판의 논조라고 하겠다.

　　잠시 후 회의실 문이 열리고 사토가 끌려나왔다. 사토는 많은 직원 앞에 서있으면서 조금도 주눅 들지 않았다. 겁내는 기색도 없었다. 그 태도가 너무나 불손하다고 하여 직원들은 화부터 냈다. 사토에 대한 심문은 모두 겐다 중위에게 맡기기로 했다. 겐다 중위는 성큼성큼 사토 앞으로 다가가 우뚝 섰다. 사토는 구령을 붙였을 때처럼 진지하게 '차려' 자세를 했다. 그것이 또 장난스럽다 하여 화낸 직원도 있었다.

　　겐다 선생님이 너희들에게 징발이라는 것을 가르쳐 주실 것이다. 그것은 군대에서는 언제나 하는 것으로 실로 유쾌한 것이다. 아라노(荒野)는 이렇게 좋은 달밤, 지금부터 맞은편의 포도원으로 가 포도를 징발해 오라

고 말했습니다. 그것을 들은 생도들은 모두 매우 기뻐했습니다. 대대장이
었던 나카다는 바로 징발대를 조직했습니다. 그 중에 나도 선발되었습니
다. 그래서 나는 나카다에게 그런 일은 싫다고 말했습니다. 하지만 선생
님의 지시라면서 나카다는 듣지 않습니다. 아무리 선생이라도 그런 일을
할 수 있는지 정말이지 이런 일을 하다니, 나는 어쨌든 그만두기로 했습
니다.

군인 겐다는 사토에게 난폭한 태도로 밀어붙이는 악역으로 그려짐과
동시에 사토는 기죽지 않고 유머를 담아 대항하고 있다. 또 군대의 습
관에 대해서 냉정하게 사고하게 하여 주변 사람들에게 맹종하지 않고
자신의 가치관을 관철하고 있다. 사토의 스탠스는 작자 이시모리의 스
탠스이기도 할 것이다.

이 두 작품은 만주가 아니라 일본의 다이쇼(大正) 말기부터 실시된 학
교군사교련을 배경으로, 군국주의교육을 비판하고 있다. 1917년 12월,
총리대신의 자문기관인 임시교육회의는 '충성심'과 '일본군 업무에 복
종하는 교양'을 주안으로 하여 병식체조진흥을 건의했다. 1925년 4월 4
일, 중학교령실시규칙이 개정되어 교련실습을 위해 체조의 각 학년 매
주교수시수가 3시간에서 5시간으로 증가했다. 동년 4월 11일, 칙령 제
135호로서 '육군현역장교학교배속령'이 공포・시행되어 관립, 공립중학
교, 사범학교, 전문학교, 고등사범학교 등에 '남생도의 교련을 담당'하는
것을 목적으로 하여 현역장교가 배속되었다.16)

그 군사교련의 학교교육에의 개입은, 찬반양론의 세론을 불러일으켰
다.17) 메이지유신(明治維新) 후, 특히 러일전쟁기 이래, 오래 계속되어온

---

16) 문부서편『학제백년사』(인터넷 공개중, 1981.9) 및 일본근대교육사사전 편집위원회 편
   『일본근대교육사사전』(평범사, 1971)을 참고로 했다.

부국강병사상을 원용하여 군사교육을 옹호하는 사람이 있었음에 대해, 다이쇼의 군축과 '세계적 조류'였던 평화주의에 경도되어 군대를 무용의 것으로 간주하여 반대한 사람도 있었다. 이러한 시세는 아동문학의 영역에도 반영되어 요사노 아키코(与謝野晶子)나 『붉은 새(赤い鳥)』 동인들의 동화가 그 대표이다. 이 두 작품에서 이시모리는 이들 아동문학자와 같이 군사교련에 대해 부정적인 태도를 가지고 반군반전동화를 창작하고 있었음을 알 수 있다.

쇼와(昭和)에 들어와 다이쇼데모크라시는 점점 쇠퇴해갔다. 그에 따라 반군반전동화도 소리가 들리지 않게 되었다. 하세가와 시오(長谷川潮) 씨의 말을 빌리면, "이런 작품18)의 탄생에 다이쇼데모크라시시대가 보인다. 쇼와초기에는 절대 발표할 수 없었던 작품"19)이라는 것이다. 이시모리는 세론규제가 엄격해지고 있는 내지에서는 그 두 작품을 발표할 수 없었을 것으로 쉽게 생각할 수 있다. 『협화』는 이시모리에게 반군반전의 태도를 표명할 기회를 준 것이다.

### 3-2. 만주동화작가로의 변신

최초로 『협화』에 작품을 발표하기 시작했을 즈음, 이시모리는 내지의

---

17) 다니구치 슌이치(谷口俊一)씨는 「양대전간기에 있어서 군인의 이미지-신문투고란을 중심으로(両大戰間期における軍人のイメージ一新聞投書欄を中心として」(『연보』, 2000)에서 상세하게 논하고 있다.

18) 반군사상을 가진 나카무라 세이코(中村星湖) 「장난수병(いたづら水兵)」(『붉은 새』, 1923. 8)이라는 작품을 가리킨다. 이 작품에는 상관에의 반항이나 처벌, 도망, 그리고 훈장의 권위 부정 들이 당당하게 묘사되어 있다.

19) 하세가와 시오(長谷川潮) 「제3장 다이쇼데모크라시하의 전쟁아동문학(大正デモクラシー下の戰爭兒童文學)」(『일본의 전쟁아동문학사(日本の戰爭兒童文學史)』, 미네르바서방, 012), p36.

아동문학풍조의 연장선상에서 작품을 창작하고 있었음을 짐작할 수 있
다. 그러나 만주에서 생활함에 따라 만주현지의 아동문학을 창작하고자
하는 의욕이 샘솟기 시작했다. 그 의욕의 형성에 대해 이시모리는『만주
보충독본(滿洲補充讀本)』[20]의 창작경위에 대해 기술했을 때 언급하고 있다.

> 내가 만주로 건너가게 된 동기는 만주를 동경한 것이 아니라 교과서편
> 집부의 부주사 아카즈카 요시지로(赤塚吉次郎)가 중국유학을 명받은 뒤 그
> 자리에 가도록 은사인 모로하시 데쓰지(諸橋轍次)선생이 권유해서이다. 하
> 지만 현지에 가 비로소 일본인자제들의 정신생활을 관찰하고 그 부초같
> 은 불안정함의 깊이에 놀랐다. 잘도 이제까지 이러한 일본내지연장의 구
> 태의연한 사고방식으로 살아왔구나 하고 그만 탄식했다. 이래서는 이 땅
> 을 고향으로 성장, 활동하는 아이들은 너무나도 자유롭지 못하다고 느낀
> 것은 나 한사람만은 아니겠으나 누구도 지금까지 손대려고 하지 않았던
> 것이다. 그래서 어떻게든 향토만주를 피부로 이해시키고 애착을 가지도록
> 한다는 것을 통감하고 공공기관에서 이 정열을 구체화시킨 것이『만주보
> 충독본』이다.[21]

아이를 만주에 친숙하게 만들기 위해 만주색을 추구하는 것은 그의
만주아동문학창작의 원점이며 그리고 그것은 도만하고 나서부터 점차
싹트기 시작한 것이다. 도만초기 여러 가지 모색을 거쳐『만주보충독본』
의 창작에 들어갔다고 생각한다. 그리고『협화』에 게재된 초기작품에
이 창작의식의 맹아가 보인다. 28~30년경 내지풍 작품과 달리 31~32
년『협화』에 발표한 작품은 아이들에게 친숙한 아동극이 메인이었다.
그리고 그 아동극의 타이틀은 의도적으로 '만주생활아동을 위해'나 '만

---

20) 재만일본인자제를 위해 남만주교육회과서편지부에 의해 편집된 국어교과서이다. 이시
모리 노부오는 그 편집자의 한 사람이다.
21) 이시노리 노부오, 「만주아동문학회상」(『아동문학연구』 일본아동문학학회, 1972).

주소학생을 위해'라는 설명을 추가했다. 내용도 만주의 요소를 적극적으로 도입하려고 했다. 가장 명백한 예는 「그레이트 다롄(グレート大連)」이라는 '만주생도아동을 위해' 창작한 '작은 학교극'이다. 이 학교극은 생도가 스스로 '성해(星が浦)', '사하구(沙河口)', '오시마(大島)장군 동상' 등 다롄의 명소를 연기하여 각각의 명소를 소개하는 것이다. 초반에 모든 명소가 다롄의 1번이 되고 싶어 했는데 모든 명소가 다롄의 1번이라고 하는 원만한 엔딩으로, '그레이트 다롄은 점점 멋진 도시가 되겠지요'라는 결론을 내린다. 이 극으로 아이들이 고향 만주를 알고 사랑하도록 하고자 하는 의욕이 포함되어 있음은 틀림없을 것이다.

그 후 발표한 「참새와 페치카(雀とペチカ)」도, '만주생활아동을 위해'를 창작목적으로 하고 있는 아동극작품이다. 이 작품은 현실생활의 장면을 엮어 넣어 창작한 「그레이트 다롄」과 달리 의인화수법을 사용하여 추위를 견딜 수 없게 된 참새가 페치카에게 도움을 받는다는 이야기이다. 만주를 직접 표현하고 있지는 않지만 북풍, 페치카 등의 북국을 상기시키는 요소를 도입하여 만주 아이들을 실감시키고자 했다. 또 이 작품의 마지막에 비고가 쓰여 있다. 이시모리는 참새가 굴뚝에 들어가면 죽어버리기 때문에 이야기가 성립하지 않는다는 의견에 반론하여, "자신의 생각으로는 사실을 그대로 용인하는 것이 아니라 「참새와 페치카」라고 하는 대조에 만주다운 정취를 보이고자 한 낭만풍의 작품을 보인 것'이라고 기술했다. 「참새와 페치카」가 만주의 생활분위기를 의식해서 창작된 것은 명백하다.

여기에서, 한 가지 주목해야 하는 것은 이시모리는 전기(前期)작품에서 군국주의를 비판했지만 일본에 의한 만주지배에 대해서는 긍정적인 태도를 보였다는 점이다. 그는 자신의 전집 『이시모리 노부오 아동문학전집』(학습연구사, 1976)에 수록된 만주에서 쓴 작품에 대해 「후기」를 썼다.

「붉은 나무열매(赤い木の實)」는 만주의 전설을 쓴 것입니다. 만주라는 것은 중국동북에 있었던 나라로, 한동안 일본이 도와서 다스리던 대국입니다만, 제2차 세계대전 뒤 중국으로 되돌아간 곳입니다.
4권(「아름다운 마리모 · 붉은 나무열매(うつくしいマリモ · 赤い木の實)」, p.309)

만주국이라는 새로운 나라는 만주인이 스스로 건설하였다기보다 일본인이 만들었다고 하는 편이 좋을 것이다. 여러 가지 뒤얽힌 어려운 사정이 있었다고는 생각하지만 일본인이 만들어 일본을 위해 도움이 되도록 한 것이라고 생각합니다.
7권(「타로 · 송화강의 아침(太郎 · スンガリの朝)」, p.314)

이시모리에 있어 일본의 만주지배는 일본이 만주를 '도와서 다스리던' 것이고 '만주국'은 '일본인이 만들어 일본을 위해 도움이 되도록 한' 건설의 결과가 된다. 이들 언설이 전후가 된 뒤 기술되었다는 점에서 흥미롭다.

이시모리는 작품을 통해서 어떤 만주의 이미지를 보인 것일까?『협화』작품에서 보이는 만주의 표상은 두 가지 특징을 나타내고 있다. 하나는, 평온한 생활의 장소로서 그려지고 있다는 것이다. 또 하나는 아이의 풍부한 감성을 끌어내는 환상적인 풍경으로서 받아들여지고 있다는 것이다. 이하 두 가지 예를 들어보겠다.

그와 센타(仙太)는, 니시(西)공원의 아카시아나무 아래를 전기유원지 방향으로 걸어가 보았습니다. 아치형으로 무성한 푸른 잎새로 새어드는 아침햇빛이 매끄러운 돌길에 얼룩이 되어 내리쬡니다. 흰 옷을 입은 그와 센타는 양지에서는 햇볕을 받아 노르스름하게 되었다가 그늘에서는 푸르스름하게 되거나 하면서 걸었습니다.

(「메리고라운드」 1928.8.4.)

빛나는 가을하늘, 새하얀 조각구름, 버드나무, 황토길, 푸른 바다, 작은 새 - 소년은, 안데르센동화의 비행선에 탄 것처럼 멍하니 두리번두리번 주변 풍경에 넋을 잃고 바라보았습니다.

(「동화 이것저것 4(童話方々その4)」 1929.9.15.)

「메리고라운드」에 묘사된 니시공원의 아카시아나무도 전기유원지도 다렌에 살고 있는 아이들의 일상이다. 평온한 저녁 무렵, 그리고 아이들의 생활의 단편을 골라내고 있다. 그러나 그 묘사는 단지 일상을 그리는 것이 아니라 어느 종류의 비현실성을 표현하려고 하고 있다. 나무사이로 새어드는 햇빛의 명암변화를 표현하고 흰 옷, 노르스름, 푸르스름이라고 하는 색을 차례차례 등장시켜 컬러풀한 환상적 공간을 만들어낸 것이다. 「동화 이것저것 4」에도 일상의 사물을 나열한 뒤 '안데르센동화의 비행선에 탄 것처럼'이라고 그 환상세계로 독자를 안내하는 내용이 보인다.

『협화』작품에 묘사된 만주는 어느 것도 전쟁과 전혀 관계없는 이향(異鄕)이 되고 있다. 이시모리에 의해 만주라고 하는 광대한 토지는 아이들의 감성을 키우는 생활의 장소이며 전쟁과 강하게 연결되었을 만주는, 군국주의교육에서 멀어진 아이들의 이상향이기도 했다. 군국주의교육에의 반발과 만주지배에의 긍정이라는 모순은 애당초 왜 존재하고 또 전후가 돼서도 변하지 않았던 것일까? 그 원인은, 만주의 특징성과 전후일본의 사회상황을 아울러 생각하지 않으면 해명할 수 없는 복잡한 문제이고, 다시 별도의 글에서 논하겠다.

## 4. 나오며

만철은 강한 문화발신력을 가지고『협화』는 그 사원회기관지의 역할을 다하면서 문화의 발신원도 되었다. 그 중 만주를 위해 만주다운 문화를 발전시키는 방침 하에 만주에서의 일본어문학의형성과 발전에 영향을 주었다.『협화』는 만철사원의생활지원이나 차세대 담당자육성 등의 목적을 가지고 아동문화에 힘을 기울였다. 약 2만부의 간행수를 자랑하고 만철사업이 만주 전역의 각 지역・각 영역으로 확대되고 있었음을 근거로 삼으면 만주 곳곳에서 대다수의 아동에게 읽혀지고 있었음을 예상할 수 있을 것이다. 아동문학자에 의해 생겨난 아동문예가『협화』를 통하여 많은 아동들에게 전해짐과 동시에 아이도『협화』의「어린이페이지」를 통하여 아동문화의 생산에 참가하고 있었다. 물론 만철사원회기관지로서의『협화』는 아동문화를 이용하여 아이들에게 만철의 위신을 확립하고자 했는데 이렇게 아동문화에 관한 내용을 게재하는 장을 제공하는 것에 의해 아동문화의 발전을 밀고 나가고 있었던 것이다. 그 과정, 특히 아동문화를 시작한 초기단계에서 이시모리 노부오는 작품을 제공하고『협화』의 아동문화담당자가 되었던 것이다.

한편,『협화』는 만주에서 아동문화를 보급시킴과 함께 이시모리 노부오 등의 아동문학자의 활약을 떠받치고 있었다고 할 수 있다. 이시모리는 도만초기에 걸쳐『협화』에 작품을 발표하고 그것은 그의 중요한 초기창작활동이었다. 최초로 발표한 것은 다이쇼시대의 아동문학창작풍조의 흐름을 받아들인 것이었지만 만주현지의식의 맹아에 의해 '만주생도를 위해' 만주를 그리는 만주동화를 시험창작하기 시작한 것이다.『협화』에 발표한 초기작품은 군국주의교육비판이 보이는 한편 그에게 있어 만주는 전쟁과 관계없이 현실을 벗어난 이상향이라는 것이 분명하다. 바꿔 말하면 만주에 있다는 것은 이시모리에 있어 군국주의 사회환경에 서 탈출하고 감성 풍부한 아동문학을 창작할 수 있는 환경에 몸을 둔다 고 하는 것은 아닐까? 도만초기에 활발한 창작활동이 행해진 『협화』가 그를 아동문학자로서 성장시킨 토대라고 말해도 좋을 것이다. 『협화』에 서의 이시모리의 활약은 문학자가 일본어잡지를 매체로 하여 <외지> 의 문학·문화성립에 영향을 주는 한편, <외지>의 문화 환경도 문학자 의 성장에 무대를 제공한 대표적인 예라고 말할 수 있을 것이다. 이 상 호관계는 <외지> 일본어문학의 특징이기도 할 것이다.

| 간행연월일 | 타이틀 |
|---|---|
| 1928.8.4 | 메리고라운드 |
| 1928.8.11 | 갯바람(浜風) |
| 1928.8.18 | 넘어지기 이야기(躓きものがたり) |
| 1928.8.25 | MARCH |
| 1928.9.1 | 창이 밝았다 |
| 1928.9.8 | 창이 밝았다(2) |
| 1928.9.15 | 창이 밝았다(3) |
| 1928.10.27 | 가을이야기(秋ものがたり) |
| 1928.11.3 | 이야기 소년과 마녀(ものがたり 少年と魔女) |
| 1928.11.10 | 이야기 가을무(秋大根) |
| 1928.11.17 | 이야기 운(運) |
| 1928.11.24 | 이야기 느릅나무와 안테나(楡の木とアンテナ) |
| 1928.12.1 | 이야기 하얀 비둘기(白い鳩) |
| 1928.12.7 | 이야기 하얀 비둘기(2) |
| ※이상은 주간으로 게재, 이하는 월2간으로 게재 | |
| 1929.5.15 | 잊어버린 소년으로부터(見忘れた少年より) |
| 1929.8.1 | 동화 이것저것 산봉우리와 하늘, 산포도(童話方々 峯と空, メクラ葡萄) |
| 1929.8.15 | 동화 이것저것(2) 동방안경, 고향(とば眼鏡, ふるさと) |

| 간행연월일 | 타이틀 |
|---|---|
| 1929.9.1 | 동화 이것저것(3) 순례종달새, 엄마닭(巡礼ひばり, 親鷄) |
| 1929.9.15 | 동화 이것저것(4) 화차(トロッコ) |
| 1929.10.1 | 동화 이것저것(5) 캐러멜(キャラメル) |
| 1929.11.15 | 동화 이것저것(6) 소풍(遠足) |
| 1930.3.1 | 향원집(동화)(1) 서향(沈丁花) |
| 1930.3.15 | 향원집(동화)(2) 어느 석공(ある石屋さん) |
| 1930.4.1 | 향원집(동화)(3) 보석상의 딸(宝石商の娘) |
| 1930.4.15 | 향원집(동화)(4) 산과 아이(山と子ども) |
| 1930.5.1 | 향원집(동화)(5) 산과 아이22) |
| 1931.4.15 | 아동극 까치아이(かさゝぎの子) |
| 1931.5.1 | 추운 새벽녘(寒い夜明け) |
| 1931.5.15 | 만주동화 돌침대(滿洲童話 石の寝床) |
| 1931.6.15. | 그레이트 다롄(グレート大連) |
| 1931.8.15 | 동극 참새와 페치카 |
| 1932.5.15 | 오월축제는(五月祭は) |
| 1932.8.1 | 라디오플레이 매미(蟬) |

[표 3] 『협화』에 발표한 이시모리 노부오의 동화작품(아동극과 라디오플레이도 포함)

◎ 번역 : 강원주

---

22) 문말에 '계속'이라고 씌어 있어 미완성이라고 생각되지만, 그 다음은 눈에 띄지 않으
    므로 불명이다.

# 저자 소개(게재 순)

**정병호(鄭炳浩)**

고려대학교 일어일문학과 교수. 일본근현대문학·한일비교문화론 전공.『근대초기 한반도 간행 일본어잡지 자료집 전18권』(공편, 도서출판 이회, 2014),『동아시아 문학의 실상과 허상』(편저, 보고사, 2013),『제국일본의 이동과 동아시아 식민지문학』(공저, 도서출판 문, 2011).

**히비 요시타카(日比嘉高)**

일본 나고야(名古屋)대학 문학원문학연구과 준교수. 근현대일본문학, 이민문학, 전전 외지에 있어서 서적유통, 현대일본의 트랜스내셔널문학 등.『재패니즈 아메리카─이민문학·출판문화·수용소』(도쿄, 신요사, 2014),「외지서점과 문학의 향방─제2차대전 전의 조합사·서점사로 생각한다」(『일본문학』, 도쿄, 일본문학협회, 제62권제1호, 2013),『〈자기표상〉의 문학사─자신을 쓰는 소설의 등장』(도쿄, 수림서방, 2002).

**쉔 위엔차오(單援朝)**

일본 조조(崇城)대학 총합교육 교수. 아쿠타가와 류노스케(芥川龍之介)와 구만주지역 일본어문학.『상하이 100년 일중문화교류의 장소』(공저, 勉誠社, 2013),「만주어가나」일고찰(『日語學習与研究』總159号, 北京, 2012),「'만주어계문학'과 '일본어계문학'의 교섭─중일문학자의 교유를 중심으로─」(『崇城大學紀要』第38卷, 2013).

**요코지 게이코(橫路啓子)**

타이완 푸런(輔仁)대학 외국어학부 일본어문학과 준교수. 일본통치시대의 대만문학, 일중비교문화 등.『저항의 메타포─식민지 대만 전쟁기의 문학(抵抗のメタファー─植民地台湾戦争期の文學)』(동양사상연구소, 2013),『문학의 윤리와 회귀─30년대 향[鄕]문학논전』(연합문학출판사, 2009).

**엄인경(嚴仁卿)**

고려대학교 일본연구센터 HK교수. 일본시가문학, 한일비교문화론.『재조일본인과 식민지 조선의 문화1』(공편서, 역락, 2014),「한반도의 단카(短歌) 잡지『진인(眞人)』과 조선의 민요」(『비교일본학』제30집, 한양대 일본학국제비교연구소, 2014.6),「식민지 조선의 일본 고전시가 장르와 조선인 작가─단카(短歌)·하이쿠(俳句)·센류(川柳)를 중심으로─」(『민족문화론총』53집, 영남대학교민족문화연구소, 2013.4).

## 윤대석(尹大石)

서울대학교 국어교육과 부교수. 한국근대현대문학, 문학교육 전공. 『식민지 문학을 읽다』(2012), 『키메라-만주국의 초상』(역서, 2009), 『식민지 국민문학론』(2006), 『국민이라는 괴물』(역서, 2002).

## 우 페이전(吳佩珍)

타이완국립정치대학 타이완문학연구소 준교수. 일본 메이지, 쇼와기 여성문학, 식민지기 비교문학・문화. 『마스기 시즈에와 식민지 대만』(연경출판, 2013.9), "The Peripheral Body of Empire : Shakespearean Adaptations and Taiwan's Geopolitics," Re-Playing Shakespeare in Asia.(Poonam Trivedi ed., New York : Routledge, 2010), 「『사용의 종』 신화의 해제-마스기 시즈에 「사용의 종」 작품군을 중심으로」 『사회문학(社會文學)』제27기(도쿄 : 사회문학연구회, 2008.2).

## 나미가타 쓰요시(波潟剛)

일본 규슈(九州)대학 대학원 지구사회통합과학부 준교수. 동아시아에 있어서의 모더니즘, 아방가르드. 『월경의 아방가르드』(서울 : 서울대학교출판문화원, 2013), 『컬렉션・모던도시문화 90 하카타의 도시공간』(ゆまに書房, 2013), 『越境のアヴァンギャルド』(NTT出版, 2005).

## 황동연(Dongyoun Hwang)

미국 소카대학교(Soka University of America) 아시아학 교수. 중국근현대사, 동부아시아 급진주의와 중국 항일전쟁시기의 대일합작 문제. 『새로운 과거 만들기 : 圈域시각과 동부아시아 역사 재구성』(2013), "Korean Anarchism before 1945 : A Regional and Transnational Approach" ; "Wartime Collaboration in Question : An Examination of the Postwar Trials of the Chinese Collaborators," Inter-Asia Cultural Studies 6-1(March 2005).

## 김효순(金孝順)

고려대학교 일본연구센터 HK교수. 일본근현대문학, 식민지시기 조선 문예물의 일본어 번역양상 연구. 『재조일본인과 식민지조선의 문화 I 』(편저, 역락, 2014), 『조선 속 일본인의 에로경성조감도(여성직업편)』(공역, 도서출판 문, 2012), 「한반도 간행 일본어잡지에 나타난 조선문예물 번역에 관한 연구」(중앙대학 일본연구소 『일본연구』제33집, 2012.8).

**왕 즈송(王志松)**

중국북경사범대학 외국어문학학원 일문학부. 중일 비교문학, 번역문학, 일본현대아속(雅俗)문학. 「탐정소설 거꾸로 보기로부터 사회파추리소설까지－마쓰모토 세이초의『점과 선－」(『동북아외국어연구』 2013.1), 『20세기 일본 마르크스주의 문예이론연구』(베이징, 2012), 「소설 번역과 문화구축－중일비교문학의 연구시각에서」(베이징 칭화대학출판사, 2011).

**린 쉐싱(林雪星)**

타이완 둥우(東吳)대학 일본어문학계 부교수. 일본근현대문학, 식민지 일본어문학 연구. 「무라카미 하루키 작품에 나타난 중국의 기억－「중국행 슬로보트」, 『바람의 노래를 들어라』를 중심으로－」(『타이완일본어문학보』32기, 2012.12), 「TAE에서 읽는『기노사키에서(城崎にて)－학습자의 사생관을 중심으로－」(『둥우일본어교육학보38』, 2012.2), 「우시지마 하루코(牛島春子) 작품 속 만주인 표상」(『둥우외어(外語)학보』 2012.2).

**나카네 다카유키(中根隆行)**

일본 에히메(愛媛)대학 법문학부 준교수. 일본 근현대 문학, 문화지, 조선 표상지, 외지 일본어 문학, 전후 일본의 창작 문예. 『종주국 문화의 전회－박노식과 일한 하이쿠 인맥』(『사회문화』37호, 일본사회문학회 2013), 『조선표상의 문화지－근대 일본과 타자를 둘러싼 지의 식민지화』(건국대학교 대학원 일본문화 언어학과 옮김, 소명, 2011).

**주　란(祝然)**

중국 다롄(大連)외국어대학교 강사. 중일비교문학, 일본 식민문학, 만주 문학. 「위만주국 시기의 오우치 다카오(大內隆雄) 문학 번역 활동 연구」(『동북아외어연구』, 다롄, 2014년 제2기), 「식민지 언어 환경 하에서의 일본대중문학의 하얼빈에 대한 해석」(『동북아외어연구』, 다롄, 2013년 제3기), 「하얼빈시집으로부터 무로 사이세이(室生犀星)의 중국 동북 도시 바라보기」(『江淮論壇』, 안후이성사회과학원, 2012년 제5기).

**김계자(金季杍)**

고려대학교 일본연구센터 HK연구교수. 일본문학문화, 한일문학의 관련양상. 「일본 프롤레타리아문학잡지『전진』과 식민지 조선인의 이주민 문학」, 『일본학보』(2013.8), 『근대 일본의 '조선 붐'』(공저, 역락, 2013), 「번역되는 '조선'－재조일본인 잡지『조선시론』에 번역 소개된 조선의 문학－」(『아시아문화연구』, 2012.12).

## 린 타오(林濤)

중국북경사범대학 외문학원 일문계. 부교수. 중일비교문학, 일본문학 등. 「중국의 일본여성추리소설 번역과 소개」(『마쓰모토 세이초 연구장려연구보고』, 기타규슈 시립 마쓰모토 세이초 기념관, 2006), 『저우쭤런과 무샤노코지 사네아쓰』(『일본여자대학 대학원 문학연구과 기요』(제4호, 開城出版社, 1998).

## 류 춘잉(劉春英)

중국 동북사범대학 일본문제연구소 준교수. 일본 근대 문학, 식민지 문학. 『만주 시대에 있어 신징의 일본어 작가』(『제국 일본의 이동과 동아시아 식민지 문학1』 도서출판 문, 2011), 『일본 여성문화사』(북경 상무인서관, 2012), 『중국 현대 문학사에 있어 두 번의 번역 피크와 아쿠타가와 류노스케』(『일본연구』34호, 교토 국제일본문화연구센터, 2000).

## 이즈미 쓰카사(和泉司)

도요하시(豊橋)기술과학대학총합교육원 강사. 일본통치기 타이완의 일본어문학, 쇼와초기부터 전후까지의 문학현상·문학상연구, 타이완의 일본어교육사. 「살아남은 〈현상작가〉·세리자와 고지로-「개조」 현상창작과 〈현상작가〉에의 고찰」(『일본문학』 제62권 제11호, 일본문학협회, 2013), 『일본통치기 타이완과 제국의 〈문단〉-〈문학현상〉이 만드는 〈일본어문학〉』(히쓰지서방, 2012).

## 웨이 천(魏晨)

일본 나고야(名古屋)대학 대학원 문학연구과 박사후기과정. 만주를 둘러싼 아동문화, 식민지 지배와 제국주의, 비교문학 등. 「가와바타 야스나리와 작문-전시중 제국주의와 연결되는 회로」(『JunCture』제5호, 2014.4).

## 역자 소개(가나다 순)

**강원주** | 서울과학기술대학교 외래교수. 일본근대문학.

**김태경** | 가천대학교 글로벌교양대학 조교수. 근현대일본어문학.

**신주혜** | 고려대학교 일본연구센터 연구교수. 근현대일본어문학.

**이민희** | 한림대학교 일본학연구소 연구원. 일본근대문학.

**이선윤** | 고려대학교 일본연구센터 HK연구교수. 근현대일본어문학·문화.

**이승신** | 고려대학교 시간강사. 일본근현대문학, 한일 비교문학.

**채숙향** | 백석대학교 관광학부 일본어통·번역 조교수. 일본근현대문학.

# 동아시아의 일본어잡지 유통과 식민지문학

**초판1쇄 인쇄** 2014년 10월 13일
**초판1쇄 발행** 2014년 10월 23일

**편저자** 정병호
**펴낸이** 이대현
**편 집** 이소희
**펴낸곳** 도서출판 역락
　　　　서울시 서초구 동광로 46길 6-6 문창빌딩 2층
　　　　전화 02-3409-2058(영업부), 2060(편집부)
　　　　팩시밀리 02-3409-2059
　　　　이메일 youkrack@hanmail.net
　　　　등록 1999년 4월 19일 제303-2002-000014호

ISBN 979-11-5686-094-5 93830
정 가 35,000원

* 파본은 구입처에서 교환해 드립니다.

이 도서의 국립중앙도서관 출판예정도서목록(CIP)은 서지정보유통지원시스템 홈페이지(http://seoji.nl.go.kr)와
국가자료공동목록시스템(http://www.nl.go.kr/kolisnet)에서 이용하실 수 있습니다.(CIP제어번호 : CIP2014028952)